我不再将这个世界与我所期待的、

塑造的圆满世界比照，

而是接受这个世界，

爱它，属于它。

——给小兆

特有引力

著 生姜太郎

TEYOU
YINLI

上

贵州出版集团
贵州人民出版社

图书在版编目（CIP）数据

特有引力：上、下 / 生姜太郎著. -- 贵阳：贵州人民出版社,2022.12
　　ISBN 978-7-221-17312-6

　Ⅰ．①特… Ⅱ．①生… Ⅲ．①长篇小说-中国-当代 Ⅳ．①I247.5

中国版本图书馆CIP数据核字(2022)第182062号

特有引力：上、下
TEYOUYINLI：SHANG、XIA

生姜太郎 / 著

出版统筹：陈继光
选题策划：大鱼文化
责任编辑：潘江云
特约编辑：伍　利
装帧设计：Insect　　唐卉婷
封面绘制：柏林架子鼓
出版发行：贵州人民出版社（贵阳市观山湖区会展东路SOHO办公区A座
　　　　　邮编：550081）

印　　刷	长沙鸿发印务实业有限公司
开　　本	880毫米×1230毫米　1/32
字　　数	481.8千字
印　　张	17
版　　次	2022年12月第1版
印　　次	2022年12月第1次印刷
书　　号	ISBN 978-7-221-17312-6
定　　价	65.80元

贵州人民出版社微信

目录

目录

序章

"轰——"

一声雷鸣过后，瓢泼大雨倾盆而至。

"朋友们！前边那车祸看见没？现在这地上都是血啊，还下雨了，怪恶心的！刚才这边出车祸了，就是平南大道中段这块儿，三辆车'砰'地撞到一块儿去，那动静老大了！朋友们刷一波礼物，双击'666'走起，我带大伙儿走近点看看……谁推我？"

拿着手机开直播的好事者一个趔趄，怒气冲冲地抬头一看，站在他面前的是个警察。

"别拍了！想拍和我们进趟局子，拍个够！"

"别别别。警察叔叔，我错了，"好事者连忙收起手机，"我这不是凑个热闹吗？"

车祸现场凑热闹的人不少，执勤交警举着喇叭高喝："让让——全都让让，别挤了！给救护车让个道！"

挤在中间的那辆车变形最严重，车头整个往里凹陷，警察和消防人员小心翼翼地撬开车身，护士从里面抬出来一个男人——满脸是血，T恤被浸透得看不出本来的颜色，一块手掌宽的玻璃扎进他的小腹，鲜血正源源不断地往外流。

护士第一次见到如此惨烈的车祸现场，双手颤抖，甚至有些六神无主，不知道该不该给伤者做胸外按压，生怕双掌一按他的胸口，更多的血液就会喷涌而出。

"上车！快！平抬平放！"一起出诊的医生吼了一声，"愣着干吗！争分夺秒不知道吗？"

就在这时，另一辆只是轻微受损的车里冲下来一个人，那个人身材高大，由于在车祸中受了伤，走路有些踉跄；额头撕裂了一个口子，半边脸被殷红覆盖。

"先生，你不能过去！"

警察上前拦他，他压着嗓子低吼一声"滚"，不知道哪里来的力气，粗暴地推开了四五个维护秩序的交警，跌跌撞撞地冲到担架面前。

直到看见担架上面躺着的毫无生气的男人，他重重地喘了一口气，接着仿佛浑身力气耗尽似的，连站也站不住，"砰"的一声跪在了雨水和血水交织的地面上。

"先生，你也受伤了，去后面那辆车上处理！"

护士架着那男人的臂弯想把他搀起来，才发现他竟然浑身颤抖，额角和脖颈处青筋凸起，像是正在承受难以忍耐的痛苦。

"宣兆……"他动了动嘴唇，喊出了一个名字。

雨越下越大，担架上那个叫宣兆的男人气息俨然已经十分微弱，雨水冲刷着他的腹部、胸口、左臂的巨大伤口，被稀释成淡红色的血水正滴答往下淌。

跪在地上的人表情忽然有些茫然，他想碰一碰宣兆垂在身侧的手，又怕碰一碰就把人碰坏了。

宣兆怎么流血了？

他怎么会有这么多的血？

那男人一手撑着地面，艰难地站起身，用自己的上半身整个虚拢住担架上的男人——是一个遮风挡雨的姿势。

护士不知为什么眼眶一酸，紧接着说："先生，他伤得很严重，需要立刻上车急救！"

那男人浑身一震，警察上来把他拉开，担架被平抬上了救护车。

"这里也有伤员，护士呢？"警察架着他，转头对后面一辆救护车吼道。

"让我……"那男人剧烈地喘着气，每一个字都像是从胸腔里硬生生挤出来的，"让我和他一辆车……"

警察被雨水冲刷得睁不开眼："您是他家属吗？"

"是……"

救护车在公路上疾驰，车顶红灯闪烁，车内各种急救仪器发出不祥的"嘀"声。

"心律失常！心跳可能骤停！"

"血氧不足 80 了！"

……

好吵，好乱，他们在说什么？

每一个字都好像一把带着尖刺的锤子，一下一下地往宣兆的耳膜上凿。氧气罩盖着他的脸，明明是辅助呼吸的仪器，却让他喘不上气来。

此刻他的意识异常清醒，医护人员焦急的喊叫声在他耳边忽近忽远。

据说人在濒死的时候身体会变轻，原来是假的，宣兆觉得他的每一寸皮肤、每一根骨骼都变得极其沉重，拖着他往深渊不停地下坠，下坠——

太疼了，真的太疼了。

坠落的过程实在太痛苦了，快点坠到底吧……

宣兆的上半身忽然猛地抬起，紧接着开始浑身痉挛，脸部肌肉开始不受控制地抽搐，一大股黑红色的血液从嘴角溢出。

"宣兆！"

忽然有一根绳子牵住了他，宣兆在半空中骤然停住。

他好像听到了岑柏言的声音。

怎么可能，岑柏言恨死他了，岑柏言怎么可能来救他？

胸膛似乎成了一个巨大的风洞，宣兆已经感觉不到自己的心跳，"岑柏言"三个字就像一把锉刀，在他已经血肉模糊的胸腔里反复刻磨。

心电监护仪忽然发出尖锐的"嘀"声，代表心率的那条线剧烈颤动，接着骤降至低点，渐渐拉成一条平直的长线——

"宣兆！"岑柏言双拳紧攥，嘶吼道，"你要是敢死——"

他居高临下地俯视着宣兆，眼神极其深沉，似乎要把宣兆此刻几乎没有生气的样子生生刻进双眼里。

额头上的血淌过他的睫毛，顺着挺拔的鼻梁流进嘴里，岑柏言说出来的每一个字都带着狠劲。

"你要是敢死，我这辈子都不会放过你妈。还有你那个妹妹，你不是最疼她吗？我就让她这辈子在牢里出不来……"岑柏言的胸膛剧烈起伏，仿佛此刻重伤濒死的人是他，"你要是敢死……宣兆，你要是……"尾音消失在颤抖的哽咽里。

岑柏言，真的是岑柏言。

宣兆在剧烈的疼痛中想，岑柏言来了，岑柏言来救他了。

这个念头仿佛是最强力的安慰剂，让疼痛感潮水般暂时退去。

"岑……"他嘴唇动了动，"柏言……"

短暂的舒缓过后，宣兆沉重的四肢忽然变轻了，或许是等到了想等的人，再也没有什么念想了。

他短短二十五年的人生倏地铺开，像一幅黑白的默片，在脑海里一幕幕地重演。

七岁的那场车祸、外公的葬礼、母亲歇斯底里的呐喊、充斥着消毒水气味的疗养院……

他的人生似乎是灰色，童年时代在轮椅上度过，少年时代充斥着同龄人说他是"瘸子""跛子""残废"的讥讽，直到……直到……

直到他遇见岑柏言。岑柏言是彩色的，像一颗小钢炮弹进入他的世界。

遇见岑柏言的两年在这部默片中被无限延长——

岑柏言对他好，岑柏言叫他"哥哥"，岑柏言背着他走过积水的地下通道……

鲜活是岑柏言，明亮是岑柏言，他胸膛里那个空空荡荡的地方装着的都是岑柏言。

忽然，他色彩斑斓的世界戛然而止——

"宣兆，你对我，根本、从来就没有过一秒钟的真心。"

一切重归黑暗和寂静。

"宣兆，你睁眼看看我，好不好？好不好？"

都说人死前会出现幻听，会听到最在乎的人的声音，宣兆心满意足地想。

一滴温热的水珠"啪"地砸在他手背上，宣兆觉得自己被灼伤了。

挺好的，真的挺好的。

他和岑柏言的故事从一场车祸开始，也从一场车祸结束。

有始有终。

第 1 章

小朋友

很多年前，海港市。

狰狞的闪电划破天空，雷鸣接踵而至，车窗在巨大的撞击中爆裂，迸溅的玻璃碎片扎进身躯。从额角流出浓稠的血液，淌进耳道，嘈杂的声音如同潮水般涌来，忽近忽远，听不真切。

"出车祸了，赶紧打 110！"

"车里有好几个人，这是造的什么孽啊！"

"还有个小孩！救人救人！救人啊！"

"先灭火，赶快把火扑灭了！"

……

随之而来的是火，他在火光中隐约看见母亲扭曲的脸，她不顾自己的安危，仍然伸长了双臂把他往外推。他一次次张口想喊"妈妈"，嗓子却像被烈火灼烧，怎么也发不出声音。

爆炸先救援一步到来，他被巨大的气浪掀翻，街边的钢铁广告牌"咣"地一下砸在他腿上，满地都是血。他动不了，也说不出话，只能眼睁睁看着汽车被火焰吞噬，像张牙舞爪的野兽，一点点地将他拖进深不见底的幽林。

"少爷，少爷……"

宣兆指尖一顿，缓缓睁开了眼睛。

他靠着沙发，神情冷淡，似乎是早已经习惯了，这种恐惧、恐怖的场景早就重演了千万次，把他磨炼得波澜不惊。

贵宾厅隔音效果很好，但还是没能完全隔绝一楼舞池的躁动声，宣兆在 DJ 狂放的节奏里缓慢地转了转眼球，水晶吊灯在视野里转动。

片刻的眩晕后，他自嘲地想，果然是个残废。

残疾人通常精力都不太好，在夜场这种嘈杂的地方也能睡着。

膝盖上披着的毛毯滑落在地，龚叔弯腰捡起来，披在宣兆的腿上，又背着手站到一边。

"少爷，又做梦了？"

"没有。"宣兆一摆手，半眯着眼，声音里带着几分没睡醒的沙哑，"龚叔，说了多少次了，别这么叫我。"

龚叔当年是他外公身边的警卫，是看着他长大的长辈，那场车祸后外公去世、母亲昏迷，只留下年幼的他，龚叔是个重情义的人，照顾他至今。

只是老人家未免古板了点，这称呼是怎么也改不过来了。

耳麦里传来声音，龚叔侧头听得仔细，片刻后对宣兆说："少爷，叫杨烁的那孩子把人带来了。"

宣兆抬起半垂的眼睑，漆黑的瞳孔像是一潭深水，过分白皙的手指搭着毛毯，指尖在灯光下近乎透明。

半晌，他缓缓道："知道了。"

宣兆一只手撑着沙发扶手，缓慢且吃力地站了起来，龚叔把靠在墙边的一根金属棍递上去——那是一根拐棍。

宣兆却没有接，缓步走到了门边。

他的步伐迈得比一般人要小，步态也显出了稍许僵硬，左脚踩地的力道显然比右脚要轻。

龚叔担忧地皱起眉："少爷……"

宣兆背对着龚叔，抬手打断他："龚叔，我能走。下面安排好了吗？"

"都安排妥了。"龚叔双眉紧拧，犹豫片刻后说道，"少爷，你何必把自己也搭进去？"

宣兆垂眼看了看自己走几步都吃力的左腿，继而轻轻一笑，微微偏过头："叔，我早就搭进去了。"

外公没了，母亲疯了，他则失去了健康的双腿。

灯光勾勒出他流畅优美的侧脸线条，皮肤有种病态的苍白，睫毛在眼睑下投出一片浅影，淡红色的唇角扬起微妙的弧度，唇边挂着一个不显眼的淡色疤痕，像一个浅浅的梨涡。

宣兆推门离开，龚叔把拐棍放在墙边，深深叹了一口气。

"东家下去了。"龚叔一按耳麦便吩咐道，随即不放心地嘱咐了一句，"都注意着分寸，谁真把少爷伤着了，有他好看的。"

惊雷酒吧是三个月前开的业，这块儿地处大学城，发展娱乐行业地理位置得天独厚——隔壁街就是海港市医科大学，再隔一条街是海港大学。大学生们大都刚度过紧张的高中生活，高考结束总算能放飞自我，对酒吧这种独属于成年人的场合有种莫名其妙的热衷，因此惊雷酒吧投其所好，装潢走的也是颇对现在年轻人口味的工业风。

这里原本是家半死不活的文艺小酒馆，专请些民谣歌手来驻唱，后来有个非主流驻唱歌手搭讪一个小姑娘，小姑娘拒绝后，被这歌手的一帮弟兄殴打，在网络上引起了热议。

丑闻一出，小酒馆彻底凉凉，店主愁得抓破了脑袋。三个月前，一个年轻人把这儿盘了下来，改造成了酒吧。

夜里十点，正是酒吧最热闹的时候。

DJ 在台上放着电子音乐，底下舞池里炫彩灯光乱晃，年轻的男男女女跟着节奏扭动，五颜六色的头发甩作一团。

"晃得眼睛疼。"

十来个年轻人正穿过舞池，朝卡座区走去。

走在最前头的少年个头很高，直逼一米九；穿着深黑色连帽卫衣，袖子挽到手肘，小臂肌肉线条流畅精悍；修身长裤衬得他双腿笔直，裤脚利落地束进短靴。他相貌非常英俊，有十八九岁少年独有的阳光爽朗，同时五官又比同龄人更显得深刻挺拔，让他显出了些介于男孩和男人间的独特气质。

服务员领着他们在一张大桌边坐下，其中一个男孩畏首畏尾的，缩着细长的脖子，左右看了看，就像害怕见到什么人似的。

"柏言，"他扯了扯那个英俊少年的衣角，"要不咱还是换一家吧？"

"杨烁，不是你提议来这家酒吧的吗？"一个女生面露不悦，开口说，"我就说去游乐园好，你非要柏言来这儿，现在来了又说要走，你什么意思啊？"

杨烁目光闪躲，不敢直视岑柏言。他其实并不想拖岑柏言下水，但想到那个被称为"东家"的男人就后脊一寒。

"对啊,来都来了。"另一个人附和,"言哥刚带领咱学院篮球队一雪前耻,把法学院那帮人打成孙子!说好的出来喝酒庆祝,你这时候别扫兴成吗?"

杨烁嗫嚅两下,不敢说话了。

"行了,这点事儿有什么可吵的,来都来了。"岑柏言环顾一眼酒吧,放松地在沙发上坐下,跷着脚翻了翻酒单。

上面都是外文,图片花里胡哨的,反正他也看不懂,于是把酒单往桌上随意一抛:"你们点,我请。"

"言哥大方啊!"

"那我可得点最贵的了!"

杨烁十指紧紧缠在一起,不安地左顾右盼,岑柏言在他后脑勺上拍了一下:"干吗呢?屁股底下长痱子了?"

杨烁有些心虚,不知道那个"东家"让他把岑柏言带过来是什么意思,于是低声说:"没……没有,柏言,这里太乱了,要不我们还是换——"

"柏言,柏言……"话没说完就被打断了,刚才说话的女生挤开两个人,坐到岑柏言身边,指着酒单撒娇地说,"'红粉佳人'和'巴黎落日',你帮我选一个吧,好难选呀,你选什么我就喝什么,听你的。"

女生的发尾精心烫了个内扣,又漂亮又可爱。

篮球队其他人跟着起哄,女生则从脸颊一直红到了耳根。

岑柏言眉梢一挑,假装没看懂女生害羞又大胆的暗示,把酒单往杨烁怀里一拍:"你来选。"

"啊?我?"杨烁不知所措,"我也不知道啊……"

"烦死了!"女生娇嗔地骂了一声,"我让你选,你给他干吗啊?"

"几位,想好要点什么了吗?"

就在这时,一道温润平和的声音插了进来。

一个酒保站在桌边，微微躬身问道。

他身材高挑、身形消瘦，白色衬衣套在身上，看起来空空荡荡的，腰线扎进黑色长裤，身体线条流畅得像一幅工笔画。

岑柏言抬眼看去，五光十色的灯光晃在那酒保脸上，他看不太清人长什么样，只能瞥见他毫无血色的皮肤和尖削的下巴，下颌线流畅，再往下是脖颈，皮肤很薄，侧颈甚至隐约能看见青色的血管。

整个人有种莫名的安静气质，和这间喧嚣的酒吧格格不入。

岑柏言没忍住多看了两眼，总觉得他是电视剧里那种失足男青年，被骗进了声色场所。

酒保似乎注意到了岑柏言在观察他，微微偏了偏头："嗯？"

分明看不清他的脸，却偏偏能感觉到他在笑。

岑柏言咳了两声，立即挪开视线："喝什么？赶紧的，别磨叽。"

篮球队的毛猴子七嘴八舌地点了单，那女生再次靠到岑柏言身边，轻声细语地问："柏言，你喝什么呀？"

岑柏言跷着腿滑手机，分出眼神瞥了眼酒单，随便指了个看着顺眼的酒名："就这马什么……伏特加马提尼。"

"嗯……"酒保对着记录单沉吟片刻，不疾不徐地说，"你们刚才要的轰炸机、黑俄罗斯、血腥玛丽、马提尼都是烈性酒，不太适合小朋友。"

"嗳！"点了血腥玛丽的男生叫陈威，是个傻大个儿，死要面子地嚷嚷，"你叫谁'小朋友'呢！我女朋友都交八个了！"

酒保闻言轻轻一笑，淡淡的唇角上扬，被深红灯光一晃，显得格外好看。

岑柏言把手机扣在桌上，上半身后仰靠着沙发，下颌微抬："你们现在搞服务业的都管这么宽？"

"对祖国的小花朵负责。"酒保指了指陈威衣服上忘记摘下来的海港大学校牌，上边写着"建筑学院一年级"，笑着说，"明天可不是周末，学校不上课吗？"

"你叫什么名字，信不信我找你们经理投诉你，哪有客人点了单不接的！"陈威恼羞成怒，一把摘了校牌揣进兜里，又凑近了去看酒保的胸牌，眯着眼睛辨认那上头的小字，"宣……宣逃？"

"宣兆！"酒保的声音依旧缓慢且平和，彬彬有礼地纠正，"宣言的'宣'，预兆的'兆'。"

"宣兆？什么名儿，哈哈哈哈哈哈哈……"

一桌子人笑作一团，宣兆竟然一点恼怒的意思也没有，只是安静地站在一边等着。

岑柏言觉得这人挺有意思，一个酒吧推销的还这么有底线，于是用手指敲了敲桌面，对宣兆说："你们干这行不都是拿提成的吗，你有钱不赚？"

"我还没有穷到要赚你们这些——"宣兆微微俯下身，对他露出一个狡黠的笑意，悄声说，"小朋友的钱。"

宣兆忽然倾身靠近，"小朋友"三个字放低了音量、拉长了尾调，好像大人在逗弄不懂事的孩子似的。

岑柏言长到十九岁，无论相貌、身高还是成绩都是同龄人里的佼佼者，他当"言哥"当惯了，还从没被人叫过"小朋友"。反倒这叫宣兆的小酒保看着弱不禁风、一吹就倒，比他们这桌子人可显得"小"多了。

"哎，你……"岑柏言后仰靠在沙发座上，姿态松弛，下巴一扬，"从哪儿看出我小了，仔细说说呗。"

陈威坏笑说："对啊，你既然说我们小，不然走厕所比比去？"

"哎呀！"靠着岑柏言的女生反应过来，含羞带怯地捂着脸，在岑柏言手臂上拍了一下，"你流氓死了！"

宣兆似乎天生的好脾气，在一众人里只看着岑柏言："好好好，你不小。"

用的是"你"，而不是"你们"。

他说这话时无奈地摇了摇头，略长的刘海随动作在眼皮上轻晃两下，声音里带着和缓的笑意。

岑柏言觉着有些奇怪，他总觉得宣兆像逗弄小狗崽似的在逗他，掀起眼皮看上去，恰好对上宣兆含着笑的眼睛。

五颜六色的彩灯在酒吧里乱晃，宣兆细软纤长的睫毛显得流光溢彩，那双眼睛瞳孔漆黑，眼尾上挑，看谁都显得富有深意。

"各位大朋友，"宣兆和颜悦色地说，"请问要点些什么呢？"

陈威虚张声势地敲了两下桌子："废什么话，就按照刚才点的上！"

"嗯……你说了不算，"宣兆脸上的笑意加深了一些，转而看向岑柏言，把酒单放在桌上，用一根手指推了过去，"还是让这位最大的大朋友选吧。奶啤和白桑格利亚都是不错的选择。"

岑柏言伸手接过酒单："就这两个吧。"

陈威不乐意地嚷嚷："来酒吧不喝酒有什么劲儿啊！"

"喝什么喝，"岑柏言给了他一拳，"明天早上，还是老无常的课，你想死别带着我！"

"老无常"是他们系高数老师，五十多岁的中年男人，一颗光头如同春天般明亮，对待学生却如同冬天般严酷，非常无情。

陈威被他一拳胡噜醒了，想想老无常那比黑板还黑的脸，顿时什么话也没了。

"好，五杯奶啤、六杯白桑格利亚。"宣兆自作主张地替他们把饮料分配了。

那女生拨弄着卷发，好奇地往舞池那边张望："柏言，我们去那边看看吧，好热闹啊！"说着十根手指就往岑柏言的胳膊上攀。

岑柏言眉头一皱，开学才一个多月，他就足足被缠了一个月，本来还觉着有个美女跟后头跑挺有面儿的，时间长了就不耐烦了。他正想着理由推拒，就听见宣兆溪流一样平稳缓和的声音："乖乖坐着，不要乱跑，有些项目是大人才能参与的，少儿不宜。"

陈威火冒三丈，对宣兆把他们当小朋友的行为非常不爽："你还蹬鼻子上脸了你！不让去爷爷我偏要去，柏言，走，蹦迪去！"

"你闭嘴！"岑柏言不耐烦地瞥了陈威一眼。

宣兆低头轻轻一笑，转身去给他们下单。

直到他走出去几步，岑柏言才发现这小酒保竟然是个瘸子，虽然不是特别明显，但走路时微跛的姿态是遮不住的。他肩膀绷得笔直，努力让自己看起来像个正常人。

"哟，"陈威吹了声口哨，"跛子！都这样了还出来打工，身残志坚啊！"

岑柏言多看了两眼宣兆深一脚浅一脚的背影，从口袋里摸出一根烟叼着，边点火边含混道："你少说两句。"

陈威嬉皮笑脸地说："要早知道他是个残废，我就不和他较真儿了，万一他是来碰瓷儿的怎么办？"

"人家能碰瓷你？"岑柏言往他脸上吐了一口眼圈，嫌弃地说，"你也太看得起你自个儿了。"

他也不知道自己哪来的底气下这个判断，他就是觉着这小瘸子说话做事像个讲究人，不是那种不三不四的小混混。

"哎，我怎么发现你胳膊肘往外拐呢，"陈威说，"还是不是哥们儿啊！"

一桌子人嘻嘻哈哈，只有杨烁始终一言不发，畏畏缩缩地低着头，也不知道在害怕什么。

过了几分钟，舞池那边传来一阵骚动。

陈威站起身往那边看："哎哎哎，好像打起来了，有热闹看了！"

"少凑热闹，"岑柏言用烟头朝他虚点了点，示意他坐下，"我高数作业还没做完，早点回去。"

"你不做就不做呗，"陈威看热闹不嫌事大，伸着脖子往舞池瞅，"反正罗潇潇做完了，给你抄抄不就得了。"

罗潇潇就是那个对岑柏言有好感的女生，闻言耳根一烫："你说什么呢你！"接着又往岑柏言身上靠了靠，"柏言，你要的话……"

"不用不用，"岑柏言连忙挪到另一边，勾住杨烁的脖子说，"我抄这书呆子的就行。"

杨烁一直沉默，这时候突然抬起头，就像做错事的人来自首似的："柏言，我和你坦白个事儿，其实我上周——"

"你大爷的死瘸子！"

话音未落，舞池那头传来巨大的怒吼声。

"碰你一下你就敢泼我是吧？"男人吼道，"这是什么地方你不知道啊？来这儿卖酒，你和谁装呢你，我今天就非要看看你值几个钱！"

陈威瞪圆了眼："好像是那瘸子惹事儿了！"

岑柏言眉心一紧。

DJ打碟的动作停了，不知所措地站在台上，舞池里的男男女女也都老实了，胆小怕事的这时候就溜边跑了。

宣兆被推倒在地，身上不知道被泼了什么酒，湿了一片，白衬衣紧贴在身上。

一个五大三粗的花臂男背后跟着几个小弟，居高临下地看着宣兆，他脚尖踢了踢宣兆的左膝盖，比了个"八"的手势："要不这样，你给我们赔礼道歉，哥几个满意了，我给你这个数。"

跟在他后面的几个小弟纷纷发出了不怀好意的笑声。

围观的人面面相觑，没一个敢上来帮忙的。

宣兆一手撑着地，费劲地支起上半身，接着右脚单膝跪地——他左腿吃不上力，只能把重心全放到右边——缓慢且艰难地站了起来。

"这位先生，"他挺着背，口齿清晰、不卑不亢，"你给我几位数都没有用，我要去给客人上饮料了，请您让让。"

"你敬酒不吃吃罚酒是吧？"花臂男一声冷哼，余光瞥见岑柏言他们大步朝这边来了，于是抄起一个啤酒瓶，当头朝宣兆砸下去，"我——"

宣兆闭眼，下意识抬臂去挡。

"砰——"

玻璃四溅，预期中的疼痛却没有来袭，一只手臂箍住他，把他往边上一带，宣兆脚尖微微离地，接着又稳稳落地。

岑柏言干净利落地把宣兆拉到了一边，宣兆心有余悸地睁开眼，对上岑柏言线条分明的下颌："怎么是你？"

他略微急促的鼻息传来，岑柏言松开他，脚尖点了点一地碎玻璃碴儿："要没我这个小朋友，现在被敲碎的就是你的脑袋。"

一直笑吟吟的宣兆这会儿却笑不出了，抓着岑柏言的手腕，低声说："不关你的事，带你同学赶紧走。"

"哟！逞英雄啊？"花臂男冷哼道，"小伙子，你毛长齐了吗你！"

以花臂男为首的一帮人发出一阵哄笑。

宣兆紧抿着唇，抓着岑柏言的手，一言不发地就要往外走。

"麻烦，"岑柏言甩开宣兆，烦躁地呼了一口气，"我这学期的目标是拿个一等奖学金，本来不想打架。"

花臂男比了个中指："三好生，赶紧回家喝奶吧，这儿不适合你。"

岑柏言转头拍了拍宣兆肩膀："自己躲远点儿，有些项目是大人才能参与的，你啊——"

他眉梢一挑，轻笑着说："少儿不宜。"

宣兆："都什么时候了，你还……"

"我的一等奖学金马上就要因为你没了，五千块钱，"岑柏言不等宣兆说完，转脸看着花臂男，认真地说，"我很不开心。"

花臂男不以为意："所以呢？"

"所以，"岑柏言谦虚一笑，"您可能要忍耐一下。"

花臂男还没反应过来，凌厉的拳风迅速迎面袭来，岑柏言一拳砸在他脸上。

花臂男没想到一个十几岁的少年手劲儿这么大，生生被打得倒退几步。

"你也配在我这儿拿乔？"岑柏言揪着花臂男的衣领，"你老几啊？"

酒吧二楼，龚叔的身影隐没在黑暗里，安静地注视着下面发生的这一切。

直到岑柏言出手了，花臂男一伙人和陈威他们扭打在了一起，他才侧头对着耳麦吩咐："可以了，去吧。"

"干吗干吗！"酒吧保安姗姗来迟，"谁在这儿闹事！"

不知道是谁报的警，一窝人三下五除二全给"打包"进派出所去了。

"真够背的！"陈威骂骂咧咧，"好好的庆功宴，给庆到局子里了！"

"不许说话！"值班民警冷着脸呵斥道，"让你动了吗？蹲好了！手抱头！"

陈威敢怒不敢言，靠着墙角蹲下了。

二十来个人挤在一间小屋子里，岑柏言他们蹲一排，大花臂那帮人蹲在对面墙根，宣兆由于身体原因得到了特别优待——分配了一个小马扎给他坐着。

岑柏言转头看了看这小瘸子，先前酒吧里那灯光五颜六色一通乱闪，这会儿 2000 瓦白炽灯照着，他可算看清了宣兆长什么样子。

皮肤非常白，是那种常年不见阳光的苍白，脸部线条柔缓，在灯光下显得细腻又柔和；眼尾微微上挑，像蝎子尾巴似的；被红酒打湿的衬衣半干不干地贴在身上，勾勒出他单薄的身体线条。

他坐在小小的折叠马扎上也不显得局促，左腿由于不便弯曲而伸展着，双手交叠放在大腿上，半阖着眼不知道在想些什么，乌黑的睫毛因此下垂，在白皙的眼睑上投下一片浅浅的阴影。

岑柏言心念一动，脑子里突然出现一个念头——

长成这样，打眼得很，怪不得大花臂要招惹他。

宣兆此时忽然掀起眼皮，眼底浮起一丝不明显的笑意，歪了歪头，对岑柏言悄声说："看什么呢？"

岑柏言立即把头一扭，随后又觉得自己这行为有够此地无银三百两的，于是顿了下又把头扭回来，理直气壮地盯着宣兆看："看你要给钱是吧？哎，我就不给，这儿是派出所，有本事你找警察主持公道去。"

宣兆"扑哧"一声笑了出来："害你丢了五千块钱的奖学金，你随便看吧。"

岑柏言拿眼角斜视宣兆："你这脸还挺值钱。"

宣兆面不改色地看回去，似笑非笑地自嘲道："没听刚才那个人说吗，我这种的，值八千。"

岑柏言刚想说些什么，就听见对面正在被问话的大花臂嚷嚷："他们这是合起伙儿来碰瓷！先让这瘸子打头阵来骚扰我，然后一帮人来找我麻烦。一个瘸子，在酒吧那种地儿卖酒，能是什么好东西？"

民警闻言，果然露出了一丝狐疑的神色，转身问宣兆："你这腿怎么回事，这样多久了？你都这样了还去酒吧打工？"

"车祸，十多年了，生活所迫，"宣兆非常平静，抬眼望向民警，"警官，哪条法律规定有腿疾就不能在酒吧干活？因为我有生理缺陷，所以我就不是好东西吗？"

岑柏言听了这话目光微闪，陈威嬉皮笑脸地怼了一句："警官，我前几天打球把小拇指折了，我也有残疾，那我也不是好东西了？"

那民警也知道自己说的话不妥，对宣兆露出个抱歉的表情后转开话题，抬手一指蹲在宣兆身边的岑柏言，问道："这男的是你朋友吗？"

"朋友？"宣兆语速很慢，像是把这两个字含在嘴里反复回味了一番似的，接着说，"他只是个小朋友。"

他是咬文嚼字的高手，分明只是一字之差，偏偏被他说出了些不可言明的感觉来。

小朋友？

岑柏言默念了一遍这两个称呼，神情微微有异，恰好那民警问他怎么回事，他摊了摊手："见义勇为呗。"

"把你见义勇为的前因后果详细说说。"民警说。

"他，"岑柏言抬起下巴一指大花臂，接着又指向宣兆，"骚扰他。我，一个普普通通、正直勇敢的大学生，路见不平拔酒瓶相助。"

"我头都被你开了个洞！"大花臂吼道，"警官，你看他一根毛都没掉，就知道是他打的我，我根本没动手啊！"

岑柏言笑得表面谦虚，实则非常不要脸地回答道："由于实力相距太大，不小心演变成了我单方面的碾压。"

宣兆"扑哧"一下轻笑出声，陈威他们几个则一点面子不给，哄堂大笑。

"都严肃点！"民警呵斥了句，"你说说，骚扰行为到底属不属实？还有斗殴到底怎么回事？"

"属实。"宣兆保持着那个斯斯文文的坐姿，嘴角还带着笑意，"斗殴变成单方面碾压的行为，也属实。"

岑柏言对着民警眉梢一挑，一脸"你看吧，我没说错吧"的表情，民警心累地叹了口气，现在的年轻人怎么都这么欠揍！

好在两队人都没受什么要紧伤，大花臂被岑柏言揍了个鼻青脸肿，但他自知理亏在先，民警说要去酒吧调监控，他立即反口说："算了算了，大家都是年轻人闹着玩，别上纲上线。"最后带着一众小弟灰溜溜地跑了。

岑柏言他们系的辅导员穿着拖鞋，骂骂咧咧地来派出所领人。

陈威直起背，伸了个懒腰："总算站起来了，我又是那个顶天立地的男子汉了！"

岑柏言也伸了伸胳膊，他人高腿长，蹲了个把钟头，这会儿浑身难受，还没舒展开呢，衣角忽然被人一扯。

宣兆仰起脸，看着岑柏言说："劳驾，能再路见不平一下吗？"

岑柏言双手抱臂："你当我是见义勇为专业户呢？"

宣兆一根手指点了点自己的左膝："腿麻了，站不起来。"

"你不挺能耐的吗？刚才还管天管地，管着不让人喝酒，"岑柏言从鼻腔里"哼"了一声，"这会儿怎么站都站不起来了？"

宣兆愣了两秒，紧接着弯着眼睛笑了起来："还记仇呢？"

他这么笑的时候嘴唇边的淡色疤痕显现出来，半个小拇指指甲盖大小，像个梨涡似的。

"麻烦，"岑柏言立即挪开眼神，朝宣兆伸出一只手，"赶紧的。"

宣兆从善如流地搭住那只手掌，手臂用力站了起来，左脚掌猛地一落地，紧接着又踉跄了一下，岑柏言下意识地扶住他。

"柏言！"罗潇潇眼泛泪花，小跑到岑柏言身边，"吓死我了，我第一次进派出所……"

宣兆适时和岑柏言拉开距离，倚着墙站住了，俯身揉了揉酸麻的左膝，抬眼说："谢谢。"

罗潇潇半个身子贴着岑柏言的胳膊："柏言，辅导员说要打电话通知家长，怎么办啊？"

岑柏言不耐烦地一摆手："爱通知谁通知谁，最好开个家长会，再让我上台当众检讨八千字。"

倚着墙的宣兆轻轻一笑。

岑柏言也意识到了自己这句话有多孩子气，捂着嘴干咳一声："你笑什么？"

"没什么。"宣兆眉眼弯弯，对岑柏言歪了歪头。

海港大学离派出所不是很近，辅导员带他们打车回学校，他们等车的时候，宣兆就安安静静地站在一边。

"哎，"陈威是个没心眼的，自觉经过了今天这么一遭，他们和这瘸子也算有交情了，于是问，"你怎么回啊？"

宣兆垂着头，风拨弄起他乌黑的头发和宽大的衬衣，显得更加单薄。

"那瘸子，问你呢！"陈威喊了一声。

宣兆这才缓缓抬起头，有些迷茫地问："我吗？"

岑柏言叼着根没点的烟——先前才掏出打火机就被辅导员没收了——从眼角分出些余光观察宣兆。

"废话，"陈威说，"你打着车了吗？"

"我等公交车。"宣兆说。

最近的公交站距离这儿还有一公里多，罗潇潇操心地说："那你别陪我们等了，赶紧去吧，别赶不上末班车了。"

宣兆平淡道："腿不太舒服，站着缓缓。"

这话倒是真的，刚才在酒吧里被花臂男推了一下，又在派出所憋屈地坐了老半天，宣兆的病腿还真吃不消，风一吹刺骨地疼。

陈威闻言露出同情的神色，从兜里摸出钱包："你是不是不舍得打车啊，要不我给你——"

"少管闲事。"岑柏言往他后脑拍了一巴掌。

陈威被拍得一个趔趄，不服气地说："这闲事不是你先开始管的吗？"

岑柏言修长的食指和中指间夹着烟，隔空对陈威轻轻一点："这就是我的事了，我的闲事你也少管。"

就在这时，宣兆接了个电话，他缓步走到靠边的位置，背对着岑柏言："喂？"

他站的位置离大部队有一定距离，但离岑柏言不远，说话声音很轻，恰好能让岑柏言听到。

"妈，你先睡，嗯，我在学校里，马上回宿舍了。"宣兆语气柔和。

岑柏言叼着烟闻味儿，心想原来他也是个学生。

"我有吃饱，上称还重了两斤，下次你见到我恐怕胖得要不敢认了。"宣兆笑着说，"没有，我晚上没有出去打工，在图书馆复习……不累，放心吧。"

岑柏言面色一僵，目光微微闪动。

宣兆让他想起他很小的时候，他亲爸是个酗酒如命的赌徒，喝多了就回来打他妈，他妈每次都被打得头破血流，边哭边用这样的语气哄他，说"柏言乖，妈妈没事，柏言放心"。

那时候他们穷得吃完上顿没下顿，妈妈给岑柏言剥虾，自己吃虾壳，还说"妈妈已经吃饱了，柏言看妈妈最近是不是又长胖了"。

"柏言！柏言！"

陈威他们在那边喊，岑柏言这才回神："嗯？"

"愣着干吗，车到了，走啊！"陈威冲他招手。

叫的三辆快车陆续到了，岑柏言看了眼宣兆背影，把烟扔在路边的垃圾桶里，弯腰上了出租车。

等他们的车开走了，宣兆缓缓直起身，手机屏幕俨然是屏保图案——他根本没有在通电话。

大花臂那伙人从巷子里钻出来，刚才的嚣张气焰一扫而空，搓了搓手掌，恭恭敬敬地问道："东家，这事儿办成了吧？"

"很好。"宣兆嘴角一勾，眼神却是冷的，"和龚叔说声，你在这儿欠的酒钱都勾了。"

"哎！谢谢东家！"大花臂喜出望外，他这两个月在惊雷欠下了至少小一万，"下回要还有这差事，您接着吩咐，别真给我按里头吃牢饭就成……"

宣兆不耐烦地一抬手，那些人立即跑了。

龚叔发消息来问需不需要开车接他，宣兆看着岑柏言他们离开的方向，抬脚往公交站台走，回道："十分钟后等我消息。"

果不其然，宣兆走出去没有几百米，身后传来了自行车车铃的声音。

宣兆停下脚步，回头一看，岑柏言不知道从哪儿弄来一辆自行车，一个刹车后停在宣兆身边，单脚撑着地，一脸不耐烦地说："末班车早过了，你就打算这么一瘸一拐地走回去？"

宣兆说："锻炼身体。"

"就你这身体可别再锻炼了，细胳膊细腿的，再练真就该断了。"岑柏言锋利的眉毛一挑，"你哪个学校的？上车。"

"这也算见义勇为吗？"宣兆笑得很沉静。

"三次，"岑柏言胳膊肘撑着车头，半眯着眼笑了笑，"我今天帮了你三次。"

酒吧里替你教训花臂男一次，派出所里扶你起身一次，现在来载你回学校一次。

宣兆却轻轻摇了摇头："四次。"

"我这么牛呢？"岑柏言说，"我自己都不知道。"

"刚才，你那位同学要替我打车。"宣兆抿了抿嘴唇，"谢谢你。"

岑柏言这才反应过来，他指的是陈威同情心泛滥要给他钱让他打车的事情。

"行了，别磨叽，赶紧的。"岑柏言按了按车铃，"爬得上来吗？"

宣兆坐上了车后座："师傅，中医药大学，谢谢。"

岑柏言轻笑："你把我当网约车司机呢？"

宣兆安静地坐着，手指微动，给龚叔回了一条消息——

"不用来接。"

第 2 章
家教老师

陈威洗了个澡，岑柏言才刚回到宿舍。

"哪儿去了，突然就下出租车跑了，"陈威甩了甩湿漉漉的头发，揶揄道，"找美女去了？"

岑柏言不理他，把上衣脱了，随手扔到脏衣篓里，露出肌肉线条分明的上半身，抬头扫了眼空调，皱眉道："26℃？开了和没开一样，遥控呢？"

陈威从桌上抄起遥控器扔过去："这都十月份了，火气还这么旺呢？"

"滚！"岑柏言把冷气调低到20℃。

陈威拉开椅子坐下，打开手机游戏："说真的，你到底干吗去了啊？"

岑柏言本来想说"送那瘸子回去"，话到嘴边不知怎么就拐了个弯，挑重点说：“乐于助人去了。”

陈威立即反应过来：“你不会是去找那瘸子了吧？”

“他腿脚不方便，我送送。”岑柏言说得言简意赅。

那个瘸子虽然瘦但却丝毫不弱，在酒吧里面对侵犯和侮辱依旧把背挺得笔直，在派出所面对民警的质疑和询问仍然能够不卑不亢；即使腿脚不便、行走缓慢，在迈步的时候还是努力让双肩绷成一条平直的线。

总之看着是个挺正派的人。

岑柏言吹冷风吹凉快了，拿起浴巾打算去洗澡，杨烁从上铺露出一个脑袋，嗫嚅道：“柏言，我有个事儿……”

“杨烁，我问你，”陈威打断他，“你觉得那瘸子为什么在酒吧打工啊？我看他那气质，总觉得不像个穷人。”

杨烁愣了愣：“我……我不知道啊……”

“你吃饱了撑的是吧！”岑柏言一巴掌呼在陈威后脑勺上，对杨烁说，“别搭理他，睡你的。”

杨烁欲言又止地抿了抿嘴唇，缩回了脑袋。

他把头闷进被窝，想和岑柏言坦白的事怎么也不敢说出口了。

大概半个多月前，杨烁因为好奇进了惊雷酒吧，在那里认识了一个女调酒师。

女调酒师三十出头、身材高挑，眼角眉梢都是风情。她给杨烁调五颜六色的鸡尾酒，和他在厕所隔间里接吻亲热。

杨烁被迷得晕头转向，把所有零花钱都搭进去了还是不够，最后在惊雷总共欠下了五千多元。

对一个大一的学生来说，五千多元堪称一笔巨款，杨烁吓得半死，被一群保镖拎着去见了“东家”。

那个东家和杨烁隔了一扇半透明的雕花屏风，他没见到人长什么样，只看见屏风上一个清瘦矜贵的影子，双腿交叠，手掌放在大腿之上，沙发边靠着一个细长的柱状物体，像是树枝一类的东西。

杨烁差点就给东家跪下了，说自己可以来酒吧打工抵债，端盘子洗碗干什么都行。

东家当时只是笑笑，声音堪称温柔，缓慢平和地对他说："我不需要你卖苦力，你只要帮我带一个人过来。"

杨烁问："谁？"

"岑！柏！言！"东家一字一顿地说，"只要你带他来一趟惊雷。"

东家说岑柏言是他一位熟人的孩子，很多年没有见了，想知道他近况如何，还和杨烁保证不会出任何事。

那五千多块就像一座山似的压着杨烁，杨烁犹豫半晌，还是点了头。

"乖。"屏风背后，东家一改慵懒的坐姿，忽然直起背来，上半身前倾，带着笑意的声音说，"现在我们都有了对方的秘密，一定要保密哦，否则就不是公平交易了。"

那个声音分明温柔可亲，杨烁至今回想起来还是觉得背脊发凉，他往被窝里缩了缩，不管怎么样，五千多块的负债是销了。

底下传来陈威和岑柏言的声音，陈威随口问岑柏言："那瘸子住哪儿啊？"

岑柏言不耐烦："不清楚。"

"那你们有没有加个微信……"陈威接着问。

"烦不烦，闭嘴！"岑柏言从浴室里甩出一块湿毛巾，"啪"地砸在陈威脸上。

陈威嬉皮笑脸地闭了嘴，爬到自己床上玩手机，玩着玩着突然想起一件什么事情，猛地一拍脑袋："啊！"

岑柏言冲完凉出来，瞥了他一眼："你对自己也下得去手，真够狠的啊。"

陈威抓耳挠腮地说："马上不考四级了嘛，我妈给我找了个英语家教，让我联系那老师，明天就上课了，我把这事儿给忘了！"

宣兆确实没有留下岑柏言的联系方式，他不是操之过急的人，他喜欢循序渐进，把每一步节奏都掌握在自己手里。

岑柏言送他回了中医药大学，他在研究生宿舍楼下坐了一会儿，接着又出了校门，龚叔的车已经等在外面了。

宣兆在市里另外有套房子，他不太喜欢和人亲近，集体宿舍生活对于他而言是一种负担。

坏舍友可能会嘲笑他、欺负他、给他使绊子；好舍友可能会同情他、可怜他、处处让着他。两种生活都不是宣兆想要的。

"少爷，累了吧？"龚叔从后视镜看了看宣兆，"早些休息。"

"还好，"宣兆闭眼揉了揉眉心，"叔，你让人帮我租一套房子。"

"租房子？"龚叔问，"现在的小区住得不舒服吗？"

"不是。"宣兆缓缓睁开眼，"帮我在大学城那边租个单间，月租一千五以内，条件不要好的，破旧一些。"

龚叔皱眉，不赞同地说："少爷，你的身体——"

"就这么定了，月底之前找到就行。"宣兆打断他。

龚叔轻叹了一口气，少爷从小就心思重，有自己的主意。

他见宣兆眉眼间满是倦意，便不再就这个话题深入，转了个话茬："你给巧巧买的电脑到了，她开心坏了，逢人就说是她哥哥奖励她期中考第一的礼物，她画室那些同学羡慕得不得了。"

龚巧是龚叔的外孙女，今年十七岁，正在读高三。

宣兆亲情淡薄，外公走后，他在这个世界上的亲人除了妈妈，就剩龚叔一家，他把龚巧当亲妹妹疼。听见龚叔说起小姑娘，他眼底浮起淡淡的笑意："喜欢就好。"

"你啊，就是太溺爱她了，她一个高中生用不着这么好的电脑。"龚叔笑着说，"我查过了，说是那电脑是什么最好的配置，要两万多……"

"不贵，巧巧是美术生，以后想学设计，电脑不好用怎么行。"宣兆说。

"这些我老人家也不懂，"龚叔摆摆手，"老了老了。"

"叔，以后这么晚你不用亲自来接我，随便找个人就行。"宣兆说，"早点回家。"

"那不行啊，龚叔接送你二十多年了，交给别人不放心啊，"龚叔稳健地把着方向盘，"你外公之前和我说的最后一句话，就是要我照顾好……"

话音戛然而止，龚叔怕宣兆想起不好的事情，把没说完的半句话吞进了肚子里。

宣兆笑笑没说话，转头看着窗外飞驰而过的夜色，高楼林立，窗户里亮着一盏又一盏灯，却没有一盏是为他而点亮的。

这时候，手边的手机忽然振动了一下，进来了一条信息，发件人是个陌生号码——

"老师，我是王凤琴的儿子陈威，我妈和你说过我情况了吧。咱明天在哪儿上课啊？要不你来我学校呗，我下午三点半就没课了。"

"你那家教老师呢？"岑柏言撩起球衣下摆擦了把汗，晶莹剔透的汗水顺着结实的胸膛一路下滑，途经肌肉分明的小腹、紧窄的腰身，最后隐没在五分运动裤的松紧带里，引得周围女生一片尖叫。

"大庭广众的，能别秀你这腹肌吗？"陈威见女生们的注意力都被岑柏言一个人吸引走了，吃味地说，"咱能有点儿'男德'吗？"

"我这身材不找机会展示展示不白练了，"岑柏言哼了一声，斜睨着陈威说，"给你看啊？"

"你倒贴十个亿我都不看你一眼。"陈威仰头灌进去一整瓶矿泉水，低头看了眼时间，"差不多了，约在知行楼一层的咖啡厅，我去了啊。"

岑柏言吹了声口哨："稀奇啊，还真打算好好上课啊？"

和岑柏言这种正儿八经靠分数考进名校的不一样，陈威是体育特长生，降分进的海港大学建筑系，文化课不怎么样，英语尤其烂。他本来也不是什么尖子生，没什么学习的心思，不知道他妈从哪儿道听途说的，说四级过不了大学就没法毕业，这才给他找了个家教。

"禁不住那老太太念叨，给我找了个中医药大学的研究生，第一节课我气气他，让他自个儿知难而退。"陈威摆摆手，拔腿就往知行楼方向跑，边跑边扭头朝岑柏言喊，"你不是和新传约了友谊赛吗，我把老师气跑了就来找你啊！"

岑柏言心想就凭陈威这一身混不吝的本事，气跑一个研究生还不是分分钟的事儿，估摸着友谊赛还没开始，这小子就得跑回来找他。

陈威自个儿也是这么想的，但他万万没想到的是，他在咖啡厅见到了昨晚才在酒吧见到的那瘸子，对方彬彬有礼地朝他点头致意，同时递上自己的学生证："中医药大学，中医学，研二，宣兆，很高兴又见面了，陈威同学。"

陈威下巴都惊掉了，掏出手机给岑柏言发了一条短信，就一个字。

"晕！"

距离收到陈威的短信已经过去了一个半小时，岑柏言血虐了新传院篮球队，回了陈威一个问号。

一节课也就一个半小时，陈威还没过来找他，难不成这小子真认认真真上完一节英语课了？

他一只手叉着腰，另一只手敲键盘回了陈威一个问号。球场外不少女生红着脸偷瞄他，罗潇潇穿着白色连衣长裙，长发飘飘地走到岑柏言身边，递过去一瓶矿泉水："柏言，喝水。"

"谢了，我有。"岑柏言弯腰捞起自己扔在地上的保温瓶，用牙咬开瓶盖，仰头喝了一大口。

他喝水的时候喉结滚动，鬓角挂着水珠，细密的薄汗覆盖在运动后青筋遒劲的脖颈上，这个姿势让他刀刻般锋利的下颌线条越发凸显，少年气十足，同时又有一种特殊的男性荷尔蒙的味道。

罗潇潇不知怎么就耳根发烫，对岑柏言说："你这个保温瓶好别致呀，喝热水不烫吗？"

浅绿色瓶身，点缀着白色星星。

"装的凉水，"岑柏言随口应了句，"我妹送的。"

"你还有妹妹呢？"罗潇潇睁大眼，"亲妹妹呀？"

"算吧。"岑柏言没兴趣和别人分享家里的事，丢出了一个模棱两可的回答。

这时候，消失了一个半钟头的陈威总算回消息了："速来咖啡厅集合，哥们儿爱上英语了！"

岑柏言眉梢一挑，第一反应是陈威肯定在说反话，随即又觉得这二愣子没这个脑力，于是长臂捞起运动背包，头也不回地和罗潇潇说了声："走了。"

"今天就到这里吧。"宣兆合上辅导书，对陈威说，"你的基础弱了点，不过别担心，还有一个月时间。"

陈威趴在课桌上，蔫不唧地说："我真行啊？我就怕我考不过，咋整啊？"

"别人都行，你为什么不行？"宣兆笑着反问，"都是两个眼睛两个耳朵，都学一样的内容，你比他们差在哪儿了？"

"真的啊！"陈威瞬间就起劲儿了，"老师，有你这话我就放心多了啊！"

宣兆笑得温文儒雅，状似不经意地说了一句："你身边如果有英语好的同学，平时可以和他多学习。"

"有啊！柏言啊！"陈威双眼发亮，"柏言你还记不记得？就昨儿那'小朋友'。"

宣兆恰到好处地停顿了两秒，才回答："记得，印象深刻。"

"他就在过来的路上，我介绍你俩认识认识。"陈威挠挠头，不好意思地说，"昨天在酒吧冒犯你了，我不是故意说你是瘸子的，哎，我这人就是嘴贱，我妈说我迟早有天毁在我这张嘴上！"

"不碍事。"宣兆笑了笑，余光瞥见玻璃窗外，岑柏言正穿过鹅卵石小道往这边来，于是干咳了两声。

"老师，你是不是渴啊？"陈威这才反应过来，宣兆干讲了一个半小时的课，连口水都没喝上，"我去给你点个喝的，你喜欢什么？"

"柚子茶吧，谢谢。"宣兆没有推辞。

陈威屁颠屁颠地去服务台买喝的，恰好岑柏言推开玻璃门走了进来。

他环视一圈咖啡厅，看见靠窗位置坐着的宣兆时，先是愣了一愣，紧接着又看见对面空椅子上放着陈威的书包，更是震惊。

宣兆一只手撑着下巴，正在闭目养神，忽然听见一声低沉的："你就是那个家教老师？"

宣兆睁开眼，看见岑柏言时也是一愣，继而嘴角缓缓上扬，弯着眼睛说："是你？陈威说要介绍个小朋友给我认识，原来就是你呀。"

还真是无巧不成书，岑柏言把背包往桌上一甩，保温瓶顺手放在桌角，大马金刀地在宣兆对面坐下："怎么哪儿都有你，你到底打几份工？"

宣兆丝毫不觉得出来打工是件丢脸的事情，平和地说："酒吧一个，家教一个。"

岑柏言是娇生惯养的小少爷，对勤工俭学这事儿只停留在高中语文作文引用的论据里，他还是头回遇到个活人，还打两份工。

他小时候家里最难那会儿，他妈就是一个人打三份工养着他，那时候他妈憔悴得不像样，被生活蹉跎多的人，皮肉被风雪磨得粗糙了，说话都是畏畏缩缩的。

这瘸子看起来细皮嫩肉的，举手投足间都让人觉得是个矜贵的主，怎么穷成这副德行？

宣兆似乎能看穿岑柏言在想什么，眉梢一挑，眼神里露出一丝狡黠："怎么，不相信啊？"

岑柏言连忙干咳两声，生硬地挪开话题："你们研究生这么闲？不都说学医的最缺时间吗？"

"有个伟人说过，缺时间可以少睡点觉，"宣兆一本正经地引用"名人名言"，"缺钱不行。"

岑柏言心想这"名人名言"说得还挺朴实无华，于是问："哪个伟人说的？"

"区区不才，"宣兆歪了歪头，"在下我。"

岑柏言："……"

宣兆"扑哧"一声笑了出来："你往后要是还想去酒吧，提前告诉我一声，免得被人诓了。"

岑柏言看着他唇边笑起来时像个梨涡的浅色伤疤，也忍不住笑了出来："除了你，没人这么无聊。"

"怎么无聊了，挺有意思的。"

午后偏西的阳光透过玻璃窗洒在宣兆的侧脸，把他眉眼勾勒出一轮金边，像一幅水墨画。

岑柏言挪开视线，转而盯着墙角一盆绿萝。

"这是你的水吗？我可以喝两口吗？"宣兆问。

"喝呗，"岑柏言一抬下巴，不在意地说，"自己弄。"

宣兆掀开瓶盖，指着瓶嘴说："介意吗？"

岑柏言摆手："没那么多讲究。"

宣兆喝了几口水后满足地皱了皱鼻子："我都没好意思说，讲了一个多小时的话，渴死我了。"

岑柏言这才注意到宣兆今天戴了一副非常斯文的银框眼镜，衬得他面容愈加俊秀；简单的白色衬衣，洗到发白的牛仔裤，一双再朴素不过的黑白板鞋，在他身上偏偏就有种温和儒雅的感觉。

两个女生结伴经过他们这桌，看了眼宣兆，激动地窃窃私语，大概是说"好帅好白好温柔"之类的话。

"老师，你的柚子茶——"陈威端着一杯饮料往回走，"柏言？你小子来得挺快啊！"

"你就这么背叛组织了？说好的十分钟回来呢？"回宿舍的路上，岑柏言左手一根烟，右手一根冰棍，嘬一口冰棍吸一口烟，"那瘸子给你什么好处了？"

"怎么说话呢！你骂谁瘸子呢！"陈威怒目而视，"对我老师放尊重点！"

岑柏言差点儿没被吸进肺里那口尼古丁给呛死："昨儿是谁一口一

个死瘸子的？"

"往事不要再提，就让昨日愚蠢的我成为过去。"陈威把自己那根冰棍拆了。

"我看你今日也不聪明。"岑柏言冷笑着嘲讽。

"你是不知道啊，瘸……呸！宣老师脾气忒好了，我刚开始确实想气他，我怎么胡来他也不生气，就笑眯眯地看着我。"陈威回忆起宣兆的眼神，那双桃花眼属实是水光潋滟，看谁都带着三分温情。

岑柏言夹着烟来了一句："他看谁都这样。"

陈威自顾自地说："他讲课也讲得好，老容易懂了，我感觉我前半生所有的英语老师加一块儿都没他会讲课。要不你下次和我一起去听呗，听了你就知道老师人多温柔。我说我也不是不爱学，就是一看见英语单词就头疼，他说给我带他自个儿配的宁神草药包，放口袋里有镇静功效了。哦，对了！老师还说双十一那天酒吧有演出，给我留张票让我去看……"

岑柏言也不知道是不是陈威叽叽喳喳的太烦躁，偏头冷冷瞪了他一眼："你能安静会儿吗？"

"你吃错药了？"

陈威嘀咕一声，把冰棍塞进嘴里舔了一口。

家教一周两次，分别在周三和周五。

周五傍晚，陈威准时出现在知行楼的咖啡厅，后面跟着个面无表情的岑柏言。

"你不是不来蹭课吗？"陈威说，"你不说你英语够牛了，四级随便裸考。"

岑柏言森森一笑："我来自习。怎么着，这咖啡厅是你家开的？"

陈威抓抓脑袋："你最近真够有病的。"

岑柏言冷哼一声。

两人推门进去，宣兆已经在上回那个靠窗的位置坐着了，依旧是简单的衬衣长裤，黑色拐棍搭在椅边，正偏头看着窗外出神。

看到他们来了，宣兆对岑柏言说："你也来上课吗？"

岑柏言还没来得及说话，陈威抢先替他回答："他来自习。柏言，你自个儿找个空座坐下吧，我上课了啊。"

"……"岑柏言背着包，拉开了隔壁桌的椅子。

宣兆眼睛里浮起分明的笑意，岑柏言没转头去看他，也能察觉到他含笑的视线正落在自己身上。

于是他抱着"不能输"的念头，也转过头，理直气壮地和宣兆对视。

宣兆对他眨了眨眼，眉目间是跳跃的鲜活和狡黠，又竖起一根手指抵在唇间，做了个"嘘"的手势。

陈威在对面低着头翻书包："哎，我的卷子呢？哪儿去了？"

宣兆从衬衣胸前的口袋里取出一个素雅的白色小布袋，锦囊的样式，半个手掌大小，朝岑柏言扔了过来。

岑柏言抬手接住，一股极其清淡的青草香味从小布袋里传来。

宣兆这个人吧，好像天生就有与人亲近的能力。

岑柏言第八次跟着陈威来咖啡厅时，面前摊着一本《工程力学》，很认真地思考起这个问题，总结出了三个原因：

一是因为他长得好，样貌出色的人总是容易获得优待，加上他有生理缺陷，看起来文文弱弱的，丝毫没有攻击性。

二是因为他懂得多，有时候陈威和他闲聊，不管是篮球、足球、网球，还是名车、名表、名牌、跑鞋，他都能说出点儿东西来，有一次甚至和他们聊了几句建筑学概论。

至于第三点嘛……宣兆总是很轻易地让人以为，他对你是特别的。

譬如现在，陈威正津津有味地吃着宣兆带来的蛋包饭，憨笑着说："老师你真好！"

上周三宣兆有考试，家教时间调整到了晚上八点多，他们来的时候看到宣兆正在斯斯文文地吃着一份蛋包饭，那香味闻得陈威食指大动，问宣兆是哪家外卖，宣兆说是自己做的。

"我身体不好，吃不惯食堂，太油腻。点外卖又太贵，所以习惯自己做些吃的。"

岑柏言看那饭粒饱满，搭配着胡萝卜粒和葱花，卖相非常精致，不像是在宿舍拿低功率小锅囫囵搞出来的，于是问："你们宿舍让用电器啊？"

"我在外面租了房间。"宣兆笑笑，低声说，"我这样的，宿舍上下铺住起来不方便。"

岑柏言眉头一皱——那进了趟派出所那天晚上你为什么让我送你回学校？

他话还没问出口，陈威立即说："太爽了吧！哎，老师，你这蛋包饭下回弄一份我尝尝呗！"

宣兆笑着点头："好啊，下周吧，这周我在忙一个实验。"

于是今天宣兆果真带了一份蛋包饭来咖啡厅，有且只有一份。

岑柏言眼睁睁看着宣兆把那份蛋包饭递给陈威，陈威掀开盖子就狼吞虎咽，丝毫没有分岑柏言一口的打算。

不就是蛋包饭嘛，外卖三十八块一份，还送一罐饮料，有什么了不起的？

岑柏言专心致志地看着课本，实际上竖着耳朵听，连陈威吧唧嘴的声音都不放过。

"老师，你房子在哪儿啊？下回我去你那儿上课呗，我叫我妈给你伙食费，在你家吃饭。"

宣兆笑得温温和和："在大学城，不过条件比较简陋。"

"这有啥的，"陈威往嘴里塞了一大口饭，"那你是没去过我们宿舍，像猪圈似的！"

"你这浑小子，别贫了，赶紧吃，"宣兆指尖点了点桌子，"饭盒我还得带走。"

补课这一个多月，陈威和宣兆越来越亲近，逢人就炫耀他家教老师有多牛、多温柔。

岑柏言原本以为宣兆对他还挺特别的，叫他"小朋友"，给他草药包，会看着他笑，故意逗弄他。但这一个月宣兆明显和陈威走得近了，对他客客气气的，透露着一丝不明显的疏远。

岑柏言才发现宣兆给陈威起了个名字叫"浑小子"，一次性给了陈威十个草药包，也对陈威弯着眼睛笑，有时候也会捉弄捉弄陈威。

岑柏言"啪"一下把笔甩在桌上，后仰靠在椅背上，抬手搓了把脸。

"不高兴啊？"

一个温润的声音响起，岑柏言放下手，宣兆不知道什么时候走到了他身边，一只手扶着椅背，笑盈盈地看着他。

天气已经有些冷了，他在室内也戴着围巾，浅灰色的，衬得他下巴越发白皙，整张脸像埋在毛茸茸的围巾里似的。

岑柏言定定地看了他两秒，生硬地甩出两个字："没有。"

宣兆忽地粲然一笑，指尖轻轻地点了点岑柏言的额头："怎么跟只小狗崽子似的，说咬人就咬人。"

"你别叫我'小朋友'。"片刻后，岑柏言才反应过来重点，"你说我是狗？"

"是小狗崽子，像这样，"宣兆眨眨眼，两只手掌托着腮帮，皱着鼻子细细地叫了一声，"汪汪。"

"……有病。"岑柏言抬手抵着唇，遮住自己翘起来的唇角，随即又觉着自个儿是不是忒好说话了，简直没点儿出息，于是冷着脸转开话题，"陈威呢？"

"他说要请我吃一食堂的老婆饼，排队去了。"宣兆说。

一食堂的老婆饼是海港大学一大招牌，每天五点开卖，限量供应，通常四点半就排起了长队。

岑柏言皮笑肉不笑地说："你学生对你挺好，你挺开心啊？"

"你也是我的学生。"宣兆垂眸看着他。

岑柏言立即否认："谁给的脸，我是来自习的。"

"对了，陈威最近进步很大，刚才完形填空只错了三道。"

岑柏言脱口而出："不是八道吗？"

宣兆笑眯眯地看着他。

岑柏言："……"

又被玩了！

"这位自习的小同学，你的课本一个半小时前是第三十八页，现在还是三十八页，"宣兆侧过身，离岑柏言近了一点，"你这自习的效率恐怕要不及格喽。"

岑柏言黑着脸，"啪"一下合上书："我走了。"

"等等，"宣兆按住他的手腕，"嗯……你是在和我闹别扭吗？"

岑柏言冷哼一声。

闹别扭？这人还好意思说我闹别扭？他怎么不反省反省他自己，见谁都笑，对谁都好，一天到晚把陈威挂嘴边，真够烦的！

岑柏言哼了一声："说了你别这么叫我，我没工夫和你闹什么别扭，你就在这儿等陈威给你送饼吧。"

"我先和你道个歉，"宣兆忽然收敛了笑意，认真地说，"我也有些别扭。"

岑柏言收拾书包的动作一顿。

宣兆看着岑柏言："我给陈威的中药包是很常见的配方，给你的那个是我自己一直在用的；今天的蛋包饭我做了两份，不过我之前听陈威说你是吃山珍海味养出来的少爷，我怕你笑话我做的饭简陋；还有上一次，我没有让你送我回家，是因为那天我们第一次见面，我对陌生人抱有一点点警惕心，你可以理解的吧？"

他的瞳色很深，像一汪见不到底的深潭，静静注视着岑柏言。

岑柏言像是急于掩饰什么似的，皱着眉说："你和我说这些干吗？"

"其实这段时间我确认了一件事。"宣兆忽然说。

岑柏言说："什么？"

宣兆抬手摘下眼镜，用围巾缓慢而细致地擦了擦镜片，复而重新戴上眼镜，好像这样就能看岑柏言看得更清楚似的。

"我在确认，"宣兆抿了抿唇，用带着笑意的声音轻声说，"我们成为朋友的可能性。"

岑柏言皱眉："成为朋友的……可能性？"

"像我这样的，"宣兆垂眸看了眼自己的左腿，笑笑说，"没什么朋友，想交个朋友也挺难的。"

岑柏言心头一跳，扔下一句"莫名其妙"，转身就走。

宣兆看着岑柏言的背影，眼睛里的笑容一点一点地收敛了起来，取而代之的是一片森冷。

第 3 章
一剂猛药

海港大学篮球场。

岑柏言带球连过三个人，随着一个漂亮的运球急停跳投，裁判哨响，建筑学院赢了比赛。

陈威气喘吁吁地小跑过来："让你传我，你怎么不传？"

岑柏言走到场边，捞起毛巾擦了把汗："没听见。"

"我嗓子都喊破了。"

陈威的水喝空了，顺手拿起岑柏言的保温瓶，岑柏言一把抢过水瓶："别喝这个。"

恰好罗潇潇来给岑柏言送水，岑柏言接过矿泉水塞到陈威手里："这给你。"

"柏言！"罗潇潇娇嗔地一跺脚，"人家是给你送的！"

岑柏言充耳不闻，坐在长凳上，不知道在想什么。

"小班花，你别追柏言了，你追追我呗！"陈威一口气干完一整瓶水。

罗潇潇双手抱臂，冲陈威翻了个白眼："我对柏言可是一见钟情。"

"咳咳咳……"岑柏言被呛了个正着。

罗潇潇知道岑柏言这是听到了，红着脸扭着腰跑走了。

陈威踢了踢岑柏言的小腿："哎，人家罗潇潇对你这么殷勤，你不考虑考虑？"

"不考虑。"岑柏言想也不想。

"为什么啊？"陈威挺不解，"长得漂亮身材又好，你什么眼光啊你？"

岑柏言满心烦躁，一脚踩扁了地上一个空水瓶："我就烦'一见钟情'。"

"什么毛病。"陈威嘀咕一声，接着说，"我上课去了，你去不去？"

岑柏言披上外套，从口袋里摸出一根烟点了："不去。"

"啊？"陈威边收拾包边说，"今儿不去自习了？"

岑柏言夹着烟的手一摆："我去图书馆。"

"把你能耐的。"陈威哼了一声，"我去找我的宣老师了。"

"赶紧滚。"岑柏言不耐烦地说了一句。

由于岑柏言自习效率极其不合格，在图书馆一直干泡到了晚上九点多才回宿舍。

陈威光着膀子跷着脚，正在玩电脑，头也不抬地说："回来啦？"

岑柏言"嗯"了一声，指导了陈威狙枪技巧，在陈威拿下胜利后欣慰地夸赞道："弟弟真棒。"

"你有病？"陈威"哑"了一声。

岑柏言往他后脑上拍了一下："怎么和你哥说话的！"

两人打闹了会儿，岑柏言随口问："今儿讲什么了？"

"做了一套真题，讲了非谓语从句。"陈威又开了一局。

"机场机场！都去机场集合！"陈威一边和游戏里的队友嚷嚷，一边敷衍岑柏言，"哦，对了！"陈威忽然想起来，得意扬扬地炫耀，"老师还送我个拍立得，不知道是哪个小女生放他包里的，我俩拍了个合照，你要不欣赏欣赏？"

岑柏言干坐着也无事，便说："看看。"

相片上，宣兆坐得端端正正，笑容和煦又儒雅，突然，他目光一凝——

拍立得拍出来的照片画质不高，他还是敏锐地捕捉到宣兆嘴角那并不那么明显的瘀痕，再仔细一看，他平放在桌上的右手背也有伤——两道明显的划痕，像是玻璃碎片划的。

"他受伤了？"岑柏言问。

"说是把碗摔了，又撞门上了。"陈威说。

怎么个摔法能把手背摔成这样？怎么个撞法能把嘴角给撞青了？

也就陈威这傻子能相信。

"老师还叫咱们最近先别去酒吧，说是挺乱的。"陈威边操作边盯着屏幕，"我寻思咱也就去那一回被他撞见了，他怎么说得我们好像酒吧专业户似的……"

"砰——"

突然一声巨响，陈威吓了一跳，扭头一看，岑柏言甩门走了，这么晚了也不知道去哪儿。

惊雷酒吧。

岑柏言扫了辆共享电动车来的，边单手开车边给宣兆打电话，就是没人接。

一个多月没造访这家酒吧，五颜六色的灯光很是晃眼，一进门就遇着一个绿头发的人往他身上靠，涂着红色指甲油的手指头在他脖子上轻轻一划，说："帅哥，一个人啊？"

强烈的反感涌起，岑柏言拽着对方的衣领把人推开。

岑柏言径直往吧台方向走，拽住一个路过的酒保，问："宣兆呢？"

酒吧里声音太嘈杂，酒保没听清："啊？先生您说什么？"

"我说，"岑柏言加大音量，"在你们这儿打工那瘸子呢？"

"哦，小兆啊，"酒保抿了抿嘴唇，有些紧张地问，"你找他有事吗？"

他这反应让岑柏言心生狐疑，立即说："我是他的同学，导师有急事要找他。"

"那等明天吧，"酒保欲言又止，"小兆他……遇着点儿麻烦。"

"人呢？"岑柏言立即问。

酒保见他穿的都是名牌，眉目间满是戾气，肯定也不是好惹的，于是低声说："三楼306包房。"

岑柏言转身就跑，没看见酒保眼底有微光一闪。

"少爷，那孩子会来吗？"

306包房，龚叔皱着眉给宣兆包扎手腕。

他的右手腕内侧有一道新增的划伤，正在往外渗血，龚叔看得心疼不已。

"今天不来，下次也会来。"宣兆就像察觉不到痛似的，脸上甚至带着微笑，"我爸爸和那个女人把他教育得很好，正直、善良、开朗、健康。"

龚叔看着他眉眼间驱散不开的阴霾，在心底叹了口气。

"他和我爸爸一模一样，有种自以为是的正义感，见到弱者就有种莫名其妙的使命感。"宣兆垂眸，笑着说，"龚叔，他才是我爸爸一手带大的，他比我更像是亲生儿子，对吧？"

"少爷，那你又何苦……"龚叔看着宣兆眼角和嘴角的青紫，欲言又止。

"我本来也应该是他那样的。我时常在想，那个女人当初是怎么勾引我爸爸的，仅仅示弱是不够的，一味倒贴应该也不够，"宣兆嘴角上扬，眼神却是冷漠的，"要松弛有度，偶尔下些猛药。"

龚叔刚想说什么，耳麦里传来声音："龚叔，人上去了。"

"少爷，他来了。"龚叔抿了抿嘴唇。

宣兆闭了闭眼："叔，我的药引子来了。"

岑柏言踹门进去，一眼就看见宣兆低着头坐在沙发角落，右手无力地下垂，手腕缠着绷带，渗出不明显的浅红色。

他脑袋里"嗡"地一下就炸开了，大步冲到宣兆面前。

宣兆讷讷地抬起眼，见到他神色极度震惊，低呼道："柏言？"

"你傻吗！"岑柏言掐着他的肩膀大吼，"被人打成这样也不知道找人帮忙？"

"小伙子，你是谁？"一边的龚叔缓缓发问。

岑柏言这才注意到包间里还有另外几个人，他下意识地认为就是这群人动了宣兆，当下眼神一沉，冷笑着抄起一个酒瓶砸了过去——

"柏言！"

宣兆瞳孔骤然紧缩。

岑柏言由于愤怒额角青筋凸起，宣兆喊不住他，情急之下连拐棍都没来得及挂，跋着脚上去，从背后抱住岑柏言的腰："柏言，你冷静点，你听我说……"

龚叔皱着眉，看着眼前这个满身戾气的少年："小伙子，你是不是误会了。"

岑柏言不敢推开宣兆，生怕自己力气大点儿就把这瘸子掀翻了，于是强压着脾气转过身："行，你说，你这伤是怎么来的。"

"就是……"

"别和我说是摔碎碗又撞门上，我不吃你哄小孩儿那一套！"

宣兆抿了抿嘴唇，一贯带笑的眼睛里染上了不分明的痛楚。

岑柏言因为他这个眼神而心头一刺，挪开了目光说："是不是这人动的你？"

"不是。"宣兆忽然抬起双手抹了把脸，紧接着深深呼了一口气，良久才轻声说，"是我妈妈，她是个……疯子。"

岑柏言一愣。

"龚叔是酒吧的老板，他是关心我，来问我怎么回事的。"宣兆接着说。

龚叔在岑柏言身后沉默不语。

他是看着宣兆长大的，但他很多时候也不明白宣兆究竟是一个什么样的人。

宣兆是冰冷且坚硬的，当年复健的过程漫长且痛苦，他愣是咬破了嘴唇也不叫疼，硬生生扛了下来。但某些时刻，宣兆也有柔软的一面，譬如他们本来的计划是由龚叔扮演要债的恶人，宣兆怕岑柏言真的对龚叔动手，所以把这出戏做了调整。

宣兆妈妈疯了不假，这几天发病了不假，他身上的伤都是她弄来的也不假，但设法让岑柏言知道他受伤了、放饵引岑柏言来酒吧找他、借着一身的伤让岑柏言同情关注更不假。

只是这剂猛药也太猛了，宣兆甚至不惜揭开自己最深的那个伤疤——他的妈妈。

以至于龚叔也分不清，此刻宣兆流露出的无助与脆弱，到底有几分是真、几分是假。

"你的……"岑柏言眉心紧蹙，难以置信，"妈妈？"

"嗯，"宣兆嗓音一哑，抬头看着岑柏言，眼角嘴角的瘀青在他白皙的皮肤上显得触目惊心，扯了扯嘴角，露出一个勉强的笑容，"柏言，我觉得好丢人，我们走吧。"

岑柏言这才注意到，宣兆嘴唇发白，肩膀竟然在发抖。

他被人骚扰、被带进派出所质问的时候都要把肩背挺得笔直，现在竟然浑身战栗。

岑柏言定定地看着他，片刻后扶着他的肩膀："好，我们走。"

"没事，"宣兆低声说，轻且坚决地推开了岑柏言，一瘸一拐地走到沙发边捡起拐棍，"我自己能走。"

岑柏言走在他后边，看着他又努力把肩膀绷得笔直，心中不知是什么滋味。

"她精神情况不太好，反反复复的，最近又认不出我了。"

大学城的烧烤摊上，岑柏言和宣兆面对面坐着。岑柏言抢下宣兆手里的啤酒，给他塞了一杯热牛奶："都伤成这德行了还喝酒，你那么牛，你妈揍你的时候怎么不知道躲躲呢？"

"躲不了。"宣兆笑笑，"我躲了她就用她自己的头撞墙，用指甲划自己的手，还不如打我呢。算了，不说这个。"

岑柏言不知道该说什么，只好保持沉默，用桌角撬开了啤酒瓶盖。

"你今天怎么没来？"

"你这伤处理了没？"

两个人同时开口，岑柏言对上宣兆的眼神，挪开视线。

"我今天有事。"他生硬地回答。

"哦。"宣兆点点头，用一次性筷子夹鱼丸，滑不溜秋的，怎么也夹不起来，"我还以为你躲着我。"

岑柏言见他和个鱼丸较劲儿，拿了根签子一扎，把鱼丸递过去，说："我躲你干吗。"

宣兆接过鱼丸咬了一口："你应该不想和我这样的人做朋友。"

"瞎说什么呢，"岑柏言忽然站起身，"你在这儿等着，我去给你买药。"

他说完就走，没走出去两步又转回头，恶狠狠地盯着宣兆，一根手指虚点了点，警告道："你别偷喝酒，老老实实喝你的奶去。"

"知道了，"宣兆支着下巴看着他，"小朋友。"

宣兆"扑哧"一声笑了出来。

真就跟只小狗崽子似的。

岑柏言上药的动作不太熟练，棉签蘸着消毒酒精在宣兆左手背的伤口上反复涂抹了好几次，端着宣兆的手观察几秒，觉得还是没到位，于是又取了一根棉签。

"老板，我这'蹄子'再腌就入味了。"宣兆哭笑不得。

岑柏言轻轻嗅了一下："是挺味儿的，另一边'蹄子'拿来。"

"哦，好，"宣兆乖乖地伸出右手，左手撑着脸颊，看着岑柏言笨拙地翻出消炎药水，笑着说，"手法很生疏啊。"

"你以为我像你似的，三天两头就出点事儿，"岑柏言抬头瞥了他一眼，"你一个瘸子怎么这么多事儿呢……"

他右手伤在手腕，伤痕挺深的，得重新包扎。

原来的绷带缠得乱七八糟的，岑柏言皱着眉层层解开，最后一层纱布几乎是贴着肉扯下来的，黏起一层带血的破皮，岑柏言看着都疼，抬眼瞧见宣兆竟然还在笑，就像不知道痛似的，他心里不知怎么就一阵火大，没好气地说："你傻笑个屁啊你笑，一天天的能不能安分点儿……"

"怎么，"宣兆极其快速地捕捉到了重点，"我笑怎么就是不安分了？"

岑柏言本意指的是宣兆忒不安分了，总让自己受伤，没想到这瘸子不仅走路歪，理解他话的能力也是够歪的。

"小朋友，"宣兆继续臊他，"你这就叫'欲加之罪，何患无辞'啊，还有没有什么罪名要给我安上的，我一并受着了。"

岑柏言觉得自从认识了宣兆以后，他极厚的脸皮遭到了极大的挑战。

他垂着头专心包扎，嘴里絮叨个不停："少和我扯淡，我发现你这点儿能耐都用我身上了是吧，你对陈威怎么就成天和颜悦色的……"

宣兆托着脸颊，安静地注视着岑柏言。

平心而论，岑柏言从长相上来看非常赏心悦目，可见那个女人也一定是个不可多得的好样貌。烧烤摊的黄色灯光从他头顶打下来，把他乱糟糟的头发照出了淡淡的毛边，眼窝比一般人更深邃，鼻梁挺拔且流畅，垂着头专心做一件事的样子，很是英俊且动人。

宣兆淡色的嘴角不那么明显地勾起了一道放松的弧度。

"行，这边的'蹄子'也入味了。"岑柏言擦完药，满意地端详了会儿自己的大作，从纸袋里找出医用绷带，"这'小瘸蹄子'包装包装就能上架出售了。"

宣兆说："有劳，我明早还有课，为了不让这'小瘸蹄子'被笑话，辛苦系个漂亮些的蝴蝶结。"

"……你还挺能使唤人，"岑柏言撇嘴，"要不要给你打个中国结啊？"

宣兆弯了弯五根指头，很自然地接话："好啊，来一个吧。"

"啧！"岑柏言在他乱动的食指尖上轻轻拍了一下，"安分点儿！"

宣兆突然不说话了。

岑柏言往他手腕上缠了两圈绷带："紧不紧？疼了你就说，知道吗？"

宣兆还是没回话。

岑柏言抬头一看，宣兆面无表情地看着他，嘴唇紧紧抿着，一言不发。

"你怎么了？哪儿疼啊？"岑柏言担心道，"就你这样的还学医呢，走走走，赶紧去医院……"

"不是你叫我安分点儿吗？"宣兆说。

"啊？"岑柏言一时间没反应过来。

宣兆吸了吸鼻子："我这样够安分了吧？"

"……把你牛的！"岑柏言实在没绷住，"扑哧"一声笑了出来。

宣兆也扬起嘴角，眼里的笑意明显加深了。

最后还是宣兆极力反抗，才没让岑柏言照着百度在他手腕上真打出个蝴蝶结。手上的伤是处理完了，还有脸上的瘀青，岑柏言刚倾身过去要给宣兆擦药，宣兆把椅子往后拉了拉，和岑柏言拉开了些距离："这个我自己来。"

岑柏言只好把桌上的药一股脑抄进纸袋子里："行，那你回去自己弄吧。"

他从外套口袋里摸出一根烟，边点火边随口问了一句："不介——"

"介意。"宣兆从他嘴里抢过烟丢到一边，"长期吸烟首先伤害肺组织，刺激支气管，造成肺支气管的慢性炎症，会导致慢性支气管炎、肺气肿、肺间质纤维化等疾病。"

"……你知识还挺渊博。"岑柏言空打了两下打火机，讪讪道，"我抽烟是肺难受，不抽我浑身难受。"

"你真是……"宣兆笑得有些无奈，"下回我给你做个草药包，气味一定程度上可以替代尼古丁，适合你这种小小年纪却又烟瘾大的。"

他话语间隐隐透露出一丝关心的意味。

"你早点回学校，要遵守校规校纪，"宣兆右手拎起药袋子，左手拿起拐棍，"我也得回去了。"

岑柏言接着站起身："成，我送你。"

"不用了，我自己可以。"宣兆抬手指了个方向，"喏，我租的房子就在后面的巷子里，很近。"

"我也就是嘴上说说，"岑柏言的手又伸进兜里想摸烟，"没真打算送你。"

"今天谢谢你了，帮我上药，"宣兆拄着拐棍，笑着指了指自己的耳朵，"还有，听我说话。"

"走吧，别磨叽，真要谢我，下回给我带你那个什么饭。"岑柏言解释道，"你别听陈威瞎说，我又不是什么吃露水长大的仙女，我也吃二三十块的外卖。"

宣兆轻笑出声："好啊。"

岑柏言压着嘴角，摆摆手转身先走了，走出去没两步就听见身后传来宣兆倒吸气的声音。

他回头一看，小吃街人挤人的，宣兆被人撞了一下，拐棍倒在地上，他手腕的伤估计是被蹭着了，这会儿正抬着手皱眉头。

岑柏言想也不想，大步走上去扶住宣兆："本来腿就瘸，手又伤了，瞎逞什么能！"

刚才从宣兆身边经过的女生一脸慌张："对不起对不起，我不是故意的，我都不知道我撞着你了……"

"没事，"宣兆温声说，"是我没好好看路。"

岑柏言一只手捡起拐棍夹在胳膊底下，另一只手揽着宣兆的胳膊："别废话，我送你回去。"

宣兆"啊"了一声："真的不用——"

"闭嘴。"岑柏言扭头瞪了他一眼。

宣兆无奈地叹了一口气："我得欠你多少顿蛋包饭啊。"

他们走后，刚才那个女生愣在原地，委屈地和同伴说："可我真的没有撞到他啊，好像是他自己把拐棍摔了的……"

"没事没事，他不也没找你麻烦吗，应该不是碰瓷的，咱走吧。"

第 4 章

惊喜

大学城小吃街背后是错综复杂的小巷，低头是积满地沟油和泔水的臭水沟，抬头是纵横交错的裸露电线，最里面是一栋看起来摇摇欲坠的七层砖楼。

这里的条件非常简陋，但凡经济情况稍微好些的学生也不会选择住在这栋楼里，租户大部分都是外来务工的，白天在大学城支个小吃摊，晚上收摊了，小车一推就回来了。

宣兆住在三层，一层楼被隔成三个单间，三间住户共用一个厕所。

"你就住这儿？"岑柏言在逼仄的楼道里皱着眉，半死不活的灯泡悬在他头顶晃悠，他站都站不直，生怕脑袋一碰就把那上了年纪的宝贝灯泡撞得寿终正寝。

公用厕所门开着，马桶边沿遍布着斑斑点点的黄色尿渍，就连地板的瓷砖上也有，散发出刺鼻的骚味。

"嗯。"宣兆拿钥匙打开木门，轻声说，"另外两家是对面网吧的网管，在卫生这方面……比较不讲究。"

岑柏言屏住呼吸，瓮声瓮气地骂道："这何止是不讲究，人能尿得这么歪？"

"行了，少爷，"宣兆哭笑不得，按亮屋里的灯，侧身说，"进来吧。"

宣兆的小屋子目测只有十五六平方米，用一个书架隔成两半，外面是个小灶台，里边是一张床和一个布柜，面积比岑柏言家的厕所还要小。不过地方虽小，却收拾得非常整洁——地板一尘不染、被褥叠得整整齐齐、书架上专业书分门别类地置放、床头柜边的矿泉水瓶里插着一枝花、墙上贴着各种各样的草药标本——能看出主人在努力生活着。

岑柏言站在门边环视一圈，把这间小屋纳入眼底，不放过任何一个小细节。

"你在我床上坐吧，床单刚换过，很干净。"

宣兆把拐棍靠在墙角，脱了外套挂在衣架上，有些局促地抿了抿嘴唇。

岑柏言一双深邃的眼睛轻轻眯着，饶有兴味地盯着宣兆。

这瘸子甭管遇到什么都一副"我雷打不动"的淡定样子，这会儿竟然难得地显露出几分拘谨和紧张来。

面前的少年穿着深黑短袄，肩宽腿长的，这么居高临下地盯着宣兆，莫名就有种逼人的气势，仿佛这小屋子装不下这尊大佛似的。

宣兆做了一个吞咽的动作，堪称仓皇地挪开视线，冻红的双手背在身后揉搓两下："我这里太小了，也没有招待过别的人……"

"我是第一个来你家的人？"岑柏言打断他。

"啊？"宣兆不明白话题怎么就转到这上边了，云里雾里地点了下头，"嗯，我朋友很少，加上条件不好，之前没人来过。"

岑柏言锋利剑眉下的双眼轻轻一弯，突然就笑了起来，心情大好地摆摆手，非常愉悦地在狭窄逼仄的小屋里踱起了步："不用招待，我挺有主人翁精神的，在哪儿都能自给自足。"

他说完拿起灶台上一瓶只剩一半的矿泉水，拧开瓶盖就往嘴里倒。

"哎！"宣兆立即阻止，"那是——"

然而已经来不及了，岑柏言吞下去一大口，接着脸色一变。

"——醋。"宣兆憋着笑，肩膀上下耸动。

岑柏言骂了一声，打开房门冲进厕所就要吐，被满马桶的尿渍熏得更恶心了，差点儿把三魂六魄都给呕出来。

宣兆给他递了两张湿纸巾，哭笑不得地说："下回能把话听完吗？"

岑柏言吐得两眼泪汪汪，嗓子眼里又酸又苦，一肚子脏话要骂，宣兆笑盈盈地看着他，突然说："张嘴。"

岑柏言身体先于大脑一步做出了反应，乖乖张开了嘴。

宣兆踮脚，往他嘴里放了一个什么东西。

清凉甘苦的味道在口腔里弥漫开来，瞬间就驱散了那股酸涩的反胃感。

"薄荷叶，含一会儿就吐了，生吃不好，"宣兆像耐心叮嘱小孩子吃药的医生，"要谨遵医嘱，知道了吗？"

薄荷独有的清新味道在口腔鼻腔里乱窜。

宣兆抬手轻轻拍打岑柏言后背，边给他顺气边说："好好好，是我不该把醋装在瓶子里，我给你道歉，给你赔罪，现在就给你做蛋包饭吃，好不好？"

岑柏言嚼了嚼嘴里那片薄荷叶，刺激的凉味"嗖"地蹿上脑门。

"不吃了，我回去了，宿舍楼有门禁。"岑柏言旋即又不放心地补了一句，"你这几天就别做饭了，手都这样了。"

"好，知道了，"宣兆从衣架上取下一条围巾，递上去说，"戴着吧，风大。"

"不用。"岑柏言想也不想，干脆地拒绝了。

宣兆一愣，以为岑柏言是觉得他的围巾不太干净，于是很自然地收回手，笑着说："那你路上小心。"

岑柏言摆摆手，三步并作两步跑下了楼梯。

在他走后，宣兆脸上笑容不变，眼底却渐渐冷了下来。

他取出一张消毒纸巾，在右手的食指尖上反复擦拭，眼角瞥到灶台上落下了岑柏言的钱包。

宣兆拿起钱包，打开一看，夹层里是一张照片，四个人。

照片里，岑柏言站在沙发后，旁边一个女孩挽着他的手臂，笑容灿烂。

沙发上坐着一男一女，女人样貌温婉，眉眼间和岑柏言隐隐有几分相似；至于那个男人，宣兆再熟悉不过，那是他的亲生父亲，万千山。

好一个幸福美满的一家四口。

宣兆眼底浮起一丝戾气，"啪"地合上钱包，拿起消毒湿巾，更加用力地擦拭起自己的指尖。

手机里静静地躺着两条消息，发件人是"万千山"。

"小兆，下周爸爸生日，爸爸希望你也能出席，把你介绍给岑阿姨，还有你的弟弟妹妹，他们两个还不知道有你这个哥哥，我想给他们一个惊喜。"

"爸爸知道你还恨我。都十多年了，小兆，你就不能原谅爸爸吗？毕竟我们是一家人。"

弟弟妹妹？一家人？

宣兆忍不住冷笑出声，就在刚才，他的好弟弟才从他家里离开。

这是宣兆送给他们一家四口的第一份惊喜。

"老爸快要生日了，哥你记得早点订票啊！"

回学校的路上，岑柏言用一边肩膀和耳朵夹着手机，腾出手点了一根烟。

"知道知道，你唠叨多少回了，"岑柏言说，"万叔叔生日我肯定回去。"

"还万叔叔万叔叔的，"对面的女孩不满地嘟囔，"你怎么还不改口啊！"

岑柏言笑笑："行了啊，这事儿都多少回了，不是说不再提了吗？"

"好吧，总之老爸生日那天你要回家，我想死你了！你不在家老妈就知道唠叨我，烦死了！"女孩埋怨，又说，"真不知道你是怎么想的，老爸把你当亲生儿子，你还和他这么生分……"

岑柏言笑着和她聊了会儿，挂断电话后，静静地站在路边把烟抽完了才走。

岑情是他同母异父的妹妹，其实她说得也有道理。

岑柏言的生父是个烂酒鬼，在他很小的时候就死了，那之后万叔叔一直照顾他们母子，待他比亲生父亲还要尽职尽责。

只是岑柏言心里有个疙瘩，都这么多年了，万千山和他母亲岑静香始终没有领证，从法律层面上还不是真正的夫妻，要岑柏言改口喊他"爸爸"，岑柏言始终觉得别扭，迈不过那道坎。

岑柏言呼了一口气，双手插进衣兜，觉得自己怪矫情的。

下午五点半，陈威下了家教课回到宿舍。

岑柏言坐在桌边，指尖有一下没一下地在桌面上轻轻敲着。

那瘸子身上都是伤，晚上不会还要去酒吧打工吧？

上次听陈威说瘸子这个月有篇论文要发，他白天上课打工没时间，晚上铁定要熬夜做功课，就他这身子骨，多熬几天不就熬废了？

"咔哒——"

开门声传来，岑柏言一个激灵，立即正襟危坐，极其专注认真地盯着电脑屏幕。

"哟，挑礼物呢？"陈威往他电脑上瞥了一眼，"对了，上午听你说你爸下周生日是吧，机票买了没？"

"买了。"岑柏言在陈威身上闻到了熟悉的草药味，"不是我爸，是我叔。"

"你那叔叔不就是你爸？"陈威是知道岑柏言家里情况的，"都一样。"

岑柏言懒得再和他解释称呼的事儿："随你吧。"

陈威翻了翻手机备忘录："你是下周四回家吧？下周三咱和法学院有比赛，别忘了啊。"

"没忘。"岑柏言鼠标在页面上随意一点，问了一句，"你今天课补得怎么样？"

"挺好啊，就是老师的手伤了，最近做不了饭，我也没口福了。"陈威哈着气跺了跺脚，回宿舍这么久还没暖和过来，骂道，"今年真够冷的，我看宣老师那棉袄都不知道穿了多少年了，真不知道他怎么过的冬。"

岑柏言眼神微微闪烁，忍不住想他做不了饭那他吃什么，他棉袄旧了那受冻了怎么办。

这瘸子就没一天让人省心的。

陈威从大衣口袋里掏出一个东西，扔到岑柏言桌上："喏，你的。"

是他的钱包，肯定是昨晚落在那瘸子家的。

岑柏言随手翻开钱包瞥了一眼，瞥见夹层里多出来个东西，他拿出来一看，是张小纸片，上面的字迹清隽秀丽：今欠岑柏言小朋友十顿蛋包饭，立此凭据，随时兑现，有求必应。

落款是"宣兆"。

当晚下起了小雨，海港是南方沿海城市，冬天本来就潮湿，一下雨气温就更低了，被窝怎么都焐不热。

岑柏言刚上网查了，说是有腿疾的人湿冷天气通常不好受，他跑阳台上抽了根烟，看着窗玻璃上淅淅沥沥的水珠，想问问瘸子晚上去没去酒吧，心里又觉着别扭，忽然心念一动，拿出手机给宣兆发了条消息："给男性长辈挑生日礼物，你有什么建议没？"

对着手机等了十来分钟，宣兆的消息回了过来："是你父亲的生日吗？他平时有什么爱好吗？"

岑柏言立即打字"不是我爸"，想了想又觉得自己这家里情况太复杂，解释起来挺费劲的，于是回复道："差不多，他好像没什么特别的爱好。"

这次宣兆回复得很快："那可以送一些常规的礼物，比如钢笔之类的，好看又实用。"

钢笔？

岑柏言眉梢一挑，觉得这个主意不错。

"钢笔挺好。"

另一边的出租屋里，宣兆对着这四个字轻轻一笑。

钢笔当然好了，当年万千山送了他妈妈一支钢笔作为定情信物，就此开启了她悲剧的一生。

借着岑柏言的手把钢笔还给万千山，当然好，再好不过了。

"你在酒吧干活还有工夫回消息呢？"

"请了一周假，在家赶期中论文。"

随即宣兆给岑柏言发过来一张照片，是他那个狭窄的小屋，书桌上叠着厚厚的资料，宣兆的手指出了镜，比了个"耶"。

岑柏言唇角一勾，紧接着撇到照片一角，眉头立刻蹙紧。

书桌角落是两个堆在一起的泡面盒，边上还扔了一盒拆开的风湿膏。

他手伤了，自个儿在家就吃这玩意儿？腿疼贴这玩意儿有用吗？

就没一天让人省心的！

半小时后，穿着深蓝制服的外卖小哥敲开了宣兆的房门，送来了两个大袋子。一个袋子里装着热腾腾的燕麦粥和各种馅儿的包子，另一个袋子里则是药，外敷的、内用的、消炎的、镇痛的，一应俱全。

宣兆第一时间没反应过来："不是我的外卖。"

"'宣小朋友'是你吧？"外卖小哥没好气地说。

宣兆一顿："我是姓宣，不过我确实没有订外卖。"

"不是你的还是谁的，这鬼地方谁还叫外卖，你姓宣这就是你的，"外卖小哥不由分说地把两个袋子塞到宣兆手上，紧接着咕哝着抱怨了一句，"要不是加了八十跑腿费，我才不接这单。"

宣兆一手拎着一个大袋子，看着小哥急吼吼地跑下楼梯，稍稍愣怔了两秒才反应过来，应该是岑柏言给他叫的外卖。

这破房子是违章自建的，犄角旮旯儿的，连个正规门牌号都没有。宣兆看了眼外卖单，岑柏言写的地址是"大学城三巷一直走到最里面，看见最破的那栋楼，上三层，左手边第一间"，收货人名称写的是"宣小朋友"。

宣、小、朋、友？

宣兆一字一顿地把这四个字在心里默念了一遍，鞋架上的半身镜倒映出他脸上不明显的笑影。

幼稚。

其实宣兆并不饿，但他还是从袋子里拿出了一个包子，从中间掰开——黑豆沙馅的。

宣兆自从七岁那年遭遇车祸以后就不吃甜食了，坐轮椅的那段时间医生总拿水果糖哄他，他嘴里含着甜蜜的糖果，复健的时候就感到加倍的痛苦。打那以后宣兆就明白了一个道理，人一旦吃多了甜，就再也吃不了苦了，于是他对一切甜食敬而远之。

但今天，他却鬼使神差地用指尖揩了一点豆沙，轻轻抿进嘴唇里尝了尝。久违的香甜气味在口腔中蔓延开来，大脑细胞受到了诱惑，宣兆本能地感受到了快乐，然而这本能很快就被打败了。

甜味让他条件反射般地联想到那段时间——牙齿咬破嘴唇、汗水覆盖额头、无论怎么努力都站不起来、撑着拐杖走两步就跌倒、像只死狗一样毫无尊严地倒在地上……左膝随即传来针扎般的刺痛感，宣兆脸色煞白，立即把那个豆沙包囫囵塞回袋子里，紧接着慌里慌张地扔进垃圾桶，仓皇得仿佛扔掉的不是一袋包子，而是一个烫手的炸弹。

处理完这一切，宣兆仰面靠在椅背上，外面雨下得越来越大，生理上的疼痛让他变得格外清醒。

他抬手按了按太阳穴，心想：我在干什么？我竟然在吃这么甜的豆沙包，我竟然在吃岑柏言送来的、这么甜的豆沙包。

书桌上的陶瓷水杯倒映出他此刻毫无血色的脸，瞳孔格外漆黑，犹如一汪深不见底的幽泉。

宣兆很清楚地知道自己失态了。

照片是他故意拍的，他就是要"不经意"地让岑柏言知道他过得很不好，桶装泡面和廉价风湿膏都是他放出去的饵。

线攥在他手里，只能由他操纵，他绝不允许自己的心绪被岑柏言牵动一丝一毫。

等到躁动的心跳逐渐平复，宣兆面色沉静如水，他又变成了那个波澜不惊、运筹帷幄的东家，仿佛刚才那个仓皇失措的是另一个人。

他从书桌抽屉里取出一个日记本，翻到最新一页，提笔写下了几行字，接着打开手机，给岑柏言发了一条消息。

"豆沙包很甜，我监督宣小朋友全部吃干净了，一个不剩。"

岑柏言对着这条信息笑了笑，看来他很喜欢吃甜的。

他本来只是觉得宣兆这两天泡面吃多了，吃点甜食能解解腻，没想到那么多包子，宣兆竟然一个都没剩下，看着瘦了吧唧的一个人，胃口还不小。

这时候，屋里传来陈威撕心裂肺的哀号："杨烁你把你这《百科全书》放地上干吗，我没注意踢到了，脚趾头都断了！"

杨烁慌忙道歉，陈威嚷嚷道："岑柏言呢！我腿都断了你还不进来关心关心！"

"滚，"岑柏言想也不想就骂，"你腿断了关我什么事！"

手机一亮，宣兆又给他发了一条消息：

"作为回报，明天需要我陪你去挑钢笔吗？我有个舍友喜欢收集钢笔，我耳濡目染，也跟着了解了一些。"

这条信息很快又被撤回，因为宣兆发现他犯了一个非常低级的错误，他告诉岑柏言的是他不住宿舍，和舍友来往不多，又怎么"耳濡目染"。

但岑柏言却没有发现这个漏洞，回复道："准了，明儿朕就允许爱卿随行。"

第二天雨小了不少，岑柏言懒得带伞，将外衣上的帽子往头上一戴就出了门。

宣兆在大学城入口等他，穿着浅灰色外套，左手支着拐棍，右手撑着伞。

岑柏言远远地隔着一层雨雾看到了宣兆，在潮湿的雾气里宣兆瘦削得像一片轻飘飘的羽毛，围着毛茸茸的黑色围巾，小半张脸都埋在了里面，衬得皮肤越发白皙，像一幅画似的。

岑柏言快步朝宣兆走过去。

"怎么不撑伞？"宣兆把伞分给岑柏言一半，皱了皱眉说，"身上都湿了。"

"没那么娇气，"岑柏言帽檐压得很低，"毛毛雨，懒得带。"

宣兆无奈地叹了一口气："你啊……还好我带了。"

他个头比岑柏言矮，撑着伞有些费劲，于是岑柏言很自然地从他手里接过伞。

"确定要买钢笔的话，我推荐一个老牌子，叫'飞度'，我们可以去旗舰店里仔细挑，应该有适合你爸爸的。"宣兆步伐缓慢但稳健，肩背还是绷得笔直，语速不疾不徐。

岑柏言偏过头，这人为什么看起来永远是这么一副好风度。

宣兆陪岑柏言去了飞度品牌专卖店，岑柏言心思本就不在这上面，加上他也不了解钢笔，就让宣兆替他选了。

宣兆为他选了一支树脂打造的钢笔，笔身是沉郁的深蓝色，笔帽上刻有海浪元素的磨铣图案。

"这支笔非常经典，概念是环游世界，"宣兆耐心地向岑柏言解释，"设计师坐船旅行，从伦敦到孟买，一路穿越地中海，途经苏伊士运河时产生了灵感，设计出了这支笔。"

岑柏言眉梢一挑，狐疑地问："一支笔还有这么多学问？"

　　宣兆笑着摇了摇头，指着笔帽的位置给岑柏言看："喏，这里的浮雕有十八朵海浪，记录着这次旅程一共有十八天，每一朵海浪又有略微的不同……"

　　岑柏言摆摆手，大大咧咧地说："成成成，就这个什么穿越死海吧。"

　　宣兆哭笑不得，纠正道："是地中海。"

　　一边的店员低头轻笑。

　　"我知道！"岑柏言耳根一烫，给自己找补道，"我这就是口误。地中海是吧？就这地中海了，给我包起来，包得漂亮点。"

　　"好的，先生。"店员双手交叠在身前，"您跟我这边结账。"

　　等岑柏言去了收银区，宣兆脸上的笑意才一点点退了下去。

　　昨晚疗养院打电话过来，说他妈妈的精神状况又恶化了。

　　她闹着要在医院里办一场生日派对，医生问她给谁办的，她笑得非常羞涩，说千山的生日要到了，她要给千山操办一场盛大的生日宴，让全海港市的名流都知道，千山就要成为她的丈夫了，看以后谁还敢瞧不起千山，说千山是农村出来的穷小子。

　　她的记忆出现了混乱，回到了二十出头的年纪，那会儿她刚认识万千山，恨不能把所有最好的都捧在手心里送给万千山，她送给万千山一场无比隆重的宴会，万千山回报了她一支飞度钢笔，意思是"我穿越了千山，最终为你靠岸"。

　　多浪漫啊。

　　宣兆看着岑柏言正在刷卡的背影，心底缓缓浮出一丝隐秘的快感。他已经迫不及待地想知道万千山收到这支和当年送给他妈妈一模一样的钢笔，会是什么反应了。

　　等岑柏言结完账转过身，宣兆又变成了那个温和儒雅的样子，以极其斯文的坐姿坐在等候区的沙发椅上，拐棍靠在脚边。

"好啦？"宣兆仰头说，"那我们回去吧。"

"不急，你再陪我去买件衣服。"岑柏言说。

宣兆站起身："买衣服？"

"给我妹，"岑柏言胡乱扯了个由头，"你这身材和我妹差不多，你去试穿。"

"啊？"宣兆低头看了眼自己这一马平川的身板，忍俊不禁地问，"你这是骂我还是骂你妹妹啊？"

"你管呢！"岑柏言恶狠狠地瞪着宣兆，心里越虚表面上就越凶，"去不去？"

"去去去，"宣兆好脾气地弯着眼睛，"都听你的。"

"不是要给你妹妹买衣服吗？"宣兆伸开双臂，任凭岑柏言像摆弄洋娃娃似的，把一件男款羽绒服往他身上套，"这是男生的衣服，嗯……"

岑柏言显然是第一回给别人穿衣服，在给宣兆套袖子时胳膊肘一抬，撞到了宣兆下巴。

"我妹走中性风，"岑柏言嘴硬地说，"就喜欢穿男生的衣服。"

宣兆在心里嗤笑一声，小朋友的演技过于拙劣了，明明是想要给他买衣服，偏偏要拿妹妹当借口。

"这袖子是不是有点紧？"岑柏言专注地打量着宣兆，悄声嘀咕了一句。

宣兆心底突然浮起一丝异样的柔软，而后涌起了一阵惊慌。

"买衣服"这件事并不在宣兆的计划之中，他是一个目的性极强的人，岑柏言对他来说只是一个能够利用的工具而已，是他要钓上来的一条大鱼。

这条鱼一步步被他吸引，然而宣兆却突然发现，这条鱼咬住了饵食，竟然主动拉扯起鱼线，企图把他也拉下水。

钓鱼的人最怕的无非就是被一尾鱼操纵，宣兆瞳孔一缩，他必须要把节奏完全掌握在自己手里。

"好像是紧了一点儿啊，"岑柏言像一个沉迷于换装游戏的小孩子，在打扮宣兆这件事上找到了非凡的成就感，转头对店员说，"麻烦给我拿一件大号的，对了，上头那条围巾也拿来试试，嗯……还有那个帽子，对对对，就是灰色的那个……"

宣兆装作什么也不知道，甩了甩手臂说："不紧的，你妹妹肯定比我瘦，给她穿应该刚刚好。"

"……你别说话，"岑柏言心想这人也太迟钝了，没好气地说，"我说紧就紧。"

宣兆皱了皱鼻子："好霸道的小朋友。"

岑柏言喉头一动，莫名地对"小朋友"这个称呼异常排斥。

"以后别这么叫我了。"岑柏言低声说。

宣兆正在和过紧的衣袖做斗争，没听清岑柏言说什么："嗯？"

恰好这时候，店员拎着一身新的衣服过来。

"先生，这件是大号羽绒服，我帮你换上吧。"店员说。

岑柏言抿了抿嘴唇，对店员说："我来。"

"柏言？"宣兆轻声说。

"那以后就叫你柏言吧，"宣兆笑盈盈地说，"好不好，柏言？"

岑柏言没回应宣兆，扭过头，对店员说："把橱窗里边模特穿的那几件都扒下来试试。"

"柏言，"宣兆看着橱窗里男性模特身上穿的深黑色冲锋衣，有些难以启齿，"你妹妹……品味这么独特吗？"

"让你试你就试，废什么话！"

"……哦，那听你的。"宣兆吸了吸鼻子。

"裤子……就不试了吧？"宣兆看着岑柏言拎过来的一件加绒加厚的大毛裤，面露难色。

虽然宣兆现在的人设是一个饭都吃不饱的穷学生，但东家即使扮着穷，对审美还是有着很高的要求——为了贯彻贫穷人设，他网购了一大堆均价三十元的衣服，然而便宜货的样子和款式丑得超出了他的承受范围，宣兆实在无法说服自己把身子往这种丑东西里套。于是他又额外花费了上千个三十元，联系了一家定制服装厂，要求是"简约好看，版型大方，同时要有种让人一眼就能看出来的廉价感"。

从宣兆的眼光来看，这件毛裤实在是品味欠佳，黑蓝相间，口袋和裤脚是豹纹花色，仿佛穿上它就能去爱斯基摩人的老家永久定居。

"我腿脚不太方便，"宣兆抿了抿嘴唇，刻意接近岑柏言这么久，他第一次有种转身就跑的冲动，"就不试穿了。"

岑柏言拎着裤子前后看了看，觉得好像是有点儿浮夸，他拎在手里都觉得沉甸甸的，这人细胳膊细腿的，指不定还没这一条裤子重。

他刚想说换一条吧，就听见店员插嘴道："这是我们店里最保暖的一条裤子了，不少风湿病、老寒腿的客人都穿这一条呢，最适合腿脚不好的人过冬了。"

"就这条了。"岑柏言一听这话立即拍板。

店员窃喜着想还真有冤大头花两千块钱买这裤子，突然感觉背后一凉，那位一直笑得和和气气的跛脚客人看她的眼神怎么那么冷？再转头一看，那位客人还是那副温柔和煦的样子。

"难道是我看错了？"店员在心里嘀咕了一句，"这么好看爱笑的客人怎么会有那种眼神呢？"

"去试衣间穿上看看。"岑柏言不由分说地把毛裤往宣兆怀里一塞。

他和篮球队那帮大老粗待惯了，手没个轻重，宣兆又被他推得一个趔趄，他赶紧拉住宣兆，皱眉说："轻轻一碰就倒，说你是个娇气花瓶吧，中看不中用。"

宣兆为难地看了看怀里那件毛裤，还想挣扎挣扎："柏言，我……"

"你乖乖闭嘴，负责让我捯饬就行，赶紧穿去。"

岑柏言对这件传说中保温效果好绝了的毛裤非常满意，又凝眉打量宣兆身上那件薄薄的长裤，大冬天的还穿这么点儿，活该腿疼。

他盯着宣兆下半身的眼神又是嫌弃又是不爽，"啧"了一声说："你这裤子能叫裤子吗？穿了约等于没穿，给我当垃圾袋我都嫌薄，兜不住。"

店员在边上"扑哧"一笑。

平心而论，宣兆是个极其有涵养的人，这辈子都没说过半个脏字。他出身名门，小时候外公和母亲对他管教得非常严，后来家里生变，他被逼着一夜长大。宣兆自律到了几乎可以称之是自虐般的严苛，他很清楚，他的优秀和出色本身就是对万千山和那个女人最好的报复。

然而，饶是宣兆涵养再好，这时候也忍不住在心里爆粗口："去你大爷的岑柏言！"

"我要是你，"岑柏言继续对宣兆这条薄裤子品头论足，"我就把这玩意儿当保鲜膜用，薄薄的一片，防止窜味儿还能防侧漏……"

宣兆额角一跳，佯装匪夷所思的样子，说道："不是给你妹妹试穿的吗？你妹妹连裤子尺码都和我一样吗？"

"对啊，"岑柏言双手抱胸，脸不红心不跳地说瞎话，"我妹净身高一米八八，比你高还比你壮，有事没事还能和我在家打几轮拳击，不像某个花瓶。"

宣兆回嘴道："照你这么说，你也可以给你妹妹试穿，你怎么不自己去？"他说这话时眉心微微蹙起，鼻头也不自觉地稍稍皱着，有种极其生动且鲜活的孩子气。

岑柏言还是第一次见到宣兆这副样子，有一点点不服气，好像还有一点点……气急败坏？

这个发现让他非常愉悦，抑制不住地弯起唇角，神气活现地对试衣间做了个"请"的手势。

宣兆轻哼了一声，对岑柏言伸出一边手掌。

岑柏言眉梢一挑："还要什么？内裤也给你拿一条搭配上？"

"拐棍，"宣兆说，"拿给我。"

岑柏言撇嘴："你还挺能使唤人的。"

最后岑柏言拎着两件棉袄、一件毛裤、两顶帽子和一条围巾去结账，宣兆坐在店里的沙发上等他，表情非常凝重。

刚才穿上大毛裤的那一刻，他觉得自己简直是毫无尊严，就像一头大庭广众下被游客观赏的北极熊。尤其是当那个店员闭着眼吹嘘"帅哥您和这条裤子简直就是绝配"的时候，岑柏言就在一边憋笑，肩膀一耸一耸的，简直要背过气去。

岑柏言刷了大几千块钱，心满意足。他把一顶帽子戴在宣兆头上，又把那条旧围巾摘了，给宣兆围起一条新的，和宣兆说："好了，走吧。"

宣兆不自在地扭了扭脖子，继续装傻："这是给你妹妹买的。"

他平时不是心思挺细腻的吗？今天怎么这么迟钝？

——我怕你冬天穿不暖，这些都是给你买的，你就不能暖暖和和过个冬天吗？

这话岑柏言没说出口，抿了抿嘴唇，干巴巴地说："给你先戴着。"

"那不就戴旧了吗？"宣兆垂眸说，"我自己有围巾。"

"你这条我要了。"岑柏言说着把宣兆的旧围巾往自己脖子上缠了两圈。

宣兆抬眸看了看岑柏言，眼神有些复杂，片刻后点了点头："好。"

雨下个不停，岑柏言送宣兆回了大学城，在那栋违章建筑楼下把一大袋子衣服塞给了宣兆："先放你这儿，我宿舍装不下。"

"啊？"宣兆一愣，"那你什么时候过来拿？"

岑柏言刮了刮鼻梁："我下周四回家，下周三有个球赛，你来找我。"

他这话潜台词是邀请宣兆来看他的比赛。

宣兆点点头："好啊，到时候我把衣服一起拿过去给你。"

"你傻啊——"岑柏言看着宣兆，欲言又止了小半晌，"反正你人来了就行，听懂没？"

宣兆一只手拄拐，另一只手抱紧怀里的衣服袋子，笑着说："懂了。"

阴雨天日光昏暗，他站在比岑柏言高两级的台阶上，

岑柏言缩了缩手指，他都暗示得这么明显了，这人真的懂了吧？

"真懂了？"岑柏言又问了一句。

"嗯，"宣兆点头，笑道，"真的懂了，你快回去吧，带着伞，一会儿雨下大了。"

"成。"岑柏言也放松地笑了起来，"你的伞我带回去了，下周三你来，我还你。"

他说完转身离开，宣兆却没有动，宣兆在昏暗的楼道里垂下头，看着怀中那一大袋衣服，神情晦暗不明。

岑柏言对他越来越关心，他应该感到满意才对，但不知道为什么，他忽然开始质疑自己——

我这么做真的对吗？

他静静地站了一会儿，明明戴着无比暖和的帽子和围巾，仍然觉得四肢冰凉。

宣兆觉得有一只看不见的手紧紧攥住了他的心脏，他被刺激得十指蜷曲，陷入了一种深深的自我矛盾当中。

他本能地憎恶岑柏言，当年那场车祸岑柏言本来也该在场，凭什么只有他成了残疾，凭什么只有他家破人亡，而岑柏言却能够活得恣意又张扬？

但是，他却无法抵抗岑柏言身上感受到了某种久违的温暖。某些时刻，他甚至想要抛掉那些扭曲的念头，肆意取暖。

宣兆闭了闭眼，也许是在这个破房子里待太久了，装了太久好脾气的"宣老师"，才会变得不像他自己。

于是他缓步往外走，打算回市区的公寓冷静一段时间，才走出一条小巷，他脚步忽然一顿。

前方的雨雾里，岑柏言蹲在地上，丝毫不在意自己昂贵的上衣下摆拖在了地上，被污浊的泥水浸泡。

伞下有一只呜咽的小流浪狗，脑袋依恋地蹭着岑柏言的手心。

岑柏言低笑道："小家伙。"

他脱掉自己的大衣，在巷尾的停车棚里给小狗搭了个窝。

后面发生了什么宣兆没有再看，他瞳孔骤然缩紧，呼吸变得异常急促，一些刻意想要遗忘的记忆如同礁石般浮出了水面——

"爸爸，你衣服上怎么有这么多毛？"

"哦，爸爸去一个同事家，他家养了一只小狗。"

"可是妈妈对狗狗过敏，你以后不要抱小狗了。"

画面一转，六岁的小宣兆夜里起床上厕所，偷偷看见爸爸在客厅里打电话，神情柔和。

"睡觉也要抱着？看来我这是送对礼物了，我就说怎么会有小孩子不喜欢狗的。"

"柏言喜欢就好，这孩子之前太封闭了，养个宠物陪伴他，能让他开朗些。"

"你别哭了，听话，当年是我不好，我不该抛下你，才让你遇到那个人渣。你放心，你和柏言以后有我了，我会好好栽培柏言，让他成为我们的骄傲。我会把柏言当成我的亲生儿子……比亲生儿子还要亲，好不好？"

……

宣兆拄着拐棍，脚步又快又急，踉跄了几次险些摔倒，仿佛后面有什么可怕的东西在追赶他。

狗是岑柏言的，爸爸是岑柏言的，美满的家庭是岑柏言的，健康的身体是岑柏言的，正直、明朗、率真、潇洒、骄傲……这些都是岑柏言的。

他深一脚浅一脚地回到了那个小屋，裤脚一片泥泞，"啪"的一声甩上了房门。

宣兆背靠着门，胸膛剧烈起伏。

既然什么都是岑柏言的，那他就让岑柏言失去这一切。

宣兆脸上满是雨水，他紧紧地闭上双眼，平复了呼吸之后，他从书桌抽屉里拿出了那个日记本，笔尖划动，白纸上出现清秀的字迹——

"……我知道衣服是给我的，我看过他钱包里的照片，他妹妹那么漂亮可爱，根本不是他说的'中性风'。可我根本不敢接受他对我的好，他只是同情我、可怜我，而我一旦习惯了这样的好，当有一天他不再同情我、可怜我了，到时候我又该如何自处？我和他有着天壤之别，像我这样的残废，连交朋友的资格都没有。"

宣兆的眼神一片沉静、无波无澜，落下最后一个句号，他合上笔记本，勾唇冷冷一笑。

第 5 章
毁掉他

　　岑柏言回到宿舍，把宣兆的那把黑色雨伞小心地收好，想了想又抽了几张纸巾，蹲下身把伞面上的雨滴一点点擦干净。

　　"买完礼物了？"陈威赖在床上没起，听见声音撩起蚊帐问了一句，"买的什么啊？"

　　"买完了。"岑柏言心情很好，一路上嘴角勾着就没放下去过，"钢笔。"

　　陈威"嗤"了一声："这都什么年代了，谁还送这么老土的东西。"

　　"你不懂。"岑柏言低笑一声，"这支笔是经典款，有故事的，设计师在环游世界的路上来的灵感，很有巧思。"

　　陈威匪夷所思地说："你今儿怎么文绉绉的，装什么文艺青年呢，你以为你是我的小宣老师啊？一支钢笔还有故事呢，真能糊弄人。"

——这一套还真就是你的小宣老师告诉我的。

岑柏言吹了声口哨，继续打理那把黑色雨伞。

杨烁从厕所出来，往窗外望了一眼，说："我去趟图书馆还书，雨伞上次丢在食堂了，你们谁有伞，能借我用用吗？"

"我没有啊，"陈威翻了个身，"我的伞买一把丢一把，就没幸存的。"

岑柏言边擦掉黑伞上的一块泥巴边说："我也没有。"

岑柏言也是个粗心大意的，伞在他这儿就是个消耗品，雨伞带出去就没带回来过，下一次雨买一把伞。

"啊？"陈威看着岑柏言手里的那把黑伞，"那这个是——"

"哦，这个不行，这是别人借给我的。"

岑柏言撑着膝盖站起身，觉着得把伞拿去仔细洗洗才行。

"不就一把伞嘛，"陈威说，"你给杨烁用用怎么了。"

"别的都行，这把伞真不行。"岑柏言轻轻转动着伞柄，把伞靠在书桌边，接着脱了身上那件外套扔给杨烁，"冲锋衣，防水的，你拿去当雨衣遮遮。"

杨烁接过外套，低头看了看，小声说："这不好吧……"

"我还是去隔壁宿舍问问吧，"杨烁头也不敢抬，支支吾吾地说，"柏言，你的衣服还是不要给我了。"

"有什么的。"岑柏言随口说，"我今儿出门就当雨衣穿的，反正都湿了。"

杨烁抿了抿嘴唇："那……那我洗干净再还你。"

岑柏言正在用手机搜索"怎么打理雨伞"，懒洋洋地抬了抬脚尖，意思是"随便"。

岑柏言翻了会儿百度，有说用牙刷牙膏洗伞的，有说拿什么卸妆棉去清理的，看来看去就没一个靠谱的。

"哎，"岑柏言忽然想到了什么，往陈威床柱上踢了一脚，"你家不是开连锁洗衣店的吗？"

"干吗？"陈威问。

岑柏言说："干洗店有洗雨伞这服务吗？"

"……你有病就去医院，"陈威翻了个白眼，"我家干洗店不接收'脑残'。"

就在这时候，岑柏言的手机突然响了，是他母亲岑静香打来的电话。

岑柏言走到阳台："妈？"

"柏言，"岑静香的声音听起来很开心，"周四万叔叔生日，没忘记吧？"

岑柏言笑着说："放心，周四一大早的机票，中午就到家。"

"那就好，这次的日子很重要，你可千万不能缺席。"

岑静香简直抑制不住喜悦，疗养院那边来消息了，说宣谕身体不行了，很可能没剩几个月了。千山这才终于松口，表态说在这次的生日宴上让她见光，还会把旗下一家公司让渡给柏言。她马上就是万家名正言顺的太太，她的儿子是万家大少爷，她的女儿是万家最受宠的公主。

等了这么多年，终于要等到了！

"你今天怎么这么开心？"岑柏言问。

"柏言，你要记住，你是妈妈的骄傲。"岑静香不知道为什么，突然说了这么一句，"你从小到大，妈妈做的一切都是为了你，你一定要争气。"

"少爷，我收到消息，他会在晚宴上正式介绍那个女人，还有……宣布给岑柏言和岑情改姓。"

宣兆摘掉蓝牙耳机扔到一边，缓缓沉入水中——

万千山当年入赘宣家，装出一副爱极了宣谕的样子，骗取宣家人的信任，终于让宣兆的外公把基业交给了他。这么多年他羽翼渐丰，终于要正式把那个女人和她的儿女推上台面了。

宣谕身体不行的消息是宣兆故意放出去的，那个女人果然还是沉不住气啊。

十几年前，她也是这么沉不住气，由于万千山没有去给她过生日，她连短短的几个小时都不愿意等待，一通电话直接打到了宣谕手上，让岑情在电话里问"爸爸在哪儿"，也是这通电话，间接酿成了那一场惨痛的车祸。

十几年后也是这样，如果等宣谕死了，她再上位，那怎么能够满足她的虚荣心，怎么能证明万千山对她的爱？

宣兆嘴角一挑，勾起一丝讥讽的笑意。

他们还要给岑柏言改姓？姓什么，姓万？

岑柏言自己知道这件事吗？他也愿意吗？

窗外忽然一声雷鸣，大雨倾盆而至，宣兆自虐般地把自己浸泡在满是冷水的浴缸中，刺骨的寒冷侵入骨髓，宣兆全身被冻得发白，左膝的位置传来巨石碾压般的痛楚。

宣兆却毫不在意，因为他早在七岁那年就被毁掉了，他活着的意义只有一个——

不计代价地毁掉万千山和那个女人。

宣兆紧紧闭上双眼，缓缓沉入缸底，只有水中偶尔升起的气泡，能够证明这是一个活人。

毁掉他们，毁掉他，毁掉他……

浓烈的恨意伴随着窒息感涌起，宣兆猛地仰起上半身浮出水面，大口大口呼吸着新鲜空气。

周三下午，海港大学篮球场。

岑柏言一个漂亮的跳投，三分球稳稳入筐，奠定了最后胜局。

观众席一片欢呼，来给岑柏言加油的女生哪个学院都有，坐满了小半场。

"Nice！言哥牛啊！"

岑柏言和激动的队友们挨个击掌，眼睛忍不住往场下瞥。

他的目光搜寻到了坐在第二排的宣兆，宣兆戴着个口罩，黑色纺布遮住了下半张脸，隔着涌动的尖叫欢呼声对他比了个大拇指。

戴个口罩干吗？

岑柏言本来就挺不爽的，说好了今儿来看他比赛，结果宣兆竟然迟到了，比赛开始了十多分钟才一瘸一拐地出现。

于是他指了指自己耳朵，做了个摘口罩的动作，宣兆轻轻摇了摇头，他瞪了宣兆一眼，示意快点儿。

宣兆表情很是无奈，抬手拉下口罩，对岑柏言做了个"加油"的口型。

岑柏言敏锐地捕捉到宣兆发白的嘴唇，这才注意到宣兆今儿脸色怎么这么差，眼下挂着一圈瘀青，脸颊上似乎泛着不正常的潮红。

他眉头一皱，抬脚刚要去找宣兆，穿着啦啦队裙的罗潇潇小跑过来，雀跃地说："柏言，你今天太厉害了，特别是最后那个三分球，把我都看呆了……"

岑柏言没心思搭理她，扔下句"还行吧"，大步径直往宣兆那边走。

宣兆撑着拐棍，从椅子上缓缓站起身。球场的塑料椅太矮，和前排又靠得近，没法把腿伸直，宣兆屈膝坐了这么久，伤腿麻得厉害。

"建筑学院那个主力太帅了吧！有女朋友吗？"

两个小姑娘从里边出来，宣兆侧身让她们先过。

"我就说帅吧，大一的，听说学校文娱部的部长都在打听他的微信号，还有那个罗潇潇，就今年新生舞蹈赛冠军，也对他有意思，还发朋友圈炫耀和他一起吃饭。不过，被那么多美女勾搭，谁能把持住，也许是个渣男——"

嘀嘀咕咕的声音骤然停住。

"渣男"岑柏言站在下边一排的位置："两位，劳驾小点儿声。"

两个小姑娘吓了一跳，红着脸窸窸窣窣地小跑走了。

宣兆"扑哧"一声笑了出来，岑柏言一脸无语，抿了抿嘴唇说："我压根儿不认识什么文娱部的，还有罗潇潇，她是球队经理，我们一群人出去聚餐，没和她单独吃饭。"

宣兆愣了半秒，接着眼睛一弯，笑得更开心了。

"笑什么笑，"岑柏言越想越恼羞成怒，上身前倾，双手撑着前排座椅后背，"我刚进球了没见你笑得这么开心。"

"冤枉啊。"宣兆无奈道。

他这声音听着瓮声瓮气的，加上他脸色明显透着病气，岑柏言眉心蹙起："你怎么了？生病了？"

宣兆说："只是小感冒，没关系的。"

这鼻音重得就像喘不上来气儿似的，哪里只是"小感冒"的程度，岑柏言下巴一抬："口罩摘了我看看。"

宣兆往后退了半步："传染给你怎么办。"

"少废话。"

岑柏言抬手就要去摘宣兆的口罩，宣兆偏头就躲，岑柏言一手撑着座椅靠背，跃到了宣兆那一排，一把抓住了宣兆的手——

这么烫！

"你都烧成什么样了？"

岑柏言的手背在宣兆额头上一探，滚烫。

“没事儿，”宣兆撑着拐棍勉强站稳，“38.6℃，昨晚上就吃过药了。”

“那你还过来干吗？外边下着雨你知不知道？”岑柏言皱眉说，“今天 0℃以下你知不知道？”

“我答应你要来的，”宣兆吸了吸鼻子，“我不来你肯定会生气。”

“我说你这人……”岑柏言呼了一口气，对着宣兆漆黑的眼睛，什么重话都说不出口了，“你给我打电话说一声不就完了吗？”

“我也想来看你的比赛，”宣兆手掌抵着岑柏言的胸膛，轻轻推了推，“你离我远点儿，别把你传染了。”

他说完偏头咳嗽了几声，露出一截苍白的侧颈。

他的围巾呢？

岑柏言这才注意到，宣兆还是穿的他自己那件破棉袄，以往还知道戴条围巾，今儿这么冷的天，他就这么光着脖子出门，能不受冻吗？

他那条旧围巾在岑柏言这儿，给他买的新围巾他怎么不知道戴？

“围巾呢？”岑柏言问。

宣兆咳嗽完，没忘了退开几步离岑柏言远点儿：“放在球场外面的储物柜了，14 号柜，你别忘了拿，明天带回家给你妹妹。”

一股无名火“嗖”地蹿了起来，岑柏言霎时火冒三丈，他不是说他懂了吗？

“宣兆，”岑柏言盯着宣兆的双眼，“你是真傻还是和我装傻？”

“嗯？”宣兆哑着嗓子，“什么？”

队友们在场下喊他：“柏言，你干吗呢！”

“那人是谁啊？”罗潇潇问。

陈威披上外套：“我家教老师，和柏言也认识。”

“家教老师？”罗潇潇狐疑地嘀咕一句，接着放声喊，“柏言，大家都在等你呢！"

"你朋友找你了，"宣兆又咳了两声，摆摆手说，"你快去吧，我也回家了。"

岑柏言一言不发，冷着脸一把抓起宣兆的手腕大步往外走，宣兆低呼一声，拐棍在地上拉出一道刺耳的尖锐声。

他根本跟不上岑柏言这么快的步子，几乎是被岑柏言半拖着进了男洗手间。岑柏言"嘭"的一声甩上门，宣兆后背抵着门板，胸膛微微起伏，气息不匀地问："柏言，怎么了？"

"我给你买的衣服你不穿，给你买的围巾你不戴，"岑柏言盯着宣兆发白起皮的干燥嘴唇，声音低沉急促，"你就打算靠着一个口罩过冬是吧？"

宣兆微怔。

"你这么聪明，别说你看不出来那些衣服是给你的。"

宣兆愣怔良久，才往一边偏过头，忍耐着想要剧烈咳嗽的冲动，嗓音沙哑："你可以不管我吗？"

岑柏言没说话。

"我知道你把我当成一个很穷的朋友，"宣兆故意曲解岑柏言的用心，说出来的每个字都带着恰到好处的压抑和苦涩，"你不用……不用过分关照我，我不至于穷到吃不上饭、穿不起衣服。"

——原来他以为我是在扶贫啊。

岑柏言喉头一哽。

"你不要再管我了，"宣兆实在忍不住了，抬手捂着嘴咳出了声，"咳咳咳……那些衣服太贵了，我穿不起的。围巾和帽子我上次戴了，已经重新洗过了……咳咳……"

"别人做慈善还能拿个锦旗，我做慈善还要被你作践是吧？"岑柏言爆了句粗口，冷笑一声，"行，宣兆，我要是再上赶着操心你，我就和你姓！"

岑柏言抬脚重重地踹了一下门板，脆弱的塑料板发出巨大的一声"砰"。

宣兆咳得直不起腰，打开隔间门，拄着拐杖狼狈地离开。

惊雷酒吧。

"你干吗呢？脸比我攒了一星期的球袜还臭，"陈威勾着岑柏言的脖子，"赢了比赛还不高兴，刚我还见你把储物柜里一大袋衣服扔了，咋了啊这是？"

岑柏言靠坐在宽大的沙发上，指尖掸了掸烟灰，面沉如水："没事，你们玩你们的。"

"好好的庆功宴，你是真扫兴。"陈威嘀咕一句，又说，"哎，对了，你下午和我小宣老师说什么了，我去厕所找你们，看他匆匆忙忙地走了——"

"别和我提他，"岑柏言烦躁地说，"想到那瘸子就烦。"

陈威疑惑道："你也说了人就是一瘸子，能怎么你啊？"

"就是烦他。"岑柏言夹着烟，对着陈威隔空一点，警告道，"别再提他。"

"有病。"陈威嘀咕道，"烦他还要来他打工的地儿，脑子给驴踢了吧，下午那么大的雨，他下楼梯的时候还——"

"闭嘴，别提他没听懂啊？"岑柏言额角一跳，冷冷地看着陈威，"他死活关我屁事，别和我说，我懒得管。"

——他下楼梯的时候还摔了一跤。

陈威看岑柏言突然这么反感宣兆，讪讪地把后半句话咽了回去。

罗潇潇冲陈威使了个眼色，陈威识趣地让出了岑柏言身边的位置，于是罗潇潇兴致勃勃地凑过来："柏言，你想喝什么？我们今天喝点儿酒吧，反正明天没课，我就要这个血腥玛丽，名字好听……"

——你们刚才要的轰炸机、黑俄罗斯、血腥玛丽、马提尼都是烈性酒，不太适合小朋友。

一个清朗温润的声音在脑海里响起。

岑柏言皱着眉低骂一句。

这瘸子怎么还阴魂不散的？！

罗潇潇吓了一跳，战战兢兢地问："柏言，那我们还是不喝酒了？"

"喝，怎么不喝，"岑柏言叼着烟跷着脚，大手一挥，"今儿什么酒烈喝什么，都别拘着，我买单。"

他已经不是小朋友了，凭什么不能喝烈酒？

其他人纷纷起哄："言哥牛啊，那哥们儿就不客气了！"

"那我叫人来下单了，"罗潇潇一撩头发，抬手找来了一个服务生，悄悄瞥了岑柏言一眼，继而悄声说，"你们这儿是不是有个干活儿的腿脚不好，拄拐杖的，让他来给我们这桌服务。"

她下午找陈威打听得清清楚楚，原来那个家教老师就是几个月前在酒吧遇见的那个瘸腿酒吧服务生，他们还一起进了趟派出所。

柏言怎么会和这种不三不四的人有来往，她倒要看看那个瘸子到底是个什么人。

陈威他们玩起了骰子，岑柏言靠着沙发背玩手机，岑静香和岑情轮番发消息叮嘱他明天一定要在晚宴前到家，岑柏言心不在焉地回复知道了，思绪一片混乱。

宣兆病成那样儿了，晚上应该不会来了吧？

他说他吃药了，估计就是在黑诊所买盒感冒灵了事，又穷又抠门，怎么舍得去医院。

他自己就是学医的，他应该知道小病不治拖着成大病这个道理吧？

岑柏言烦躁地撸了把头发，把烟头扔进桌上的烟灰缸，长呼了一口气，仰头靠在椅背上，重重地闭上了双眼。

"几位，想好要点什么了吗？"

岑柏言眉心一紧，幻听了？

不对，这幻听鼻音怎么这么重……

岑柏言蓦地睁开眼，宣兆就站在他们桌边，戴着严实的黑色口罩，白衬衣黑西裤，身形瘦削，下垂的刘海遮住眉毛，露出来的上半张脸异常苍白，眼皮由于高烧而泛着绯红。

他们四目倏然相对，岑柏言还没来得及反应，宣兆率先挪开了目光，神情平静。

"小宣老师！"陈威兴奋地嚷嚷，"我还以为你今儿没来呢！你是不是感冒了啊，我听你声音怪怪的。"

宣兆一贯温和的声音此时有些发虚："小问题。"

陈威看了看面色不豫的岑柏言，站起身勾着宣兆的脖子，凑到他耳边小声说："老师，你离柏言远点儿啊，他吃炸药包了……"

"把这一列的都拿上来。"罗潇潇指着酒单上"高度数"那一栏。

宣兆的眉头不易察觉地皱了皱，下意识地看向岑柏言。

"听她的。"岑柏言跷着脚，双手搭着椅背，姿势十分流氓，"怎么，要看身份证吗？我们都不是小朋友了，出入酒吧，合法！"

宣兆敛眸，低低说了一声"好"。

罗潇潇打量着宣兆，觉着这瘸子也没什么特别的。

她哼了一声，手指头拨弄着长卷发，娇嗔道："柏言，你怎么认识的这种人啊？"

岑柏言抬眸淡淡地扫了罗潇潇一眼，罗潇潇忽然不寒而栗，连忙改口说："身残志坚，还挺励志的。"

岑柏言没说话，兀自又点了一根烟，在升起的烟雾里注视着宣兆的背影。

他脚步虚浮，走起路来比平时还要不稳当，挂拐杖的左手臂都在打战，有个喝得醉醺醺的客人和他擦肩而过，他一个踉跄——

岑柏言猛地站起身。

"怎么了？"罗潇潇仰头问，"柏言？"

幸好经过的保安搀了宣兆一把，宣兆客气地摆摆手，又对那个醉鬼客人鞠了个躬，似乎是在道歉。

——别人撞了他，他倒好，还跟人家点头哈腰的？

——他就这么任人欺负？

"柏言？"罗潇潇顺着他的目光看过去，看到了宣兆单薄的身影，她轻轻抿了抿嘴唇。

十五分钟后，整张桌子都摆满了酒。

宣兆的鬓角都是冷汗，强撑着问道："还有什么需要吗？"

"老师，"陈威这么个大老粗也觉出了宣兆不太对劲，"你赶紧回家歇着吧，我看你都要晕了。"

宣兆笑笑说："马上。"

岑柏言坐在沙发最靠里的位置，他面前的烟灰缸里已经堆了六个烟头。

"那我就先走了，"宣兆微微躬身，偏头对陈威说，"我请了假早退，有什么需要，喊我同事就好。"

"快去快去。"隔着这么近的距离，陈威才发现宣兆额头上满是细汗，抽了两张纸巾递给他，"你都病成什么样了啊……"

宣兆接过纸巾，温和地说："没事的，别担心。"

——他能接受陈威的关心，就非要和我犟？

岑柏言一言不发，端起一杯马提尼就往嘴里灌，宣兆眼角的余光瞥到了这一幕，动了动嘴唇，忍不住低声说："这酒后劲大，还是少……"

"宣老师，"罗潇潇笑盈盈地打断他，"听说你和柏言还有陈威都是好朋友，今天我们赢了比赛，大家都很开心，你要不陪我们喝点儿？"

宣兆彬彬有礼地一欠身："抱歉，老板规定我们不能陪客人喝酒。"

"我们是朋友啊，陪朋友喝酒不算违规吧？"罗潇潇娇娇俏俏地眨了眨眼，"再说了，你在这种地方卖酒，酒量一定很好吧？酒保不都是这样的吗，助兴也是你们的工作之一吧？"

"罗潇潇！"一贯嬉皮笑脸的陈威难得拉下脸，"你发什么疯啊？"

"对啊，宣老师，"一直沉默不语的岑柏言忽然开口，"你的酒量应该很好吧？"

他五指摩挲着光滑的玻璃酒杯，脸上露出了一抹痞笑。

岑柏言笃定宣兆会向他求助，却不料宣兆看都没有看他一眼，顾自抬手摘下口罩，维持着那个儒雅斯文的微笑："确实，助兴也是我的本职工作。"

继而，宣兆举起一杯红酒，仰头一饮而尽，仰头时露出的脖颈线条优柔且脆弱，皮肤下的青色血管清晰可见。

岑柏言的五指越收越紧。

宣兆喝完一杯，紧接着又是一杯，其他人只知道起哄叫好，让宣兆坐下来陪他们玩几把牌。

二楼走廊上，龚叔注视着下面发生的一切，耳麦里传来保安的声音："龚叔，东家这么喝容易出事，要不要我去拦一拦？"

龚叔低声说："不用，少爷酒量很好，对他来说，这么一点根本不会醉。"

一楼大厅里，宣兆一连喝了三杯酒，他甩了甩头，不胜酒力的样子。

"打牌就算了，"宣兆重新戴上口罩，"我牌技不行，不给各位扫兴了。"

他说完转身就走，脚步略显得急促。

陈威看着三个空杯目瞪口呆："不是吧？这可都是烈酒啊，小宣老师酒量真可以啊……"

然而，宣兆没走出几步就弯腰剧烈咳嗽了起来，身边一桌客人嫌他晦气，往宣兆右腿踢了一下，宣兆趔趄了下，险些跌倒。

"真能装，"罗潇潇"嗤"了一声，"他瘸的不是左腿吗？怎么右腿也站不住了？"

"小宣老师下午摔了一跤啊，"陈威一拍大腿，"我见他右脚踝磕着了！"

岑柏言瞳孔骤然紧缩，低吼道："你不早说？"

陈威："……你让我别提他的啊！"

另一头，宣兆勉强站直了，突然一捂嘴："呕——"

他干呕了一下，又猛地咳了几声，拄着拐杖跌跌撞撞地往洗手间跑。

岑柏言脑子里一片空白，什么也顾不上了，踩着茶几跳了出去，拨开酒吧里的人群，大步追了过去。

洗手间里，宣兆一手拄拐，一手扶着洗脸池，弓着身子剧烈地干呕着。

他一天都没吃什么东西，根本呕不出什么来，胃里一个劲地翻腾着，酒劲随之涌了起来，本就因为高烧而头昏脑涨，此时更加严重，眼前一片眩晕。

"你是不是傻！"突然门被猛地端开，一只手挽住了他的胳膊，"你叫我别管你，你就是这么折腾你自己的？！"

宣兆喘息着抬起头，在镜子里看见了岑柏言的影子。

他双眼蒙眬，汗湿的刘海贴着雪白的皮肤，面色是不正常的潮红，使劲眨了眨眼，难以置信地说："柏言？"

岑柏言长长呼了一口气："喝醉了是吧？你——"

"不是，你不是柏言，"宣兆忽而摇头，抿了抿嘴唇，眼睛里浮起几分失落，喃喃地说，"柏言已经不管我了，你不是柏言……"

岑柏言形容不上来自己是什么感觉，恶狠狠地说："行，宣兆，你行，你赢了，我和你姓行了吧？"

宣兆看上去真的醉了，两腿发软，站都站不住，双手紧紧抓着岑柏言的衣摆不放，喉咙里发出小动物一样的呜咽声，咕咕哝哝的，听不清在说些什么。

"烧糊涂了是吧，"岑柏言托着他站住了，低声说，"烧成这样还敢发酒疯，我看你才是真牛。"

他脱下自己身上的棉衣外套，把宣兆裹得严严实实，只露出一个脑袋，接着摸出手机叫了出租车，拐棍夹在胳膊底下，把宣兆半托半抱着往外走。

"我送他去医院，你们自己玩。"岑柏言和陈威打了声招呼。

"柏言！"罗潇潇大喊一声。

岑柏言不知道是没听见还是压根就不想搭理她，头也没有回。

宣兆缓缓睁开双眼，眼中没有丝毫醉态。

高烧不退是真的，酒醉是假的。

宣兆烧到了39℃，整个人像一颗火球。

急诊室的护士给他扎针挂水，看了眼病历本，责怪道："宣兆是吧？病成这样了才舍得来医院，病得越重医保卡越值钱还是怎么着？"

宣兆靠在急诊室的躺椅上，脑袋迷迷糊糊的，听见有人叫他的名字，先是眼皮动了几下，接着含混不清地"哼"了一声。

"别乱动，你睡你的。"岑柏言弯下腰，披了披宣兆身上盖着的毛毯，又轻声对护士说，"姐，他睡着了，你就别说他了。"

"不说他，那我说你。"护士嗔怪地看着岑柏言，"你朋友现在就和下了锅是虾子一样，白里透红的，再烧烧就熟透了，你也不知道早点儿送他过来。你在这儿盯着，快吊完了就去前边喊人。"她不放心地叮嘱岑柏言，"过半小时叫他起来吃点清淡的，把药粉冲开喝了。药有两种，别搞混啊。"

岑柏言拎了张小马扎坐在宣兆旁边，头也不抬地应了一声："嗯，记得了。"

宣兆睡得不踏实，刚才挂水前吃过一次药，这会儿药性上来了，身上开始发汗。于是他往左边翻了翻身，右手从毛毯里伸了出来，输液管被随之一拽，扯动了手背上的针头，他疼得"嘶"了一声。

"啧，"岑柏言在他手臂上轻轻拍了一下，"别瞎动弹。"

宣兆努力把沉甸甸的眼皮撑开一条细缝，声音细如蚊蚋，听着还有点儿委屈："我热……"

"热就忍着，"岑柏言给宣兆重新把毛毯盖严实，边边角角都捂得严严实实，"谁叫你要发烧，给我憋着。"

医院里空调暖气开得足足的，岑柏言把大毛毯给宣兆盖上了还不够，又把自己那件棉衣外套当围脖，往宣兆脖子上裹了一圈。

宣兆觉着自个儿和木乃伊也没什么区别了，憋得就快喘不上来气，于是难耐地扭了扭肩膀："可是——"

"可是什么可是，就你事儿多，"岑柏言佯怒，把棉衣做成的围脖往外扯了扯，"就给你露这么点儿缝，够凉快了吧？别再讨价还价了啊！"

宣兆出汗出得厉害，衬衣又湿又黏，眉心皱出几道褶皱，闭着眼无意识地嘟囔："柏言，好热呀，难受……"

平时一副天塌下来也岿然不动的温暾样子，这会儿脑子烧糊涂了，眼睛睁不开了，话也说不清楚，像个小孩子似的。

"也不知道谁是小朋友。"岑柏言问旁边的阿姨要了几张纸，轻轻擦掉宣兆脸上的细汗，"生了病就这么闹人。"

"柏言，"宣兆皱了皱鼻头，瓮声瓮气地说，"热……"

"叽里咕噜什么呢，你就假装自己是个花瓶——其实你本来也就是个中看不中用的花瓶，在心里默念'我是花瓶'，念三百遍你就不觉得热了，心静自然凉，懂不懂？"岑柏言这套自我暗示的方法没对宣兆奏效，反倒把他自己先给逗笑了。

岑柏言闷头乐了会儿，又觉得自个儿怪幼稚的，于是憋着笑板起脸，小心地把宣兆的右手臂从毛毯里挪出来，正色道："给你露条手凉快凉快，你得把汗发出来病才能好，你自己就是学中医的，不会这道理都不懂吧。你说你本来就瘸，又生病了，白天还非要来看我比赛，晚上还去酒吧卖酒，牛顿都比不上您牛吧……"

宣兆柔软的睫毛动了动："柏言……"

"又干吗啊？"岑柏言语气满是不耐烦，身体却很诚实，把耳朵靠近宣兆嘴边，听他在嘟囔什么。

宣兆慢悠悠、轻飘飘地说："好吵。"

岑柏言咬牙切齿："……你，得了便宜还卖乖是吧？"

宣兆唇角轻轻一勾。

岑柏言为宣兆掖了掖被角，压着嗓子说："赶紧睡。"

他的声音很低很沉，像宣兆在音乐会上听过的低音大提琴。

宣兆残存的理智在说不要在岑柏言面前真的睡着，人在睡眠状态下是最没有防备的，他不能让岑柏言看见真实的他。但他实在是撑不住了。

宣兆这一觉睡得很沉，有种前所未有的心安。

能在医院睡得这么熟，对宣兆来说是极其罕见的体验。

自打车祸后，他的身体就垮了，体质一直很差，进医院的次数比进饭店还多。他在市里的私家医院有个 VIP 病房，条件不比星级酒店差，在那张柔软的病床上，他没有一次不被噩梦惊醒。

然而这个下着雨的冬天夜晚，他窝在公立医院急诊室的一张躺椅上，却结结实实地睡了个安稳觉。

他今天破的例太多了。

宣兆其实是一个对自己非常狠得下心的人，他可以为了增加对疼痛的忍耐程度，把甜食戒了个彻底。一场高烧于他而言如同家常便饭，头疼嗓子疼算得了什么，腿疾发作的时候疼到冷汗能把床单浸湿，他都能拿条毛巾咬着硬扛下来。

为了博取岑柏言的同情，他装作浑身乏力、神志不清，但岑柏言竟然真的把他当成一个娇贵的花瓶，把他裹得严严实实，在他抽血的时候给他讲笑话转移注意力，喂他吃药前先给他试水温。

宣兆有些恍惚，在母亲出事之后，他再也没有被人如此仔细地对待过，这十多年被他刻意忽略的痛楚忽然冒出了头。

怪不得有个成语叫"恃宠而骄"，人这种动物就是贱，一旦有人照顾呵护就会变得脆弱。宣兆才发现原来发烧是这么难受的，甚至难以想象以前他一个人的时候，都是怎么挨过来的？

有岑柏言在身边，宣兆生了病可以不用忍着，可以好好地睡一觉。

宣兆不知道原因是什么，他不敢细想。

这期间他被岑柏言叫醒过一次，岑柏言好像喂他喝了几口粥，又哄他喝了一杯药。具体的宣兆记不太清了，他困得眼睛都睁不开，每根手指头都沉甸甸的，岑柏言叫他张嘴他就张嘴，问他头还疼不疼他就摇头，让他接着睡他立即就又睡过去了。

再醒来的时候已经凌晨两点多了，热汗彻底发出来后，这场高烧就退得差不多了。

脑袋和十指没有那么沉了，就是觉着人有点儿虚。宣兆眨了眨眼，对着雪白的天花板愣了十多秒，才后知后觉——哦，对了，我这是在医院。

天花板上墙皮有些残破，白炽灯也很简陋，不是他熟悉的那家私立医院。

一场难得的酣眠让宣兆变得有些迟钝，他皱了皱眉，心想我怎么会在这个地方的？

大脑旋上发条，缓慢地运作了一会儿，宣兆才想起来怎么回事。

他泡了两天冷水澡把自己弄病，借着看球赛让岑柏言知道他发着高烧，预料到了岑柏言不放心他会去酒吧，故意在岑柏言面前装醉——所有一切都是他算计好的。

宣兆转了转僵硬的脖颈，看见了他身边的岑柏言。

岑柏言窝在一张折叠的小马扎上，头靠着他的躺椅扶手，已经睡着了。

宣兆黑白分明的眼睛注视了岑柏言一会儿，这家伙人高马大、长手长脚的，缩成这样一团竟然也能睡着，一只手还搭着被角，似乎是担心他会蹬被子。

"傻。"宣兆在心里无声地说。

急诊大厅即使是凌晨也不怎么安静，但宣兆却觉得岑柏言的每一次呼吸他都能听见。

岑柏言肯定睡得不舒服，英挺的眉峰稍稍皱着，宣兆看着他的脸，沉静的眼眸里逐渐浮起了一层不分明的柔软。宣兆缓缓抬起手，想要揉开岑柏言眉心的褶皱——

岑柏言放在手边的手机忽然一振。

宣兆的手停在了空气中，他转眼看去，屏幕显示是来信人是"小情"。

"哥，你睡了没？老妈晚上和我说了个事情，我兴奋得睡不着怎么办？"

岑情，万千山和那个女人生下的女儿，也许很快就会改名叫"万情"。

宣兆前一秒还显得蒙眬的双眼骤然变得清明，眼神迅速冷了下来。

兴奋得睡不着吗？好巧，我也开始兴奋了。

宣兆淡淡一笑，平静的大脑飞快地开始运转。

他收回手，五指在自己咽喉的位置缓缓摩挲着，差一点就忘记了正经事。

宣兆翻了个身，弄出了些动静，岑柏言睁开眼，问他："醒了？"

"嗯，刚醒。"宣兆半眯着眼，迷迷瞪瞪的，确实是刚睁眼的样子，"柏言，几点了？"

"两三点吧，"岑柏言倾身，手背探了探他的额头，"烧好像退了。"

宣兆"嗯"了一声，眉目低垂，小半晌才说："谢谢。"

"你是得谢谢我，"岑柏言哼了一声，"要不是我，你就烧傻了。"

"我会——"

宣兆要说些什么，话没说完又戛然而止。

岑柏言打量宣兆片刻："想说什么？"

宣兆轻轻呼了口气，摇了摇头，苦笑了一声："没什么，本来想说我会报答你的，想了想又觉得你估计不需要，我也给不起你什么。"

"需要啊，"岑柏言眉梢一挑，痞里痞气地说，"怎么不需要，我可不是那种施恩不图报的圣母。"

宣兆紧绷的肩背放松下来，轻笑着看着岑柏言："那你要什么？"

岑柏言说："要什么你都能给？"

"嗯。"宣兆很认真，"你要的我都给。"

岑柏言微微一怔。

气氛因为一句话而变得紧绷，宣兆沉默片刻，率先开口道："你不是早上的飞机，回家给你爸爸过生日吗？你快回学校吧，我自己可以。"

岑柏言看了眼岑情发来的消息，把手机扔到一边："天亮了再走。等会儿回宿舍拿上钢笔，直接打车去机场。"

"那你不睡觉啦？"宣兆坐起身，"你上来躺一会儿吧，我好了。"

"刚才睡过了。"岑柏言按下他的肩膀，"你安分点儿，再瞎动弹，天一亮我就把你拎古董市场卖了。"

宣兆"扑哧"笑了出来："我又不是真的花瓶。"

岑柏言斜睨着他："是，你不是花瓶，谁家花瓶长了一张嘴两条腿啊，下午在厕所里和我吵架，我还以为你多能耐呢，结果出门一下楼梯就摔跤。"

"你怎么知道？"宣兆流露出了些窘状，讷讷地说，"那是因为下雨，你们体育馆楼梯太滑了，是很容易滑倒的。"

"原来是这样。"岑柏言觉得宣兆难得吃瘪的样子还挺有意思，于是痞笑着逗弄他，"我还以为有的人口是心非，嘴上叫我别再管他，其实是故意摔倒，好让我接着助人为乐、多管闲事。"

"不是的。"宣兆舔了舔嘴唇，"真的是地太滑了，所以我才……

算了，我摔了一跤，都这么惨了，你能不能不和我生气了？"

"我和你生什么气，"岑柏言斜觑着宣兆，阴阳怪气地说，"你都叫我别管你了，我还和你生气，我闲的吗我？"

"哎，你怎么又来了。"宣兆无奈地叹了口气，"我错了，我口不择言，我狗咬吕洞宾不识好人心，行不行？"

"道歉就得拿出点儿诚意，"岑柏言下巴一抬，忽然提出了要求，"扮个小狗我看看。"

宣兆张着嘴："啊？"

"啊什么啊，你不是狗咬吕洞宾吗？"岑柏言眼睛里带着戏谑，"宣小狗，给本吕洞宾'汪'一个。"

宣兆哭笑不得，小声说："你都十九岁了，是成年人了，怎么还这么幼稚？"

"我是小朋友。"岑柏言回答得理直气壮。

这会儿肯承认自己是小朋友了？

宣兆忍俊不禁，眼神往左右瞥了瞥，见没人注意他们这边，迅速把两只手掌抬起来放到耳朵边，对着岑柏言皱了皱鼻子，悄声说："是这样吗？汪汪？"

岑柏言闷头哼笑出声，肩膀上下耸动得厉害。

宣兆被他笑得面上挂不住，又羞又恼地说："喂，别笑了。"

岑柏言笑得停不下来："原来宣兆是小狗……哈哈哈哈哈……"

闹完，岑柏言看了眼手机："我早上七点的飞机，四点半就得从学校出发，你再歇会儿，我出去抽根烟我们就走。"

"你去吧，"宣兆说，"把衣服穿上，外面冷。"

岑柏言单手拎起外套，宣兆看着他大步走出急诊室，侧脸在白炽灯下清晰且冰冷。

宣兆拿出手机，给龚叔发过去讯息："现在可以打电话了。"

龚叔应该是一直守着等他的消息，立即回话道："好的，少爷。"

急诊大楼外的吸烟区，岑柏言肩上披着外套，低头点了根烟，深深吸了一口，电话就进来了。

来电显示是"姓王的"，岑柏言回想了下，应该是万叔叔的朋友。

家里有时会来些客人，都是万千山生意场上认识的，岑静香会拉着岑柏言一起去应酬，岑柏言最不耐烦这种场合，但禁不住母亲三令五申要他提前"拓展人脉"。

"喂，王叔叔？"岑柏言接起电话，"您这个点儿怎么给我打电话？"

"柏言啊，"电话那头，王叔叔的声音难掩喜悦，"你妈妈说你一大早要赶飞机，叔叔知道你肯定醒了，提前打电话恭喜你。"

岑柏言不明所以："恭喜我？"

"是啊，今天不是你爸爸生日吗？在五星酒店摆了可大的排场——"

岑柏言打断他："是我叔叔。"

"过了今天就是爸爸啦！"王叔叔笑得很精明，"你爸妈要给你改姓，你以后就正式进老万家族谱啦，你爸那么大的产业以后总有你的份，你以后可别忘了王叔的好啊，这次回来咱们一起吃个饭……"

岑柏言脑袋一蒙，皱眉说："改姓？我什么时候说要改姓了？"

"你妈妈都在太太圈说了好几轮了，"王叔叔说，"你不知道啊？"

岑柏言眉心一跳，用力闭了闭眼："叔，你和万叔叔认识那么久了，我想问你个事儿。"

"什么事儿？"

"我小时候听过一些关于万叔叔的传闻，"岑柏言说，"是真的吗？"

王叔叔一顿。

宣家那位小少爷是怎么说的来着?

"如果他很排斥改姓这件事,那么其他任何事情都不要说;如果他不排斥,可以适当向他透露一些信息。"

岑柏言这反应,应该属于前者吧?

于是王叔叔清了清嗓子,含糊带过说:"这些我也不清楚,你也知道,我和你爸——你万叔叔,就是生意上有合作,其他的我也没听说什么啊。"

"知道了,"岑柏言沉声说,"挂了。"

第 6 章

跟我回家

改姓？

这件事让岑柏言始料未及，家里人从来没有对他提起过，这么说的话，刚才岑情给他发消息说"太兴奋了"，难道也是因为这件事？

岑柏言眉心剧烈一跳，立即打电话回家质问岑静香。

"你们要我改姓，这事儿是不是真的？"

岑静香在熟睡中被吵醒，难以理解儿子为什么是这种反应。

"柏言，你不开心吗？"

"为什么要我改姓，有必要吗？"岑柏言压着脾气，"我姓岑，已经姓了快二十年了。"

岑静香捂着手机话筒，偏头看了一眼身边的万千山，怕把他吵醒了，轻手轻脚地下了床，去到了客厅。

"柏言，明天很重要，你必须到场。"岑静香苦口婆心地劝说他，"这么多年，万叔叔对你怎么样你是知道的，要是没有他，我们现在还在农村种地。你不能忘恩负义，你就是他的儿子，应该跟他姓。"

"我知道万叔叔对我怎么样。"岑柏言深吸了一口冷气，"妈，我就是好奇，这些年外头有些风言风语，我不相信你没听过，你们这么多年都不领证，到底是怎么想的？"

岑静香一哽，语气也严肃了起来："你都听到了什么传闻？"

"我不会改姓，"岑柏言冷声说，"明天我也不会回去。你替我和万叔叔说句'生日快乐'，礼物我会寄回去的。"

"岑柏言！"岑静香厉声喝道。

岑柏言不想和她起争执，挂断了电话，顺便把手机给关机了。

他知道万千山对他们恩重如山，万千山和岑静香两个人琴瑟和鸣，他们一家四口不可谓不美满。

只是岑柏言心里始终有根刺，他们家的户口本里一直只有两个人，后来多了一个岑情，也姓岑。

岑情小时候学校组织接种疫苗，小孩儿没有身份证，要交户口本，班里人都知道她家没"爸爸"，于是都笑话她欺负她。岑柏言把那群熊孩子揍了一顿，岑情趴在他肩上哭，哭得他也心里酸酸的。

再大一些，岑柏言难免听说了一些流言，说万千山抛妻弃子之类的。

岑柏言是万千山教出来的，他不相信知书达理、斯文儒雅的万叔叔是那种人，更不相信那个被打得头破血流也要护着他的母亲会做破坏别人家庭的第三者。

他有几次忍不住想去问问岑静香，但看见妈妈和万叔叔恩爱幸福的样子，就什么话都问不出来了。

但这根刺就此在他心里深深扎了根。

岑柏言生父嗜酒如命,每回喝醉了就殴打他们母子,给幼时的岑柏言留下了很深的心理阴影,因此对"家庭"这个概念有种近乎偏执的坚持。

改姓?

他们在法律上甚至还构不成夫妻关系,凭什么就要他改姓?

岑柏言又点了一根烟,在深冬清晨的冷风里猛吸了起来。

"柏言。"

背后传来沉静温和的一道声音,岑柏言回身一看,宣兆拄着拐棍站在大楼门口。

雨虽然停了,但风还是很大,他就穿着酒吧里那件单薄的衬衣,手里拎着药袋子,发丝被风吹得飘起,整个人大写的两个字——虚弱。

岑柏言立即把烟掐了,边脱外衣边大步走向宣兆,把宣兆严严实实地裹进棉外套,皱眉说:"不是让你在里面等我吗?你瞎跑什么?"

"你一直不进来,我就出来看看。"宣兆说,"我们快回去吧,你不是还要赶飞机吗?"

岑柏言一摆手,压抑着心头那股烦闷:"临时有点事儿,不回了。"

"啊?"宣兆抿了抿嘴唇,见岑柏言眉心紧拧,知道他不愿意多说,于是也没有追问,"你先去我那儿吧,你照顾了我一晚上,我给你下碗面。"

冬天夜很长,太阳也困倦偷懒,天边只是隐约透出了些微光。

宣兆站在昏暗的天光下,整个人被笼罩上了一层朦胧的轮廓,显得无比温柔且沉静。

他也没有说什么特别的话,但就是奇异地抚平了岑柏言的焦灼和烦躁。

"我是觉得你这么大早地回宿舍,肯定要把陈威他们吵醒,食堂还没开,你应该也饿了吧。"宣兆见岑柏言久久没说话,以为他不愿意去他那个逼仄的小屋,"我前几天刚做的大扫除,家里很干净的,也宽敞了些。"

岑柏言忽然一笑，抬了抬下巴："走。"

"去哪儿？"宣兆一愣。

岑柏言双手插在裤兜里，率先走下台阶，回头说："不是去你家吗？反悔了？"

宣兆低头轻笑："没有反悔，跟我回家吧。"

岑柏言压着上扬的嘴角，嫌弃地打量了宣兆几眼："你能走快点儿吗？饿死我了。"

"走不快，"宣兆挂着拐棍，每一步都走得缓慢且扎实，经过岑柏言身边时，抬头扫了他一眼，"饿就忍着。或者你在心里默念'我是花瓶'，默念三百遍就不饿了。"

岑柏言一愣，接着笑骂了一声。

"刺啦——"

楼道的破路灯在宣兆拍下开关后彻底报废，从焦黑的灯泡里飘出来一缕嚣张的白烟。

"咳咳，"宣兆掩嘴干咳了两声，"意外，纯属意外。"

"挺好的，"岑柏言轻哼一声，评价道，"居住环境很原始，返璞归真。"

宣兆摸了摸鼻尖，这家伙真是不放过任何一个臊他的机会："你把厕所的灯开开，能亮一些。"

每层楼的共用厕所就在楼道里，岑柏言伸手推开门就能把灯打开。

"不开，"岑柏言想到那个脏了吧唧的厕所就反胃，板着脸嫌恶地说，"臭。"

宣兆不用看也知道他此刻脸上是什么表情，轻笑一声说："好好好，小少爷。"

　　楼道里一片漆黑，宣兆从裤子口袋里摸出钥匙，插了几次都没能对准锁孔。

　　"磨磨叽叽什么呢？"

　　岑柏言捂着鼻子，边上厕所那味儿关着门都盖不住，够熏人的。

　　"嗯……看不太清楚。"

　　宣兆弯下腰，把拐棍靠在门边，一只手在门锁上摸索着，指尖找准了孔眼的位置，再把钥匙往里插，可还是进不去。

　　"嗯？"宣兆嘀咕一声，"怎么回事？"

　　"开个锁都不会，傻了吧唧，我看看，"岑柏言打开手机自带的手电筒，站在宣兆身后，微微俯下身，对着锁眼一照，里边厚厚一层铁锈，也不知道这锁头用多久了，"锈得厉害，怪不得不好开。"

　　"没坏就好，回头我擦点油。"

　　宣兆的手指在钥匙上擦了擦，就着手机电筒的光，看准了位置，把钥匙缓缓插了进去。

　　"咔哒"一声，门开了。

　　宣兆开了门，按亮屋里的灯，反手插上门里的插销，从门边的简易鞋架上给岑柏言拿了一双棉拖鞋，招呼道："你随便坐，不用客气。"

　　他把钥匙放在冰箱顶上，回头一看，岑柏言还真没和他客气，双手环抱胸前，在屋中来回踱了两圈，挑剔地打量起宣兆这个出租屋。

　　——这什么破地儿，这种屋子也能住人？

　　——正常人在这儿待久了都要憋出病来，这人住着身体能好才怪！

　　岑柏言对这房间横看竖看，怎么看是怎么不顺眼，冷声说："空调也没有，冬冷夏热，真是好地方啊，住这里和住桥洞底下也差不多了，亲近自然。"

宣兆笑了笑，温声说："习惯了就好，夏天吹电扇，冬天有'小太阳'。"

"'小太阳'？"这电器名儿听起来还挺高级，估计是什么发热的新鲜玩意儿，岑柏言下巴一抬，"是什么？"

"还有柏言少爷不知道的呢？我拿出来给你见识见识。"

宣兆笑着说，他在家里没有撑拐棍，一瘸一拐地走到衣柜前，弯腰拖出来个东西，长得和电风扇差不多。

"喏，"宣兆插上电源，拍了拍顶盖，对岑柏言笑着说，"这个就是'小太阳'。"

他按下开关，电热片"轰"地亮起，暖融融的橘黄光照亮了大半间屋子。

难得有一样岑柏言没见过的新鲜玩意儿，宣兆弯了弯眼睛，带着些小小的炫耀，对岑柏言展示道："别看它小，其实很好用的，一点都不比空调差。"

不过就是个简陋的小型电热器罢了，他还当宝贝了？

岑柏言轻哼一声，眼角余光瞥见敞开的衣柜木门，立即觉得有哪里不对，言辞犀利地指出来："你把它收在衣柜里，不常用吧？"

宣兆一愣，没想到吊儿郎当的岑柏言能注意到这个细节。

他不仅是不常用这个电热器，事实上，他大部分时间都住在市中心的高级公寓里，这里的二手电器和旧家具都是龚叔提前替他置办的。

宣兆大脑飞速运作，还在思考要怎么解释这个疏忽，不等他编出合适的谎，岑柏言就满脸不爽地说："你不会是觉得这鬼东西耗电大，省电，所以不舍得用吧？"

岑柏言替他想出了一个绝佳的借口。

宣兆反应极快，脸上流露出一丝恰到好处的难堪，眉眼低垂："功率也大，我担心电路过载。"

"这破玩意儿能耗多少电，你都冻成这样了——算了。"

岑柏言刚想骂两句，抬眼看见宣兆眼里不明显的窘迫，生生把脏话咽了回去。

"全球气候变暖，冬天也没那么冷了，不是很冻的。"

宣兆坐在床边，垂着头，下颌微收，手掌轻轻揉搓着左膝盖，好像这样就能够缓解一些困窘似的。

岑柏言心口忽地一阵酸涩，莫名蹦出了一个念头——这人，如果我不帮他，他这个冬天要怎么过啊？

宣兆接着仰头对岑柏言笑了笑："我也不是完全不用的，平时擦腿药会拿出来暖暖，洗完澡换衣服也会打开，其实冬天吧，被子厚实点儿就行了。"

"你盖的这是什么被子？"岑柏言走到床边，挑起被角拈了拈，凝眉说，"怎么这么薄？"

"薄吗？"宣兆没觉得，乐呵呵地说，"我觉得还挺暖和的，出太阳的时候抱出去晒晒，很舒服。"

"暖和个屁。"岑柏言眉心紧蹙，"你要是真暖和，还能把自己冻出高烧来？"

宣兆摸了摸鼻尖："那我晚上再加一床。"

岑柏言又踱到书桌边，脚尖踢了踢地上那箱子老坛酸菜面："这又是什么玩意儿？"

"泡面。"宣兆说。

岑柏言往箱子上不耐烦地踹了一脚："扔了。"

宣兆愕然道："扔了？"

"垃圾食品等同于垃圾，"岑柏言不由分说，丝毫不觉得自己正在对别人的生活指手画脚，理直气壮地说，"垃圾就是拿来扔的。"

宣兆不认可地辩解道："垃圾食品也是食品，食品是用来吃的。"

"哟，"岑柏言眉梢一挑，"听你这意思，我让你少吃点儿泡面还成了害你是吧？"

"……不是，"宣兆很实诚，"你是为我好。"

岑柏言一摊手，咧嘴一笑："那不得了，赶紧扔。"

宣兆也没明白自己怎么就让岑柏言带进沟里了，他这儿还犯着蒙呢，岑柏言瞪了他一眼，突然恶狠狠地说："知道没？"

"知道了，"宣兆脱口而出，"马上扔。"

"很好。"岑柏言满意了。

宣兆看着他得意扬扬的样子，忽地心头一软，无奈地摇了摇头，轻笑着说："真是小朋友。"

岑柏言对宣兆的这间出租屋挑三拣四一番，椅子太低了不行，光线太暗了不行，这也不行那也不行，宣兆统统应着，无论岑柏言说什么，他都是一副无限纵容的样子："对对对，你说得对。"

光是示弱还不够，他还要不动声色地让岑柏言参与他的生活，然后他再反过来，顺理成章地、一点一点地侵占岑柏言的领地。

岑柏言走到冰箱边，看见顶上的编织筐里放着的一大堆药，喉头又是一哽。

像宣兆这么个药罐子，长着一张矜贵的脸，实际上腿脚却不好，浑身上下都是病，穷得叮当响，还有个妈妈在疗养院，也不知道他一个人是怎么长这么大的。

"你这么多药，"岑柏言拿起一个药瓶，看不太懂上面的说明，"都是治什么的？"

宣兆压根儿没听岑柏言说的什么，以为岑柏言又在嫌弃这屋里哪样东西呢，敷衍地回应道："嗯，对对，你说得对。"

"你对什么对，"岑柏言呼了一口气，"你就不能对自个儿好些，上点心成不成？"他皱着眉转过身。

宣兆坐在床边，小太阳的暖光热烘烘地照在他身上，他弯了弯眼睛，笑得非常温和："我没有觉得不好，我现在过得挺好的。"

岑柏言感觉一拳砸在了棉花上，对着宣兆这个笑，忽然什么话也说不出来了。

也对，这是宣兆自己的屋子，他过的是自己的日子，他一个外人在这儿插什么嘴。

"就像这个'小太阳'，"宣兆抬脚指了指电热器，平静地说，"对我这样的人来说，偶尔用用就够取暖了。如果真的二十四小时住在开着空调暖气的屋子里，御寒能力就会变弱。"

这句话不是他为了在岑柏言面前示弱故意说的，他确实是这么认为的。

即使在铺上了地暖的高级公寓里，他在冬天也是几乎不用暖气的。

就如同贪恋甜食的人就吃不了苦，贪恋温暖的人同样受不了冻。

他这句话说得平铺直叙，没有什么特别的语气，岑柏言却从他单薄的侧影里读出来一丝不明显的脆弱。宣兆就像一片羽毛，明明看着那么轻，风一吹就跑了，却又出人意料地坚韧。

"你不换件衣服？"

他身上这件衬衣穿了一晚上，在医院又出了那么多汗，肯定不舒服。

"嗯。"宣兆起身，在衣架上拿了一件家居服，看了看岑柏言，"我去厕所换。"

"不用，你在屋里换，"岑柏言说，"我去外头抽根烟。"

岑柏言虚掩房门，摸黑点了根烟。

宣兆到底是个什么样的人？

岑柏言看着指间那一点火光，皱着眉思考起来。

他还没思考出个什么结论，楼梯下传来脚步声，伴随着两个男人的交谈。

宣兆好像说过，同层的两个是网吧网管，这个点儿下班也不稀奇。

其中一个骂道："昨儿我就迟到了半小时，扣我一百块钱！"

另一个说："一个月总共就三千块钱，我这月都被扣七百多了。"

"哎，那瘸子也不知道干吗的，不晓得他手头有没有闲钱。"一个人嬉笑着说。

"他那门我试过，搞根铁丝捅捅就开了。"另一个不怀好意地附和。

岑柏言吸烟的动作一顿，瞳孔在黑暗中骤然紧缩，眼底浮起一丝戾气。

怪不得宣兆进门后的第一件事就是插上插销。

"搞那么麻烦干吗，"另一个人耍嘴炮，"等他在厕所洗澡，咱一脚给那门踹了……"

脚步声越来越近，其中一人看见宣兆门缝透出的光，悄声说："那瘸子没关房门。"

另一个人也压低声音："看看？"

他们轻手轻脚地走上三楼，其中一人伸出一只粗糙黝黑的手轻轻放在了门把上，悄悄一拧——

另一只更加坚实有力的手猛地扣住了他的手腕。

两个男人悚然一惊，没想到楼道里竟然还有个人，抬头一看，对上了一张英俊坚毅的脸。

岑柏言微微一笑："哥们儿，有事？"

他的五官在昏暗的楼道里不是非常清晰，但毫不收敛的戾气却排山倒海般地压了下来。

两个人对视一眼，连忙心虚地说："没没没，我俩开玩笑呢，都是遵纪守法好公民，也就是过过嘴瘾……好兄弟，你千万别放在心上啊。"

岑柏言扣着男人手腕的五指缓缓收紧，骨骼错位的"咯"声尤其清晰，男人痛得龇牙咧嘴，五官扭曲，求饶道："真真真……真开玩笑的啊，哥你你你……你松手……"

宣兆在屋里听到了动静："柏言？"

岑柏言神色一凛，低声吼道："滚。"

两个男人屁滚尿流地回了各自屋里，宣兆推开门，探出了一个脑袋："你在和谁说话呢？"

"没，你听岔了吧，是不是楼上吵架呢，"岑柏言把烟扔了，用脚尖碾灭烟头，"进去。"

他进门后特意多留了个心眼，看见宣兆果然谨慎地插上了插销。

按门锁锈的程度来看，如果插销是前任住户在时就有的，现在一定也是锈迹斑斑。但这个插销看起来非常新，应该是最近安上的，宣兆一定也察觉了同层那两个男人有什么不对劲。

"你就不能……"

——就不能换个地方住吗？没钱我可以借你，起码不用这么提心吊胆的。

岑柏言顿了下，又觉得自己没资格说这话，于是烦躁地一摆手："你对面那两个不像好人，你自己小心。"

宣兆点点头，笑着宽慰岑柏言："放心吧，我心里有数。"

他换了一件米白色的针织毛衣，整个人都被衬得温柔和煦，刚才在小太阳前面烘了会儿回过暖了，脸颊不再是毫无血色的苍白。

"你坐会儿，我给你煮点东西吃。"宣兆从嗡嗡作响的二手冰箱里拿出一颗大白菜，回头看见岑柏言舌尖舔了舔发干的嘴唇，"你渴了吗？我先烧水。家里有干菊，给你泡菊花茶。"

"不用。"岑柏言说，"我上个厕所。"

岑柏言在又脏又臭的共用厕所里连抽了三根烟，尿渍斑斑的马桶里散发出阵阵骚臭，他干呕一声，差点儿被熏晕过去。

他是真累了，昨儿下午打了场球赛，晚上在医院照顾了宣兆一整夜，几乎没怎么合过眼。这会儿也不用赶飞机了，宣兆烧也退了，他整个人放松下来，困意就排山倒海般地袭来。

他一点儿没有作为客人的自觉，躺进宣兆的被窝合眼就睡。

宣兆身上有股草药味，他的被褥上也有，不知道是不是专门用什么药包熏过的，有种说不上来的淡香，像是菖蒲的味道。

真讲究啊……

这十多平方米的小屋没有隔断，睡觉吃饭都在这里头，宣兆弄了个书架把床铺隔出一个空间，但丝毫起不到隔音效果。

岑柏言耳边响起宣兆在那头洗锅切菜，丁零当啷的声音，也不觉得吵闹，反而有种久违的熟悉。

恍惚间他回到了很小很小的时候，当时他还没有住进别墅，住的小屋比这里更加破落。岑静香开火做饭，满屋都是油烟，小小的岑柏言总被呛出一脸眼泪。

没过多久他们就遇见了万叔叔，搬进了临海的豪华别墅，家里有了做饭的保姆，岑静香变得很少下厨，为了保养脸蛋和双手，偶尔进厨房做的也都是精致的冷餐。岑柏言再没有闻到过记忆里属于"家"的烟火味。

他这一觉睡了半个多钟头，宣兆用手背拍了拍他的脸："柏言，快起来吧，面要坨了，吃完再睡。"

岑柏言抹了把脸："来了。"

"冰箱里东西少，你随便吃点儿，"宣兆摘下围裙，有些不好意思，"等下次你再来，我好好招待你。"

小屋子里连像样的餐桌都没有，宣兆把书桌上的大部头放到地上，把书桌当餐桌用。

"你这吃饭的地儿是够随便的……"岑柏言打着哈欠走到桌边，突然愣住了。

桌上碗筷摆好了，一碗热气腾腾的青椒炒肉，一盘色泽新鲜的白灼菜心，一碟酸香沁人的炒土豆丝，还有一大碗清汤挂面。

宣兆把电炒锅里的菜码端过来，打的卤是西红柿鸡蛋，热腾腾浓稠稠的菜码往面上一浇，香气扑鼻而来。

"愣着干吗？"宣兆说，"坐。"

岑柏言深深吸了一口气："就当是你补回来了。"

宣兆给他盛了一碗面："什么补回来了？"

"照顾你一整晚。"岑柏言风卷残云地吃光了一碗面，起身又装了一碗。

宣兆轻笑着说："报答你这么容易啊？"

"不对，还差一样。"岑柏言眉头一皱。

宣兆问："什么？"

岑柏言的食指在桌上轻轻一点："蛋、包、饭。"

宣兆"扑哧"一声，夹了一筷子菜放到他碗里："我还以为有多高的要求呢。"

"没想到你手艺这么好。"

"熟能生巧吧。"宣兆说。

岑柏言记得他之前说过，食堂太油、外卖太贵，所以就自己做了。

"有机会给你煲药膳，"宣兆慢腾腾地喝着面汤，笑看着岑柏言，"和草药打交道，我是专业的。"

岑柏言也笑了："照顾你一晚上换一顿饭，想多吃你几顿，是不是得多照顾你几晚？"

"那我争取今年冬天多生几次病。"宣兆说。

岑柏言敲了敲木桌，又正色道，"赶紧呸三声！"

宣兆拗不过他，只好"呸"了三声。

两人这边正说着，那边门突然被敲响了。

宣兆放下筷子，刚要起身，岑柏言担心是同层那两个网管，于是按住了他的手："我去。"

宣兆点点头，坐了回去。

"有事？"

岑柏言冷着脸打开门，外边站着两个人，看见他均是一愣。

前边的那个书卷气很重，推了推眼镜问："宣兆在吗？"

宣兆听见声音，撑着拐棍起身一看："非凡？你怎么来了？"

卓非凡扬了扬手里的一卷文件袋："送材料，明早要上交，你腿脚不方便，我替你送来。"

"谢谢了，"宣兆说，"我去学校拿也是可以的。"

卓非凡身后冒出一个脑袋，小男孩见了宣兆两眼放光，摇摇手说："宣兆师兄，我也来了。"

"小诺？"宣兆微微愣怔，客气地笑道，"你怎么也来了？"

"非凡师兄说要来找你，我就缠着他跟来了。"萧一诺摸了摸剃成圆寸的脑袋，"师兄你在吃饭啊？好巧啊，我也还没吃！我还是第一次到你这里来呢，可以参观参观吗？"

他兴致勃勃地就要进屋，岑柏言抬起一只手撑着门框，眼神不善地打量面前这个小圆寸："你是谁啊？"

萧一诺也眯起眼，下巴一抬："你又是谁？"

岑柏言没有回答，冷冷地盯着对方，两个人无声地对峙了片刻。

卓非凡摸了摸鼻尖，觉得气氛有些不对。

"我给你们介绍一下。"宣兆拄着拐走上去，"这是岑柏言，我认识的一个弟弟。这是卓非凡、萧一诺，一个是我师兄，另一个是师弟。"

"弟弟？师兄你怎么还有其他弟弟？我以为你就我一个弟弟呢，"萧一诺"哼"了一声，弯腰从岑柏言胳膊底下钻了进来，"师兄做饭了啊，刚好我也饿了。"

宣兆有些为难地看了看岑柏言，又不好拒绝前来给他送材料的师兄弟。

于是一张小书桌边挤着坐了四个人，岑柏言看着大快朵颐的萧一诺，气得太阳穴都在抽抽，他才是这顿饭被招待的客人！

"我爸那老头，烦得很，"萧一诺挪了挪凳子，往宣兆旁边靠，"诊断学太难了，我看文献都看吐了，再这样下个月期考就挂科了，我爸问下个周末你能不能去我们家给我开小灶啊？"

默默坐在角落的卓非凡推了推眼镜："我才是这学期的诊断学助教，小师弟，老师怎么不喊我给你开小灶？"

"因为宣兆师兄专业更好啊。"萧一诺说，"我要多和师兄相处，多多学习！"

宣兆："瞎胡吹。"

萧一诺嬉皮笑脸地凑近："那师兄答不答应？"

小师弟天真又可爱，眼睛亮闪闪的，满是期待。

"好啊，"宣兆答应得非常干脆，"恰好想吃师娘炖的藕汤了。"

岑柏言冷着脸说："好什么好？你病好全了吗？你就去给人家开小灶？你怎么这么能耐呢？"

宣兆好脾气地解释："我是去……"

"师兄，你这个弟弟什么脾气，"萧一诺瑟缩一下，抓着宣兆的一只手臂，悄声说，"他小小年纪就这么凶，简直是医闹种子选手啊，你以后是要当医生的，少和这种人来往了。"

他声音压得很低，又恰好能让岑柏言听见。岑柏言坐在宣兆另一边，一把将宣兆的手薅回来："我不打正经医生，只打挂科的傻子。"

萧一诺状似惊恐地"嗷"了一声，立刻把宣兆的手重新薅了回来："师兄，我记得你上学期急性肠胃炎，缺考了内科学，最后没及格来着，他骂你是傻子，还专打你，你小心点儿，我就说他总有一天要医闹的。"

岑柏言勾唇哼笑，刚要反驳，宣兆抽回了自己被争夺的两只手，好气又好笑地说："你们俩搭档说相声呢？"

"我年级第一，谁稀罕和吊车尾的搭档。"岑柏言冷嘲热讽。

萧一诺不甘示弱："我师兄稀罕我，还要给我开小灶。"

岑柏言火气又上来了："你……"

"打住。"宣兆被他们俩夹在中间，头疼地揉了揉眉心，对岑柏言说，"我的病已经好了，而且我上周就和老师说好了，这个月找个时间去他那儿，带几位师弟一起围读《伤寒论》。"

接着，他扭头看着萧一诺，无奈地摇摇头："你啊，你明知道老师在办围读会，还非要瞎说，以后不许这么闹了。"

他不管对着谁，都一直是这么温柔和善的，但岑柏言却从中听出了微妙的差别，宣兆和这个小师弟说话的语气，比对他的要更亲近。

"那有什么区别，反正都是你要来我家，我爸也喜欢你。"萧一诺厚着脸皮说，紧接着他眼皮一抬，隔着中间的宣兆，和岑柏言飞快地对视了一眼。

这个对视只有不到一秒的时间，岑柏言却看见这小子对他露出了一个得意扬扬的笑容。

真是一头大尾巴狼啊！

一顿饭吃得是夹枪又带棍，岑柏言和萧一诺谁看谁都不顺眼。

"我和宣兆师兄关系可好了，怎么没听他说过你这个朋友啊？"

"哦？刚才听你说你是第一次来他家？"岑柏言笑眯眯的，"之前他没带你来过吗？没给你做过饭吗？"

萧一诺咬牙切齿："以后我会常来看师兄的。"

宣兆给他们一人洗了一个西红柿："家里小，装不下这么多人。"

"装我一个就够了，"萧一诺接过西红柿，"别装那傻大个儿，多占地方。"

岑柏言眼底就差没喷出火来。

宣兆朝卓非凡投去一个求助的眼神。卓非凡咳了两声，在萧一诺的脑袋上拍了一下："送完材料了，你也看完你师兄了，还蹭了一顿饭，可以走了吧？"

萧一诺不情不愿的。岑柏言端坐在宣兆床上，挑衅地抬了抬下巴，全然一副主人家的姿态："这就走了啊，不送了。"

"嘶——"萧一诺磨了磨牙，抬手就撸袖子。

"好了好了，"宣兆按下他的手，"你少说两句吧，我送你们出去。"

岑柏言拍床而起："送什么送？"

宣兆回头瞪他："你也少说两句！"

岑柏言悻悻地坐了回去。

宣兆把两人送到了楼下，脸上柔和的笑意渐渐淡了下去，换上了一贯的冷淡疏离，对卓非凡说："师兄怎么会来？"

卓非凡抬头看了看这栋连外墙都没刷漆的破房子："巧巧说你找了个破破烂烂的地方住，她不放心，你又不让她过来看望，她只好求我来看看。"

"小丫头，有什么不放心的，"提起龚巧，宣兆眼底才有了一丝笑意，"我晚上打电话自己和她说。"

要说起来，卓非凡和宣兆勉强能算半个发小，认识了十多年。

卓家和龚家就住在对门，卓非凡和龚巧青梅竹马，宣兆又把龚巧当亲妹妹，三个人一起长大的。之所以说半个，是因为宣兆的性格过于冷淡，卓非凡认识他的时候他已经瘸了，对谁都保持戒备心，在自己周围竖起一道墙，不交朋友，也不和卓非凡说除了寒暄之外的话。

"一诺呢，你怎么也来了？"宣兆问。

萧一诺不好意思地挠挠脑袋："我也好奇啊。师兄，我之前见过你家司机来学校接你，开的是迈巴赫吧？你现在就住这儿啊？上边那小子不知道你的情况吧？"

"谢谢，"宣兆很自然地接着萧一诺的话说下去，"没有揭穿我。"

"你要演，那我肯定得配合啊！"萧一诺说，"要是我这学期真挂科了，你记得在我爸面前给我说说好话啊。"

宣兆从来没有用那样温柔的语气和他说过话，没有叫过他"小诺"，实际上，宣兆也没有答应老师去协助组织围读会——他认识的宣兆师兄，是优秀、精致、疏离、冷漠且坚硬的，不住校，不参加集体活动，不喜欢"人"，也不喜欢动物，准确地说，不和任何活物打交道。

面对他们突然的造访，宣兆丝毫不慌乱，甚至从他们进门前的那一声"小诺"，宣兆就已经把他们写进了剧本里。萧一诺丝毫不怀疑，即使刚才他们没有配合宣兆，他的宣兆师兄也完全有能力把这个为了岑柏言编造的谎言圆下去。

"师兄，我有点儿好奇，"萧一诺眨了眨眼，"你是对楼上那个人演戏呢，还是平时对我们演戏啊？"

一个是温和可亲的，一个是冷淡疏离的，到底哪一个才是真的宣兆？

宣兆淡淡一笑："快回去吧。"

宣兆拿拐棍轻轻敲了敲地，催促他们离开。

与此同时，楼上的岑柏言开了机，未接电话和信息快把手机挤爆了。

"哥你干吗啊！妈在家大发雷霆！"岑情语音轰炸。

岑柏言烦不胜烦，扫了眼书桌上的空碗筷，给岑情回消息："我洗碗呢，别吵。"

"联系上哥哥了，那什么，他说他现在……"岑情小心翼翼地瞟了眼岑静香，吐了吐舌头说，"他在洗碗。"

"洗碗？"岑静香压抑着怒气，"长这么大连垃圾都没扔过，他洗的哪门子碗？"

岑情不明白妈妈为什么这么生气，上去抱住岑静香的手臂晃了晃："妈，哥不回来就不回来呗，老爸的生日宴不是照样办吗？"

"你懂什么。"岑静香眉头紧皱，"给你哥打电话，让他立刻赶回来。"

岑静香瞪着她："让你去你就去！"

岑情吓得一个激灵，她从来没见温柔的母亲发这么大的火，恰好万千山推门进来，岑情就像见着救兵似的："老爸快救救我！"

"怎么了？"万千山看了一眼双手抱胸的岑静香，大概知道是因为什么了，给岑情使了个眼色，"方叔叔到家里了，他家小公主闹着要见小情姐姐呢，你快去吧。"

小姑娘猛点了两下头，拎着裙角跑了。

万千山笑着走上前："怎么了，这么大火气？"

他样貌非常儒雅俊秀，鼻子上架着金框眼镜，定制西装一丝褶皱也没有，名贵的黑曜石镶钻胸章低调又不失奢华。

岑静香叹了一口气："还不是柏言。"

"柏言不是学校有急事吗？孩子大了，让他忙自己的。"万千山说。

岑静香瞥了他一眼："你啊，就是纵着他。"

她的形态丝毫不像四十多岁的中年女子，眼角眉梢都挂着娇嗔，和他们十几岁初恋的时候一模一样。

这一眼瞥得万千山神魂荡漾，于是他上前抱住了岑静香，说道："当年我就说了，柏言就是我的亲儿子，我不纵他谁纵他。"

岑静香笑着在万千山的胸口轻拍一下："既然柏言是你的亲儿子，千山，那让柏言改姓的事情？"

万千山答应过，只要岑柏言改姓万，就立刻把名下两家企业登记给柏言。

"这个不急。"万千山揽着岑静香的肩膀，晓之以理，"本来借着这个机会，我想正式把柏言介绍给商场上的朋友，既然柏言不在，那下次吧。"

他嘴里说着抚慰的话，心里却在庆幸，岑柏言不来好啊，不来真是再好不过。

他没耐住岑静香日复一日的枕边风，不小心松了这个口，要正式让岑静香三人入主万家。

承诺给出去他立即就后悔了，他的发妻宣谕毕竟还没有死，他们在法律上还是夫妻关系，加上他当年是入赘的，如果没有宣家的支持，就没有他现在的成就。

万千山是个男人，男人没有不在意面子的，那群人私底下怎么嚼他的舌根，说他抛妻弃子夺家产都无所谓，然而他一旦正式宣布了岑静香的地位，这桩丑事就等于搬上台面了——他自己的亲儿子都没有跟他姓，竟然要一个小三的儿子随他的姓，丢人。

他正是两难，没想到岑柏言竟然要缺席，正好给了他一个绝佳的借口。

岑静香眼神一暗："可是千山——"

"好了好了，不说这个了，有的是机会。"万千山打断她。

岑静香再了解不过万千山，她知道万千山喜欢温柔顺从的女人，于是也不再多说，默默垂下了头。

"我知道你心里委屈，"万千山垂头看着怀里的女人，耐心地安抚她，"我已经把临海别墅登记给柏言了，小情还没有成年，等她明年上了大学，我就给她在市中心买一套房。"

岑静香心中一喜，但脸上没有流露出任何彰显喜悦的蛛丝马迹，低眉垂眼道："你又不是不知道，我无名无分地跟着你十几年，不是为了这些。"

"我怎么会不知道。"万千山轻叹一口气，"这么重要的场合，柏言不在确实不好，这样，我再给柏言买套房，明天带你去买包，你想要什么就买什么，好不好？"

岑静香点点头，轻轻"嗯"了一声："千山，我们只有你了，你是我唯一的依靠。"

万千山心头涌过一阵暖流，顿时觉得自己无比高大，他怀里的女人全心全意地依靠着他啊。

他禁不住想起十多年前，他重逢了在饭馆洗碗的岑静香，发黄的工服遮不住她的秀丽，她一见到他，两行眼泪瞬间从眼眶中扑簌流下，颤抖地喊道："千山……"

万千山正沉浸在回忆之中，管家敲了敲门："先生，商会会长来了。"

"好，来了。"万千山整了整衣襟，对岑静香说，"我先下去，你收拾收拾，记得戴上翡翠镯子，打扮得富贵点儿。"

岑静香娇嗔地瞥了他一眼，笑着说："放心吧，我怎么可能让你丢人。"

待万千山出了房门，岑静香的脸色一点点沉了下来，十指紧紧绞在一起。

二十几年前她就知道了，万千山虽然爱她，但更爱他自己的面子、金钱和权势。

岑静香精心装扮一番，戴上了象征当家女主人的翡翠镯子准备下楼，正走到走廊上，听到楼下商会会长和万千山的谈话。

"千山，贵公子今天不在？"商会会长打趣，"我家这小公主可是一直念念不忘。"

"爹地！你说什么呢！"少女娇羞的声音随之响起。

万千山笑着说："柏言有事，回不来。"

"不是柏言，是宣小公子。"商会会长说，"宣老祭日，我带小丫头去祭拜，恰好遇见小公子，确实一表人才。"

"不是啊爹地！"少女焦急地说，"我喜欢的是柏言哥哥呀！"

"你别说话，"商会会长呵斥女儿，"大人说话，小孩子不要插嘴。"

"……啊对，对，"万千山的声音有些不自然，"小兆他也有事情。"

商会会长话里有话地说："千山，到了你这个位置应该明白，我们也不是有什么门第之见，只是咱们这个圈子的人，还是看重出身的。"

万千山嗓音紧绷："是是是，会长说得有道理。"

楼梯转角处，岑静香十指深深地切进了虎口，胸膛因为怒火而剧烈起伏。

万千山唯唯诺诺的态度更是让她心寒，原来就算她无名无分地跟着万千山十多年，她也始终只是个外人，她的儿子再出色、再优秀也是登不上台面的。

海港市大学城的烂尾楼里。

宣兆推开家门，看见岑柏言站在小灶台前，撸起袖子双手叉腰，看着气势十足，不知道的还以为他要找谁干架。

"没吃饱吗？"宣兆换上拖鞋，调侃道，"还是在拜灶王爷？"

岑柏言说："我拜拜灶王爷，他能帮着洗碗吗？"

原来他这架势是要洗碗，宣兆笑出了声："大少爷，还是我来吧。"

岑柏言不愿意承认自己面对这些碗筷一筹莫展，双手抱臂，"哼"了一声说："那你来吧。"

宣兆脱下棉外套，戴上围裙，推了推岑柏言说："你让让。"

"我监工。"岑柏言下巴一抬，"再磨叽扣你工钱。"

"你这人……"宣兆无奈地摇了摇头，拧开水龙头。

他冲干净一个碗，岑柏言很自然地接过，用洗碗布把水渍擦干净。

"碗底也擦擦，"宣兆回头看了岑柏言一眼，"哎，手劲不要那么大，碗要被你擦穿了！"

"真讲究。"岑柏言悻悻地说，把手里的瓷碗翻了个面，擦起了碗底。

宣兆笑着说："你平时在家里不干活的吗？"

"有保姆。"岑柏言对着窗户看了看那个碗，又白又亮，非常满意，于是得意地吹了声口哨。

"那你们家保姆够累的。"宣兆吸了吸鼻子。

岑柏言笑骂一声："你说我难伺候？"

宣兆笑而不语。他在围裙上擦了擦手："我下楼喂狗，你去吗？"

"喂狗？"岑柏言一愣。

"嗯，"宣兆点了点头，"楼下有一只小流浪狗。"

岑柏言忽然笑了："我知道，我见过它。"

宣兆弯腰从橱柜里拿出一罐已经开封的狗粮。

他当然知道岑柏言见过，他还知道岑柏言给那只脏了吧唧的狗撑伞，搭了一个避雨的小窝。

这罐狗粮不是为它准备的，而是为了岑柏言准备的。

"你见过？"宣兆吃惊地问，"什么时候？"

第 7 章

遇见你的幸运

小狗还是那只小狗，脏兮兮、干瘪瘪的，眼睛像两颗黑葡萄。

他们绕了三条巷子才找到这只小狗，窝在角落里傻不愣登的，见到人了也不知道怕，摇着尾巴跑上来，拿脑袋蹭岑柏言的裤腿。

"小家伙，还记得你哥我呢？"岑柏言蹲下身，手指头轻轻挠小狗的下巴。

宣兆穿着棉袄裹着围巾，一只手抱着狗粮，另一只手挂着拐，点点头："确实很像。"

岑柏言抬头："什么很像？"

"哥哥，"宣兆看着他，接着又转头看了看小狗，"弟弟。"

岑柏言哼了一声，拍了拍小狗的脑袋："弟弟，上，咬他去！"

小流浪狗"嗷呜"叫了一声，凑上去围着宣兆的腿转了两圈，又缩回了岑柏言脚边，似乎有些害怕。

"怎么这么胆儿小？"岑柏言笑着说，"连个瘸子都害怕，他身手可还没你矫健呢。"

小狗怯怯地看了宣兆一眼，恨不得把脑袋埋进岑柏言的手掌心里。

动物对人的情绪感知极其敏锐，这只小流浪狗估计感觉到了宣兆对它的抗拒和排斥。

宣兆讨厌动物，尤其讨厌狗——他夜里偷偷听到了那通电话，他的爸爸给一个叫"柏言"的小朋友买了一只宠物小狗，爸爸明知道妈妈对毛过敏，可还是沾了一身狗毛回家，害得妈妈进了医院。

那个年纪的宣兆并不知道"出轨""小三"这些词汇，他只是觉得很委屈，爸爸从没有对妈妈和他这么好，他喜欢玩具车，爸爸从来没给他买过，却给别的小朋友买小狗。

宣兆在无数次被噩梦惊醒后甚至会想，如果那天晚上他机灵一点，把偷偷听到的电话内容告诉宣谕，也许后来那场悲剧就不会发生。

"你很喜欢狗？"宣兆问。

"嗯。"岑柏言边逗弄小狗边说，"我小时候有点儿自闭，后来养了一只小狗，才慢慢变开朗的。"

宣兆撑着拐棍的五根手指微微一紧："是谁给你买的小狗，他一定很关心你吧？"

岑柏言沉吟片刻："算是我爸吧，他确实对我很好，要是没有他，估计我现在在哪个电子厂拧螺丝。"

宣兆眼底浮起一丝凉意，关心地问："为什么说他'算'是你爸爸呢？"

"算"字加了重音。

"我妈再婚了。"岑柏言不知道怎么表述自己复杂的家庭关系，于是言简意赅地答道。

再婚？

宣兆几乎要控制不住自己的表情了，他们是再婚夫妻，那郊区疗养院里的宣谕算什么？

就在刚才，疗养院的医生还给他发来消息，说宣谕一直在喃喃说千山生日要到了，要给千山买什么好呢，给千山换一辆车好不好……

他重重地闭了闭眼，迅速调整好自己的情绪，再睁眼时又是那个温和沉静的宣兆。

"小家伙，来吃饭吧。"宣兆抓了一把狗粮放在墙边，自己拄着拐棍退开了。

小狗还是有些畏惧，迟疑地观察了会儿，才凑过去吃起了粮食。

宣兆始终站在离小狗几步远的地方，不和它亲近。

岑柏言站起身，好奇地问："你不喜欢狗啊？"

"不能算不喜欢吧，"宣兆沉静地说，"我妈妈对动物毛发过敏，所以我从小就不怎么接触动物。"

"那你怎么对这小东西这么上心？"岑柏言问。

"可能是因为，"宣兆顿了下，"它和我有点像。"

岑柏言稍稍一怔，偏过头看向宣兆。他眉眼低垂，乌黑的头发衬得他本来就白皙的皮肤更加苍白，侧脸线条流畅优柔，鸦羽般的睫毛在眼睑下投出一片浅影。

在阴雨天昏暗天光的投射下，宣兆有种摄人心魄的脆弱感，但同时他肩背挺得很直，握着拐棍的左手坚实有力。

怎么会有一个人能够同时把脆弱和坚韧都展现得如此淋漓尽致呢？

岑柏言抿了抿嘴唇："它那么蠢，你们哪儿像了。"

"它没有爸爸，妈妈生完它不久就被车撞死了，"宣兆故作轻松地耸了耸肩膀，"这不是和我差不多吗？"

小狗正在大快朵颐，丝毫不知道宣兆给自己捏造了一个如此凄凉的身世。

岑柏言心头一紧，低声问："你爸爸他——"

"不要我们了。"宣兆呼了一口气，侧脸被雾气氤氲得有些模糊，"可能是有了别的女人做妻子，也有了别的儿子吧。"

岑柏言只觉得心口泛起一阵阵的酸楚，垂在身侧的双拳松了又紧、紧了又松。

宣兆三言两语草草带过，一番话说得真假参半，连喉咙里发出的每一声叹息、脸部肌肉的每一丝牵动都是精心设计好的。

被父亲抛弃、车祸造成终身残疾、母亲是疯子、穷得连体面的衣服都没有……当这些元素同时出现在一个人身上，很难不对这个人产生同情。

"小家伙很厉害，"宣兆看着那只脏兮兮的小狗，"努力长大了。"

岑柏言定定地看着宣兆，声音有些低沉："那是因为它很幸运，遇见了你。"

宣兆低头轻轻一笑，转头看着岑柏言，眼睛成了两轮弯月，嘴角的那个浅色伤疤像小小的梨涡，语气里藏着不明显的雀跃："所以我就说我和它很像吧，我也很幸运，遇见了你。"

他耳郭微红，不知道是冻的，还是因为别的什么原因。

忽然有一滴水砸了下来，宣兆抬头一看："要下雨了，快回去吧。"

他撑着拐棍走出去几步，岑柏言还在原地没有动，他回身，朝岑柏言招了招手："小狗哥哥，走啦！"

细密的雨点应声而下，雨滴砸在岑柏言脚边的小水洼里，泛起一圈接一圈的涟漪。

宣兆站在雨雾的另一头，身姿挺拔，笑意盈盈地喊："快点儿，等下就打雷喽。"

岑柏言这才抬脚跟上了宣兆。

宣兆不知道岑柏言经历了多么艰难的自我说服，进了家门，他拿出一条干毛巾，踮脚想给岑柏言擦头发。

岑柏言退开一步，接过毛巾说："我自己来。"

宣兆的表情有一瞬间的愣怔，很快就恢复如常，笑着说好。

期间龚叔打来了一通电话，宣兆和龚叔嘱咐过，平时尽量信息联系，如果不是重要的事，龚叔不会直接给他打电话。

宣兆沉思片刻，和岑柏言说去个洗手间，在厕所里接了电话。

"少爷，"龚叔语气凝重，"收到那边的消息，说万总把一栋房子过户给了岑柏言。"

宣兆不以为然，冷冷地说："这不是很正常嘛，他对那个女人一向很大方。"

"给岑柏言的那栋房子……"龚叔声音里夹杂着叹息，"是临海别墅。"

宣兆呼吸一滞，眼底瞬间涌起一片阴霾。

临海别墅是他出生长大的地方，他在那里度过了人生中最快乐无忧的七年，那时候他还有健康的身体、宠爱他的母亲，可以尽情地吃甜食，可以在花园里肆意奔跑。

为了那个女人，万千山连这栋房子都敢动。

他怎么敢，他怎么敢的？

愤怒和痛恨像是濒临爆发的火山，搅动得宣兆整个胸口都在发疼。

宣兆拿着手机的五指越收越紧，指尖隐隐泛白。

"少爷？"龚叔担忧地喊。

"叔，我没事。"宣兆说。

散开的理智渐渐收回，宣兆眼睫低垂，嘴唇紧抿。

他什么都没有，什么都没有了，他没有父母，没有健全的腿，他连做个正常人都不行，他什么都没有了。

凭什么始作俑者们却可以过得这么好呢？

扭曲的恨意疯狂滋长，宣兆终于按捺不住，嘴角挑起一个阴冷的笑容。

他必须亲手毁掉他们的一切。

"柏言，"宣兆推开门，"自来水公司打电话说要查水费，你帮我找找水费单好吗？"

"哪儿呢？"岑柏言问。

"嗯……"宣兆在灶台下的橱柜里翻找，"书桌那边看看有没有，可能夹在书里了。"

岑柏言嘀咕："这都什么年代了还有水费单？"

他翻了翻宣兆桌面上的几本书，接着打开了抽屉，看到了一个硬皮笔记本，页边微卷，像是经常被使用的样子。

"什么玩意儿？"岑柏言眉梢一挑，"你不会还写日记吧？"

宣兆正倒腾橱柜，丁零当啷响的，没听清岑柏言说什么，探头问："找到了吗？"

岑柏言一摆手："没呢。你这么多书啊本儿的，谁知道你夹哪儿了。"

"没有吗？"宣兆嘟囔，又从冰箱上边取下来一个放杂物的大竹篮，在里边一件件地翻找，"我记得都留着了呀……"

岑柏言非常敷衍地抖了抖两本厚厚的药学词典，眼睛一眨不眨地停留在抽屉里那个硬皮笔记本上。

宣兆是个一丝不苟的人，甚至有轻微的强迫症，他所有用来做课堂记录的本子都是一样的——最普通的那种 A4 大白纸线圈本，连封皮都没有，唯独抽屉里那个本子不同。

纯黑封皮，侧边带了一个小小的锁扣，主人估计是觉得不会有人动这个小本子，因此没有上锁。

这个小瘸子，弄个带锁的笔记本藏着干吗？

岑柏言心里就像小猫爪子挠似的犯痒痒，手伸出去了又收回来。

要不就看一眼？看一眼应该没事儿吧？

说不定他的水费单就夹在这个本儿里呢？

"怎么找不着了，"宣兆在小厨房里懊恼地嘀咕，"哪儿去了？"

应该就在这个本子里了。岑柏言心想，他鬼使神差地拿起带锁的笔记本，翻开了第一页——

"今天遇到了一个小朋友，是个莽莽撞撞的小朋友。"

字迹清隽秀丽，是宣兆写的。

岑柏言心中一动，没想到这本日记的第一篇就是从他写起的。

"小朋友帮我解了围，我们一起进了趟派出所。小朋友和别的小朋友们不太一样，我一见到他就觉得亲切。小朋友本来已经打车离开了，又返回来骑车送我回学校，风凉凉的，或许是太久没有人关心过我了，我竟然觉得风吹在脸上一点都不冷。"

日记本再翻一页。

"这一个月来，我反复梦见车祸时的场景，有时候会出现一些更离奇的画面，比如我的腿被怪物吃掉了，或是被巨大的齿轮碾压。所有人都说我是个残废，只有小朋友不嫌弃我。我还梦到他骑自行车载着我，一直骑一直骑，沿着临港的海岸线，到了海边他牵着我跑了起来，我的腿似乎也痊愈了。醒来觉得有些失落，腿又疼了。下午实验室里谈论去西南参加学术论坛的事，有位老师不希望我同行，要去的地方在山区，他担心他的学生要分出精力照顾我，因此最后的奖章自然也不会有我的名字。"

"罢了罢了，我确实是个不良于行的瘸子，没有人会带我沿着海岸线骑车，我也没有办法在沙滩上奔跑。小朋友是梦里才会有的。"

岑柏言喉头一哽，仿佛有一只无形的手掌扣住了他的喉咙，宣兆他就这么任人欺负吗？

岑柏言接着往下翻，这个本子里记录着他们相处的点点滴滴，口吻温和轻松，岑柏言甚至能想象到宣兆在写这些字的时候的样子——他一定是笑着的，写到岑柏言孩子气的地方，可能还会无奈地摇摇头。

原来我在他眼里这么好吗？

岑柏言缓慢地翻到下一页。

"妈妈病情恶化，连我都认不出了。她把我当成那个肇事司机，用指甲割我的手，撕心裂肺地喊'还我儿子'。我从小到大都很习惯这些小伤小痛，离开疗养院的时候一个护士叫住了我，我以为她是不是要给我擦擦药，当下差点摔跤，手脚都不知道该放在哪里好了。结果我又自作多情了一次，她是来通知我卡里余额不多了。"

"我觉得自己有点可笑，都十几年了，还觉得会不会有谁来关心一下我。"

岑柏言目光微沉，耳边只听见宣兆翻找杂物时的窸窣响动。

他七岁出了车祸，现在二十三岁，十六年的漫长时光，他积攒了多少日复一日的期待和失望，才会连受到别人的关心都觉得惶恐？

他又是怎么让自己的背脊始终挺得笔直，像一棵坦荡又磊落的雪松，在皑皑冬日坚韧地绽开枝叶？

好像有一根小刺扎进了岑柏言心尖的那块软肉，激得他一阵阵地酸楚。

还好那天他偶然看到了陈威拍回来的那张照片，还好那天他赶去了酒吧。

"小朋友出现了。他给我买了药，给我包扎。唉，我好没有出息啊，其实我看着他有一点点想哭，如果这个世界上只有一个人会骑车载着我，会给我仔细地上药，会带我走出反反复复出现的噩梦，那个人一定是他。"

"豆沙包很好吃，甜的粥也好喝。我舍不得一次吃完，放了几个包子在冰箱里。晚上下雨了，半夜又做噩梦了，醒来吃了一个甜包子，忽然就不那么难受了。"

"他的钱包落在我这里了，里面有他一家四口的照片，是一个很美满的家庭。我是不是也该放点什么在我的钱包里？我找了很久，什么也找不到，我连一张像样的全家福都没有……"

"我知道衣服是给我的，我看过他钱包里的照片，他妹妹那么漂亮可爱，根本不是他说的'中性风'。可我根本不敢接受他对我的好，他只是同情我、可怜我，而我一旦习惯了这样的好，当有一天他不再同情我、可怜我了，到时候我又该如何自处？我和他有着天壤之别，像我这样的残废，连交朋友的资格都没有。"

宣兆的每一页日记都写得非常简短，没有什么华丽的辞藻。但岑柏言觉得手中这本日记仿佛有千斤重，重得他都要拿不动了。

"柏言，你那边有吗？"

宣兆转过身，看见岑柏言手中的本子，瞳孔骤然紧缩——

"啪！"

他手里的竹筐掉落在地，七零八碎的杂物散落一地。

宣兆垂下眼帘，侧过身去，双手撑着灶面："对不起。"

"你为什么要说对不起？"

宣兆缓缓抬起头，面色苍白得有些过分："你都看到了？"

岑柏言一点头："嗯。"

片刻之后，宣兆抬起双手，手掌捂着脸搓揉了两下，露出一双发红的眼，垂眸苦笑了下："见笑了。"

他眼睛里的自嘲和无奈没有藏好，像一把尖锐的匕首，一下子狠狠扎中了岑柏言的心口。

岑柏言的喉头重重一滚，嘴唇才动了动，便见到宣兆竖起一只手掌，手心朝向他——是一个拒绝的姿势。

宣兆竭力控制着自己的面部表情，唇角轻轻上扬，苦笑了一声："柏言，你可以……先不要说话吗？"

他们谁都没有说话，各自站在这个不过十几平方米的小屋的一角，墙上挂着一个老态龙钟的圆表，不知道秒针跳动了多少下，也许只是短短片刻，却被眼下的沉默拉长得仿佛没有尽头。

"柏言，"终于，宣兆看着岑柏言，声音缓慢且温和，"就假装没看到，可以吗？"

宣兆这个人了不起的地方在于，无论是多么难堪窘迫的场面，他都能够克制住悲伤、无奈、痛楚等负面的情绪。即使是现在，他藏在这个日记本里的敏感和脆弱被岑柏言残忍地亲手挖出来了，他还是能够挺直肩背，维持住他恪守的自尊与体面。

"柏言，我承认，我想过要利用你。"宣兆笑了笑。

岑柏言脑子里"轰"地炸开一道白光——

"我亲情淡薄，朋友很少，我对所谓'感情'和'温暖'的诉求很低很低。可是我遇见你了，我才知道我也想要有可以依赖的朋友和亲人。"

宣兆平静地看着岑柏言，像讲述一个动人的故事般娓娓道来。

"柏言，你是个正直、善良的好人，"宣兆眉眼低垂，看不清此时是什么表情，"你可以为了一个素不相识的陌生人解围出头，你对每个朋友都真诚，你家境优越、出手大方。坦白说，我也想成为你的朋友之一，有你这样一个有钱的朋友，可以为我解决物质上的很多困难。"

"我……"岑柏言喉头一哽，瞬时什么话也说不出来。

"你对我好，是出于你的正义感和同情心，"宣兆深深吸了一口气，"而我却抱着不纯粹的私心和你相处。抱歉，柏言。"

雨水敲打着窗户玻璃，空气仿佛一寸寸凝固了。

宣兆竭力保持平稳的语调："下雨了，你带伞了吗？"

"轰"的一声雷鸣，暴雨倾盆而下。

昏暗的天光下，宣兆的指尖苍白到近乎透明，伴随着雷雨声的掩盖，他终于可以流露出一点不那么体面、不那么云淡风轻的情绪。

"柏言，你走吧，你真的……不要再靠近我了，"宣兆像是一只受了伤的小兽，呜咽着舔舐自己的伤口，"我很难受，看见你就难受。你对我的好，和对外面那只流浪的小狗没有区别吧。"

岑柏言不明白事情怎么会发展到这一步："宣兆，我从来没把你当成什么小狗，我把你当朋友。"

宣兆摇了摇头："是我不好，是我太不坦荡。对不起，你走吧。"

不知道安静了多久，关门声随之响起。

屋外电闪雷鸣，屋内的光明了又暗。

宣兆顺势滑坐在地上，眼底无波无澜，仰头深深呼了一口气。

本来不想让岑柏言这么早就看见这本日记，然而万千山和岑静香一系列的动作惹恼了他，他只好赌一把。

他是擅长玩弄人心的高手，岑柏言的每个动作、每个表情、每声叹息都在说明，他赌赢了。

接着，他转头看向窗外，雨越下越大了，雨滴接连不断地拍打在窗户玻璃上，汇成一股股的水流。

宣兆手脚冰凉，脑海里跳出来的第一个念头竟然是——

岑柏言带伞了吗？

岑柏言回到宿舍时把陈威和杨烁吓了一跳。

他从里到外都湿了，整个人就跟个移动水库似的，滴答滴答地往外淌水，双手死死抱着个什么东西不放。

陈威从椅子上跳起来："你大冬天的玩什么行为艺术呢？"

杨烁慌忙拿来干毛巾："柏言，快擦擦吧。"

岑柏言没什么表情，一摆手："不用。"

"不用什么不用！"陈威拿过毛巾罩在他头上，不由分说一通乱擦，扭头对杨烁说，"把他浴巾拿来，挂他衣柜边上那个。"

"哦，好，我马上去拿。"

杨烁取来浴巾，陈威伸手要去扒岑柏言的外套，岑柏言双手紧紧抱在胸前，一动不动。

"你揣着个什么玩意儿？啥宝贝啊？"陈威凝眉。

岑柏言这才回过神来似的，甩了甩头发，从怀里拿出了一个笔记本。

他也不知道为什么，走前鬼使神差地顺走了这本日记。

陈威和杨烁对视一眼，不约而同地露出了惊诧的表情。

岑柏言自个儿都成了只落水狗，一丁点人样儿都没了，他怀里那个笔记本愣是滴水不沾，这得捂得多严实啊！

"别问，"岑柏言不等他们开口，兀自沉声说道，"我不会说。"

他打开衣柜门，蹲下身，把这本日记放进了从来没有用过的保险箱里。

另一边，宣兆不知道在地上坐了多久，起身的时候腿都麻了。

屋里没有开灯，他摸索着到墙边开了灯。

膝盖的旧伤因为连日的冬雨复发，宣兆没有处理身上的病痛——疼痛是他保持理智的一种高效方式——叫了一辆车，终点定位在西山疗养院。

楼道里，报废的路灯散发出不明显的烧焦味，宣兆关上门，恰好碰见对门的男人从厕所里出来。

那男人一只手打着个手电筒，另一只手提溜着松垮的裤头，先是警惕地往宣兆身后瞄了几眼，确定那个满身戾气的小男孩不在，这才放肆地打量起宣兆，拦在楼梯口，打了个响指："小哥，这么大雨，打算去哪儿啊？"

宣兆沉静地看着他："让让。"

"脾气还不小。"那男人拿手电筒让那光束在宣兆的脸上乱晃。

"事不过三，这是第二次，"宣兆面无表情，"让一让。"

不晓得为什么，眼前站着的分明是个手无缚鸡之力的瘸子，那男人却从他身上感觉到了一种凛然的气势，就好像……就好像这瘸子是个上位者似的，看着他的眼神就像看一只蚂蚁。

手电筒莹白的光照在宣兆的脸上，衬得他眼底更加冰冷，那男人不禁打了一个寒战，旋即又在心里暗骂自己没出息，不就一个穷瘸子吗？吓成这样！

男人偏头啐了一口，阴恻恻地说："什么事不过三，我今儿偏不让了，怎么着？我就过三了，你能拿我怎么办？"

"你和你那位兄弟，"宣兆轻轻一笑，缓缓说道，"近一个月来已经试图破坏我的门锁三次，伪装成管道公司检修敲门两次，你们想要干什么？"

　　男人背后一凉，破旧的烂尾楼、黑黢黢的楼道、报废的路灯、脸色苍白的瘸子……组合在一起就是恐怖片的绝佳场景，他看着宣兆的眼神就跟见了鬼似的："你、你怎么知道的？你是人是鬼？"

　　"监控。"宣兆好心地安抚他，"我是唯物主义者，放心。"

　　男人颤颤巍巍地把手电筒往宣兆门上挪，这才注意到门边那个积灰已久的牛奶盒里竟然放了一个黑色监控。这楼道本来就昏暗，加上住在这栋楼里的都是些朝不保夕的外乡人，谁会想到竟然有人在家门口安了个电子摄像头。

　　"视频证据都备份了，随时可以走法律途径。"宣兆拄着拐棍，非常绅士地欠了欠身，"现在您方便让一让了吗？"

　　男人愣愣地侧身让出路来，宣兆微微一颔首："谢谢。"

　　男人咽了咽口水，忽然觉得背脊发凉。

　　"对了，"宣兆走下几层台阶，停下脚步，彬彬有礼地说，"之前我心情不错，才打算走法律途径。如果再有下次，我心情就不那么好了，也许会诉诸其他方式解决问题。"

　　"什……什么方式？"男人看着宣兆消瘦的背影，毛骨悚然。

　　"二位大可以试一试。"宣兆笑道。

　　出租车劈开雨雾，行驶在去往郊区的路上。

　　宣兆坐在后座，翻动着手机上刚刚收到的图片——装修得富丽堂皇的大堂里摆开了三张长桌，三层蛋糕华美得宛如艺术品，宾客们穿着昂贵高雅的定制礼服，手里端着高脚杯，个个言笑晏晏。

　　这些人里不乏宣兆熟悉的脸孔，宣兆做过充足的功课，他们中有许多是外公当年的合伙人。

　　最后一张照片，万千山在楼梯上开怀大笑，他左边是温婉的岑静香，右边是娇俏的岑情，灯光洒在他们身上，实属称得上美轮美奂。

宣兆突然眼神一凛——

岑静香手腕上竟然戴着宣谕的翡翠镯子！

这个镯子是宣兆外婆留下的遗物，后来传给了他妈妈宣谕，宣谕非常重视这个镯子，只在出席重要场合才佩戴，圈子里都戏称这是宣家当家人的象征。

车祸发生时宣兆还是个孩子，对这东西没有任何概念，母亲的珠宝首饰不少，他只以为是个平常玩意儿。直到十一二岁时，龚叔无意间和他说起这个镯子，他才明白原来这个翡翠手镯对宣谕而言意义重大，再找却怎么也找不到了。

当真是功夫不负有心人啊，他找了十多年的东西，今天总算出现了。

宣兆盯着照片中依偎在一起的一家三口，抬手缓慢地摩挲着咽喉，唇齿间泻出一丝轻笑。

很好，很好，你们都很好。

一个多小时后，出租车在疗养院门口停下，宣兆额外给了司机五百块钱，让他在这里等半小时。

VIP 病房里，宣谕抱着一本日历痴痴地笑。

宣兆在门口站了许久，才出声唤道："妈。"

宣谕应声看过来。见到宣兆时，她双眼发亮，雀跃地说："千山，你来啦！"

宣兆重重地闭了闭眼，陪在他身边的护士无奈地解释："这几天都这样，见了谁都叫'千山'。"

"没事，"宣兆对护士安慰地笑笑，"你先去查其他房，我看看她就走。"

"千山，给你的生日礼物你收到了吗？还喜欢吗？"宣谕问。

万千山的生日在她心里一直是最重要的日子，在宣兆模糊的记忆里，每当万千山的生日要到了，妈妈就忙前忙后跑个不停，挑礼物选酒店定菜单，每一样都亲自操办。

她知道万千山是农村出来的，心里始终有些自卑，她就把万千山的生日宴打造成一场商业酒会，借着宣家的手让万千山堂堂正正地站在那些商业大佬面前。

然而她的煞费苦心又得到了什么呢？

宣兆面沉如水，站在病床前，替母亲捋了捋凌乱的鬓发："妈，是我，小兆。"

"千山，"宣谕握住宣兆的手掌，"你送我的钢笔我很喜欢，原来里面还有那么多的含义，要不是我去专柜问了，还真不知道呢！"

她指的是那支飞度钢笔，万千山处心积虑地为宣谕挑选了那支经典款——设计师航行大半个地球才得出了灵感，正如我穿越千山，最终为你靠岸。

宣兆看着母亲鬓角的白发，心一阵阵地抽痛。

比起此刻，身体上的疼痛根本就不算什么。

"妈，"宣兆把拐棍扔到一边，俯身抱住了母亲瘦得惊人的肩膀，"你放心，镯子是你的，房子是你的，他们的财产是你的，我会一样样地拿回来。"

淡淡的草药香味充斥鼻腔，宣谕忽然浑身一顿，颤抖良久后，哆嗦着嘴唇："小兆？"

"是我，是小兆，妈，是小兆。"宣兆轻柔地拍打着母亲的后背。

宣谕的眼泪失了控似的往下掉："小兆，腿疼不疼啊？有没有吃药？下雨天了你怎么还乱跑……"

宣兆眼眶一烫："不疼，没事的，我的腿好了，一点都不疼了。"

宣谕点点头，用力回抱住宣兆，颤抖着说："妈妈做噩梦了，梦见我拿书本砸你，还拿指甲刮你的手，我、我我我、妈妈……妈妈不是故意的……"

宣兆一边安抚她一边说："都是做梦，不是真的，都不是真的。"

与此同时，宣兆的手机一振。

他一只手拿出手机，是一条信息，发件人是"岑柏言"。

"我发烧了。"

短短四个字，宣兆盯着看了很久很久。

接着，他垂眸弯了弯唇角。

毁掉万千山和岑静香现在拥有的一切还远远不够，还有他们最引以为傲的继承人。

第 8 章

绝不能心软

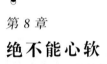

　　厕所斑驳的镜子里映出岑柏言轮廓分明的脸，只是此时外表有些欠佳——下巴上冒出了星星点点的青色胡楂，发丝凌乱如同鸟窝，眼窝深陷，眼睛底下坠着两个眼袋，邋遢得跟桥洞底下的流浪汉没什么区别。

　　距离他从宣兆家离开只过去了四个小时二十八分钟，那条消息发出去已经二十多分钟了，如同石沉大海一般，没有得到任何回应。

　　岑柏言双手撑着洗脸池，眼底眸光深深。淋了一场大雨加上情绪激荡使他头痛欲裂，太阳穴突突直跳，像有一个锤子狠狠撞击着大脑。

　　手机屏幕暗下去后就再也没有亮起过，岑柏言只觉得身体里每一根血管都烧着火苗，他忍无可忍地低骂一声，抬脚在一边的脸盆架上猛踹了一下。

　　金属架子遭不住如此粗暴的对待，"哗"地一下散架了。

陈威和杨烁吓了一跳,以为岑柏言在里面摔跤了,把厕所门敲得震天响:"柏言!你怎么了啊?能站起来吗?"

岑柏言重重地抹了一把脸,拧开门把手。陈威探头一看,骂道:"你没摔跤你发什么疯?"

"柏言,"杨烁看着岑柏言起皮的发白嘴唇,"你好像在发烧,要不去医务室看看吧?"

"不用。"岑柏言闷声说,重新爬上了床。

他脑袋昏沉沉的,睁眼看天花板都在转。

——不理我是吧?行,大不了以后老死不相往来,谁怕谁啊!

岑柏言浑身发冷,手机还攥在手里,五指想要把手机捏碎了似的。

"合作愉快。"

同一时间,出租车停在了中心公寓的大门,宣兆挂断了一个远洋电话。

他刚刚收到一份电子邮件,查到了一个离岸账户,注册地是个从未听说过的小岛,登记在册的法人正是万千山。很明显,这个户头是用来避税和转移财产的。

万千山野心勃勃,怎么会只满足于从宣家偷来的祖产。宣兆这几年一直暗中频繁接触他外公当年的生意伙伴,同时境外雇的私家侦探也在不断调查万千山的经济情况,终于被他摸到了一丝线索。

宣兆一只手拄着拐棍,另一只手撑着伞,肩背绷得笔直,一步一步穿过公寓里的中心花园。他神情冰冷,经过便利店要了一杯热美式,袅袅的热气升起,很快又被撕裂在风里。

进了家门,宣兆进书房把那份电子邮件打印了出来,接着陷进浅灰色的布艺沙发里,对着那份薄薄的文件沉思许久,像是要把上面的每一个数字、每一个标点都牢牢印在脑海里。

房间里没有开暖气，咖啡很快就凉透了，宣兆抿了一口，过于生涩的口感让他眉头轻拧。便利店的咖啡效果不佳，非但不能提神，反而让他觉得困倦。

宣兆叹了一口气，下意识地看了一眼手机，想起岑柏言刚才说他发烧了。

他还好吗？

宣兆指尖动了动，最终克制住自己想要回消息的冲动，慢慢缩起双腿，闭上双眼，蜷进了柔软的沙发里。

——淋了那么大的雨，怎么会不生病呢？

——陈威那么粗心大意，能照顾好他吗？他们宿舍有退烧药吗？医务室晚上还开着门吗？

脑子里不受控地冒出一连串问题，宣兆眉头紧锁，一只手紧攥成拳，抵着眉心的位置，反复告诫自己不要想。

然而宣兆越是这样自我警示，就越是心烦意乱，有两个声音在他耳边拉扯，他觉得自己就快要被撕成两半了，一半留在昨夜的急诊室里，轻声说柏言是无辜的呀，另一半在这个空荡荡的高级公寓里冷眼旁观。

而后，那个理智冷漠的声音再度响起，你忘了那场车祸吗？你忘了你是怎么成为残废的吗？你忘了外公是怎么死的吗？忘了妈妈只能在监牢般的疗养院里度过余生了吗？

——没有，没有，我没有忘记，只要我还有呼吸的每一秒钟，我就不可能忘记！

宣兆在心底无声地呐喊，每一个字都带着皮肉模糊的血气。

终于，他紧缩的眉头逐渐熨平，略微急促的呼吸也渐渐恢复平稳。

当年七岁的他也是无辜的啊，怎么就没有人来救救他呢？

宣兆双手抱着膝盖，脑袋深深地埋进手臂里。

岑柏言再醒来，是清晨五点四十九分。

窗外的天还是黑的，手机的消息提示栏也是黑的。

他晕得厉害，把着楼梯下了床，趔趄着在抽屉里翻出药箱，找了根体温计，甩了两下插进腋下，五分钟后拿出来一看——曜！都要39℃了！

药箱里有感冒冲剂，也有消炎药和消毒酒精，每一样都能帮助他降温，岑柏言咬了咬牙，愣是不用，对着那根体温计拍了一张照，昏昏沉沉地发给了宣兆。

等消息发出去了，他才猛然一惊，觉得自己真是吃饱了撑的！

刚想要把消息撤回，岑柏言抿了抿嘴唇，犹豫着收回了手。

人在生病的时候果真会变得脆弱，岑柏言看着看着联系人那栏宣兆的头像，喉头忽然一阵阵地发酸。

宣兆的头像是一片星空，和他这个人一样沉静。

岑柏言却静不下来，他抹了把鼻涕，趴在桌上，越想越觉得委屈。

宣兆不是想利用他吗？不是图他有钱吗？这种时候怎么还不关心关心他？

岑柏言轮廓分明的下颌线条紧紧绷起，他"砰"地一头栽倒在了书桌上。

两个小时后，陈威起床撒尿，发现了滚烫得像火球一样的岑柏言，火急火燎地把人扛进了校医室。

岑柏言身体底子好，打了针吃了药，睡一觉就生龙活虎了。

那个星空头像沉寂的第五天，岑柏言在阳台上一口气抽了五根烟，愤愤地对天发誓说他要是再搭理宣兆，就让他这辈子吃泡面都没调料包！

过度吸烟的后果就是嗓子撑不住了，岑柏言接下去的三天抽光了五包玉溪，一场球赛结束后，他在更衣室里扒着墙，差点儿没把肺咳出来，直起身来突然想如果宣兆在就好了。

如果宣兆在的话，会敲敲他的额头，笑着说小朋友要少抽烟啊，然后往他舌头底下塞一片薄荷叶，给他泡一杯解火的菊花茶，让他好好坐着，嗓子倒了就别说话。

可宣兆已经因为他偷看日记而不理他了。

另一边，宣兆摘下眼镜，保存记录好一系列实验数据，把桌面上的纸质材料放进碎纸机处理了，礼貌地婉拒了导师希望他担任本科学生针灸实操大赛评委的请求。

宣兆甚至出奇地有耐心，不仅回答了一个师弟关于羚羊角药性的问题，而且主动提出可以把自己的药理学笔记借给他，弄得这位师弟受宠若惊——倒也不是说宣师兄平时脾气不好，只是师兄性情一直比较冷淡，和大家交流不多，要不是遇到真解决不了的问题，他们也不敢去打扰师兄。而且这一周，师兄明显心情不佳，周身气压低得很，走近点儿就像结了一层寒霜似的。

"谢谢宣兆师兄！"师弟一个劲儿地道谢。

宣兆一颔首："不客气。"

走出实验楼才发现雨还没停，宣兆刚要开伞，忽然想到了什么，拿伞的手指紧了紧。

岑柏言会不会来找他呢？

宣兆眸光微动，面对着淅淅沥沥的雨雾，把折叠伞扔进了墙边的垃圾桶。

"师兄，"身后突然传来一个饱含戏谑的声音，"你的伞是坏了吗？"

宣兆没有回头，因为他口袋里的手机正在响。

他没有立即接通这个电话，颇有兴味地琢磨着上面这一串号码。

自动挂断后，响铃很快又响起。

"师兄，不接吗？"萧一诺踱步上前，吹了声口哨，"需要我帮你吗？"

手中的电话铃声催命似的，一通接一通地打进来，宣兆思考片刻，转头看着萧一诺，扬眉问："报酬？"

萧一诺笑出了声，勾着宣兆的肩膀："师兄，你不用这么和我公事公办吧？"

"手拿开。"宣兆平静地说，"师弟，你也不用这么和我装模作样。"

萧一诺摸了摸自己的圆寸："我新交了一个女朋友，下个月初生日，想去惊雷包个场。"

"免单。"宣兆把振动个不停的手机递过去，"只需要透露位置，合作愉快。"

"合作愉快。"萧一诺打了个响指，又对宣兆抛了个媚眼，接起电话，"谁啊？骚扰电话还打个没完了，烦不烦啊？"

"喂？"

听筒里传出萧一诺的声音，岑柏言面沉如水，锋利如剑的眉头紧紧锁着问："宣兆呢？他的手机怎么在你这里？"

"师兄还在实验室。"萧一诺说，"找我师兄什么事儿，我是他弟弟，你和我说一样的。"

"你算个哪门子弟弟！"

岑柏言目光深沉，紧绷的唇角显然是在压抑着火气，他一言不发地挂断电话，三两下套上大衣，匆匆跑出宿舍。

"柏言！你干吗去啊？"陈威冲着他的背影大喊，"不说晚上一块儿去吃火锅吗？你去哪儿啊，哎！岑柏言！"

岑柏言扫了一辆共享单车，连伞都不撑，两脚一蹬就冲了出去。

这场冬雨缠缠绵绵了半个多月，少有完全放晴的时候。

雨势有转小的样子，宣兆站在实验楼外厅，望着校园里的朦胧雨雾，侧脸轮廓清晰且冰冷，插在大衣口袋里的右手手指有规律地敲打着衣兜，在心里默默计算着时间。

两所学校很近，只隔了一条街，以岑柏言的脚程，二十分钟就能赶过来。

不，也许会更快。

十五分钟后，岑柏言到了。

从他的角度看过去，宣兆的侧脸在雨雾背后显得格外苍白。

"柏言？"

宣兆看见是岑柏言，难以置信地低呼。

"很意外？"岑柏言嗓音沙哑。

宣兆呼了一口气，表情和语气却还是一贯的沉静，淡淡道："你来找我有什么事情吗？"

岑柏言拽过宣兆的手腕，抬脚就走。

"哎，"萧一诺抬臂拦下他，"你带我师兄去哪儿？"

"小诺，不关你的事。"宣兆低声说，"你回去。"

"关你屁事。"岑柏言冷眼看向萧一诺。

他的眼窝比一般人更加深邃，眉骨挺拔，嘴唇薄削，面无表情的时候显得尤为冰冷锋利。

宣兆适时抬眸，给了萧一诺一个警告的眼神，示意他适可而止。

萧一诺眉心轻轻一动，摊开双手，掌心向上："行，我听师兄的。"

岑柏言拉着宣兆，大步流星地往大学城方向走。

宣兆步伐不稳，拐棍跟不上岑柏言的速度，几乎是右腿拖着左腿前进，左膝盖骨因为如此暴力的对待，传来针扎铁烙般的疼痛感。

岑柏言一言不发，攘着宣兆胳膊的手背上青筋突起，宣兆也咬着牙一声不吭，两个人在用这种方式进行无声的对抗，好像谁先开口谁就败下阵来。

逼仄狭窄的巷子里坑坑洼洼，一脚踩下去就溅起一捧水花，宣兆的帆布鞋里早就湿透了，踉踉跄跄地被岑柏言拽着走。

两个人一前一后地进了那栋烂尾楼，在楼梯上留下四个湿漉漉的凌乱鞋印。

三楼的路灯没有人修，视线陷入黑暗后，其余感官就变得格外敏锐。

岑柏言低声说："开门。"

宣兆背靠着墙，沉默不言。

"开门。"岑柏言又说了一遍，语气强硬。

宣兆半晌才轻轻问道："你为什么来找我？"

岑柏言的指尖深深陷进掌心，讥讽地问："怎么，你真打算绝交？"

"是这么打算的。"宣兆缓缓抬起头，暗沉的楼道勾勒出他冰冷的剪影。

对门的男人把垃圾堆在了墙角，咸腥气味在鼻端久久不散，岑柏言咬着牙，由于过度吸烟而发炎的喉咙里涌起难以忍耐的血气。

无声地僵持了良久，宣兆紧绷的肩膀线条终于轻轻一松："进来拿把伞吧。我们好好谈谈。"

"谈什么？"岑柏言嗓音低沉，"你不是要利用我解决你物质上的困难吗？怎么，被我看个日记本就尿了？宣兆，你少自以为是，你以为你是谁？啊？"

宣兆咬着牙："我没有以为我是谁，我只是觉得，像我这样的人，不该有朋友。"

"那你那个弟弟呢？"岑柏言却不打算就此罢休，心火越旺就越是口不择言，"宣兆，你那个叫小诺的弟弟看着也是个有钱人，你也在利用他吗？还是说我和你那个弟弟，都和你的日记本一样，都是随随便便就可以处理掉的垃圾？"

"不是，"宣兆终于听不下去了，秀致的眉头紧紧皱起，出声打断岑柏言，"不是这样的。"

岑柏言重重地呼出一口气。

"岑柏言，"宣兆第一次出现了一种类似于"凶狠"的情绪，"你一定要逼我承认我有多不堪吗？岑柏言，我就是在利用你泛滥的同情心，你对一只流浪狗都能那么好，你能供它吃喝，那你对我一定也不会吝啬吧？我这么说你满意了吗？"

身后陷入了一片沉寂。

不知道过了多久，才听岑柏言开口："宣兆，我没你想的那么好心，我也不是随便见到个什么人都愿意施舍的。"

"你想说什么？"宣兆在这样坦荡的目光下，连头都抬不起来，"来取笑我的卑劣吗？"

"我把你当朋友，"岑柏言认真地说，"不是什么路边的流浪狗，而是朋友。你利用我就接着利用，我愿意。"

宣兆看着岑柏言。

半晌，他摇了摇头，偏过头艰涩地说："你会后悔的。"

"宣兆，你怎么总是自以为是，"岑柏言说，"我有什么可后悔的？"

宣兆乌羽般的眼睫微微颤抖："柏言，你……"

岑柏言强势且霸道地打断他："别和我说什么配不配的那一套，我要结交什么样的人，天王老子也管不了。"

宣兆回视着岑柏言，嘴唇缓缓上扬，回了他一个"好"。

两人总算进了屋，先前淋了雨，两个人身上都湿了。

"衣柜里有我的衣服，你拿一件换上吧，可能小一点，将就着穿。"宣兆说。

换不换衣服的倒无所谓，岑柏言对名正言顺地看宣兆衣柜这件事情很感兴趣，开柜门前还装模作样地再三确认："是你叫我打开的，可不是我乱翻啊。"

"是是是。"宣兆在小厨房烧热水，"快点儿吧，别又感冒了。"

岑柏言满意地吹了声口哨，光明正大地打开了衣柜，又堂而皇之地点评道："你这穿的都什么玩意儿？撑死了算几条布吧？往身上裹几层保鲜膜都比你这些暖和……"

"喏！"宣兆忽然说。

"干吗？"岑柏言转头。

宣兆扔给他一个东西，岑柏言抬手接住———卷保鲜膜。

"裹几层吧，"宣兆笑得有几分狡黠，"这个保暖。"

岑柏言笑骂了一句，从衣柜里取出来一件看着最宽松的毛衣，接着目光一凝———

衣柜角落里有两个大袋子，赫然是他在专卖店给宣兆买的衣服和裤子！

看球赛的那天宣兆把这些放在储物柜里还给岑柏言，岑柏言一气之下把它们都给扔了，现在怎么会出现在宣兆的衣柜里？

"怎么了？"宣兆见岑柏言愣着不动，撑着墙走过来一看，瞬时也愣了一愣。

岑柏言反应过来是怎么回事了，低笑着问："后来你去捡回来的？"

宣兆一手攥着一角，不好意思地偏过头："我离开不久，陈威打电话问我怎么回事，他说你心情很不好，还把我带给你的衣服全给扔了，刚好我脚程慢，那时候我还没离开你们学校多久，所以……"

"所以你就返回学校，把我扔掉的东西捡回来了？"岑柏言嗓音低沉，"你是乞丐吗？"

"不是，"宣兆吸了吸鼻子，"太贵了，扔掉了浪费。"

"还挺嘴硬。"岑柏言心头一软。

宣兆抬手一指门口："你去厕所换衣服，快去。"

岑柏言拎着毛衣，得意扬扬地换衣服去了，昂首阔步的样子就像取得了什么了不起的胜利似的。

在他出门以后，宣兆眸色一暗，眼底流露出了些晦暗不明的情绪。

岑柏言永远也不会发现，还没有清理的垃圾桶里躺着一张购物小票。

宣兆没有捡回来被岑柏言丢弃的衣物，他只是让人去同一家店里买了一模一样的东西而已。

"宣老师！"外面传来岑柏言的喊声，"你这小体格不行啊，衣服小裤子也小，要不你去垃圾桶里给我也捡几件合适的呗？"

烧水壶发出"咕嘟嘟"的声音，宣兆缓缓垂下眼睫，重重地闭了闭双眼。

岑柏言换上了宣兆的衣服，嘴上嫌弃地嚷嚷"你这一撩破布都哪儿捡来的啊"，实际上窝在腌臜的小厕所里，揪起衣领，吸了一口气——

草药的味道，估计是拿什么香包熏的，真讲究啊！

窄小的房间里。

宣兆打开"小太阳"，屋子被照得黄澄澄、暖烘烘的。小灶上烧开的水壶"咕嘟嘟"地冒着响，宣兆俯身取出一个陶瓷杯，倒了一杯水，门恰好开了。

"好了，现在烫，凉一会儿再喝。"宣兆转头笑着说。

岑柏言双手环胸，也不说话，就倚在门边。

"柏言，你不是有晚课吗？快回去吧。"

"你怎么知道我有晚课？"岑柏言问。

宣兆一板一眼地回答："我看过陈威的课表。"

"好好学习，"宣兆一本正经地说，"专业课很重要，打好基本功。"

当晚，宣兆做了一个梦。

他梦见他和岑柏言像再平常不过的朋友一样，他们之间没有父辈的仇怨，也没有欺骗。他们在公园散步，岑柏言抱怨上周的球赛输了，他也在为了新的研究课题而烦恼。

宣兆几乎没有做过这样平和的梦，一阵风吹来，他不觉得冷，反而感到了温暖——

"丁零丁零！"

"丁零丁零！"

紧接着，梦境一转，急促的电话在临海别墅里响起。

这个梦境宣兆并不陌生，已经重复了千百万次，他像一个旁观者，看着宣谕翻身下床，走到了大厅，即将接起电话。

别接，别接，别接！

求你，妈妈，求你不要接！

他想要阻止却无能为力，喉咙化成了一个巨大的风洞，徒劳地张着嘴，却发不出一丝声音，只好眼睁睁地看着宣谕拿起了听筒。

"我找万千山，他是我爸爸。"

"对不起对不起，孩子不懂事，胡说的。"

"没有胡说呀，爸爸说可以打这个电话找他的，我找我爸爸。"

听筒里这段对话就像是卡了带的老式录音机，循环往复地播放着，继而画面快进到高速路、雷电、暴雨、起了火的车、压着腿的树、外公被焚烧到扭曲的身躯、妈妈绝望的眼神……

无数尖锐的喊叫争先恐后地响起，宣兆额头上满是冷汗，在黑暗中倏然睁开了双眼。

由于习惯了这样的荒诞恐怖的梦魇，他的表情依旧非常平静，只是胸腔有略微的起伏。

这是凌晨两点三十八分。

岑柏言发来了消息：

"睡了吗？"

宣兆睁着眼，注视着漆黑一片的天花板，眼底染了墨似的幽深。

片刻后，他回复了岑柏言两条消息：

"刚做梦了，所以醒来了。"

"对了，上次你没有回家给你爸爸庆生，礼物寄出去了吗？"

"我还真忘了！"岑柏言轻手轻脚地下了床，就穿了件单衣，摸黑到了阳台，给宣兆打了通电话。

"你啊……"宣兆无奈的声音从听筒那边传来，"你爸爸该生你的气了。"

岑柏言懒懒散散地倚在窗边："他不会和我生气的。"

"是吗？"宣兆顿了顿，接着又说，"那你们感情真好。"

"……也不是，"岑柏言不知道该怎么描述他这一团混乱的家庭关系，干脆搪塞过去，"就那样吧。"

岑柏言从小到大，万千山就没和他动过气红过脸。万千山是对他好，供给他锦衣玉食的少爷生活，吃穿用度从来没苛待过他，给他讲道理教他如何为人处世，但两人之间始终隔了一层什么似的。

好归好，但不是父子间的那种好。

万千山和岑情就不一样，万千山会很自然地和岑情开玩笑，岑情早恋，万千山大发雷霆，没收了她的裙子，勒令她剪短头发，有哭有闹、有误会有争执的才是真的一家人。

"明天我们一起去寄快递吧，"宣兆说，"我恰好也有东西要寄。"

"好啊。"岑柏言应下。

隆冬凌晨的海港大学陷入沉睡，从阳台窗户望出去，小道两旁路灯绵延，接连下了半个月的雨不知道什么时候停了，但天仍然是阴沉的，没有月光和星辰。

挂了电话，恰好一阵刺骨的寒风吹来，岑柏言一个激灵，缩着肩膀跑回了屋。

宣兆坐在书桌边，台灯的光勾勒出他苍白冷静的侧脸。

他手里把玩着一支钢笔，垂眸沉思着什么。

他的理智和筹谋正在动摇，真的要把岑柏言拖下水吗？

也许早点切断他和岑柏言的这条线才是对的，他担心如果再继续下去……

——宣兆，你在害怕什么？

——你当初选择了走岑柏言这条线，费尽心机不过才前进了第一步而已，你现在是害怕了对吗？你后悔了是吧？

——你的理性审慎还有缜密呢？你明明还有更长的线要收，你通通因为一个岑柏言放弃了吗？

不可以，绝对不可以。

宣兆眸光微动，冷硬的脸上毫无表情，仿佛刚才的挣扎只是错觉。

我可以脱身，我可以全身而退。

他在心里反复默念，试图通过这种原始而笨拙的方式说服自己。

最后，宣兆深深吸了一口气，上半身后仰靠着椅背，接着抬手捂住了眼睛。

因为他才是操纵棋盘的那个人，所以他绝不可能因为一颗棋子而心软。

第二天是周六，雨停了，天虽然还有些阴，但难得地有了点儿晴朗模样，沉闷的云层后边偶尔透出来几丝阳光。

海港大学旁边两百米就有个快递站，宣兆和岑柏言约好了在这里见面，岑柏言本来想着去宣兆家里接他，宣兆温和但强硬地拒绝了。

"柏言，我是个男人，不需要你时刻为我操心，任何场合也不需要你特地接送。"宣兆早上在电话里是这么说的，他这人天生有种能力——说什么话都很容易让人信服，于是岑柏言成功地被他说服了。

九点五十三分，前边的小路上终于出现一个拄着拐棍的身影。

宣兆穿了一件白色短袄，下边是浅蓝色牛仔裤，整个人清清爽爽的，远远看见岑柏言挥了挥手，一瘸一拐地加快了步伐。

岑柏言冻得直哆嗦，瞅见宣兆就大步走过去，挺括的大衣下摆扬起弧度。

"怎么这么慢，我差点儿等死了。"岑柏言说。

宣兆看了眼时间："还有五分钟。"

刚才快走的那一段路对他来说已经有些吃力了，额角竟然透出了一点不分明的细汗，乌黑柔软的头发贴在鬓角，把皮肤衬得更加苍白。

岑柏言见他微微喘息，不悦地皱眉："你走那么快干吗？不知道自己是个瘸子啊？"

宣兆哭笑不得，抬手刮了刮鼻梁，说："你到底是嫌我走得慢还是快啊？"

"你就不该走，待家里等我去接你多好。"

"有什么可接的，这么点路，我不是不能走。"

"能走能走你能走，谁不知道你自立自强身残志坚哪。"

宣兆垂头轻轻一笑，拿岑柏言一点办法都没有："你啊……"

岑柏言取过宣兆的拐棍夹在自己胳膊底下。

"柏言，不闹了，快还给我。"宣兆说。

"没闹，走了，寄快递去。"岑柏言说。

宣兆脚步不动，皱了皱眉，小声说："我的拐棍。"

"有我还要什么拐棍？"岑柏言眉梢一挑，"我这么一大活人，还不够你拄的啊？"

——你不需要那什么劳什子拐棍，你现在有我了。

宣兆神情微微有些愣怔，他成为一个残疾已经十六年了，这是第一次有人对他说这种话。

"搀着我，能走吗？"岑柏言转头问。

宣兆低眉垂眼，略长的刘海遮住了眼皮，岑柏言看不清他是什么表情。

"能走，"片刻后，宣兆抬头笑了笑，"能走的，柏言。"

岑柏言也笑："行，那我走慢点儿，你跟着。"

"好啊，你带着我。"宣兆笑着抿了抿唇，苍白的嘴唇终于有了点血色。

"寄件。"岑柏言从包里掏出钢笔礼盒。

快递员撕给他一张单子："扫上面的码，填信息。"

"咳咳咳……"

岑柏言刚掏出手机，宣兆突然捂着嘴咳了起来。

"冻着了？"岑柏言眉头一皱，低声问，"冷不冷？"

宣兆摇摇头："就是有点儿渴，来的路上太急，吃风了。"

"你瞎着什么急，"岑柏言没好气地瞪了宣兆一眼，"等着，我给你买瓶水。"

"不用麻烦——"

"不用什么不用，"岑柏言就烦宣兆这一套，好像什么都得和他分个清清楚楚似的，不耐烦地说，"让你等着就等着，听见没？"

宣兆吸了吸鼻子："那我帮你填单吧。"

"成。"岑柏言想也没想就应了，把收件信息发给了宣兆，转头就走了，走出去没两步又回头撩开帘子，一只手指对着宣兆虚点两下，警告道，"别瞎溜达，听见没？"

"嗯，知道了。"宣兆坐在高脚凳上点头，眼底笑意明显。

等岑柏言放下帘子走远了，宣兆缓缓回过头，对快递员说："我也有个件要寄，劳驾再给一张单子。"

快递员的面上浮起一丝疑惑，这位跛脚客人这么一扭头怎么就好像变了个人，连声音都不一样了，刚才还温温和和，这会儿就像结了层霜似的。

他愣了不过两秒，宣兆反手敲了敲桌面："有劳。"

快递员"哦"了一声，迅速撕下一张单子递给宣兆。

岑柏言发给他的收件人是岑静香，地址是邻市新阳市的一个高档小区。

那个女人的手机号，还有他们的确切住址。

宣兆嘴角勾起一丝清晰但冰冷的弧度。他先替岑柏言填好了一张单子，接着填下了另一单。

收件信息完全相同，发件地址是海港市西郊疗养院，发件人——宣谕。

只有同时寄出，才能保证万千山和那个女人能够同时收到这份迟来的生日贺礼。

"那个……帅哥，你要寄什么？文件是吧？"快递员刚听见宣兆和岑柏言说要寄一些评优材料，理所当然地认为是纸质文件。

"不是。"宣兆从背包里拿出一个精致的礼盒，手指轻轻一推，"我寄这个。"

快递小哥例行开箱检查，脸上表情更是疑惑。

岑柏言在便利店里转悠了一大圈，矿泉水要么是冰的要么是常温的，就是没有热的。

最后他买了两瓶草莓味的热牛奶，回到快递站，远远看见宣兆在帘子外边等他，穿着白色棉袄像个白团子似的。他瞬间迈开脚步跑上去，皱着眉说："叫你别瞎溜达，你跑外边来干吗？赶紧进去！"

"东西都寄完了，"宣兆鼻尖被冻得发红，"我出来等你。"

"有什么可等的！"岑柏言训斥他。

"赶紧喝，一会儿凉了。"岑柏言站在宣兆身前给他挡风，风衣里还揣着一瓶牛奶，"我这儿还一瓶，腿脚不好就得多补钙。"

宣兆："……"

他要怎么让岑柏言知道，这种添加剂和色素超标的垃圾食品并不能补钙。

草莓味牛奶过甜的口感还在舌尖残留，刺激着宣兆的味蕾，他下意识有了种反胃的感觉。

复健的那段时间，宣兆大量地补充钙质，喝的是品质上乘、经过严格消毒的进口牛乳，醇且不甜。掺入了大量糖精的奶对宣兆而言过于陌生，他本来就是一个极其厌恶糖分的人，突然接触到了如此甜腻的口感，让他产生了生理和心理的双重抗拒。

"柏言，"宣兆咽下喉咙里涌起的不适，"我喝口水就可以。"

"喝什么水啊，大冬天的，多冷，"岑柏言献宝似的晃了晃怀里捂着的那个粉色牛奶瓶，"上回你不是说你喜欢甜的吗？我给你挑了个最甜的。"

他尾音微微上扬，眉眼间挂了几分不明显的期待，就等着宣兆夸他。

上回？上回是哪一回？

宣兆微微一怔，反应了两秒后才恍然想起似乎真有这么一回事。

岑柏言给他点过一次外卖，买了豆沙包和甜粥，他骗岑柏言说自己很喜欢，都吃完了。

事实上，他只是尝了一点就扔掉了。

他对岑柏言说过的假话不计其数，这只是其中最无关紧要的、连他自己都记不住的一条谎言，岑柏言却记得清清楚楚。

"不喜欢啊？"岑柏言见宣兆久久没有回应，皱着眉轻声说，"早知道我拿那巧克力味儿的，老板说卖得最好……"

"喜欢，"宣兆笑着打断他，"很好喝，谢谢。"

岑柏言悄悄松了一口气，催促道："趁热乎赶紧多喝几口。"

宣兆垂着头就着塑胶吸管抿了一口，过于黏腻的糖精的味道在口腔里迅速扩散开，嘴里像被强行塞进了一团浸了糖水的棉花，膨胀的一大团挤压在喉咙口，咽不下去又不能吐出来。

宣兆喉结微微一动，眉头轻轻一拧——实际上他皱眉的动作细微到几不可察，但岑柏言敏锐地捕捉到了他流露出的排斥，岑柏言脑子里突然生出一个念头：他是真的喜欢吗？

快递站在背街的小路上，没什么人经过，往前几步就是个十字路口，那讨人嫌的熊孩子不知道从哪个旮旯角蹿了出来，举着歪嘴的哆啦A梦气球，朝岑柏言做鬼脸。

宣兆没应付过小孩子，转头问岑柏言："你们认识？"

"你小子！"岑柏言气不打一处来，佯装要打人的样子，"把我鞋踩脏了还嚣张是吧？我今儿就给你打趴下！"

熊孩子哇哇一通乱喊："打人啦打人啦，大人打小孩儿啦！"他举着气球转身就往马路上跑，恰好横着开过来一辆轿车。

刺耳的喇叭声骤然响起，那孩子愣在了原地，气球脱手，吓得僵在了马路中央。

岑柏言瞳孔一缩，绝佳的反应力让他第一时间大步冲上去，然而有个身影比他更快——

宣兆不知道从哪儿来的力气，猛地往前飞身一扑，把吓傻了的熊孩子扑倒在地，两人出于惯性往前滚了两圈，刺耳的刹车声"吱"地划过耳膜，恰好停在了那孩子刚才站着的位置。

"宣兆！"

岑柏言瞳孔剧震，陡然色变，大跨步冲了过去。

宣兆身上的白色短袄沾了些灰尘，好在人没出什么事，熊孩子全须全尾地从他怀里钻出来，冬天穿得多，他没磕着没碰着，也不知道后怕，吸了吸鼻子就开始抹眼泪："气球……我的气球！"

"没事吧？"岑柏言一颗心几乎跳到了嗓子眼，蹲下身看着宣兆，"伤着没啊？"

宣兆的胸膛略微起伏，反手推开岑柏言，从地上缓慢地站起身，居高临下地看着哭闹的小孩，侧脸清晰且冰冷："大人没有教过你吗，过马路要看路。"

小孩子一心记挂着他的气球，"哆啦 A 梦"运气不错，脱手后没有飞走，挂在了路边的消防栓上。

宣兆一瘸一拐地走到消防栓边，取下那个气球。那孩子喜形于色，伸手说："我的气球！"

岑柏言撑着膝盖站起身，莫名觉得现在这样冰冷的宣兆有些陌生。

北风呼呼作响，宣兆缓缓松开五指，孩子抬着头，眼睁睁看着歪着嘴的哆啦 A 梦在视线里越飞越高、越飞越远。

宣兆神情冷漠，眼里结起了一层寒霜，语气异常严厉："现在知道了吗？"

孩子呆呆地盯了宣兆小半晌，被他的表情吓到了，"哇"的一声咧开嘴哭了，转身跑进了快递站。

岑柏言心底浮起一丝异样，眉头轻皱，走到宣兆身边问："有没有哪儿受伤了？"

宣兆垂在身侧的十根手指微微蜷缩，片刻后他转过身，脸上浮起了岑柏言熟悉的温和笑意，仿佛刚才那个冰冷坚硬、不近人情的宣兆只是岑柏言的错觉。

"没事，没受伤。"他温声说。

他所有的情绪、不安和惶恐都在转身的这一个瞬间被藏好了。

岑柏言仍旧心有余悸，靠得近了才发现，他说话的声音异常干涩，肩膀也在稍稍打战，鬓角甚至渗出了冷汗。

岑柏言霍然心惊，弯下腰和他平视，紧张地问："哪里受伤了，是不是哪里疼？"

宣兆摇头："没有。"

岑柏言恍然想起宣兆当年也出过车祸，也就是和这个孩子一般大的年纪，他在那场车祸里失去了健全的双腿，从此以后不得不倚仗拐棍行走，这漫长的一生都会被病痛折磨。

他一个瘸子，刚才飞扑过去的动作却比岑柏言还要迅猛，那一刹他在想什么？

会想起当年的他自己吗？

会想如果当时也有个人能救他就好了吗？

"你救了那个小屁孩，我来救你了。"岑柏言玩笑着说。

宣兆浑身一僵——

岑柏言来救他了？

他心底突然涌起一股强烈的恨意，讥讽地想岑柏言怎么敢说出这种话，他是因为谁才变成今天这样的？这股恨意甚至让他清俊的面容稍稍扭曲，上齿死死咬着下唇。

宣兆觉得自己就好像被撕裂了，一半是扭曲激进的他，另一半是平和懦弱的他。

回到了大学城的小屋，岑柏言关上门，细心地插好插销。

宣兆靠在墙边，安静地注视着岑柏言。

"是不是哪里碰着了？"岑柏言还是不放心，"你坐下，我给你检查检查。"

"柏言，如果我可以早点认识你就好了，"宣兆垂下头，"你不会像他们一样孤立我、笑话我、把我的书包扔到走廊里，你会救我的。"

"小时候有人欺负你吗？"岑柏言问。

"嗯。"

"都是怎么欺负你的？"

宣兆呼吸短且急促，很多画面像开了闸的洪水一样猛冲而来。

说他是瘸子，说他妈妈是精神病，推搡他，踩他的脚，在他上厕所的时候故意围观，体育课上用篮球砸他，不学无术的小混混专门抢他的钱。

他收到女孩子的情书会被讥讽，考第一名会被讥讽，作为学生代表在国旗下发言会被讥讽，因为他是瘸子，干什么都会被讥讽。

宣兆常常回忆这些场景，越是锋利的刀才能把他磨得更坚强，后来他已经能够面不改色、处变不惊地面对这些不堪的回忆。

然而这一刻，在岑柏言温热的安抚下，他竟然觉得眼眶湿热，明明他已经不觉得委屈、不觉得伤心了。

岑柏言叹了一口气："我迟到了。"

"……没有。"宣兆艰涩地挤出两个字。

宣兆在恍惚中想，岑柏言真的来救他了吗？

七岁的他，八岁的他，九岁的他……二十三岁的他。

他愣怔地看着岑柏言的脸，目光有些茫然且陌生。

迟了，岑柏言，真的迟了。

岑柏言在宣兆这儿待了一下午才走。

对门两个男的恰好抱了个大纸箱出门，瞧见岑柏言和宣兆吓得一哆嗦，战战兢兢地说："两位大哥，我们俩搬走了啊，回老家打工了。"

岑柏言"嗤"了一声，关他屁事。

但岑柏言发现这两人却好像很忌惮宣兆似的，欲言又止地说："哥，您高抬贵手，千万别——"

宣兆适时地出声打断，对岑柏言温声说："柏言，快回去吧，天黑了巷子里不好走。"

"你刚说什么，什么高抬贵手啊？"岑柏言冲他们一抬下巴。

两个男人搬走就是因为宣兆手里的监控，他们出来打工，没想到碰上个硬茬，思量了好几天，觉得还是离这个瘸子远点儿比较安全。

岑柏言总觉着这两个不是好人，担心他们对宣兆图谋不轨，皱眉喝道："赶紧说清楚。"

那两个男的惴惴不安地瞥了宣兆一眼。

宣兆面无表情，幅度极小地摇了摇头。

"没事，没事，"两个男人对视一眼，"您高抬贵手，上回把我的手腕都弄肿了……"

"滚滚滚，收拾你们的东西去！"岑柏言没好气地摇了摇手，接着心念一动，转头对宣兆说，"他们搬走了，要不然我搬过来？"

宣兆怔住了。

"我把对面两间屋都租了，怎么样？"

宣兆迟疑两秒："你不住校不好吧？"

"有什么不好的，"岑柏言一扬手，"在外边租房子的多了去了。"

宣兆抿了抿嘴唇，委婉地说："这里条件不好，你住不惯的。"

"你这样的花瓶都住得惯，"岑柏言倚着门框，露出了一个痞里痞气的笑容，"我好手好脚的，怎么住不惯？"

宣兆早在心里翻来覆去叹了八百口气了，他不知道岑柏言住不住得惯，他自己住不惯啊！

岑柏言看着宣兆眉头不展，眼底写满了犹豫，于是双手环抱在胸前，扔下一句："你要是不乐意，那算了。"

宣兆算是体会到骑虎难下是什么意思了。

这出戏都演到这份上了，只能硬着头皮继续往下。

对面那两个男人又扛了一口大纸箱出来，岑柏言冲他们扬了扬下巴："你俩这屋我续了，房东电话给我一个。"

找到下家连一个月的租金都不用扣了，两个男人大喜过望，忙不迭地说好。

岑柏言捏了捏宣兆的脸，笑着说："我回去收拾东西，明天就搬。"

宣兆内心苦不堪言，脸上依旧笑意温和，弯着眼睛回应："好。"

宣兆的手机上收到了一条快递物流消息，他寄往邻市的快递已经抵达，预计明早派送。

所有一切都在按部就班地行进。他雇用的私家侦探查到了五年前万千山用不那么光彩的手段购置了临海的一块地皮，外公当年的合作伙伴他也逐个取得了联系，岑静香因为他有意放出的关于宣谕的消息而沉不住气……

宣兆和龚叔通了电话，让龚叔把疗养院那边看严，他预想岑静香很快会有动作，他不希望任何人——尤其是那个女人打扰宣谕。

有条不紊地布置完这一切，宣兆坐在书桌边，灯光映出他清晰冰冷的面部轮廓，他的指尖在桌面上轻轻敲打着，眼角冷不防瞥见桌边岑柏言落下的校园卡——

卡上的照片里，英俊的男孩笑得非常灿烂，明朗且恣意。

宣兆把那张校园卡翻了个面。

次日一早，岑柏言提着大包小包，"砰砰砰"地拍响了宣兆的房门。

与此同时，万家同时收到了两个包裹。万千山和岑静香在吃早餐，岑情取了快递回来，笑着说："老爸，哥给你买的礼物到啦！还有另一个，不知道里头是什么，拆开看看。"

"柏言的礼物？"岑静香笑着说，"柏言这孩子，早就准备好了。"

万千山也笑："柏言随你，贴心。"

　　"你哥的礼物，让你爸亲自拆。"岑静香说。

　　岑情把岑柏言的那份快递扔给万千山，岑静香无奈地嗔怪："女孩子家家，毛手毛脚的。"

　　岑情做了个鬼脸："还是爸爸疼我！"

　　对他们而言，这是一个很平常的、极其温馨的早晨。

　　然而，万千山拆开快递包装后，猛地从椅子上站起，陡然色变——

　　怎么会是那支钢笔？！

　　与此同时，岑情拆开了另外一份快递盒子，她好奇地"咦"了一声："也是钢笔啊。老爸，我怎么不知道你喜欢钢笔？怎么这么巧，哥哥和这个人都送了你一样的礼物。"

　　岑静香眉头紧锁，一把夺过岑情手中的快递包装盒，瞳孔骤然紧缩。

　　从疗养院寄出来的！

　　岑情天真地把玩起那支钢笔，发现钢笔里竟然有内置录音功能，她笑着按下了播放键——

　　"千山，今天是你的生日，祝你生日快乐。"

　　岑静香瞬时面色煞白。

第 9 章
谁的影子

　　海港市的大学城烂尾楼里，宣兆打开了门。

　　"怎么这么早？"

　　"早什么早，"岑柏言迫不及待地挤进屋，"我来的路上碰见快递小哥，这片儿的件都送完了，这还早？"

　　宣兆捏了捏眉心，无奈地说："柏言，我还是很困。"

　　"不许睡！"岑柏言说道，"先帮我把东西收拾好了！"

　　"以后这一层楼都是咱们的。"岑柏言撸起毛衣袖子，兴致勃勃地说，"一层三间房，你一间我一间，还有一个房间拿来做书房怎么样？我看你成天在你那小桌子前边翻书，怪憋屈的……"

　　宣兆倚在门边，懒洋洋地打了个哈欠，困得眼睛都睁不开："好啊。"

　　"小宣老师，请问您还能再敷衍点儿吗？"

宣兆眼睛半眯着，点头"嗯"了一声，身体力行地展示了什么叫作糊弄。

他在国外雇了私家侦探调查万千山转移资产的事情，昨晚彻夜在看海外发回来的材料，一夜没合眼，直到天亮了才上床，脑袋才沾上枕头就被岑柏言敲门弄醒了。

"我现在说什么你都会答应是吧？"岑柏言心里起了捉弄的心思。

宣兆好像压根没听清岑柏言在说什么，迷迷糊糊地点了下脑袋。

岑柏言双手撑着大腿，弯腰和宣兆平视，眼底谑意满满："以后每天你都给我做饭好不好？"

"嗯，嗯。"宣兆又打了个哈欠。

"不去酒吧打工了好不好，太乱了。"岑柏言说。

宣兆眼皮直打架："好。"

他犯困的样子像只猫似的，仰面露出肚皮，一点儿防备也没有，看得岑柏言阵阵发笑。

"真听话。"岑柏言憋着笑，"那把你的银行卡交给我，存款也要全部上缴。"

三秒后，宣兆掀起眼皮，含着笑瞥了岑柏言一眼："大放什么厥词呢？连我一个瘸子的存款都觊觎，害不害臊？"

岑柏言耳根一红："你听见我说的话了？"

宣兆眼含笑意，指了指自己的耳朵："我们瘸子听力都不错。"

"……你那点存款连双鞋都不够，抠死你算了，"岑柏言转移话题，"你不是困吗，赶紧睡你的觉去！"

"太好了，那我再睡一会儿。"宣兆转身就要进屋。

岑柏言一把拉住他："干吗去？"

宣兆的眼皮继续打架："上床，睡觉。"

岑柏言把他的肩膀按在了墙上："让你进屋了吗？在这儿站着睡。"

宣兆又是好气又是好笑："好，我就在这里站着。"

就在这时，楼底下传来一声大喝："帅哥，你这东西搬到几楼啊？"

岑柏言一个人带不走那么多行李，出租车又进不来巷子，于是叫了辆小三轮帮着运。

三轮车踩得慢吞吞的，岑柏言先跑过来了，这会儿行李到了，师傅帮着送上了楼。

"楼梯这么窄，难走得很，我要加钱的哦。"师傅扛着一个行李箱上了三楼，气喘如牛，"帅哥，你这租的什么房子啊，我看你那些鞋盒子都是名牌货，住这边干吗？"

岑柏言把最后一个包背上了楼："我一朋友住这儿，他身体不太好，我搬过来方便照顾他。"

师傅扯了扯嘴角："真够仗义的。"

"那人就是你朋友啊？"师傅用下巴指了指宣兆，有些不满地说，"就一直搁那儿站着，也不帮忙。"

"嗯，"岑柏言摆摆手说，"他就是懒了点儿，实际上可能耐了。会读书又会做饭，厉害死了。"

宣兆睁开双眼，看着岑柏言的脸，瞬间有些恍惚。

从小到大的这二十三年，没有人对他说过他是个厉害的人。

万千山不必多说，宣兆跟着宣谕姓"宣"，时刻提醒着万千山他就是个倒插门吃软饭的，万千山从小就不与他亲近，那场车祸后更是连面都不怎么见；母亲和外公虽然疼他爱他，但也很少夸奖赞赏他——宣兆是宣家的继承人，家里人对他的要求自然倍加严格，无论他做得多好，外公总是板着脸劝诫他还应该做得更好。

岑柏言是第一个，第一个夸奖他厉害的人。

"傻了？"岑柏言把手伸到宣兆面前摇了摇。

宣兆垂眸遮住眼底的复杂情绪，笑着偏开脸："少爷，这么多东西，快收拾吧。"

岑柏言踹开对面那户的房门，被扑面而来的臭味熏得一个趔趄："什么味儿啊！"

宣兆皱着眉，扶着墙面缓步走了进去："啤酒瓶、方便面桶，都是垃圾。"

"嚯，"岑柏言捏着鼻子，"人都走了，留下来的遗产不少啊！"

原先住在这儿的那两人是真不讲究，满地都是外卖盒子，腐烂的食物味道弄得满屋酸馊馊的。

岑柏言踹开脚边的半个肉松面包，抽了几张纸巾丢过去盖住。

正发愁从哪里下手开始收拾，口袋里的手机响了，岑柏言拿出来一看，岑静香的电话。

"我妈。"岑柏言对宣兆说，"你回自己屋坐会儿，别在这儿熏坏了。"

宣兆说："没关系，我去开窗。"

宣兆深一脚浅一脚地朝窗边走，岑柏言丝毫不避讳宣兆，直接接起电话："妈，怎么这么早？"

那边不知道说了些什么，岑柏言眉心的褶皱越来越深。

"我给叔叔的礼物有什么不合适的，你说清楚。"

"你怎么会买这个？为什么这么巧刚好就在今天送到家了？"岑静香一连串的诘问随之而来，"你根本就不知道事情有多么严重，我让你回来让你回来你就是不回来，你怎么不知道妈妈是为你好呢？我会害你吗？啊？会害你吗？"

岑柏言这时才看了宣兆一眼，抬脚走出房间，来到了楼道里："妈，你在说什么？"

宣谕的录音让岑静香异常恐慌，加上儿子不愿听从安排，岑静香万分焦躁："你赶紧滚回来！你叔叔这几天都在家！"

岑柏言听懂了岑静香这番话，是要他去讨好万千山。

"叔叔对我们好我知道，我以后会孝顺他，"岑柏言说，"我还有课，回不去。"

"岑柏言，你就不能听我的话吗？你以后就知道了，我做这些都是为了你……你小时候我们怎么过来的你忘了？要不是我，你早就死了，我会害你吗柏言，我都是为了你！"

岑静香厉声呵斥，柏言什么也不知道，她相信钢笔的事情应该只是巧合，但巧就巧在两支笔同时出现，万千山心里肯定会因此对岑柏言有些隔阂。

"妈，这些我都知道，"岑柏言捏了捏眉心，"你到底要说什么？"

"让你改姓让你改姓，你怎么就是不听！"岑静香吼道，"你怎么这么不争气！"

又来了又来了又来了！

岑柏言烦不胜烦，抬脚狠狠踹在了墙面上，墙灰扑簌簌地落下。

……

凌乱肮脏的房间里，宣兆站在窗边，隐约能够听见岑柏言疲惫的声音。

他眼神无波无澜，看着万千山发来的消息，提出要去探望宣谕。

不过是一段录音而已，他们就如此心虚，真稀奇啊。

外面的声音戛然而止，应该是电话挂了。宣兆沉静地删除了手机里的消息，嘴角勾起了一个冰冷的笑意，发出的声音却一如往常地温和："柏言，和家里人吵架了吗？"

"柏言？"宣兆缓步从房间走出来，"怎么了？"

昏暗的走廊上，岑柏言正低头抽烟，一点火光夹在手指间，照出他脸上还没消退的烦闷和躁郁。

"你走来走去的干吗？"岑柏言听见宣兆的声音，连忙把烟掐了，手掌在脸前挥了挥散味儿，"拐杖也没拿，别摔了。"

"哪里有那么夸张，"宣兆温和地说，"我没了拐棍也能走，就是慢些。"

岑柏言把手机塞进裤子口袋："收拾去。"

宣兆拦住岑柏言，抬眼看着他："和家里人闹不愉快了吗？"

宣兆的眼神沉静中带着关切和担忧，神奇地安抚了岑柏言的焦躁和烦闷。

"我妈，"岑柏言薅了把头发，"她这几个月总奇奇怪怪的。"

宣兆心中了然，三个月前他让疗养院那边放出消息说宣谕快不行了，岑静香自然就沉不住气了。

"阿姨怎么了吗？也许她遇见了什么烦心的事情，多和她聊一聊嘛！"

"没得聊。"岑柏言轻叹了一口气说，"最近回回打电话，翻来覆去就是那几句话那几件事儿，烦。"

他知道岑静香对他寄予厚望，也知道岑静香带着他有多么不容易。岑柏言对小时候的记忆非常模糊，连亲生父亲长什么样都毫无印象，却始终牢牢记得他醉酒后的拳打脚踢和羞辱漫骂。

毫不夸张地说，没有岑静香拼死护着，岑柏言很可能早就死在雨点般的拳头下了。

岑静香是他妈，岑柏言自然爱她感激她敬重她，但岑静香这十几年时时刻刻都在要岑柏言争气，强调岑柏言是她的命，命令岑柏言将来一定要报答她，反复向岑柏言灌输"妈妈干什么都是为了你，妈妈无论如何都不会害你"这个观念，近段时间更是变本加厉。

让岑柏言真正反感的并不在于此，而是随着他年龄增长，逐渐察觉到岑静香希望他出人头地的原因是要讨好万千山。因为万千山想要一个优秀的儿子，岑静香就使劲儿让岑柏言去够着万千山的标准，然而她越是想让他们看起来像一对亲生父子，岑柏言心里的不悦和隔阂就越深。

现在竟然已经发展到了逼迫他改姓的程度，真够憋闷的！

"妈妈都是这样的，"宣兆没有问岑柏言让他烦躁的那几句话和那几件事是什么，耐心地安抚岑柏言的情绪，"总是唠唠叨叨，一句话要说好几次，可能有些事情阿姨用错了方式，但我相信出发点一定是好的。"

岑柏言垂头看着宣兆，霎时间肩头的压力卸下了一大半，他呼了一口气，紧绷的肩背肌肉放松了下来。

"我吧，"岑柏言抿了抿发干的嘴唇，生平第一次主动说起家里的事情，"情况挺复杂，算半个重组家庭。说半个是因为我后爹和我妈一直没领证，我就觉得这样还不算个家。"

"嗯。"宣兆安静地聆听。

说到这里，岑柏言顿了下，苦笑着问宣兆："你是不是也觉得我特古板？陈威说没必要在意一张证件，就是个形式。"

"不是。"宣兆的微笑不变，定定地看着岑柏言的双眼，认真地说，"组建家庭是很郑重的事情，在法律的见证下成为伴侣，证明彼此的结合被公序良俗认可、祝福，很神圣。"

他的声音不大，但说出的每一个字都清晰且坚定。

岑柏言浓密笔直的剑眉下一双狭长的眼睛眸光闪动。

"你都不知道，我多想要一个真正的家。"

宣兆的太阳穴突突跳动，心想我不知道？我怎么不知道？

我的家毁了，我连渴求"家"的奢望都不敢再有，我只想要我的外公和妈妈回来。

　　他腿疾犯了就痛得睡不着觉，被痛苦折磨到冷汗浸湿床单的时候，他就连活下去的意念都很稀薄，甚至会想如果时间能倒退回七岁之前，他愿意去求岑静香，他不要爸爸也不要什么财产，只求那天岑静香不要给宣谕打那通电话。

　　什么宣家少爷的体面和自尊他都不要了，哪怕岑静香要他下跪磕头、要他做牛做马都可以。然而时间不可能倒流，宣兆咬着牙挨过一个又一个被痛楚凌虐的夜晚，他幻想死在火海中的是万千山，幻想成为精神病的是岑静香，幻想终身残疾的是他们的儿女——他完全是靠着扭曲的仇恨才活下来的。

　　岑柏言问："怎么从来没听你说过你的爸爸？"

　　"……他不见了。"

　　"不见了？"

　　宣兆的声音出奇地冷静："车祸之后他就消失了，我就当他死了。"

　　岑柏言的心头涌起阵阵酸楚，没有父亲在身边，母亲又精神失常，宣兆是怎么一个人长到这么大的，他要吃多少苦头才能变成今天这个不屈不折的样子？

　　"什么时候带我去看看你妈妈？以后我帮你一起照顾她。"

　　——你不配，不配看见她，不配提起她，更不配照顾她。

　　——谁都可以去探望她，你们不配！

　　一个带着浓烈恨意的声音在脑海里响起。

　　"你先把身体养好了，以后才能赚钱养家。等阿姨身体好点儿了，就接她来一起住。"

　　——他怎么这么天真？

　　——岑静香把他保护得这么好吗？他真的什么都不知道吗？

岑柏言低沉的嗓音让宣兆产生了一种错觉,那种被割裂的感觉又来了,一半的灵魂不由自主地沉溺在他的关心之中,另一半冷笑着警告宣兆必须保持清醒。

宣兆眼睫止不住地颤抖,眼底浮现出了挣扎的情绪。

"我看过一部纪录片,说养宠物可以安抚情绪,"岑柏言笑着说,"你也可以给你妈妈养一只狗,说不定对她的病情有帮助。"

"噔——"

像是空气中有一根无声绷紧的弦终于断裂,宣兆的瞳孔一缩,从情绪中彻底抽身出来。

宣谕对毛发过敏,她根本不可能养狗。

走廊对侧两间屋子房门都开着,昏暗的天光映出宣兆此时的姿态,侧脸清醒又冰冷。

两侧的屋子一间整洁温馨,另一间肮脏不堪,宣兆觉得这两间屋子就是他自己。

温馨是假的,肮脏才是真的。

"以后再说吧,"宣兆扯了扯嘴角,"你快去打扫吧。"

十分钟后,岑柏言捏着鼻子,大步流星地冲了回来:"他大爷,床底下全是死蟑螂!我鸡皮疙瘩起了一身,这玩意儿怎么还没从地球上灭绝!"

据岑柏言本人所言,世界上已知的一百多万种昆虫中,他唯独只怕蟑螂。宣兆无奈地表示自己不害怕,可以去协助清扫蟑螂尸体。

岑柏言觉得宣兆这个提议令他非常没有面子,板着脸严正拒绝了宣兆的帮助,并且一通电话高价找了家政公司来清扫。

于是此刻,两个人对着暖烘烘的"小太阳"取暖,岑柏言惬意地舒了一口气。

"我一会儿去一趟酒吧。"宣兆说。

岑柏言皱眉："还去啊？咱不能换个地儿吗？"

"龚叔很照顾我，"宣兆笑着说，"而且我现在一周只用去两天。"

岑柏言眉心紧锁，差点儿脱口而出让宣兆别出去打工赚钱了，那点儿钱够干什么的。他想了想还是把话咽了回去，改口说："那我和你一起去。"

"不用。"宣兆看着岑柏言，认真地说，"柏言，我可以照顾自己的。"

"那我去图书馆自习，"岑柏言说，"晚上十一点过去接你。"

宣兆还想说"不用"，岑柏言瞪了他一眼，宣兆讪讪地摸了摸鼻尖："酒吧后面有个侧门，是工作人员通道，你在那里等我吧。"

宣兆之前和萧一诺说好了，让萧一诺在惊雷酒吧免费包场一晚，给他小女朋友庆生。

萧一诺大中午就呼朋唤友去了惊雷布场，还要把二楼原本的蓝黑格纹地毯换成玫瑰花，经理实在拿不定主意，打电话问龚叔。龚叔知道这是宣兆学校里的同学，也不好直接拒绝，只好让宣兆来拿主意。

宣兆听龚叔电话里那意思，萧一诺大有要掀了酒吧重做的架势，于是亲自去惊雷坐镇。

"师兄？你也来啦？"萧一诺穿了件满是骷髅头涂鸦的毛衣，正往吧台上挂气球，见了宣兆，跑上来。

工业风的酒吧里贴满了粉紫色、粉蓝色的气球，宣兆头疼地说："你女朋友品味挺独特。"

"是啊，还喜欢 Hello Kitty 呢，"萧一诺说，"特纯。"

这时候卓非凡也来了，宣兆冲他淡淡一颔首。

卓非凡早就习惯了宣兆的冷淡，走上来说："巧巧说这两天给你打电话你都没有接，问你在忙什么。"

"我给巧巧回信息了。"宣兆说。

"龚叔管得严，周末就准巧巧用两个钟头手机，"卓非凡双手插着裤兜，"她可能没看见。"

"哎，行了行了，你俩别巧巧来巧巧去的了。"萧一诺嚷嚷起来，"非凡哥，巧巧是你青梅竹马我知道，去年暑假那会儿你不还带小姑娘逛过咱学校吗？你俩不会到现在还没确认关系吧？"

卓非凡不承认也不否认，笑得温文儒雅。

宣兆瞥了卓非凡一眼，声音里暗含警告："巧巧下半年高考。"

他把龚巧当亲妹妹看待，小姑娘的心思他不可能不知道。卓非凡和龚巧之间也就差一层窗户纸没捅破，就等龚巧考上大学。

"我心里有数。"卓非凡稳重地拍了拍宣兆的肩膀。

宣兆看萧一诺这帮人也就是虚张声势，于是吩咐下去随他们怎么折腾，自顾自在二楼里侧找了个隔音最好的包间休息去了。

他昨晚上没怎么睡，在沙发上刚合眼，困意就袭来了。

宣兆睡眠很浅，迷迷糊糊中听见从楼下隐约传来的音乐声和喧闹声，中间龚叔似乎进来了一次，轻手轻脚地在他身上加了一条毯子。

宣兆的意识还是很清醒，身体却十分疲乏，十根手指好似灌了铅一样重，眼皮也睁不开。

他挣扎几秒后干脆放弃，脑子里闪过种种光怪陆离的场景，画面一闪，又回到了七岁那个雷雨交加的夜晚。

"砰——"

保洁阿姨把最后一袋垃圾扔了出去，岑柏言给家政公司结完账，又各给两位阿姨私发了三百块钱的辛苦费。

把自己的东西归置好，铺好床放好衣服，时间也不早了。

岑柏言叫了个外卖吃完，也懒得再去图书馆了，在自己的新床上躺了会儿，觉得怎么就是不得劲，于是穿着拖鞋跑到宣兆床上，嗅见宣兆被褥上的药草香味，这才觉得浑身舒畅。

他霸占宣兆的床美美地睡了一觉，醒了之后翻了个身，发现枕头底下有一沓纸。

小瘸子铁定是睡前躺床上学习呢。

岑柏言抽出那沓纸一看，全英文的，他在封面上草草瞟了一眼——Investigation of Wan，spersonal property？

似乎和宣兆的专业没什么关系，看着怎么像是经济类的材料？

这个"Wan"又是什么，是一家公司，还是一个人名儿？

岑柏言眉梢一挑，翻开了第一页。

萧一诺深情款款地唱着情歌，一个女孩被推着上了舞台，在起哄声中羞赧地捂住了脸。

"宝贝儿，我爱你。"萧一诺抛了个媚眼，"今晚这间酒吧所有的气球都为你起飞，所有的玫瑰都为你盛开！今儿晚上是你的生日，整间酒吧都是你的！"

少女眼含泪花，跺了跺脚嗔怪道："多浪费啊！"

"你是我的心肝肝，"萧一诺揽住她，"花再多钱都值得。"

刚好下了一楼的宣兆："……"

这小子花一分钱了吗？！

欢呼声、音乐声和礼花筒炸开的声音交相辉映，吵得宣兆头疼，他看时间差不多了，撑着拐棍绕到后面的储藏间。

"东家，"领班见了他，愁眉苦脸地抱怨，"他们的酒水也全免吗？

这伙人太能造了！"

"记我账上，我私人结。"宣兆说完，又抬手拍了拍他的肩膀，"辛苦了，今晚值班的弟兄都给算节假日加班，今天工资双倍。"

领班喜形于色，高兴得连脖子上的领结好似都抖擞了："谢谢东家！"

侧门在储藏间背后，宣兆脱掉了外套，扯了扯毛衣领口，又在头发上拨弄了两下，这才打开了门。

门外是一条巷子，岑柏言靠着路灯杆子，一只手夹着烟，另一只手拿着手机，皱眉对电话那头的人说："你是他们的亲女儿，乐意和谁姓就和谁姓，我不管你，你也别操心我……"

宣兆迎着冷风侧身出了门，岑柏言听见声音抬起头，见到宣兆出来了，立即压低声音对电话那头的人说："挂了。你马上高考了，别想这些有的没的。"

岑柏言大步走上来，风衣下摆被风吹起弧度："怎么才出来，都十一点十五分了，多干了十五分钟活儿，累坏了吧？"

"换衣服耽误了时间。"宣兆说，"等久了吧？"

他头发有些凌乱，毛衣松松垮垮，外套都没来得及穿，一看就知道是换了工作服匆匆忙忙出来的。

"衣服穿上穿上，不怕冻啊？"

岑柏言边教训宣兆边给他套上棉袄。宣兆今天穿的是岑柏言给他买的那件羽绒衣，新棉衣又轻便又保暖，脖领上的一圈鸭绒毛边托着宣兆白皙的脸，衬得宣兆整个人暖烘烘的，倍儿精神。

岑柏言非常满意。

出了巷子就是街口，这一带夜生活丰富，全都是 KTV、大排档、网咖、台球厅，来聚会的大学生不少。

宣兆接过拐棍支在胳膊下，岑柏言从口袋里掏出一副手套，让宣兆戴上。

"你什么时候买的？"宣兆有些讶异。

"来的路上。"

邻市的万家别墅。

"我劝不动哥，"岑情苦着脸，"他让我别管这些事。"

屋里暖气充足，岑静香穿着真丝睡袍坐在沙发上，烦恼地揉了揉眉心。

"妈，怎么了嘛。岑情坐到妈妈身边，挽着岑静香的手，"哥和爸爸从小就没那么亲近，他不愿意改姓就不改嘛，有我就不好了。"

岑静香摇摇头："你不懂。"

岑情噘着嘴："我怎么不懂了！"

岑静香能够拿捏万千山这么多年，正是因为她最了解万千山是个什么样的人。

万千山是村子里第一个大学生，他自傲又自卑，骨子里是个保守至极的男人，有极其强的宗族观念，将来他的财产一定是留给他的儿子的。

入赘宣家对他来说是一种耻辱，他和宣谕的儿子姓宣在他眼里是一个抹不掉的污点，他是不会让那个孩子进万家族谱的。

岑静香生岑情时大出血，生产后摘除了子宫，失去了生育能力，没办法再给万千山生出一个儿子，岑柏言就成了她最后的希望。

"你哥最近有什么不一样的吗？"岑静香问。

那支钢笔始终让她心有不安，柏言怎么会送给千山一支笔？又恰巧是同个牌子、同个时间送到。

"没有吧。"岑情不明白妈妈为什么忽然这么操心起哥哥，想着明天约了朋友去看电影，穿的衣服还没搭，吐了吐舌头说，"我上楼了。"

"小情，你等等。"岑静香叫住了岑情，"这次寒假你去你哥那边住几天。"

她始终觉得柏言一定是发生了什么。

岑情欢呼道："好啊好啊。我才不想在家里学钢琴补文综呢，刚好出去玩了！"

"去哪儿玩啊？"万千山从书房出来，顺着楼梯边走边说，"都要高考了，心都野了。"

岑静香脸上的精明算计瞬间收敛得干干净净，无奈地说："小情想去哥哥那边待几天，我想让她放松放松也好。"

万千山眸光微动："去柏言那里？"

"嗯。"岑静香给万千山倒了一杯温水，柔声说，"礼物的事情我问过柏言了，他也是精挑细选了好久，只是没想到……"

"好了，不说这个，"万千山眉心微皱，"我知道柏言是好孩子。"

"千山，柏言真是把你当成亲生爸爸。"岑静香倚着万千山，低眉垂眼，哀声道，"也怪我不争气，不能再给你生一个我们的儿子……"

"你生小情的时候从鬼门关上走了一遭，我都记着，"万千山搂住温顺的女人，"我也把柏言当我的亲儿子。"

岑静香眼神一冷。

今天她偷偷翻了万千山的手机，才知道万千山这段时间一直在联系宣谕的儿子，甚至还要他来参加生日宴。

她不懂商场上的那些弯弯绕绕，但她能猜到万千山原本就没打算在宴会上宣布柏言改姓进万家的事情。

万千山也神情有异，近来许多老人纷纷撤资，他探查了之后才发现，他那个姓宣的好儿子一直在暗中拉拢当年宣老头的势力。

说起来他有两个儿子，宣兆好心机好手段，可惜不姓万；柏言是他教出来的，心性能力也是万里挑一的，可惜身体里流的不是他的血，终归不能和他一条心。

他现在正值壮年，他必须得有一个自己的儿子。

一楼的"夫妻"二人亲密相拥，却各自心怀鬼胎。

二楼的岑情哼着流行歌，在衣帽间里挑选最可爱动人的公主裙。

此时，海港大学边的夜宵铺子。

"一笼奶黄包，一碗黑米粥，加糖，再要两串烤腰子！"

岑柏言找了张空桌子坐下。

"柏言来啦！"老板乐乐呵呵地迎上来，"今儿口味变了啊，以前没见你吃甜的啊。"

"我不吃，他吃。"岑柏言扬起下巴指了指宣兆。

见到宣兆，老板双眼发亮："好俊俏的小帅哥，脸生啊，你是柏言的朋友？"

"是。"宣兆礼貌地笑了笑，脱下外套搭在椅背上，"辛苦您了。"

"嗨！干这个的，什么辛苦不辛苦，"老板拿毛巾擦了两下桌子，"帅哥喜欢甜的是吧？多送你一碗炼乳！"

"他就喜欢甜的，"岑柏言抢话，"多放糖。"

宣兆："……"

他不吃甜很多年了，谢谢。

老板和岑柏言热络地聊了几句，进后厨热包子去了。

"哎，对了，我今儿看你枕头底下有一沓英文材料，都是什么啊？"岑柏言给宣兆挑出筷子，"我看了两行，全是经济名词，没懂。"

宣兆神情不变："在外语学院那边接了个翻译的零活，关于海外资产调查的。"

"回去我帮你弄。"岑柏言说。

宣兆微笑着说："好啊。"

里面的内容他已经改动过了，就是特意为岑柏言准备的。

热气腾腾的包子和甜粥很快上了桌，岑柏言夹起一个包子放到宣兆碗里："这家店我和陈威、杨烁最爱来，味道特别好，你尝尝喜不喜欢？"

夜宵铺子门口，路过的杨烁恰好看见了这一幕，愣怔在了原地。

这家夜宵铺子店面小，在学校外边一众网红风的奶茶甜品店里很不起眼，但味道却很好，用料也实在。

岑柏言和陈威经常下了晚课就溜达过来买几个肉包子鸡蛋饼，老板人豪爽，和他们混熟了后动不动就送个仨瓜俩枣的。

炼乳冲泡的牛奶甜香四溢，黑米粥上撒着还没有完全融化的白糖，奶黄包上点缀了一颗红嫩嫩的小枣。

甜的，甜的，都是甜的。

宣兆眉心一跳，抑制不住的反胃感瞬间从身体深处涌起。

岑柏言用筷子捅了捅奶黄包表面松软膨胀的面皮，露出嫩黄色的肉馅。

"上次给你叫的外卖就是这家买的，你不是说好吃嘛，"岑柏言又端起粥碗，递到宣兆面前，"以后常来。"

宣兆垂眸遮住眼中的迟疑，笑着说："好啊。"

他舀了一勺甜粥送到嘴边，动作不易察觉地一顿。岑柏言一手托着下巴看着他，宣兆在心里叹了一口气，把加了白糖的粥送进嘴里。

甜，真的太甜了。

宣兆想把那口粥囫囵吞进喉咙，然而甜腻的味道不用经过味蕾就在口腔中扩散开来，他仿佛被烫了一下，手指猛地紧了紧。

"烫着了吧？"岑柏言拿过粥碗，用勺子在碗里慢慢搅动着散热，戏谑道，"好吃你也别吃这么急啊，没人和你抢，都是你的。"

"……"宣兆艰难地咽下去那口粥。

岑柏言又往他嘴边递了个包子。

宣兆整个下午加晚上什么都没有吃，本来就不太舒服，奶黄包过于甜蜜的味道对于他来说反而是一种刺激，胃里一阵翻江倒海，他脸色"唰"地一白，突然捂着嘴开始咳了起来。

岑柏言立即起身，坐到宣兆身边，垂头问："怎么了？哪儿难受？"

"咳……咳咳咳……"宣兆呼了一口气，摆摆手说，"没事，噎着了。"

"我去给你倒杯水。"

宣兆脸色苍白，点了点头。

"哥，"岑柏言在消毒柜里拿了个空碗，和老板喊了声，"我去后边接个水啊！"

老板在前边忙活着给客人盛粥，头也不抬："你自己弄！"

岑柏言熟门熟路地撩开门帘进了后厨，在他身后，宣兆眉头忽地皱起，面色凝重地看着桌上一大堆甜食。

一笼包子有五个，他拿纸巾包起来三个，扔进了垃圾桶，随后又把那碗甜牛奶倒了进去，再把自己这桌的垃圾桶和后面一桌的飞快地调换了位置。

恰好转过身的夜宵铺老板将他的动作纳入眼底，神情诧异。

柏言不是说他这个朋友喜欢吃甜的吗？看他这反应，他应该很讨厌吃这些东西啊？

不多会儿，岑柏言接了温水大步走回来，看见桌上的食物空了一小半，不可思议道："你吃了？"

宣兆抽了一张纸巾，慢条斯理地擦拭着嘴角，餍足道："饱了。"

平时吃饭像猫咪吃食似的，这么会儿工夫就塞进去三个包子一碗奶，岑柏言笑着说："行啊你，好好吃饭，给你个奖励。"

"什么奖励？"

"奖励明天还带你来吃包子。"岑柏言说。

宣兆面色一僵。

"开心傻了？看把你乐的。"

宣兆扯起嘴角："受宠若惊了。"

岑柏言又是心疼又是心酸。这人也太好哄了，几个包子就能把他哄得乐乐呵呵。岑柏言自动脑补出一幅悲惨场景——宣兆缩在破破烂烂的小屋里，舍不得吃舍不得喝，饿了就泡个方便面充饥。

他从小到大都这么过来的吧？

岑柏言叹了口气："以后每天都有好吃的，蛋糕、双皮奶、杏仁膏、香蕉船，什么好吃咱就吃什么。"

宣兆胃里泛起的酸气还没压下去，闻言太阳穴猛地一跳，差点儿就呕了出来。

冷空气包裹着凌晨一点的海港市。

杨烁躺在床上，睁眼看着天花板。

陈威在下边打游戏，他正在和岑柏言双排，边嚷嚷着"保我"边说："你说搬走就搬走，还弄得神神秘秘的，你到底搬哪儿了啊？还是不是哥们儿了？"

杨烁翻了个身，脑海里浮现出曾经的一幕幕——

"你大爷啊岑柏言！你卖我！"

陈威猛地站起身，影子被台灯拉长，投射在杨烁这一侧的墙壁上。

杨烁看着陈威的影子，突然想到了什么，瞳孔骤然一缩！

在那个夜宵铺子里，瘸子的拐棍搭在墙边，墙上映出了他的影子。

他想到了一个人，惊雷酒吧的包厢里，半透明雕花屏风上映出个清瘦矜贵的影子，沙发边同样靠着一个细长的柱状物体。

是那个声音温和却冰冷的东家！

杨烁直勾勾地盯着墙上陈威的影子，刹那间的神情像是见了鬼。

不可能的，他们怎么会是同一个人？

"你刚怎么挂机了？干吗呢？"陈威在下边嚷嚷。

"再开一局再开一局。"陈威招呼道，没几秒又号道，"你舍友喊你睡觉你就睡觉？我以前也是你舍友啊，怎么没见你听我的话呢？"

岑柏言那边似乎是挂了，陈威骂了两声，愤愤不平地找杨烁抱怨："你说岑柏言搬出去是不是太突然了，他找了个什么人做舍友啊？"

杨烁没回话，呼吸很轻。

"睡了？"陈威嘀咕一声，轻手轻脚地关了灯。

这个晚上没睡着的不仅是杨烁。

"少爷，小岐村来消息了，万千山过些时候会回去。"龚叔在电话那边说。

"嗯。"宣兆戴着无框眼镜，蓝牙耳机塞在耳朵里，一只手无意识地摩挲着咽喉，"料到他会回去一趟。他这个人，表面上风光霁月，内里虚荣自负，明明每次回去都抱着一些见不得人的目的，偏偏又要大张旗鼓，让人人都对他感恩戴德。"

小岐村是万千山和岑静香的老家，在新阳一个非常穷僻的镇子里，民风保守，极度迷信。

万千山入赘宣家后，宣谕以万千山的名义给小岐村修了一条路、盖了一座学校，并且翻修了当地的寺庙。自那之后，小岐村的村民们视万千山为大善人，回回万千山回村，都是众星捧月的待遇。

宣兆这些年一直关注着小岐村的动向，他用龚巧的名字持续为小岐村提供资金帮扶，从某种程度上可以说，从村委会、村小学到村里的寺庙都是他的人。

因而，宣兆了解到万千山近十年来几乎每年都会回小岐村，到那个土寺庙里上香拜佛。大概心中有愧的人一旦得势，就会开始忏悔自己曾经犯下的过错，以祈求神明原谅。

庙祝说万千山回村的原因有两个，一是求子，他这个人宗族观念极其浓厚，想要一个姓万的儿子想疯了，将来他百年之后也将落叶归根，埋进小岐村万家祖坟；二来是他多年来噩梦缠身，梦见曾经的岳丈化作厉鬼找他索命，询问如何化解。

如何化解？

宣兆镜片后的一双眼睛泛起寒光。

外公泉下有知，怎么可能放了万千山？

宣兆的声音清晰且冰冷："叔，都交代好了吗？"

"交代好了，"龚叔回答，"就说属蛇的克他。"

"嗯。"宣兆沉吟。

少顷，龚叔犹疑的声音再度响起："少爷……"

"叔，按我说的去做。"宣兆打断龚叔的话。

他连一丝犹豫的可能性都不留给自己。

属蛇的克万千山，而属蛇的恰恰是岑静香的软肋。

在这个深不见底的旋涡里，只有一个人属蛇。

对门的房间里，岑柏言睡得很沉很香。

周一上午，岑柏言踩在上课铃的前一秒，精神抖擞、意气风发地进了教室。

陈威给他在后排占了座，岑柏言刚一坐下，陈威就给了他一拳，低声骂道："你小子，到底搬哪儿去了，说走就走！"

岑柏言把包塞进抽屉："以后你就知道了。"

下了课，陈威去厕所放水，岑柏言在走廊上给宣兆发了几条消息，都没有回复，他猜想宣兆估计进实验室了，没一天出不来。

他靠着栏杆神游，罗潇潇婷婷袅袅地走过来："柏言，去吃饭吗？我也打算去食堂。"

岑柏言礼貌地回绝："不了，我等陈威。"

"那我和陈威说声，让他自个儿吃。"

罗潇潇笑着就要挽岑柏言的手，岑柏言立即往边上跨出去一步，恰好杨烁从教室后门出来，岑柏言长臂一勾，揽着杨烁的脖子说："你小子怎么这么慢，等你半天了……"

杨烁道："等……等我？"

"可不嘛。"岑柏言揽过他就走，边数落道，"说好一块儿吃午饭，就你能磨叽！"

罗潇潇愤愤一跺脚："柏言！"

岑柏言见她没跟上来，暗暗松了一口气。

陈威从厕所出来，恰好瞧见这一幕，打趣道："干吗呢你？躲咱的班花啊？"

岑柏言松开杨烁，呼了一口气，严肃地说："男女授受不亲，我得洁身自好。"

"你洁什么身自什么好，美女看上你，你还嫌弃了！"陈威嗤笑道，"虽然看上你的小姑娘挺多，像罗潇潇这么漂亮的还真不好找，你知足吧你！"

"走走走，吃饭去，肚子叫一早上了。"陈威摆摆手，勾着岑柏言的肩膀。

岑柏言下了两级台阶，扭头对杨烁扬了扬手："走啊，傻站着干吗？"

"我、我也去吗？"杨烁推了推眼镜。

岑柏言问："你不吃饭啊？"

杨烁讷讷地点头："吃。"

岑柏言笑着一抬下巴："走呗！"

杨烁呆呆地看着岑柏言的背影，愣了几秒才迈开步子跟上去。

吃过午饭，岑柏言和陈威绕道体育馆后头，找了个车棚抽烟。

岑柏言点上火，含着烟屁股吸了一口，长长地吐了口烟圈，舒服地叹了一口气。

风大得很，陈威见他一副犯烟瘾的样子，边哆嗦边问："你这是多久没抽了啊？"

"在家就不抽，"岑柏言掸了掸烟灰，"我舍友要我戒烟，不健康。"

陈威大跌眼镜："又是你舍友？你这舍友何方神圣啊，把你弄得挺温顺啊。"

岑柏言笑了笑："他身体不好，我也不想让他吸二手烟。"

陈威极其错愕地盯着岑柏言："我和你打小就认识，吸了你这么多年二手烟，也没见你心疼心疼我。"

岑柏言说："不一样。"

陈威撇嘴，酸了吧唧地说："你什么时候让我去你新家坐坐，我也见见你那舍友。"

"行，"岑柏言眉梢一挑，"过些时候就带你去。"

抽完一根烟，陈威突然拿手肘撞了撞岑柏言："哎，和你商量个事儿。"

"什么？"岑柏言扭头瞅了他一眼，"神神秘秘。"

陈威神情犹豫，半晌硬着头皮说：“就我那英语家教，我妈还要给我续上，我还想找小宣老师，别人讲课我听不进去。”

岑柏言：“那你找呗。”

“我不是怕你不高兴嘛，前些日子你俩不是闹绝交嘛，之后也一直不联系，”陈威讪讪地摸了摸后脖子，试探地问，“你现在不讨厌他了？”

岑柏言老神在在地说：“就那样吧。你继续找他上课吧，和你妈说说，给人涨点儿钱。他哪次给你上课没超时，怪累的。”

陈威乐呵呵地说：“那必须的啊！我上次考那么好，我妈还说要给老师包大红包呢！我爱死他了！”

岑柏言吐出一口眼圈：“乖。”

“烟头不能乱丢的喽！”保洁大叔刚打扫完这一带的卫生，拖着黑色大垃圾袋冲他们喊，“有垃圾要扔进垃圾桶里的啦！”

“知道了叔叔，”岑柏言回道，“我俩连续十年勇夺三好学生，铁定保护环境。”

“小年轻，就知道耍贫嘴！”大叔远远地冲岑柏言做了个扇巴掌的手势，拖着垃圾袋转身走了。

恰好一阵风吹过，大叔背后棉袄帽子的一圈绒毛被风吹得左右飘动。

岑柏言突然觉得有几分眼熟，眯眼望了过去。

学校里清洁工统一都会穿绿色防风外套，外套很薄，到了冬天叔叔阿姨们就直接套在棉袄外边。

岑柏言这才发现，这大叔外套里穿了一件带帽子的棉袄，似乎……很像他给宣兆买的那身。

“看什么呢？”陈威顺着岑柏言的目光看过去。

“没事儿，风迷眼睛了。”

岑柏言掐了烟，心说白帽子带羽毛的棉服多了去了。

晚上岑柏言去中医药大学接宣兆，两个人去了趟超级市场，把家里那个不知道几手的破冰箱塞得满满当当。

宣兆在厨房做菜，岑柏言本来打算帮忙，无奈他是个十指不沾阳春水的大少爷，连剥蒜都要弄得鸡飞狗跳。在打蛋的时候，瓷碗"啪"地砸在地上，蛋液流得一地都是。

宣兆忍不住了，右脚在岑柏言小腿肚上轻轻踹了一下："赶紧滚蛋。"

为了能顺利吃上晚饭，宣兆严词厉色地勒令岑柏言离开做饭区域。

岑柏言先前把该洗的食材都洗了，十根手指头冻得像红萝卜似的，他盘算着这周末得往水龙头上安个加热器，否则这大冬天的怎么挨得过去，还得把空调也给装上，再给宣兆多买几身厚实衣服。

电饭煲里炖了排骨汤，放了些岑柏言叫不上名字的草药，香气渐渐在小屋里弥漫开来，岑柏言满足地深吸一口气，抱着笔记本电脑、拖着椅子坐到了冰箱边。

"坐这儿干什么？"宣兆边切西红柿边扭头问。

"这儿有灶火，"岑柏言笑着说，"暖和。"

宣兆说："你把'小太阳'打开。"

"坐这儿就够了。"岑柏言翻开电脑。

宣兆穿着围裙为他做饭，煲着热汤，菜刀和案板碰撞出清脆的声音。

岑柏言很多很多年没感受过如此真实又鲜活的温暖了，有一种久违的"家"的感觉。

"这个'Wan'到底是什么，怎么翻译？"岑柏言照着那沓翻译材料，"公司名儿？"

宣兆把切好的西红柿倒进油锅，"哗"的一声。

他侧脸平和沉静："一个代词，不重要，就译成万氏企业吧。"

万氏企业？

岑柏言琢磨着这个称呼，总觉得有些不得劲儿。

敲击键盘的噼啪声随之响起，宣兆盛出锅里的西红柿炒鸡蛋，垂头的瞬间唇角止不住地上扬。

新闻说今年是五十年难遇的寒冬，但他却觉得这个冬天似乎没有那么冷了。

宣兆独居了十六年，他本来以为自己会不习惯与别人共处，但这个深夜，当他因为口渴而醒来，下意识伸手去拿床头的保温杯时，他忽然怔了怔。

——这是岑柏言准备的。

每晚睡前，岑柏言会在他床边放一杯温度适宜的水，装在保温时效48 小时的保温杯里，这样他半夜渴了就可以不用下床倒水。

床头还有一盏新添置的小夜灯，是一个星球的形状，手掌轻轻一碰就能点亮。

夜灯散发出柔和、昏黄的灯，宣兆垂眸凝视着那个小小星球，细软的睫毛缓慢扇动，有种恍若隔世的不真实感。

好像他一个人生活的那些日子已经是上辈子、上上辈子的事情一样。

然而明明岑柏言才搬来十三天而已。

宣兆双手握着保温杯，向后倚靠着床头，指腹轻缓地摩挲着冰凉的杯壁，目光直盯着正前方，仿佛这样他的视线就能够透过墙壁，看到对面那间小屋里正在熟睡的人。

岑柏言是个什么样的人呢？

宣兆脑子里突然蹦出来这个问题，于是他眨了下眼，很认真地思考起来。

岑柏言强势、霸道，有些时候甚至称得上蛮横。

然而更多时候，岑柏言又无比仔细和耐心。岑柏言把其中一个房间布置成了一间小书房，书架整整占满了一面墙，两张宽大的书桌相对着靠在一起；岑柏言在他的房间里安上了空调，被褥也换成了和岑柏言一模一样的，窗户玻璃内外贴上了保温纸，生怕他受冻；岑柏言在桌角、床角这些尖锐的角上都包了软垫，他磕着碰着了也不会受伤；岑柏言在厕所里也铺上了防滑垫，上周宣兆洗澡的时候跌倒了一回，岑柏言就一直不放心，这段时间他每次洗澡，岑柏言每隔十分钟一定要来敲下门……

宣兆想起很小的时候玩过的泡泡机，轻轻一吹就能吹出无数个晶莹剔透的泡泡球——他的人生里称得上"美丽回忆"的画面屈指可数，吹泡泡就是其中一个。

这些泡泡球串到了一起，被耀眼的阳光一照，映出了五光十色。

等宣兆回过神来，他才发现自己唇角上扬——他在笑。

调到制热模式的空调发出细微的声响，宣兆在温热的空气里忍不住想，如果自己在一个正常的、美满的家庭里长大会怎么样，应该也会长成一个像岑柏言这样的人，果敢、张扬、鲜活，下定了决心就一定会行动，有很好的人缘，在人群里就是明亮的发光体。

扬起的唇角忽然僵硬，脑海里的泡泡一个接一个"嘭"地破裂。

"可惜我不是岑柏言，"宣兆想，"我为什么就不是岑柏言呢？"

宣兆仰起头，深深吸了一口气，半晌，他拿起遥控器，关掉了空调。

人在温暖的环境里待久了就无法适应寒冷，会变得精神恍惚、头脑不清，产生一些不切实际的幻想。

小屋里的空气渐渐变得冰凉，宣兆无声地靠坐在床头，告诫自己必须时刻保持清醒。

"嘶——"第二天清晨，岑柏言推门进来，立即倒吸了一口凉气，皱着眉说，"空调呢？"

宣兆在被窝里动了动，伸出一只手，睡眼蒙眬地说："昨晚上热，就关了。"

"热个屁热！都快零下了还热！"岑柏言大步冲上去，拿起遥控器把室内温度调到28℃，斜睨着宣兆，没好气地说，"这么耐寒，你是因纽特人吧？欢乐谷里边不是有个冰雪世界吗？把你送里头去和企鹅做伴呗？"

宣兆投降："我错了。"

岑柏言："算你识相。"

宣兆早晨睁眼后有些犯晕，迷糊了会儿才反应过来："你怎么进来的？你又偷我钥匙了？"

岑柏言理直气壮地说："我是你室友，我拿你的钥匙能叫偷吗？"

宣兆从鼻腔里淡淡地哼了一声："不问自取就是贼。"

"那我以后不偷了。"岑柏言说。

宣兆还诧异他这回怎么这么讲道理，抬眼就见到岑柏言从口袋里摸出一串钥匙，挂在手指尖上得意扬扬地晃了晃。

宣兆眯着眼："什么东西？"

"钥匙啊，"岑柏言快速眨巴了几下眼，"我刚出去买早点，回来的路上遇见一个摆摊的锁匠，顺便把你这屋的钥匙配了两把。"

宣兆："……"

"起床，"岑柏言在宣兆被子上拍了一下，"吃饭，吃完饭复习。"

岑柏言进了期末考试周，最近几天都早起泡图书馆温书，晚上画材料图睡得也晚。

宣兆洗漱完回到屋里，看见餐桌上摆出的甜豆浆和豆沙包，霎时额角一跳。

"我查过资料了，爱吃甜也不能总吃，对胃口不好，"岑柏言往豆浆里加了半勺糖，"甜咸口还是得错着吃。"

宣兆在岑柏言的注视下吃了两个甜包子和大半碗热豆浆，胃里一阵翻江倒海，实在是不行了，跑厕所里吐得干干净净，到最后胃里吐出来的只剩酸水，他头晕目眩，扒着马桶好一阵才缓过来。

小屋里，岑柏言尝了下豆浆，被齁得直皱眉。

宣兆放在桌上的手机突然振动起来，来电显示是一串数字。

"你的电话响！"岑柏言冲着厕所喊了一声，宣兆没回，估计是没听见。

岑柏言也不好贸然替宣兆接电话，于是干脆让手机在那儿响着，等宣兆出来了和他说一声，让他自个儿回过去。

其实这是龚叔用来和宣兆联系的电话，专门在白天用。

宣兆做事滴水不漏，白天他不便接龚叔电话，有什么重要事情就通过短信联系——龚叔用这个手机号拨给宣兆，如果宣兆挂断，那么说明现在不方便看消息；如果消息没被挂断，而是响铃时间到自动断开，则说明宣兆现在可以看消息。

岑柏言阴错阳差间给了龚叔一个信号，龚叔把已经编辑好的短信发送出去：

"万千山将于中午抵达小岐村，村里已摆上酒席准备迎接。"

大概三十秒后，宣兆的手机又是一振。

岑柏言叼着肉包子，眉梢一挑——

他拿过宣兆的手机，就在那一秒——

"嘀——嘀——嘀——"

另一个电话铃声插了进来。

岑柏言收回手，转头一扫自己的手机屏幕，小丫头一大早找他干吗？

他估计又是催他改姓改口喊爸爸那档子事儿，本来不太想接，但转念一想又担心妹妹真遇上什么麻烦找他帮忙，于是手指一滑。

"大早上的，干吗呢？"岑柏言嘬了口豆花，懒洋洋地跷起腿，"你最好是有什么正经事，不然我回去把你腿打断。"

"你才不舍得呢！"岑情大呼小叫，"好消息！好消息！"

岑柏言冷不防被她这么一嚷嚷，耳膜都要穿了，把手机拎得远了点儿："江南皮革厂早倒闭了。"

"你别捣乱！"岑情喊道，"哥，这次真的是天大的好消息啊！"

岑柏言掏了掏耳朵，"啧"了一声说："妈又给你涨零花钱了吧？"

"不是！"岑情兴奋地说，"老爸老妈同意我这个寒假出去玩。哥，我去找你啊！"

岑柏言被自个儿的口水呛了个正着："咳咳……你说什么？来找我？我不同意听见没，你别——"

"我下周考完试就去你那儿待十天，票都买好了，你来接我啊，"岑情直接忽略了岑柏言的反对意见，兴致勃勃地筹划，"等过年前咱们再一起回来，怎么样？开心坏了吧！"

岑柏言："……"

宣兆打理好自己从洗手间回来，岑柏言正傻坐着发呆。

"怎么了？"宣兆一手撑着冰箱，俯身揉了揉左膝，"吃饱了撑的就把垃圾倒了，顺便带把粮食去喂喂狗。"

"那个……"岑柏言闭上眼，抬手揉了揉眉心，支吾了小半晌，话头一转，"你有条短信。"

短信？

宣兆眉心一紧，懊恼地想我现在是怎么了，戒备程度已经这么低了吗？竟然没有把手机随身带着！

"什么短信？"宣兆缓步走到桌边，拉开椅子坐下，状似随意地问。

然后，他很自然地拿起手机，表情看不出任何异常。但只有他自己知道，在看到短信内容的那一刹那，他心头一紧，掌心渗出了丝丝湿意。

"对了，谁找你啊？"岑柏言叼着半个包子扭头问。

宣兆不动声色地按下了"删除"，淡淡地道："垃圾消息，开六合彩的。"

"哟？白小姐啊？说没说今晚开什么？"岑柏言凑过来看宣兆的手机，"我买点儿。"

宣兆摊手："删了。"

岑柏言吃着包子含混不清道："一条致富路就这么被你堵死了。"

"吃你的包子。"

吃过早饭，岑柏言给宣兆仔仔细细地洗了个小苹果，还削了皮；他自己也拿了一个，在袖子上随便蹭了蹭就"咔嚓"地咬了一口。

宣兆接过那个被削得坑坑洼洼的苹果，提溜着果柄在眼前转了几圈，觉得这小果子也是怪遭罪的。

岑柏言说："我妹妹下周会过来住几天。"

宣兆一顿，两根手指轻轻转动着苹果果柄，若有所思地垂下眼睫。

岑柏言的妹妹岑情，万千山和岑静香的女儿，他同父异母的妹妹。

十三年前，电话里说"我找万千山，他是我爸爸"的人。

虽然这是计划外的变故，并且这么做非常冒险，但宣兆确实很想早点认识她。

岑情，是个好名字，一听就知道是一对恩爱夫妻的孩子。

这段时间宣兆被稍稍按捺下去的恨意再次冒出了头，纤长乌黑的睫毛因为激动而微微颤抖。

岑柏言说："她过来我得带她四处转转，晚上估计也得和她一块儿住酒店看着她，她要是出点儿什么事，我妈和我叔非得废了我……"

"不要住酒店了，住家里吧。你的房间整理整理给妹妹睡，你将就将就睡书房。"

岑柏言此刻低着头，看不见宣兆清秀的脸上表情是如何坚硬冰冷。

岑柏言的一手还不够，他也应该为妹妹准备一手，多刺激啊！

宣兆是个稳妥审慎的人，然而这一刻却蠢蠢欲动。

当年岑静香打来的那通电话，让岑情在那头说出那句话的时候在想什么？她应该也觉得很刺激吧？

她是不是想象着宣谕崩溃绝望的样子，然后痛快地放声大笑。

刺激，太刺激了，宣兆简直就要忍不住拊掌叫好了。

同一天，万千山在小岐镇的寺庙里得知了一个震惊的消息。

——属蛇的？家里只有岑柏言是属蛇的！

他近几年非常迷信，梦里总被厉鬼缠身，想睡个好觉都不能够。

失魂落魄地回了城区，他偏不信邪，找了个圈子里的大师看他和岑柏言的八字。

这类大师与其说是算命，不如说是看"相"。

万千山是他的老客户了，他自然知道这位老板家里的情况，加上万老板今日看着就忧心忡忡，拿着继子的生辰来算，不用多想也知道怎么回事。

大师厉害就厉害在拿捏人心的本事，于是他装模作样地掐算了一番，摇头说："万老板和这位小公子……哎！"

他故意不把话说满，万千山见他欲言又止，果然急问道："他难道真的克我？"

大师顺势而为："卦象上看，确实有相冲之处。"

万千山浑身瘫软，喃喃道："怎么会这样，我年年都问卦……"

大师立即接上："公子这命簿子是个带水的命，万老板你又是个带火的，水火倒不是不能相容，只是公子是不是去了什么水汽润泽的地方，被外力的水一加持，对你自然有损害。"

万千山瞳孔压成一线，果然算对了！

岑柏言去年考上了海港大学，海港市在海边，正临水啊！

大师则是阴恻恻一笑，他要从各位老板那里吃这碗饭，时刻收集各位老板家里的信息就是最重要的，别说岑家公子上了什么学校，他连岑家那位小姐每次模拟考拿几分都有路子知道。

万千山手脚发软，不是自己亲生的啊，说到底不是他的亲生儿子啊！

第 10 章
花园公寓

岑柏言的考试周和大多数同龄人一样，过得兵荒马乱的，每天睁开眼就像上战场似的。

复习和预习差不多，整本书都是荧光笔画的重点，到处找上届的学长学姐要笔记，图书馆去晚一分钟就没座儿，一天至少往肚子里灌两大杯咖啡才有精神，晚上不学到凌晨两三点坚决不肯睡——不管效率高不高，至少能自我安慰学习时长反正是够了。

岑柏言好不容易熬到了只剩最后一门科目，晚上接了宣兆回家，窝在书房背课本。

"职业道德的四点基本要求，"岑柏言一只手撑着下巴，整个人蔫儿了吧唧，"爱岗敬业，诚实守信，办事……哦对，办事公道，还有一点是什么来着？怎么忘了！"

宣兆坐在他对面，懒洋洋地翻了页书，无框眼镜下眼神专注，丝毫不被岑柏言的聒噪影响。

"大爷的，到底是哪个规定思修要闭卷的。"岑柏言气急败坏地骂了一通，边自言自语边翻书，"第四点到底是什么……"

宣兆食指推了推眼镜，头也不抬地缓声道："服务群众。"

岑柏言还没找着知识点在书上哪一页，手指尖一顿，警惕地盯着宣兆："你怎么知道的？你是不是手里也藏了本《思修》，专门等着笑话我是吧？"

宣兆举起手里的书籍——厚厚的《药典》，对岑柏言无辜地耸了耸肩："这个知识点你从前天背到今天，我至少已经听过六遍了。"

岑柏言悻悻地摸了摸鼻尖："鲁迅说了，再天才的人也有马失前蹄的时候，就比如我，偶尔也有记不住知识点的时候。"

宣兆表情玩味，对岑柏言伸出手掌，比了个"请"的手势，示意岑柏言继续。

岑柏言属于典型的重逻辑轻理论，生平最烦背课文，背书没个章法，懒得梳理大框架，把知识点打印在一张纸上，瞄到哪个背哪个。

"理想和信念对大学生成长有什么意义？什么傻问题，"岑柏言烦躁地呼了口气，掰着手指回忆，"一是指引奋斗目标，二是提供前进动力，三是、是……"

宣兆晚上的学习任务完成了，修长的手指摘下眼镜，轻轻揉捏着眉心放松。

"三是、是……"岑柏言怎么也想不起来第三点是什么。

"三是提高精神境界。"宣兆无奈地回看岑柏言，指尖在桌上轻轻一点，"柏言，专心。"

随后，宣兆施施然直起身，整理好书桌："好好背书，我去给你弄点吃的。"

"哦,对了,"宣兆走到门边,回头眯眼笑了笑,"面里要加鸡蛋吗?"

岑柏言哼了一声:"要。"

宣兆弯着眼:"不可以,晚上吃鸡蛋不消化。"

"……那你问个屁!"岑柏言愤愤地拍了下桌子。

"气你的。"宣兆低笑出声,拧开门把出了书房。

岑柏言磨了磨牙,继续背诵理想和信念对大学生成长的意义。

宣兆给岑柏言下了碗清汤面,淋上了葱油,又加了两片叉烧肉。

冰箱里满是蔬果饮料,还有岑柏言很喜欢的一款能量饮料,宣兆关门的时候有些恍惚。

他一个人住的时候虽然也会下厨,但从来都没有囤食材的习惯。进口超市里什么材料都是少而精,他每次都只买料理一餐的量。

但岑柏言却很喜欢那种满满当当的感觉,他把冰箱装得很满,买书把书架填得很满,把整个出租屋都填得满满当当——走道里添置了鞋柜,窗边放了几株多肉,冰箱门上贴了各种卡通冰箱贴。

等他搬走的时候,这些东西全部扔了会很麻烦吧?

宣兆的脑子里突然冒出这个念头,他指尖一顿,被盛着热汤面的碗壁烫得一个瑟缩。

其实也不麻烦。

宣兆撒了把香菜末,唇角抿成一条冰冷的直线。

等岑柏言搬走了,他也不会继续住在这里,他会回到那个精装修的高级公寓,回到昂贵精致的进口超市,这里的一切甚至不需要他动手,随便下一户租客要怎么处理都行。

走到那头,岑柏言打开门催促:"夜宵呢,我的夜宵呢?我都闻见香气了！"

"来了。"宣兆应了一声。

岑柏言考完试后的行程排得满满当当，中午和法学院约了场篮球赛，下午和陈威几个人说好了去网咖通宵打战队赛。

从考场出来，岑柏言给宣兆打电话。

"晚上我就不回家了，我们战队积分落下一大截，得赶紧补补。你别给我留门啊。"

宣兆说："好，我要进实验室了，先不说了，挂了。"

宣兆这个下午并没有进实验室，他去了西郊疗养院。

护士长红姨说这阵子有几个人来探病，说是宣女士老家的亲戚。

"不过我们按你的吩咐，谁都没让进。"红姨看了宣兆一眼，问道，"小宣，他们真是你妈妈的表舅啊？"

这里年长些的医护人员照顾了宣谕十来年，也可以说是看着宣兆长大的，和宣兆关系还算是亲近。

"不是，我妈妈没有别的亲人了。"

宣兆翻阅着访客登记表，从上周开始到昨天，一共来了三拨人，都声称是宣谕旁支的亲戚朋友。好在宣兆提前做好了布置，疗养院上上下下都嘱咐了一遍，还加派了看护人手，把宣谕保护得滴水不漏。

"哎呀，那他们是谁啊？"红姨皱着眉头，"看着就不像好人，个个五大三粗的，像混社会的二流子似的。"

"没事儿，臭鱼烂虾罢了。"宣兆轻声笑了笑，又问，"红姨，这三拨人里面有同一个人吗？"

红姨摇摇头："这没注意，每回值班的护士都不一样，也分不出上回谁来过谁没来过，不过我可以给你调监控查查。"

"不麻烦，我心里有数。"宣兆撕下登记本的其中一页，垂眸说，"红姨，辛苦你把我妈妈看严了，千万不能让那些人接触她。"

红姨连声应下。

注意到这三拨人里边有一个笔迹重复出现了三次，登记的名字分别是"吴大王""王二"和"老六子"——都是不过脑随意编的名号。

宣兆对笔迹很敏感，这人每写完一个名字就会在后面落下一个点，书写习惯是会暴露一个人身份的。

那个人留下了三个号码，应该都是假的。但第一次探病时，号码栏有涂改的痕迹。显然这个人先是写下了自己的真实号码，随即又觉得不妥，用墨笔把这个号码涂掉，在后面另外补了一个假的。

岑静香找来的人还算有几分小聪明，不过依旧不堪用啊。

宣兆勾唇嘲讽地一笑。

登记簿的纸张并不厚，从反面留下的印迹，可以很轻松地分辨出他最初写的那十一位号码是什么数字。

宣兆神情淡漠，慢条斯理地折好那张纸放进上衣口袋。

宣谕这几天状态不错，宣兆进屋的时候，她正撑着护栏站在窗边晒太阳。

"妈，怎么起来了？"

宣兆把拐棍放在门外，努力挺直背脊，让自己行走的姿态看上去平稳一些。

宣谕不喜欢宣兆挂拐的样子，曾经有一回，她看见宣兆的拐棍后突然受了刺激，狠狠地把头往墙上撞，边撞边呢喃："我害了我孩子，我害了他一辈子，你的腿呢，腿呢？"

那次之后，宣兆每回都很小心，不让宣谕看见他的拐杖。

宣谕回过头，难得面色红润，惊喜地说："小兆？放假啦？"

"嗯，放寒假了。"宣兆搂着她在床边坐下，"红姨说你最近吃得好，睡得也好。"

宣谕笑着拍了拍他的脸："嗯，妈妈最近很听话的。不过你是不是太忙了，这么久了才来看我？"

"最近有点事，走不开。"宣兆把她脸颊边的碎发捋到耳后，"放假了就有空了，我都过来陪你。"

——也快过年了，等岑柏言走了，宣兆就算彻底空下来了。

"陪我干什么，"宣谕笑着说，"你呀，年纪不小了，该去约会就约会，该恋爱就恋爱，该和同学去玩就去玩，别总是惦记我。妈妈很好的。"

宣兆鼻头一酸。

宣谕怜爱地摸了摸宣兆的头："妈妈真的很好，小兆，你自己一个人在外面，过得好吗？"

"好的，"宣兆看着宣谕的脸，半晌后低声说，"我也很好。"

宣兆在西郊待了一下午，傍晚六点左右天就全黑了，这里偏僻，等了将近一个小时，还是迟迟叫不到车，于是龚叔派了个人过来接他。

进了市区将近八点半，司机问他："东家，您在哪儿下？"

宣兆原本想说大学城，但想想今晚约了美国一家事务所谈资产转移的事情，材料都在中心公寓里。

沉吟片刻，宣兆说："花园路。"

司机知道宣兆在那儿有套房，于是把车稳稳地驶向了市中心的高级公寓，导航显示距离只有三公里，十分钟就能抵达。

几乎是同一时间，岑柏言一行六个人从网吧打车来到了花园路。

"我们家新房子，买了一套最新的游戏设备，专门安了个游戏房！"篮球队的王一炫耀，"诚邀哥几个来体验体验！"

"牛的你，"岑柏言叼着烟，呼出一口气，"我等会儿就回家啊。"

"别啊！"陈威拍了他一巴掌，"说好的通宵呢！"

"算了，熬不动了。"岑柏言摆摆手。

一群人吵吵嚷嚷地过了马路，陈威突然"咦"了一声："那不是小宣老师吗？我没看错吧？"

岑柏言立即顺着陈威的视线看过去，马路对面，一辆黑色宾利在小区门口稳稳停住。后座车窗半开着，露出宣兆白皙隽秀的侧脸。

岑柏言指尖一顿，他怎么会在这里？

司机率先下了车，绕到后座打开车门，宣兆撑着拐棍从车上下来，微微颔首，司机欠了欠身，随即开着车离开。

他的神情和姿态淡漠且倨傲，和平时的温和儒雅判可以说是判若两人。

岑柏言眯了眯眼，忽地心头一跳，总觉得有哪里不对。

"坐这么好的车！"陈威低呼，"小宣老师牛啊！什么门路啊？"

岑柏言看着马路对面的宣兆，虽然看不清楚正脸，但不知道为什么，岑柏言就是觉得有些陌生。

对面那个人的步态、身姿、动作，无一不透露出矜贵和倨傲，甚至隐隐有一种高位者的冷漠，和平时那个温柔和缓的宣兆截然不同。

岑柏言插在衣兜里的左手微微收紧。

"小宣老师！"红灯转绿，陈威蹦跶着嚷嚷，"你怎么在这儿啊！"

"锵——"

拐棍在地上一顿，紧接着发出尖锐的摩擦声。

宣兆听见陈威的声音后怔了怔。

——陈威怎么会出现在这里？

——这么说……他也在吗？

其实宣兆停滞的时间不过短短零点几秒，宣兆精密如机械的大脑飞速运转，一瞬间脑海里闪过无数个解释的说辞，他在这些说辞里迅速捕捉到了最周全的一个，并且编好了前前后后一整套说法——而这一切仅仅发生在眨眼间的工夫。

紧接着，他转过头，看见陈威一行人，脸上流露出了恰到好处的、并不过分夸张的惊讶："陈威？"

而后，他的眼神定格在了岑柏言身上。

他眉梢轻轻一挑，幅度极小地歪了歪头，用表情问岑柏言："不是去网吧了吗，怎么来这里了？"

在橙黄街灯的映照下，宣兆周身被笼上了一层暖色调的光，深色棉服衬得他肤色越发白皙，乌黑的发梢被风吹动，淡色的唇角轻轻抿着，整个人显现出一种无比温润的质地。

岑柏言甚至怀疑自己刚才是不是看错了，宣兆从来都是这样柔和如温泉水的。

他呼出一口气，大步朝宣兆走上去，见到宣兆左手骨节被冻得通红，皱着眉说："你的手套呢？"

宣兆皱了皱鼻子，低声说："忘记带了。"

"能长点儿记性吗？"岑柏言现在出门都备着一副，他从背包侧兜拿出毛线手套，"你怎么在这儿，刚开车那男的是谁啊？"

宣兆还没来得及回答，陈威小跑着上来。

陈威见了宣兆非常兴奋，搓着手说："老师，你怎么来了啊？我妈和你说了没，下学期还找你补习，还给涨工资！"

"嗯，说过了，"宣兆笑着说，"替我谢谢阿姨。"

"哎，对了，小宣老师，"陈威笑嘻嘻地凑到宣兆身边，没正形地开玩笑，"你怎么在这儿啊，是不是知道我来同学家玩，想我了才过来看我的？"

他光是嘴上说说还不够，抬起"爪子"就要往宣兆肩上揽，岑柏言冷着脸把他拽到边上："就你话多是吧？"

陈威这才想起来，前段时间柏言和小宣老师好像闹翻了，难怪柏言这么不待见小宣老师，于是他冲宣兆吐了吐舌头："他脾气不好，有病似的，老师你多见谅哈。"

岑柏言："……"

宣兆笑而不语。

陈威往宣兆那边凑："老师老师，刚送你来那辆车是宾利飞驰吧？两百多万呢！"

"啊……"宣兆张了张嘴，抱歉地笑笑，"我不太清楚这个，我酒吧的老板住在这里，晚上请我过来给他孙女补课，找了司机去接我的。"

"就那什么……"岑柏言回忆，"龚叔？"

岑柏言曾经在惊雷酒吧里打过照面，听宣兆说龚叔一直很照顾他，也知道龚叔家里有个叫龚巧的小姑娘，高三，美术生，和那个叫卓非凡的是青梅竹马。

宣兆看了岑柏言一眼："嗯，巧巧也刚考完试，成绩不是很理想。"

岑柏言看了眼时间："那这么晚才过来？下回白天来。"

"学校那边临时有点事情，我对完一份译稿才来的。"宣兆说。

岑柏言不疑有他："我送你上去。"

"不用了。"宣兆轻叹了口气，"小丫头考完试就野了，喏，出去看电影了，玩疯了忘记和我说了。我也是刚才下了车才发现，白跑一趟了。"

他打开朋友圈，把手机递到岑柏言眼前，龚巧半小时前发出一张晒票照片，背后还有两杯奶茶。

"估计是和非凡师兄一起。"宣兆有些无奈，摇摇头说，"龚叔忙起来就盯不住她，师兄也是，从小到大都由着她。"

他清晰且生动地描述出了很多微末的细节，话语里的语气、停顿、尾调都无比自然，真假参半，丝毫听不出捏造的痕迹。

"你是不是傻啊？"岑柏言拧着眉梢，"这么冷的天，不就白跑一趟了吗？下回确认好了再出门。"

陈威在中间听得一头雾水，看看这个又看看那个："不是，你们说什么啊？什么叔啊妹啊的，都什么和什么啊？"

"听不懂就滚一边去！"岑柏言没好气地瞥了陈威一眼。

王一他们几个等在一边，纷纷朝宣兆投来好奇的目光。

这些都是岑柏言队里的人，都和宣兆有过几面之缘。

宣兆朝他们温和地笑笑，对岑柏言和陈威说："那我先回去了。"

"我和你一起。"岑柏言立即说。

"别啊！"王一嚷嚷，"言哥，你那么早回去干吗？夜生活都没开始呢！"

宣兆对岑柏言说："你和大家玩吧，马上放假了。"

岑柏言沉吟片刻，低声说："那我给你打辆车，到家和我说声。"

宣兆笑着点头："嗯。"

陈威狐疑地打量着他们，越看越觉得有古怪。

"看什么看？"岑柏言作势要揍他。

陈威嘟囔："你俩到底和没和好啊？真是搞不懂了……"

宣兆垂头轻笑出声，手心渗出薄薄一层冷汗。

好在有惊无险，没有引起岑柏言的怀疑。

专车司机很快到了，宣兆俯身进了后座，岑柏言发来消息，让他开个位置共享。

又不是小孩子了，瞎操这个心。

宣兆腹诽，还是把位置信息分享给了岑柏言。

巧巧给他连着发了好几条微信，说晚上带爷爷去看电影了，没想到爷爷这个老古板还挺喜欢超级英雄大片儿的。

宣兆笑了笑，回复让小丫头假期里多陪陪龚叔，多带龚叔玩玩年轻人时兴的东西。

他背靠着椅背思考了一会儿，从衣兜里拿出那页从登记本上撕下来的纸，默念着上面的号码，眼神玩味。

少顷，他拨通了一个电话。

"东家？"

"嗯，是我，"宣兆表情冰冷，淡淡地吩咐道，"你帮我联系一个人，用外地卡，就说……"

与此同时，王一妈妈给他派了个活儿，让他给上下层的邻居送点家里做的卤味，就当新搬来和大伙儿问个好，以后左邻右舍的大家多关照。

几个大小伙子对这事儿还挺新奇，岑柏言也觉得这种家庭式互动挺有意思，抱着分装好的卤味就出门了。

中心公寓是高档住宅区，一梯一户，王一家买的精装二手房，在五号楼 12 单元八层。

七层那家人非常热情，邀请王一他们上屋里坐会儿，王一说不了不了，改天再来。

接着，他们坐电梯上到了九层。

王一按了会儿门铃，没人应："估计不在家。这家是挺奇怪的，我们一星期前开始搬东西过来，担心吵着他们，想来打个招呼知会一声吧，回回都没人在家。"

"估计是什么商业精英，世界各地跑呢，"陈威接茬，"不在家也正常。"

王一挠挠头："也对。"

"走了，"岑柏言抬了抬下巴，"没人算了。"

"要不在门口放一份吧。"王一说。

他把一盒子卤味放在门边，岑柏言垂头看了一眼，紧接着眉梢一挑——

这九楼住户家的地垫怎么和他们出租屋的一模一样？

出租屋的地垫是宣兆挑的，上周末岑柏言拽着宣兆去了趟家居市场，添置了不少小东西，成套的牙杯碗筷都是岑柏言选的，宣兆独独挑选了这个款式的地垫。

上面画了一辆车，车上载着一棵粗壮的大树。

岑柏言一直没懂这幅怪里怪气的画什么意思，据说还是个荷兰后现代主义的艺术家画的，反正宣兆喜欢，他一气儿买了四张，三个房间加上厕所门口各放了一张。

没想到在这儿又见到了。

"你把东西往边上放点儿，"岑柏言拍了拍王一，"别把人家这垫子压着了。"

"啊？"王一说，"还有这讲究呢？"

被这么一说，陈威这才注意到地上那垫子，嗤笑说："这画的啥玩意儿啊，一小破车能扛得住这么粗的树？谁会买这种垫子啊？"

岑柏言铁青着脸踹了他一脚："给我滚蛋！"

一月中旬是最冻的时候，南方的冬天又湿又冷，寒气像要往骨头缝里钻似的。

宣兆一贯没有开空调暖气的习惯，回到小屋后坐了会儿，竟然觉得冷得受不了。

左膝盖被凿子敲开了似的疼，宣兆捂着左膝，发觉这才短短一个月，他就已经被惯坏了。

宣兆吃了几片止痛药，坐到书桌前，抬手按了按眉心，和美国的事务所打起了越洋电话。

就在宣兆调查万千山海外资产的同时，岑柏言和陈威他们玩了会儿电动，喝了两罐啤酒，侃大山侃得没边儿，陈威醉醺醺地说："我和你们说，柏言家里边才真牛！前段时间他爸给他一栋大别墅，靠海的，我小时候去玩过，还有个花园！"

岑柏言很不喜欢在旁人面前提起家人，呼了陈威一巴掌："就你话多！"

陈威酒量差，两口下去就满脸通红，笑得又贱又憨："你这货就属于身、身在福中、不知福！我要有你那爸——"

"嘴给我闭上！"岑柏言往他嘴里塞了一个蹄髈，本来不错的心情顿时有些烦躁。

万千山要把临海别墅过户给他的事情他是最后一个知道的，岑静香已经在太太圈里炫耀了好几轮，甚至连陈威都从他妈妈嘴里听到了消息。岑柏言自己都还不知道前因后果，他去询问岑静香，岑静香只说让他好好感谢万千山，其他的别管，妈妈做什么都是为了他。

岑柏言不知道为什么，自打万千山的生日过后，岑静香开始变得急躁且功利，他们母子二人近几个月闹得很不愉快，每次打电话都不欢而散。

"言哥，你这是阔少啊！"

其他人纷纷起哄。

"牛啊，咱个个都还一穷二白呢，柏言都有自己的房产了……"

"对啊柏言，什么时候带哥儿几个去你那大别墅玩玩？"

"滚滚滚，"岑柏言仰头喝了口酒，有些讥讽地哼笑，"你们懂个屁！"

陈威"嘁"了一声："只有我懂，嘿嘿嘿……"

王一爸妈在厨房炒小龙虾，喊王一过去帮忙。岑柏言扭头看着他们一家三口在灶台前忙碌，王一妈妈嫌弃王一笨手笨脚，装个盘都装不好，王一顶嘴说："我爸也装不好啊，你怎么不说我爸。"王一爸爸放声大笑，说："你这浑球，甩锅甩到你老子头上来了……"

这其实只是再普通不过的一幕，岑柏言却喉头一哽。

他的记忆里从来就没有过这样平凡却温馨的场景。

手机振动，是宣兆发来的信息：

"什么时候回？我先睡了。"

喉间的酸涩瞬间就被这句话抚平，他低声回复道："现在就回，半小时后到。"

确认了岑柏言什么时候回来，宣兆不疾不徐地收好了材料。

手下人来了消息，去疗养院的几拨人果然是岑静香派去的，其中带头的那个是岑静香表亲，叫王太保，这见钱眼开的混混没什么职业道德，给他点好处他就全招了。

——岑静香给了他两万块钱，让他去打探宣谕的身体情况，看看宣谕是不是真的快死了。

"快死了最好，如果还死不了，就拿这些照片多刺激刺激她，让她再疯一点。"手下人如实汇报。

"那些照片"是万千山和岑静香的恩爱合影，宣兆在手机上一张张翻动着，其中一张是一家四口的全家福，岑柏言英俊硬朗的笑脸让宣兆觉得无比刺眼。

"王太保还说……说……"手下人在电话那头支支吾吾，不敢说出口。

眼镜片反射着台灯冷白的光，宣兆的眼神比灯光更加冰冷："说什么？"

"那个女人教王太保一个法子，如果宣太太身体还不错，就威胁太太说弄死她那个残废儿子。"

宣兆反而颇有兴致地挑眉："哦？她终于想起还有我这个人了？"

也许因为他是个残疾，加上万千山恨不能没有他这个儿子，岑静香从来就没把宣兆放在眼里过，兴许是断定了一个瘸子造不成什么威胁，让他在外头自生自灭。

"东家，这个王太保怎么处置？"手下人问，"要不要设个套让他进局子蹲几年？"

"不用。岑静香给他两万，你给他十万，让他接下来十天，每隔两天去疗养院前台登个记，"宣兆右手揉捏着左手腕骨，嘴角噙着一丝笑意，"除夕那天一早，按我接下来说的做……"

岑柏言抬头看见三楼窗口透出的微弱灯光，身上瞬时一暖，他呼了口气，大步跑上三楼，拧开门喊道："我回来了。"

宣兆窝在床边的懒人沙发里翻译文件，腿上搭着毛毯，闻声抬头一笑："回来了？"

灯光熄灭，万籁俱寂，这个冬天的假期正式开始了。

头两天，岑柏言和宣兆去了趟游乐园。

摩天轮缓缓上升的时候，宣兆觉得自己离星星越来越近。

宣兆想到他的中学时期，那会儿他常常躲在教学楼的廊柱后看同学们打篮球，有次等到人都走光了，他模仿着别人投篮的样子，尝试着在篮筐下跳起来，却重重地摔倒在地。他就连跳跃这么简单的动作都无法完成，但随着摩天轮攀升，某个瞬间就连天空都仿佛触手可及。

游乐园里烟火盛放，他头顶是无垠的宇宙，窗外是烟花璀璨，他在那一刻选择屈从于眼前的温暖，摩天轮落地的一刻，宣兆垂头轻轻呼出一口气，他觉得已经足够了。

至少他离天空这么近过。

第 11 章
一个阵营

假期第三天，是岑情到海港市的日子。

岑柏言一大早就去高铁站接人，宣兆的心情没有任何起伏，对于这个素未谋面的妹妹，他既没有欢喜也没有期待，在书房看了两篇论文，把洗衣机里的衣服抱到窗台晾晒。

大约快到中午，岑柏言把人接回来了。

"哥，你说你搬出来租房子，你就住这地方啊？"

楼下传来岑情清脆的声音。

"你是不是来体验生活啊？我不要住这里！"岑情撒娇，"你帮我订酒店嘛，我的鞋踩着这个楼梯都脏了呀！"

"少废话，带你来不错了，哪来那么多话。"岑柏言哼了一声。

岑情抱着岑柏言的手臂晃了晃："不要，反正我就不！你不让我住酒店，我就和老妈说你坏话！"

"小间谍。"岑柏言宠爱地瞪了她一眼。

三楼的楼道上，宣兆在门边等着他们上来，笑着说："回来了？"

岑情抬头看向宣兆，好奇地打量着他，歪头问："你就是我哥的舍友？"

眼前的少女长得非常好看，一双杏眼极其灵动，脸型是标准的瓜子脸，扎着娇俏的双马尾，大红羽绒衣衬得她更加活泼可爱。

"嗯，"宣兆儒雅地欠了欠身，"很高兴见到你。"

岑情眨巴着眼睛："我觉得你有点眼熟。"

"你见哪个帅哥不眼熟？"岑柏言搬上来她的行李箱，"上楼。"

宣兆看着岑情，微微一笑："是吗？"

岑情一点也不认生，走近了才发现宣兆拄着拐棍，讶异地问："你是瘸子啊？"

岑柏言眉心一紧，呵斥道："小情！"

宣兆丝毫不介意："出过一场车祸，落下的病根。"

"什么车祸这么严重？"岑情总觉得和宣兆有股莫名的亲近感，"怎么发生的啊？"

宣兆的脸上笑意渐渐加深："因为一通电话。"

"司机开车的时候打电话了？"岑情说，"那挺该死的。"

"小屁孩别瞎问，"岑柏言看了宣兆一眼，把岑情薅进屋里，"边儿去。"

他把行李箱丢进去，岑情气得哇哇乱叫，说这个箱子是爸爸从国外带回来的限量款，怎么能乱扔。

岑柏言无奈地摇了摇头，对宣兆说："她就这样，被宠坏了。"

"没事，"宣兆温声说，"我觉得很可爱。"

岑情一早上都不痛快，闹着要出去住酒店。她是真正含着金汤匙出生的大小姐，要什么有什么，上下学司机接送，说一滴雨都没淋过也不夸张。这地方在她看来连个落脚的地方都没有，木板床那么硬，厕所那么小一个，马桶还不是全自动的，她一屁股坐下去被冻了个激灵。

她撒娇哭闹那一套对谁都管用，就是对岑柏言不好使。岑情见哥哥无动于衷，往地上砸了两个碗，岑柏言把她的行李箱扔到楼道上，抬手一指，干脆利落地说："要么你给我乖乖住着，一周后回家过年，要么你自己出去住酒店，爱住几天住几天，别指望我搭理你。"

岑情嘴一瘪，泪在眼眶里打着转，拖起行李箱想走，但看着那黑黢黢的楼梯，想到外边九曲回肠的小巷子，又有点怕了，钻进岑柏言的房间里，"啪"的一声甩上了门。

宣兆无奈："你干吗不同意？"

"这么大个人了，就不能惯着她，"岑柏言皱着眉，"这丫头就是被宠坏了。"

"小姑娘嘛，要富养。"宣兆拿来扫帚收拾碎片。

"我来。"岑柏言接过扫帚，严肃地说，"富养也得养对地方，哪有像她这样任性的。再不管教迟早出大事。"

宣兆不置可否，打圆场道："哪里有这么夸张。"

"你不知道，"岑柏言把瓷碗碎片收拾好扔进垃圾桶，烦躁地说，"以往在家有我管她的时候她都能办错事，现在指不定成什么样儿了。"

岑柏言记得很清楚，有一回一个初中部小姑娘哭着跑到高中部找他，一问才知道怎么回事。

这姑娘是岑情的同班同学，家里条件一般，那天穿了一条和岑情一样的格纹裙，岑情非说她的裙子是山寨的，在全班人面前嘲讽她，还逼她当场把裙子脱了。

她被欺负得没办法了，想起来岑情有个很有名的哥哥在高中部，说是长得帅人又好，还是学校公益社团的负责人，她这才壮着胆子来求助。

岑柏言也是那次才知道，岑情在年级里当"公主"已经不是一天两天了。当晚他把岑情狠狠训斥了一顿，岑情反驳"她就是个土鳖，她配吗"，岑柏言火冒三丈，气得抬手要揍她，岑情哭着躲在岑静香怀里。没想到岑静香不仅护着岑情，反倒怪起岑柏言来："你妹妹那么喜欢那条裙子，不想别人穿也是能理解的，你可以和她好好说道理，那么凶干吗？"

第二天，岑情去了学校，找了几个跟班的女同学，把那个告状的小姑娘拽到厕所里欺负，路过的一个保洁阿姨看不下去，偷摸来和岑柏言说了这个事，岑柏言那回是动了真火，按着岑情去了学校对面的理发馆，勒令把她精心打理的长发剪到了齐耳长。

岑情哭得撕心裂肺，岑柏言冷冷地看着她，说还有下次就把她剃成板寸，岑情说"不敢了，哥我真的不敢了"。

那次之后岑情总算消停了点儿，岑柏言还以为她学好了，没想到他不在家里不过小半年，岑情似乎还变本加厉了。

以往甭管她怎么骄纵，对岑柏言还是有点儿分寸的，现在她当着岑柏言的面就敢砸东西，还口无遮拦地说"我不想和瘸子住一块儿"，真把岑柏言给惹怒了。

宣兆听了这个故事，不露痕迹地"嗤"了一声。

美丽的裙子只有她能穿，想要的东西她一定要霸占——不愧是岑静香带出来的孩子。

岑柏言一手叉腰，"砰砰砰"地敲岑情的门："小情，开门，我和你聊聊。"

宣兆看着岑柏言高大的背影，不禁有几分疑惑，他也是岑静香的孩子，为什么他和那边的人就那么不一样呢？

“不开！我要回家！”岑情哭喊。

“行，我马上给你买票，”岑柏言火气又上来了，“把你能耐的！”

“你这人……不能好好说话吗？”宣兆拿拐棍戳了戳岑柏言，“让让，我来。”

宣兆指节轻轻叩了三下门，温声说：“小情，是我，你可以开一下门吗？我都还没有向你好好介绍一下自己，我们认识认识，好不好？”

岑柏言冷哼一声：“你这套爱的教育早过时了，她能开门才怪——”

“吱呀”一声，门从里面打开了。

宣兆笑意温和：“可以让我进去吗？只有我自己，我们不让你哥哥进来。”

门又“砰”的一声关上了，岑柏言吃了一鼻子灰。

岑柏言点了外卖，半小时后外卖到了，宣兆和岑情也从屋里出来了。

宣兆对岑柏言比了个“OK”的手势，岑柏言大为震惊，没想到这爱的教育竟然还真起作用了？！

岑情同意在这里住一星期，吃饭的时候挪椅子挨着宣兆坐，眼圈通红，跟小兔子似的。

到底是亲妹妹，岑柏言看岑情这委屈的样子也有些心疼，想着刚才是不是话说重了，往岑情碗里夹了一块排骨：“吃这个。”

岑情噘了噘嘴，把排骨扔到了一边。

岑柏言眉头一皱，宣兆对他不动声色地摇了摇头，示意他别发火。

“爱吃不吃。”岑柏言哼了一声，压着火气给宣兆也夹了一块排骨，“你多吃点儿，吃饭就像猫吃食似的，今年冬天长胖五斤的任务能完成吗？”

岑情这才抬眼打量着二人，哥哥和这个瘸子关系似乎很好。

"太油了，"宣兆对着排骨轻轻叹了一口气，"我申请五斤降到三斤，好不好？"

"不、好。"岑柏言敲了敲桌子，"赶紧吃，别磨叽。"

他们俩旁若无人的互动让岑情心里就像堵了点儿什么似的，她哥和这瘸子拌嘴的时候整个人都很放松，他在家里就从来不这样。

"我给你盛碗汤。"岑柏言端起宣兆的汤碗。

今天东西多，原来宣兆屋里的小桌子摆不开，所以在书房吃的饭。岑柏言去对面屋里给宣兆盛汤，岑情夹走了宣兆碗里那块排骨丢到一边，面色不豫。

"我哥怎么对你那么好？"她用一种质问的口气问宣兆。

宣兆才是拿捏人心的高手，小姑娘百转千回的心思绕不开他的眼睛，他暗暗冷笑，脸上却不动声色："我们是好朋友。"

"他对你比对我还好。"岑情一只手攥着自己的辫子，盯着宣兆说，"你要抢走我哥吗？"

在她的认知里，这个世界就是围绕着她转动的，她的哥哥、妈妈、爸爸都应该最爱她，最好的东西永远只有一个，只有她配得上。

比如她哥给她夹的排骨，她自己可以不吃，但别人也不能吃。

——对啊，就像当初你们抢走了我爸爸，我也要抢走你哥哥，毁掉你的整个家。

宣兆脸上柔和的笑意就如同提前排练好了一样："不是的，你哥哥很关心你。"

岑柏言端着山药汤回来，岑情朝岑柏言伸出碗："我也要。"

"……行，"岑柏言眉梢一挑，小丫头总算肯和他讲话了，"等着。"

岑情又说："要比他多。"

岑柏言只以为妹妹爱喝汤，宣兆唇角微微一勾，眼底浮起晦涩的笑意。

一顿饭还没吃完，敲门声突然响起。

"我去吧，我吃饱了。"

宣兆拿起拐棍，开门后稍稍一怔，旋即凝眉道："你们怎么来了？"

门外站着的是卓非凡，背后还跟着一个文文静静的龚巧。

"巧巧放假了，想来看看你，我就带她过来了。"卓非凡说。

"哥哥，是我缠着非凡哥要来的。"龚巧轻声说，"不方便吗？"

宣兆不动声色地想要掩上门："你们先回去。"

岑柏言探头："谁来了？"

岑柏言走了过来，见到门外站了个穿着白色棉袄、斯斯文文的小姑娘，他立即露出了一个八颗牙的标准笑容："你就是巧巧吗？我是岑柏言。"

龚巧看见岑柏言还有些害羞，腼腆地点了点头："柏言哥好，我是宣兆哥哥的妹妹，叫龚巧。"

"刚好我也有个妹妹，和你一样大，也是高三，今天才来的海港，"岑柏言说，"果然巧。"

宣兆无声地叹了一口气，把卓非凡拉到了走道上，冷声问："你带巧巧来这里干吗？"

卓非凡有些疑惑："巧巧不能过来看你吗？"

"你找个理由把巧巧带走，马上。"宣兆说。

卓非凡推了推鼻梁上的眼镜，见宣兆如此严肃，不禁怀疑道："你到底在搞什么花样？"

另一头，龚巧有些招架不住岑柏言的热络，正不知如何是好，岑情出现在了岑柏言身后："你是谁？"

卓非凡被这道清脆娇俏的嗓音吸引，转头一看，恰好对上了岑情的视线。

女孩子穿着红色毛衫，一双眼睛灵气十足，明目张胆地打量他，脆生生地问："你们是男女朋友吗？"

卓非凡还没想好怎么回答，龚巧立即摇摇手，满面通红，羞赧地说："不是的，不是的。"

后来宣兆再回想起这一天，为龚巧打开了这扇门，是他这辈子做得最错的一件事。

卓非凡和龚巧的突然造访让宣兆不得不重新考虑他的计划。

"你是学雕塑的？"岑情一只手托着下巴，对龚巧很是好奇。

龚巧从小学美术，几乎是全身心沉浸在里边，是个内向的性子，不善交际，还有些认生。她腼腆地点了点头："嗯。"

岑情眨巴着水灵灵的大眼睛："就是捏泥巴吗？橡皮泥那种？"

"不是的。"说起自己的专业，龚巧立即坐直了解释，"学习雕塑对速写也是有要求的，知道了人体结构才能做出好的作品；要搭骨架、临摹、翻模……"

"没听懂，"岑情另一只手绕着自己的辫子，"反正我觉得就是捏泥巴。"

龚巧拘谨地抿了抿嘴唇，下意识地扭头看了卓非凡一眼，卓非凡对她安慰地笑了笑。

宣兆眉梢一挑，摸了摸龚巧的头顶："巧巧小时候确实喜欢捏泥巴，五年级开始学泥塑，已经有很多很出色的作品了，这次联考成绩也非常好，不出意外的话，考上海港美院没有问题。"

海港美院是全国六大老牌美术院校之一，雕塑专业更是在全亚洲都赫赫有名。

龚巧羞涩地笑了笑："哥，你太夸张了。"

岑情惊讶地"哇"了一声："听着还挺厉害，虽然我也不懂。"

岑柏言在岑情后脑上拍了一下，嗤笑道："你懂个屁，就你这小半吊子。"

岑情吐了吐舌头，对龚巧说："那你陪我玩几天吧，我不想和我哥待着，他好讨厌。"

"啊？"龚巧眨了眨眼，尽管有些不适应岑情这种外放的个性，但她还是礼貌地应道，"好——"

"巧巧要集训，"宣兆放下手里的水杯，"恐怕没有时间。"

必须让巧巧离岑情远一点，绝不能让巧巧蹚进这浑水里来。

龚巧有些疑惑地想"我什么时候要集训了"，但既然哥哥这么说了，那一定有他的道理，于是龚巧抱歉地说："对不起呀，下次有机会，我一定好好陪你。"

"有什么对不起的。"岑柏言觉着龚巧这小姑娘怪懂事的，笑着说，"等高考完了，你柏言哥送你份大礼，特大的那种！"

岑情"喊"了一声，嘟囔着嘴趴在桌上："没意思。"

小姑娘穿着红色毛衫，鼓起的双颊像水蜜桃似的，卓非凡"扑哧"低笑出声。

岑情抬眼瞥过去，卓非凡镜片下的双眼荡漾着温润的笑意，她睁大眼睛瞪着卓非凡，意思是"你笑什么"，卓非凡含笑着摇了摇头。

大约过了二十分钟，宣兆假意看了眼时间，对龚巧说："下午不是要去一个艺术展吗？快迟到了。"

龚巧心领神会，她在这种人多的场合也不太自在，于是点头说："嗯，那我们就先走了。"

她很自然地把卓非凡纳进"我们"的行列，这个称呼让岑情有些感兴趣。

龚巧和卓非凡下了楼，岑柏言趁着岑情去洗手间的工夫感慨道："你妹真懂事啊，铁定好带吧，不像我家那个。"

宣兆眼皮忽地剧烈跳动，总有种不祥的预感，他大脑飞速计划着接下来要做的事情，心不在焉地说："嗯，是很懂事。"

"怎么突然蔫儿了？"岑柏言凑上去问，"早上起早，现在困了？"

宣兆捏了捏眉心："没有，左眼一直跳。"

"左眼跳财，今晚就给你买六合彩去！"

宣兆哭笑不得："博彩违法。"

两人正在屋里斗嘴，岑情从洗手间出来，恰好撞见了上来三楼的卓非凡。

"你怎么回来了？"岑情问。

"巧巧的手机落下了，"卓非凡双手插着大衣口袋，欠身说，"我来替她拿。"

"你们关系这么好，"岑情一甩马尾，脆生生地问，"你是不是喜欢她？"

卓非凡一怔，一时间竟然不知道如何回答。

他和巧巧青梅竹马，巧巧乖巧温顺，家里条件也好，他计划等巧巧考上大学他就对巧巧表白。

然而不知道为什么，面对眼前红衣少女灵动的杏眼，一个"是"字就是说不出口，卓非凡模棱两可地答道："你才多大，就知道喜欢不喜欢的了。"

"我觉得她喜欢你，我看得出来。"岑情娇娇俏俏地一笑，伸手一指卓非凡，"反正你们也不是情侣，那你陪我玩吧，我觉得你也不错，你长得好看，声音也好听，我们学校里追我的男生都不如你。"

她说话时模样很嚣张，颇有些颐指气使的味道，扬着下巴像只高傲的天鹅，又直接得像一朵热烈的玫瑰。

"我不告诉我哥他们，"岑情说，"你带我玩几天我就走了。"

卓非凡鬼使神差地说了声："好。"

下午，岑柏言带岑情去市里逛了一圈，岑情说要去商场买衣服，岑柏言懒得陪她，心说十七八岁的人了总不至于走丢了，再说海港好歹是个一线大城市，光天化日的也遇不着什么坏人，于是和陈威去网吧开黑了。

傍晚岑柏言是最早回到家的，宣兆说是去帮导师改期末卷子了，比岑柏言晚了二十分钟到家，一进楼道就闻见一股烟味，他推门一看，岑柏言在厨房里不知道鼓捣什么，弄得整间屋子乌烟瘴气的。

"你在干什么？"宣兆捂着鼻子，"好臭。"

岑柏言系着围裙，一手举着锅铲，非常无辜地说："炒蛋。"

宣兆头疼地看了眼锅里那堆黑炭，问道："蛋呢？"

岑柏言眨眼："对啊，蛋呢？"

宣兆放下手里抱着的一堆材料，无奈地接手了厨房："少爷，你就别添乱了。"

岑柏言摘下围裙给宣兆戴上："我就是个吃现成的命，认了认了。"

宣兆低笑一声，见岑情不在屋里，问他："你妹妹呢？"

岑柏言："逛街去了。"

"你不陪着？"

"陪什么。"岑柏言光是想想就脑袋大，"小姑娘买衣服首饰，有什么可陪的。对了，"岑柏言问，"你上午怎么劝她老实住家里的？"

宣兆回答："明晚酒吧有个网红歌手来开见面会，我答应带她免票去看。"

"真有你的。"岑柏言好笑地摇了摇头。

岑情在外边逛了一天，晚上又不想回这破屋子了，于是就订了个酒店住。

岑情刷的是岑柏言的卡，岑柏言收到了扣费提示，去酒店把岑情揪了回来。

岑情闹脾气说："我不回去，那么小的床，睡了肯定腰疼！"

岑柏言说："胡闹，你不是都和宣兆哥哥说好了吗，你住在家里，他带你去见面会。"

岑情臭着张脸，原来是那个瘸子让她哥来抓她的，讨厌死了！

第二天，岑情到了中午才起来，宣兆正把做好的饭菜往书房端，恰好撞见了开门的岑情，笑着问她饿不饿。

岑情对宣兆没好脸色，宣兆也不介意，温和地说："听你哥哥说你喜欢海鲜，我做了油焖大虾和糖醋鱼，来吃一点吧。"

岑情瞧着挺有骨气，一脸"我死也不吃你做的饭"的倔强表情，进门闻见香味又遭不住饿，冲宣兆冷哼一声，坐到桌边大快朵颐了起来。

"晚上说好有演出，我带你进去。"宣兆在她对面坐下。

"要你装好人！"岑情说话一贯直白，甚至还有些刻薄，"也不知道你是怎么骗我哥住到这里的，别以为我看不出来，这屋里的空调、冰箱都是用我哥的钱买的吧？像你这样的，就是想坑我哥！"

宣兆笑而不语。

"笑什么？"岑情问。

"没什么，"宣兆垂眸遮住眼底的冷色，"你和你哥哥不太像。"

岑情撇嘴，脱口而出道："他就是个傻的，我爸给他房子他都不要。"

宣兆眉梢一挑。

岑情意识到自己说多了，连忙噤声，想了想又补了一句："我们家再有钱也和你没关系，你别巴着我哥了。"

"你们家的钱啊……"宣兆用筷子扎起一个素丸子，"我不是很感兴趣。"

——因为那本来就是我的。

"鬼才信。"岑情"嗤"了一声。

岑情吃完饭打扮起来就出门了，宣兆没问她去哪儿，倒是岑情先憋不住，离开前扭头喊宣兆："哎，瘸子，晚上我怎么去你那酒吧？"

"地址发给你了，六点半侧门见。"宣兆笑着说。

岑情今天是披发，化了淡妆，显得她的巴掌脸尤其精致，她拎着一个 logo 明显的包，蹦跳着下了楼。

宣兆站在窗口看她，小姑娘出落得是真好看，像朵亭亭玉立的莲花，厚重的羽绒衣也掩盖不住她袅娜的身形。光是看着她，就能想象到她的母亲是怎样地相貌出众美丽动人。

——这是我同父异母的妹妹。

宣兆双手撑着窗檐，脑子里突然跳出这样一个念头。

他觉得这个突如其来的想法挺新奇的，他从来没把岑情当成过自己的什么人，更遑论有血缘关系的亲人。

如果说岑柏言只是觉得岑情过于娇纵任性，那么宣兆则可以察觉到岑情漂亮皮囊下的自私、自我和自利。从某种程度上看，岑情和他更像是兄妹，他们骨子里都不是什么好东西。

宣兆觉得，大概这就是血脉牵绊吧，万千山表面是谦谦君子，实际上虚伪到了极点。

宣兆自嘲地想，他和岑情都完美地继承了万千山的表里不一的特点。

他像一个没有温度的刽子手，残忍地把自己剖开，把自己骨骼里最龌龊肮脏的一面晾晒出来。宣兆觉得这么自我贬低很有趣，甚至在这个过程里找到了某种心理安慰——我利用岑柏言又怎样，我本来就是这样丑陋不堪的人啊。

当晚，惊雷酒吧的气氛十分热烈。

来开见面会的歌手在网络上小有名气，尤其受少女欢迎，当晚来的大多是女生。

岑情进场后就把宣兆甩开了，宣兆看着她的身影迫不及待地挤进舞池，指腹轻轻摩挲着拐棍。

"东家，人找来了。"一名穿着保镖制服的男人走上来，在宣兆耳边轻声说。

宣兆颔首："看好了，听我吩咐再出来。"

"明白。"男人利落地点头。

他要的人是王太保找来的。王太保这个混混没有什么能耐，就是个帮岑静香处理脏事儿的，宣兆从王太保嘴里知道了不少有意思的事情，其中就有一件是关于岑情的。

岑情曾经偷了家里的一颗钻戒，私下找到王太保，让他去平个事。

小姑娘有些手段，然而还是太天真了，竟然蠢到了相信王太保这种人。

演出开场，宣兆退到角落的阴影中，抬手缓缓摩挲着喉结。

唱到第四首歌，见面会渐渐进入高潮，场子里出了些小乱子。

一个女人带着两个男人冲进了观众群，拽着一个少女的长发，声嘶力竭地骂。

岑情猝不及防地被拽倒在地，还没来得及哭号，看见这个女人的脸，突然就像见了鬼似的，瞳孔骤然紧缩。

女人一巴掌狠狠地扇在了岑情脸上："原来就是你害了我儿子一辈子！"

场面陷入混乱，保安立即冲上来维持秩序，台上的网红歌手在掩护下匆匆离开。

"你害死我儿子，我和你拼命！"女人红着眼，"我要你的命！"

她的脸颊扭曲得如同索命的厉鬼，岑情后知后觉地尖叫出声："啊——放手！你放手！"

宣兆隐没在黑暗的角落里冷眼旁观。

岑情精心打理过的妆容毁于一旦，头发被女人紧紧揪着，头皮连带着五官都变形了。

保安拦不住这个看起来极度疯狂的女人，岑情哭得脱力，双腿在地上徒劳地蹬着。

宣兆淡漠的眼睛里浮起一丝冷笑，继而拄着拐杖快步走了过去："怎么回事！"

去年年初，岑情班里转来一个叫严明的特招生。

严明是农村人，期中联考成绩排全市第三，学校为了冲高考名校录取率特地把他招来，学费、住宿费全免还有奖学金。

七个月后，原本品学兼优、质朴踏实的三好生严明变成了一个逃课、泡吧的刺儿头，还对岑情死缠烂打。暑假第二天，严明从教学楼四楼坠落，性命虽然是保住了，但伤到了脊髓，有瘫痪的风险，康复治疗费用极其高昂，严明家难以承担。

几乎是严明出事的同一天，岑情私底下找到了王太保，让王太保带人去警告严明，要是他乱说话，就弄死他一家人。

——这是宣兆几天前从王太保嘴里听到的故事版本。

宣兆派人连夜联系了严明的家人。严明父亲因为尿毒症去世多年，家里只有一个务农的母亲，这个女人连普通话都说不标准，她不明白儿子为什么会变坏，只打听到这件事似乎和一个女同学有关。

一个农村妇女，没文化、没钱、没门路，四处借钱给儿子治病已经耗费了她的全部心力，走投无路之际，一批人找到了她，说"东家"可以帮她，把她带到了海港市。

此刻酒吧三层的小包厢里，岑情披头散发，脸上挂着泪痕，肩上披着宣兆的外套，蜷缩在沙发角落里抽噎。

"没事了，"宣兆给她端来一杯温水，"别害怕。"

岑情还没从惊惧里缓过来，她人生地不熟的，唯一认识的人只有宣兆。抽泣一阵后，她仰头说："你能不告诉我哥吗？"

宣兆坐在茶几边缘："那个女人说你害了她儿子，是不是真的？"

岑情目光闪烁，片刻后才嗫嚅道："是他自己跳下去的，关我什么事，那天我根本就不在学校……"

"小情，你要如实告诉我怎么回事，我才能帮你。"宣兆看着岑情，"相信我，你是柏言的妹妹，就是我的妹妹。"

他目光沉静、声音和缓，莫名让岑情觉得安心，岑情握着玻璃杯："他就是个没见过市面的土包子，我觉得他人还挺好玩的，随便逗逗他，他就当真了。"

岑情说得遮遮掩掩，但宣兆大抵能够拼凑出事件的全貌。

没见过世面的乡村少年第一次来到大城市，因为憨厚淳朴、个性耿直而显得和城里人很不同，班里最漂亮可爱的女生主动向他示好，他起初有些慌张，但渐渐也萌生出一些少年的心动。追岑情的有钱少爷大有人在，很快岑情就厌烦了严明，但一根筋的严明钻进了牛角尖，他想要进入岑情的圈子，他开始喝酒、泡吧，甚至偷钱给岑情买首饰。

岑情从来不明确拒绝严明，严明的行为恰恰证明了她的魅力。去年暑假，严明向岑情表白，岑情双手抱胸，高傲地说："癞蛤蟆想吃天鹅肉，你要是能从那儿跳下来，我就考虑考虑。"

她随手一指教学楼，结果第二天严明就出了事。

"真的不关我事，是他自己蠢得要死。"岑情脸上丝毫看不出悔色，"他跳就跳了，竟然没死成。我担心他乱说，还花了不少钱让人去警告他，浪费死了……"

宣兆沉静的脸色没有丝毫变化，只是眸光渐冷。

"你千万别告诉我哥！"

宣兆勾起唇角："放心。"

岑情松了一口气："你人还挺好的。"

"你哥哥最近好像总和你妈妈吵架，要是你们家里有什么事情，你可以先告诉我，"宣兆像一个疼爱妹妹的兄长，"我转告他，这样他就不会对你发脾气了。"

岑情忙不迭地说："好。"

宣兆笑得温和又包容。

——现在你和我也是一个阵营的了，妹妹。

岑情在包厢里歇息，宣兆拄着拐缓步上了三楼，脚步停在了贵宾室门外，并没有推门进去。

女人的啜泣声从门缝传来，龚叔安慰说："你放心，我们东家已经把你儿子转到了新阳最好的康复医院，治疗费用你不用操心，回去好好照顾他。"

这个农村妇女一个劲儿说谢谢，又问："那个害了我儿子的女同学会受到惩罚吗？"

门内的龚叔沉默了，门外的宣兆闭了闭眼，轻叹了一口气。

从法律层面上看来，岑情没有推严明下楼。说得更残忍一点，把这件事闹大了对严明母子二人一点好处也没有，他们连医药费都凑不出来，拿什么和万千山、岑静香抗衡。

女人从沉默中得到了答案，声嘶力竭地哭号起来。

龚叔默默推门离开，见到门边的宣兆丝毫不意外，躬身问："少爷，你要进去看看她吗？"

"不了，叔，你全权处理就行。"宣兆摇手。

"她想当面和东家说谢谢。"龚叔说，"少爷，你救了他们一家，她一直说你是恩人，是大好人。"

宣兆自嘲地一笑，眼底浮出一丝可以称得上悲哀的情绪："我？我算什么好人。"

龚叔眉头一皱："少爷……"

"叔，我下去了，"宣兆说，"你安顿好她，明天送她回新阳。"

岑柏言从网上看见酒吧出事了，立即飞奔赶了过来，瞧见宣兆和岑情都全须全尾的，这才松了一口气。

"没伤着吧？听说差点儿发生踩踏事件，你们有没有躲远点儿？"

宣兆说："我和妹妹都没事。"

"那就好。"

三个人回了家，岑情受了惊吓，话都明显变少了不少，恹恹地锁上了房间门。

岑柏言发现岑情对宣兆的态度发生了很大的转变，这种转变突如其来，几乎是在一夜之间。

前一天岑情还对宣兆各种不顺眼，结果第二天，岑情不仅乖乖和宣兆同桌吃饭了，还叫了宣兆"小兆哥哥"。

事出反常必有妖，岑柏言担忧岑情怕是又有什么歪主意欺负宣兆，趁着宣兆饭后低血糖犯困的工夫，把岑情拽到一边，警告她别捣乱。

岑情翻了个白眼："哥，你想到哪儿去了。昨晚酒吧不是有个女的喝醉了闹事嘛，那女的也是有病，好死不死就打我一个，还好小兆哥哥护着我，不然我就被打死了。他人挺好的，你交朋友的眼光还行。"

没想到小姑娘懂事了，还挺知道感恩。

岑柏言因为二人关系的缓和颇感欣慰，然而两秒之后，岑柏言忽然就像多了毛的狼狗似的，瞪了岑情一眼："你不早说！"

岑情看着岑柏言扬长而去的背影："……这也不晚啊？"

宣兆正窝在书房窗边的沙发上小憩，岑柏言"砰"地推开房门，裹风挟雨的就冲进来了，双手"啪"地拍在宣兆耳边的沙发靠背上："别睡了，赶紧醒醒！"

宣兆被他这一下拍清醒了，睁开眼后蒙了两秒，脑袋里还是晕的："嗯？"

岑柏言瞪着宣兆，突然挑起一边唇角轻轻哼笑一声，没好气地说："听说你昨晚上见义勇为了？"

宣兆抬眼看着岑柏言，不知道这家伙又发什么疯，一时间没反应过来："什么见义勇为？"

"还得我提醒提醒你是吧，"岑柏言磨了磨后槽牙，一字一顿地说，"小、兆、哥、哥？"

宣兆眨了眨眼，猜到是怎么回事了，歪头笑了笑，清清脆脆地应了一声："哎！"

岑柏言没绷住给气笑了："你哎什么哎。昨晚上问你怎么回事你还不说，到底受没受伤，那耍酒疯的疯子没伤着你吧？"

耍酒疯的疯女人？岑情是这么和他说的？

宣兆眼底划过一闪而过的嘲讽，但转瞬就被他藏好了，温声说："我没受伤，真的，酒吧里那么多人，出不了什么事情。"

"你知道酒吧里那么多人你还冲上去？"岑柏言不赞同地皱起眉，"你自己什么身体你不知道啊，你是健步如飞还是能一脚踹飞三个，你——"

宣兆眼睛里噙着笑，岑柏言责怪的话瞬间就说不出口了，他呼了一口气，坐到宣兆身边："算了，不说了。"

岑柏言是真的担心宣兆的身体。

他对宣兆的腿疾到底如何没有概念，毕竟他伤过最重的一次不过是初中打球时小指略微骨裂，连石膏都没打就自己愈合了。宣兆平时看着都跟没事人似的，除了走路有点儿跛，其余时候都和正常人没区别，宣兆也从来没和他说过疼——直到他无意中发现宣兆最近频繁地吃止痛药。

其实宣兆也疼的吧？他怎么从来不说呢？

接下来的几天，岑情白天也不知道出去做什么，不要岑柏言跟着，到了傍晚六点半准时乖乖回到家，也不要岑柏言操心，岑柏言乐得轻松。

眨眼间过年的日子就要到了，岑柏言和岑情二十八号回家，他们订了一大早的高铁票，宣兆听见声响睁开眼，天都还没亮。

宣兆撑着身子起来："我送你们——"

"不用，又不是去哪儿，"岑柏言拎上背包，"我正月初六就回。"

宣兆点点头，声音还带着没睡醒的沙哑："好。"

直到岑柏言在玄关穿好鞋，即将开门的前一刻，宣兆突然叫了他一声："柏言。"

"嗯？"岑柏言一手撑着墙回过头。

宣兆的面容隐没在昏暗中，看不真切，但声音却无比轻柔："一路顺风。回了家要开心些，别和妈妈吵架了。"

第 12 章

风雨欲来

海港市距新阳市不远，三个小时左右的高铁。万千山在出站口等着，岑情喊了一声“老爸”，跑上去一头扎进万千山怀里撒娇：“你都不知道我的包多重哦，哥都不帮我背，沉死我了！”

“小公主，你想累死你哥是不是？”万千山疼爱地摸了摸岑情的头，接过岑情肩上的背包，“出去玩了几天开心了，都不知道给你爸打个电话，是不是乐不思蜀了？”

“哪有！”岑情抱着万千山的手腕，噘着嘴说，“我都想死你了，哥哥对我一点都不好，就喜欢教训我，还是老爸最爱我了！”

“臭丫头，就知道告状。”岑柏言走上来，手里拖着岑情的箱子，见到万千山问好，“万叔叔。”

自打上次从小岐镇回来，万千山一直记挂着大仙那句“属蛇的克你”，他回来后把家里的管家、用人、司机和园丁都盘了一遍，没有一个属蛇。那么，这个家里属蛇的就只有一个。

万千山见了岑柏言，面色略有些不自然，但很快就掩饰好了，拍了拍岑柏言的肩膀："比去年又长高了吧？在外边怎么样，还习惯吗？"

"长了两厘米，"岑柏言一个问题一个答案，"挺好的。"

"那就好，我和你妈妈就放心了。"万千山点头。

岑情没搞懂这两人寒暄个什么劲儿，那感觉不太像亲亲密密的家人，反倒像什么生意伙伴似的。

"哎呀，就不能先上车嘛，"岑情跺了下脚，"冷死了。"

岑柏言把箱子放进后备厢。万千山自己开车来的，没叫司机，岑情熟门熟路地钻进副驾，岑柏言一个人坐在后面。

岑情一路上都叽叽喳喳个不停，万千山对女儿宠溺极了，时不时地应几句。

岑柏言非常习惯这种场面，他在这个家里始终有种微妙的格格不入感，万千山倒不是对他不好，作为继父，万叔叔可以说是无可挑剔，在金钱和物质上对他和岑情一视同仁，从来没有亏欠过他；对他永远是和颜悦色的，连句重话都没有说过。

但岑柏言始终觉得，真正的家人不是这样相处的。

窗外的景色从眼前飞快地闪过，人行道路边栽着梧桐，垃圾桶刷着绿漆，车道间的分隔栏是红白色的。作为毗邻的南方城市，新阳的街景和海港大同小异，岑柏言却觉得有几分陌生。明明才离开了一个学期，他对海港的归属感却要比新阳来得更强。

"汪阿姨做了白灼大虾、蒜蓉扇贝，"万千山说，"都是你爱吃的。"

"太好了！"岑情欢呼，"汪姨真好，做菜也好吃，过完年咱们给她涨工资呗。"

万千山对岑情简直是有求必应："好，都听你的，公主殿下。"

岑情笑得合不拢嘴。

万千山往后视镜里看了一眼，岑柏言正低头摆弄手机，应该是和谁聊天。

"柏言，"万千山清了清嗓子，"你送我的生日礼物我很喜欢，有心了。"

那支钢笔？

普普通通的一支钢笔到底怎么了，岑静香欲言又止了好几次，现在万千山又主动提起。

岑柏言不禁疑惑，但没有直接问出口。

"什么嘛，你根本一次都没用过，"岑情拆穿道，"老妈后来不是把笔扔了吗？"

"别胡说，你看错了。"万千山下意识地瞥了眼后视镜，立即驳斥。

岑柏言："……"

说毫不在意是不可能的，送出去的生日礼物被丢弃了，任谁心里都不好受。

车厢里气氛突然变得有些尴尬，岑情知道说错话了，吐了吐舌头，打开手机假装什么也没发生。

岑柏言很"懂事"地笑了笑："您喜欢就好。"

"你妈妈前段时间整理书房，清了一批很久没用的东西，你妹妹是看错了。"万千山多此一举地解释了一句，专心致志地看着路况，佯装不经意地问，"你是怎么想到要买钢笔的，还是飞度牌子的？"

"逛商场看到专卖店，觉得很适合您，就买下来了。"岑柏言说。

万千山"嗯"了一声，又问："真的是偶然看到就买了？"

岑柏言不懂万千山在打什么哑谜，反问道："不然万叔叔以为呢？"

"没什么。"万千山笑笑,"我就是好奇,这个牌子比较老派,我以为你们年轻人不知道。"

怎么会那么巧合,偏偏就买到了当年宣谕送给他的那一款笔,还正巧和另一支从疗养院寄出来的录音笔同时送达。

难道岑柏言去了临水的海港后,真的与他水火不容,开始克他了?

万千山心中一阵惴惴不安。

副驾的岑情正在和人聊天,备注是一个大写的字母"Z",岑情从相册里找了张今天的自拍发过去:"早上起得太早,脸都肿了,像个小丑猪。"

那边的人迟迟没有回复。

岑情"哼"了一声,昨天卓非凡说今天海港有个艺术展,估计他是陪龚巧去看展了。

她第一眼就不喜欢龚巧,总是抿嘴笑,一脸清纯的样子,真装!更何况龚巧还是学艺术的,她在学校里有个死对头,就是艺术生,总抢她风头,讨厌死了。

家里的三个阿姨见岑柏言回来了都高兴得不得了,围着岑柏言嘘寒问暖,岑情觉得自己受冷落了,她受不了自己不是人群焦点的感觉,所以心里很不痛快,又叉着腰说:"是不是都没事干,我叫爸爸把你们开除了信不信!"

几位阿姨对岑情敢怒不敢言,赶紧散开了。

"凶什么,好好说话。"岑柏言对岑情说。

"一回家就知道教训我。"岑情翻了个白眼,"她们是给我们家打工的,你和她们那么亲近干吗?还给她们带特产,哥你是不是有病啊,多跌份儿啊?"

岑柏言脸色微变，刚要教育岑情，茶几下面钻出来个小东西——原来岑情新养了一只猫。是一只很小的矮脚猫，还是折耳，脖子上戴着个和脑袋差不多大的铃铛，走起路来叮当响。

这玩意儿对宠物很不好，岑柏言皱眉，蹲下身抱起小猫，要给它解开铃铛，岑情立即抢过猫，嚷嚷道："哥你干吗啊，这猫是老爸买给我的，铃铛也是定制的，你摘了干吗啊？"

"你给它戴这玩意儿干什么，它难不难受？"岑柏言伸手，"给我。"

岑情噘着嘴："我管它难不难受，可爱就行了呗！"

一回到家里，岑情的骄纵秉性就显露无遗："反正这种猫本身也活不了几年，难受难受怎么了？"

岑柏言眉心紧锁，难以想象妹妹怎么会说出这种话，当即严厉地呵斥道："岑情，你说的是人话吗？"

万千山在家，岑情就有了倚仗，才不怕岑柏言，抱着猫大喊："老爸！哥又欺负我！"

小猫被岑情勒疼了，可怜巴巴地嗷嗷叫唤，爪子在岑情手臂上轻轻挠了一下，岑情"啊"地尖叫一声，把小猫扔了出去。小猫又惊又惧，在客厅里一通乱蹿，跳上了厅里一张小腿高的矮桌，把桌上一块奇形怪状的石头撞了下来。

万千山在车库刚停好车，商会那边来了个电话，说近来有股境外势力在调查他，让他警觉些。万千山烦闷不已，电话刚挂断就听见岑情在喊他，他应声进了家门："怎么了？一到家就吵架？"

岑情跑上去挽着万千山："还不是那臭老哥！"

万千山走进大厅，一眼就看见那块掉在地上的石头，脸色骤变："谁干的？！"

岑情被吓到了，愣愣地松开万千山，指了指瑟瑟发抖的折耳猫，说："猫。"

"扔了！"万千山说。

那块石头不是普通的石头，是他花了重金找高人从仙山上请来的，据说上古时期炎帝屠蛇，用的就是这种仙石。

"叔叔，是我不好，"岑柏言抱起小猫咪，"我吓着它了，它不小心的。"

万千山冷着脸，定定地看了岑柏言两秒，什么话也没说。

岑柏言才回来，石头就倒了，商会也来电警告他，难不成岑柏言真的不能留在这个家了？

岑柏言从没有在万千山身上看到过这种眼神，不只是愤怒，甚至是……有些森冷。

他心头一沉，不明白万千山为什么会这么看着他。

紧接着，万千山闭了闭眼，挥挥手说："没事。"

岑柏言抱着吓坏了的猫咪："我上楼了。"

十分钟后，去上插画班的岑静香回了家，推门进了岑柏言的房间。

岑柏言正在安抚猫咪，见是岑静香回来了，笑着喊："妈——"

"你一回家就给你叔叔找不痛快！"岑静香低声呵斥，"你现在怎么这么不听话！"

岑柏言的笑容僵在了脸上。

他怎么也想不到，几个月不见，他妈妈见到他的第一句话竟然是这个。

"我早起累了，想一个人休息会儿。"岑柏言说。

他抵触抗拒的样子让岑静香又急又气，恨铁不成钢地说："你就这点出息，我生你有什么用！"

一周一次的插花课程其实就是阔太太们集会的场合，她听陈太太说万千山最近在打听生儿子的秘方。岑静香心头一沉，生儿子？万千山从没有和她说过这个计划，他想和谁生儿子？

她在外面还要维持万家女主人的风范，笑着说："我和千山是有这个打算。"

她匆匆忙忙地回到家里，万千山见了她脸色不悦，岑情说哥哥弄坏了爸爸的石头，爸爸很生气。

"你能不能听我的话？妈妈会害你吗？"岑静香关上门，"我和你说了多少次了，你要和你叔叔好好相处、好好相处，让你改姓你也不愿意，你到底想干吗？"

岑柏言低下头，抚摸着怀里小猫柔软的毛发："我才到家，不想和你吵架。"

岑静香板着脸，转身"砰"的一声甩上门走了。

岑柏言沉默半响，深深呼出一口浊气。

小猫也觉察到了他的烦闷，小心翼翼地跳出他的怀抱，缩到床脚卷起了尾巴。

岑柏言虽然不想在这多待，但他实际上不是那种任性的人。岑柏言在家庭观这方面是个很传统的人，毕竟是过年，他想着等过完年就回海港。

回新阳第二天是大年二十九，岑柏言上午和高中一帮好友聚了个会，下午回家逗了会儿猫，从包里掏出一沓资料，接着打开了电脑。

岑柏言想着替宣兆分担一些，于是就带了沓材料回来，翻译了没两页，岑静香上来让他下去客厅，别在房间里窝着。

楼下传来综艺节目夸张的音效声，掺杂着岑情和万千山的笑声，岑柏言懒得下去加入这其乐融融，但他也不想在过年前一天和岑静香起冲突，于是就抱着翻译材料和电脑去了客厅。

万千山见他下来了，本来很放松的坐姿立即端正了一些，问他："忙什么呢？"

"一些翻译材料，商务类的，"岑柏言说，"练练英语。"

岑静香一改刚才在楼上的严厉，笑吟吟地坐到万千山身边："柏言上了大学，真是勤奋了不少。"

万千山赞同："柏言一直就懂事，小情，和你哥哥学着点。"

"什么嘛！"专心看综艺的岑情突然被点名，不服气地拿了张岑柏言的材料来看，"都是英文……看不懂，哎！这个'Wan'是什么，是'万'吗？"

"音译的。"岑柏言说。

"哦？"万千山眉梢一挑，"都是什么材料，我看看。"

岑柏言给万千山递了一份，万千山戴上眼镜，随手翻开一页粗粗扫了一眼，十几秒后脸色骤变："经济犯罪？你怎么在看这个？"

"一个朋——"岑柏言本来想如实说帮一个朋友做的，但见万千山神情不对，于是说，"我选修了商务英语课，找了点感兴趣的材料来看。"

上面的内容都是关于境外账户、逃税手段、资产转移之类的，有指向性的信息都被宣兆删除或是更改了，但万千山偏偏近来对这类消息尤为敏感，他意味深长地看了岑柏言一眼，放下那沓资料，站起身说："我有些累了，先上去休息。"

岑情没心没肺地跟着综艺里的主持人放声大笑，只有岑静香察觉到了万千山的不对劲——她这十几年什么事都没干，唯一做的事情就是把控万千山的情绪。她瞪了岑柏言一眼，压着声音说："你这些都是什么东西，给我收起来！"说完跟着万千山上了楼。

岑柏言耸耸肩膀，抱着电脑和材料回房间了，他一个人还乐得自在。

转眼到了大年三十。

新阳的传统是下午三点就开吃年夜饭，按万家惯例是去六星级酒店操办，但万千山刚被商会警告，想着低调些，于是改在家里过年。

家里热闹得很，岑静香和阿姨一大早就在厨房忙了起来，万千山和岑情在书房写对联，岑情连毛笔都不知道怎么握，一行字写得歪歪扭扭的，逗得万千山哈哈大笑。

"你们两个！"岑静香戴着围裙出现在书房门口，笑着说，"快下来帮忙，王董派人送新年礼物来了。"

"王董？这就来。"万千山拿湿巾擦干净手，对岑情说，"小情也一起下去。"

岑静香说："把柏言也叫上。"

万千山一顿，接着说："柏言还没起床呢吧，就别吵他了。"

岑静香温婉的笑容微微有些走形："那行，你们快下去吧，别让人家久等了。"

正在万千山带着岑情在楼下寒暄的时候，一个陌生电话进来了，万千山接起电话："喂？"

电话那头是万千山的副手，叫李方，语气颇为急促："哥，疗养院那边出事了！"

疗养院？

万千山愣了足足三四秒才反应过来，疗养院是宣谕住的地方！

那件事过去了十六年，但时至今日，万千山听到"宣谕"这个名字还是心头震颤。他恨死了姓宣的人，却也怕死了姓宣的人，他的岳丈夜夜出现在他梦里折磨他，化作厉鬼找他索命。

他快步走到花园一侧，低声说："怎么回事？那边出事了和我有什么关系？"

万千山哆嗦着嘴唇。

宣谕啊宣谕，你当年怎么不死了算了，这么多年过去了还要阴魂不散！

"有一伙人到疗养院闹事，闹就算了，关键、关键人家说——"李方欲言又止。

万千山喝道："说！"

"人家说是嫂子吩咐他们去的，要搞死一个姓宣的女人。"李方说，"现在那伙人闹事被警察带走了，他们说新阳市的万氏集团是幕后指使，警察联系不上你，才打到我这里来的。"

万千山脚下一个踉跄。

"这件事要是闹到媒体那儿就完了，哥，赶紧想办法！"李方急得像热锅上的蚂蚁，"对了，带头的那个人叫、叫王太保，我记得嫂子是不是有个亲戚就叫这名字，之前还来公司要过钱的！"

王太保？

万千山攥着拳头，他一直以为岑静香是个温柔婉约的，没想到竟然敢背着他做这些小动作！

此刻的海港市，西郊疗养院中，宣谕对发生了什么一无所知。

宣兆正在给她梳头，她看着镜子里的自己："都这么多皱纹了，真是老了。"

病房里是没有镜子这种危险物品的，任何能够被打碎的东西都会被护工仔细地收好，谨防宣谕有一丝一毫出意外的可能。

"不老，"宣兆俯下身，靠在宣谕耳边笑着说，"还是大美人。"

宣谕抬手拍了拍儿子的肩膀："胡说八道。"

宣兆的眉眼和宣谕很相似，眼形狭长，眼尾上挑，乍一看有种清冷的疏离感。

"没有胡说，和年轻的时候一模一样。"宣兆说。

宣谕眉开眼笑。

护士敲门进来送药，宣谕说："刚才听到外面有点儿吵，出什么事情了吗？"

护士看了宣兆一眼，说道："没事，过年了，热闹呢。"

"过年了啊……"宣谕若有所思，"又过去一年了，真快啊。"

"等开春暖和了，我带你出去走走。"宣兆说。

"好啊，"宣谕看了眼窗外，"天有点沉，是不是要下雨了？"

宣兆没有说话。

海港市要下雨了，而新阳也正酝酿着一场轩然大波。

"东家，人已经被抓了。"手底下人汇报，"下一步怎么做？"

宣兆在楼梯间里压着声音："教他该怎么说了吗？"

"东家放心，都按你的吩咐教他的，该说的说，不该说的别说。"手下人"嗤"了一声，"这混混只认钱，钱给到位了，他什么都照办。"

"嗯。"宣兆倚着墙，左手拇指轻轻抚摸着拐棍握把，"接下来就等着看他们狗咬狗了。"

王太保是他提前布好的一步棋，如果岑静香收敛她的歪心思，不打宣谕的主意，那王太保自然不会出现在他的视野里。

既然岑静香自己把这好用的一颗棋子送上来了，他自然要好好地利用。

"东家，要不要我去盯着，以免他把咱们捅出去——"

话说到一半，电话那头传来一个小女孩脆生生的声音，喊着"过年喽过年喽，爸爸陪我玩摔炮"，手下人小声说："囡囡乖，爸爸在忙，你自己玩会儿去。"

宣兆一时间有些恍惚，原来今天是大年三十，是过年啊。

"不用了，给他封口费，他知道规矩。"宣兆说，"你已经办得很好了，大过年的，别操心这些了，多陪陪家里人吧。"

话音刚落，宣兆顿了下，补了一句："新年快乐。"

东家一贯是疏离冷淡、赏罚分明的，从来没有说过这样温情的话，那头的人显然愣住了，过了小半晌才受宠若惊道："您、您也新年快乐。"

听筒的另一头传来摔炮"噼噼啪啪"的声音，伴着小女孩清脆如银铃的欢笑："爸爸！看我的飞天大炮弹！砰砰砰——"

宣兆也被这样热闹的年味儿感染了，侧耳静静聆听了片刻，笑着说："谢谢。"

电话挂断后，一切便又重归寂静。

没有"砰砰"炸裂的摔炮，没有咋呼玩闹的小孩，只有洁白如雪的瓷砖和刺鼻的消毒水气味。

宣兆眼底迅速掠过一丝落寞，紧接着轻呼一口气，兀自抹掉那些不应该有的情绪。

他早都该习惯了，过年不过年的，和他又有什么关系。

宣谕的药里有镇静成分，她午饭后吃过药就睡着了。

宣兆在床边坐了会儿，宣谕察觉到儿子还在，费劲地撑开眼皮，想和宣兆说说话，宣兆给她仔细修剪了指甲，轻声说"睡吧"，宣谕笑了笑。

要是他在，宣谕连觉都睡不好，于是宣兆轻手轻脚地离开了疗养院。

西郊人迹罕至，大过年的更是连车都叫不到，宣兆拄着拐棍，深一脚、浅一脚地往回城的方向走，走了将近一个小时，经过一个生态村才依稀见到些人影。

宣兆四肢都要冻得动不了了，左膝几乎变得僵直，连屈一屈膝都疼痛难耐。也不知道是因为天儿太冷了，还是因为这段路只有他一个人踽踽独行。

村里的孩子穿着棉衣跑来跑去，大红灯笼高高挂在屋檐下，新贴的对联墨迹还很新鲜。

宣兆在公交站的长椅上坐下，沉静地打量着眼前这充满烟火气的一幕幕。有个孩子注意到他，伸手一指："那个哥哥怎么拄拐杖啊，他不会走路吗？"

"胡说八道！真没礼貌！"一个妇人立即把孩子抱起来，对宣兆抱歉地笑笑，"对不住啊帅哥，这孩子就是欠打。"

宣兆说："没关系。"

妇人打量他片刻，问他是不是要进城："我男人就是出租公司的，让他载你呗！"

宣兆正愁打不上车，于是便应了。这妇人也是个精明的，让宣兆别打表，直接发个"666"的大红包。

上车之后，司机问宣兆去哪儿，宣兆说先往东边开。

巧巧打电话给他拜年，邀请他去吃年夜饭，宣兆婉言拒绝了。

他好像生来就和"温馨""和睦"这类词语没有缘分，要是他去了巧巧那儿，龚叔对他"少爷"长"少爷"短的，巧巧的父母肯定不自在。

司机又在催促让宣兆赶快给个详细地址，宣兆下意识地脱口而出"大学城"，话一出口他就顿住了，少顷垂眸说："花园公寓。"

大学城的那间屋子是恒温的，温暖且明亮，住在里面的宣兆也是柔软和善的，但实际上那并不是真的他，那里的一切也并不属于他。

宣兆转头看着窗外，越往城市里开，过年的喜庆味道就越浓。

"喜迎新春"的横幅拉得很长很长，彩灯缠绕在树干上，广场上放着震耳欲聋的"每条大街小巷，每个人的嘴里，见面第一句话，都是恭喜恭喜"……

他抬头望了眼阴沉沉的天幕，不是说要下雨吗？

宣兆心想，干脆就下一场大暴雨，最好把这张灯结彩的一切都毁个彻底，凭什么别人都在合家团聚，只有他孤身一人，连个安稳的去处都没有？

"我希望今年冬天别再下雨了，你这小瘸腿怎么吃得消。"

岑柏言爽朗的声音忽然在脑海里响起。宣兆五指微微蜷缩，然后想着算了算了，还是别下雨了。

他自私又虚伪，他对岑柏言已经够残忍了，何苦要让岑柏言再为他操心呢？

宣兆的舌根泛起一阵苦涩，他无声地叹了一口气，仰靠在椅背上，轻轻闭上了双眼。

"到底怎么回事！你给我一五一十说清楚，王太保怎么会去那边闹事！"

万千山在书房大发雷霆。

怎么会……怎么可能？！

她只是让王太保去探听探听那个女人的消息，王太保怎么会打砸闹事，还被警察抓走了？

岑静香色如死灰，哆嗦着嘴唇："千山，你听我解释，他不是——"

"你还狡辩！"万千山抄起一个烟灰缸砸在地上。

岑静香被吓得浑身一颤。二十多年了，她认识万千山二十多年了，万千山第一次发这么大的火。

这一切都是因为宣谕那个女人!

她为什么不死,她为什么就是死不了!

"王太保是什么人你以为我不清楚吗?这些年你给了他多少钱,让他干了多少黑事,我都睁一只眼闭一只眼,"万千山怒不可遏,吼道,"你竟然把手伸到那边去!那群媒体跟鬣狗似的,闻着味道就扑上来要咬,还得我按住了,这件事闹大了有什么后果你知道吗?我的脸面往哪里摆!"

他话说得这么绝,岑静香也悲从中来,双手撑着桌面,哀戚道:"你只关心你的脸面,你怎么不关心我的脸面?你知道别人直到现在都在叫我什么吗?说我是见不得人的……"

岑静香说着说着泪流满面,万千山非但不动容,此刻看着岑静香反而颇为厌恶。

王太保在看守所大闹,一个劲地说:"新阳的大企业家万千山是我姐夫,我姐夫派我去闹的,你们敢惹我,我姐夫动动手指分分钟弄死你们!"

这话要是传开了,他万千山在商场上还怎么做人?他这辈子最忌讳别人提起他的出身,说他是攀附宣家的软饭男。他现在功成名就了,谁还敢嚼他的舌根?他绝不允许王太保这种人跳出来成为他的污点!

"我让你少和那些人来往,你为什么不听?这些年我缺你什么了?你吃我的穿我的,我亏欠你们什么了?"万千山狠狠一踹老板椅,"你占着这个太太的位置还不知好歹,你还想要什么?"

岑静香哭得梨花带雨:"我想要什么?你说我想要什么?我不过是想要一个家,一个爱我的男人,当年你是怎么承诺我的,你说你会一辈子呵护我,会把柏言当亲生儿子……"

"别和我提你那个儿子!"万千山暴跳如雷,"他和我是一条心吗?

啊！他就是只养不熟的狼崽子！还有你，你就是觊觎我的财产，你以为我会不清楚？"

岑情缩在书房门口不敢出声，岑柏言闻声赶来，听见这话眉头紧锁，站在岑静香身前："万叔叔，有什么话好好说，您怎么能这么说妈妈？"

万千山竟然这么说柏言，怨毒仿佛一条毒蛇，紧紧缠绕住了岑静香的心脏，但她知道绝不能和万千山撕破脸，否则她这么多年的努力就全毁了。尽管心里再恨，她依旧做出一副柔弱的样子，推开岑柏言，捂着心口，字字泣血："千山，你说这话什么意思？"

"从那支笔开始就不对，"万千山像变了一个人似的，全然不见平时的儒雅，双手叉着腰，在书房里来回踱步，面容扭曲，"他是属蛇的，属蛇的克我，怪不得最近一件好事都没有，我请了屠蛇的石头回来也没用，养猫也没用，干什么都压不住他……他还看那些东西，他是要害我啊，你们姓岑的是要害我啊……"

岑柏言瞳孔倏然紧缩，脚下趔趄半步，险些就要站不住——

他尊敬的万叔叔竟然防贼一样防着他，家里的猫、石头都是为了压制他？

岑静香此刻将万千山千刀万剐的心都有了，她双手紧握成拳，告诫自己不能撕破脸不能撕破脸，她还没有斗死宣谕，还没有正式成为万家女主人，还没有让柏言做名正言顺的继承人，她不能。

岑情瑟缩着不敢说话，岑柏言重重地闭了闭眼，搀扶起泣不成声的岑静香："妈，我们走……"

"啪——"

清脆的一声在书房里响起。

岑柏言被打得偏过头，而后不可置信地看向岑静香："妈？"

岑情也被吓呆了，讷讷地说："妈，你打哥哥干吗啊？"

"认错！"岑静香厉声呵斥。

岑柏言怒极反笑："我错哪儿了？"

错在我不姓万？错在我是个属蛇的？

还是错在我根本就不该出生！

"千山，"岑静香扇了岑柏言一巴掌，又转头对万千山哭诉，"柏言是你看着长大的，你不知道他是个什么样的孩子吗？他就是你的亲儿子啊！柏言，快，叫爸爸！"

胸膛里像坠进了一块巨石，岑柏言连气都喘不上来，他不知道这个"家"怎么会变成这样，为什么他只是出去上了个大学，一切就面目全非了？

岑柏言冷笑一声，到房间里拿起自己的背包，头也不回地离开了这栋冰冷的别墅。

"哥！"岑情趴在二楼阳台上哭喊，"大过年的，你要去哪里啊？"

岑柏言的脚步越来越急促，指甲深深切进虎口。

他要离开这里，他难受得没法呼吸了，他必须立刻离开。

已经没有高铁票了，岑柏言拦下一辆挂着"接客"的黑车，说多少钱都行，立刻送他去海港。

颠簸了数个小时，抵达海港已经将近夜里八点，岑柏言的手机电量告罄，他背着一个双肩包，在大学城的巷子里飞快地穿梭。

春节联欢晚会的热闹声音从两边没关紧的窗户里飘出来，和着饭菜扑鼻的香气，岑柏言脚步越来越快，一直到了最深处的烂尾楼楼下，岑柏言抬头看去，三楼的窗户里黑漆漆的，一丝光亮也没有。

他深呼了一口气，心头泛起一阵落寞。

也是，宣兆早上去看他妈妈了，大过年的，他应该陪伴在家人身边吧。

岑柏言拖着疲惫的身体爬上台阶，拿钥匙轻轻拧开门。

"咔哒——"

黑暗中，沙发上鼓起一个小山丘一样的隆包，听见响动，那个隆包轻轻动了动，哑声警惕地问："谁？"

"柏言？"宣兆才睡醒，难以置信地问，"你怎么……回来了？"

"不是你说的吗？"岑柏言的嗓音仿佛揉进了一把沙砾般嘶哑，"想回家了，就回来。"

他带着一身的风尘仆仆，不远千万里回到这个家。

宣兆借着黑暗的掩护，就连他自己也没有发觉自己流露出的片刻真心。

他在花园公寓坐了会儿，不知道怎么就鬼使神差地回到了这个破败逼仄的小屋子里。

他们像一对彼此舔舐伤口的幼兽，在这个除夕夜里，不约而同地，回到了这个家。

第 13 章
桃花源

　　冰箱里能用的食材不多，宣兆做了一碗西红柿鸡蛋面，炒了一碟小菜心，撒上蒜末的同时，"叮"的一声，微波炉里的肉末蒸蛋也好了。

　　家里地方小，没地方安电视，岑柏言之前弄了个家用投影仪，这回总算派上用场了。他用手机打开春晚直播，摆弄着把画面投射到白墙上，接着按下投影仪音量键上的"+"，晚会恰好播到一个小品，现场观众的欢声笑语瞬间盈满了整间小屋。

　　岑柏言很满意地拍了拍手，双手叉腰，跟着小品演员的包袱笑得前仰后合。

　　宣兆在小厨房那边喊他："上菜了。"

　　投影的小品里适时地传来声音："你也敢使唤我，我是你爹！"

　　岑柏言没听见宣兆喊他，被小品逗得眼冒泪花："噗哈哈哈哈——"

宣兆额角一跳，放大了音量："岑柏言，过来端菜！"

电视里又传来一句话，完全盖住了宣兆的声音。

"你在你爹我眼里就是一碟小菜，我动动手指头就能给你拿捏喽！"

岑柏言哈哈大笑。

宣兆："……"

这小品是故意和他作对的吧？

岑柏言看得入了神，站在墙壁跟前，眼也不眨地盯着画面，并且准确地捕捉到了每一个在宣兆看来非常老套的笑点。

宣兆又好气又好笑，这人马上都要二十岁了，怎么还像个小孩似的，看着电视走不动道。

他拿起一只拖鞋，朝着岑柏言扔了过去。

岑柏言的手臂被砸个正着，"哎哟"一声转过头来，宣兆冲他勾了勾手指。

岑柏言小跑过去："怎么了？"

"晚会好看吗？"宣兆笑眯眯地问。

"好看啊，"岑柏言比了个大拇指，"太精彩了。"

"行，好，"宣兆弯着眼睛看着岑柏言，心平气和地说，"那你继续看吧，我明年会注意的。"

岑柏言突然有种凉飕飕的感觉："注意什么？"

"换个能唤动的、勤快的人一起过年。"宣兆慢悠悠地说。

"……别！"

岑柏言撸起袖子，把饭菜端上了桌，又马不停蹄地布好碗筷，恭恭敬敬地说："老爷，坐，请坐，请上座。"

宣兆坐下后岑柏言还不罢休，夹了满满一碗面递给宣兆。

"吃饭吧。"宣兆满意地点点头。

岑柏言把椅子拖到宣兆身边，两个人挤在一张小桌子旁，看着同一场晚会。

这个除夕夜实际上一点都不太平，万千山前后打了十几个电话按下王太保的事，在媒体和商会的双重压力下焦头烂额；王太保在看守所里咬死了就是万千山派他去闹事的，心里想着等出去就能拿到一大笔钱；岑静香咬碎了一口银牙，暗暗发誓一定要成为万家当家女主人，让她的儿女成为人上人；岑情照着网红教程化了个"哭泣妆"，和卓非凡打视频电话，哭诉自己的家散了；宣谕在梦里又回到了那个雨夜，她绝望地哀求老天爷救救她的父亲，救救她的儿子，然而回应她的只有梦里越下越大的雷雨……

然而，在大学城背后巷子最深处的一间三楼小屋里，却安逸温馨得宛若世外桃源。

墙壁上投映着热闹的联欢晚会，岑柏言是个非常优秀的观众，会唱的歌儿他会跟着哼，看到精彩处会拍掌叫好，碰到一些宣兆不明白的网络热梗他还能分出点儿时间嘲笑宣兆。

而后两个人同时笑出了声。

这个小屋在风雨飘摇的夜里庇护着他们，为他们建起了一个桃花源。

然而古往今来多少人穷极一生也没能抵达桃源，假的终究是假的。

宣兆的太阳穴突然剧烈跳动，眉心传来刀削斧凿般的疼痛，有一双看不见的手正在他的身体里撕扯，要把他生生撕裂成两半。

一半的他运筹帷幄，不动声色地看着这个巨大的棋盘；另一半的他却成了自己的一颗棋子，深陷这个棋局中无法自拔。

正月里两个人都没什么事情干，就窝在家里看书、做饭、拌嘴、打闹。

岑柏言下单了一个游戏机，即使是法定节假日，同城速递还是两天就送到了，于是岑柏言有了一个新的乐趣——教宣兆打游戏。

宣兆对于电玩实在是兴趣不大，也极其没有天赋，玩个赛车连摇杆都控制不好，这游戏一共就跑三圈，他都能被人给套圈了。在被岑柏言放肆地嘲笑了一下午之后，宣兆终于恼羞成怒，摔了游戏机，表示不玩了，这辈子都不可能再玩了。

岑柏言反省了一下，觉得自己确实是过分了，宣兆游戏打得菜应该多鼓励，怎么能挫伤他的积极性呢，于是好言好语地给他又开了一局。

在宣兆控制着卡丁车第八次转错方向后，岑柏言实在没忍住："咱以后多吃肉行吗？你看你菜成什么样了？"

宣兆一个眼刀刮过去，岑柏言立即噤声。

初三晚上，两个人吃完晚饭出门溜达了几圈，巷子里又多了两只狗，岑柏言给三只小狗都取了名字，分别叫"小小""瘸瘸"和"子子"，宣兆倒没有提出什么反对意见，只是在路边瞅见了几摊狗屎，宣兆停下脚步端详片刻，认真地说："就叫它们'岑岑''柏柏'和'言言'吧。"

岑柏言："……你说你这人，心眼儿小得像针眼似的！"

"'岑岑'最干燥，'柏柏'最没有形状，'言言'颜色最深，"宣兆同情地叹了一口气，"'岑柏言'真是臭狗屎啊。"感慨完就跛着脚扬长而去了。

岑柏言气得牙痒痒，又担心宣兆摔着，骂骂咧咧地跟上去搀着他。

回了家，岑柏言先去洗澡，出来看见宣兆正在和赛车游戏做斗争，他啼笑皆非："需不需要场外指导啊？"

宣兆给了他一个"滚"的眼神。

岑柏言吹着口哨，坐到沙发上，跷着脚和陈威他们侃大山去了。

几个人聊着聊着就说到年夜饭吃什么上了，陈威家是去五星级酒店过的，发了好几张气派的照片上来，王一"喊"了一声，甩出一张餐桌照片："全是我爹妈亲自料理的，牛不牛？"

岑柏言撇嘴，发了他拍的年夜饭上去——一碗面，一碟菜心，一份蒸蛋。

群聊瞬间沉默了。

岑柏言自顾自炫耀："我和你们说，贼好吃，我长这么大就没吃过这么好吃的年夜饭！"

陈威问："柏言，你家破产了？"

岑柏言说："滚！我家财万贯，幸福着呢！"

"说起这个，我想起一件事儿，"王一突然说，"我家楼上那户不是一直没人吗？过年那天灯亮了，终于有人回来了。"

"谁啊？这么神秘？"陈威问。

"我也不知道，我妈叫我上去给人邻居拜个年，我上去就发现人又走了，"王一说，"不过我在窗户那边看见，刚好有个人从我们这栋楼走出去，拄着个黑拐杖，一瘸一拐的……"

陈威嚷嚷："瘸子啊？不会是我小宣老师吧！"

"你别瞎说。"岑柏言"嗤"了一声。

怎么会是宣兆呢？不可能是他。

"你别说，还真挺像你那个小宣老师的，"王一嘀咕，"虽然我也没看见正脸，但确实很像啊，身形、发型啥的都一样……"

岑柏言敲打手机键盘的指尖一顿。

出现在同一个小区、同样是左脚跛足、拄黑色拐棍的概率会有多大？

龚叔不是住在那栋小区吗？宣兆很有可能去看他了。对，是这样的。

宣兆好不容易过了一关，才松一口气，岑柏言坐到他身边说："厉害！"

"对了，一直有个事儿想问你，"岑柏言状似不经意地问，"过年那天你怎么自个儿在家？"

"我去了一趟疗养院，陪我妈妈。"宣兆说。

岑柏言问："然后呢？"

宣兆很自然地回答："然后就回来了，不然我还能去哪儿？"

岑柏言喉结上下一动，接着说："门口那地垫挺有意思的，一辆车载着那么大一棵树，怪抽象的，是什么意思，你给解释解释呗。"

宣兆脸色微变。

"怎么突然问这个？"宣兆说。

"随便问问。别人家地垫都是小猫小狗的，咱这垫子还挺艺术，你挑的，你给我分析分析，我不懂艺术。"

投影里是正在待机中的游戏场景，彩色光线闪烁着映照在宣兆脸上，衬得他脸颊白得近乎透明。

花园小区，王一家楼上，五号楼 12 单元九层那户的门前，铺着一模一样的地垫——画面色调暗沉，破旧的四轮小车载着一棵无比粗壮的大树，天幕沉沉，隐约可见青灰色雷电。

之后岑柏言上网查过，画这幅画的荷兰画家是一位重度抑郁症患者，英年早逝，三十二岁自杀了。

一般人绝不会选这样荒诞、怪异又不吉利的画来作为家里的装饰，那么怎么会这么巧。

宣兆没有立即回答，轻轻闭上了双眼。

"怎么了？累了？"

"我七岁的时候出过一场车祸。"片刻后，宣兆突然说。

岑柏言一顿："嗯，我知道。"

"那天下很大雨，我外公开的车，我妈妈和我坐在后面。"

宣兆语气沉静，岑柏言却突然察觉到，他的肩膀正在微微发着抖。

岑柏言紧张地盯着宣兆："怎么了？难受了是不是，不说了，咱们不想过去的事儿了……"

宣兆笑了笑，继续说："我也不知道发生了什么，就像是灾难片一样，我只能看见一大片白光，再后来车头就烧起来了。"

他的嘴唇以肉眼可见的程度变得苍白，血色一点点褪去。岑柏言赶紧说："不说这些了，咱们打游戏。"

"不用，我没事。"宣兆眼神沉静，"都过去这么多年了，没什么，我不难受。"

宣兆这次没有骗岑柏言，这幅场景在他梦里反复出现过千万遍，揭开疮疤对宣兆来说根本就不痛，因为过去的这十几年来，他根本就没有给这个伤疤愈合的机会，就让它日复一日地流着新鲜的血。

"车后窗裂开了，我妈妈拼了命把我推出去，我滚了好几圈，一个广告牌砸在了我腿上，我怎么都动不了，"宣兆的语气平静得仿佛在描述今晚的天气，"我就这样，眼睁睁看着一棵树倒下来砸在了车上，本来我外公还有救的。"

岑柏言心头一阵阵发紧，喉咙里泛起强烈的酸涩，他第一次知道这些，知道当年七岁的小小宣兆究竟经历了怎样炼狱般的一幕。他又是被梦魇折磨了多少次，才能够用如此镇定自若的口吻描述当年的场景。

"别说了，"岑柏言阻止宣兆，"不说这些了。"

宣兆笑了笑："我挺喜欢那幅画的，别人觉得荒诞，我认为很写实。"

岑柏言想，自己问宣兆这个干吗，为什么要这样试探宣兆，花园公寓里出现的人是不是宣兆又有什么要紧。

"柏言，"宣兆笑着说，"你不想知道那天晚上下着那么大的雨，我们为什么还要开车出门吗？"

岑柏言眉心微皱："别说了，我不想知道。"

"不说出来，我心里难受。"宣兆看着岑柏言，"我想告诉你。"

岑柏言眉眼间满满都是担忧和疼惜，宣兆忽然觉得有种全身经络都被打通了的畅快感。

"我爸爸出轨了，他和别的女人有了一个女儿，"宣兆低声说，"那天晚上，那个女人教唆她的女儿打电话挑衅我妈妈，我外公恰好也在，他脾气火暴，气疯了，带着我妈妈和我去质问我爸爸。"

岑柏言愣住了，没有想到这场悲剧的背后还有这样一个故事。

"不过现在，我不怕了。"宣兆说。

——你是那个女人的儿子，你就是我用来报复她的最好方式。

宣兆觉得自己像个怪物，岑柏言对他的关心与照顾就是他的养料，把他这个怪物滋养得越发强大茁壮。

他观察着岑柏言每一丝丝细微的表情变化，岑柏言对他的关心多一分，他既觉得悲哀，又觉得有种扭曲的快乐。

岑柏言心里难以抑制地涌起一阵阵的酸涩，他总想要说些什么安慰宣兆，又觉得说什么都太轻。良久后，岑柏言加重了语气，郑重其事地说："以后都有我呢，不怕了。"

宣兆忽然抬手，手背遮住了双眼，低低笑出了声。

"柏言，"宣兆突然说，"如果有人伤害了你的亲人，你会怎么办？"

这个问题来得莫名其妙，却让岑柏言眉心一紧，低声斥道："胡思乱想什么！"

"如果是我的话，"宣兆说，"我肯定不会放过那些人，这辈子都不会。"

他语气平静，却让岑柏言莫名地心惊胆战："你这小身板，先把你自己养好了再扯这些有的没的，放狠话倒是挺牛。"

宣兆看着岑柏言，沉默片刻后轻笑了笑："去睡觉吧。"

他的手机还放在窗檐的位置，不久前发出去的信息还没来得及删除——

"她还没等到我妈妈死，她不会死的。"

岑柏言一贯睡眠很熟，这一觉却睡得很不安稳，早晨醒来后头痛欲裂，眼皮还跳个不停。

他习惯性地拿起床头柜上的手机瞄了一眼，发现屏幕是黑的，怎么关机了？

岑柏言疑惑，他平时睡觉从不关机，难道是没电了？

手机开机后他一看，电量还很富裕，奇了怪了，难道是他昨天睡前误按了电源键，把手机给按关机了不成？

岑柏言没太在意，打着哈欠翻了翻手机，发现昨晚大半夜的，岑情连着给他打了至少二十通电话。

心里那股不好的预感突然越发强烈，岑柏言匆匆翻身下床，快步到了走道上，立即回了电话。

"小情？怎么了，出什么——"

"你怎么现在才接啊！你人跑哪儿去了！"岑情哭得嗓子都哑了，"妈妈昨天晚上自杀了！"

岑柏言匆匆赶回新阳，一下高铁站，直奔绿杨医院。

绿杨是新阳最好的私人医院，由万氏领投，能进来看病的非富即贵，光看装潢，不像医院，倒更像是高级酒店。

岑柏言在正月隆冬跑出了一头热汗，外套搭在臂弯，在电梯间等了两秒就耐心告罄，从楼梯间一口气跑到了六楼，冲到了 VIP 病房。

岑静香脸色纸一样白，虚弱地靠坐在床上，手腕上缠着绷带。

"妈！"岑柏言冲到床边，焦急地问，"怎么样了？你犯什么傻啊！"

岑静香摇了摇头："没事……"

岑情双眼肿得像核桃，一头扎进了岑柏言怀里："哥你跑哪儿去了！昨晚上吓死我了，你怎么就是不接电话啊！"

"乖，没事了。"岑柏言轻拍着妹妹的后背安抚她，"昨晚睡得死，手机关机了。"

他环视病房一圈，并没有看见万千山，皱眉问："叔叔呢？"

岑情说："爸爸要去开个会。你别怪他，他也很着急，昨晚守了一夜。"

从家里跟来照顾的用人李阿姨见岑柏言急得气喘吁吁，拍了拍他的后背，低声说："没事的，你妈心里有数着呢，别担心。"

岑柏言在岑静香身边陪了会儿，岑静香没太多力气，一会儿就睡着了。岑柏言这才把岑情叫到了走廊上，问清了事情原委。

昨晚万千山回来得很晚，不知道什么原因在家里发了一通火，岑情没听到具体的，隐约听见岑静香哭着说"亲儿子""委屈"之类的话。

岑柏言听到这里心头一沉，万千山就这么介意他不是亲生的吗？

万千山说属蛇的克他，他宁愿相信这种荒谬至极的论断，也不相信身边相处了十几年的家人吗？

岑柏言的心一寸寸地陷进了寒潭中，甚至觉得四肢发冷。

所以十几年过去了，万千山始终不愿意和妈妈领证，不肯给她一个名正言顺的身份，就是因为妈妈没有给他生个儿子吗？

万叔叔怎么会是这种人？

岑情边抽泣边说："老妈不是每晚都喝阿胶汤吗？李阿姨把汤送去她房间，发现……发现老妈躺在浴缸里……还好发现得早，及时送到医院，我真的吓坏了……"

岑柏言此时头痛欲裂，他揽过妹妹的肩膀拍了拍，安慰道："哥在呢，不怕了。等万叔叔回来了，我和他谈谈。"

岑情点了点头，小半晌后又悄声说："哥，你别和他谈了，就当这事儿没发生过，好不好？"

岑柏言推开岑情，抬手一指病房，压着声音说："妈就在里面躺着，她因为万叔叔差点儿连命都没了，你要我当这件事没发生过？岑情，你怎么想的？"

"我、我也心疼妈妈啊！"岑情跺了下脚，"那不然怎么办？真让爸妈分开吗？我不要！老爸说等我上大学就给我办一个大派对，要把我介绍给上流社会，让我做公主，如果他们分开了，那我、我……"

原来她不愿意父母分开的原因不是害怕这个家散了，而是担心她的公主梦破碎。

岑柏言不可置信地看着岑情，继而轻轻摇了摇头："小情，你什么时候变成这样的……"

岑情瞪着岑柏言，眼泪大滴大滴地往下掉。

兄妹两个不欢而散，岑柏言在走廊上抽了三根烟，白色雾气袅袅升起，岑柏言刹那间觉得有些迷茫。

就从他上大学开始，就从"改姓"那件事开始，一夜之间什么都变了。

原本婉约温柔的妈妈变得势利，原本儒雅博学的叔叔变得偏激，原本只是任性的妹妹变得蛮横……

岑柏言百思不得其解，不过短短小半年，到底哪里不一样了？

他仰头靠着坚硬的墙壁，深深呼出了一口浊气。

万千山傍晚才回到医院，见到岑柏言时神情略有些不自然，但他是在商场浸淫多年的人，几乎是瞬间就调整好了状态，慈爱地问岑柏言："回来了？累着了吧？吃饭了吗？"

岑柏言面无表情地点头回答："还行，吃了。"

他最后还是没能和万千山"谈谈"，就在他上了个厕所回来的工夫，就看见岑静香靠在万千山肩上默默垂泪，万千山揽着她，心疼地说："你怎么那么傻？"

岑静香虚弱地说："我是傻，我要是不傻，我能没名没分地跟了你这么多年，冒着生命危险给你生了小情，我能不傻吗？"

这件事岑柏言是知道的，岑静香生岑情时大出血，命是保住了，但也摘除了子宫，丧失了生育能力。

"我知道，我也心疼你啊。"万千山叹了一口气，"以后别干傻事了，行不行？"

"你这么对我，我不如死了，"岑静香泣不成声，"你还管我的死活干什么？"

万千山亲了亲岑静香的鬓角："不生气了。滨海的新楼盘你不是喜欢吗？给你在观景位置最好的地方买一间好不好？商铺也盘一间，登记你的名字，开不开心？"

岑静香这才有了些笑意，拍了拍万千山衣领："我又不在乎这些。"

"我想补偿补偿你，"万千山说，"这件事情就揭过去了，以后我们都不再提，你也不要说了，好不好？"

……

岑柏言垂眸，默默走开了。

他算是看明白了，岑静香怕万千山抛弃她，不惜拿自己的性命绑住万千山；万千山怕岑静香把这件事说出去毁了他的名声，给了岑静香一间房子、一间铺子。

冷静下来想一想，岑静香是有喝阿胶汤的习惯不假，但她都是在晚饭前服用，怎么偏偏就在昨晚，她"刚好"要在凌晨喝阿胶汤，又"刚好"没有关门，让送汤的李阿姨发现了这一幕。

怪不得啊，怪不得李阿姨刚才和他说"你妈妈心里有数"，这些人个个心知肚明，只有他是真正的局外人。

晚上，万千山和岑情回去休息，岑柏言在医院守着岑静香。

"妈，"他坐在床边，轻声说，"你总说自己委屈，你就没想过离开吗？"

"离开？"岑静香睁开眼，"去哪里？你忘了你小时候我们过的是什么日子吗？你忘了我背着你在菜市场捡烂叶子，吃了上顿没下顿的时候了？我在大排档洗碗，大冬天的手都裂了……"

岑柏言眼眶发热："没忘。"

他永远忘不了那几年，他们在这个城市里像逃难似的。天气热的时候，买一瓶冰水，岑静香只舍得喝一口，剩下的全都给他；天气冷的时候，买个热包子，岑静香啃一点皮，肉馅都让他吃。

那个时候很苦很苦，但岑柏言觉得他是被母亲爱着的，从什么时候开始变了呢？

好像就从遇见了万叔叔开始，妈妈不再对他说"柏言吃，妈妈不饿"，而是反复告诫他"你要争气，你要把叔叔当成你的亲爸爸，以后他的财产都是你的，你不要让妈妈失望啊"。

"我能理解，我不是他的亲儿子，我也不想要他的家产。"岑柏言说。

岑静香突然睁大双眼，愤怒地瞪着岑柏言："你怎么能说出这种话？我所做的一切都是为了你，你怎么能这么没有出息！"

岑柏言急切地说："我长大了，我能赚钱，我可以养活你和小情，如果他不是真心对你好，我们——"

"够了！"岑静香翻了个身，恨铁不成钢地说，"你再说这种话，你就不是我儿子！"

岑柏言无力地闭上双眼，良久后，问道："我一直想问问你，万叔叔不和你领证，不把我们在正式场合介绍给别人，到底是因为什么？"

"因为什么？还不是因为你！因为你不是他的亲儿子！"岑静香咬牙切齿，岑柏言的一番话令她气急攻心，只想说些狠话刺激刺激自己这不争气的儿子，"你不愿意叫他爸爸，又不愿意改姓，我这么多年的委屈都白受了，你就是个不争气的废物！"

岑柏言连一丝愤怒的感觉都没有，他只是觉得太可悲了。

除夕那一天，万千山说岑柏言是属蛇的，克他，克这个家。那一刻岑柏言多么多么希望岑静香能够为他说句话，然而岑静香却给了他重重的一巴掌。

那一巴掌把岑柏言整个打碎了。

岑柏言踱步到医院的花园里，四肢仿佛灌了铅似的沉重。

他以为半年的时间改变了万千山、岑静香和岑情，原来不是的，他们并没有改变，而是他一直都活在假象当中。

什么才是真的，哪里才是他的真实。

走到一个背光的拐角，在没有人看见的地方，岑柏言双肩忽然开始轻轻地颤抖，他缓缓蹲下身，从外套口袋里摸出手机，如同溺水的人抓住了一根救命稻草，拨通了宣兆的电话。

"柏言？"

宣兆清润的声音从那端传来。

岑柏言深深吸了一口气，终于找到了一丝自己还活着的感觉。

"柏言？怎么了？"宣兆察觉到了不对劲，焦急地问，"你说话。"

"我……"岑柏言突如其来地哽咽了一下，"我叔叔说我克他，我妈妈自杀了。"

他重重地闭上双眼，一只手掌捂着脸。

电话那头，宣兆也陷入了沉默，他们只能够听见彼此的呼吸声。

半晌，宣兆用极其轻微的声音说："对不起。"

岑柏言没有听清宣兆在说什么，他重重地吸了吸鼻子："你和我说说话，要不然你给我讲个故事吧，好不好？"

电话那头的海港市，宣兆正在包扎受伤的手臂。

就在不久之前，宣谕的病又发作了，她把宣兆认作了万千山，用摔碎的镜片狠狠地划破了宣兆的手臂，鲜血淋漓。

"好啊，你等我一下。"

宣兆抬手比了个手势，示意护士暂停包扎。

他托着受伤的手臂走到窗边，低声说："你想听什么故事，《小红帽》？我今天有很多时间，可以给你讲一百个故事。"

他声音不似平时的疏离，反而无比柔和。

护士心中疑惑，默默离开了房间。

"有个小姑娘，她叫小红帽，有一天，小红帽去看她住在森林里的外婆……"

特有引力

著 生姜太郎

TEYOU YINLI

下

贵州出版集团
贵州人民出版社

有爱的青春陪伴者

第 14 章
倒计时

岑静香想起了很久以前的事。

她和万千山都是小岐镇的，自小青梅竹马。

岑静香家境贫寒，初二辍学到纺织厂打工。万千山是块读书的材料，成了村里第一个大学生。

他刚进城读大学那几年，两人依然浓情蜜意，万千山饭都不舍得吃，攒下钱每周给她打电话。岑静香觉得万千山对她的爱胜过一切，然而现实很快给了她当头一击。

万千山在城里傍上了一个富家大小姐，和她分手了。

岑静香苦苦哀求，万千山也痛苦万分，泪流满面地说："阿香，我要在大城市站稳脚跟。"

那是万千山第一次抛弃她。

再后来，她父母贪彩礼钱把她嫁给了邻村的一个男人，那男人是个烂酒鬼，她吃尽了苦头，身上就没有一块皮肤是好的。没几年，那男的死了，她偷听到她哥说要把她转嫁给村里的一个傻子，她带着柏言连夜逃跑到了城里。

那段日子是真的难，有时候岑静香真的想去死，没饭吃，没钱，受尽了白眼，但她有个儿子，为了儿子，她怎么也要死皮赖脸地撑下去。

好在老天对她还不算太坏，让她重新遇到了万千山，一个有钱、有地位的万千山。

在岑静香看来，是那个叫宣谕的大小姐抢走了她的男人。好在万千山并不爱宣谕，娇生惯养的阔小姐怎么会知道男人真正需要的是什么，他们想要的是虚荣心、是保护欲。

岑静香不费什么劲儿就拿下了万千山，浮沉一遭，她已经看明白了这个男人。

最是人间留不住，朱颜辞镜花辞树。

……

岑静香查到万千山在外面养了一个女人，他想要那个女的给他生个儿子。

这是万千山第二次抛弃她。

岑静香算是看透了，什么情啊爱啊都是虚的，只有地位和财富才是真的。她要为她的儿子扫清障碍，第一个就是宣谕——这个女人虽然半死不活了，却留给万千山的阴影实在太深了。

疗养院闹事后，王太保突然失去了联系，岑静香想了想，一定是有人从中作梗，要下套害她。

这个人会是谁？会是宣谕本人吗？

还是……宣谕的那个儿子？

岑静香猛然想到宣谕还有个残疾儿子。

她一直没把这个人放在眼里，现在看来，得好好查查了。

岑柏言正靠坐在窗边的沙发上睡觉，即使闭着眼，也能看出他的疲倦。

岑静香下了床，轻轻走到儿子身边，想要给他盖被子，手伸出去又僵住了。

她太久没有亲力亲为地照顾过岑柏言，就连这样一个简单的动作都无比生疏。

"他是属蛇的，属蛇的克我，怪不得最近一件好事都没有，我请了镇压蛇的石头回来也没用，养猫也没用，干什么都压不住他……"

万千山说的那番话在耳边响起，岑静香死死咬着牙，眼里满是仇恨。

岑柏言像是察觉到了什么，睁眼看见母亲站在他身前，面容扭曲。

"妈？"岑柏言坐起身，"你怎么起来了？"

"柏言，你要听话，听我的话，妈妈是这个世界上最爱你的人，"岑静香神情偏执，"妈做什么都是为了你，妈难道会害你吗？你要给我争口气……"

她嘴里说着"爱"，眼里却充斥着满满的恨意，令岑柏言不寒而栗。

岑静香的问题不大，第三天就获准出院了，岑柏言不放心，又在新阳待了几天。

家里那块镇压蛇的灵石被挪到了万千山的书房，折耳小猫则是在除夕夜当晚就被岑情扔出了家门。

岑柏言勃然大怒，在别墅区挨家挨户地上门询问，好在找到了这只小猫，小家伙被一户爱猫的人家捡了，在新家活泼又健康。回到家后，他质问岑情："这么冷的天气，万一猫被冻死了怎么办？"

岑情耸耸肩膀："什么怎么办，清洁工看见了会收拾的。"

岑柏言气得手抖，他终于意识到，岑情已经不是任性那么简单了。

他押着岑情去看心理医生，岑情又哭又闹。

岑静香教训岑柏言，说："家里好不容易才安生，你又要弄得乌烟瘴气吗？！"

万千山出来打圆场："柏言啊，你妹妹还是个孩子，你对她太严厉了……"

他们又在表演其乐融融的一家三口，岑柏言冷眼旁观这一切，只觉得荒谬至极。

"你们再这么惯着她，迟早有天要出事。"岑柏言扔下一句，扭头上楼回了房间。

"爸，妈，你们看哥呀，他怎么这么说我。"岑情眼中含泪。

万千山揽住女儿的肩膀，说："好了好了，小公主，不哭了，心疼死我了。"

岑静香给她擦了擦眼泪，对万千山娇嗔道："你呀，就是宠着她。"

夫妻两人相视一笑，看似恩爱又美满。

岑情回到房间，趁着脸上泪痕没干，往鼻尖和眼皮上拍了点腮红，她很满意自己现在楚楚可怜的样子，录了一段视频发给卓非凡："我都这样了，你还要去看那个什么雕塑展，你就不能来陪陪我吗？你再不来，我以后都不会理你了！"

这栋房子里每个人都心怀鬼胎，岑柏言每一秒钟都过得很疲惫。

这段时间宣兆当然也没有闲着，他一一拜访了外公当年的生意伙伴，牵关系联系上了万氏的几个核心人物。

万千山被海外调查和王太保搞出来的事情弄得焦头烂额，疏忽了对公司的管制，宣兆韬光养晦了这么久，自然不会放过这样一个绝佳的机会。

宣谕这次发病的源头找到了，隔壁病房的人在花园落下了一份报纸，上面有篇关于万千山的专访，宣谕看到了这篇报道，当即就精神恍惚，睡了一觉醒来后就发作了。

她这次比之前都要严重，时而对着空气做出撕咬的动作，诅咒万千山和那个女人不得好死，时而崩溃地哭号："爸我对不起你，我害死了你，害了小兆一辈子，我生不如死……"

宣兆每天都会去疗养院，站在门口静静地看着宣谕，却不敢进去。

为了防止她自残，宣谕双手被缠上了软布条，她双眼通红，仿佛下一秒眼里就要流出鲜血。

这天，龚叔陪宣兆过来，诊疗室里传出宣谕痛苦的哭喊，注射镇静剂后她有了片刻的清醒，对医生说："别再治我了，求求你们让我去死，我活着的每秒钟都是受罪，我想死。"

宣兆的表情没有丝毫波澜，眼眶却迅速泛了红。

龚叔轻叹了一口气，背过身去，抬手抹了抹双眼。

宣谕在药物的作用下睡了过去，宣兆进去看了她，给她理顺汗湿的头发，怜惜地抚摸她的鬓角。

"叔，你说我又为什么活着？"出了疗养院，宣兆低声说。

龚叔紧张地皱眉："少爷，你——"

"我的外公死了，我的爸爸不爱我，我的妈妈不想再活下去了，我自己又是个残废，"宣兆认真地发问，"那我为什么还要活着呢？"

龚叔生怕宣兆做出什么傻事，宣兆却笑着摆摆手："你放心，那家人还没死，我怎么能先死呢？"

他是为了仇恨活着的，他的外公、他的母亲、他的腿，他要他们一一偿还。

宣兆面色温和，眼底却是深入骨髓的寒冷。

手机突然振动，屏幕显示发来消息的是"柏言"。

龚叔看见宣兆身形明显一顿，眼里的坚冰一寸寸地碎裂，一直波澜不惊的神情在这一刻终于有了变化。

而后，他脸上浮现出一种可以称得上是悲哀的表情，垂眸说："叔，我难受，好像有把刀子在剐我的肉，我复健的时候都没有这么疼过。"

龚叔在心中叹气，他一开始就知道，少爷是在养虎为患，迟早有一天这把火会烧到他自己身上。

"他是好孩子。"龚叔说。

宣兆在这个冬天第一次感觉到了难以忍耐的寒冷，他挂拐的左手微微颤抖，右手捂住了脸颊，良久，才低声说："可我不是。"

我也想做一个好孩子，可是我已经没有机会了。

"叔，你有糖吗？"宣兆突然问。

龚叔万分诧异，少爷是从来不碰甜的东西的。

宣兆说："前面有小超市，我去买几颗奶糖。"

正月十三开学报到，岑柏言是正月十二回的海港。

一出高铁站，他第一眼就看见了来接他的宣兆，宣兆穿着他给买的白色羽绒服，脖子上围着灰色围巾，头发有些长了，微微盖住眉梢，嘴角勾出温和的笑容，见到他扬了扬手。

岑柏言心口瞬时涌起一阵暖流，大步朝宣兆跑了过去，问："等多久了？冷不冷？"

宣兆摇头："没多久，刚来，不冷。"

今天高铁站里大多是返校的大学生，大部分都没人接，拉着行李箱一个人回学校。这么一比对，岑柏言觉得自己真是命好。

开学之后，时间过得很快。

建筑系这学期的课变得多了起来，几乎每天都是满课。相比之下，宣兆就好得多，他一周只有两节课，大部分时间都在实验室和图书馆。

宣兆长这么大没什么喜欢的，如果说还有什么是他真心想要做的事情，那大概就是中医，草药味能让他变得平静。

他有天晚上做梦，梦到很久很久以后，他开了个不大的医馆，岑柏言是个朝九晚五的上班族，周末他们偶尔相约去看一场电影或者音乐会。

后来梦醒了，宣兆却迟迟不愿意睁眼，他像一个荒谬的空想家，只敢在梦里偷偷摸摸地幻想不可能实现的事情。

岑柏言现在和新阳那边联系渐渐少了，说到底就不是一路人，他打电话给岑静香也弄得双方都不开心。

岑柏言觉得这样也挺好，岑静香有她自己想要的，不管他认不认可，她开心就好。至于他自己，他也得过好他自个儿的日子，朋友都在身边，有为之努力的目标，真的再没有更美满的时候了。

进入四月，新阳开始了连绵不断的阴雨天，宣兆的腿痛症状来势汹汹，他没有让岑柏言知道，一把把地吃止痛片。

与此同时，岑静香查到了宣兆也在海港上大学，四月下旬，她乘着私家车抵达了海港市。

中医药大学附近的一家咖啡厅里，宣兆对服务员微笑致意：“不需要额外加糖，谢谢。”

坐在他对面的女人妆容精致，价格七位数的手包放在腿上，logo闪闪发光。

宣兆的视线在她脸上停留了几秒。

平心而论，岑静香长得确实好看，是典型的婉约样貌。

说来也是，岑柏言相貌如此出众，岑静香的“功劳”是少不了的。

岑静香也很是诧异，一个幼年就遭受了重大打击、落下终身残疾的人，理当活得畏畏缩缩，见到阳光都自卑，没想到宣兆竟然落落大方，举手投足间隐隐散发着清贵矜傲的气场，非但不落魄，反倒像个大户人家的贵公子。

“你就是小兆吧？你小时候我见过你。”岑静香很快就将她的讶异掩饰好了，对着宣兆感慨道，“都十多年了，转眼你已经这么大了，出落得一表人才，真是光阴似箭啊。”

宣兆颔首，礼貌地回答：“是啊。”

他们确实有过一面之缘，岑静香混进了前来悼念的人群中，参加了宣兆外公的葬礼。

年幼的宣兆不明白这些，那时候他重伤未愈，只是疑惑怎么一觉醒来就天翻地覆了，外公成了一张黑白照片，妈妈成了一具只会流眼泪的躯壳，爸爸一直都没有出现，而他自己则是连站都站不起来。岑静香在追思会后单独找到了他，问他：“想爸爸吗？”

小宣兆拼了命地点头：“阿姨，您知道我爸爸在哪里吗？”

他从医院醒来之后爸爸就不见了，他怎么找都找不到了，爸爸的电话打不通，他没办法走路，也不能去找爸爸。龚叔说只要他乖乖听医生的话，爸爸就会回来的。

岑静香怜爱地摸了摸他的脑袋，鼓励他要加油，要积极面对生活，然后说："你爸爸以后就和阿姨在一起生活了，他有新儿子了，但他不会嫌弃你是个小残废的。"

小宣兆瞪大双眼："……残废？"

龚叔心疼他，没有把伤情如实告诉他，宣兆一直以为他只是骨折了——他同桌上学期就骨折过，没多久就好了，跑得比以前还要快呢！

"你还不知道啊？"岑静香故作讶异地捂着嘴，"阿姨在外面听医生说的，你要变成残疾人了。"

那是宣兆记忆里他最后一次哭，闻声赶到的龚叔带人把岑静香轰出门外，宣兆哭得天崩地裂，声嘶力竭地喊着要爸爸，爸爸没有新儿子，爸爸只有他一个儿子，他也不是残废！

神志不清的宣谕狠狠扇了他一巴掌，面容扭曲得犹如宣兆在故事书里见过的鬼怪。宣谕嘶吼着："你没有爸爸，你爸爸下地狱了，他要入油锅，被割掉舌头挖掉眼睛，他是个畜生！"

外公一生受人尊重，那场葬礼却成了个笑话。

那天之后，宣兆再也没有哭过，龚叔以为他年纪小，哭过一场就忘了。

然而实际上，岑静香当时说的每一个字、脸上的每一丝表情都像是一把尖刀，只要宣兆还在呼吸的每一秒钟，这把刀就往他的心口扎得更深一分。

整整十七年过去了，这把刀已经融进了宣兆的血肉中，他已经无法将刀拔出了，只能不计一切代价地毁掉它，哪怕是要毁灭他自己。

"你的腿怎么样了？"岑静香看了一眼宣兆倚在落地窗边的拐棍，同情地问，"还在治吗？"

宣兆修长的双腿交叠，双手放在膝头，姿态优雅闲适："就这样了，没有什么可再治的。"

岑静香皱眉，叹了口气："好好的一双腿，真是太可惜了。"

"是啊，如果我的腿能早点好，阿姨就不会现在才来找我了，"

宣兆浅浅一笑，"太可惜了。"

岑静香搭在桌上的指尖微微一顿，片刻后笑着说："阿姨这么久都没替你爸爸来看看你，确实不该。"

"阿姨，我们确实很久没见了，"宣兆说，"您以为我还是那个七岁的孩子吗？"

二十三岁的宣兆和七岁的宣兆最大的区别就在于，二十三岁的宣兆已经不是那个哭着喊着要爸爸的小男孩了。

岑静香如果还以为这样的把戏能够刺激到他，真是大错特错。

"你生活上怎么样，有没有遇到什么困难？"岑静香接着关心道。

"外公留下了一笔钱，"宣兆抿了口醇香的咖啡，享受地眯了眯眼，"勉强饿不着肚子。"

"那就好，那阿姨就放心了。"岑静香微笑，端起陶瓷杯喝了一口，杯沿留下一圈艳丽的口红印，"那——你妈妈怎么样了？身体还好吗？"

宣兆眉梢一挑，总算进入正题了。

"承您的福，还不错。"宣兆向前稍稍欠身，彬彬有礼地询问，"听说您老家的堂弟因为我母亲进了趟派出所，实在不好意思，应该和他当面道歉的。哦对了，您的堂弟据说从您那里借了两万块钱，他还给您了吗？"

犹如一桶冰水当头猛泼下来，岑静香的面部表情一瞬间冻住了——

这瘸子怎么知道王太保和她的事情？

王太保除夕大闹疗养院的事情果然和这个瘸子有关！

她明明千叮咛万嘱咐，让王太保暗地行事，千万不能让宣家的人发现，要不是有人挑拨，王太保没那个胆子敢光明正大地闹。

从录音钢笔再到王太保，宣兆不过是一个二十出头的残废，他哪儿来这样的心机和筹谋，一定是宣谕那个女人在背后指使。

岑静香暗暗咬着牙，宣谕啊宣谕，当年你大难不死，真是老天无眼啊！

"看来你妈妈恢复得不错，"岑静香的笑容明显紧绷了不少，"都有心力玩这些小把戏了。"

"阿姨过奖了。"

宣兆五指端起咖啡杯，轻轻晃了晃。

他似乎十分享受岑静香此时极力掩饰的紧张和惊慌，像品味一杯上好的红酒一般，良久后才缓缓开口："我妈妈一个在疗养院躺了十多年的人，每天清醒的时间都不多，哪儿来的什么心力。"

岑静香显然有些沉不住气："闹事的那个人是我远房亲戚，好多年不联系了，我都不知道他竟然打着我的旗号去找你妈妈麻烦，你能联系上他人吗？我去骂骂他，这混账东西！"

宣兆笑得儒雅又斯文："您的堂兄弟，我怎么联系得上呢？"

岑静香语塞，是她一直以来低估这个瘸子了。

离开之前，宣兆叫住她："阿姨，听说您和我爸爸的儿子也在海港市，不知道他怎么样了？"

"一个傻大个儿，比不上你聪明，"岑静香撩起雪纺衬衣的袖口，露出手腕上戴着的翡翠镯子，"就是身体不错，爱打篮球，能跑能跳的。"

宣兆被她手腕上的碧绿镯子刺了下眼，那是宣谕最爱重的一件首饰。

"那就好，"宣兆站起身，和岑静香告别，"很期待能和他认识。"

落地窗外，阳光大片大片地挥洒下来，穿过梧桐叶，在地上投下斑驳的光点。

今天是这个四月难得的晴天，道路上还残留着还没有晒干的雨水，宣兆单手撑着桌面，缓缓靠坐在了椅子上，一直努力绷直的肩背终于放松了下来。

他抬手捏了捏眉心，轻轻呼出了一口气。

"先生，您要来杯水吗？"服务员关心地问。

服务员心想，这位英俊的先生要了一杯意式特浓，不额外加奶和糖，应该是太苦了吧。

"谢谢，不用了。"宣兆说，"我看到外面有牛奶糖，劳驾给我拿一颗吧。"

"啊？"服务员诚实地回答，"外面是我们旗下一个大众线产品在做促销活动，牛奶糖只是摆放着的赠品，是比较廉价的，口感也不适合放在咖啡里，您需要的话，我可以为您拿一块保加利亚进口的玫瑰口味方糖——"

"不用了，就奶糖，谢谢。"宣兆微笑。

服务员依言拿来了牛奶糖，宣兆拿了一粒放在舌头底下，甜腻的味道在口腔里迅速扩散，他眉头一皱，味蕾受不了这种刺激，他额角一阵阵地猛跳，立即拿纸巾捂着嘴，把糖果吐了出来。

他并没有习惯"甜"这种味道，他只是习惯了岑柏言给他的糖。

宣兆在咖啡店坐了不多会儿，岑柏言来了电话："下午我翘了课，你是不是也没课来着？我去你学校接你，今儿天晴，陈威说想去看樱花，你也一起去呗！"

"我不在学校，"宣兆说，"出来办了点事情。"

宣兆的声音听起来有些疲惫，岑柏言焦急地问："你在哪儿呢？我现在过去。"

宣兆给他发了定位。

二十分钟后，岑柏言就到了。

他前些时候参加了个建模比赛，拿了全国一等奖，奖金两千八，他拿这笔钱买了一辆自行车，黑金色喷漆，非常酷炫，唯一影响观瞻的就是车后边安了个格格不入的后座。

岑柏言安后座的时候就一个要求，让宣兆坐得舒服，并且上车下车要如履平地、来去自如、行云流水，宣兆是又好气又好笑，回家后给他火速下单了一本《小学生成语词典》，让岑柏言好好学习，别出去丢人现眼。

宣兆一直看着窗外，岑柏言的身影在小道那头一出现，他第一时间就看见了。

岑柏言穿了一件黑色冲锋衣，深色休闲裤勾勒出笔直且修长的双腿，背包挂在车头，阳光落在他肩上，风扬起他的发梢和衣角，俊朗明亮得不像话。

如果说这个世界在宣兆的眼睛里原本是黑白的，那么岑柏言所经过的地方就仿佛被施了魔法一般，一帧一帧、一幕一幕地被渲染上了色彩。

天空是清浅的蓝色，梧桐叶是绿色，柏油路是浅灰色，阳光则是耀眼的金色。

宣兆心跳得越来越快、越来越快，心脏仿佛要穿破胸膛，他喉结攒动，忍不住抬手捶了捶心口。

岑静香既然已经找到了他，说明他和岑柏言的时间，终于进入了倒计时。

岑柏言停在了咖啡厅外，拎着包大步跑了进来，一眼就看见了坐在角落的宣兆。

"怎么跑这儿来了？"岑柏言俯身，他一路赶过来，稍稍有些喘气，拿起宣兆面前的杯子，"渴死我了——"

岑柏言被苦得眉头紧锁，接连"呸"了好几声，拉了张凳子在宣兆身边坐下："这什么玩意儿，是人喝的吗？你不苦啊？"

宣兆被他逗笑了，弯着眼睛说："苦啊，苦点儿才精神。"

"歪理，赶紧吃颗糖。"

岑柏言从兜里摸出两颗糖果，剥了糖衣，先塞给了宣兆一颗，接着才给自己剥了一颗。

宣兆咂摸着奶糖："这回甜了。"

岑柏言哼笑："你来这儿干吗呢，见谁了？"

"一个老朋友，她特地来海港找我。"宣兆缓缓站起身，"走了，不是要去看樱花吗，再晚公园关门了。"

好天气没能坚持多久，第二天又下起了雨。

进入五月后，南方阴雨天最磨人的时候也来了，雨下得淅淅沥沥，说大也不大，但就是有种渗进骨头里的阴冷。

烂尾楼的楼梯上长出了青苔，走路直打滑，岑柏言担心宣兆腿脚不利索会摔跤，特地在网上买了那种塑料网格地垫，从一楼铺到了三楼。

宣兆左腿的疼痛从间歇性发作演变成了持续性的疼痛，今年他也懒得再去医院看了，十几年了，治好治不好也就这样了。

倒是龚叔和巧巧担心得不得了，隔三岔五地就催他去复查，宣兆让他们别操心了，巧巧再过一个月就高考了，这才是头等大事。

龚巧忧心宣兆的身体，让卓非凡周末带她去宣兆那里看看，卓非凡推辞说他周末要跟着导师去新阳考察，恐怕没有时间。

这几个月卓非凡总是往新阳跑，恐怕是有什么大项目，龚巧温顺地点头，笑着说：“非凡哥，那你忙你的，要多注意身体。”

巧巧一如既往地乖巧懂事，像一朵安安静静的莲花，让卓非凡觉得贴心周到。

岑情就不一样了，小情从来都不管他有没有时间，总是对他颐指气使，命令他过去陪她。于情于理，卓非凡都明白自己应当拒绝岑情，但不知道为什么，当他看到少女明艳灿烂的笑容，拒绝的话怎么都说不出口。

其实他早就看腻了那些无趣的艺术展，岑情和他去鬼屋、去游乐场、去恐怖主题的密室，这一切都新鲜又刺激，卓非凡渐渐心安理得起来，巧巧在海港，小情在新阳，他可以平衡得很好。

一个温驯如白花，一个明媚如蔷薇，他哪个都不舍得放弃。

转眼到了五月中旬，前天夜里，雨突然下大了，岑柏言睡得很不安稳，他做了一个噩梦，梦见他回到了很小很小的时候，岑静香背着他在肮脏的菜场里翻别人不要的烂菜叶子，被人当乞丐一样赶来赶去。

后来他们遇见了万千山，岑柏言觉得太好了，他终于有个像样的家了。但他的家和别人的似乎不一样，他们不在同一个户口本上，他不被允许告诉同学朋友们他的继父是万千山，他发现妈妈身上的香水味越来越浓、首饰越戴越多、说话的口气和表情越来越陌生。

这个梦境光怪陆离。梦里，万千山变成了一只猛兽，凶恶地袭击岑静香。他立即冲上去保护岑静香，他和万千山搏斗着，回头却发现岑静香张开了血盆大口，巨大的阴影将他整个淹没。

岑柏言猛然惊醒，额头上冷汗涔涔。

就在下午，岑静香告诉他一个消息——万千山在外面包养了一个女人，那个女人现在怀孕了，万千山买了一栋私密性很好的别墅，把人养在里面。

岑柏言怒不可遏，让岑静香离开万千山，岑静香平静但狠厉地要岑柏言做好准备，不管是偷还是抢，她要岑柏言去夺家产。

梦境和现实渐渐交织在了一起，他想要拉岑静香出泥潭，可岑静香却想将他也拖入这沼泽中。

岑柏言深深呼出一口浊气，心中烦闷，一只手重重揉着太阳穴，起床去找宣兆。

才出房门，岑柏言听见厕所紧闭的木门里传出一声压抑的呻吟，接着是一声沉闷的"砰"，像是有人在里面摔跤了。

岑柏言先是浑身一僵，接着冲上去迅速拧动门把："你怎么了？开门！"

沉寂片刻，宣兆努力维持着平静，却仍掩盖不住颤抖的声音："没事，我没站稳。"

"你开门！"

岑柏言当下就听出了不对，他心急如焚，抬脚在门上重重一踹，木门散架似的晃了几晃，门锁上的零件叮叮当当掉了一地。

门开了，宣兆狼狈地跌坐在地上，鬓角浸满冷汗，面色比瓷砖还要白，嘴唇毫无血色。

"怎么了？哪里疼？"岑柏言万分焦急，冲到宣兆身边，"到底怎么回事？"

宣兆喘着气，轻轻摇了摇头："柏言，我没——"

"你再说你没事！"岑柏言一声低吼，"你没事你大半夜躲到厕所？你没事你疼得站都站不稳？你没事……你……"

岑柏言又急又气，话都说不利索，眼角瞥到地上掉落着一个熟悉的药瓶，他捡起那个药瓶，瓶身上写着几个醒目的大字——维生素 C。

他竟然一直天真地以为宣兆真的只是每天在补充维生素而已。

"这是什么？"岑柏言紧紧攥着药瓶，双眼紧紧盯着宣兆，"你到底在吃什么？"

宣兆额头还在持续往外沁出细密的汗水，他定了定神："只是维生素。"

"行，维生素是吧？"

岑柏言发狠地倒了几粒药片到手掌心，一仰头就要往嘴里送，宣兆脸色骤变，立即按下他的手腕："你干什么？"

岑柏言说："不是维生素吗？我怎么不能吃了？"

宣兆看着岑柏言，少顷，无奈地叹了口气："是止痛片。"

他靠吃这东西止痛多久了？他是不是每个晚上都睡不好？他白天还要装成什么事也没有，他累不累？他为什么……什么都不告诉我？而我竟然什么都没有察觉？

气愤、懊恼、自责一股脑地涌上心头，岑柏言胸膛微微起伏，死死地盯着宣兆："宣兆，你牛，你什么都要自己扛着是吧？"

"我只是……"宣兆抿了抿嘴唇，选择了一个最老套的说辞，"我不想你担心。"

其实他只是害怕。

就像他已经习惯了岑柏言每次给他的糖果，他已经习惯了岑柏言的关心、照顾，那以后呢？

宣兆对新阳正在发生的一切了如指掌，他知道万千山的公司正面临着内忧外患，知道岑静香正想方设法地算计万千山的财产，所以他清楚地知道，属于他们的时间已经不多了。

"不想我担心？"岑柏言忽然自嘲地轻轻一笑，"宣兆，我有时候觉得你到底有没有把我当朋友。"

宣兆原本就毫无血色的脸颊似乎又苍白了几分，他愣怔了一下，嘴唇微张，不知道该说些什么。

心脏仿佛被沉重的镣铐锁住了，沉甸甸地疼着。

没有必要啊，他没有必要让岑柏言参与到他的生活里，他只是把岑柏言当成一个工具，用完了就可以抛弃的工具罢了。

他不需要朋友，对啊，他确实不需要——他每天都会在心里重复千万次。

那他现在为什么还会这么难受？是什么在撕扯他？

宣兆眼睫颤动，他想说话，嗓子却像被什么给封住了，异常酸涩，一个音节都挤不出来。

岑柏言一言不发地把宣兆扶到了床上，给他盖好被子。

"明天带你去医院检查。"

岑柏言说完这句话就离开了。

屋里只剩一盏寂寥的小夜灯，散发着令人头晕目眩的光。

宣兆安静地靠坐在床头，双眼紧闭，只有颤动的睫毛证明他此刻没有睡着。

第二天，岑柏言带着宣兆去了趟第一医院。

宣兆心里清楚，他的腿已经没有什么可检查的了，毁了就是毁了，是一辈子的事儿。

按照八十年寿命来算，他余生的五十七年里，每逢阴雨天，都要遭受群蚁钻骨般的痛楚。

医生委婉地表达说这个腿能恢复成今天这样已经是奇迹了，岑柏言却像没听懂一样，很认真地询问医生每一个细节，包括怎么按摩、怎么缓解、平时能吃什么不能吃什么、下雨天总是腿疼怎么办……医生最后也有些不耐烦，说阴天腿疼是正常的，根儿坏了，怎么修复都没法恢复原样。

回去的时候还在下雨，出租车开不进巷子，他们只好下车步行。

巷子里坑坑洼洼都是积水，岑柏言一言不发地背起宣兆，宣兆在他背上撑着伞。

岑柏言踩过了很多水坑，球鞋被污水整个浸透，裤脚也湿了一大片，但他每一步都走得很稳，生怕颠倒了背上的人。

左膝因为这场雨而钻心地疼，但宣兆却希望这个雨天能不能再延长一些。

因为这是第一次，第一次有人在雨天背着他，蹚过一个接一个的水坑。

其实岑柏言还在生宣兆生气，他冷着脸，不笑也不和宣兆说话。

回到家里，宣兆刚想和岑柏言说些什么，可岑柏言丝毫不给他机会，把他放在床上转身就走。

"……"宣兆看着打开后又合上的房门，莫名觉得有几分空落落的。

没过两分钟，岑柏言又推门进来了，手里拿着一条还在冒着热气的毛巾。

宣兆愣愣地看着岑柏言。

岑柏言依旧是面无表情，在宣兆面前蹲下，撩起他的长裤，把热毛巾敷在他的左膝上，同时十指在小腿肚上轻轻揉按着。

岑柏言按捏的动作不熟练，甚至可以说非常生疏，但神情却万分专注。

身体里那个空空落落的地方瞬间就被填满了，宣兆双手撑在身侧，垂眸看着岑柏言："谢谢，谢谢你对我这么好。"

这句话是真心的。

宣兆想，他是个自私又虚伪的人，像他这种人，注定不会有人爱他陪伴他，岑柏言知道真相后起初一定会仇恨他，然后在漫长时光里渐渐地忘记他。

但宣兆觉得足够了，拥有这一刻的温暖已经够了，足够支撑他度过之后每一个阴冷的雨天。

几天后，海港大学开始了学年评优工作，岑柏言上学期绩点在专业排第一，所有老师都很看好他，辅导员直接帮他报了校级三好学生的评选。

所有人都觉得岑柏言这个奖项是十拿九稳的，然而就在公示期间，一封举报信发送到了党委邮箱，并且第二天一早，所有人都在学校操场的公示栏上看到了文章和照片。

文章上写着岑柏言私生活混乱，并且时常出入酒吧，品行不端。

他申请了校优秀学生，这种作风混乱的人怎么能成为全校学生的榜样？

这下子校园里掀起了轩然大波。

第 15 章
明天见

　　"要让我知道是谁干的，老子弄死他！"

　　陈威踹门进了宿舍，把从公告栏上撕下来的照片和举报信狠狠砸在桌上。

　　正在复习的杨烁吓得打了一个寒噤。

　　岑柏言在陈威身后进了屋，杨烁瞟了他一眼。岑柏言脸色淡淡的，好像一点儿也不着急。

　　陈威大发雷霆，恨不能把举报人的祖宗三代都骂一遍。岑柏言哭笑不得地说："行了行了，大中午的，你小点儿声。"

　　陈威骂骂咧咧，根本没听见岑柏言说什么。岑柏言头疼地揉了揉耳朵，在陈威抽屉里翻了一通，找出一根烟叼在嘴里，点上火，垂头深深吸了一口，舒服地眯起了眼睛。

　　"你还有心情抽烟！"陈威一脸恨铁不成钢，"真是皇帝不急太监急啊！"

　　"我急什么，"岑柏言耸了耸肩膀，"我又不是太监。"

"……去你的！"陈威骂他，"抽抽抽，我恨不得抽死你！"

陈威没好气地哼了一声，火气也消了点儿，拖过椅子坐到岑柏言身边，也给自己点了一根烟。

"你说实话，这事儿你是怎么想的？"陈威问，"现在全校都……"

岑柏言很自然地接上话："我无所谓。"

陈威担忧道："我听张春磊说现在系里在重新评估你那个评优资格，基本上就是没了，公示期本来就敏感，哪个王八蛋写的举报信！"

张春磊是建筑系组织部副部长，系里的消息他总是最先知道的。

岑柏言轻蔑地一笑："我在乎那个？"

陈威急得直挠头："哎哟，我的大少爷，你怎么就是听不进去人话呢！你这不在乎那不在乎，那你在乎什么？"

岑柏言掐灭了烟屁股，眸色渐深。

整个下午，岑柏言被辅导员叫到了学院行政楼，关在一间小办公室里。

院领导的话术大差不差，先动之以情，接着晓之以理："你是咱们学院的头号好苗子、重点培养对象，将来不管是进科研机构，还是进国家机关，那都很有希望。你现在这样被同学举报了，这种事情性质还是比较恶劣的。"

最后，院领导们给岑柏言的解决方案是："你写个悔过书，保证不和外面那些不三不四的人往来，老师们都很相信你，愿意给你一个机会。"

岑柏言被轮番谈了四次话，一口水都没喝，最后嘴唇干裂，倦色肉眼可见，但他的回答从始至终都是一样的。

"老师，我的朋友不是什么不三不四的人，请你们尊重他。其次，我绝对没有私生活混乱。还有，我没有什么可以悔过的，我没做错任何事，仅此而已。"

岑柏言晚上七点多才从办公室出来，他晚自习也不想上了，骑着自行车就回家，宣兆刚把排骨汤端上桌，听见开门声，笑着说："回来了？"

岑柏言把车钥匙扔到冰箱上："你怎么这么早，今天不是要给陈威补课吗？"

"陈威状态不好，我就让他提前回去休息了。"宣兆说，"你知道他怎么了吗？心事重重的样子。"

"没事儿，下午体育课跑累了。"岑柏言吸了吸鼻子，"陈威没和你说什么吧？"

宣兆回想了想："有，说你今天中午回宿舍午休，抽了好几根烟。"

"……这个王八蛋！"岑柏言暗暗骂了一句，辩解道，"你别听他瞎说，就一根。"

宣兆笑出了声："管你抽几根，吃饭。"

"得嘞，我洗个手盛饭，你坐着甭动了。"岑柏言撩起袖子。

宣兆表现得非常自然，他就像没有看见岑柏言脸上明晃晃的疲惫和眼底藏不住的倦怠。

直到在餐桌边坐下，宣兆的神色才一点一点地冷了下来。

陈威是个藏不住话的，宣兆不过三两句话，就把事情原委给套了出来。

那些照片里有不少是在惊雷后巷拍的，都是岑柏言去酒吧后门接他的场景，调出的监控记录清清楚楚地记录下了那个藏在阴影里的人。

上一次见到那个人，还像只受惊的小白兔似的，没想到小白兔胆子肥了。

如果单单只是算计他也就罢了，竟然算计到岑柏言头上。

宣兆眼底的戾气一闪而过，他指尖轻轻敲在桌上，发出"啪"的一声。

他怎么敢的？

次日，海港大学的公共论坛上出现了一篇帖子，瞬间就被顶到了头条。

发帖人是匿名账号，帖子主角是杨烁，里面记录了杨烁去年八月底在惊雷酒吧和一位调酒师相恋，为了这个调酒师在酒吧欠下了五千多元，最关键的是，这位调酒师是个有夫之妇。

匿名帖子最后附了几张照片，分别是杨烁在吧台和调酒师接吻调情，以及调酒师的丈夫闹到酒吧，抓着杨烁的衣领子扇巴掌。

这才是真正的私德有亏，杨烁"男小三"的名号立即在海港大学传开，岑柏言事件的热度很快就被压了下去。毕竟岑柏言只是交了个在酒吧工作的朋友，而杨烁则是实实在在破坏了别人家庭。

杨烁又惊又惧，窝在宿舍不敢出去上课。陈威心情很是复杂，毕竟和杨烁做了一年舍友，感情还是有的，没想到杨烁是这种人。他不知道怎么面对杨烁，干脆也不回宿舍了，傍晚下了课就跟着岑柏言回了大学城。

昨天出事之后，岑柏言把来龙去脉捋了一遍，心中已经隐约有了猜测。他中午特地回宿舍也是为了确认这个猜测，杨烁非但没有关心他，反而异常沉默，他就知道这件事的始作俑者正是杨烁。他本想着等风头过去，就私底下找杨烁聊清楚，没想到今天就出了这档子事。

"问那么多干吗，关你屁事。"岑柏言踹了陈威一脚。

"不过你说这个爆料也真神了啊，你前脚刚出事，后脚这人就发了杨烁的东西出来，刚好给你顶了这风口。"陈威松了一口气，转念一想，又有些痛心，"杨烁也是挺惨的，往后他还怎么做人？"

"他做错了事，就要承担后果。"岑柏言平静地说。

陈威忽然一愣，讷讷地说："你说这话怎么这么像我小宣老师？"

这神态、语气，简直是一模一样。

岑柏言立刻来劲儿了，眉梢一挑："都是文化人，你懂个屁。"

"嘚瑟。"陈威笑骂一句，"你这地儿借我住几天，我懒得回寝。"

"书房打地铺吧，"岑柏言说，接着顿了顿，装作不经意地问陈威，"你昨天补习的时候，把我的事儿告诉他了吗？"

"……什么事儿？你被举报的事儿啊？哈哈哈，"陈威眼珠子左右动，"没啊，没有。"

简直把"心虚"两个大字写在脸上了。

岑柏言和陈威从小就认识，一看陈威这样儿就知道怎么回事，捶了陈威一拳头："不是让你别告诉他吗，让他瞎操什么心。"

"我也不知道，小宣老师和我聊了两句，我稀里糊涂就全说了。"陈威挠挠头。

岑柏言回想起昨天晚上，宣兆没有任何异常，吃完饭后他们去巷子里喂了三只小狗，接着在书房温习功课，睡前岑柏言给宣兆的膝盖做热敷按摩。

他表现得就好像什么都不知道。

然后今天一早，杨烁的事情就引爆了整个海港大学。

杨烁，调酒师，惊雷酒吧，偷拍照片，正是时候的爆料，还有……在酒吧打工的宣兆，这一切真的只是巧合吗？

还有什么呢？

冬夜里在花园小区的门前撞见宣兆从豪车上下来，王一家楼上那个画面诡异的相同地垫，除夕当天从那栋楼里走出的身影，以及龚巧某次随口说的"我家不住花园小区啊"……

岑柏言抬手按了按眉心，这些零零碎碎的画面在他脑海中逐渐拼凑，又被他勒令打断——

不要再想了，不要再往更深的地方想了。

这些散乱的场景像一颗颗珠子，岑柏言分明察觉到了有条线在其中串联，但他一直在控制自己不要去把这些珠子串在一起，不要去问，不要去调查。

都不重要。

"哎，对了，昨晚我妈给我打电话，问我英语家教怎么样，我和我妈聊了几句小宣老师，知道个事儿，还挺稀奇。"陈威说。

岑柏言问："什么事儿？"

"就上学期，我妈怕我过不了四级，给我去找家教，本来找到的不是小宣老师，是个研一的，算小宣老师的师弟吧，"陈威把袜子脱了甩到一边，"本来都说好了，后来这男的又改口说他不来了，给我妈推荐了小宣老师。"

不知道为什么，岑柏言眼皮突然重重一跳。

"不过这也没什么，指不定小宣老师和咱们就是有缘分呢！"

岑柏言压下心头的疑虑，和陈威说："你帮我问问你妈，原来找的那个家教叫什么，给我一个联系方式。"

"你问小宣老师要呗，"陈威说，"问我妈干吗？"

岑柏言垂眸，笑笑说："你就帮我问问，就当住宿费了。"

"你出尔反尔，当初明明说好了的！"

惊雷酒吧三楼的 VIP 室，杨烁双手紧攥成拳，激动地往前扑，两个保安立即按住了他。

雅致的雕花屏风上映出一个清瘦的身影，就这么一个模糊的轮廓也透着金贵。

东家半卧在一个软椅之上，腿上搭着毛毯一类的东西，一角垂落在地。椅边靠着细长的柱状物体，看形状像是树枝。

"你骗我！"杨烁红着眼，"你当时明明说只要我把岑柏言带来，你就帮我瞒住这件事！"

东家垂眸，屏风上他本就纤长的眼睫被拉得更长，优雅得像蝴蝶扇动羽翼。

一声轻笑传来，东家声音温和儒雅："我答应你的事情是，销了你在我这里欠的钱。"

"你——"杨烁额角青筋暴起。

东家缓缓端起一杯茶，送到唇边轻轻抿了一口。

"我本来想给你留个体面，"东家的声音依旧和缓，但听来却让人莫名地不寒而栗，"但你做了我不能容忍的事情。"

宣兆本以为杨烁是被那个调酒师欺骗了，在调酒师的丈夫闹事后，宣兆调查发现，杨烁明知道对方有家室，仍旧和她发生了关系。事发后，宣兆立即开除了那个调酒师。

当初宣兆看在杨烁年纪还小，想要给他一个机会，因此把这件事按了下来。

"你为什么要这么干？你为什么要害我？"杨烁崩溃地跪倒在地。

东家似乎很怕冷，往上拢了拢毯子，笑着说："事情是你自己做出来的，怎么能说我害你呢？"

杨烁死死瞪着那扇屏风："我要告诉岑柏言，当初是你让我把他带到酒吧的，我立刻就告诉他！"

他说着拿出手机要打电话，东家从喉咙里发出一声低沉的笑："你自便，恰好我手里还有一些别的材料，正愁要发在哪里。"

他扬了扬手，一个服务生打扮的人把一沓照片递给了杨烁，上面赫然是杨烁当初和调酒师的聊天记录，包括杨烁哀求调酒师和他在一起，他不在乎对方是不是有家庭，包括他用自杀威胁调酒师。

杨烁脸色煞白，颤抖着说不出话。

"以牙还牙，给你一个小小的教训。"东家慵懒地靠在躺椅里，缓缓说道，"不该看的东西不要看，不该想的东西，就不要想。"

他是什么意思？

杨烁如遭雷劈，猛然反应过来，东家查到是他向学校举报岑柏言的了？！

最初是东家吩咐他带岑柏言来惊雷酒吧，然后岑柏言在这里认识了宣兆；宣兆是个拄拐的瘸子，他两次隔着屏风见东家，东家身边都靠着个细细长长的东西；他们同样身形消瘦，说话时声音也有几分相似……

杨烁心里"咯噔"一下，瞪着屏风，狠狠地说："宣兆，你就是宣兆！"

东家立起一只手，笑着说："你可以回去了，路上注意安全。"

杨烁纵使不甘愤怒，却又不敢发作。他离开后，龚叔上前说："少爷，你就不怕他把这件事说出去？"

"他不敢。"宣兆笑笑，"至少现在还不敢。"

杨烁这种人，骨子里同时有着偏激和懦弱两种极端个性。宣兆手里还有他的把柄，只要不把他逼得太紧，他暂时也不敢轻举妄动。

更何况，宣兆在决定出手做这件事的时候，就已经做好了被岑柏言知晓的准备。

"叔，"宣兆按了按额角，"我是不是挺幼稚的？"

"怎么说？"龚叔给他倒了一杯温水。

"杨烁也没多大，还是个小孩，"宣兆轻轻地笑了笑，"我竟然用这种手段对付一个小孩。"

"少爷，你不如……"

——不如把真相告诉岑柏言吧，你这么下去，折磨的到底是他还是你自己？

"十一点了，"宣兆看了眼墙上的挂钟，垂眸说，"我该回家了。"

龚叔一怔，整整十七年，他已经整整十七年没有听见宣兆说"回家"这个词了。

惊雷酒吧的后巷，岑柏言跨坐在自行车上，单脚撑地，等宣兆下班。

后门开了，他双眼一亮："怎么才出来——"

话没说完，里头冒出一颗黄了吧唧的脑袋，不是宣兆，是个出来扔垃圾的服务生。

黄毛眨眨眼："你和我说话啊？"

岑柏言尴尬地刮了刮鼻梁："不好意思啊哥们儿，认错人了。"

"没事儿，这里暗，你到前边亮堂点儿的地方去等吧。"

黄毛手里拎着两大袋厨余垃圾，走到岑柏言身前，扔进了巨大的绿色垃圾桶里。

岑柏言闲着无聊，一抬下巴："你这儿不搞垃圾分类啊？"

黄毛扭过头："我们交钱了，有人帮我们分。"

两个人这才看清了彼此的样貌，均是一愣。

岑柏言缓缓皱起眉头："怎么是你？"

这个黄毛他印象很深刻，他第一次和宣兆见面，在酒吧闹事骚扰宣兆的一伙人里，就有这个黄毛。

这黄毛怎么是这里的服务生？看着还很任劳任怨、忠厚老实的样子？

"……"黄毛低骂一声，"我不知道啊，你别问我，我就是个打工的。"

他撂下这么一句，转身就进了酒吧。

岑柏言握着车把手的十指微微收紧。

当天夜里，岑柏言去到了楼道，点燃了一根烟。

明灭的一点火光夹在手指间，映出了岑柏言轮廓分明的下颌，神情晦暗不明。

原本应聘陈威英语家教的人叫杜文成，和宣兆同一个专业、同一个导师，就在今晚，岑柏言和他通过了电话。

"宣兆师兄说他有个社会实践，需要补家教时长，让我把活儿给他。我一开始还挺不情愿，一小时三百块呢，这价钱整个海港都不好找。"

"那你为什么把活儿给他了？"

"师兄给我补偿了啊。我找家教就是想攒钱带我女朋友去欧洲游，宣兆师兄直接给我们订了往返机票，酒店也给我们报销，那我还有什么好说的。"

"你师兄他……他家境怎么样？"

"不知道，师兄不怎么和我们来往，挺有距离感的。但我觉得不差吧，有次实验室提报资料，我看到他家庭住址写的是花园小区，那可是全海港最贵的地儿。"

"……"

烟草的味道太呛了，呛得岑柏言喉咙阵阵发紧。

他倚着墙，抽完一根烟后想要点上第二根，指尖顿了顿，还是没有点燃打火机。

算了，抽烟不好。

宣兆，你在瞒着我什么？

高考结束后，宣兆奖励了龚巧一个词典厚的大红包。

小姑娘这段时间可算是累坏了，她对自己要求很高，丝毫没有因为艺术课就懈怠了文化课，回回联考都能排在年级前一百。专业上龚巧也没有放松，下了晚自习回到家都要十点了，还要在书房里练会儿刻功，说是一天不摸摸刻刀就难受。

龚巧不好意思要宣兆的奖励，推辞道："哥，你上回已经送过我电脑了。"

"上次是上次。"宣兆在这方面非常朴实无华，"你是不是觉得直接给钱太老土了，嗯……是有一些，但我也不知道买什么好，这个最实在。"

龚巧捂着嘴，"扑哧"一声笑了出来："柏言哥哥知道你这么土豪吗？"接着她又眨了眨眼，补了一句，"差点忘记了，你在柏言哥哥面前是个穷学生，你什么时候让他知道你的事情呀？"

"小丫头，"宣兆笑了笑，"你知道得还挺多。对了，卓非凡呢？"

巧巧考完试当天是他和岑柏言去考场接的，这都过去小一周了，还是没见卓非凡的人影。龚巧一直盼着高考后去青海旅行，宣兆原本以为卓非凡会陪着巧巧去。

"非凡哥的外婆生病了，他回老家探望。"龚巧说。

宣兆问："青海呢？不去了？"

龚巧的表情虽然难掩失落，但仍旧懂事地回答："旅行的机会还有很多，还是陪伴家人更重要。"

岑情同样是今年高考，岑柏言这个学期和新阳那边疏远了不少，但说到底是自己的亲妹妹，他不可能不记挂，考试结束当天就给岑情打了电话，问岑情感觉怎么样、发挥如何，跟个操心的老父亲似的。

岑情很不耐烦，要岑柏言嘘寒问暖不如打笔巨款，她要买最新款的晚礼服参加毕业舞会。

最近家里也不知道怎么了，气氛很奇怪，她的零花钱都大大缩水了。老爸每天皱着眉头，和这个总那个总的打电话打个不停；老妈更不用说了，成天神神道道的，她有次半夜睡不着，起来看见岑静香在客厅里，用剪刀剪一个小孩模样的布偶娃娃，嘴里说着"去死"之类的话。

"哎呀哥，老妈说了，以后家里的钱都是你的，你就提前分我点儿嘛！我看中的那条仙女裙只要七万多，镶了小钻石的，你给我买嘛，好不好嘛？"岑情在电话那头撒娇。

"小情，"岑柏言非常认真，"万叔叔的钱是他的，和我没有任何关系，我不会要的。"

"谁信啊！"岑情不满地"嗤"了一声，"你就是怕我以后和你争呗，你还和我装呢！我都知道，老妈有回找白阿姨来家，开玩笑说要让你和白家小姐定亲，还说以后万家的家产都是你的，你就是万氏的继承人。"

岑柏言重重地揉按着太阳穴，岑静香在外面爱怎么说怎么说，岑情爱怎么以为就怎么以为吧，随便了。

第二天，岑情发了朋友圈，说是去青海毕业旅行，配文是"梦寐以求的地方"。

岑柏言还觉着挺奇怪，他怎么从不知道岑情有想去青海的打算，青海海拔高温差又大，他不放心妹妹，想打个电话叮嘱几句，结果又因为钱的事情不欢而散。

岑柏言百思不得其解，好好的一个妹妹，怎么现在变成这样了？

入了六月就有炎夏的感觉了，漫长的雨季终于过去。

杨烁因为承受不了流言蜚语，办了休学手续，走前约了岑柏言聊聊。

他还是很不甘心。

杨烁拖着行李箱离开前，意味深长地回头说："柏言，你真的知道宣兆是什么人吗？"

他还想继续说些什么，岑柏言冷声打断："我知道。"

——我当然知道他是什么人，我和他朝夕相处，我怎么可能不知道他是什么人？

然而他心底深处，有一个极其微弱的声音在说："你不过是自欺欺人罢了。"

快要期末了，岑柏言和陈威下午去图书馆温书，累了上天台抽烟，恰好遇着几个环卫人员在顶楼晒衣服。

学校里的清洁工人都住在校舍里，住宿条件差了点儿，遇着需要晒被褥和大件衣服的时候就拎到图书馆顶层来晾，这儿平时没什么人上来，不会影响校容。

"叔，你这洗得够多的啊。"岑柏言边点烟边说。

"可不嘛。"清洁工大叔从水桶里捞出一件被单，"前些日子成天下雨，都发霉了，好不容易放晴了，可得赶紧晒晒。"

"是，还是晴天好，"岑柏言叼着烟蹲下身，"我帮你——"

他手腕一顿，在水桶里看见了一件熟悉的白色羽绒服。

大叔见他不动，俯身把羽绒服拿出来抖落了几下，笑着说："这衣服靓不靓？捡来的！"

这样一个艳阳天，岑柏言却觉得手脚冰凉："叔，你在哪儿捡的？什么时候捡的？"

"什么时候记不清了，冬天那会儿吧，就在体育馆边上那垃圾桶，也不知道谁扔的，好几件呢，看着都是新的，连标签都在……"

后来大叔再说什么，岑柏言就没听清了，直到烟屁股烧着了手指，他才猛然回过神来。

宣兆说是他捡走了垃圾桶里的衣服，岑柏言一直深信不疑。

宣兆有事情瞒着他又怎么样，甚至宣兆欺骗了他又怎么样。

他什么也没有，离开万家后他只是个穷学生，他不是什么贵公子了，他也没有钱了，宣兆图什么呢？

六月底，岑柏言所有的书面考试都完成了，还有些模型和数据待提交，他在最后几天紧赶慢赶地做完了这些，终于闲下来了，结果学院今年又搞了个社会实践学分，有三十个小时的学时要求。

岑柏言他们组要去闽南一个极其偏僻的村子里做建筑实地考察，这一去就是十多天。那地方很落后，网络信号都没有，岑柏言白天翻山越岭地考察地质地貌，晚上得空了，爬到一个小山坡上才能接收到点儿信号，和外界联系。

岑情联系不上岑柏言，于是就找到了宣兆，她哭着说："宣兆哥哥，你说过我家里有事可以告诉你的，你会帮我的对不对？"

宣兆神情冰冷，说出的话却是温言软语，岑情在他的安抚下把一切和盘托出。

"昨天我爸妈吵架了，我在楼上偷偷听见，我爸在外面有情人了，那个女的已经怀孕了，她如果生的是个儿子那怎么办啊？我们不就一分钱都拿不到了吗？"

"小情，你先不着急，"宣兆说，"我们现在应该想的是——"

岑情激动地大喊大叫："破坏别人家庭的都是贱人，让我知道那个贱人是谁，我一定要搞死她！"

宣兆眼底浮起嘲讽的笑意，温声说："小情，你乖，你一定要冷静，现在最重要的是，怎么能让你爸爸回心转意。"

"回心转意？"岑情愣住了，"怎么做？"

"你要这么想，只要我们手上有你爸爸的一些把柄，你爸爸就不敢再去找那个女人了，对不对？"宣兆动之以情晓之以理，"我们把这些东西找到了给你哥哥，你爸爸不管怎么样，都会分财产给你哥哥的，你哥哥那么疼你，他的钱不就是你的钱吗？"

岑情抽噎着问："我要找什么？在哪里找？"

宣兆已经联络上了万氏的财务总监，对方告诉他万千山平时很谨慎，有些重要文件不会放在公司，一定会带回家里保存。

既然万千山的手不干净，那就不能怪宣兆要弄他。

宣兆的表情冷漠到近乎残忍："应该就在你们家里。你想想，你爸爸平时有没有不让你们进去的地方，有没有什么秘密的柜子，最好是指纹解锁的。"

像万千山这种人，一定不会相信普通的密码锁，只有他自己的指纹，才是最安全的。

岑情想了想："好，我找找看，找到东西了就寄给你。"

"乖，"宣兆低声说，"真是好妹妹。"

七月中旬，黑了一个度的岑柏言总算从村里回来了。

岑柏言并不知道，万氏集团遭遇了重大危机——许多老股东纷纷撤资，万千山在生意场上孤立无援，他查了黄道吉日，决定 × 月 × 日在酒店办一场晚宴，邀请商会重要人物参加，并且低价售卖手里的部分股权。

他总觉得暗中有一股无形的势力在和他作对抗衡，此举正是为了向商会那些老狐狸示好投诚。

岑静香作为名义上的万家女主人，自然也要出席这个场合。她勒令岑柏言必须回新阳出席，她要先斩后奏，告诉所有人岑柏言就是万家长子，她要让万千山骑虎难下。

岑柏言自然不会同意，岑静香以死相逼，母子二人僵持不下时，宣兆说："去吧，我也一起，恰好我也想出去走走，放松放松。"

于是，× 月 × 日，岑柏言带宣兆回了新阳，下了高铁站，打车抵达临海别墅。

"我五岁住进来的，从小在这里长大。"岑柏言说，"那会儿我妈刚遇见万叔叔不久，我们从地下室里搬出来，我觉得这里简直就是天堂。"

宣兆仰头看着这栋熟悉又陌生的花园小楼,不置可否:"确实是天堂。"

这栋别墅是宣谕选的地方,宣谕喜欢大海,所以挑了一处海景最好的位置做她的婚房。

进门后,宣兆静静地站在门边,愣怔了良久。

宣兆在这里住到了七岁,在这里度过了他人生中最无忧无虑的七年。

那时候他能跑能跳、活泼开朗。他喜欢画画,喜欢积木,常在花园里和用人阿姨们捉迷藏,他和园丁叔叔学着栽花,他邀请幼儿园的朋友们来家里开玩具派对;外公教他读唐诗,他有时候故意背错字惹外公生气,外公说他是淘气包;妈妈在秋天给他织围巾,他捣蛋把毛线球弄得一团糟,最后自己被毛线缠住了出不来,妈妈温柔地说小兆是呆瓜宝宝……

那时候他有全世界最好的家,这里就是他的天堂。

如果说记忆真的有重量,那么宣兆此时已经被压垮了,他几乎是连气都喘不上来,胸腔里空空荡荡的,只剩下一颗心脏在徒劳地跳动。

屋子里的花瓶、壁画都在原来的位置,大到家居电器,小到摆件装饰,桩桩件件都和宣兆记忆里的一模一样。

岑静香住进来的时候在想什么?她为什么不重新装潢?她是不是在用这种方式向宣谕示威炫耀?

——看吧,你精心布置的一切,我不费吹灰之力,就能占为己有。

"怎么了?"岑柏言上前说,"带你去我房间看看,有面大落地窗,能看到海。"

宣兆太阳穴阵阵抽痛,他看见客厅茶几上摆放着的电话,瞳孔倏然紧缩——

电话,就是这通电话。

这通电话过后,他一夜间从天堂坠入了地狱,再也没有唐诗,也没有毛线球，他成了一个残疾人，他再也没有画过画，也不再搭积木，至于玩具派对离他更是遥远，他把全部的力气都用在了站起来，先要站起来，然后报仇。

报仇，报仇，报仇……这两个字融进了宣兆的血液里，他就是为了这个活着的。

岑柏言的房间就是宣兆小时候住的那间，宣兆进屋后环视一圈，默然不语。

岑柏言站在他身后介绍道："我在这里住了十年，上高中后才搬走的。"

宣兆说："为什么带我来这里？"

"我们是朋友啊，我就是想带你看看我长大的地方，"岑柏言的尾音轻轻上扬，"你要是哪天有时间了，也带我去看看你住过的地方。"

宣兆垂眸，然而没有时间了啊，柏言，我们已经没有时间了。

嗤——

一根细长尖锐的刺扎进了宣兆心口，他很疼很疼，想求助却又不知道该向谁求助。

眼前的一切就是冷冰冰、血淋淋的仇恨，然而身后是岑柏言真心相待的温暖，宣兆整个人都被撕裂成了两半。

宣兆用手背挡着眼睛，轻轻地说："柏言，我想去窗户那边看看海。"

宣兆拄着拐棍，一瘸一拐地走到落地窗边。

大海是蔚蓝色的，礁石是白的，沙滩上的细沙是深浅不一的棕色，棕榈叶是深绿色的。

时隔十七年，宣兆再次站在这扇窗户前，看到的景致却与十七年前截然不同。

七岁的宣兆满心想着去海上漂流，做解救美人鱼的大英雄；二十四岁的宣兆想的却是多么平静的海面啊，如果他的人生只有七年，当初让他死在这里，死在海底，那他也许会活得快乐一点。

宣兆很少会用到"快乐"这个词，七岁以前他的快乐是整个世界，那么七岁以后他的快乐是什么？

宣兆一直很喜欢海，小时候他常常趴在这扇落地窗前看海浪，涨潮的时候他会发出雀跃的欢呼。

他感觉自己化身成一朵浪花，随着眼前的波涛汹涌起伏着。

海水拍打礁石，夏夜的风拂过海平面，潮湿的空气升腾而起，宣兆想——

我终于葬身海底了，我已经死而无憾了。

晚上，宣兆和岑柏言在落地窗边喝酒聊天，大多时候是岑柏言在说，宣兆静静地听着。

岑柏言说他也不是没过过苦日子，小时候他妈妈带着他到大城市，孤儿寡母，受尽了白眼。

宣兆捏扁一个啤酒罐，淡淡道："她是个好妈妈。"

"是吗？"岑柏言有点醉了，揉揉眉心，苦笑道，"我也不知道，以前是吧，后来……"

宣兆问："后来？"

岑柏言叹了一口气："我也不知道到底是我变了，还是她变了。"

宣兆望着窗外平静无波的海面，感到了一丝报复的快慰，同时又有稍许难言的酸楚。

到了后来，岑柏言喝醉了，含混不清地说："我不想变有钱，不想住进大别墅，我想要……"

岑柏言哽咽一下，顿了下才说："想要以前的妈妈和妹妹，想要我的家人回来……"

宣兆鼻头一酸，他看着岑柏言，眼神有怜悯、同情和愧疚："对不起，可是……我也想要我的家人回来。"

岑柏言接着嘟囔："如果你真是我哥就好了，你给我做饭，好多年没人给我做过饭了……你对我好，我也对你好，你照顾我，我也照顾你，这才叫家人……"

宣兆心口传来阵阵刺痛，在岑柏言信任和依赖的目光中感到无地自容，仓皇地扭开了头。

岑柏言吐过一场后便睡了，宣兆把他搀扶到床上，为他盖上被子，然后反复和他说三个字——

"对不起。"

岑柏言睁开眼，已经是次日中午。

他找遍了整个屋子，宣兆都不在。

他突然有了一种极其不好的预感，在外套里翻出手机，拨通了宣兆的电话。

"柏言，"宣兆的声音从听筒那边传来，吐字清晰，声调平稳，"你不用找我，明天见。"

"什么意思？"岑柏言攥着拳头。

"明天你爸爸的宴会，我会来，"宣兆语气从容不迫，仿佛在谈论今天的天气十分不错，"我们会见面的。"

第 16 章
沉香厅

偌大的房间，瞬间陷入了死一般的沉寂。

岑柏言的身体完全僵住了，脑子里"嗡"的一声炸开了，耳鸣了足足有十秒才反应过来。

"宣兆，你刚刚说的是什么意思？明天的宴会和你有什么关系？"

"我对这里很熟悉。"听筒里传出宣兆的声音，冰冷平静得仿佛没有感情，"玄关的花瓶座底下有红色彩笔画上去的太阳；茶几靠近楼梯的那只脚有个猫咪贴纸，印痕应该还留着；房间门后有小刀刻痕，是小孩子量身高的时候刻上去的；主卧首饰柜的密码，如果没记错的话，那么应该是'020202'。"

岑柏言顿时怔住了，房子里的这些细节就连他都不知道。

他迅速关上房间门，蹲下身用手掌在白墙上摸索着，指尖察觉到一处细小的凹陷——那里果然有着几道痕迹，像是小刀刻下的。

窗外传来海浪拍打礁石的声音，岑柏言恍惚中觉得自己像是被浸泡在冰冷的海水里，寒意顺着背脊往上爬，他在铺满一地阳光的房间里感到了刺骨的寒冷。

"宣兆，"岑柏言听见自己沙哑的声音，"你是谁？"

"明天宴会场，"宣兆淡淡道，"你会知道答案的。"

"嘟——"

电话挂断了，岑柏言仿佛没有了知觉一般，手机贴在耳边，静静地听着里面传出的忙音。

他觉得自己应该是站着的，可是等反应过来，他发现自己跌坐在床边，浑身脱了力一般，头脑中一片空白。

岑柏言深深地呼出一口气，告诉自己要冷静。

他和宣兆朝夕相处，他不相信宣兆会伤害他。

宣兆带给他家人般的温暖，是岑柏言此刻唯一的支点。

岑柏言重新捡起手机，按下了宣兆的号码。

只要宣兆告诉他，柏言，我是和你开玩笑的，他就可以继续假装什么都不知道。

"对不起，您拨打的用户已关机……"

从天亮等到天黑，岑柏言始终没有拨通宣兆的电话。

落地窗外，夕阳完全沉入了海平线，最后一丝昏黄的余晖也消失了。

岑柏言转动僵硬的脖颈看向窗外，原来已经入夜了，整整一天过去了。

大晚上的，宣兆有地方去吗？他的证件带齐全了吗？他那么节俭，舍得花钱住酒店吗？

一连串问题争先恐后地跳出来，像一记记重拳，猛然砸在岑柏言的太阳穴上。

就在此时，脚边的手机突然振动。

岑柏言瞳孔缩紧，立即拿起电话，看也不看就接通，焦急万分地说："宣兆？"

"是我。"电话那头传出岑静香的声音。

岑柏言仰头靠着床脚，轻轻合上了双眼。

"我听小情说你回新阳了，明天你必须到场。"岑静香说。

"妈，我想问你一个人。"岑柏言舔了舔发干的嘴唇。

岑静香那边似乎在准备明天的菜单，高跟鞋落地的声音十分明显。

"谁？"

心跳声在耳边骤然放大，岑柏言隐约中有种预感，这个问题的谜底，也许就是他一直想知道的关于宣兆的答案。

怦——怦——怦——

岑柏言数着自己的心跳声，与此同时从心口传来了一阵尖锐的刺痛。

"明天我会去的，没事了。"岑柏言说。

他不敢问，他不敢知道真相。

七月二十七日，上午九点四十分。

新阳市最好的酒店——莱文德瑞，八楼沉香厅。

全新阳乃至全省赫赫有名的企业家汇聚一堂。岑情穿着优雅的公主裙，笑意盈盈地向每个宴会来宾问好；岑静香手腕上戴着剔透的翡翠镯子，陪伴在万千山身侧，优雅大方。

"白总，好久不见啊！"万千山和一个气度不凡的男人握手致意，"您肯带千金赏脸光临，真是我万某人的荣幸啊！"

一阵寒暄过后，白家的千金小姐有些按捺不住了，脸上飘着两朵红晕，小声问："伯父，伯母，柏言哥哥呢？"

岑静香掩嘴一笑："柏言在前面，那孩子就等你呢！"

她迫不及待地想让岑柏言快些和上流圈里的人攀上关系，万千山心中不悦，但又不好发作。

宾客们纷纷落座，岑柏言在大厅一角，始终留意着大门的位置。

人都到齐了，大厅华贵的雕花木门缓缓合上，宣兆仍旧没有出现。

万千山走上台，底下传来震耳欲聋的掌声。

岑静香对岑柏言刚才的表现非常不满，低声说："发什么呆？多好的机会，你怎么不和白家小姐待在一起？"

岑柏言充耳不闻，依旧紧盯着大门的方向。

"白家的你看不上，方会长家的那个呢？她和我提起你好几次了，"岑静香又说，"柏言，妈妈不会害你的，你要给我争口气啊！"

"妈，"岑柏言勾起一丝嘲讽的笑意，转头看向岑静香，"卖了我你能拿到多少好处？我一个大老爷们儿，不值钱。"

"你——"岑静香恨铁不成钢地瞪了岑柏言一眼，"你现在怎么变得这么叛逆？连妈妈的话你都不听了？"

岑情像只快乐的花蝴蝶，坐在一个帅气的男人旁边，亲近地挽着他的手。

那个男的岑柏言知道，好像是一个地产公司老总的儿子，留学归来后拿了十亿去创业，最后血本无归，是个纯正的二世祖。

"你有小情就够了，她不是很听话吗？"岑柏言说。

岑静香听出了岑柏言口气里的嘲讽，一直维持着优雅微笑的脸上终于出现了一丝裂痕："你看不上我教小情的那套，但你别忘了，当初要不是我靠着这一套，我们两个说不定活不到现在。"

岑柏言垂眸，漠然不语。

"这么多年了，万氏走过了风风雨雨，感谢各位扶持，我万某人在这里谢过大家了！"台上，万千山说到激动之处，甚至眼泛泪花，"最近有些对万氏不好的传言，都说商场见人品，我万千山是什么样的人，各位再清楚不过。我做生意不求大富大贵，只求问心无愧，我万某对天发誓，这十几年，我一分不该赚的钱都没有赚……"

此刻的莱文德瑞酒店一楼。

八辆黑色宾利顺着花园车道，依次停在了酒店门前。

车门打开，一根纯黑色拐棍率先落地，紧接着宣兆探身而出，黑衬衣黑西裤黑皮鞋，衬衣下摆束进裤腰，勾勒出瘦削笔挺的身形。

龚叔从第二辆车里出来，走到他身侧，其余手下纷纷下车，分成两列，站在宣兆身后。

宣兆抬起头，看着面前这栋欧式建筑，问龚叔："叔，多少年了？"

"老爷当年留洋归来，创办宣氏集团，第一个大工程就是投建了这家酒店，"龚叔眼角浮起皱纹，苍老的嗓音里是压不住的激动和感慨，"到现在已经三十八年了。"

宣兆微眯起眼："三十八年……"

"要是老爷还在就好了。"龚叔叹气。

"外公不在，我在。"宣兆微微一笑，抬手在衣襟上轻轻一扫，"进去吧。"

八楼沉香厅中，万千山的演讲正逐步进入高潮。

"有人在向我万某人、向万氏泼脏水，污蔑我这双手不干净，"万千山双目通红，愤愤然一甩手，"清者自清，我本来无意回应这些，但万氏不是我一个人的万氏，是上千名员工的万氏。万氏的清誉不容诋毁！我万某人愿意出售我手中80%的股权，保全万氏基业！"

纵然在座的都是深谙商场之道的老狐狸，听了这句话，依旧震惊不已，议论声轰然四起——

"万千山想干什么？他疯了吧？"

"他不是有两个儿子吗？前妻一个、现在的老婆一个，他这是一毛钱都不留给他儿子啊？"

"你这都不知道？万千山这两个儿子没一个和他亲的……大儿子倒是血统正，但万千山自己造孽；二儿子就是个野种，那个野女人带进家门的。"

有年轻些的不知道万千山当年的龌龊事情，疑惑道："两个儿子？不就一个外姓的吗？"

"宣家你知不知道？看来真是没落了啊……"

岑静香静静地站在一旁，双拳紧攥，指甲深深切入虎口。

万千山面色凝重，抬手做了个下压的动作，一堂嘈杂瞬间静了下来。

他往台下深深鞠了一躬："我万某人仰无愧于天，俯无愧于地，有人拿我当靶子攻击万氏，我绝不允许这种事发生。没了我一个没关系，只要万氏还在，只要万氏员工安乐，我足矣——"

一席话说得冠冕堂皇，漂亮极了。

万千山直起身，刚想再说些什么，突然"哐"的一声巨响，沉重的雕花木门被人从外面推开。

岑柏言心脏重重一跳，猛然抬头看去——

十多个黑衣黑墨镜分为两列站在门外，自他们中间，缓缓走上前一个人。

噔——噔——噔——

拐棍落地的声音沉稳且清晰，宣兆面带微笑，走到了人群前。

一身黑色装束显得他身形越发修长清瘦，肤白如雪，深色衣领下脖颈上的青筋都清晰可见；周身萦绕着一股矜贵之气，与这个充满铜臭味的地方格格不入。

短暂的愕然后，厅里爆发出了更加剧烈的议论声。

"他是宣家那位少爷？！"

"他来干什么？我听说当年万千山做得非常绝，丝毫后路都不给他们母子留啊……"

"我看他不是个残废吗？还拄着拐棍呢……"

……

宣兆对这些声音充耳不闻，他肩背绷得笔直，左手拄着拐棍，一步步地走向万千山。

岑柏言脑海中一片空白，愣怔地看着宣兆清瘦的身影。

万千山对上宣兆的眼睛，莫名从心底涌出一阵战栗。岑静香更是惊愕，这个瘸子怎么会出现在这里？！

"小、小兆？"万千山迅速反应过来，大步上前扶住了宣兆，"你怎么来了？你身体不好，我叫人送你回去休息。"

宣兆微笑着注视着自己的父亲，片刻后，用在场的人都能够听到的音量说："不用了，爸爸。"

哗——

宛若一盆冰水当头泼下，岑柏言耳朵里嗡嗡作响，大脑瞬间陷入了一片空白。

岑情手中的琉璃杯"啪"一下砸在了地上。

宣兆的目光从岑柏言身上划过，只是稍稍一顿，并不多做停留。

他轻轻一挥手，随行的手下们立即关上大门，并且守在了大门和两个侧门边。

不能进，也不能出。

宣兆缓步走上台，拿起了万千山刚才演讲用的话筒。

"各位叔伯中有不少远道而来，辛苦了。就在上周，这家酒店刚刚转入我的名下，各位在这里的一切费用，我都包了，祝大家玩得开心。"宣兆彬彬有礼地一欠身。

"宣兆！"万千山低吼，"你想干什么？"

宣兆置若罔闻，他的姿态极其儒雅，正是一个完美的、风度翩翩的贵公子。

"不少叔叔伯伯还不知道我是谁，容晚辈介绍一下自己。我是宣博远的外孙，宣谕和万千山的儿子，宣兆。"

宣兆的声音温和如流水，听在岑柏言耳朵里，却是彻骨寒冷。

台上的那个人，是他视为知己的人，分明昨晚还和他彻夜畅谈。

"既然今天由我做东，那么我也该尽一尽地主之谊，为各位介绍一下我的家人们。"宣兆说到这里，笑着看向万千山，"这位是我的父亲，万千山，万氏集团掌门人，我这些年身体不便，与他总共没有见过几面，没在身边尽孝，惭愧惭愧。感谢他这十多年将我外公的资产打理得如此出色。外公在天有灵，一定不会忘了您的功劳，爸爸。"

宣兆笑意儒雅，万千山却双拳紧攥："宣兆，你给我下来！"

两个随从瞬间按住了他的肩膀。

"这位——"宣兆转向岑静香，眼底的笑意更加明显了。

岑静香再也控制不住自己的表情，眼底浮现出扭曲的恨意："姓宣的，又是姓宣的……"

"这位是我父亲外面的女人，按说这种人上不了台面，偷着养在外面也便罢了。这么多年让她抛头露面的，是我这个长子做得不到位。"宣兆冲着台下微微躬身，致歉道，"家丑外扬，万望各位叔伯多多包涵。"

岑柏言瞳孔骤然紧缩，脚下一个趔趄。

偌大的宴会厅，静得连呼吸声都能够听见。

宣兆笑容儒雅、语调平和，然而每句话都直指要害——他遗憾自己身体不便没能在万千山面前尽孝，这么多年总共没见过几次面，实则说的是万千山这十几年抛妻弃子；他感谢万千山打理外公的财产，实则说的是万千山侵占宣家祖产、道貌岸然；他抱歉让岑静香抛头露面，更是一语揭穿了岑静香，把"鸠占鹊巢、不知廉耻"几个大字赤裸裸地摆上了台面。

台下几十号人，个个都是商界有头有脸的人物，每个人多多少少都知道万家的那点儿龌龊事情，不过是心照不宣罢了。

管他是姓宣的还是姓万的，能一起赚钱就行。至于"万氏集团"这四个字底下，掩着多少阴暗甚至是鲜血，这些在利益面前统统不值一提，反正都过去了这么多年，还有谁会记得这档子事。

可宣兆记得——被所有人忽略的那个残废记得。

他生命里的每一分、每一秒都在咀嚼着这肮脏的一切，他是在仇恨滋养下成长起来的食人花，这一天他等得太久太久了。

当这一刻真正来临时，他激动得浑身每个细胞都在鼓噪，争相叫嚣着"我要他们生不如死"。

岑情早已呆住了；万千山怒目圆睁，被两个黑衣人按着，动弹不得，呼哧喘着粗气；岑静香尖叫着冲上台，被一个保镖抬手拦下，她高跟鞋一崴，趔趄了两步险些跌倒，身后的岑柏言扶住了她的肩膀。

岑静香此时不再是那个高贵的阔太太，她头发凌乱、面容扭曲，阴毒的眼神瞪着台上的宣兆，恨不得把他生生撕裂。

"妈，"岑柏言喃喃道，"他说的……是真的吗？"

"你去把他拉下来！"岑静香掐着岑柏言的胳膊，声嘶力竭地吼道，"把那个姓宣的弄下来，姓宣的就是我们家的克星，快去啊！"

岑柏言重重闭了闭眼，再次问道："是真的吗？"

宣兆对这一切骚动置若罔闻，他左手支着拐棍，右手端着话筒，整个人身形修长、气度儒雅，姿态优雅闲适得仿佛正在出席一场盛大的舞会。

"当年在外公的葬礼上，在座不少叔伯应该见过我，一晃十七年，我心中始终有个遗憾。当年那场葬礼，我母亲病体难支，我年幼不懂事，没能出来主持大局，当时场面混乱，想必外公走得也不会安心。"宣兆缓缓环视一圈大厅，声音沉稳且坚定，"今日，我作为宣家长孙、宣家现任家主，重新送我外公宣博远最后一程。"

他微微颔首，龚叔收到示意，侧门缓缓打开，两个黑衣人早已候在门外。

那两人手中抬着一个方形物体，大约有半人高、一臂宽，其上覆着白布，看不见究竟是什么。

万千山预感到了这玩意儿是什么，他心头一沉，再也不顾久久维持的儒商形象，大声吼道："你们想干什么！宣兆！带你的人给我滚下去！"

台下人鸦雀无声。

宣兆从口袋中取出一方白色袖箍，佩戴在左臂之上，面色沉静。待那两个黑衣人走到他身边停下，宣兆肃穆地转过身，抬手重重一揭——

赫然是一张巨大的黑白遗照！

梦魇中的厉鬼猛然出现在眼前，如同一记重锤当头砸下，万千山脚底跟跄，脸色煞白，喃喃道："鬼……有鬼……姓宣的都是恶鬼，姓宣的该下地狱……"

"十七年前，四月三十日，那天下着十年难遇的暴雨，那天也是岑静香的生日。"

宣兆语调平稳，表情毫无波澜，没有人知道此刻他的身体里点起了怎样的一团火，那团火熊熊燃烧着，无数个声音在他体内齐声呐喊——

我要他们死，我要他们死，我要他们死……

宣兆缓缓道来："当日，万千山因出差在邻市，我外公宣博远、母亲宣谕与我本人均在家中，入夜后，我母亲接到了一通电话。"

"啊——贱人！贱人！"岑静香濒临崩溃，她喊叫着掐住岑柏言的脖子，"你快上去弄死那个贱人！快去啊！"

岑柏言瞳孔有些许涣散，巨大的震惊和难以置信笼罩住了他，他紧紧攥住拳头，勉力支撑住摇摇欲坠的身体，看向岑静香："十七年前……十七年前，你做了什么？"

宣兆很快给了他答案。

"致电者正是岑女士。岑女士误以为万千山陪伴在我母亲身侧，忘记了她的生日，因而来电询问，"宣兆淡淡一笑，唇角的伤疤随之勾起，"她先是教唆年幼的女儿发问'爸爸在哪里'，半小时后，再次致电，'无意'中透露万千山已经与她会合在清远山庄二楼的家庭套房，并'好意'提醒我母亲，希望我母亲不要前去破坏他们一家相聚。"

在场的人均是第一次知道这背后的原委，无一不是大为震惊。

岑静香的状态几近疯狂，她怎么拍打岑柏言，岑柏言都如同一尊石化的雕塑一般，没有丝毫反应。岑静香尖叫着狠狠一巴掌甩在岑柏言脸上："你还不去把他弄下来！"

岑柏言被打得偏过了头，他脸上毫无表情，只有胸膛在微微起伏。

"各位都了解我外公为人，刚正不阿、爱女如命，当即便驱车带我母亲前往清远山庄。我年幼无知，惧怕雷电，不敢离开家人庇护，强行跟上了车。之后的事情各位都知道，一场车祸，我外公当场殒命，母亲承受不住打击，神智有失，而我则落下终身残疾。"宣兆说起这些往事，非但没有丝毫愤恨，反而神态从容，像是这番话已经演练过了千万遍，"众所周知的事我便不再重复了，只是我心中有些许困惑，也一并说出来，各位叔伯都是长辈，看看能否为晚辈答疑解惑。"

他眼中笑意渐浓——

我要把他们踩在脚底，要他们这辈子都活得如同蝼蚁一般，要他们再无翻身之日！

仇恨是一座积蓄已久的火山，在这一刻轰然爆发，宣兆心底涌出一股莫名的畅快。

"一问外公葬礼上，为何身为女婿的万千山先生并未露面，反而是岑静香女士出席？

"二问十七年间，万千山先生在法律上仍是宣谕之夫、宣兆之父，为何从未给过我母子二人一分钱？

"三问岑静香女士既已代我母亲行女主人之责多年，与万千山先生伉俪情深，为何万千山先生不与我母亲宣谕办理离婚手续，仍以宣家赘婿之名掌管企业？"

三问掷地有声，场内瞬间鸦雀无声，万千山掩面无言，岑静香身体重重一晃，跌坐在地。

对比他们的丑态百出，宣兆显得格外沉稳，他顿了下，接着开口："这三个问题我疑惑许久，不过事至此，木已成舟，我身为长孙，也应当出来做个决断了。这么多年，岑静香女士照顾我父亲有功，总不能让她一直无名无分。既然我父亲不愿与我母亲离婚，我便斗胆做个主，效仿古制，同意万千山先生以纳妾之礼，将岑静香女士纳进宣家。"

"……纳妾？！"

"不愧是宣老的外孙啊……"

"这瘸子是从哪儿冒出来的，这种心机，以前不应该没听过啊？"

……

宣兆这番话说得波澜不惊，实则侮辱性极强，他把这两个人十七年来极力掩藏的一切全部掀开，一桩桩、一件件地袒露在光天化日之下。

"嘘——"宣兆抬手做了个轻轻下压的动作，极其有风度地等着诸人安静下来，才接着开口，"万千山当初是入赘我宣家的，一个无名之卒，吃穿用度皆倚靠我宣家，应当冠上'宣'姓；岑静香女士以前是见不得光的人便罢了，进了我宣家，理应也改姓为宣——"

"够了！"场下忽然传来一声低吼。

宣兆话音一顿。

岑柏言喉结重重滚动了一下，眼圈通红，抬头看着台上那道修长消瘦的身影，眸光晦暗不明："宣兆，你知道你在说什么吗？"

于是，在场所有人都看到了台上那位一直从容不迫、波澜不惊、泰山崩于顶都能不动声色的宣家少爷，竟然身形微微一顿，整个人仿佛被按下了某个开关一般，僵在了空气之中。

身体里沸腾着的恨意一瞬间忽然安静了，那团熊熊燃烧的火焰也在这个片刻偃旗息鼓，取而代之的是心口宛如破开了一个巨大的破洞，有什么东西被挖走了一样，空空荡荡，一片虚无，没个着落。

——从此以后，我再也没有着落了。

宣兆脑海里忽然冒出这样一个念头。

"宣兆，你敢不敢转头看着我，"岑柏言双眼一眨不眨地看着宣兆，咬牙切齿地说，"你敢不敢看我？你看着我，把这些话再说一遍？"

宣兆羞辱的那个人是他的亲生母亲，是岑静香抱着他逃出那个吃人的村庄，是岑静香一天打三份工来养育他，即使岑静香现在变得面目全非，即使……即使岑柏言已经料到那些肮脏的事情就是真相，但岑静香是他的生母啊。

而他的至交知己，正在当众羞辱他的亲生母亲。

岑柏言紧紧咬着牙，口腔中弥漫开了浓烈的血腥气。

宣兆始终直视着正前方，他紧绷着的双肩此时正几不可察地战栗着。

直到此时此刻，他平静的眼底才浮现出了一丝属于"人"的情绪，似乎是隐忍的痛楚，又像是无可奈何的悲哀，他轻轻闭上双眼，接着松开拐棍，左手抬起，伸出三指。

"我对着外公的遗像起誓，"宣兆睁开眼睛，偏头看向岑柏言，"我所说的没有半句作假，如有虚言，就让我——"

说到这里，宣兆忽然顿了下。

让我怎么样？让我将来的每一天都被痛苦折磨，让我这辈子都承受蚀骨钻心的痛楚够不够？

不够，远远不够，这些都太轻了，宣兆想，这些都是他经历过并且正在经历着的。

宣兆望着岑柏言，忽而勾唇一笑："就让我孤苦伶仃、无家可归；让我永生永世，生不得好生，死不得好死。"

岑柏言瞳孔倏然一震，只觉得手指都在痉挛，五脏六腑都紧紧蜷缩在了一起，太疼了，疼得连眼泪都掉不出来。

他嘲讽且绝望地一笑："好，好。"

宣兆静静地看着他，嘴角的疤痕像一滴挂在唇边的眼泪。

岑柏言抄起手边圆台上的装饰木雕，猛地往地上一摔。

砰——

震耳欲聋的一声响。

"你说把我当家人，"岑柏言的眼神如同两道利箭，直直射向宣兆，他的每一个字都粗粝得仿佛掺进了沙子，"也是假的吗？你从一开始接近我，就是假的吗？"

万千山震惊地趔趄一下，岑静香不敢相信自己听见了什么，愣愣地抬起头，看向自己的儿子。

一室哗然。

宣兆举起的左手僵在了空气中，话筒掉落在地，音响里发出了刺耳的"嗡"声。

——我再不能回头了。

他眼睫颤动，痛楚像是海浪一般，从血脉深处一股股地涌出，要把他整个人腐蚀殆尽。

岑静香在短暂的愣怔后，从地上爬了起来，张牙舞爪地扑向主席台："你做了什么！你对我儿子做了什么！我杀了你，我杀了你，啊——"

宣兆垂眸看着眼前这个面目狰狞的女人，像是俯视阴沟里的蝼蚁。

"阿姨，"宣兆缓缓蹲下身，轻声说，"您的儿子把我当成知己，被我利用，对我无话不谈。"

岑静香披头散发，口中粗喘着气，抬手去抓宣兆的脸。

宣兆丝毫不躲，任凭她尖利的指甲在侧额头划出三道血痕。

只有皮肉上的疼痛，才能稍稍抑制他此刻身体中翻涌的痛楚。

"宣兆，"岑柏言宛若一只身负重伤的野兽，眼神绝望且阴鸷，"好，你好啊……从头到尾，你都在骗我。"

宣兆依旧维持着蹲地的姿势，一只手撑着地，别人只以为他是在羞辱岑静香，没有人知道其实他已经站不起来了。

他全身都在发抖。

"对，我是在骗你，从头到尾，"宣兆一字一顿、无比清晰地说，"都是骗局。"

——好，可以，没关系。从今以后，就让我生不得好生、死不得好死。

"你冲我来，你有什么冲我来！"岑静香上半身趴在台面上，尖锐的指甲又在宣兆脖子上划出血淋淋的痕迹，"他做错了什么，柏言做错了什么！"

"我又做错了什么！"宣兆忽然发出一声低吼，他终于肯将自己儒雅温和的伪装撕开一条裂缝，手背上青筋根根凸起，额角渗出的血珠顺着侧脸轮廓滑落，在鲜血的衬托下，他清俊的脸颊染上了几分妖冶，仿佛地狱里爬出来的修罗，"我外公做错了什么？我妈妈做错了什么？我呢，我又做错了什么？我的一条腿谁能赔给我？是你来赔吗？还是你那个健康英俊、前途无量的儿子？！"

说完这一句，他喉头一紧，浑身仅剩的力气像是被抽走了一般，连蹲在地上的力气都没有，左膝一阵骇人的刺痛传来，"咚"的一声后，他单膝跪在了台上。

宣兆痛苦地闷哼一声，勉力咬着下唇，支撑着自己摇摇欲坠的身体。

整个大厅陷入了一片骚动，窃窃私语的人有，趁乱想要做空万氏的人有，向万千山、岑静香投来鄙夷目光的更有。

一片混乱中，岑情满脸都是眼泪，抄起一个玻璃酒瓶，尖叫着朝宣兆冲过来——

"啪！"

玻璃炸裂。

头破血流的疼痛没有如期到来，宣兆睁开双眼，一只鲜血淋漓的手臂挡在了他面前。

"哥，你疯了！"岑情目瞪口呆地看着岑柏言，"你还护着他，你是不是疯了！"

岑柏言像是失去了痛觉神经一般，用满是鲜血的手掌扣住宣兆的下巴，硬生生地扳起宣兆的脸，逼迫宣兆和他对视。

"你要我怎么赔？"岑柏言的力道很重，几乎能够听到宣兆骨骼发出的咯咯声，"你扪心自问，我对你还不够好吗？嗯？宣兆？"

有血掉在了宣兆睫毛上，宣兆的视线变得模糊不清，片刻后，他突然从鼻腔里发出了极其轻的一声笑。

龚叔看不下去了，背过身去，重重叹息了一声。

宣兆狠狠别开头，逃开了岑柏言的禁锢。

"岑柏言，你以为你是谁？还有我外公的一条命，还有我妈妈被关在疗养院里的一辈子，"血珠顺着鼻梁滑落在嘴唇之上，被宣兆轻轻舔进口中，"这些怎么算？你的十七年过得安安稳稳，我呢？"

他带着恨意的眼神像一把尖刀，重重插入岑柏言的心口，接着又猛然拔出，"扑哧"一声，带出一片血肉。

"都滚！"万千山厉声冲大厅里的其他人喊道，"全都给我滚——"

"不许走！"宣兆大喝一声。

他左手捡起摔落在地的拐棍，摇摇晃晃地从地上站了起来。

宣兆很瘦，肩胛骨在衬衫下高高突起，身形单薄得像一张白纸，仿佛一阵风就能让他倒下。然而，他此刻的表情却极其狠厉，语气是前所未有的阴冷。

"我话还没说完，"宣兆轻轻一笑，"我看谁敢走。"

宣兆带来的人把三个门守得很紧，没有宣兆的准允，任何人都离不开会场一步。

"耽误各位时间了，"宣兆支着拐棍，站直了身体，稍稍欠身，抱歉地说道，"仪态不整，让叔伯们见笑了。"

他从上衣口袋中取出一方洁白的手帕，轻轻擦拭脸上的血痕，动作极其轻柔优雅。不过须臾，他就从气势凛然、狠厉阴冷重新成了那个风度翩翩、斯文俊秀的贵公子。

宣兆微微一笑，抬手在空气中虚虚一指："各位请入座。"

他神情温和，却令所有人不寒而栗。

"各位要么是万氏大股东，要么与万氏有生意往来，"宣兆缓缓环视一圈，额头上的伤口再次渗出血珠，他却好似浑然不觉，"据我所知，万氏当前最大的项目，就是卫海新区开发。"

近十年来，政府一直在大力发展新阳周边的卫星城，卫海新区就是战略规划中极其重要的一步，那附近的地块遭到不少人眼馋。而早在十七年前，万千山便斥资买下了卫海新区的大片荒地，因而被大赞战略眼光独到。

"这十七年间，万千山先生占据卫海新区大片土地，却并不兴土木建高楼，他做了什么呢？"宣兆故弄玄虚地眨了眨眼，"他在山道边秘密修了一口井。"

万千山浑身一颤。

"井？那地方没人住，他造井干吗？"

"卫海的项目咱们是不是也注资了？"

"万千山到底在干什么……"

……

私语声此起彼伏，宣兆已经做足了悬念，很满意地勾唇一笑，掷地有声地说："一口枯井，井中无泉，井盖柳木制成，用八根长钉钉死，井盖外锁着八条铁链。"

轰——

宛若一盆滚烫的热油倒进了锅中，瞬间沸腾开来。

在新阳风俗中，柳木是棺材木，封棺一般用七根钉子，俗称"子孙钉"，能使子孙兴旺发达，而八根钉子则是"镇孝钉"，是断子绝孙之意；八条铁链在新阳民俗中则是镇鬼才会用的法子，让鬼魂永不得超度。

这口井以棺材木做盖，正是一口人造深棺，八根"镇孝钉"要这棺中人绝子绝孙，八条铁链更是要将亡人魂魄永生永世镇于井中！

好阴毒的手段！

万千山神情骇然，嘴唇忍不住颤动："孽障……孽障！"

岑柏言右手垂在身侧，低着头看不清表情，鲜血顺着手指一滴一滴往下坠。

"真是无巧不成书啊，我一家三口正是在途经卫海边的村镇时出了车祸，我外公当场殒命，"宣兆说，"外公去世后一个月，万先生便买下了那块地，修了那口井。井中镇的是谁？又是谁做贼心虚？答案不言而喻了。"

"胡说！"万千山此时像一个市井泼皮，满面青筋地大吼道，"胡说八道！都是胡说！"

岑柏言始终垂着头。

就在刚才，他还一身戾气地质问宣兆，而现在，他却表现得像一个事不关己的旁观者，只有颤抖的指尖和手臂上绷起的青色筋脉泄露了他些许的情绪。

"诸位不觉得奇怪吗？万千山先生如此担忧我外公的冤魂寻他索命，十多年来始终把卫海捂得严严实实，即便在五年前，政策最为支持的时候他都不动这块地，为什么偏偏在此时立项开发？"宣兆带着笑意的声音被话筒放大，仿佛在娓娓道来一个美妙的童话故事。

对啊？为什么？

圈子里无人不知万千山有多迷信，他为了镇压老丈人的冤魂买了这块地，又整整捂了十七年，此时他要把这块地开发脱手，一定是有了更大的利益！

他轻轻拍了拍掌，一个黑衣人拿上来一沓资料。

岑情瞳孔骤然紧缩，惊恐地瞪大双眼——

那是她从爸爸的书房里偷出来给宣兆的！

万千山眼前一黑，更是毫无形象地跌坐在地。

"就在上周，万千山先生和一家名为'奇雀'的公司秘密签订了开发权益分配书，我调查发现，奇雀是个空壳公司，背后实际操纵的势力是境外资本。"

宣兆恰到好处地顿了下，点到即止，并不再继续往下说。

因为这些就足够了。

在发梢的遮掩下，岑柏言眼睫剧烈颤动着，宣兆曾经让他看过一些经济犯罪类的材料，想必也是别有深意。就连他这个门外汉都知道这是什么意思，更不用说在场浸淫商场多年的一帮老狐狸了。

万千山一边拉拢资金做开发，另一边又悄悄把实际开发权交出去，通过一家空壳公司签订协议，将资金神不知鬼不觉地引流到境外。

万千山敢这么做，想必他早就给自己找好了后路，八九不离十是已经将个人资产做了转移。

白会长怒不可遏，拍桌而起："万千山！你是怎么低声下气求我们投资的！"

"当面一套背后一套，真是信错了你啊！"

"我要撤资！还钱！"

……

嘈杂声中，宣兆不动声色地哼笑了一声。

说到万千山做的那些腌臜事情，这些人无动于衷，一提到钱，老家伙们倒是个个都出来跳脚了。

"你这个吃女人软饭的白眼狼！"一个人恶狠狠地骂道，"我早就看出你一无是处，宣谕那小丫头不知道看中你什么！"

"对对对，一个入赘的，能是什么好东西！要不是宣家，你现在还不知道在哪里拧螺丝！"

……

入赘，吃软饭，凤凰男，白眼狼，靠女人，宣家……

万千山用了半辈子去摆脱这些词，他以为自己终于功成名就、权势在握了，没想到一夕之间全毁了，全毁了！

都是姓宣的，姓宣的都应该下地狱，姓宣的都是恶鬼，是找他索命的恶鬼！

万千山突然爆发出一股巨大的能量，从地上站了起来，嘶吼着朝宣兆冲了过去，他的速度非常快，甚至连舞台下的保镖都没有反应过来。

"去死，姓宣的都去死——"

他硕大的拳头还没有落到宣兆身上，就被一只手掌拦下了。

那只手的手臂还鲜血淋漓，被酒瓶破开的伤口没有处理，撕裂的地方皮开肉绽。

保护宣兆似乎已经成为一种本能，等岑柏言反应过来，他已经挡在了宣兆身前。

宣兆眼睫低垂，紧紧攥着拐棍，指尖泛白。

"继续。"岑柏言沉声说。

不仅是岑静香和岑情，就连宣兆也不敢相信地抬起头，愕然望向岑柏言。

岑柏言双目赤红，嗓音沙哑得几乎没有了原来的样子。

"继续。"岑柏言扭过头，充血的眼球死死盯着宣兆，"说。"

——宣兆，既然你一开始就给我判了死刑，你要我死，也得让我死个明白。

宣兆从岑柏言绝望且决绝的眼神中看出了什么，钻心的痛楚从身体深处传来，他呼吸有些不稳，闭了闭双眼，拿起那沓资料挥手一扬——

哗！

复制了几十份的材料如同雪片一般，在沉香厅中散开。

沉香厅中喧嚣散去，一场盛大的宴会以极其戏剧性的方式草草落幕。

白会长牵头的一众商界大鳄怒不可遏，戳着万千山的脊梁骨说他是个上不了台面的软饭男，靠着宣家做大了，出轨间接害死岳丈，弃妻儿于不顾，这种人品怎么能做一家公司的掌门人！

万千山就像一只丧家之犬，失魂落魄地跌坐在地，任凭那些辱骂雨点般砸在他身上。

他并不像他自己所说的那样清清白白，经他手上不了台面的灰色操作恐怕连他自己都记不清有多少。近一年来他生意不顺，算命的大仙说他这两年恐有大灾，于是他逐步把资产往国外转移，在境外注册了新企业，同时办理移民手续。只等包养的情人给他生个儿子，他就去国外逍遥快活。

卫海新村是他借万氏壳子干的最后一票，实际上他已经以极低的价钱把工程承包给了境外资本，等这笔钱捞完，最迟明年年中他就能脱身。

他为这场发布会造势已久，这本该是他吸引融资、扭转声誉的关键一步，却因为宣兆的突然出现毁于一旦。更可怕的是，宣兆手里怎么会有那些资料……他明明万分谨慎，从不留下电子存档，文件也从不在公司过夜，只保存在家里。

宣兆是怎么拿到的？

宾客散去后，大厅里一片狼藉，宣兆神情冷漠，现在这里只剩下他们这一家人了。

"一家人"这个说法不是很精准，但也说不上有什么错。万千山是他的父亲，岑静香是万千山现在的女人，岑情是他同父异母的妹妹。

而现在，宣兆站在最高的位置，俯视着他们此刻痛苦的模样，一种诡异的快感从身体深处缓缓升起，尤其是当看见被泼了一头红酒的万千山时，他勾唇微微笑了起来。

万千山悚然一惊，一阵惊惧顺着后脊猛然窜起，宣兆的笑容像是吐信的毒蛇，让他感受到了刺骨的冰凉。他似乎透过这个笑看见了别的什么，颤抖着喃喃道："鬼，有鬼……"

岑静香狼狈不堪地收拾她在拉扯中掉了一地的首饰，岑情昂贵的裙子沾上了红酒，正缩在墙角嘤嘤抽泣。

而岑柏言……

宣兆指尖一顿，心脏像是被一只大手紧紧攥住，一种难以名状的痛楚山呼海啸地席卷了全身。

这种痛盖过了膝盖的伤病，甚至盖过了那股扭曲的快乐。

如果岑柏言这时候抬起头，就能看见宣兆刹那间褪去血色的嘴唇和止不住颤抖的指尖。

"少爷，"龚叔走到宣兆身边，"车在下面等着了。"

宣兆"嗯"了一声："走吧。"

岑静香的珍珠项链扯断了，圆润莹白的珠子滚落了一地，那是她最珍爱的一条项链。一颗珠子滚落到了桌子底下，她披头散发地跪趴在地，撩起大红色桌帘，费劲地伸长胳膊去够那颗发着光的珍珠。

一个人在她身边蹲下，搀住了她的胳膊，用沙哑的声音说："妈，别找了。"

岑静香抓住岑柏言的手，神色焦急："你帮我弄出来，赶紧的，这串项链要两百多万，很贵的。"

"妈，别找了，"岑柏言看着岑静香，"不是我们的东西，还给人家吧。"

岑静香浑身一震，难以置信地瞪大双眼，接着颤颤巍巍地抬起手——

啪!

岑柏言被打得偏过头去。

宣兆的脚步因为这一声脆响而停住了。

"你说的这是什么话？你也看不起我？我做这些是为了什么？还不是为了你！"岑静香靠近不了宣兆，于是把所有的情绪都宣泄在了岑柏言身上，"你呢？你被那个女人的儿子骗了，反过来对付我了是不是？是不是啊！你如果和我一条心，我们现在能被这个瘸子弄成这样吗？！"

岑柏言闭了闭双眼，他觉得很累，太累太累了。

他的胳膊刚受了伤，岑静香却继续在他身上又抓又挠，才刚止住血的伤口又被尖锐的指甲撕破，血止不住地往下流。

"岑柏言，我贱，我不要脸，"岑静香面容狰狞，"但我是你妈！我唯独不欠你的！"

岑柏言抿着唇一言不发，岑静香一下一下地往他身上抓挠、捶打，他连眉头都不皱一下。

一双黑色皮鞋停在了他们面前，黑色拐棍杵地，发出"噔"的一声闷响。

岑柏言喉结一滚。

"镯子，"宣兆居高临下地俯视着岑静香，"拿来。"

岑静香抬起头，眼神阴毒如同摆尾的蝎子："这些十七年前就是我的了，你凭什么拿回去？"

说完这句，她又冷笑一声。

"听说这是你妈妈最宝贝的镯子，我戴在手里十几年了，都说翡翠认主，我现在就是它的主人！"岑静香胸膛起伏，"我的！都是我的！"

"阿姨，您弄错了吧，"宣兆倨傲地颔首，"我没有征询您意见的意思。"

两个手下人会意，上前正要取过岑静香的镯子，岑柏言低喝一声："别碰她！"

宣兆呼吸一滞。

那两个手下人拿不准主意，悄声问："东家？"

宣兆抬手向后一挥，那两人重新退了回去。

岑柏言牵过岑静香的右手，这只手经过多年的精心护理，连褶皱都鲜少。但岑柏言清晰地记得这只手曾经是怎么含辛茹苦地把他拉扯大，那是他这一生关于"母爱"最深刻的记忆。

"我小时候想要一个竹蜻蜓，你买不起，"岑柏言以一种不容挣脱的力道攥住岑静香的小臂，另一只手把那只翡翠镯子脱了下来，"你是怎么和我说的，你说不是我们的东西，我们不要，你教我做人要光明正大。"

岑静香的眼泪扑簌簌地往下掉，她眼睁睁看着镯子一点点地从手腕上脱下去，嘶喊道："以前，以前，以前是以前，现在和以前能一样吗！光明正大？我做这些就是为了让你能光明正大地过日子，难道你还想过回以前的日子吗？！"

"我想！"岑柏言大喝一声。

岑静香被吓愣了，讷讷地问："你现在也把我当仇人了是不是？是谁教你的？是不是这个瘸子？"

她看向宣兆："你是怎么骗我儿子的？你妈不是书香门第出身吗？不是大户人家的小姐吗？她就是这么教你的？"

"不是她教我的，"宣兆稍稍弯下腰，"是您教会我的。"

"镯子，还给你。"岑柏言缓缓站起身，把翡翠手镯递给了宣兆。

宣兆停顿两秒，垂下眼眸不去看岑柏言的脸，伸手接过镯子。

"我们走。"他沉声吩咐，抬脚便往大门的方向走。

"宣兆，"身后传来一个嘶哑的声音，"你没有什么话要和我说吗？"

宣兆脚步一顿，用力咬了一下舌尖，疼痛让他的大脑保持镇定和清醒，他死死攥住拳头，勉强发出不那么颤抖的声音："好。"

沉香厅旁边的 VIP 室里，宣兆的目光移到了岑柏言的脸上，平静地注视着他。

此刻，宣兆的目光却让他无比陌生，仿佛他只是个无关紧要的路人。

"都是假的吧，"岑柏言低头一笑，"我就是有点儿好奇，是不是都是假的？"

"是。"宣兆说。

岑柏言踉跄了半步，他一夜没睡，双目通红地看着宣兆："什么时候开始的？"

他灰败绝望的眼神像一只无形的坚硬铁圈，勒着宣兆的咽喉，越收越紧，越收越紧——

"惊雷酒吧，你遇见我开始。"宣兆的声音有些变形。

"都是你安排好的？"岑柏言睫毛颤抖，他退后一步，笑了笑说，"酒吧也是，家教也是，大学城的出租屋也是？"

"是。"宣兆每说出一个字，他就觉得有把刻刀在刮他的喉咙，"都是假的，是我骗你的。"

"全部都是假的，岑柏言，"宣兆轻轻闭上双眼，"我也是假的。"

宣兆觉得自己的身体正在往外淌着血，他正安静地站在一汪血海之上。

"宣兆，很好玩吗？"岑柏言眼眶湿润，他强撑着自己这二十年来最后的骄傲才压抑住了掉泪的冲动，"你看着我一步一步走进你的骗局，对你嘘寒问暖，把你当最亲最值得信任的家人，是不是很好玩？"

宣兆缓缓睁开双眼，眼底看不出半点情绪。

"你看着我的时候在想什么？"岑柏言逼问，"是不是在想怎么报复他们，是不是在想我还有什么利用价值？"

"好，我说得再清楚一点。"宣兆寡淡的神情有了一些起伏，他握着拐棍的指尖泛白，"我看着你的时候在想，如果我也可以有一个正常的家，我会不会像你一样，像你这样参加篮球赛，参加运动会，活得随心所欲，想笑就笑。我在想这十七年你是怎么长大的，你有妈妈、有爸爸、有妹妹，你什么都有，你应该很开心吧……"

岑柏言打断他："宣兆，我不欠你什么。"

"是，你不欠我什么，"宣兆深深吸了一口气，"我对不起你，岑柏言，是我对不起你。我没办法控制我自己，我看到你就想起十七年前，想起我外公是怎么死的，我妈妈是怎么疯的，我看到你就忍不住地嫉妒，我嫉妒你有一双健全的腿，我嫉妒你有这么好的人缘，我嫉妒你想干什么就干什么……我就是这么虚伪又自私，你不欠我的，你清清白白，你出淤泥而不染，我已经烂透了，我再活七十年、八十年都一样，我再也没有亲人，我的腿也回不来了，我这辈子就从接到你妈妈电话的那一刻就结束了。"

岑柏言的眼底红成一片。

"岑柏言，"宣兆看着他，一字一顿地说，"你什么错也没有，但我控制不住我自己，我就算下地狱也要拉着他们一起。"

……

"宣兆，"岑柏言胸膛剧烈起伏，"被你玩弄这么一场，是我蠢。就当我们没有认识过。"

宣兆浑身一僵。

"你记住了，"岑柏言用那只鲜血淋漓的手背捂着双眼，"我这辈子，最后悔的事，就是遇见你。"

岑柏言就这么捂着双眼，一步一步地往外走。

VIP室的门"砰"地关上，宣兆再也支撑不住，脱力地靠在了沙发上，疲惫地闭上了双眼。

而后渐渐地，从他的喉咙里发出了压抑的、痛苦的喘息。

龚叔找到宣兆的时候，他唇色煞白，满脸都是冷汗。

但他坚持不去医院，而是要返回大学城的出租屋，而后他把自己关了整整三天。

第 17 章
亏欠，两讫

　　岑柏言试图让自己变成一个二十四小时旋转的陀螺。

　　万千山从家里搬了出去，突如其来的撤资让万氏现金流出现了巨大缺口，他忙于应付各家银行和商贷机构，同时还要面对税务局的调查。万千山和岑静香终于彻底撕破了脸，岑静香生了一场大病，高烧不退，发展成了严重的肺炎；岑情整日以泪洗面，以肉眼可见的速度变得消瘦，她变得比以往更加偏激，时常无故地大吼大叫。

　　岑柏言既要照料卧病在床的母亲，又要安抚情绪激动的妹妹——他现在是这个家里唯一的男人，总不能连他也倒下了。

　　岑柏言从来都是个决断的人，他爱憎分明，把喜欢和厌恶区分得很明显。但一夜之间，他的世界被整个颠覆。

　　他知道岑静香犯下了不可弥补的错误，但那是他亲生母亲，他做不到假装看不见她在病床上痛苦地喘息；他知道在这场恩怨中他没有做错任何事，但他没法心安理得地接受自己享用着本不属于他的优渥生活。

他仿佛被扔进了一处山壁，两侧坚硬的石壁越夹越近、越夹越近，他伸出双臂奋力支撑，咬着牙告诉自己不能倒下，绝不能倒下。

其实岑柏言不知道怎么做才是对的，或者说他怎么做都不对，他唯一知道的就是他不能停下来，他得让自己忙碌起来，他必须忙得连思虑的时间都没有，这样他才能够喘息。

这天，岑柏言去给岑静香送药，岑静香的精神状况不太好，发狠地掐住岑柏言的脖子，辱骂岑柏言是"叛徒"，是"畜生"。

"我生你养你，你竟然背叛我，你和仇人站在一边，你这个叛徒！"

岑柏言冷着脸，把她拉进了浴室，单手拧开淋浴喷头——

哗！

凉水兜头浇下，岑静香讷讷地看着岑柏言，少顷哭喊着要岑柏言去杀了宣兆，她受了那么大的屈辱，一定要宣兆跪在她面前给她谢罪。

岑柏言静静地看着她，眼神陌生得仿佛她是一个素未谋面的路人。

"你冷静下，药我放在床头柜了。"岑柏言转身离开。

岑静香的病还没有好，岑情这边也出事了。

当晚，别墅区里一户人家上门指控岑情虐待了他们家的狗。岑柏言跟着他们去查看了监控视频。画面里，几只小狗在草坪上撒欢奔跑，主人们聚在一边聊天，岑情趁着没人注意，抱起一只小博美躲到灌木丛后，拽着小狗的后腿摔打。

更多的录像被调取，这已经不是岑情第一次凌虐动物了，这段时间频率尤其高。

岑柏言蹲在家门边抽了五根烟，既痛心又懊悔，岑情走到今天这一步，他并非没有责任。

从小到大，他和万千山一直都不算亲密。小孩子是最敏锐的，虽说名义上万千山也是他的爸爸，但他能感觉到万叔叔对小情和对他是不一样的，他们之间始终像隔了一层什么。所以他不爱在家里待，动不动就往陈威家跑，陈威父母总玩笑说要不你改名叫"陈柏言"得了；

他陪伴在岑情身边的时间太少了，他总嫌弃岑情娇滴滴的，在学校里也躲着她，他甚至不知道岑情是怎么变成现在这个样子的。

他一一去给邻居们赔偿道歉，次日要带岑情去看心理医生，岑情尖叫着说："我没病！有病的是你！那个男的是我们家的仇人，你还对他那么好，要不是你，爸爸就不会走，我的公主裙也不会脏！"

岑情说那些蠢狗看着就恶心，狗就是狗，不配和人生活在一起，姓宣的都是脏狗，她虐狗的时候想着的就是宣兆的脸！

岑柏言忍无可忍，抬手扇在了妹妹脸上——

这是他第一次对岑情动手，他气得浑身发抖，但手上是留了力的，这个力道伤不着岑情。

岑情愣了两秒，紧接着放声大哭，高喊着"我恨你"，要岑柏言滚。

"爸爸要把钱都留给那个怀孕的女人，你就是罪魁祸首！"岑情抄起一个玻璃烟灰缸，狠狠地砸在岑柏言的身上，"你不走爸爸就不会回来！你滚！"

罪魁祸首？我竟然成了罪魁祸首了吗？

岑柏言看着发狂的妹妹，忽地冷笑一声。

到底是谁疯了。

岑柏言离开了那个"家"，顺着小路不知道走了多久，直到天色昏暗，他才觉得有些累了，找了个花坛坐了下来。

宴会那天，胳膊上的伤已经结痂了，由于处理不得当，恐怕要留疤。他垂头看着那道丑陋的伤痕，越看就越恶心。

岑柏言啊岑柏言，你走哪儿都是个青年才俊，收到的情信摞起来有一层楼那么高，你怎么变得这么狼狈了？

优越的家境是从别人手里抢来、偷来的，温柔婉约的妈妈是假的，儒雅温和的继父是假的，娇俏可爱的妹妹是假的，什么都是假的。

他一度把宣兆当作家人，宣兆让他重新感受到了属于家的温暖和真实，然而宣兆狠狠给了他一个耳光。

宣兆……

这两个字像一把最锋利的刀子，"扑哧"捅进了岑柏言身体里，心脏的位置传来一阵剧痛，他捶了捶左心口，深深吸了一口气。

宣兆，宣兆，对，找宣兆。

他指尖微微颤抖，从口袋里翻出手机——指尖猛地僵在了手机屏幕上。

岑柏言看着手机屏幕里倒映出的他自己那张脸，下巴上满是胡楂，头发凌乱，眼皮浮肿，眼圈青黑。

太难看了，实在是太难看了。

岑柏言抹了一把脸，有什么大不了的。

这地球上几十亿人，每天被欺骗的不知道有多少，怎么就你一个要死要活的？

岑柏言抬手重重按着眉心，对自己说别再丢人了，岑柏言，你已经够丢人的了。

天快黑的时候，岑柏言打了电话给陈威，陈威开着一辆电动车来接。

他听家里人说了万叔叔家的事儿，生意场上的那些门道他不关心，岑静香当年做了什么见不得人的事他也不是很在乎，他就担心岑柏言想不开。

那天到现在已经过去八天了，他也没敢问岑柏言怎么样了，生怕勾起岑柏言的伤心事。

直到今儿见到了岑柏言，虽然人是邋遢了些，但好歹精神头不错，至少没像电视里头演的那样想不开，也没瘦脱相，陈威总算放心了些。

"你今晚住我家，要和你妈说一声不？"陈威问。

"不用，"岑柏言说，"估计她也不想见到我。"

陈威一时语塞，干巴巴地安慰："好歹是你妈，母子之间哪有什么隔夜仇。"

"不说这个。"岑柏言摆摆手，"你载我去趟临海那个别墅。"

陈威说："去那儿干吗？"

岑柏言垂下眼眸，良久后缓缓道："该还的债总得还上。"

没有人知道宣兆把自己关在大学城烂尾楼里的三天发生了什么。

龚巧担忧得不得了，宣兆的电话打不通，发信息也不回，她想去找宣兆，却被爷爷拦下了。

爷爷说让他一个人冷静冷静，龚巧不明白哥有什么可冷静的。她又去问卓非凡，可卓非凡总是很忙，他总是往外地跑，也不知道是忙什么去了。龚巧还发现卓非凡陪着她的时候也时常走神，常常一个人走到一边去打电话。

她敏感地觉得非凡哥变了，以前非凡哥看着她做雕塑，眼睛里是满满的欣赏，现在却是心不在焉；以前非凡哥会带她去艺术馆看展，上回却把她一个人丢在了展厅，自己匆匆离开；以前非凡哥说等她高考结束，他们就在一起，可是都这么久了……非凡哥还是没有任何表示。

也许是他太忙了，龚巧总是这么安慰自己。

——非凡哥就要毕业了，事情一定很多，我要乖一点，懂事一点，不能让他为我分心。

第四天的时候，宣兆的电话终于接通了。

"哥？"龚巧眼泪都要急出来了，"你怎么了呀，怎么不接电话呢？你病了吗？"

"嗯。"宣兆的声音还是一如既往地温和，只是多了几分疲惫，"有点小感冒，躺了几天。"

原来只是感冒啊，龚巧松了一口气："你怎么不去医院啊？！"

"医院治不好，"宣兆淡淡道，"需要自愈。"

"你可不能讳疾忌医，"龚巧认真地说，"那你现在好了吗？"

宣兆给了一个模棱两可的答案："会好的。"

这次出现，他正式宣告重组宣氏企业，也将他和万千山的对立关系摆上了明面。

有数名履历优秀的职业经理人替他打理公司，他只需要做好门面工作就可以，包括西装革履地出入各种商业场合、前呼后拥地参加酒会、滴水不漏地接受媒体采访，俨然一个炙手可热的商场新贵。

每年名利场上想出头的人那么多，宣兆年轻、英俊、儒雅，加上他传奇一般的身世，无疑是最好的造势话题，给全新的宣氏带来了第一波热度，也拉到了可观的投资。有人评价他是蚕食自己生父的毒蛇，宣兆不置可否。

他对别人狠，对自己更狠，他走的是伤敌一千、自损一千二的路子，只要万千山身败名裂，他什么都可以失去。

然而，在这天的股东大会上，宣兆的手机突然振动了起来，于是在座的十多人都看见了他们这位异常年轻但却异常果决、铁腕、冷漠的CEO脸上第一次出现了别的表情——

他先是不耐烦地微微皱眉，继而垂下眼眸，视线落在来电显示上的那一瞬间，他的眼睫几不可察地颤抖了起来，手里握着的钢笔掉落在地。他看起来似乎有些慌张，端起手边的陶瓷杯，仰头喝了一大口水，又把自己呛得一通咳嗽，甚至呛出了眼泪。

也许真的是咳得太厉害了，他眼圈迅速泛红，就和没有力气站直似的，一手支着拐棍，匆忙离开了会议室。

岑柏言让宣兆去办临海别墅的过户手续。

这栋别墅是宣谕亲自挑选的婚房，写了万千山的名字，后来万千山为了讨好岑静香，把这栋房子给了岑柏言。

现在，岑柏言要还给宣兆。

他们明明仅相隔了一个月没有见面，却已经生疏得像是陌生人一般。

"我不知道什么东西是后来添置的，只把衣服清空了，别的你自己收拾。"地产管理部门外，岑柏言面无表情地把房产证递给宣兆，"产权调查还需要一段时间，我问过了，三个工作日。"

"嗯。"宣兆接过那本硬壳证，握着拐棍的手由于用力过猛，指骨泛起青白色。

岑柏言自嘲地笑笑：“我手里也没什么别的，就只有这个能还你了。”

“够了。”宣兆的身体里传来细小的崩裂声，仿佛一根根琴弦正在断裂，“你说得对，你没有欠我什么。”

“也不能这么说，”岑柏言平静得不像他自己，反倒更像是宣兆，“我住着你的房子，用着你们家的钱，即使这不是我的主观意愿，但已经是客观事实。”

他的声音理智、冷漠到没有丝毫波澜，像一把精准的手术刀，剖开了宣兆的胸膛。

“没有什么事的话，我先走了。”宣兆垂眸，不再看岑柏言。

岑柏言的心胸远没有那么宽广，他根本就不是什么圣人，他没有办法说释怀就释怀。

“宣兆。”岑柏言在身后叫了他一声。

宣兆脚步一顿。

“我欠你的，我还，”岑柏言声音冰冷，宛如一把冰锥，直直地刺入宣兆的骨髓，“你欠我的，你打算怎么还？”

岑柏言再一次来到了大学城巷子最深处的这栋烂尾楼。

他在这里拥有过温暖，他在心里把这个地方定义为“家”，家里有他视为亲人的知己好友，有锅碗瓢盆碰撞的清脆声响，有耗电巨大的“小太阳”，有窝在一起打电玩的沙发，有轻轻一碰就会发亮的小夜灯……还有一些毫无意义的小玩意儿，比如会说话的仙人掌布偶、顶着大脑袋的不倒翁、捏一捏就会嗷嗷叫的小猪玩具。

屋里窗帘拉得严丝合缝，一丝光都透不进来，宣兆按下开光，白炽灯猛然照亮小屋的一瞬间，岑柏言还是无可避免地察觉到了一阵隐痛。

突如其来的光亮是岑柏言最好的掩护，他偏头闭了闭眼，又深吸了一口气。

"你有什么要带走的，"宣兆背对着他站得笔直，"自己拿吧。"

"行。"岑柏言鞋也不脱，大步走进屋里。

宣兆垂眸看着他在地上踩出的脚印，忽然感到一阵恍惚。

最初租下这间屋子，只是他用来欺骗岑柏言的一种手段，偶尔过来也只把这里当个落脚点，和路边的亭子、公园里的长椅没有任何区别，更不用说注意到进门换鞋这种细节了。岑柏言冒冒失失地搬进来后，在门边安置了鞋架和地垫，他总是说外面的鞋子多脏啊，怎么能穿进家里呢？

而现在，平常穿的拖鞋被岑柏言踩了一脚，软趴趴地耷拉着。

宣兆房间的床铺上被褥稍稍有些凌乱，薄被半掀着，仿佛昨晚还有人在这张床上入眠。

这个念头在脑海里甫一出现，岑柏言立即自嘲地一笑。

——怎么可能？他怎么可能还会回来这里？

——这间屋子也不过是他的工具罢了，利用完了，没有价值了，他就不会再要。

岑柏言从自己房间的床底下拖出放冬天棉被的置物筐，把装在压缩袋里的棉被一股脑地倒了出来。接着，他拿起床头柜上的夜灯和保温杯，"砰"地扔进了置物筐里。

宣兆站在门后的阴影里，看着岑柏言用过的所有东西都一件件扔进置物筐里。

投影仪被拆掉了，茶几四角包裹上的软布也卸了，床边洁白的羊毛地毯脏兮兮的，那些成套的碗筷都只剩下了孤苦伶仃的一副。

岑柏言神情冷漠，弯腰抱起那个竹筐，径直越过宣兆出了房门，接着下了楼。

宣兆靠着墙，始终一言不发，眼神一点一点地陷入绝望。

一声巨响从楼底传来，宣兆眼睫随之一颤——

他知道这是什么声音，岑柏言把这些东西统统扔进了垃圾桶。

宣兆喉头酸涩，有一种想要干呕的冲动，胃里不断有酸气上涌，灼烧着他的食道，连带着把他的眼眶也烧热。

他以为岑柏言不会再回来了，于是将拐棍靠在墙边，缓慢地蹲下身，捡起那只可怜的拖鞋，轻轻拍打落下的灰尘。

然而片刻后，"吱呀"一声在身侧响起，门开了，岑柏言去而复返。

宣兆手腕一抖，身体先于理智一步做出了决定，他仰头朝岑柏言看去——

他蹲在地上，手里拿着一只脏了吧唧的拖鞋，这种行为荒谬得简直不像宣兆能做出来的。岑柏言居高临下地俯视着这一幕，他眼底浮起一丝痛楚，又迅速被压了下去。

宣兆突然问："还完了吗？"

秒针"嘀嗒"走了好几圈，穿堂风吹得木门直晃。

宣兆靠着门后那面墙，岑柏言背对着他站在门外，两个人离得很近，又似乎很远。

"岑柏言，"宣兆嗓音中满是疲惫，"我欠你的，还完了吗？"

"完了。"岑柏言只留给他一个冷漠的背影，"我占用了你的东西，你也利用了我，宣兆，我们两讫了。"

"好，"宣兆喃喃道，"好，好啊。"

"以后——"岑柏言顿了顿，"你要做什么都和我没关系，你要报复谁、利用谁都好，都和我无关。"

宣兆猜想自己此刻应该是有些狼狈的，还好岑柏言没有转身，还好。

岑柏言双手在口袋里紧攥成拳，停顿几秒后，头也不回地离开了。

脚步声在耳边渐行渐远，直到彻底消失。

宣兆依旧安静地倚在墙边，其实他什么也没干，但就是像被抽干了浑身的力气一般，左膝瑟瑟发抖，靠着墙缓缓坐了下来。

八月底，开学的日子到了。

龚巧如愿以偿，被海港美院的雕塑系录取了；岑情不知道为什么，没有选择新阳的学校，而是报了海港的一所二本院校。

海港大学每年都有公费交流名额，岑柏言则提交了一份交换申请，学校位于 M 国，建筑专业在全世界赫赫有名。

他履历优秀，大一全年的绩点排在专业第一，提交过去的作品也备受赞扬，那边的导师对他做了一次视频面试，更是十分赞赏岑柏言的理念。

申请手续还顺利，只不过提交的材料中有一项是资产证明，需要银行开具材料，证明岑柏言的监护人至少拥有五十万的稳定财产。

这些对以往的岑柏言来说自然不成问题，但现在的他不愿意再和那些钱扯上关系。前十几年他不知道，还能够心安理得地享受优渥的家庭条件，既然他知道了那些钱来得这么不干净，他就绝不再碰。

岑柏言申请了奖学金，对方院校的导师给他开了特许，资产证明这一项是免了。然而这个交换项目只能减免学费，书本费、住宿费和生活费都是不小的支出。

"真去啊？"陈威总觉得不放心。

"去，"岑柏言说，"月底走。你给我介绍点门路，我攒点钱。"

陈威皱着眉："你这就一个月的时间，撑死了就弄张机票钱！"

岑柏言把他那些限量球鞋和电子设备都收拾了出来，打算挂到学校的二手交易网上卖了。

"你说你干吗非要走啊？你就算想躲着——"陈威一愣，意识到自己说错话了，狠狠扇了自个儿一巴掌。

岑柏言点烟的动作一顿，而后垂下眼睑，一只手夹着烟，另一手点开火机，深深吸了一口。

"说呗，我没事儿，"岑柏言耸了耸肩膀，"不就是被骗，有什么大不了的。"

陈威谨慎地打量着岑柏言的表情："你真没事儿了啊？"

"能有什么事儿。"岑柏言笑笑，"你成天在想什么呢？我这回出去是真心实意想学东西的，藤校谁不想去，这么个大好机会，不去我傻吗？"

"你能这么想就好，"陈威拍拍他的肩膀，"钱你别操心，哥们儿这些年压岁钱也攒了不少，资助资助你问题不大。"

"得了吧，就你那点儿小金库。"岑柏言白了他一眼。

陈威笑骂了一声，又抿了抿嘴唇，问道："那你妈和你妹妹……"

"管不了，不管了。"岑柏言说，"我又不是大罗神仙下凡，我能管得了谁。"

陈威这下放心了："可不是嘛！我就说你老妈子命，照顾这个照顾那个，你自个儿才多大啊，还没二十呢，还是个孩子呢，这个年纪青春之花正在盛放，我们要尽情享受生命啊！"

"……"岑柏言用一种看傻瓜的眼神看了陈威一眼，往他脸上吐了一口烟圈。

陈威被呛得一通咳嗽，没好气地捶了岑柏言一拳。

岑柏言笑笑，在袅袅升起的烟雾中闭了闭双眼。

他什么也不想管了，他只想离开这里。

说他逃避也好，说他懦弱也罢，他只想离开。

岑柏言找了个在线教育平台的兼职老师，在网上给中学生上课。

他形象好，人又有意思，讲题目不搞那些套路的东西，深入浅出，通俗易懂。原本他只是个讲解课后作业的助教，两堂课下来人气高涨，第二周就成了讲师。

他最近挺忙的，签证在办，海港大学这边也有些学分认证的事情要办，他这次是去一学年，不是一两个月，前前后后要跑的手续多着。兼职上网课这份工作还挺适合，占用的时间不多，薪资也比一般大学生出去打工赚得多。

陈威一开始打赌岑柏言过不了一星期就得乖乖用家里的钱，没想到这都半个来月了，岑柏言每天早出晚归、跑前跑后的，还挺自在。

有一回陈威实在憋不住了，问他说："你现在连烟都从八十块一包换成十三块一包了，你呛不呛啊？"

岑柏言嘴里正叼着十三块一包的烟备课，眉梢一挑，说道："我不呛，谁吸二手烟谁呛。"

"……你大爷！这屋除了你不就我一人吗？"陈威气得要打他，"你这穷鬼心眼真坏！"

岑柏言笑着躲开："赶紧滚一边去，穷鬼明儿一大早还上课呢，别骚扰我。"

陈威骂骂咧咧地打游戏去了。

岑柏言确实还不太习惯这款新烟的味道，他照着烟屁股深深吸了一口，挺苦挺冲的，那味儿就和搋着炮仗的火硝似的，直往肺里冲。

他掸了两下烟灰，皱着眉刚要把烟掐了，想想又算了，还是重新叼回嘴里。

最开始他也想过既然好烟抽不起，干脆把烟戒干净得了。他烟瘾本来也不大。

岑柏言有些晃神，直到手指被烟头一烫，他一个激灵回过神来，中指指腹的位置被烫红了些。

都说十指连心，看来是真的。

岑柏言喝了口水，又抬手捏了两下眉心，让自己把心思集中到眼前的教案上来。

其实他也挺诧异自个儿这适应能力的，三四岁的时候他印象不深，那之后他就没过过苦日子，说是锦衣玉食的大少爷也不为过，花钱也从没数。现在他下了决心不用万千山的钱，真成个穷鬼了，才发现很多事情也没有那么难。

他有天晚上梦见自己成了个衣衫褴褛瘦骨嶙峋的乞丐，第二天去食堂吃午饭，刷卡的时候特地留意多看了一眼，才发现真是便宜，两荤一素二两白米饭，才八块九毛三。

除了换个便宜点儿的烟，穿便宜点儿的鞋，出门只坐公交车、地铁，别的也没什么变化。

他这适应能力还真是挺强的。

岑柏言这份兼职薪水虽然不错，但他到底是个兼职的学生，小一个月下来是攒了些钱，可买完机票剩得也不多了，连一个月住宿费都不够，可以说是杯水车薪。

但他还是义无反顾地要离开。

岑柏言第一次有如此强烈的念头，他要把自己从这片腐坏的泥土里连根拔起。

他要去过新的生活。

然而，追求新生活的第一道坎就是没钱，他倒不是那种钻牛角尖的犟脾气，想着实在不成就跟陈威那几个哥们儿借借，凑一凑总能活下去，他也相信以后自己能还得起。

但出去一年至少是六位数的开销，他那些哥们儿也都是学生，能拿出多少钱支援他？

岑柏言有天晚上坐在书桌前算账，陈威嘲笑他现在就跟只铁公鸡似的。

"你说天上能掉馅饼吗？"陈威异想天开，"哗啦啦地下着钱！"

岑柏言用一种关怀智障的眼神看着他："我穷还是你穷啊？"

"你要不求求老天爷，"陈威说，"保不准他就天降正义，真就让你发一笔横财，住宿费和生活费全有了。"

岑柏言"嗤"了一声，还真双手合十，对着窗外拜了三拜："老天爷，来笔钱吧，哗啦啦地来吧！"

说完这句，他转过头看着陈威，耸了耸肩膀："钱呢？"

"……"陈威无语凝噎。

没想到第二天，学校国际办的人就通知岑柏言说，M国那边有个华裔组织，专门赞助优秀的国内学子去交流学习，有位企业家了解了岑柏言的相关信息，觉得岑柏言非常优秀，愿意提供岑柏言这一年的基础支出，包含住宿费和生活费。

这真算得上是峰回路转、柳暗花明，岑柏言喜出望外，询问国际办的老师那位赞助人是谁，他希望当面拜访表示感谢，并且向对方承诺，他毕业后两年内一定将钱还清。

老师告诉他不用，这种慈善机构都是公益性质的，不求你还钱。

岑柏言笑了笑，礼貌且不失笃定地说："老师，我会还清的。"

负责的老师代他联系了那个华裔组织，对方却说这个赞助人很低调，不愿意透露个人信息。

对方的赞助方式也很特别，把这一年的钱款全部汇到了学校的账户上，要求是岑柏言每月的专业课成绩排在年级前十，这样学校会以奖学金的方式将赞助款按月发放给岑柏言。

"这神秘人还挺讲究，"陈威知道后说，"既能激励你好好学习天天向上，又用奖学金的名目给你发钱，还维护了你那没什么存在感的自尊心。"

"啧，"岑柏言给了他一肘，"你说谁没自尊心呢？"

他虽然这么说，但起初心里多少有点儿别扭。

接受赞助并非什么丢人的事儿，然而岑柏言阔少当惯了，让他以一个贫困生的身份接受资助，他心里总归有些不那么自然。

奖学金这个名头确实让他的心理负担减轻了不少。

这个赞助人还真是个周到细致的，岑柏言心想，不管怎么说，他承了别人的情，这笔钱是一定要还的。

就在岑柏言做好了万全准备，即将出国的前一周，学校里又出事了。

套路还是那个老套路，又有人往校长信箱投了封信，说像岑柏言这种品行不端正的学生拿着国家资源出去留学，恐怕会落人口舌。

这封信和上回的还不太一样，还绘声绘色地描述了岑柏言是如何弃自己的亲生母亲和亲妹妹于不顾。

岑柏言又被叫去谈了一下午话，被做了一下午的思想工作，主任委婉地提醒他还是要以学业为重，说他是个可造之材，可不能因为这方面的风言风语影响了发展。

岑柏言看了眼墙上的挂钟，上课的时间快到了，他懒得在这儿耗，甭管领导说什么，他都"嗯嗯，您说得对"。

主任看他这油盐不进的样子，就像拳头打在了棉花上似的，顿时更加恼怒了，板着脸说："你这样的好苗子，赶紧收收心，别和外校那些不三不四的人来往，好好做学术搞研究……"

"老师，"岑柏言抬头，浓眉下的两道眼神透露出了几丝锋利，"您不必这样上纲上线吧？"

主任一噎："你这孩子怎么不听劝呢！"

岑柏言微微欠身："我还有晚课，我先走了。"

回了宿舍，陈威气得双眼直冒烟，叉着腰说："不会又是杨烁搞你吧？"

"不至于。"岑柏言叼着烟，淡淡道。

"也是，他妈上个星期都来学校给他办转学了，他应该干不出这事儿。"陈威摸着下巴盘算，"那还能是谁啊？在你要出国的节骨眼儿上给你弄出这档子事，存心不让你走啊！"

岑柏言指尖弹了两下烟灰。

"不会是小宣老——宣兆那个死骗子吧？！"陈威一拍双掌。

再次听到这个名字，岑柏言下意识地心头一跳。

陈威咬牙切齿地说："肯定是他，还要来恶心你，我真是服了！"

岑柏言深深地吸了一口香烟，借着尼古丁的味道来麻痹自己的其他感官。

他仰靠在椅背上，缓缓吐出烟圈："不是他。"

陈威就好像没听到似的，自以为有理有据地分析道："像他这种不择手段的人，有什么事儿做不出来的。我可听我爸妈说了，他现在和他爸斗得那叫一个厉害，抢人抢地抢资源，就连自个儿亲爹都不认……他之前那么利用你，看到你还过得这么好，还能去国外学习，他那种变态肯定不爽啊，肯定是他要搞你！"

"我说了，"岑柏言眉心微蹙，"不是。"

"什么不是啊！你到现在了还护着他是吧？"陈威恨铁不成钢地说，"他报复心理那么强，能这么轻易就放了你？我说你怎么不长记性呢，你忘了你当初是怎么被他耍得团团转——"

后面的话岑柏言就没有听清了，他脑子里"嗡嗡"响作一团，连夹烟的指尖都在战栗。

"你有完没完？"岑柏言把剩下的半根烟往地上一甩，抬眼看向陈威，"我说几遍了，不是他。"

陈威被他阴沉的眼神吓了一跳："你、你没事儿吧？"

岑柏言呼出一口浊气，又抬手重重抹了一把脸："大威，对不起啊。"

他知道是他自己反应过激、不识好歹，陈威是他最好的朋友，是真心待他才和他说这些的。

"嗨，没事儿。"陈威拍了拍岑柏言后背，犹豫片刻，忧心忡忡地说，"我看你这段日子都挺好的，我以为……我以为你都忘了。"

陈威真的以为岑柏言心大，以为这些破事儿在他心里都过去了。

这一个月来，岑柏言表现得和以往没什么区别，该学习学习，该打球打球，该参加社团活动就参加，整个一阳光向上的三好青年。

岑柏言一丁点儿异常都没有，陈威现在想想，也许没有异常就是最大的异常。

柏言这么好面子的一个人，肯定不愿意流露出半点颓废，让别人看了笑话去。估计他把什么都压在自个儿心里，迟早给压出病来。

"我再多嘴问最后一句啊，"陈威说，"你怎么就能确定不是他干的？"

岑柏言起身走到窗边，拉开窗帘，面向窗外浓郁的夜色。

"他恨不得把我扔得越远越好，怎么会再掺和我的事情？"

岑柏言的声音轻得一阵风都能吹散，陈威心里一紧："哥们儿，你真没事儿吧？"

"没，就是……"岑柏言顿了下，"你最近暂时先别提这个名字，我再缓缓。"

岑柏言看着窗外，不远处就是男生宿舍区的篮球场，四周栽着茂盛的梧桐树。

他心想，缓缓，再让他缓一缓，他会开始新的生活，总能好的。

岑柏言当然知道这次的举报信是谁弄出来的。

"哥，我不许你走，你出国了我怎么办啊？妈怎么办啊？"岑情揪着岑柏言的胳膊，哭哭啼啼地说。

岑柏言讥讽一笑："不是你让我滚的吗？"

岑情面露慌张："那、那我当时不是说气话吗？你怎么能出国呢？现在爸爸公司都要倒闭了，妈妈就和神经了一样，哥，你不要我们了吗？你把我留在海港，你走了谁来照顾我啊？！"

岑柏言在心里无声地叹气："岑情，你十八岁了。"

岑情急得跺脚："我十八岁怎么了！我不管，你不能出国！你们学校还让你出吗？你名声都坏了！"

岑柏言拂开她的手："举报信果然是你写的。"

"那怎么了？"岑情丝毫不觉得自己做错了什么，"我们家成了现在这样，还不都是因为你，这就是你欠我的，我不让你出国，你哪里都不准去！"

又来了。

岑柏言已经懒得和岑情掰扯谁欠谁这个问题了，他看岑情穿着漂亮的蕾丝花边裙，脖子上戴着名牌项链，看样子大学生活过得还不错，至少万千山没在钱这方面亏待她，于是最后一丝顾虑也打消了。

"我必须走。"岑柏言看着岑情的双眼，"听懂了吗？"

岑情一愣，她第一次见到哥哥如此笃定的神情。

"我大后天上午的飞机，你和妈说声，不用送。"岑柏言转身离开。

岑情在他身后恨恨地说："岑柏言！你走不了的！你想出国自己去过好日子，没门儿！妈也不会让你走的，她说就算把你搞臭搞烂，也要把你拦下来！"

岑柏言头也不回地拂袖而去。

仅仅过了一晚，岑情又跑到海港大学找岑柏言，哭着让岑柏言救救她。

"姓宣的……姓宣的要弄死我，他、他手里有我的把柄，"岑情泣不成声，"他要和学校告发我，哥，哥我求求你，你帮帮我，你去求求宣兆，求你了哥，我是你的亲妹妹，你不能不管我啊哥！"

"你有什么把柄在他手里？"岑柏言很快抓住了重点，"你做什么了？"

岑情哭着说："是那个姓宣的骗我的，他毁了你，毁了爸妈，现在又要来毁了我！"

岑柏言厉声道："你到底做了什么我不知道的事？"

岑情被哥哥严肃的神情吓了一跳，小半晌才抽抽搭搭地坦白了严明的事——那个为她落下残疾的转校生。

岑柏言勃然大怒："那孩子人呢？现在在哪儿？他后来怎么样了？"

"不、不知道啊，哥你管他干吗啊？"岑情急得跳脚，"你快帮帮我，你去求求那个瘸子，你们不是关系很好吗，多少还是有点用的吧？你去帮我说说，哥，我求你了……"

"岑情！"岑柏言怒喝一声，看着面前打扮得娇俏可爱、哭得楚楚可怜的妹妹，只觉得气得心脏都在猛然颤动，"你还觉得你自己很无辜，什么也没错是吗？"

"我做错什么了？！有本事让他们家去报警啊，看警察抓不抓我！"岑情没想到哥哥不仅不护着她，反倒责骂起她来，"监控拍得清清楚楚，他是自己跳下去的，关我什么事——"

啪！

一股巨大的怒意直冲头顶，岑柏言抬手，一巴掌拍在岑情脸上。

这一巴掌力道很大，岑柏言想要打醒岑情，打醒岑情的自私、冷血和虚荣。岑情半边脸立即变得红肿，她捂着侧脸，眼神从最初的难以置信逐渐变得恶毒："你打我？你可是我亲哥！"

岑柏言气得手都在抖："你还知道我是你哥？岑情，我什么时候教过你这么做人做事了？"

岑情胸膛起伏，看着岑柏言仿佛是在看不共戴天的仇人："我没你这种哥。爸说得对，你就是只养不熟的白眼狼！你打我算什么本事，你厉害你去打那个瘸子啊！你就活该被他骗！"

对着岑情仇视的眼神，岑柏言身体里那股怒意忽然消退了许多，潮水般的无力感随之席卷而来。岑柏言闭了闭眼，而后冷冷地说："以后你的事，就是你的事，我不会管你，你也别来找我。"

他说得如此决绝，岑情一下子又慌了，眼泪又扑簌簌地掉了下来："哥，求你了哥，他要是把这个事在我学校里闹大，我就没法做人了啊哥……"

"你十八岁了，不是八岁，你自己犯的错，自己承担后果。"岑柏言冷声说。

岑情放声大哭。

岑柏言不帮她，她又找到了卓非凡，让卓非凡去求宣兆。

岑情窝在卓非凡的怀里啜泣："非凡，你一定要帮我……"

卓非凡心疼不已，动作温柔地为她擦掉眼泪，同时犹豫着说："小情，不是我不帮你，我要是因为你去找宣兆，他不就知道我们的关系了吗？"

岑情在他怀里冷笑，要不是她自己学校里那些个男生都没卓非凡好看，她早就把卓非凡踹了。

岑柏言不帮忙，卓非凡靠不上，岑情自己给宣兆打了电话，她说："我们是同一个爹生的，是有血缘关系的兄妹，何必要弄得这么难看？"

宣兆轻轻哼笑了一声："兄妹？小情，宴会当天你可不是这么说的。"

那场闹剧散去后，岑情哭号着骂他是早该去死的烂狗。

岑情因为这声哼笑而背脊发凉，她骄纵蛮横，天不怕地不怕的，但不知道为什么，宣兆一声笑就让她心惊胆战，感觉仿佛是被毒蛇盯上了。

"你不知道吧？我哥马上就要出国了，我有办法让他去不成。"岑情说，"你不是恨我哥抢走了你爸吗？你不是恨我哥身体健康吗？我帮你留住他，你还能继续找他报仇……"

"好聪明的小姑娘。"宣兆低笑出声，从听筒里传出的声音听起来似乎很愉悦。

岑情心中一喜："我继续举报他，我也可以去他学校里闹，让他——"

"我让你动他了吗？"话锋一转，宣兆的声音陡然冷了下来。

岑情瞬间犹如深陷冰窟："你什么意思？"

"不要做多余的事，这次只是小小的警告，你再有什么小动作，"宣兆嗓音中笑意浓浓，"不会有任何一所大学敢要你哦。"

战栗感直直爬上了天灵盖，岑情如遭雷击——他好像早就知道那封举报信是她写的！

听宣兆的意思，只要她不继续搅黄岑柏言出国的事，宣兆也会随之收手。

岑情不明白宣兆的意图，但她隐约觉得宣兆和岑柏言之间，似乎并没有完全决裂。

挂断电话，宣兆陷在宽大的老板椅中，仰头深呼出一口气。

"少爷，"龚叔端着一杯温水进了办公室，"该吃药了。"

自打九月中旬入了秋，宣兆的身体越发差了，上周突发急性胃炎，在医院躺了两天。

宣兆看着天花板，片刻后眼球缓慢地动了动，坐起身，端起水杯，把龚叔准备好的药一口吞下。

"海港大学来电话了，"龚叔把一张 A4 纸递上来，"说岑柏言的资质审查出了点问题，问需不需要换一名学生资助，他们可以给我们推荐名单。"

这张纸是岑柏言的留学申请表，右上角贴着他的一寸证件照，白底的，照片上的人剑眉星目，笑起来又有股不惹人讨厌的痞气。

宣兆只敢匆匆瞥一眼，像被刺痛了双眼似的，匆匆挪开眼神，只是他手腕一抖，杯子里的水洒出了几滴在照片上，他立即慌慌张张地抬手去擦。

龚叔见他这样，不禁偏过头叹了一口气。

"我已经回复学校那边了，坚持不换人。"龚叔说。

"嗯。"宣兆点头，"叔，谢谢了，辛苦你了。"

照片上的水渍擦干净了，宣兆把那张纸放进抽屉，压在一摞文件的最底层。

"哪里的话。"龚叔看着宣兆，几度欲言又止，最后还是开口说，"那孩子明天一早就走了。"

"我知道，"宣兆笑了笑，"他能下决心离开挺好的。"

龚叔眉头一皱："少爷，你——"

"叔，不说这个，"宣兆打断他，"你帮我安排一辆车，我想去趟疗养院。"

护士说宣谕最近状态很好，下午在院子里休息的时候还很有兴致地泡了两杯茶。

"她们说你茶喝多了，"宣兆把拐棍靠在门边，扶着墙走进病房，"不怕晚上睡不着？"

"小兆？"宣谕正靠坐在沙发上看书，闻声抬起头，惊喜地说，"都晚上了，怎么这时候过来？"

宣兆在她身边坐下，拢了拢她身上披着的薄毯："刚好有时间。"

"你呀，马上都要毕业了，别总是往我这里跑，写论文、找工作，最近肯定有很多事情要忙吧？"宣谕心疼地看着儿子清瘦的脸颊，"是不是又瘦了？"

"没有，"宣兆笑了笑，拿起宣谕手中的书，"《悉达多》？"

宣谕大学时代学的是德文，宣兆储存在脑海中关于"温馨"的画面，有一部分是宣谕在他睡前轻声地给他念德语诗，小宣兆听不懂，睁着眼看妈妈的口型变化，常常看着看着，不知不觉就睡着了。

"年纪大了，好多年没做过功课，"宣谕有些羞赧地摸了摸耳垂，"德文版的已经看不懂了，只好看中译本。"

宣兆大二那年选修过欧洲文学，看过这本书，讲述的是一个人的求道之旅，授课的老教授对其赞不绝口，称这本书是对东方哲学的完美诠释，要爱这个世界，不能憎恨它，要学会用爱、惊叹和敬畏的感情去观察它。

那年宣兆过得很难，他的左膝发生了畸变，又做了一个大手术；他病了的消息没瞒住，被宣谕知道了，宣谕急得想要闯出疗养院去看他，在院子里摔了一跤，摔出了轻微脑震荡，因为见不到宣兆而越发焦急，病情恶化得很厉害。

后来宣兆就把那门课退了，《悉达多》也被他扔到了某个垃圾桶里。

文学不能疗愈他的病痛，在他逼仄的生活里显得一文不值。

"小兆，有句话我很喜欢，给你也看看。"宣谕翻开书本，其中一页夹了一片新鲜的叶子，应该是她下午在花园里捡的。

书页上有句话，她用明黄色的荧光笔在上面画出了重点。

宣兆垂眸看去。

——我不再将这个世界与我所期待的、塑造的圆满世界比照，而是接受这个世界，爱它，属于它。

短短一句话，宣兆却看了很久很久。

句尾旁边，宣谕特地写了标注——"给小兆"。

"我怕忘记了，写上去提醒自己，等你来了就给你看。"宣谕肩上披着深灰色毯子，落地灯柔和的黄光洒落在她肩上，她眼眸沉静，对着宣兆微笑，一如宣兆记忆里母亲的样子。

宣兆指腹摩挲着书上那行字，眼圈微微发烫。少顷，他低声问："妈，你接受这个世界了吗？"

"还没有。"宣谕牵住宣兆的手，神情慈爱，"我没有接受这个世界，所以一直过得很痛苦。小兆，妈妈不想你也过得痛苦。"

宣兆深深垂着头："不可能的，妈，我没法接受。"

宣谕偏过头，迅速地抹掉了从眼眶里砸出来的一滴眼泪，然后抬手轻轻捏了捏儿子的后脖颈，就像宣兆小时候闹着要吃糖时候她做的那样。

"小兆，你一点都不开心，是不是？"宣谕轻柔地抚摸他的后脑，"你怎么了？"

她是个没用的妈妈，经常疯疯癫癫的，弄伤自己也弄伤她的儿子。然而母子连心，从宣兆在她肚子里开始，她就给宣兆念诗、唱歌、讲故事，宣兆是她的孩子，孩子的情绪怎么能瞒得住母亲呢？

她的小兆怎么越来越不开心了呢？

宣兆看着自己的脚背，从后脑传来宣谕手掌的温度，一种陌生的酸楚感一点点从身体深处涌出来，直到他鼻头发酸、眼眶发烫。

七岁之后，宣兆再也没有过这种想扑进妈妈怀里大哭一场的冲动。

灯光下，宣谕看见他的肩膀正在压抑地颤抖，幅度极小。

宣谕垂眸，眼泪在毛毯上洇出一片深色痕迹。

"妈，"宣兆的呼吸声显得有些破碎，"我遇见一个人。"

宣谕柔声问："他好吗？"

"好，"宣兆深深吸了一口气，双手捂住脸，"他很好，他是我遇见最好的人，不会有比他更好的了……"

"他这么好，"宣谕轻轻揽过宣兆，让宣兆把头靠在她的肩膀上，"小兆也想对他好吗？"

宣兆愣怔了下，先是下意识地摇头，而后又点了一下头，继而更加用力地摇头。

"我对他不好，我很坏。"宣兆颤抖着说。

"傻孩子，以后你要对他好，比他对你还要好。"宣谕小幅度地晃动着肩膀。

宣兆手背上青筋根根突起，良久后他说："可是我不会……"

他只知道怎么去憎恨一个人，却不知道要怎么去对一个人好。

岑柏言教过他，可他没有好好学，现在岑柏言也要走了。

岑柏言会坐十几个小时的飞机，会在新的地方开始新的生活。

"只要你真的在乎他，"宣谕无声地叹了一口气，"你自然就会了。"

宣兆像一个做了错事手足无措的孩子，大口大口地喘着气。

次日，海港市国际机场。

岑柏言办好了托运，接过陈威递过来的一杯咖啡。

昨晚和篮球队的哥们儿聚了餐，岑柏言不想要他们来送机，于是把他们全灌醉了，果然今早没一个起得来的。

"这就走了？"陈威说，"还挺舍不得。"

"至于吗？"岑柏言朝他投去一个鄙夷的眼神，"满打满算十个月也就回了。"

"十个月？！"陈威目瞪口呆，"你这意思，你过年不回来啊？"

岑柏言仰头喝了口咖啡："不回，来回机票又是上万。"

"哥们儿帮你出啊！"陈威说，"总不能让你客死他乡是吧？"

岑柏言额角一跳："……你是文盲别乱用成语。"

两人在机场快餐店简单吃了点东西，时间差不多，是时候进安检了。

陈威重重地抱了岑柏言一下："去了那边好好的，缺钱就说，别太要脸。"

"放心，有手有脚的，干什么都饿不着。"岑柏言在陈威背上拍了一下，"走了。"

他东西少，一个行李箱托运后就剩个单肩包。陈威看着岑柏言孤零零的背影，突然心里边挺难受的。

明明是出国交流一年，怎么就弄出了种背井离乡的悲壮感？

陈威叹了口气，这感觉就好像一夜之间天翻地覆，万叔叔是个抛妻弃子的渣男，岑阿姨是个破坏别人家庭的情妇，还有一直那么要好的宣兆，竟然是为了报仇才接近岑柏言。

作为旁观者，陈威回想起这一切，尚且觉得心情复杂，更何况是身处其中的岑柏言。

他选择抽身离开这汪泥潭，未免不是件好事。

这么想想，陈威又有些释然了。

出境安检的人不多，岑柏言排在队列最后一个，前面只剩一个人了。

他手里拿着护照，忽然有种想转身再看一眼这个城市的冲动，脚尖稍稍一动又停住了。

不要回头了，岑柏言在心里对自己说，不要再回头。

"岑柏言！"

突然，一声急促的呼唤在身后响起。

岑柏言瞬间僵在了原地。

"你来干什么？"陈威戒备地说，"你还嫌你害柏言害得不够啊？"

"岑柏言，"宣兆声音微喘，"……柏言。"

岑柏言捏了捏拳头，就像没有听见一般。

"我来给你送东西。"宣兆说，"你落下了。"

片刻后，岑柏言转过身，看着宣兆，冷冷地说："什么？"

宣兆撑着拐棍的手背青筋突起，由于奔跑而发丝凌乱，鬓角被汗水打湿。

他看着岑柏言，缓缓摊开右手掌心："钥匙。"

那是他在大学城出租小屋的钥匙。

"扔了吧。"岑柏言面无表情地说。

宣兆垂下眼眸，却没有收回摊开的掌心。

"你还没有玩够吗？"岑柏言发出了一声冷笑，"你还想玩什么？"

宣兆指尖微微颤动："不是这样的，我——"

他一贯游刃有余、运筹帷幄，此时难得显出了几分慌乱，在岑柏言眼中却显得无比荒谬。

"我不要了，都不要。"岑柏言说。

宣兆心脏一下接着一下地剧烈跳动，他生平第一次如此茫然。

——我要对他好，怎么才是对他好？

——我该怎么做？

"柏言都说不要了，没听见啊？"陈威不耐烦地一扬手。

叮——

那串钥匙在空中划出一道弧，砸向了地面。

宣兆保持着那个右掌摊开的姿势，重重闭了闭双眼。

岑柏言眼睫微颤，指甲深深地切入虎口，而后头也不回地离开。

飞机上，岑柏言先是看了会儿书，喝了两杯咖啡还是没撑住，后半程几乎是睡过去的。

岑柏言做了一个梦，梦里他置身一片陌生的森林，空气中飘着朦胧的湿气，头顶树冠遮天蔽日。

走了不知道有多久，岑柏言终于遇见了一个人，那个人面容清俊，嘴角有个小小的疤，笑起来像一个梨涡。

他喊岑柏言"小朋友"，声音柔和又带着一丝从容，他双腿不太好，挂着一根黑色拐棍，但肩背绷得笔直，不仔细看的话几乎看不出他的身体缺陷。

那个人远远站着，岑柏言心里涌出一种极其强烈的冲动，他想开口喊出那个人的名字，不知道为什么，话到嘴边却又哽住了，仿佛有一双无形的大手扼住了他的咽喉。

那个人朝着岑柏言笑，他身上就像有光似的，指引着岑柏言往他的方向走。

那个人温声叫他"柏言"，对岑柏言挥了挥手，岑柏言笑了起来，他刚想要抬腿跑上去，突然一阵大风袭来，一团浓雾遮住了视线。

梦中那个岑柏言似乎预感到了什么，他心头猛地一沉，那个人也被浓雾遮蔽，再也看不见了。

岑柏言跌跌撞撞地在雾里跑，他想喊叫，想要撕裂这一团瘴气，然而那双扼住他喉咙的看不见的手却越收越紧、越收越紧,任凭他怎么嘶吼,都只能发出徒劳的喘息声。

指引着他的那道光猛然消失,岑柏言心里很慌,他想抓住那个人,然后一起走出这片瘴气。他跑得头破血流,经过的地方树木轰然倒塌,他什么也不管,他只想找到那个能指引他的人。

再也没有路了,面前是万丈深渊,岑柏言猛然停下脚步,恐惧和不安像喷发的火山,滚滚岩浆席卷了他全身上下。

"柏言。"身后传来一道呼唤。

岑柏言立即转过身,那个人出现在了他身后,眉眼弯弯,眼底藏着笑意。

坠在心上的千斤巨石终于放下,岑柏言想:"他是来救我的,一定是。"

"柏言,"那个人笑着朝他伸出手,"来。"

岑柏言看着他,清俊儒秀得仿佛从水墨画里走出来的人。

——我相信他,我从没有这么相信过谁。

岑柏言缓缓抬起手,把手掌放进他的掌心,而后风云突变,那个人的眼角眉梢忽然浸满了冷意,岑柏言看到他深潭般的眼底浮起碎冰。

他依旧在笑,只是说出口的话却无比残忍:"岑柏言,都是假的。"

接着,岑柏言瞳孔骤然紧缩,时间仿佛被凝固了,眼前的一切都成了慢动作一般被拉长,他眼睁睁看着那个人手掌重重一推——

失重感突然袭来,岑柏言急喘了一口气,猛然睁开了双眼。

机舱里非常安静,大部分旅客都陷入了睡梦中,偶有人开着小灯看书。

岑柏言愣愣地盯着舱顶,不真实的失重感如同退潮般缓缓淡去。

空姐发现了他的异样,主动询问他是否需要帮助,岑柏言礼貌地回绝了。

他只是需要好好休息一下。

十几个小时的飞行让岑柏言疲惫不已，唯一的优点就是让他没有精力再去思考别的事情。

飞机落地后，罗凯已经在等他了。

罗凯是岑柏言高一暑假来 M 国夏令营时认识的，一 M 国华裔，两个人脾性相投。

高三寒假，罗凯跟着爹妈回老家祭祖，和岑柏言见了一面。自打那次后，算算两个人也有一年多没见了。

"行啊你小子，"罗凯推着岑柏言的行李箱，坐电梯下了停车场，"你这鼻子是精得很，我上周才提的车，你闻着味儿就来了。"

岑柏言没和他客气，钻进副驾驶就把座椅放倒了："出息了你，我记得那会儿让你骑个自行车你都要死要活的，这会儿连车都开上了。"

"我这都是晚的了，M 国人一成年家里就给买辆车，我爸担心我和那群富二代学坏了，一直不给我弄。"罗凯把行李箱扔进后备厢，笑着说，"找个中餐馆，给你接接风，吃顿地道的？"

岑柏言摇摇手："接不动了，赶紧把我驮到我租的那房子里歇会儿，这一路差点儿没把老子累死，腿都伸不直。"

"你头等舱你腿还伸不直？"罗凯边开车边嗤他，"你这腿是比旗杆还长啊？"

"经济舱，"岑柏言伸了个懒腰，"破产了，倒闭了，我和家里决裂了，现在是穷光蛋一个。"

他神情坦然，没有丝毫窘迫和尴尬。罗凯见他这大大方方的样子反倒是笑了："破产好啊，倒闭好啊，决裂好啊，你家大富大贵的，我和你做哥们儿多有压力啊，现在你终于成穷光蛋了，哎，那咱'门当户对'了。"

岑柏言朝他比了个大拇指："有点儿觉悟。"

窗外大片大片的异国风情，岑柏言压根儿没心力欣赏，他累得连动动手指头回陈威消息的力气都没有，就这么有一搭没一搭地和罗凯聊着天。

前面是个一分半的红灯，罗凯开了瓶水喝了一口，交通灯由红变绿，他重新发动汽车。

岑柏言抬手摘下罗凯的棒球帽，盖住自己的脸："我睡会儿。"

罗凯说："行，你睡吧，睡醒了就到了。"

黑色棒球帽将光线隔绝在感知范围之外。

直到睁开眼什么都看不见了，岑柏言反倒有了一种离开故国的真实感。

以前他最讨厌黑暗，他拼尽全力也想抓住他的灯塔，抓住他那一丝丝渺茫的火光。

然而现在的他却更加适应黑暗，只要遮住自己的双眼，他就看不见身体里那个血淋淋的伤口。

岑柏言深深呼了一口气，他对自己说睡吧。

你已经逃离了那个腐烂的沼泽地，睡醒了，你就会是崭新的岑柏言。

第 18 章
十月二十八日

　　十月份的海港市已经逐渐进入了深秋，宣兆半夜醒来，冷空气冻得他有些头疼，左膝也疼，非要形容的话就像有一千根针同时往他膝盖骨里扎。

　　宣兆腿疾严重，不单单是跛足的问题，他还有严重的创伤性关节炎，上个秋天他在岑柏言的照料下腿伤复发的情况缓解了不少。岑柏言这个人虽然粗枝大叶，乱起来连自己的衣服丢在哪儿都找不到，但他照顾宣兆却精确到仿佛大脑像上了自动发条，什么时候该给宣兆热敷、什么时候按摩、什么时候吃什么样的药，他一秒钟都不会记错。

　　宣兆以为自己的腿好了，然而上周下了一场雨，他疼得整夜整夜睡不着，窝在出租屋的小床上，疼得很了就咬着牙硬扛，常常冷汗都能把枕巾浸湿。

　　然后宣兆才想起来，今年秋天没有人能像岑柏言那样照顾他了。

　　疼痛像是扑食的野兽，一口一口在撕咬着宣兆的血肉，宣兆靠着安眠药才能勉强睡上几小时。

每次醒来后他会用冷水洗一把脸，强迫自己清醒一点。

岑柏言本来就与他不是一路人呢，是他用了下三滥的手段，骗了岑柏言，他现在利用完了岑柏言，岑柏言离开是必然的，是他预料之中的。

现在，岑柏言开始了新的生活，对宣兆而言也是好事。

岑柏言选择了彻底抽身，没有成为宣兆对抗万千山和岑静香的阻碍，没有站在宣兆的对立面。

"他做出了最聪明的选择，于情于理，我都应该祝福他。"宣兆总是这样对自己说。

可他越是告诫自己，他的腿就越疼，不只腿疼，哪儿哪儿都疼。

前些日子公司有一场重要会议，宣兆必须露面，会议前一天他照旧下楼喂狗，上楼的时候跌了一跤，脱力的左腿"砰"一下磕在了地上，接着就站不起来了。

路过的清洁工看见他，想上来搭把手，又怕他是个碰瓷的。毕竟宣兆一身穿的都是好料子，一看就不便宜，偏偏他又住在这种老旧的地方，恐怕赚的都是来路不正的钱。于是清洁工谨慎地打开手机摄像头，边录制边说："帅哥，要帮忙不啊？"

宣兆不习惯让人看见他的窘迫，即使痛得牙关打战，还是挺着肩背，笑笑说："麻烦您帮我打个电话，会有人来接我。"

龚叔赶来送宣兆到了医院，医生检查后发现左腿关节病变非常严重，严肃建议他留院观察，但宣兆正和万千山打得如火如荼，他要从万千山手里拿到一块黄金地段的开发权，次日的会议非常重要。宣兆坚持不住院，医生没办法，只好给他打了封闭针。

人常说"封闭一针，减寿半年"，龚叔愁得不得了，找人去北方给宣兆弄野山参补补。

宣兆自己倒觉得无所谓，他现在才二十四岁，封闭一共打三次，满打满算也就少活一年半，没什么影响，反正他这种人活那么长也没意思。

打封闭的后果就是再次犯病,疼痛比之前还要来势汹汹。

宣兆醒来的时候,窗外还是黑蒙蒙一片。

他看了一眼时间,还不到凌晨五点,他起身给自己冲了杯咖啡。

宣兆端着咖啡杯,站在窗前,看着外面浓郁的夜色,神情寡淡,大拇指轻轻抚摸着杯壁。

如果不睡觉的话就会胡思乱想,胡思乱想就会疼,于是宣兆吃了一片安眠药,重新躺回了床上。

清晨的时候他胃痛,起来干呕了一通,接着躺回床上沉沉睡了过去。龚巧打电话联系不上他,急得像热锅上的蚂蚁,但她有个重要比赛要参加,实在是走不开,于是把小屋的钥匙塞给卓非凡,要卓非凡替她去看看宣兆。

近来宣兆身体不行,精神状态也不对,龚巧不放心,强行找宣兆要了一把钥匙来,以便不时之需。她急得掉眼泪,卓非凡不好推拒,拿了钥匙开车往宣兆那里去。

卓非凡对宣兆的情绪一直挺复杂的,宣兆是他师弟,又是巧巧的哥哥,他最初是想和宣兆好好相处,但宣兆这人性子冷,就和一块焐不化的冰块似的;后来他和岑情有了说不清道不明的关系,宣兆太聪明了,他总觉得宣兆多看他两眼就能把他看穿,因此不愿和宣兆有接触;加上岑情憎恨宣兆到了极点,他受岑情的影响,也觉得宣兆做得太过了——就算小情妈妈当年做了不好的事情,但那都过去十多年了,宣兆还要揪着这件事不放,害人害己,何苦呢?

到了宣兆那里,卓非凡敲门没人应,于是拿钥匙开了门,入目就是掉落在地上的两个药罐。卓非凡是学医的,一看就知道那是什么,一罐是止痛片,另一罐是安眠药。

宣兆躺在床上,安静得就像没有了呼吸,卓非凡心头一惊,生怕他做傻事,立即冲上去探宣兆的鼻息。

宣兆这时候突然睁开了眼,见到他时眉心一皱:"你来干吗?"

卓非凡松了一口气:"你电话怎么不接?巧巧很担心。"

"睡了。"宣兆说，"谢谢关心。"

卓非凡这是在万家出事后第一次见到宣兆，不由得有些惊讶。

以前的宣兆虽然冷淡，但眼角眉梢至少透露着些人气儿，现在的他看起来就和一尊雕像似的，说什么话做什么表情都是被设定好的，死气沉沉的。

他不由分说，从被窝里抓出宣兆的一只手，给宣兆搭脉。

宣兆浑身乏力，胃里还一阵阵地痉挛，懒得动弹，随卓非凡去。

"你都虚成这样了，还不去看病？"卓非凡皱着眉，转眼看了一圈出租屋，桌上除了几个空牛奶盒什么也没有，床头柜放着咖啡杯，"成仙了？靠喝咖啡就能活？"

宣兆闭着眼，根本没打算搭理他。

卓非凡也是个当医生的，必备技能就是好脾气，他拿宣兆没办法，于是打电话给龚叔，让龚叔带宣兆去看病。

宣兆听见他和龚叔的说话声，立即起床洗漱穿衣，然后叫了一辆出租车扬长而去。

卓非凡："……"

这人什么毛病？

龚巧结束比赛后问卓非凡："我哥怎么样了？"

卓非凡说："病了。"

龚巧："病了？哪儿病了啊！"

"脑子病了。"卓非凡说。

宣兆去了疗养院，宣谕正坐在窗边看书，宣兆也安静地在她身边坐下，拿起手边的那本《悉达多》。

他最近经常过来，很多时候什么也不干，只是陪宣谕看看书。

这本《悉达多》成为他们母子之间有趣的暗号，宣兆每次来只看五页，宣谕总是比他多看五页，把自己的进度保持在儿子前面，因此宣兆每次翻阅，都能看到宣谕留下的笔记。

"当一个人能够如此单纯，如此觉醒，如此专注于当下，毫无疑虑地走过这个世界，生命真是一件赏心乐事。人只应服从自己内心的声音，不屈从于任何外力的驱使，并等待觉醒那一刻的到来。"

宣谕在这句话边上留下的标注是——小兆内心的声音是什么，妈妈也想听听。

看到这里，宣兆不禁低声笑了出来。

宣谕回头看着他："怎么了？"

宣兆摇摇头："没什么，看到了好笑的地方。"

"不专心，"宣谕敲了敲他的额头，"这本书这么严肃，哪里好笑了？"

宣兆笑着说："好，我尽量保持严肃。"

今天阳光很不错，照得宣兆暖洋洋的，他难得有了片刻闲适和轻松。

就在他昏昏欲睡的时候，宣谕忽然问："十月二十八日，是什么重要的日子吗？"

宣兆纤长的睫毛一颤。

"上次你来，我看到你对着日历发呆，"宣谕指着墙上挂着的日历，"后来我看了看，十月二十八日那天有一个指甲印。我想一定是什么重要的日子吧。"

宣兆合上书本，垂眸说："不是什么日子。"

宣谕柔声问："是你那个朋友的生日吗？小兆上次说过的那个人？"

"我……"宣兆顿了下，十指下意识地收紧，否认道，"不是什么特别的日子。"

宣谕轻轻抽走宣兆手中的那本书："以后不给你看了，你没有看懂，暴殄天物。"

宣兆别过头说："妈，你别瞎猜了。"

"我明明听见了，"宣谕轻声叹了一口气，一根手指抵着宣兆心口，"这里在说小兆很在意他，他是你很重视的朋友。"

宣兆怔住了。

"其实我上次偷偷问了龚叔，"宣谕看着宣兆，眼神心疼又无奈，"小兆，你对他不好，是不是？"

宣兆笑了笑，何止是不好，是很坏。

他对岑柏言坏透了。

"那你应该对他好，要加倍地好，"宣谕说，"孩子，你要勇敢一点，不要像我这么懦弱。"

宣兆心头一阵酸楚，片刻后摇了摇头："算了，他不会想见到我的。"

"妈妈知道，都知道。"宣谕把宣兆的一只手放在自己两只掌心中，轻柔地拍了拍，"就当我这个做母亲的自私，偏袒我自己的孩子吧，我还是想要你去取得他的谅解。这段时间我一直在想怎么能够让我的小兆开心起来，你从小到大，好像就交过这么一个朋友。交朋友应该是幸福的事情，朋友之间有什么心结，一定要解开。你去试一试吧，好不好？就算碰壁了又怎么样，不会更糟糕了。"

宣兆沉默不语。

十月二十八日，十月二十八日是岑柏言的生日。

岑柏言忙得根本不记得这回事。

M国这边的课程和国内差异颇大，为了赶上进度，他几乎是二十四小时泡在图书馆里学习。年底马上有一场建模大赛，一旦获奖就能够获得一笔不菲的奖金，关键是还能够参加建筑界大拿举办的圆桌座谈会，岑柏言已经报了名，因而更加用功。

他的舍友也是中国交换生，是北方一所高校来的，叫徐明洋，这家伙是搞文学的，书呆子一个，非常文艺，张口莎士比亚闭口超验主义，岑柏言和他说不上几句话就要被他酸掉牙。

这天晚上，他回到宿舍都将近凌晨了，徐明洋站在阳台上念法语诗，叽里呱啦的，岑柏言一个字儿也没听懂，洗完澡出来，徐明洋念爽了，请岑柏言点评点评他的法语发音。

"很不错，很高贵。"岑柏言睁眼说瞎话。

徐明洋赞许地点点头："小岑，没想到你对法语也很能欣赏。"

"懂一点儿。"岑柏言说。

"哦？"徐明洋眉梢一挑，抱拳道，"岑弟，不如说几句为兄听听？"

岑柏言回抱一拳："小弟不才，只会一个法语单词。"

"是何单词？"

"比萨。"岑柏言咧嘴一笑。

徐明洋一哽："你真是太幽默了。"

岑柏言又看了会儿书，刚要躺下歇息，徐明洋忽然对他说："过十二点了，生日快乐！"

"嗯？"岑柏言一愣。

徐明洋笑了："今天你生日，你自己不记得了？"

今天？

岑柏言眨了眨眼，想起来已经过零点了，十月二十八日，确实是他的生日。

二十岁了，岑柏言。

"你生日怎么过？你家里人会过来吗？还是和你视频庆祝？"徐明洋问。

岑柏言眉心一阵刺痛，抬手熄灭了床头灯。

"我不过生日的。"

徐明洋很诧异："以前也不过吗？"

"今年开始，不过了。"

第二天清早，岑柏言正在刷牙，徐明洋突然出现在厕所门口，清了清嗓子。

岑柏言上衣还没穿，吓得一个激灵，吐掉一嘴的牙膏："你要拉屎啊？等我两分钟，马上好。"

徐明洋"啧"了一声："我来给你送生日礼物。"

他从上衣口袋里掏出一本很袖珍的诗集，翻到其中一页："我开始了啊。"

岑柏言掏了掏耳朵："念。"

徐明洋昂首挺胸地起了个范儿，声情并茂地朗诵了一首诗歌，在M国的朗朗晨光中，浪费了岑柏言生命里宝贵的三分钟。

他念的那语言岑柏言一个字都没听懂，但出于礼貌，他还是微笑表示了感谢，然后问："我现在可以刮胡子了吗？"

"嗯哼。"徐明洋将诗集重新塞回上衣口袋，又摸了摸下巴，饶有兴趣地打量着岑柏言光裸的上身，"身材很好嘛，皮是皮肉是肉的，点缀着两颗小茱萸。"

岑柏言一阵恶寒，一把捞过边上挂着的浴巾披在肩上："赶紧一边儿去。"

"别误会，我纯粹只是欣赏你的匀称有力量的身体，我对你不感兴趣。"徐明洋眨了眨眼。

岑柏言冷着脸，"砰"地关上了浴室门。

两个人做舍友才做了没多久，徐明洋能记住他的生日，这点倒是让岑柏言挺震惊的。

刚搬来那天，学校里的中国学生社团要登记信息，岑柏言就把自己的身份证给了徐明洋，让徐明洋去参加社团活动的时候帮他填上，估计就是那次记住了。

不管怎么样，异国他乡能有个人关心，岑柏言还是挺感动的。

他洗漱完毕，收拾好书包就出门了，在公交车上掏出手机刷了刷，陈威他们几个在群里给岑柏言唱《生日歌》，岑柏言挨个儿点开语音，听完后"扑哧"一声乐了，打字回复道："你们那儿都凌晨一点多了吧，瞎嗷嗷什么，不知道的以为号丧呢，你哥我还没死。"

他们又排着队给岑柏言发生日红包，那阵仗就和上贡似的，岑柏言也不和他们矫情，红包全收了，顺道感慨道要全是美元就好了，换来陈威他们一顿臭骂。

马上就到学校了，岑柏言说了句不聊了，退出了群聊，接着迅速扫了一眼，一溜儿的未读消息，有他的初高中同学、老师、篮球球友、建筑学社的朋友——他人缘一向很好，逢年过节的光是回复祝福消息就要老半天，岑柏言想着这会儿时间不够了，等晚上下了课回去再挨个儿道谢。

把手机塞回口袋之前，岑柏言心念一动，他抿了抿嘴唇，手指飞快下拉——

没有。

他和岑静香的对话还停留在上周，他向岑静香报平安，岑静香却斥责他竟然真的一走了之。

"我在这里受罪都是为了谁？还不是为了你！"

岑柏言当时不知道如何回复，只好保持缄默。

今天是什么日子，估计岑静香也不会记得了吧。

岑柏言自嘲地笑笑。

上了一天课，从实验室出来已经夜里九点多，岑柏言拒绝了两个同学去酒吧的邀请，单肩挎着包，想着一会儿去便利店买个面包填肚子。

这个点的校园人不多，岑柏言走在主路上，单薄的夹克外套已经无法抵御深秋的寒意，一阵风吹来，他竟然打了个哆嗦。

这段时间早起晚睡补功课，也没工夫锻炼，不抗冻了。岑柏言吸了吸鼻子，立志下周起要开始晨跑了，他现在一个人过日子，身体不能垮。

他从兜里掏出一根烟叼着，"咔嚓"点燃打火机，一只手拢在嘴前挡风，另一只手把烟点了，深深吸了一口，借着这一星半点的火光让自己暖和点儿。

才出校门，没走出几步，岑柏言第一眼就看见了前面路灯下站着一个人。

那个人穿着一件浅褐色风衣，长及小腿，左手挂着深黑色拐棍，右手抱着一个精致的白色小盒子。他的风衣领子是质感很好的立领，几乎要把他整张脸盖住；风把他的发梢微微吹动，他下垂的睫毛显得格外纤长；他身形单薄得像一张纸片，因为过分消瘦，而显出了近乎脆弱的精致感。

——他怎么那么瘦了？

这是岑柏言脑子里掠过的第一个念头。

岑柏言指尖一僵，指缝间夹着的烟掉落在地，那最后的一星半点火光也熄灭了。

口腔中弥漫起一股苦味，岑柏言咬了咬舌尖，俯身捡起烟头，扔到路边的垃圾桶中。

宣兆也看见了岑柏言。

他知道岑柏言傍晚就该下课了，于是他就在这里一直等，等到现在岑柏言终于出来了。

宣兆嘴唇动了动，又不知道要说什么。

岑柏言目不斜视、神情冷淡，仿佛宣兆只是路边的一棵树、一个石头，又或是透明的空气。

宣兆的目光定格在岑柏言身上，直到岑柏言离他越来越近，又即将和他擦身而过，他心头一沉，拄着拐棍快步走到岑柏言身前："柏言。"

宣兆被冻了很久，连声音都是僵的。

岑柏言双手插在夹克口袋里，仿佛现在才看到宣兆一般，眉梢一挑，毫无波澜地说："你好。"

"……"

岑柏言淡漠的神情像一把刀子。

宣兆抬眼看着岑柏言，笑着说："好久不见，我——"

"没必要搞这套。"岑柏言不耐烦地打断他，"有事吗？没事的话我要赶公交车了。"

"今天是你的生日，"宣兆将手里的白色盒子递上去，"二十岁快乐，柏言。"

岑柏言才发现，那个盒子顶盖是透明的，里面装着一个小巧的蛋糕，褐色奶油画了一只憨态可掬的小狗，制作蛋糕的人也许还不太熟练，小狗画得歪歪扭扭。

宣兆下了飞机没来得及倒时差，立即去了一家甜品店，亲手制作了这个生日蛋糕。

他抱着盒子等了太久，指尖都冻得发青，奶油边缘也微微化开。

"这个是我做的，祝你生日快乐。"

"谢谢，不过不必了，"岑柏言的眼神犹如蜻蜓点水一般，在那只小狗身上淡淡掠过，而后礼貌地笑了笑，"受不起。"

岑柏言抬脚要走，宣兆脸色苍白，连拐棍都不要了，左手立即抓住岑柏言的手腕。

"我答应过你的，"宣兆有些急促地说，"给你的二十岁礼物。"

沉默片刻后，岑柏言突然垂眸轻轻一笑，偏头看着宣兆，嘲弄地说："你答应过我的事儿多了。"

宣兆愣住了。

岑柏言淡淡道："可以松手吗？"

宣兆五指紧紧攥着岑柏言手腕："我答应过你的，这是承诺要给你的二十岁礼物。"

岑柏言眼神忽然变得有些阴沉，他嘴角一勾，居高临下地看着宣兆："宣老师，你现在这副优柔寡断、婆婆妈妈的样子，也是演出来的吗？"

宣兆脸色微僵，而后说："无论我说什么、做什么，你都不会相信了，是吗？"

岑柏言看着他，眼神中满是讽刺。

——他说"相信"？他有什么资格在我面前说"相信"？

"宣兆，"岑柏言表情比深秋的风更加冷硬，"你别糟蹋这两个字了。"

宣兆呼吸一滞，脚底几不可察地趔趄一下。

"你可以……"宣兆顿了下，深深吸了一口气，艰难地说，"再信任我一次吗？"

岑柏言定定地看着宣兆，片刻后，忽然嘲弄地轻笑出声。

从他们相遇的第一天起，宣兆在酒吧被欺辱是假，那间承载了岑柏言对于"家"的一切幻想的小屋子是假，宣兆与他相处的每一分钟、每一秒钟都是假的。

岑柏言想要大声质问宣兆你凭什么在欺骗了我之后又来示弱？你这次又有什么筹谋？你又想报复谁？

岑柏言想咆哮、想嘶吼，想要砸烂宣兆手里那个滑稽的小狗蛋糕，想要一脚踹翻路边那个可笑的铁皮垃圾桶，然而他的眼神始终是一片淡漠，仿佛宣兆的任何言语都无法再在他这里引起一丝波澜。

他已经什么都没有了，但他还有自尊，他要体面。

"不可以。"岑柏言腰背挺得笔直，垂眼看着宣兆，"还有事吗？"

宣兆本就毫无血色的脸颊愈加苍白了几分。

他从没有见过这样的岑柏言，从前的岑柏言是一轮太阳，很爱笑，而现在的岑柏言决绝得像一把无比锋利的尖刀，刀锋把他刮得很疼，但这不是最疼的。

最疼的是，宣兆清醒地知道，是他自己先把这把刀插入岑柏言胸膛的。

左膝传来剧烈的刺痛，宣兆把身体重心不动声色地挪到右脚上，他抿了抿嘴唇，仿佛丝毫没有察觉岑柏言的抗拒和冷漠，笑着说："那你至少收下我的礼物，可以吗？"

岑柏言淡淡瞥了眼那个滑稽的哈巴狗，他伸出一直插在口袋里的双手，接过那个白色蛋糕盒。

宣兆双眼一亮："这是我——"

砰！

铁皮垃圾桶发出一声闷响，小狗被丢进了垃圾桶，化成一摊无人问津的奶油，等待着凌晨的清洁车把它送往垃圾处理厂，或者被焚烧，或者被填埋。

宣兆漆黑的瞳孔才刚燃起一点光，又立即倏地熄灭了。

他的右手还维持着那个抱着蛋糕盒的姿势，冻得发青的指尖微微蜷缩。

"谢谢礼物，"岑柏言说，"我真的要赶不上公交车了。"

宣兆收回手，点点头说："那你路上小心。"

岑柏言颔首，越过宣兆就走。

宣兆撑着左膝盖，缓缓弯下腰，捡起掉落在地的拐棍，起身看着岑柏言的背影，叫道："柏言。"

岑柏言脚步一顿。

"这次我会在这里待八天，我明天还会来的。"宣兆的声音一如既往地温和，"明天我也会给你做蛋糕，后天也做，大后天也做。"

宣兆看不见岑柏言的表情，也看不见他额角根根突起的青筋。

不要转身，不要再被骗了，不要相信他。

"我答应要给你过二十岁生日，"宣兆的声音被风吹淡了一些，他执拗地重复了一遍，"我答应你的。"

岑柏言痛得连气都喘不过来，他不想质问宣兆又要玩什么把戏，他不会再踏进这摊泥沼里。

宣兆要报复谁都随便，岑柏言真的真的不想知道宣兆今天又从万千山那里抢了什么资源、撬了哪个大单，都与他无关了。

岑柏言头也不回地扬长而去。

在他身后，宣兆沉默地注视着他的背影，直到完全看不见了，宣兆才缓缓呼出一口浊气。

宣兆偏头看了看那个铁皮垃圾桶，然后他支着拐棍，一瘸一拐地走到路边，极其缓慢地坐了下去。

他用拳头捶了捶几乎就要没有知觉的膝盖，然后从风衣内侧的口袋里取出一个药瓶，倒出两粒药丸，一仰头干咽了下去。

宣兆在路边安静地坐了会儿，路过的白人女生问他需不需要帮助，宣兆笑着回绝。

他没什么可怜的，他自作自受罢了。

刚吃下去的药正在起效，生理疼痛得到了些缓解，宣兆撑着拐棍，费劲地站了起来。

书桌前，岑柏言对着书上的一长串力学公式发呆，笔尖顿在了书页一角，洇出了一个指甲大的墨点。

"怎么了？心不在焉的？"

徐明洋在阳台念完诗回来，探头瞄了一眼，286页。

他去念诗前岑柏言就在看286页，这都四十分钟了，还是这一页。

徐明洋眉梢一挑，能让岑柏言心思飘忽，还挺稀奇嘿！

岑柏言手腕一抖，回神说："没什么，上了一天课，累了。"

"累了？"徐明洋眼神玩味，"累了就赶紧睡吧，看什么书，要不和我一起念个诗，解解乏。"

"……得了吧，"岑柏言笑道，"就你那鸟语诗，我还是离远点儿。"

他起身去冲了个澡，洗漱后觉得头脑清醒些了，再回到书桌前，手机一震。

岑柏言垂眼一看——

那个沉寂已久的星空头像跳了出来，只有短短的五个字："二十岁快乐。"

岑柏言神情平静，眼睛里丝毫看不出喜怒，半晌，他指尖长按着那个头像，选择了清空聊天记录。

宣兆在M国的每一天都是掐着秒过的。

公司才走上正轨，需要他决策的事情不少，各种催促他签字的文件就像雪花一样往他邮箱里塞。

宣兆长租了一间公寓，中介知道他有在家做烘焙的需求，十分周到地把一切材料都预先准备好。满满一冰箱的食材，再做十只二十只小狗也够了。

他晚上处理积压一天的文件，睡三四个小时，清晨五点半醒来，接着处理公司里的一些事情，九点半线上参加会议；下午的时间是他自己的，他会上网看一下美食博主的视频，看看人家做的蛋糕是怎么装饰的；傍晚他去校门外等岑柏言，他想要知道岑柏言的课表太容易了，但他没有这么做，他怕岑柏言不开心，所以就执拗地采取了一个最笨的方式，站在校门口干等着。

第二天的小狗是草莓味的，第三天是猕猴桃味的，然而无一例外，都被岑柏言丢进了那个铁皮垃圾桶。

岑柏言甚至连话都不和他多说一句，宣兆告诉自己说没关系。

妈妈教过我的，对待朋友要真诚，我要对他加倍地好。

第四天的蛋糕是用蓝莓酱做成的——宣兆照着视频教程里的样子，在小狗的耳朵上画了一个尤为夸张的蝴蝶结，他一手拄着拐杖，另一手抱着蛋糕盒，安安静静地等在校门外的花坛边。

学校里开始有学生好奇这个英俊的亚洲男人到底在等谁，六点左右天色就完全变暗了，有个好奇的男生上来问他是不是等人，宣兆没有回答，只是礼貌但又疏离地笑了笑。

他在花坛边一直等到了入夜，周遭一片静寂，而岑柏言还没有出现。

——也许柏言今天没有课，也许他和朋友出去玩了，也许他换了一条路回家。

宣兆脸颊被风吹得冰凉，他垂头打了个喷嚏，拄着拐棍，深一脚浅一脚地离开了。

这样看来，其实他左腿跛得很厉害，只是他太要强了，有旁人在的场合，他总是习惯把肩背绷得死紧，行走时也努力维持着平衡，尽量不让自己的身体缺陷暴露得太明显。

而此刻夜深人静，了无人烟，他才终于肯让自己轻松一点，让自己的脆弱稍稍流露出一些。

街角不起眼的小书店里，岑柏言站在窗边，面无表情地看着宣兆的背影一点点消失在视线当中。

他今天去另一个校区旁听一位老教授的建筑力学课，下课后直接回了宿舍。

晚上，徐明洋打扮得人模人样，问他要不要去学校的联谊会，岑柏言拒绝了。

"你好无聊啊，"徐明洋在穿衣镜前打领结，"听说了吗，这几天有个中国帅哥在校门口等人。"

岑柏言翻了一页书："没有。"

徐明洋说："弟弟，我出发了，今天晚上不用给我留门。"

桌上的钟表发出"嘀嗒"声，吵得岑柏言始终静不下心，天气预报说今天会有一次大降温，预计气温会降到10℃左右。

10℃……

岑柏言心烦意乱，他"啪"的一声合上书本，仰靠在椅背上，抬手捏了捏眉心。

他只是在屋里待久了闷，所以出来走一走。

然后他就走到了这间不起眼的小书店，在靠窗的位置看着宣兆被冻得瑟瑟发抖，终于拄着拐杖离开。

八点四十二分，岑柏言看了一眼时间。

昨天他在实验室待到了九点过半才出来，宣兆还在那里等着。

看来是今天太冷了，所以他等不住了。

手边的咖啡早就放凉了，岑柏言一饮而尽，苦味从舌根一点点泛起，他呼出一口气，找来服务员结了账，刚走出书店，抬眼时却是一愣——宣兆又回来了，依旧站在花坛边的那个位置，风衣下摆被风吹起弧度。

天气冷，宣兆站久了，膝盖实在受不住，前面的小公园里有长凳，他想着过去那边坐一会儿，然而还没坐下他就又掉头回来。

小公园离学校毕竟有段距离，在那里他不能第一眼看见岑柏言，万一他们错过了怎么办？

他答应过岑柏言的，要给岑柏言的二十岁生日礼物，他一定要送到，不可以失约。

岑柏言愣怔片刻，旋即又在桌边坐了下来。

第四天，岑柏言终究还是没有出现，宣兆一直等到了深夜才离开，他左腿僵得很厉害，拄拐棍的手也使不上力气，背影相较刚才更显得蹒跚。

小书店外，岑柏言靠在一盏路灯下抽烟，烟灰落在他的衣角，被他用手指轻轻弹去。

他面沉如水，眼中仿佛有一汪寒潭。

他胸口有一团坚冰，包裹着那颗鲜血淋漓的心脏，岑柏言靠着这团冰让自己在宣兆面前无坚不摧，只有这样他才可以保护自己。

那块坚冰上出现了一条裂缝，岑柏言重重闭了闭眼，在心里说都是假的，一切都是假的。

宣兆可以为了博取他的同情故意生病，他本来就是那样一个不择手段的人，只要能达成目的，他对自己比对谁都要狠。

岑柏言垂下头，深深吸了一口烟。

——这一次你接近我是为了什么？你又要报复谁？我都已经这样了，对你还有什么利用价值吗？

昨天宣兆没有出现，岑柏言以为宣兆不会再来了，然而第五天，他背着包走出校门，宣兆依旧笑意吟吟地等着他。

这次他手里提着两个蛋糕盒。

"柏言，"宣兆说，"昨天你没有来，我就把昨天的蛋糕一起带来了。"

岑柏言神情淡漠，沉默地接过那两个盒子。

宣兆等着他把这两只小狗一起扔进铁皮垃圾桶，然而这次岑柏言却没有。

"好，谢谢。"岑柏言说。

他没有丢！

宣兆简直喜出望外，眼中迅速浮起一丝雀跃："昨天是蓝莓酱，今天的是朱古力，你不喜欢甜，所以我没有放太多——"

"我收下了，"岑柏言看着宣兆，打断了他的话，"明天开始，你可以不要来了吗？"

宣兆一怔："我不知道应该怎么找你，所以才会来你的学校。"

"你找我干什么？"

岑柏言模样极其疲惫，他已经不想再和宣兆兜圈子了。

"如果你的计划里还有什么用得上我的地方，直接说，没必要这么折腾自个儿。"

宣兆眉心微紧："我没有这么想。"

"我不想知道你到底是怎么想的，"岑柏言平静地说，"我早就说过，我们两清了。我能还你的都还了，我妈妈对不起你，你利用我我也认了。你还想做什么、玩什么，都是你的事儿，我不会拦你，但你能不能……能不能……"

说到这里，岑柏言稍稍仰起头，难以忍受般地闭了闭眼。

宣兆面色苍白："能不能什么？"

岑柏言额角抽动，他第一次在宣兆面前流露出了一丝暴躁的情绪，压抑地说："能不能别出现在我面前了，你非要一而再、再而三地提醒我想起曾经的自己多傻、多幼稚吗？"

宣兆垂着头，竖起的衣领遮住他消瘦的脸颊。

"生日礼物，我收下了，"岑柏言最后深深看了宣兆一眼，"我的二十岁生日愿望是——"

宣兆预感到了他要说什么，握着拐棍的五指紧紧收起，手背上青筋分明。

"不要再见到你。"岑柏言的声音无波无澜。

宣兆掩在衣领下的唇角轻轻勾起。

他这辈子被病痛折磨，注定是死不得好死了，这回真的是生也不得好生。

发过的誓都会灵验的。

第 19 章
对不起

这是一间窗明几净的诊疗室，墙面主色调是介于浅灰和浅蓝之间的一种过渡色，落地窗边摆放着一盆绿植，舒缓的轻音乐流水一般潺潺。

"还需要加些热水吗？"李姝问。

宣兆缩在柔软宽大的布艺沙发里，手中捧着一个陶瓷咖啡杯，摇了摇头："谢谢。"

放在十年前、五年前，李姝绝对不会用"缩"这个字眼形容宣兆。

她从事心理咨询已经二十几个年头了，见过的案例不计其数，宣兆在她的所有访客中一直是最特殊的那一个。

她第一次见到宣兆，这孩子才八岁，坐在轮椅上，虚弱得像一棵随时都能被风吹倒的小草。龚叔已经和她说过宣兆的情况，他目睹了外公身亡，亲历了母亲精神失常，自己落下了终身残疾，父亲对他不闻不问。按照李姝丰富的经验，这类遭遇巨大创伤的孩子，他的目光应该是呆滞的、茫然的、无措的，抑或是仇恨的、憎恶的。

然而出乎她的意料，轮椅上的那个孩子无比平静，他展现出了极其良好的教养，交谈时会注视着对方的眼睛，面带微笑，腰背挺直，喝完水会用手帕把杯沿的水渍擦干。

他看起来没有丝毫问题，这就是最大的问题。

李姝询问龚叔："这孩子是什么时候开始不哭不闹的？"

龚叔回忆道："少爷参加完他外公的葬礼后就大病一场，患上了严重的肺炎和肠胃应激综合征，吃什么吐什么，不得不靠鼻饲进食，这一病就是一个月，等他能自己吃饭了，就开始变得极度平静。"

之后十年，李姝一直是宣兆的心理医师——这么说其实也不准确，她其实没能为宣兆提供什么治疗。

传统的分析疗法或是暗示疗法重在挖掘病人内心深处的痛苦，这对宣兆而言完全不起作用。宣兆根本不需要别人来挖掘，他把"痛苦"当成了吃饭睡觉一样平常的事情，他也不需要苦痛愈合，他要这些伤疤日复一日地保持着鲜血淋漓的状态，他像是一株从泥泞中生长起来的食人花，痛苦就是他最好的养料；行为矫正的干预疗法对宣兆来说更加用不上，他的行为没有任何问题，他在学校里成绩永远名列前茅，他儒雅斯文，虽然性格冷淡了些，没有什么同龄朋友，但也不至于招人讨厌。

更多时候，宣兆来拜访她只是为了让龚叔安心，他们很平常地聊聊天，偶尔会分享最近阅读的书籍和观看的电影。

直到宣兆十八岁，他最后一次走进李姝的诊疗室，他已经成年了，是一个完全行为能力人，他要开始部署一些事情，为免给李姝带来不必要的麻烦，他以后就不过来了。

李姝当时还有些担忧，宣兆笑着让她放心，他不会做任何法律不允许的事情。

又过两年，李姝和丈夫来到M国定居，她和宣兆偶尔通过邮件联系，逢年过节的，宣兆也总会给她寄来一份厚礼。

尔后就是此刻，宣兆造访了李姝的这间诊疗室，给她讲了一个简短的故事。

"我好像又做错事了。"宣兆说。

他七八岁的时候镇定平和得像个处变不惊的成年人，二十四岁了反倒更像个孩子。

宣兆垂着头，五指按着杯壁，指尖被压出青白色，发梢搭着眼睫，遮住眼里的沮丧和懊恼。

李姝泡了一壶茶，在宣兆对面坐下："尝尝这个，国内带来的白茶，老外都很喜欢。"

宣兆方才动了动，李姝倾身，很自然地从他手中取过咖啡杯，解放了他紧扣杯壁的手指。

"如果我是那个男生，我应该也会觉得很糟糕吧。"李姝说。

宣兆呼吸一滞，偏头抿了抿嘴唇。

这是宣兆第一次在她这个心理咨询师面前流露出下意识的小动作，李姝一边煮茶，一边用调侃的语气说："且不说你们此前是不是朋友，就算是一个陌生人，每天在学校门口等着我，抱着个手工制作的蛋糕硬要塞给我，我会认为我是遇上变态了，一定第一时间报警。"

宣兆怔了怔，少顷，他呼出一口气，旋即无奈地捏了捏眉心，苦笑道："你说得没错。"

"更何况你还深深地伤害过他。"李姝尽量让自己的语调听上去轻松一些。

"……我只是，"宣兆停住，脸色苍白得像是一页纸，而后他的声音越来越低，似乎有些羞于承认自己的无能为力，"不知道该怎么做。"

李姝侍弄茶具的动作一顿，认识宣兆十多年，这孩子第一次承认他也有"不知道该怎么做"的时候。

"小兆，你是我见过的最聪明的孩子，"李姝看着宣兆疲倦的双眼，"也许你不是不知道要怎么做，你只是还没有和你自己好好聊一聊。"

宣兆喃喃重复："和我自己……聊一聊？"

"对，用专业术语来说，你还没有摆脱自我攻击的状态，"李姝将滚烫的热水倒进玻璃杯中，茶叶打着旋儿缓缓浮起，"一个人都不能够与自己和解，又怎么能够和别人和解呢？"

鼻尖捕捉到一抹温醇茶香，宣兆垂眸："我不明白。"

"如果你想要见到他，明明有更好的方法，你却依旧选择了在露天环境下苦等，你明知道你的身体经不起这样折腾，"李姝一语中的，"小兆，对不对？"

宣兆紧抿着唇，一言不发。

他当然明白李姝说的是什么，他可以坐在车里等岑柏言，可以在公交站旁的咖啡厅里等岑柏言，但他偏偏选择了最笨的那个方式。宣兆不得不承认，有那么一个瞬间，他想的是用自己的健康换来岑柏言停下脚步。

"你总是在向内攻击自己，用这样内耗的方法，"李姝递给他一杯茶，"太偏激了。"

他偏激、他卑鄙、他极端，他用惯了这种自损八百的手段。

可是他真的不会，书里要他悦纳这个世界，却没有说如何去悦纳；妈妈让他勇敢一些去试一试，却没有教他怎样才是勇敢；这个世界上爱他的人寥寥无几，他一个人生活一个人长大，从没有人教给过他怎么爱人才是对的。

宣兆托着茶杯，耳边嗡嗡作响，他又陷入了那个怪圈。

"你想要什么？"李姝问他，"小兆，你问问你自己，你想要什么？"

宣兆眼睫微动，他瘦得厉害，微长的发梢落在眉心，显得更加憔悴。

我想要什么？

袅袅雾气从杯中升腾而起，宣兆觉得眼前有些模糊。

他想要岑柏言知道，那天的沉香厅，他对岑柏言说从头到尾都是假的，这句话才是最大的谎言。

只是他已经说了太多谎，岑柏言不会再相信他了。

李姝看着失神的宣兆，在心里无声地叹了一口气。

说起来，宣兆也是她看着长大的孩子，她对宣兆一直都是同情且疼惜的。

宣兆并不是天生的情感淡漠或缺失，他只是把自己身体里对"亲情""温暖""爱"这一类的渴求生生剜掉了，现在有这样一个人出现，让宣兆终于愿意把这个地方填补完整，李姝感到非常欣慰。

也许这个填补的过程漫长且痛苦，也许宣兆还需要碰很多次壁才能摸索出正确的方法，但他总算是一个完整的"人"了。

"好好想想，"李姝对宣兆说，"让自己轻松一点。"

第六天，宣兆没有在校门口出现。

第七天，岑柏言出学校的时候依旧下意识地往那个花坛看一眼，空空荡荡的，没有滑稽的奶油小狗，也没有拄拐棍的人。

他肯定是离开了，毕竟他是那么要强的人，这么几天已经是极限了。

岑柏言把心底浮起的那一丝丝失落按了回去，同时长舒了一口气。

徐明洋和岑柏言一起回去，在校门口好奇地张望："传说中的中国帅哥呢？"

岑柏言指了指自己的鼻子："不就在你身边吗？"

下了公交车，在宿舍楼边的便利店买了些食材，岑柏言拎着塑料袋走在后面，低头整理零钱。才进宿舍楼，就听见徐明洋夸张地惊呼："老天爷！是天使吗？"

"你又发什么疯——"岑柏言抬头一看，瞬间僵住了。

手里的一个硬币"当"的一声掉在了地上，骨碌碌地滚了两圈，停在了黑色拐棍边。

宣兆穿着驼色大衣，身形修长，头发刚修剪过，显得精神了不少。

"柏言。"宣兆对他笑了笑。

徐明洋目瞪口呆："帅哥认识岑柏言？"

宣兆对徐明洋礼貌地点头："你好。"

岑柏言难以克制体内的抗拒，冷冷地说："你怎么在这里？你调查我？"

"不是的，我只是问了交换生的住宿区在哪里。"宣兆解释，少顷，他想到了什么，又画蛇添足地补了一句，"我一直在访客室，很暖和，不冷。"

"你还有什么要说的？"岑柏言避开宣兆的眼神。

宣兆左手紧攥着拐棍，深深吸了一口气，郑重地说："柏言，对不起。"

"对不起"只是轻飘飘的三个字，说出口却重逾千斤。

宿舍楼大厅中，灯光明亮，宣兆清瘦的身影被光线笼罩，每一寸线条都被照映得无比清晰，就连毛衣下摆上一小节调皮冒出的线头都照得清清楚楚。

但是却照不亮他漆黑的双眼。

说完这三个字，宣兆紧抿嘴唇，安静地注视着岑柏言。

就连自诩饱览中外诗文的徐明洋都不知道该用什么词句形容宣兆此刻的眼神，他目光沉沉，犹如一汪深不见底的幽潭，那里面藏着种种复杂的情绪，似乎是无奈，又似乎是悲哀。

而岑柏言始终一言不发，神情中没有流露出一丝情绪。

"那什么……"徐明洋不知为什么竟然有些紧张，他舔了舔嘴唇，问宣兆，"帅哥，你和小岑是什么关系啊？"

宣兆没有回答，自始至终注视着岑柏言，仿佛这是一件多么至关重要的事情。

"你腿脚不方便，站久了多累啊，"徐明洋有意缓解此刻的尴尬，热情地说，"不然上楼去我们宿舍坐坐？有什么事儿关上门聊，开着空调喝着咖啡。"

他一长串的话说完，宣兆终于动了动眼睫，稍稍侧过身，对徐明洋颔首："谢谢。"

这下徐明洋终于看清了宣兆的正脸，这人长得真是好看。驼色大衣里是一件米白毛衣，下面是一条质感极好的浅灰色西装长裤，衬得他身形更为清瘦修长；他的五官极其俊秀，说是眉目如画也不为过，鼻梁挺拔、嘴唇薄削，五官中一双眼睛生得最好——双眼形状略显狭长，眼尾扬起一个轻轻上挑的弧度，有种疏离冷淡的感觉。

徐明洋露出一个极其标致的微笑："我们住在十三楼，别客气，上去坐坐。"

"不用了，"宣兆礼貌回绝，"我九点四十分的飞机，马上就走。"

"啊……"徐明洋有些低落，他天生就是热情的性格，"那加个微信吧，你是小岑的朋友，就是我的朋友，下次你再来M国，我带你到处走走——"

"说完了吗？"岑柏言突然开口，声音无比冷硬。

"没有。"宣兆回答，"我还有话没说。"

"你先上去。"

岑柏言把手里的购物袋扔给徐明洋，接着大步上前，冷着脸一把拽住宣兆的手腕，拉着宣兆径直进了大厅角落的访客室，而后转身摔上了门。

砰！

宣兆有些狼狈地趔趄一下，撑着拐棍缓缓站直了身体。

"还有什么话，一次说完，"岑柏言表情冷淡，"宣兆，你这样三番五次地出现，有意思吗？"

宣兆愣了愣，刚要开口说些什么，岑柏言却立起一只手掌打断他。

"我没你那么巧舌如簧，还是我先说吧。"岑柏言自嘲地笑了笑，"宣总，我知道你现在日理万机，不会做这种无聊的事情。但我已经是个弃子了，说直接点，我现在就是没爹没妈，我真的对你没有任何价值。你报你的家仇，我读我的书，他们的钱我一分不要。你还需要我做什么，我一定配合。要我给你写个保证书吗？保证我岑柏言这辈子不会改姓万，不会贪图万千山的财产，更不会帮着万千山抢夺你们宣家的财富，这样够不够？你还要我做什么？"

小小的访客室陷入了一片令人窒息的沉默。

宣兆鼻头抑制不住地发酸，他闭了闭眼，低声说："柏言，对不起。"

"不、需、要，"岑柏言一字一顿地说，吐字无比清晰，"如果你真的对这件事有什么负担，那我现在明确地回答，你没有对不起我。"

岑柏言不需要宣兆的道歉，真的不需要。

这些事情怎么能够算得清呢？

他的亲生母亲确实害了宣兆一家，即便这本不关他的事，但他的的确确享受了本不属于他的种种优渥资源，而他又陷进了宣兆的圈套中，成为宣兆手里复仇的一把刀。

岑柏言是个成熟理智的男人，他捋得清其中的曲曲直直，他不恨宣兆，这点是真的。

他也不齿万千山和岑静香的所作所为，他也震惊于宣兆曾经吃过的苦、受过的折磨，他也不得不承认宣兆蛰伏多年的忍耐和智慧。如果是他遭遇了这一切，他自认他可能会做得比宣兆更偏激；宣兆要利用他，他认了，谁让他笨他蠢，明明宣兆已经露出了一千一万个破绽，他却统统选择忽视。

从某种程度上看，岑柏言比这个迷局中的任何人都要更加通透，这本就与他无关，他大可以潇洒抽身。

如果把这一切比作一道题，岑柏言本可以轻而易举地解开，然而，这道题里却出现了一个巨大的变数——那就是他把宣兆当成了知己至交，甚至是看作家人。他紧紧抓着宣兆，就像黑夜中的游人抓住一道光。

于是，这便成了一个无解的命题。

宣兆神情落拓，双眼一眨不眨地盯着岑柏言。

岑柏言说他巧舌如簧，但他此刻却连一个完整的句子都说不出来，只是讷讷地重复："对不起。"

"不需要，真的。"岑柏言压抑着身体里翻滚的种种情绪，冷硬地说，"这三个字只会让我想起我曾经有多丢人，耻辱。"

丢人，耻辱。

这两个词像两个重锤，"哐"一下砸在了宣兆的太阳穴上。

一阵头晕目眩的耳鸣过后，宣兆紧紧攥住了拐棍。商场上的人评价他强硬冷血、果敢激进，但实际上宣兆根本就不是多么勇敢的人，在岑柏言面前的那个他，永远是怯懦且软弱的，他一直不愿承认、不敢承认的一些事，终于在此刻变成了一把尖刀，深深刺入了他的胸膛。

岑柏言闭上双眼："你走吧，别再来了。"

"你自己打车去机场，"岑柏言走到门边，握着门把的那只手骨节泛着青白，"不送了。"

访客室的门打开又关上。

宣兆不知道僵立了多久，直到岑柏言的脚步声彻底消失，直到岑柏言真的没有再回来，他终于颓然地顺着墙面跌坐在了地上。

没关系，没关系的。

宣兆依旧维持着那个轻轻遮住双眼的姿势，他在心里反复对自己说没有关系。

至少你已经在诚实地面对他了。

徐明洋在房间里待了得有一个小时，岑柏言才回来。

他往电梯口张望了下，宣兆没有上来。

"那个——那个那个那个，"徐明洋斟酌了一下怎么称呼宣兆，"那个谁，走了？"

岑柏言换了拖鞋，"嗯"了声："走了。"

他嗓子沙哑，就和喉咙里含着一把沙子似的，浑身上下都是呛鼻的烟味。徐明洋皱了皱眉："我的天！你这是抽了多少啊？"

"烟瘾犯了，在后门小篮球场抽了几根。"岑柏言哑着嗓子说，"味儿大吗？我冲个澡。"

"别了。"徐明洋说，"宿管刚发的通知，明天检修水电，晚上断热水。"

岑柏言摆摆手，从床边的衣架上拎起浴巾和睡衣："我冲冲。"

浴室里很快传来了水声，哗啦啦的。大男人洗澡快，一般五六分钟也就完事了，可这回都过去了二十几分钟，岑柏言还没从里边出来。

徐明洋走到浴室门边喊了声"小岑"，里头流水哗哗的，岑柏言没答应。

徐明洋心惊胆战地拍门："小岑！还活着吗？你别出事啊，你要是出事儿我就是第一嫌疑人啊！岑啊！"

他正号着丧，流水声戛然而止，门从里边打开了，岑柏言裸着上半身，头上搭着一条毛巾："没死，放心。"

徐明洋松了一口气，边往浴室里走边说："那你耽搁这么长时间干吗，你吓死——"

话音一顿，徐明洋看到垃圾桶里多出了几个新鲜的烟头，一眼看过去，至少五个。

"疯了吧！"徐明洋皱着眉，低声说，"你这是抽了多少啊……"

岑柏言一直在看书，徐明洋感觉到他情绪很低，也不敢多嘴发问。

而大洋另一端，宣兆落地后连喘息的工夫都没有。

短短八天，国内却闹出了不少事。

万千山通过各种渠道发声诋毁宣家，企图将当年的事扭曲成另一种面貌：宣氏内部矛盾重重，他凭借自己的智慧一手挽救了濒危的宣氏，但宣家人却依旧对他处处打压，不让他发挥才干，将他塑造成一个"软饭男"的形象，就连他自己的亲生儿子都被洗脑，反过来不认他这个爸爸。

万千山和岑静香估计是达成了某种协定，他们开始以恩爱夫妻的形象在媒体频繁露面，岑静香在接受采访时，更是哽咽着说其实她才是万千山的糟糠之妻，二人青梅竹马、两情相悦，是宣谕威逼利诱拆散了他们，她一个女人带着一双儿女孤苦无依，宣家却对她赶尽杀绝。

富贵人家的秘辛向来为圈里人津津乐道，没人在乎真相到底是什么，种种版本的流言一夜间甚嚣尘上；加上豪门家族最在乎血脉传承，亲儿子那是必须要和老子一条心，将来继承老子的家业的，可宣兆近来的雷霆手段大有不把万千山彻底搞垮不罢休的架势，一些说他"不孝""逆子"的指责也开始冒出了头。

公司里的人急得不得了，宣兆回来后却依旧该干吗干吗，该抢的人脉、资源他一个不落，任凭万千山怎么作秀，他就是岿然不动。

万千山想的是先发制人，他料想宣兆最看重宣家的名声，他便可了劲儿往宣家脸上抹黑，趁宣兆人不在国内，打一个时间差，让宣兆措手不及、自乱阵脚。

反正宣博远是个不会说话的死人，宣谕又是个半疯的废物，十七年前的事情究竟如何，谁能说得清楚？

那天在沉香厅，万千山正是因为毫无准备，被宣兆打了个猝不及防，才会出那么大的丑！

然而，万千山没料到宣兆竟然这么有耐心，不管外面乱成什么样了，他就是按兵不动。

一个月下来，倒是万千山先按捺不住了。

万千山约了宣兆在一家幽静的日式私房料理馆见面，包厢是日式榻榻米风格，脱鞋后盘腿落座。

万千山知道宣兆腿脚不便，屈膝的时间稍稍久一些都受不了，更何况要盘着腿，他刻意挑选的这个地方。

宣兆拄着拐棍站在包厢门口，看到包厢里的环境后淡淡一笑。

万千山抬了抬下巴："进来吧。"

宣兆扬手叫来服务员："加张椅子。"

服务员有些为难："先生，包厢是不提供——"

"不加也可以，你也看到了，我有腿疾，不方便坐在地上。"宣兆笑得文质彬彬，"这样我只能站着和里面那位先生谈话了，你可以问问他，愿不愿意仰着头和我交谈，我是不介意的。"

万千山瞬间面沉如水："给他加。"

服务员搬来了一张木椅，宣兆坐在椅子上，姿态闲适；万千山盘腿坐在榻榻米上，从身位上已经矮了宣兆一头，最后他板着脸，让服务员又搬来一张同样的木椅。

父子两个在低矮的日式餐桌两边，分别坐在比桌面还要高的椅子上，场景怎么看怎么诡异。

宣兆无意和万千山寒暄，开门见山道："我还有会，十分钟后走。"

万千山哼笑一声："小兆，你可真是我的好儿子。"

"过奖了。"宣兆颔首，淡淡笑道，"对了，听说您那位情人也快生了，是个儿子吧？名字起好了吗？我知道您最近遇到了一些经济上面的困难，如果抚养这位孩子实在成问题，您让他姓宣也是可以的，我们宣家出钱抚养。反正我们姓宣的已经养了你这么多年，不介意多养一个。"

万千山咬牙切齿："你——"

"小兆，"万千山试图软化宣兆，"我和你是亲父子，都说血浓于水，何必弄得剑拔弩张呢？"

"剑拔弩张？"宣兆歪了歪头，"我倒没这么觉得。"

到了这种时候，宣兆还能面带微笑，将礼数和教养展现得淋漓尽致，万千山看着他儒雅的笑容，顿时不寒而栗。

平心而论，万千山对这个儿子并不了解。

他骨子里是个宗族观念极重的人，他的老婆必须对他言听计从，他的儿子一定要和他姓，死后要葬在他万家的祖坟里。他确实入赘了宣家，他一个没钱没权的穷小子，为了出人头地这有什么不对？

宣谕既然成了他的妻子，就应该居家相夫教子，做他的贤内助，但宣谕竟然对他的事业指手画脚，发现他吃了供应商的回扣，竟然在股东大会上公开通报批评，让他丢尽了人！

更可恨的是，宣谕生下了他的儿子，胆敢让他的儿子姓"宣"，简直是大逆不道！

万千山始终不觉得自己做错了什么，宣家人不过是他飞黄腾达的跳板罢了，至于那场车祸更怪不到他头上，那天电闪雷鸣，宣博远那个老不死的自己非要开车上山路，这能怪谁？

这是连老天爷都看不惯宣家人的嘴脸，派阎王爷来收人了！

说是这么说，但他到底还是心虚，终日噩梦缠身，找了多少大师作法都没用。大师说他这段孽缘斩不断了，原因是孽果已然结出——宣兆就是那个孽果。

万千山恨不能没生过宣兆，这孩子从姓"宣"那一刻起，他身体里流的血就已经不干净了。宣兆的存在就像一根长钉，把万千山钉死在耻辱柱上。

这十七年，万千山见宣兆的次数一只手都数得过来，一个外姓瘸子也配做他的儿子？反正宣兆靠着他外公留下的那点家产也饿不死，万千山就当没宣兆这个人。

但他万万想不到，宣博远那个老不死当年就对他有所防备，把大量资产提前做了公证，他死后自动给宣兆继承；更令他没料到的是，一直被他视作废物的瘸子宣兆，安安静静、不声不响地蛰伏了十七年，等到现在给他致命一击。

在万千山心里，宣兆还是那个七岁之前什么都不懂的小孩，出差回来随便给他带个什么不值钱的小玩意他就能开心好几天，又蠢又没用。

而眼前的宣兆，正慢条斯理地喝着水，面带微笑，眼底却看不出丝毫情绪。

"小兆，我是你爸爸，"万千山继续和宣兆打感情牌，"我的自然就是你的，你和我有什么好争的？我们本来就是一家人，不是吗？"

"哦？是吗？"宣兆反问，"您姓'万'，我姓'宣'，哪里来的一家人？再说了，我也没和您争什么，您手里的东西，本来不就是我的吗？"

他一番话说得滴水不漏，显然是油盐不进。万千山耐心告罄，不再扮演苦口婆心的父亲，瞬间变了一张脸，冷笑道："宣兆啊宣兆，不愧是我万千山的儿子，好心机，好手段。"

"哪里哪里，儿子像父亲是理所应当的，我是您的儿子，我当然继承了您身上的优点。"宣兆双手交叠着搭在膝头，姿态舒展闲适，"不过我倒是很好奇，您当时进了宣家，喊我外公做爸爸，也算我外公的儿子。您怎么就半点没有继承我外公的仁善和宽广呢？"

他表情无比真诚，好像真的只是单纯提出一个问题。

万千山咬了咬牙，讥讽道："没想到你腿脚不行，口齿倒是很伶俐。"

"也是练出来的，小时候总有捣蛋的同学笑话我爸死了，"宣兆摆摆手，"我本来身体就不行，打架打不过人家，要是嘴上功夫不厉害点，不就被人欺负惨了。"

宣兆顿了顿，又补充了一句："虽然他们说的也是事实。"

这小子明里暗里都在针对他，万千山咬牙切齿："你前段时间去了趟 M 国？"

宣兆正敲打着膝头的指尖一顿："只是休个短假。"

"哦？"万千山身体前倾，两手交握成拳，问道，"我怎么听说，你去找了我那个不争气的继子，还经常在他校门口等他？"

宣兆脸上一直挂着的温文笑容一僵，他缓缓抬起眼皮，直视着万千山："你监视他？"

"只是派人去看几眼，关心关心。"这下轮到万千山微笑了，"放心，我没有打扰他。"

这话倒是不假，岑柏言对万千山来说一点价值都没有，他探听到宣兆突然去了 M 国，心生疑虑，于是便让人去岑柏言那边打探打探。

万千山笑出了声："宣兆啊宣兆，这可不像你啊。"

宣兆一身的儒雅气质瞬间褪去，看向万千山的目光凌厉得仿佛一把利剑："你敢动他？"

"本来我对那个蠢小子没兴趣，"万千山咂了咂嘴，"你现在这个反应，倒是让我有点兴趣了。"

这倒是意外之喜了，没想到他这个冷血强硬的儿子还有软肋，有趣，太有趣了。

"你要是敢动他，"宣兆笑了笑，抬手缓缓摩挲着咽喉，声音冷得如同坚冰，"恐怕你的下场，就不会太好了。"

——这才是真正的宣兆。

万千山脑海里突然冒出这个念头，宣兆眼神阴沉狠厉，无形的目光如同一条附骨的毒蛇，顺着万千山后脊缓缓升起，竟然令万千山有了一种毛骨悚然的感觉。

但他绝不会在宣兆面前露怯，反而拍着手大笑出声："宣兆，我知道你看不起我，你觉得我利用了你妈妈，欺骗了她的感情。你呢？你比我好到哪里去了？你不也利用了岑柏言，你不也欺骗了他？好啊，真好啊，真是我的好儿子啊！"

宣兆怒极反笑："我本来不想赶尽杀绝，这几年你转到哥伦比亚户头里的钱，我还没来得及查。"

万千山神情一僵，他是怎么查到那里的？！

"好啊，不如我们比一比，看是你查我的境外资产快，"万千山沉下脸，"还是我弄岑柏言快。"

宣兆呼出一口气，缓缓向后，仰靠在了椅背上。

万千山以为他这是服软了，于是笑笑说："你放心，我毕竟是你爸爸，我怎么会——"

"你的小情人，"宣兆看着万千山，腰背挺得笔直，双腿交叠，姿势极其优雅，不疾不徐地说，"藏在东海花园三栋五号吧？产房联系好了吗？是美妇佳儿私护中心吗？找的是那位颇负盛名的吴嘉敏医生吧？预产期知道了吗？是不是一月二十日前后？哦对了，上周她还去了中心商场买名牌包，路上车来车往的，她肚子里怀着您的儿子，可要小心啊。万一出了什么事情，那多不好，毕竟他们母子二人是无辜的。"

万千山悚然大惊，猛然从椅子上站起身："你想干吗？！"

"我不想干吗，放心，违法的事情我不会干，太反智了。"宣兆轻笑，"岑阿姨还不知道您把她藏在哪里吧？"

"你敢！"万千山脸色铁青，他把传宗接代继承香火的希望全寄托在那个未出生的儿子身上了。

"我有什么不敢的？"宣兆落在发梢后的双眼平静而波涛暗涌，"我可是您的亲儿子啊。"

万千山喘着粗气，恨不能上去把宣兆当场撕碎。

"你要是动了不该动的人，我就让你——"

宣兆左手拿过拐棍，缓慢地站起身，同时右手拿起桌上的清酒杯，五指缓缓松开——

砰！

杯子四分五裂，碎片迸溅。

宣兆微微躬身，微笑道："断子绝孙。"

万千山趔趄一步，跌坐在椅子上。

回到小屋，宣兆坐在书桌前，目光沉沉。

他绝不允许万千山把算盘打到岑柏言的身上。

沉思片刻，宣兆双唇紧抿，十指在键盘上飞速敲击着，发出了几封邮件。

做完这一切，宣兆长舒一口气，疲惫至极地揉了揉眉心。

对了，药，该吃药了。

他突然想起吃药时间到了，从桌上的分装瓶里倒出药片，就着手边的一杯凉水就要吞下去，端起水杯到了唇边，动作又是一顿。

不行不行，不能喝凉水，要喝温水。

柏言和他说过好多次，喝凉水对身体不好，是个坏习惯，要纠正。

宣兆在心里默念，我必须把所有的坏习惯都戒掉，要好好活着，要健健康康，要爱我自己。

于是他走到小厨房，在自热饮水机里接了一杯温水，喝完药之后又给自己灌了一个暖水袋，捧在手心发了会儿呆。

暖水袋也是岑柏言买的，是一个憨态可掬的小灰熊，那天被岑柏言装进置物筐里一并扔掉了，是宣兆从垃圾堆里捡回来的。

小灰熊耳朵上掉了一缕毛——在垃圾堆里沾上了脏东西，洗不掉了，于是宣兆就把那个地方的毛剪了，小熊显得有些秃，比原来更蠢了。

现在是夜晚十一点，那边应该日出了。

宣兆缩进被窝，关上床头柜上的星球小夜灯。

在大洋另一端，岑柏言正对着镜子笨拙地系领带，他今天要去领奖。

上次报名参加了建模大赛，岑柏言在低年级赛道中拿到了一等奖，他是所有获奖者里年纪最小的，同时也是唯一一个中国人。今天是颁奖典礼，同时也是 M 国高校建筑联协论坛开幕式，岑柏言要作为学生代表上台发言。

"帅！"徐明洋赞不绝口，"太帅了！"

岑柏言简直神采飞扬，系好领带后拍了拍袖口："走了。"

"好好表现！给咱中国人长脸啊！"徐明洋老父亲般地叮嘱。

"用你说，"岑柏言"嗤"了一声，笑道，"必须的啊！"

岑柏言在这次比赛中成绩斐然，加上他个高腿长相貌英俊，学校官网宣传稿一出，很快就在留学圈里传开了，不少男生女生主动来和他结交，邀请他参加聚会。

岑柏言统统拒绝了，参加完颁奖典礼后西装一脱，照旧在研究室、图书馆、宿舍楼三点一线地跑。

"花花世界多亮眼，"徐明洋对他这个态度实在恨铁不成钢，"你却在这儿虚度光阴！"

岑柏言正在看《建筑设计规范》，头也不抬地说："你出去亮眼吧，我就喜欢虚度。"

"……我倒是想去，也得人家搭理我啊。"徐明洋讪讪，少顷，他灵机一动，"要不我当你经纪人吧？现在社团里老多人都问我要你微信，你让我当你私人助理也行，专门给你安排社交档期，怎么样？下周不就放冬假了，反正咱俩都不回国，一个月时间呢，出去玩呗！"

"没空，我要和教授进实验室做项目。"岑柏言直截了当地拒绝。

徐明洋说："那周——"

　　"周末也没空。"岑柏言都不用听完就知道徐明洋要说什么，打断道，"找了个家教。"

　　"你这都拿了一大笔奖金，你还家什么教啊，"徐明洋说，"再说了，还有奖学金呢。"

　　"哥，我不是开跑车的富二代，"岑柏言指了指自己鼻子，"要自力更生的，懂没？"

　　徐明洋翻了个白眼："你那个资助人大方死了，每个月给你打那么多钱，还装穷呢！"

　　岑柏言说："这都是要还的。"

　　徐明洋往床上一趴："犟，你就犟吧你！"

　　岑柏言摆摆手，懒得搭理他。不过徐明洋刚说起这事儿，岑柏言才想起来这次比赛的奖金该到时间发了，于是登录了网上银行一看，果然到账了。

　　他按照原先计划好的，给自己留下了一部分钱，打算买个压感级数好点儿的数位板——现在国内外大学都不太看重手绘训练，毕竟计算机软件制图出图又快又便捷。岑柏言这学期选了门课叫建筑设计，教授威廉是个老牌保守的学究，极其看重学生的手绘能力，第一次课堂小测就把岑柏言批得一无是处，让岑柏言这种基础的就不要报这门课了。

　　岑柏言是个挺有反骨的人，教授劝他退课，他就偏要把这块硬骨头啃下来。他从最基础的图片临绘开始，库里提巴文化中心、圣保罗大教堂、蒂尔特市三角洲、高迪大厦……这些世界性的知名建筑他统统临绘了一遍又一遍，速写纸不知道用掉了多少沓。

　　密集训练也许不是个聪明的方法，但确实让岑柏言长进了些，一个月下来，不敢说手到擒来，至少建筑结构的形体组合是达到标准了。第一个月的课堂作业，威廉给他的成绩是"B+"，评语是"只有技巧，欠缺思考"；"B+"对岑柏言来说远没有达到标准，他抱着速写本再练，到了第二个月，他的课堂作业成绩升到了"A"；冬季学期开始前，他已经成了年级里这门课唯一的"A+"。

岑柏言本来也觉得手绘这玩意儿挺鸡肋的，被这么一通折磨下来，他不仅觉得自己的造型能力、空间感知能力和空间推敲思维更强了，就连上机用 CAD 作图都更加得心应手了。

怪不得古话说"以画代言""以形表意"，岑柏言现在走哪儿都在包里揣上速写本，看到有特色的建筑就草图记录，倒是喜欢上了拿画笔的感觉。

所以，这个寒假，威廉教授邀请他参与一个空间设计项目，岑柏言欣然应允。老威廉虽然平时是严厉了些，也没少打击岑柏言，但毕竟人学术造诣摆那儿，这么好一个贴身学习的机会，浪费了可惜。

岑柏言已经看中了一款手绘板，就等着这笔奖金发下来。这部分钱匀出去后，还剩下小两千人民币，岑柏言垂眸想了想，把这些钱全部转到了另一个账户里——严明母亲的户头。

这傻孩子当初因为岑情，险些摔成了植物人。岑柏言托陈威帮他打听严明的情况，也是前不久才知道严明一直在接受治疗，上个月转到了一家私立康复机构，接受康复训练，有很大概率能够重新站起来，回归正常生活。

陈威特地跑了一趟，去探望了严明和他妈妈。严明母亲说她在城里照顾孩子，又要治病又要生活，这一年多前前后后不知道要花多少钱，都是一个叫"东家"的人帮的忙。东家帮他们找医院，又让他们进最好的复健机构，前段时间严明清醒了，东家还给她安排了一个在大企业里发下午茶水果的工作，一月五千八，好歹是有了收入来源。

"东家真是我们家的大恩人，"严明母亲抹着眼泪说，"就是这东家一直不肯露面，我也没能当面感谢他。"

陈威如实把这些细节转述给了岑柏言，又小心翼翼地问："这'东家'，会不会是他啊？"

"不知道。"

岑柏言当时没有正面回答陈威，但他们都心知肚明，"东家"除了那个人，还能有谁。

陈威百感交集："我以为他那种人冷漠透了，连骨头缝都是冰冰凉的，没想到也会帮别人一把。"

——骨头缝里都是冰冰凉的。

这一点岑柏言比谁都清楚。

陈威忍不住担心："我还是觉得他没那么好心，他这种万物皆可利用的性格，保不准就是故意养着那对母子，将来放出来咬你爸——咬万千山一口！"

岑柏言淡淡道："他做不出这种事。"

"他有什么做不出的？"陈威在越洋视频那头大喊，"他连你都能利用！你怎么知道他做不出这种事？"

岑柏言沉默以对。

钱汇过去以后，岑柏言莫名地有种松了一口气的感觉，他向后靠着椅背，疲惫地揉了揉额角。

陈威问他的那个问题又跳了出来。

宣兆不会放过任何有利用价值的人和事，他怎么笃定宣兆做不出那种事？

宣兆和万千山岑静香的舆论战打得如火如荼，他完全可以利用严明的事情大做文章，却把他们母子照看得周周全全，一点风声都不漏。陈威说严明现在的康复机构是全新阳最好最先进的，这一年多下来，严明那边前前后后花的钱怎么也得有小百万了；他连身份都不透露，显然是不想要严明母子对他感恩戴德。

钱花出去了，连个好名声都没落得，东家这门生意做得可太亏了。

这事儿办得太不"宣兆"，岑柏言不明白，却也明白。

其实宣兆不是什么坏人，他对龚叔好、对巧巧好、对素不相识的严明母子好，就是对他坏罢了。

岑柏言摇了摇头，把手机扔到一边，重新翻开了那本《建筑设计规范》。

与此同时，宣兆正在看学校官网那篇报道，岑柏言有一张单人照片，西装笔挺，捧着奖杯，笑得意气风发。

他身后是大片大片的草坪和蓝天，好像整个世界都在他背后展开。

宣兆看了很久很久，忽然间有几分恍惚，他都记不得有多久没有看到这样的岑柏言了。

岑柏言离开这里之后，似乎变得更好了。

马上就进年关了，今年冬天不下雪，也没有去年那么冷。

他回来吗？

第 20 章
不过期，不作废

一月中旬，万氏内部进行了一次大规模裁员，拖欠薪资的传闻层出不穷。旗下投资的一个工程由于监管不当出现重大事故，施工过程中脚架坍塌，造成三人重伤。

大厦将倾，非一木能支。万氏内部稍有远见才能的员工都选择主动离开，有不少向宣兆示好。

万千山简直急疯了，上次宣兆大闹沉香厅后，商会正对他的境外资产做调查，他的移民手续只好暂停。万氏现在闹成这样，他已经把能找的人脉都找上了，但没人敢碰这块烫手山芋。家里因为宣兆就要破产了，岑情的零用钱大大缩水，只好更紧地攀住卓非凡——一方面卓非凡家境好，不缺钱，另一方面宣兆用岑柏言来报复他们岑家，她就用这种手段去报复龚巧，间接报复宣兆。

这个冬天彻底变天了，作为炙手可热的商场新贵，宣兆身价直线上涨，宣氏上下员工个个欢天喜地。

相比之下，宣兆这个被外界称为"最大赢家"的人却显得尤为淡然。

他最近不常去公司，更多时候是在实验室准备毕业论文，晚上步行回大学城的小屋，抱着暖宝宝安静地站一会儿，吃完药就睡觉。

手下的职业经理人兴致勃勃地向他汇报万氏的动向，这十八年来他一直期待着这一天，他以为自己会有大仇得报后的欣喜若狂、酣畅淋漓，然而事实上并没有。这些消息就像一个投入湖面的石头，只能在水面上激起小小的涟漪。

宣兆甚至觉得可悲，钱、财富、地位、虚荣，仅仅因为这些，万千山和岑静香毁掉了宣家三代人。

他们再落魄、再困窘，外公逝去的生命回不来，妈妈消耗的时间回不来，七岁之前那个天真快活、无忧无虑的他自己同样也回不来。

只有当晚上回到小屋一个人待着，宣兆才能够感受到一点真实的快乐。

作为那个匿名资助人，学校每个月给他发一封邮件，附上岑柏言的成绩单。每份成绩单宣兆都会打印出来小心保存，他和岑柏言之间的链接变得如此微弱，像一盏一吹就灭的油灯，他小心翼翼地护着这一星半点的火光，外面风大雨大，却半点都侵扰不到它。

一月底，学校又发来了岑柏言的成绩单，这次还附上了一封岑柏言的手写信。

信里，岑柏言感谢了这段时间的帮助，并表示这些钱他一定会如数归还。从下个月开始，他便不再接受资助了，他上半个学期成绩优异，申请到了下学期住宿费全免。同时，他参与了校内一个效果设计的相关项目，实验室有拨款经费，足够支撑他的日常生活。他希望这笔钱能够给到更加需要的人。

宣兆把这封信翻来覆去读了很多遍，而后舌尖泛起一丝丝甜，又有一丝丝苦。

甜的是岑柏言依旧一如既往地优秀、正直、明亮，是宣兆想成为却这辈子都无法成为的那种人；苦的是他和岑柏言之间就只剩下这一点点联系，现在连这一点都要断裂。

我要怎么做，怎么做才能挽回我和柏言破裂的关系？

宣兆不知道第几次在心里这么问自己，当他又钻进这个牛角尖，剧烈的头痛如期来袭，他缩进被窝，抱着那个灰熊暖宝宝，把自己蜷缩成一团。

二月上旬，宣兆收到消息，万千山的情人顺利生了一个儿子，取名叫万天顺。

"少爷，"龚叔担忧地问他，"要采取什么行动吗？"

这孩子毕竟也算宣兆的弟弟，龚叔担心万千山日后走投无路了会拿这孩子来威胁宣兆。宣兆表面上看起来冷血强硬，但龚叔知道，他心底里有块地方比谁都要软。

"什么行动？"宣兆一目十行地批完文件，眼也不抬地说，"他生他的，关我们什么事。"

如果说十岁之前的小宣兆还对万千山抱有什么不切实际的期待，在炼狱般折磨的复健中也偶尔会卑微地想"爸爸为什么不来看看我"，那么十岁之后，"万千山"三个字在他心里就什么也不是了，更遑论万千山的儿子。

万千山又对宣兆展开了新一轮的舆论攻势，他五十多岁的人了，刻意把自己弄得双鬓斑白、颧骨高凸，在人前出现时总是一副苦大仇深的模样，活脱脱一个被亲生儿子抛弃的老父亲。大众总是容易对"父亲"这个角色的人产生怜悯，法务部和公关部询问是否需要做特殊应对，宣兆只是淡淡地说不用。

他始终岿然不动，按预定步伐该收购收购，该挖人挖人，根本不把万千山那些可笑的挣扎放在眼里。

直到春节前一周，岑静香为了逼岑柏言回国，竟然对媒体放出了岑柏言在M国的学校和住址，泪眼婆娑地说她儿子被宣兆骗了，和家里决裂，希望他早日回到家人身边，不要再被蒙蔽双眼了。

宣兆知道消息那一刻正在准备一场战略大会，他手腕止不住地发抖，钢笔"啪"地掉在了地上。

他定下心主持完了这场会议，立即就要飞往 M 国，然而宣谕却出事了——她在洗手间跌了一跤，小腿骨裂。

宣兆能够游刃有余地处理万千山向他抛过来的一切进攻，却在这时候知道了焦头烂额是什么滋味。

他知道岑柏言是个成年人，完全有能力应付可能到来的骚扰，但他还是忐忑。他自己的人生已经烂透了，他可以深陷在这摊淤泥中，但他不要岑柏言的脚底沾上半点泥泞。

如果说以前的宣兆面对岑柏言，总是忍不住会出现阴暗扭曲的念头"我本来也该是一个像他这样明朗恣意的人，是他抢走了我的人生"，那么在他认清自己的心以后，他庆幸是岑柏言抢走了他的人生，他庆幸岑柏言成了这么好的一个人。

因为宣兆一直被这样的岑柏言照亮着。

在疗养院贴身照顾了宣谕五天，春节前两天，宣兆搭乘跨洋飞机，连夜抵达了 M 国。

岑柏言的生活确实受到了一些干扰。

万千山的儿子出生了，岑静香变得更加偏激，几次以死威胁岑柏言回去。

岑柏言知道她死不了，毕竟她要争要抢的都还没到手，她怎么舍得死？！

万千山打算今年过年就带小儿子回小岐镇祭祖，向万家祖宗宣告后继有人。因此年关愈近，岑静香就愈疯狂，她对岑柏言从苦苦哀求演变成了毫无底线地辱骂，她骂岑柏言是和他酒鬼亲爹一样的贱东西，她后悔当初为什么没有掐死岑柏言，为什么要拼死拼活地带他逃离那个吃人的村子，现在岑柏言反过来要吃掉她了。

岑柏言每次都只是听着，一言不发。

岑静香是他的亲生母亲，所以他可以忍受岑静香的言语羞辱和精神折磨，岑静香要拿他做一个发泄口，那就发泄吧。但他万万没想到，岑静香为了逼他竟然做到了这一步。

闻风而来的媒体人开始在校门口和宿舍楼下蹲点堵他，这些人数量不多，却无孔不入。

在学校还好，岑柏言大多时间都在研究室，研究大楼位置隐蔽、戒备森严，那些人进不来，但宿舍那边就让他颇为头疼。

这种骚扰行为严重影响了楼里其他学生的正常生活，徐明洋就被逮到过好几次。

岑柏言烦不胜烦，更不想影响别人，于是让罗凯帮他找个便宜点的房子。

罗凯租了个单间的小公寓，岑柏言预算不高，可以说极低，因此租的这个街区治安不太好，不过岑柏言自己倒是不在意。

除夕那天，罗凯开车接岑柏言去新公寓，到了街区遇上一伙人拦车抢劫，罗凯非但不按刹车，反而踩了油门加速，那伙人吓得乱蹿。

罗凯扭头对岑柏言炫耀："这地界儿就得这么干！"

前边就是个路桩子，岑柏言倒吸一口凉气："你看路！"

砰——

结果两个人出了一场小车祸，人倒是没事，就是车熄火了。两个人修车弄出了一身臭汗，罗凯被自个儿熏着了，他一会儿还要去约会，于是非要在岑柏言这儿洗个澡。

宣兆坐了十几个小时飞机，一刻也不停歇，先是去了学校，又去了宿舍楼，徐明洋告诉他岑柏言刚搬走，把地址给了宣兆，宣兆立即到了岑柏言的新住址。

岑柏言住在八楼801，宣兆走到门前，有些紧张地抿了抿嘴唇，抬手后又有点儿犹豫，踟蹰半响，终于按下了门铃。

过了一会儿，还是没有人来开门，宣兆整了整衣襟，刚要再次按下门铃——

门被人从里面打开了。

一个陌生男人赤裸上身，腰间围着一条浴巾，头发湿漉漉的，警惕地看着他："你是谁啊？"

宣兆垂眸："走错了，抱歉。"

然而，才走到电梯口，宣兆脚步顿住，他深深吸了一口气，挺直腰背，再次回身走到了 801 门口。

罗凯打开门，又是这个漂亮的男人："你到底找谁啊？什么事儿？"

"你好，"宣兆露出了一个堪称优雅的笑容，"岑柏言在吗？"

"找岑柏言的？"罗凯对这个突然造访的男人很感兴趣，他一只手撑着门框，眉梢一挑，"他在里边洗澡呢，你是谁？哪儿来的？你找他干吗？"

"先生，我恐怕没有理由接受您的盘问，"宣兆彬彬有礼地欠了欠身，"抱歉。"

罗凯以为又是那些烦人的媒体追来了，可他又支着根拐棍——是个瘸子。

"这年头残疾人能跑新闻了？穿得还挺人模人样，这一身不便宜吧？"罗凯吹了声口哨，嘲讽地说，"前脚刚搬进来，你后脚就找到这儿了，你人脉挺广啊，就像嗅着屎味儿的狗似的。"

宣兆轻轻耸了耸肩膀，笑而不语。

"行了，我不为难你，赶紧走吧，"罗凯挥了挥手，"这儿没你要的新闻。"

宣兆纹丝不动："我在这里等他出来。"

"……行，那你等吧。"罗凯无所谓地笑了笑。

公寓大门在眼前"砰"地关上，带起的风从宣兆鬓角刮过，宣兆喉结上下滚动，喉咙里艰涩得像被硬块堵上了。

岑柏言从浴室出来，头上挂着一条毛巾，边揉头发边问："刚才谁敲门？"

"记者吧，也不知道怎么找到这边的。"罗凯说。

岑柏言皱了皱眉，低声斥道："真阴魂不散啊。"

"没事儿，就一个人，说在门口堵我呢，我等会儿把他打发了。"罗凯从岑柏言的行李箱里翻出一套衣裤，边往自己身上套边说，"我还赶着约会呢，我女朋友学大提琴的，什么时候带你俩认识认识。"

岑柏言走到门边，从猫眼往外看了看："没人，应该走了。"

"那就好，这地儿吧虽然治安不好，但反过来看也有个好处，那群记者个个长枪短炮的，最容易被街区里的小流氓盯上，都不用咱出手，自然有人对付他们。"罗凯想起了什么，又说，"哎对了，刚那人也挺奇怪，竟然是个瘸子，拄着个拐棍出来跑新闻，怪不容易的，我看他嘴唇都发青，看来是冻得够呛——"

罗凯还想要说什么，眼尾余光却瞄见了岑柏言脸色骤变。

"那什么，"罗凯咽下口唾沫，"你们认识啊？"

岑柏言十指不自觉地收紧："他人呢？"

罗凯一根手指点了点大门的位置："刚才你洗澡的时候他还在，现在不知道。"

岑柏言右脚微微一动，似乎想要开门追出去，然而紧接着他又克制地背过身，蹲下身收拾地上摊开的行李箱，淡淡"嗯"了一声。

"你不去看看？"

"没必要。"岑柏言兀自收拾行李，动作不疾不徐，看起来十分井井有条。

罗凯又眼睁睁地看着岑柏言把一条内裤放进了装袜子的储物格里，他不忍直视地闭上了眼，说道："这地儿可不安全，就他那样的，亚洲面孔，一看就有钱，还有身体缺陷，活脱脱一只待宰的小肥羊啊……"

话音未落，他看见岑柏言动作一僵。

罗凯在心里暗暗叹了口气，最后推波助澜了一把："要是只劫财就罢了，但这一片住的人可没什么道德底线——"

岑柏言猛然站起身，大步流星地往外走。

外边天寒地冻的，岑柏言头发还在滴水，就穿着一件单衣，脚上是洗澡时穿的凉拖。

这个地方确实危险，就算是个陌生人，出于同胞情谊，他也会把人送出这片街区。

但他无暇思考，究竟是什么样的"同胞"，能够让他在零下十度的天气里穿着凉拖，连等电梯的耐心都没有，沿着楼梯三步迈作一步地往下狂奔。

下到了一楼，岑柏言迅速左右环顾一圈，一个人影也没有。

楼外有个醉汉倚着墙，瞳孔涣散，脚边丢弃着一个用过的针筒，岑柏言眉心紧拧，正要出去找人，身后突然传来一个略带惊讶的声音："柏言？"

岑柏言第一反应是松了一口气，继而一块更大的石头从天而降，沉甸甸地压住了他的心脏。

岑柏言重重闭了闭眼，转过身面对着宣兆。

距离他们上次见面已经过去了三个月，廓形大衣和围巾衬得宣兆好像又清瘦了一些。

"你怎么来了？"岑柏言冷冷地问。

宣兆有些语无伦次："我……我刚才敲过门了，有位先生给我开的门，他说你在洗澡，我以为你要休息了，担心打扰你，所以我就下来了，然后——然后我想和你说几句话，所以我又回来了，我在等电梯，我想再上去找你。"

"你找我干什么？"岑柏言由于奔跑而胸膛微微起伏，他似乎连丝毫的耐心都不肯分给宣兆，"是我说得还不够清楚吗？你又来找我干什么？"

岑柏言的反应完全在宣兆预料之中，宣兆做足了心理准备。

"我来是因为，"宣兆顿了下，"明天就是新年，我想邀请你——"

"我不想。"

岑柏言突然烦躁地捏了捏眉心，他的耐心很快告罄，上前两步抓起宣兆的右臂，不由分说地大步向外走。

拐棍在地上敲出急促又密集的"咚"声，宣兆跟不上岑柏言的步子，皱着眉挣扎："柏言——"

岑柏言冷着脸，丝毫没有放慢脚步。

前面花坛边有一段台阶，宣兆禁不住这样的拉扯，左膝一软，整个人重重跌在了地上。

岑柏言脚步一顿，扭头看见宣兆狼狈地单膝跪地，右手还被他死死攥着，岑柏言这才反应过来自己在干什么，他喉结上下重重一滚，松开了抓着宣兆的手，背过身沉声说："对不起。"

"没事，"宣兆撑着拐棍，缓缓从地上站了起来，温声说，"我没事。"

"这里环境不好，"岑柏言攥成拳头的双手无处可放，生硬地说，"我送你出去打车。"

"我不想打车，"宣兆缓步走到岑柏言面前，"我不想走。"

宣兆站在比岑柏言低一级的台阶上，仰头盯着岑柏言。

他刚才那一下摔得不轻，左边裤脚灰扑扑的，撑地的左手也微微蹭破了皮。

岑柏言居高临下地看着宣兆，少顷，他问："那你想干什么？"

宣兆顿了下，哑声道："我可以和你一起过新年吗？"

"不用了。"岑柏言的声音里一点情绪都听不出来，他稍稍停顿后又补上一句，"我自己很好，比以前更好。"

宣兆愣了愣，眼前忽然有些模糊。

"你之前随随便便跑到我的学校，现在又随随便便跑到我家来，"岑柏言嘲弄地一笑，"宣兆，你还是这么喜欢自作主张。"

"我学会了很多新菜，我想给你做年夜饭，"宣兆用手指揉了揉眼睛，"我不打扰你，我……"

岑柏言沉默不语，只是用冷漠的眼神淡淡地看着他。

这种眼神对宣兆而言是最致命的武器，既让他难堪得无地自容，又让他难受得如鲠在喉。他用力勾起唇角，笑了笑说："我知道你一个人也过得很好，但是我想——"

"既然你知道，"岑柏言打断他，嗓音微微收紧，"那你来干什么？"

不知道是不是风太大，宣兆眼前越发模糊，他用落空的手搓了搓眼睛，把睫毛都搓湿了。

岑柏言偏过头："你走吧，别再来了，真的。"

"我想多待一段时间，"宣兆指尖掐着掌心，勉强笑着说，"我不会打扰你的，我也不会像上次那样出现在你学校附近，我只是——"

"随便，"岑柏言皱着眉，仿佛他分给宣兆的耐心已经到了尽头，"你想待在哪儿随便你，别出现在我面前就可以。"

罗凯打理好自己，急急忙忙准备约会，下了楼远远看见这两人站在楼外的台阶上，似乎陷入了某种微妙的僵持。

尤其是岑柏言，将近零下的天气，单衣短裤地站在外边，也不怕把自己冻成棍儿。

他低呼一句"造的什么孽啊"，大跨步跑了上去，看看宣兆，又看看岑柏言："聊完了吗？没聊完上楼继续，在这里站着干什么？等天上掉钱啊？"

岑柏言呼了一口气，对罗凯说："你来得正好，顺道送他出去。"

"行。"罗凯转向宣兆，问道，"小帅哥，这儿不太安全，我载你一程？你住哪儿啊？太远的话我没法把你送过去喔，我女朋友还在等我呢。"

宣兆在外人面前总是能够维持极好的风度和礼仪，他深深看了岑柏言一眼，而后对罗凯点了点头："有劳了，把我放到外面主干道下就可以。"

"那没问题。"罗凯比了个"OK"的手势，他这人最怕尴尬，于是滔滔不绝道，"我这人就是典型的那什么……用你们的网络语言叫什么来着？哦对了！颜控！你别看我长相平平无奇，但我这车可是专载帅哥美女，我昨天……"

"别磨叨了，"岑柏言说，"再不走天黑了。"

罗凯挠挠头："那走了啊，你有事儿就给我打电话。"

岑柏言摆摆手，转身走进了公寓楼里。

宣兆站在原地，一直看着岑柏言的背影，直到岑柏言进了电梯。

他撑着拐棍，身姿笔挺，像一棵清瘦但挺拔的松树。

罗凯在心里无声地叹了一口气："走吧，我车就在前面。"

宣兆缓慢地眨了眨眼，笑笑说："谢谢。"

"那什么，你下楼梯小心点儿，别摔着啊。"罗凯看宣兆又瘦又瘸的，总觉着一阵风就能把他刮跑了，于是不放心地说，"要不我扶你一把？"

"不用，"宣兆礼貌地拒绝，"我可以的。"

公寓楼二层，岑柏言透过走道的小窗口，看着宣兆勉力维持平稳却仍显蹒跚的步伐，一直到罗凯的车从视线中消失，他仍旧站在原地，眼神复杂。

不知道过了多久，岑柏言抬手重重搓了一把脸，转身从楼梯间返回了八楼。

搬进新房子的第一晚，岑柏言睡得不好。

楼上住着一男一女不知道在吵什么，叽里呱啦的，震得岑柏言耳膜生疼。他翻身起床，摸黑点了一根烟。

抽完两根烟，楼上的还没有休战的意思，岑柏言心烦意乱，塞上耳机放了一首摇滚乐，站在窗边往外看，小道上一伙黑人兄弟正在斗殴，敢情楼上楼下都不太平。

等楼上安静了，楼下人也散了，岑柏言瞄了眼手机，这都凌晨一点多了。

他重新躺回床上，后知后觉地想起往日历上看，今天是农历新年。

岑柏言此刻非常清醒，他盯着黑黢黢的天花板，难以形容这会儿心里是种什么感受。

非要说的话，大概这就是乡愁吧，毕竟是一年到头最重要的节日，想必国内大街小巷早早就张灯结彩、大红灯笼高高挂了，他却一个人漂泊在外边，孤零零的。

　　来到 M 国这小半年，岑柏言几乎没有过"寂寞"这种情绪，一是由于他忙，学习看书做题跑实验室……一天到晚像个不停转的陀螺似的，没时间顾影自怜；二是由于岑柏言想得还算通透，这是他自己选择要走的路，大老爷们儿的下了决心就别矫情，弄得个人儿多可怜似的，没必要。

　　岑柏言翻了个身，不得不承认这种时候一个人，多多少少还是有那么点儿难受。

　　然后他忍不住想起上一个除夕，他的"家"第一次在他面前揭开了虚假的面具，万千山说他是觊觎万家财产的白眼狼，岑静香狠狠给了他一巴掌。他像一个溺水的人，想要抓住茫茫大海中唯一的浮木，于是他从新阳奔赴海港，穿过大学城弯弯绕绕的小巷，踩过无数个土坑，悬着的一颗心终于在看见烂尾楼三层灯光的那一刻落了下来。

　　那天晚上是怎么过的？

　　宣兆煮了面，他们一起看春晚，小品很好笑，他们一起倒计时，一起欢呼。

　　这些记忆仿佛在脑海中根深蒂固了一般，岑柏言轻轻一碰那个开关，就有画面源源不断地跳出来自动播放。

　　困意袭来，岑柏言深深呼出一口浊气，闭上了双眼。

　　第二天醒来，岑柏言就有点不太舒服，头晕鼻塞喉咙痛，估计是昨天着了凉。

　　他没太在意，收拾好东西去了研究室。教授让他看一个测绘数据，一周后交报告，反正闲着也是闲着，不如早点做完了事。

　　罗凯盛情邀请岑柏言来家里吃年夜饭，岑柏言婉拒了；徐明洋问他要不要去参加聚会，岑柏言也没兴趣。

　　国内的那几个兄弟纷纷来给他拜年，废话说了一箩筐，岑柏言挂断视频，嘴角还是弯着的。

他想发条消息给岑静香和岑情，打开三个人的群聊，手指在键盘上停了半晌也不知道该说什么，想想还是作罢。

社区发来消息说唐人街晚上有舞狮游行和烟火大会，岑柏言打了个车去到那边，现场已经人山人海。

他头疼得厉害，站在人群后仰着头看烟花，旁边是一对父子俩，小朋友大概就三四岁，骑在爸爸脖子上，激动地拍着手掌欢呼。

舞狮队从街道那头慢慢靠近，气氛越发热烈，边上的小朋友热烈地高喊着"哇哦"，岑柏言的情绪也跟着高涨了几分。

锣鼓声最大的时候，岑柏言的肩膀被人拍了一下，他以为是拥挤中有人不小心碰到了他，没有在意，然而两秒后，他的肩膀又被轻轻拍了一下。

岑柏言转过头，惊诧地看见宣兆站在他身后，驼色大衣、浅灰色围巾，手里抱着个什么东西，笑得眼睛弯出两道弧。

烟花"砰"的一声在他身后绽开。

一片喧嚣中，他看见宣兆的嘴唇动了动，但他听不清宣兆在说什么，看口型似乎是"好巧"。

舞狮队继续前进，岑柏言眉心缓缓蹙起，眼神如同鹰隼般犀利，他沉声说："你跟踪我？"

然后，宣兆笑容一僵，映在他瞳孔里的烟火倏然坠落，而后是一片漆黑夜空。

"不是的，"宣兆抿了抿嘴唇，解释道，"我本来想去你家楼下等你，但我怕你不高兴。我记得你和我说过有年寒假你去澳洲旅游，在唐人街过的春节，所以我就来这里碰碰运气。"

岑柏言显然不相信，一言不发地转回头。

宣兆看着他沉默的背影，告诉自己不难过。

比起他带给岑柏言的伤害，这算得了什么。

宣兆只给了自己一秒钟的时间做心理建设，紧接着他上前一步，站到岑柏言身侧，眼睛依旧是笑着的，提起手中的那个东西晃了晃："我做了两道菜，你要尝尝吗？"

原来他怀里提着的是个保温盒。

岑柏言置若罔闻。

"我下午就到这里了，我想如果我能在这里遇见你，估计是老天爷给我的机会。"宣兆沉静的声音从耳畔传来。

"那你就当没遇见过我。"岑柏言冷淡地抛下一句，转身就要离开。

宣兆却快岑柏言一步，连拐棍都不要了，伸出左手紧紧抓住了岑柏言的手腕。

"如果我没有遇见你，"宣兆坚定地看着岑柏言冷峻的侧脸，胸膛由于激动而微微起伏，"那也没关系，老天爷不给我机会又怎么样，我不会放弃的，岑柏言，我想要获得你的原谅，重新做朋友。"

老天爷从来没优待过他，唯独今天。

岑柏言结实的小臂肌肉忽然僵住了，"嗡嗡"的耳鸣声不断变得剧烈，岑柏言只觉得头痛欲裂。

岑柏言看着面前的宣兆，一阵阵不真实的恍惚感潮水般涌起。

周遭的烟火、喧闹、欢呼……这些近在咫尺的热闹仿佛离他很近，然而它们被装进了宣兆漆黑的瞳孔中，又忽然变得离他很远。

"我以前怎么不知道，"岑柏言垂下眼睑，"你脸皮这么厚。"

"我就是厚颜无耻，我就是死缠烂打，"宣兆鼻头一酸，垂眸的瞬间眼睫有些不分明地湿润，"你可以……再给我一个机会吗？"

厚颜无耻、死缠烂打。

任谁都不会把这两个词和宣兆扯上干系，宣兆永远是冷淡、疏离但又强大、自如的，他身上有一种奇异的特质，让人觉得你离他再近，也无法与他真正地亲近起来。

宣兆微微低着头，从岑柏言的角度看，他的头发乌黑柔软，耳郭被冻得通红，像冰天雪地里求着要他收养的小动物。

不知道为什么，看着宣兆放低姿态的样子，岑柏言本来以为自己会无比畅快，然而他心头的那阵隐痛却不断加剧，似乎要把他震碎一般。

"没有机会了，"岑柏言淡淡道，"我要回去了。"

宣兆动了动嘴唇，然而喉头艰涩，就连简单的音节都发不出来。

宣兆颓然垂下左手，岑柏言定定看了他两秒，俯身捡起他掉落在脚边的拐棍，语气疏离冷淡得仿佛在面对一个陌生人："别再来了，没必要。"

岑柏言转身离开，宣兆垂着头，五指紧紧攥着拐棍。

烟花升起又坠落，其实不过短短两秒钟的时间，宣兆已经又把自己粘贴起来了一次。

"岑柏言！"他对着岑柏言的背影大喊一声。

岑柏言脚步一顿，却没有回头。

宣兆伸出右手，递出那个他一直抱在怀里的保温盒："柏言，新年快乐。"

岑柏言的背影修长且挺拔，双手插在上衣口袋里，被风吹动的发梢微微动了动。

"我做了宫保鸡丁、糖醋小排，还有红烧茄子，我会做更多的菜了，你要不要试一试？"

岑柏言稍稍扬起脖颈，深深呼出一口气。

最后一簇烟花也熄灭了，骑在爸爸脖颈上的孩子被抱了下来，孩子脸蛋红扑扑的，兴奋得手舞足蹈，穿着精致小皮鞋的脚不留神踹在了宣兆手上——

"砰"的一声，保温盒砸在了地上，盖子被整个掀翻，里面的食物尽数倾倒。

宣兆一下子愣住了，眼睁睁地看着一地狼藉。

孩子父亲和他道歉，他机械地回答说没关系。

演出终于散场，不断有人从宣兆身边经过，脚踩过地上的那些食物。

宣兆抿了抿嘴唇，他想没关系，他已经学会怎么做了，他可以再做，没关系。

于是宣兆抬起头，然而散场的人潮中，他连岑柏言的背影都看不见了。

没关系，没关系。

宣兆深深吸了一口气，抬手重重捶了捶心口，依旧告诉自己没关系。

今天不行，还有明天；明天不行，还有后天、大后天……

当天夜里，岑柏言做了一个极其混乱的梦，他风尘仆仆地回到了大学城那个破落的小屋，和宣兆一起看春节晚会；而后画面一转，唐人街张灯结彩，焰火照亮了整片天空，骑在爸爸脖子上的孩子拍着手欢呼，宣兆说"我学会了新的菜，你要尝尝吗"……

两个新年的场景交替闪回，上一秒的宣兆弯着眼睛在笑，下一秒的宣兆却睫毛湿润。

岑柏言猛然惊醒，发现自己沁出了一身冷汗，头昏脑涨。

他起身冲了一杯感冒冲剂，房里静得只能听见自己的呼吸声，岑柏言缓慢地眨了眨沉重的眼皮，扭头看见窗外天光微亮，忽然有了种晨昏颠倒的不真实感。

喝了感冒药后有些犯困，但天都亮了，岑柏言怕再睡过去一会儿起不来，于是干脆起了床，洗漱后喝了杯咖啡，收拾收拾就出门去了学校。

接下来几天，原本苍蝇般在校门口蹲点的媒体全都不见了，岑柏言心下了然，这一定是宣兆的手笔。

宣兆这次过来，应该就是为了帮他解决这些麻烦吧。

岑柏言无法坦然接受宣兆为他做的这些事，却也找不到好的方法拒绝。

不管他接受还是拒绝，都不可避免地要和宣兆产生交集，这本来不是什么问题。

然而，他和宣兆的开始就是源于仇恨和欺骗，他没有办法心平气和地和宣兆做回朋友，因为他们每见一次面、每说一句话，都是在伤人伤己。

何必呢？

"何必呢？"龚叔也这么问宣兆。

他只身一人来 M 国，龚叔本就是一千个一万个不放心。他人不在的这段时间，医院便把最新的检验报告直接递送到了龚叔手上。龚叔这才知道宣兆的健康状况越发差了，病人自述那栏里记录了宣兆的左腿甚至出现过将近一个小时都毫无知觉的情况，医生提出有神经系统功能障碍的可能，需要宣兆做进一步的脑部检查。

脑部检查？！

龚叔既心痛又气愤，在他看来，所有涉及"脑"的病都是大病。他照看了宣兆将近二十年，亲眼看着宣兆从一个椅子高的小娃娃长成今天的宣家当家人，让宣氏重整旗鼓。龚叔年轻的时候受宣博远重用，一辈子为宣家办事，他本以为自己能够瞑目了，终于不负宣博远所托带大了宣兆，可以安心去地下见老爷了，可宣兆竟然如此糟蹋自己的身体，这让他有什么脸面下去见老爷！

宣兆长这么大，龚叔第一次对宣兆发火，让宣兆立即回来做全面的身体检查，要是再在 M 国待下去，他就亲自去抓宣兆回来！

宣兆哭笑不得，耐心地解释"神经系统功能障碍"根本不算是什么病，医生都喜欢夸大其词。可龚叔怎么听得进去，搬出了撒手锏说："你要是再不回来，我就把这个事告诉小姐！"

就如同他总是喊宣兆"少爷"，无论过了多少年、无论宣谕年纪多大，龚叔也总是称呼宣谕为"小姐"，好像在龚叔眼里，宣谕永远是那个十七八岁、穿着裙子在花园里浇水的小姑娘。

宣兆因为这个称呼心头一热，笑着说："叔，我妈妈什么都知道。"

龚叔大为震惊："不可能！"

"是她教我勇敢一点，"宣兆把电话开了免提，站在落地窗边说，

"她都知道的。"

"那……那你也不能……"龚叔重重叹了一口气，"不能不爱惜自己的身体啊！"

"我爱惜的。"宣兆说。

他有珍重自己，他按时吃药、定期复查，但有些伤病的恶化是没办法的，并且是不可逆的。

龚叔一时无言，半晌，他忧心忡忡地说："少爷，你快回来吧，你要补偿他，用其他方法不好吗？你何必为了他做到这份上啊？"

"我不是要补偿他，也不是为了他才做这些，"宣兆抬眸远眺澄澈的天空，轻声说，"我是为了我自己。"

他不知道怎么对一个人好，他不知道怎么交朋友，是岑柏言教会了他。

他想要取得岑柏言的谅解，不是为了别人，而是为了他自己。

龚巧不晓得怎么知道了宣兆的身体情况，打来视频电话后也不说话，默默在那头啜泣。

宣兆简直一个头两个大，他最不会安慰人，尤其不知道怎么安慰小姑娘，于是安静地等龚巧哭够了，才好笑地问："泄洪泄完了？"

"嗯。"龚巧一向内敛，被宣兆一调侃瞬间连话都不会说了，顿了会儿才小心翼翼地问，"哥，柏言哥他原谅你了吗？"

"还没。"宣兆摇摇头，"你别操心那么多，好好上学。"

"我知道的。"龚巧一本正经地说，"柏言哥看着气性就不小，你要加油了。"

"小丫头，你倒是懂。"宣兆眉梢一挑，"你最近和卓非凡怎么样了？"

龚巧耳根一红，她和卓非凡青梅竹马、水到渠成，两个人安安稳稳的，没什么波澜起伏，龚巧觉得这样就很好。

宣兆总觉得巧巧过于老实温顺了，从小到大都担心她吃亏。他这个做哥哥的实在是不太称职，很少主动关心龚巧的情况，好在巧巧身边有个卓非凡陪伴。

龚巧和宣兆聊了些最近的事情，说上周她和卓非凡一起去看了场舞台剧，龚巧随口赞叹了一句女主角的裙子华丽又飘逸，前天她无意中瞥见卓非凡正在网络购物，下单了那件公主裙。

"再过半个月就是我的生日了，我猜非凡哥是想给我一个惊喜吧，"龚巧红着脸，"哥，你也要装作不知道哦。"

"好，我什么也没听到。"宣兆靠着椅背，笑着回答。

挂断视频后，宣兆仰靠在椅背上，深深呼出一口气。

舞台剧？

宣兆心念一动，有些紧张地抿了抿嘴唇，而后搜索起了城市剧院近期有什么演出。

"非常棒的演出，女主角的裙子实在是太美了，穿上就能变成公主呢！希望我也可以拥有一件，我的王子殿下快带着公主裙来找我吧！"

岑柏言课间刷了会儿手机，看见岑情三天前发了这么一条朋友圈，配图是两张门票。

他放大图片看了眼，竟然是全英文演出的舞台剧门票，讲的是女主角从籍籍无名成长为雕塑界大师的故事，由于题材小众，在网络上热度并不很高。岑柏言之所以知道，纯粹是因为去年龚巧生日，宣兆给她挑选的生日礼物就是这个剧团的演出录制合辑。

这种艺术性强的展演和岑情素来八竿子打不着，岑情怎么会去看这个演出？

他并没有在意，反正岑情对什么事情都是三分钟热度，他只以为岑情又找到了什么新的兴趣。

岑柏言收拾几本书去了图书馆，学校图书馆同时也是区图书馆，对校外市民开放，只要缴纳一定押金后即可办理入馆卡。

　　馆内一二楼人一直很多，相比之下，地下一层的词典库就冷清多了，岑柏言通常会去那里找位置自习。下了楼梯，他径直走到窗边常坐的桌边，放下书本后照旧去了趟茶水间。

　　接了杯咖啡回来，岑柏言脚步一顿——

　　他原本放着书的位置对面坐了一个人，那个人背影清瘦，深灰色大衣搭在椅背上，米白色毛衣袖口挽到小臂，露出形状分明的腕骨，一根黑色拐棍靠在窗边，被窗外的阳光拉出纤长的影子。

　　听见声音，宣兆扭过头，笑着招呼："柏言。"

　　那种恍惚的感觉又来了。

　　很久之前，在海港大学的咖啡厅，宣兆给陈威补习英语，岑柏言总是给自己找各种借口跟着一起去。宣兆喜欢落地窗边的位置，只要一杯白开水，看见他会弯起眼睛，笑着的时候嘴唇边的伤疤像一个浅浅的梨涡，和他说："嗨，小朋友。"

　　岑柏言皱了皱眉："你怎么在这里？"

　　宣兆拿起手边的入馆卡，对岑柏言扬了扬："好——"

　　"别和我说好巧，"岑柏言打断他，"我不信。"

　　"好不巧啊，"宣兆皱了皱鼻尖，话锋一转道，"我就是特意来等你的。"

　　他办了卡，坐在离馆口很近的位置，岑柏言一出现他就看见了。

　　他当然知道岑柏言每个大大小小的习惯，他知道岑柏言会在开始进入学习状态前泡一杯咖啡，于是他见缝插针，抓住了这个小小的间隙，坐到了岑柏言对面。

　　"你不一直是个聪明人吗，"岑柏言轻声嗤笑了笑，"怎么现在尽干傻事儿？"

　　宣兆既不反驳也不解释，抬手摸了摸鼻梁。

　　岑柏言眼底眸光微动，他不想给自己任何摇摆或是动容的机会，想着干脆换个位置。

　　宣兆却先他一步站了起来："你坐这里吧。嗯，其实我的位置在那边。"

宣兆伸手往左后方指了指，在岑柏言斜对面的一张桌上放着宣兆的笔记本电脑。

"你好好学习，我不打扰你。"宣兆说。

岑柏言置若罔闻，兀自坐了下来，循着书签的位置翻开厚厚的《剖面手册》。

恶言相向似乎对宣兆不起作用，岑柏言干脆选择了全然漠视。

宣兆愣愣站了几秒，

片刻后，他稍稍俯下身，阳光把他的身形在桌上投下一片浅影，把岑柏言整个覆盖住。

宣兆低声问："可以请你一起吃晚饭吗？我找到了一家很不错的中餐馆，离这里不远……"

"不用了，"岑柏言眼也不抬，"我要看书了。"

紧接着，覆盖着岑柏言的那个浅影一僵，岑柏言挪开眼神，假装自己没有发觉。

"好，那我晚点再来问你。"

宣兆缓缓直起身，拿起窗边的拐棍，走到左前方的那张桌前坐下。

在他身后，岑柏言笔尖在书页上顿住，等他回过神来，白纸上洇出了一块指甲大小的深蓝墨迹。

宣兆虽然去了另外一张书桌，却没有把自己搭在椅背上的风衣外套拿走。

岑柏言低着头，专心致志地看着专业书；宣兆也戴上眼镜，从背包里取出一沓文件翻阅了起来，时不时用笔在上面批复着什么。

整个地下一层非常安静，偶有借阅词典的学生从楼上下来，他和岑柏言有多久没有像这样在同一个空间里安静地呼吸了，久到宣兆都记不清了。

一沓文件看完，宣兆发了封电子邮件，而后从包里取出一个略显破烂的硬壳笔记本，翻到最新一页，提笔在上面写下了第一行字。

岑柏言的感冒一直没有好，咳嗽几声后抬手捏了捏眉心，拿起空杯子再一次去了茶水间。

等他重新回到座位，桌面上放了一板药片和一个精致的小药包。

他下意识地抬眼看向宣兆，恰好宣兆也正在笑着看他："中成药，效果很好的。"

岑柏言的眼神扫过桌面上的东西，用小臂把它们扫到了一边。

宣兆勾起的唇角微微僵硬，左手在桌面下揉了揉泛起隐痛的膝盖。

岑柏言翻开书，书里夹了一张话剧票，今天晚上城市大剧院的演出，票上还附了一张小小的纸片，字迹俊秀，左上角画了一个耷拉着耳朵的小狗。

——可以邀请你吃过晚饭一起去看话剧吗？

落款是"宣兆"。

岑柏言只是淡淡瞥了一眼，眼神里看不出丝毫情绪，也没有给宣兆任何回应。

宣兆十指微微收紧，再一次告诉自己没关系，至少他没有直接拒绝对不对？

落地窗外的阳光渐渐转变为金黄色，岑柏言深呼了一口气，合上书本，站起身。

"柏言。"

宣兆立即叫了一声，他双手撑着桌面也想站起来，却因为忽然脱力的左腿而重新跌坐了回去。

岑柏言把草稿纸揉作一团扔进垃圾桶，宣兆撑着拐棍，勉力支撑起了身体。

"天黑了，"他笑着问岑柏言，"我们可以一起吃晚饭吗？"

岑柏言一本本地抱起桌上的书："我不饿。"

"……我也不太饿，"宣兆见岑柏言马上要离开，于是左手撑着

拐棍，右手匆匆忙忙合上电脑、收拾文件，"那去看话剧好吗？这场演出口碑很好的。"

"没兴趣。"

岑柏言仿佛没有看见宣兆打着战的左腿和慌张的动作，丝毫不拖泥带水地回绝了宣兆后，抱起书本转身就走，步伐甚至比平时更加急促，好像生怕自己一慢下来就会被动摇。

宣兆又一次看着岑柏言的背影从视线里渐行渐远，在岑柏言的桌面上，感冒药、草药包、话剧门票和小纸片都被留下了，都是岑柏言不要的。

宣兆深深呼了一口气，用手背重重揉了揉双眼，重新坐了下去。

如果说他用一千分的冷漠和狠心欺骗了岑柏言，那么他就要用一万分、十万分、百万分的耐心和真挚来弥补。

宣兆下定决心的事情，从来都不会放弃。

岑柏言还没走出地下一层，身后传来"砰"的一声巨响，似乎是有人跌倒了，而后是管理员焦急的低呼。

他心头猛地一跳，联想到宣兆颤抖的左腿，在大脑犹豫之前，身体已经下意识地做出了反应，立即大跨步折返了回去。

书架边，一个黑人学生踮脚取书时不慎弄倒了外侧的几本词典，而宣兆正站在落地窗边，把手臂往大衣袖子里套。

见到岑柏言，宣兆先是愣了愣，而后漆黑的瞳孔里燃起了一簇雀跃的光，他勾唇笑了起来，问道："落东西了吗？是不是这个？"

他拿起桌上的话剧票，伸手往岑柏言的方向递了过去。

岑柏言定定地看了宣兆几秒，神情晦暗不明，看不出他此刻是什么心情。

片刻后，岑柏言闭了闭双眼，薄唇紧抿，一言不发地转过身。

"柏言，"宣兆捏紧那张门票，"这张票算你落在我这里的。"

岑柏言没有停下脚步。

　　宣兆喉头酸涩，明明已经疼得就要站不住了，但还是努力让自己的声音听上去更轻松、更自然一些——

　　"我给你的这张票，永远都不会过期，不会作废。"

第 21 章
正式告别

那场话剧在城市剧场连续开演了三天，宣兆买了三天的票，岑柏言却一次都没有赴约。

第三天晚上，宣兆在剧场门口等岑柏言，演出八点开始，进场的观众三三两两从他身边经过，宣兆拄着拐棍站在廊檐下，大衣下摆被风轻轻扬起，目光沉静地注视着前方。

剧场广播发出了催促进场的通知，宣兆抬手一看表，已经七点五十分了。

剧场管理员见他手中握着两张票，却孤身一人，友善地问宣兆是否需要帮助。

宣兆表示感谢，笑着说："我在等人。"

管理员指了指玻璃橱窗上站贴着的巨幅海报，说："这是八点场次的表演，就快要开场了，您等的人还没来吗？"

宣兆的笑容依旧温和儒雅，只是稍稍垂下眼睫，说："我等的人应该不会来了。"

管理员很是惊诧，问宣兆："为什么还要等？"

宣兆笑笑，说："他是我很重要的朋友。"

他对自己承诺过的，他要给岑柏言很多很多耐心，他要等。

管理员不解，耸耸肩膀离开了。

岑柏言在图书馆的地下一层自习，面前是一本敞开的《建筑思维》，久久没有翻页。

自从二十分钟前他收到宣兆的短信，这本书就一直没有翻页。

"柏言，我到剧场门口了，在这里等你，你今天来看演出吗？"

岑柏言没有回复这条消息。

墙上挂着一面仿古样式的机械钟，岑柏言从没有觉得秒针转动的"嘀嗒"声是如此的嘈杂，搅弄得他心浮气躁，书本上原本熟悉的空间构建案例忽然变得无比陌生且抽象，岑柏言一个字也看不进去。

脑子里一片混乱，岑柏言用笔帽抵着眉心，强迫自己静下心来，可眼角旁光却不由自主地往墙上瞟——七点五十五分。

桌边手机一振，岑柏言瞥了一眼，锁屏界面上跳出提示，是宣兆发来的消息。

岑柏言猜想宣兆一定会说"你不出现我就不离开"之类的话，他心头忽地窜起一股莫名其妙的火气，眉心紧紧蹙起，拿起手机打开信息界面，看也不看宣兆发了句什么话过来，十指飞快地在键盘上敲字。

——"我不会去看什么演出，我这辈子都不会和你去看演出，你别再做这种无聊的事，真的很烦。"

刚要按下发送键，岑柏言抬眼看见了宣兆发来的消息，瞬间指尖一顿。

"八点后就停止检票了，我先进场了，你忙你的。十点后可能会下雨，你早点回去，晚的话记得要撑伞。"

岑柏言甚至能想象出宣兆说这句话时会是什么样的表情和语气，心头那股不知从何而起的烦闷忽然偃旗息鼓了。

他眼底眸光微微闪烁，把打好的那句话一个字一个字地删除。

秒针转动的声音不再嘈杂，书上的案例也不再陌生，岑柏言一直悬着的心脏落回了实处，他重新提起笔，将《建筑思维》翻到了新的一页。

独自看完话剧，宣兆回到酒店，简单洗漱后在书桌前坐下，从包里拿出笔记本，翻到最新一页。

这个年代写日记好像成了一件荒唐又可笑的事情，但宣兆却像坚持着某种莫名其妙的仪式感，这半年多来没有一天间断过。

在公司他通常行程很满，一天下来累得连动动手指的力气都没有，他就简单地写一句"今天很忙"；回了学校他会清闲些，于是会把这一天的经历事无巨细地写进日记本，大到毕业论文选题，小到换了新牌子的狗粮。

"话剧很精彩，主角是建筑大师奥斯洛夫。"宣兆在台灯下垂着头，一笔一画写得非常认真，"他的生平你一定比我更了解，今天你没有来，我担心将来哪天你要是问起我剧情，我记不清楚，所以趁着现在先记录下来，以免忘记，以后有机会再复述给你听。"

他记录得非常细致，舞台布景、演员服装、经典台词、转场时灯光的明暗变化……似乎想要把整场演出通过一支笔淋漓尽致地呈现。

等宣兆写完，夜已经很深了，他合上笔记本，靠着椅背小憩片刻，继而拿出了办公电脑，开始远程处理公司的事。

接下来十天，岑柏言频频在各种地方遇见宣兆。

不同于岑柏言生日那次，宣兆突兀又不讲道理，在校门口苦等岑柏言，不见到岑柏言就不罢休，这次宣兆表现得非常克制、礼貌且温和。

岑柏言在图书馆换了几次位置，但宣兆总是可以准确地找到他坐在哪里，并且不离他太近，通常会选择和他隔一张桌子的位置，和他笑着打招呼；岑柏言放学后在公交站等车，宣兆也会"恰到好处"地出现在站台，和岑柏言解释说他住的酒店和岑柏言的新公寓就隔着两条街，他恰好也是坐这班车回去；车里有其他空位的话，宣兆不会坐在岑柏言身边，也不会和岑柏言没话找话，他喜欢靠左后车窗的那个位置，坐下后会拿出平板看书，仿佛他真的只是一个需要搭乘这班公交回家的普通人；他们在同一个站点下车，宣兆走在岑柏言后面，踩着岑柏言的影子，到了街区的分岔口，宣兆会和岑柏言说再见，然后礼貌地询问岑柏言明天要不要一起吃饭，这种时候岑柏言往往不会回应，宣兆也不气恼，像只招财猫似的对岑柏言摆摆手。

他真的在用这种笨拙、毫无新意的方式请求岑柏言的原谅。

岑柏言表现得非常冷淡，几乎不给宣兆丝毫回应，然而他的恶语相向或是冷眼相待都没有让宣兆知难而退，偶尔岑柏言会在宣兆眼里看见一丝气馁，岑柏言以为他就要放弃了，然而只是眨眼的工夫，宣兆又会笑意吟吟地看着他。

岑柏言发现自己拿宣兆真是一点办法都没有。

三月上旬，学校宣布统一进行季度测试，临时抱佛脚这个传统素来中西方通用，图书馆里的人骤然变多。岑柏言在五层找到了一张空着的桌子，接了杯咖啡后回来坐下，没过多久，眼前出现了一双白色帆布鞋和一根黑色拐棍。

"今天没有别的位置了，"宣兆声音轻柔，"可以坐在你对面吗？"

岑柏言抬头瞥了眼宣兆，从这个仰视的角度看上去，他微长的发梢搭着鼻梁，睫毛显得尤其纤长。

岑柏言心头一跳，紧接着立即垂下了眼帘，淡漠地说道："不学习的话，还是别占一个位置了。"

宣兆顿下了，刚想说些什么，一个抱着一摞书的黑人男孩小跑过来，看了看他们两个人，问岑柏言对面是否有人坐。

岑柏言头也不抬地摇了摇头，黑人男孩笑出了一口白牙，一屁股在椅子上坐下。

图书馆里很安静，偶尔能听到细簌的交流声，宣兆离开得也很安静，落拐棍时敲击地面的声音都是极其轻微的，仿佛生怕惊扰了别人。

直到坐在对面的黑人男孩拍了拍岑柏言的手，岑柏言才恍然回过神，发现他的笔正停在书页上，笔尖扎破了纸张。

图书馆晚上十点闭馆，岑柏言背包走出了学校，在公交站台时下意识地环顾四周——他不在。

岑柏言低头看着自己的脚尖，搭乘的巴士很快到站，岑柏言不知道为什么脚步一顿，最后竟然没有上车。

司机没有因为他的犹豫而停留，巴士驶离站台，彻底消失在视野中后，岑柏言抬手搭着额头，重重闭上了眼。

"柏言？"宣兆清朗的声音旋即响起。

岑柏言心中"咯噔"一下，睁开眼时第一时间看见了一杯冒着热气的牛奶。

"我看时间差不多了，就去便利店买了杯热饮，今天很冷吧。"宣兆吸了吸鼻子，"我穿得很厚，但还是有点感冒。"

那个瞬间，岑柏言眼底涌起了很多情绪，他定定地看了宣兆几秒，而后漠然地将双手插进衣兜。

——这是一个拒绝的姿态。

宣兆抿了抿嘴唇，捂着那杯热牛奶说："那我喝了。"

下一班车十分钟后才到，末班车没有什么人，岑柏言坐在前排，宣兆坐在左后方靠窗的位置，下车后他们一起走了一段路。在分开的岔路口，宣兆问岑柏言："柏言，明天要一起吃饭吗？我做几道菜带给你好吗？"

"不用。"岑柏言没有停顿，大步流星地往公寓所在的街区里走。

宣兆看着岑柏言的背影越来越远，热牛奶已经不热了，但还是被他紧紧捂着。

这天夜里，岑柏言怎么也睡不着。

岑柏言推开窗户，冷风"呼"地灌进屋里，他垂头点烟，手腕却不住地颤抖，开了三次火机才把烟点燃。

当晚，岑柏言抽了半包烟，直到下半夜才睡着。

房间整晚都没有关窗，岑柏言觉得只有吹吹冷风才能清醒一些，提醒自己别傻到在同一个坑里栽倒两次，然而过分清醒的后果就是，第二天清晨叫醒岑柏言的不是闹钟，而是浑身的冷汗。

他浑身乏力，脑袋裂开似的疼，身上一阵阵地发冷，他料想这是感冒了，于是拖着沉重的四肢起来泡了杯药。

岑柏言一向不把感冒这种小病当回事，觉得裹严实点儿、捂捂汗自然就好了。他前不久的那次感冒就没有好彻底，加上这次病毒来势汹汹，他出门前弯腰系鞋带，起身时一阵剧烈的眩晕，一个趔趄后扶住了门把手，险些跌倒。

他两只手按了按额角，一开门就被风吹得一个激灵，连忙回屋戴上了厚厚的毛线围巾。

这一周多，天都是阴的，一点儿不见晴，出了公寓才发现飘着毛毛雨，岑柏言嫌打伞麻烦，戴上外套帽子，双手插着口袋，闷头就往公交站走。

宣兆比他先到十分钟，左手撑着拐棍，右手举着一把黑色雨伞，米色大衣和深色修身裤衬得他身姿笔挺、身形修长，在雨雾里像一幅画。

岑柏言一时间有些恍惚，分不清是这个飘着雨的清晨更沉静，还是站在雨里的宣兆更沉静。

"早上好，"宣兆笑着和他打招呼，"没带伞吗？"

岑柏言站到站台的公交牌下，摘了帽子，抖了抖衣服上的雨。

宣兆走到他身边，递给他一张纸巾："擦一擦。"

岑柏言头也不抬："不用，没那么讲究。"

他声音听起来有些闷，还带着明显的鼻音。

"昨天晚上没睡好吗？我刚好带了一个药包，"宣兆放下伞，拉开背包拉链，边翻找边说，"是可以帮助睡眠的，你放在枕头边——"

"说了不用！没听懂？"岑柏言语气突然加重，不耐烦地一甩手。

岑柏言突如其来的烦躁让宣兆愣了愣，接着他缓缓拉上背包，笑笑说："我记错了，我今天没带药包。"

岑柏言插进衣兜的双手紧攥成拳，一言不发，仿佛身边的宣兆是空气一般。

他厚厚的围巾遮住了下半张脸，直到完全抬起头了，宣兆才看见他眼下泛着不正常的潮红，眼眶里满是血丝。

"你生病了？"宣兆立即反应过来，着急地问。

岑柏言偏过头，不给宣兆任何反应。

宣兆不顾岑柏言的冷漠，眉心紧锁，快步走到岑柏言身前，抬起右手，用手背去探岑柏言的额头——

"啪"的一声响。

岑柏言在空中抓住了宣兆手腕，布满血丝的双眼中满是寒意，他盯着宣兆，沉声说："不需要你来管我。"

他掌心滚烫，宣兆眉心皱得更紧："你在发烧，我陪你去医院。"

宣兆毫不掩饰的焦虑和关心让岑柏言头疼得更加厉害。

"不需要。"岑柏言甩开宣兆的手。

"我知道你想要我离你远一点，"宣兆收敛起了笑意，认真地说，"可以，等你病好了再说，现在我陪你去医院。"

额角传来刀凿斧劈般的痛楚，岑柏言头痛欲裂，眼前的宣兆甚至出现了重影。

——我真病了？

宣兆自顾自牵起他的手，两指为他把脉。

难受，很难受。

高烧让岑柏言双目泛红，大脑被撕裂了一般疼痛。

"我马上喊司机过来。"宣兆掏出手机，快速在通讯录里翻找起来。

远处，开往学校的巴士缓缓驶来，岑柏言缓和了急促的呼吸，抬臂示意司机这站有人上车。

"今天请假吧。"宣兆说，"你烧得很厉害。"

岑柏言置若罔闻。

巴士越来越近，岑柏言重新戴上帽子，宣兆抬手拦下他，语气难得地严厉："岑柏言，你别拿自己的身体开玩笑，马上跟我去医院。"

岑柏言闻言瞥了宣兆一眼，眼神嘲弄，仿佛宣兆说了什么让他无法理解的话。

"宣兆，你别再和我开玩笑了，我去不去医院、什么时候去医院用不着你管。"

宣兆眼神一暗，低声说："不去医院了，那我陪你去校医室，开点药好不好？"

"不需要，"岑柏言连出声反驳的力气都没有，喘息着说，"真的不需要。"

巴士到站，车门缓缓打开，岑柏言一条腿迈上车，宣兆弯腰拿起伞，跟在他身后。

岑柏言身形顿住，那把黑色雨伞从身后伸过来，遮住了岑柏言的头顶。

岑柏言双唇紧抿，额角青筋根根突起，他再也压抑不住身体里的那团火，猛地转过身，夺过宣兆手里的拐棍，抬手一掷——

砰！

拐棍被扔出了十多米，落在了满是污泥的地上。

宣兆怔住了。

"别跟着我。"岑柏言表情凶狠，咬着后槽牙，每一个字都像是从牙缝里挤出来似的。

他迈步进了车厢，司机向他打了个手势确认后，缓缓启动了巴士。

手里的伞还维持着往前举的姿势，雨水打湿了宣兆的背包和后脑，水滴顺着脖颈流进了衣领，零下五度的风穿梭而过，宣兆浑身都是凉飕飕的。

过路人纷纷朝宣兆投来疑惑的目光，宣兆在原地呆立了片刻，收

回雨伞，一瘸一拐地走向拐棍的位置，弯腰捡起深黑色的长棍，用大
衣下摆擦掉上面的水渍。

　　岑柏言在医务室简单拿了些药，午休时趴在教室桌上睡了会儿，
醒过来后浑身发冷。

　　他下午没有去图书馆，晚饭时间也没有去食堂，晚上甚至没有去
公交站等车，而是在研究室的休息间凑合地睡了一晚。

　　在研究室日没日没夜地过了两天，岑柏言彻底不行了，趴在马桶上
吐了一顿，吐出来的全是酸水。

　　岑柏言勉强站起身体，打算去医院瞅瞅，正在穿外套，档案柜边
一个女同学踮着脚拿材料，旁边一本大部头辞典被连带着抽了出来，
她却浑然不觉。

　　岑柏言眼疾手快地推开了她，千来页的大典"咣"地砸在了岑柏
言头顶，他脑子里"嗡"一声响，这两天紧绷的那根弦终于断了。

　　"你也真够倒霉的，"罗凯跷着二郎腿坐在床边，"能被书砸喽，
笑死个人。"

　　岑柏言发着高烧，烧出了支气管炎，又被砸出了轻微脑震荡，确
实挺倒霉。

　　他正在吊着水，连说话的力气都没有，索性闭目养神，不搭理幸
灾乐祸的罗凯。

　　罗凯剥了两个橘子，又啃了一个苹果，边笑话岑柏言边玩手机。

　　"吵死了，"岑柏言嗓音嘶哑，"能不能滚。"

　　"白眼狼，"罗凯往他嘴里塞了一瓣橘子，眼角瞥见匆匆赶来的人，
眉梢一挑，"滚滚滚，我马上滚。"

　　拐棍敲击地面的声音在耳边响起，岑柏言猛然睁开双眼，问罗凯：
"你找他来的？"

　　罗凯挠挠头："我这不是没工夫照顾你嘛。"

"多此一举，"岑柏言愠怒，"我要你管我了吗？你——"

"你先走吧，辛苦了，"宣兆温和的嗓音插了进来，"这里有我。"

罗凯脚底抹油，一溜烟地跑了。

宣兆站在床边，拿起病历本扫了一眼，皱着眉说："脑震荡？"

岑柏言喉结上下一动："你来干什么？"

"来笑话你的。"宣兆也有些佯怒，他气岑柏言烧成这样了才知道来医院，气岑柏言不把健康当回事，"听说你被书砸了，我来看看热闹。"

"看完了吧，"岑柏言的眼神不带丝毫情绪，声音干涩得仿佛喉咙就要被撕裂，"你现在可以走了。"

宣兆偏了偏头："不走。"

岑柏言眸光一暗，挖苦嘲讽的话还没有来得及说出口，宣兆率先手一扬，把拐棍甩在了墙角。

"我自己扔。"宣兆摊开双手，耸了耸肩膀，笑眯眯地说，"我是个瘸子，没有拐棍，我走不了了。"

拐棍丢都丢了，宣兆干脆破罐子破摔，一副"你能拿我怎么样"的表情。

"你——"岑柏言浑身酸软，嗓音嘶哑得可怕。

"你现在省点力气吧，快点把身体养好就能快点赶我走，"宣兆弯腰为他掖了掖被角，笑着说，"反正你不想看见我，闭上眼休息吧，眼不见为净。"

岑柏言嘲讽道："你倒是有自知之明。"

宣兆垂头轻轻一笑，视线掠过岑柏言干裂的嘴唇："我去接水。"

他双手扶着床头柜，缓慢地转过身，然后一只手轻轻撑着墙面，顺着墙面往外走。

直到听见关门声，岑柏言才缓缓睁开双眼，目光定格在墙角的拐棍上。

这都是他一贯用来博取同情的把戏罢了，他不是最擅长玩这种伤敌一千、自损八百的游戏吗?

他就是这种把自己都押上赌桌当筹码的人,不过是故技重施而已。

别再给自己第二次被糟践的机会了。

岑柏言的眼神像一盏被风吹得摇摇欲坠的烛火,在摇曳和飘忽中逐渐变得黯然,终于火光完全熄灭。

病房外,宣兆撞见了正扒在窗边探头探脑的罗凯。

宣兆:"……"

偷窥被抓个正着的罗凯:"……哈哈,怪尴尬的。"

宣兆抬了抬下巴,低声说:"你裤链没拉。"

罗凯眼神往下一瞥,和触了电似的"嘶"了一声,飞快地转过身整理好仪容仪表。

"见笑见笑,刚上厕所放完水,没注意。"

宣兆笑了笑:"今天谢谢你。"

他顿了下,又补充了一句:"这段时间都要谢谢你。"

"没什么,之前我每年回国,都是柏言照顾我,兄弟间不计较这些。"罗凯先是大大咧咧地摆了摆手,而后微微收敛了些笑容,看着宣兆说,"其实我今天也挺纠结的,到底要不要通知你过来。你觉得我把你叫过来是对的吗?"

宣兆冷静地反问:"但你最后还是选择了通知我,又是为什么呢?"

"我不会照顾人呗,"罗凯耸了耸肩膀道,"我陪着他没用,我在他照样难受。"

他知道一句古语,叫"解铃还须系铃人",罗凯猜宣兆就是那个为岑柏言系上铃的罪魁祸首。

"你不知道他在这边过成什么样了,"罗凯接着痛心疾首地叹了一口气,掰着手指数道,"疯狂抽烟、喝酒喝到胃出血、醉倒在大街上被流氓打……"

他每说一个,宣兆的指尖就收紧一分。

罗凯看着宣兆霎时苍白的嘴唇，故弄玄虚地顿了下，而后"扑哧"一声，捧腹大笑道："这些他一样都没做过……看把你吓得，哈哈哈哈哈哈……"

宣兆眉心一蹙："这个玩笑并不好笑。"

罗凯笑够本了，抹了抹眼角挤出来的眼泪："他一个人过得真挺好的，该上课上课，该吃吃该睡睡，成绩又好，又招教授器重，还拿了个挺厉害的奖，就像没事人似的。"

宣兆安静地垂眸，舌根泛起难言的酸涩，不知道该说什么。

"不过吧，没有问题就是最大的问题。"罗凯正色道，"你说一个人受了伤，总要找个什么路子发泄发泄吧，他倒好，全给压回去了，表面上看着越是什么事情都没有，实际上问题就越大。"

宣兆眼睫微微颤动，五指紧紧扣着保温杯，指尖泛起青白色。

"你是武林高手，你让他受了这么重的内伤，你就要负责给他治，别人没有这个本事。"罗凯抬手拍了拍宣兆肩膀，"我得走了，赶着约会呢。"

宣兆深吸了一口气，抬头对罗凯笑了笑："放心，我会治好他的。"

罗凯伸出三根手指，比了个"OK"的手势，转身潇洒地走了，没走出去几步又转头和宣兆说："挂号费是我交的，你报销一下，我家里管我零花钱管得严，我还要给我女朋友买口红。"

宣兆哭笑不得地点了下头。

接了水回到病房，岑柏言双目紧闭，呼吸平稳，似乎是睡着了。

宣兆看了药单，医院开的药里有安眠成分，接下来几天岑柏言有得睡了。

岑柏言嘴唇发白，宣兆倒出小半杯温水到一次性水杯里，用棉棒蘸了水，俯身仔细地点拭岑柏言皲裂的双唇。接着，他缓步走到窗边拉上窗帘，再从包里拿出随身携带的安神药包，轻轻放到岑柏言的枕边。

做完这些，他在床边的椅子上坐下。

厚实的窗帘将光线隔绝在外，室内昏暗且沉寂。

相比一年前，岑柏言似乎瘦了些，下颌线条越发分明，从前身上青涩的少年气质淡了许多，取而代之的是硬朗和锋利。他最近一定没睡好，眼底的瘀青明显，下巴上也有冒出的胡楂……

但还是很英俊，就像宣兆第一次见到岑柏言那样。

宣兆没有告诉岑柏言的是，惊雷酒吧那次并不是他们第一次见面。他知道岑静香的儿子考取了海港大学，恰巧与他的学校离得很近。他正苦于没有方法靠近岑静香，也许岑柏言会是一个突破口。除了酒吧外，他还盘下了海港大学附近的一间网吧、一家奶茶店、一处手机维修店面，处处都是他的棋盘，只等着岑柏言这颗棋子自投罗网。

海港大学新生报到当天，各个学院都在操场边搭了棚子，设置了接待登记处。

宣兆找到了建筑学院所在的区域，八月底火气正旺，拖着大箱小箱的新生们雀跃不已地走进校园。

然后，宣兆一眼就在人群里看到了岑柏言——那时候宣兆还不知道那个男孩就是岑柏言，宣兆能注意到他，纯粹是他太突出了。

男孩穿着再简单不过的白色T恤、黑色修身裤，一个双肩包一个行李箱，眼睛里装着满满的期待，阳光透过树叶的缝隙落在他脸上，把他两鬓的汗水照得晶莹发亮，笑容让宣兆觉得扎眼。

后面有人喊"同学，你的通知书掉了"，他闻声反手一摸背包侧边袋，放下箱子转身往回跑。男孩跑起来的时候上衣被风吹得鼓起，身姿矫健敏捷，宣兆眨眨眼，下意识地垂眼看了看自己的左腿。

——是我永远也没办法成为的那种人。

宣兆自嘲地笑了笑，撑起拐棍想要离开，身后登记处的人问："学弟，你叫什么名字？"

"岑柏言，"一个爽朗轻快的声音响起，"山今岑，柏树的柏，言就是说话的那个言。"

宣兆脚步一顿，岑、柏、言。

他是岑柏言？

龚叔不知道，岑柏言不知道，谁都不知道，从那一刻开始，宣兆就已经决定把自己也放上棋盘。

岑柏言到了傍晚才悠悠转醒。

宣兆坐在墙边的沙发上，打开的电脑放在膝头，他戴着无框眼镜，指尖在键盘上飞快地敲击着。

病房里没有开灯，窗帘也严丝合缝地合着，电脑屏幕昏暗的光投射在宣兆脸上，衬得他尤其苍白憔悴。

听见声响，宣兆抬起头，笑着说："醒了？"

他摘下眼镜，先是拧亮沙发边的落地灯，亮度由低到高渐次调高，让岑柏言适应逐渐明亮的环境。

接着，他从保温杯里倒出半杯热水，又加了半杯矿泉水，递给岑柏言："温的。"

岑柏言没有接，只是问："你怎么还没走？"

"我说了不走，"宣兆把水杯递到他嘴唇边，"喝水。"

岑柏言没再和他犟，接过杯子，一仰头喝下大半杯水。

他的头还是很涨很昏，但那种盘旋不去的眩晕感好了不少。

岑柏言从床上费劲地坐了起来，宣兆问他："饿了吗，要不要现在就吃饭？"

岑柏言没回话，宣兆又问他："想不想吃点水果，橘子怎么样？"

"……你走吧，"岑柏言声音依旧很虚弱，"我不需要你照顾。"

"不走。"宣兆在椅子上坐下，"你现在手无缚鸡之力，恐怕想赶我走也力不从心，我又不傻。"

岑柏言看了宣兆几秒，忽然低声笑了笑："我觉得你现在挺傻的。你以前不是这种人。"

"我以前是哪种人？"宣兆边剥橘子边说，"冷血，自私，虚伪，狡猾，表里不一，还有吗？"

岑柏言好像连对宣兆冷漠的力气都没有了，他向后靠在床头，看着宣兆剥好一个橘子，又仔细地挑去上面的白丝。

"聪明，"岑柏言轻叹了一口气，"你是我见过最聪明的人。"

"我就当你是夸我吧，"宣兆笑了笑，"谢谢。"

他们已经很久没有这样心平气和对话的时刻，宣兆反倒觉得有些不习惯。

宣兆把橘子递到岑柏言唇边："喏，吃这个。"

岑柏言别开头："谢谢，我现在不想吃东西。"

"那我放在这里，你自己拿。"宣兆抽了张纸巾铺在床头柜上，把剥好的橘瓣放在上面。

病房里陷入了长久的沉寂。

不知道过了多久，岑柏言说："你照顾我，是因为觉得对不起我，想要弥补吗？"

宣兆张了张嘴，却没有发出一个音节。

宣兆指尖深深掐进掌心，勾唇笑了笑："如果我说是，你是不是就答应让我留下来陪你？那好啊，我是想要弥补你。"

"我接受了，"岑柏言平静地说，"我接受你照顾我。"

接下来几天，是宣兆这段时间最快活的时候。

他在医院步不离地守着岑柏言。严格来说，他自己也是个身体状况糟糕的病人，却要照顾另一个病人，但他却乐此不疲。

岑柏言住的是一家私立医院，服务极佳，宣兆却什么事都亲力亲为，撑着拐棍为岑柏言跑前跑后，取药、打水、拿饭……他很小就开始照顾宣谕，这些事情对他来说并不陌生，但他是第一次这么照顾岑柏言。

岑柏言对宣兆的态度不再那么抗拒，虽然他还是很冷淡，但他们偶尔也会简单地聊几句，傍晚会一起去花园散散步。

岑柏言的身体底子很好，恢复得很快，一周不到就可以出院了。

出院前一晚，宣兆等岑柏言吃了药睡着，他打开电脑处理公事，而后依旧蜷缩着睡在沙发上。

等他醒过来，发现身上盖了一件毯子，而岑柏言已经穿戴齐整，站在窗边远眺着窗外的风景。

宣兆揉了揉眼睛："柏言，你醒了？我睡得太沉了。"

岑柏言闻声转过头，笑了笑说："是你这段时间太累了。"

这个纯粹的笑容让宣兆愣了愣，他低头看了眼身上盖着的毛毯："是你给我盖的吗？"

岑柏言点了点头。

宣兆双眼一亮，抿了抿嘴唇说："谢谢。"

"不用。"岑柏言说，"你已经弥补好了，宣兆，我不恨你了，也不生你的气了，你也不要再和自己较劲了。"

额角忽地抽搐了一下，宣兆皱眉："我不是——"

"我等你醒来，"岑柏言看着他，平静地说，"是想要和你正式地告别。"

"我等你醒来，是想要和你正式地告别。"

岑柏言的这句话像是一颗小小的石子，"啪"地掷入湖面，只在水面上泛起了淡淡的涟漪。

宣兆呆呆地眨了眨眼，最初那半分钟，他并没有什么激烈的情绪，大脑陷入了一片空白。

"你的病又严重了吧？你还这么年轻，好好看病，龚叔给你找的一定是最好的医生。"岑柏言说，"别在这里耗着了。"

"我……"宣兆哽咽一下，顿了下才接着说，"我有按时吃药、定期复查，我有好好照顾自己。"

"但你没办法在照顾我的同时，还能照顾你自己。"岑柏言平静地看着宣兆，"你很忙吧，白天跑前跑后地照顾我，晚上还要顾着学校和公司的事。每次你来 M 国，一天可以睡多久？五个小时？四个小时？还是更短？"

宣兆的脸色一点点变得灰白。

"我会改的，我会改……"

他做错的事情他统统都会改，他会很努力，他全都改。

"你没做错，不用改什么。"岑柏言微微一笑，"你现在是宣家家主，你做得够好了。你的外公在天有灵，会为你骄傲的。"

这句话让宣兆瞬间怔住了，眼底浮起闪烁的水光。

"你以前说过你想成为我这样的人，其实我也很羡慕你。"岑柏言喉结上下一动，"虽然我没见过他们，但我猜你外公肯定正直又刚强，你妈妈应该很温柔吧，他们都很爱你。"

——不像我，我似乎从来没有感受过家人的爱。

宣兆再也抑制不住心口汹涌而起的酸涩，他垂下头，眼睫微微一颤，一滴水珠砸在了毛毯上。

"帮了严明一家人的是你吧？"岑柏言问道，语气却是笃定的，"这么久以来，帮我挡着国内那些乱七八糟事情的也是你吧？"

宣兆低垂着头，看不清楚表情，安静地沉默着。

岑柏言停顿了一下，又轻声说："资助我出国的，也是你对不对？"

他不是傻子，这些事情他怎么可能没有察觉。万家和宣家乱成一锅粥了，他作为旋涡中心的人物，却能够不受打扰、清清静静地学习，他知道宣兆一定在他看不见的地方做了很多事。

"谢谢你，宣兆。"岑柏言说，"如果你真的觉得亏欠了我什么，你做的这些也足够还清了。"

岑柏言的话越平静、越诚恳，宣兆的心就越凉。

"以后别再说自己虚伪、冷血了，"岑柏言轻叹了一口气，"你根本不是那样的人。"

说完这句话，岑柏言安静地等着宣兆的回答，宣兆却始终低垂着头。

"岑静香做了很坏的事，她犯下的错就要自己承担责任，所以我没有阻止你报复他们，这是她应得的。"岑柏言的声音波澜不惊，"如果可以，我也不想在这样的家庭里长大，我也不想……我的妈妈是这样的人。"

宣兆拿起毯子，披在自己身上，因为他发现自己的身体正在颤抖。

"可她是我妈，"岑柏言闭了闭眼，"她身败名裂、穷困潦倒，都是她的报应，她活该，她不值得同情，可……可我是她的亲生儿子，她对不起那么多人，唯独没有对不起我。将来她老了，我不能不管她，我不能眼睁睁地看着她冻死、饿死、穷死。"

岑柏言在很多个深夜扪心自问，他和宣兆要怎么才能心无芥蒂地相处？

"我要走了，请假太久，教授该生气了。"岑柏言深吸了一口气，缓缓站起身。

宣兆没有说话，也没有动，他把自己的身体裹在毛毯下，但依旧浑身冰冷。

明明春天都要来了，怎么还是这么冷？

岑柏言再次拿起拐棍，轻轻地放在了沙发上，就在宣兆触手可及的地方。

"别再把它丢掉了。"岑柏言说。

最后岑柏言说了什么，宣兆没有听见，他耳鸣得很厉害，耳朵里呼呼地灌着风。

从口型来看，岑柏言说的似乎是"再见"。

第 22 章
悉达多

三天后，宣兆登上了回国的飞机。

去的时候他带了两个巨大的行李箱，装满了各种调料、干货和草药，回来的时候却是孑然一身，除了一个背包、一根拐棍，什么也没有。

龚叔亲自到机场接他，通道口缓步走出来一道消瘦身影，步伐不稳，左脚就和被拖着前行似的，仿佛一点力气都使不上来。

龚叔心急如焚，接过宣兆的包问长问短，问他的腿疼不疼，问那个臭小子是不是欺负他了。

宣兆笑着摇摇头，说没有，一切都挺好的。

他这三天几乎没怎么合眼，此刻眼窝深陷，发丝凌乱，嘴唇发青，脸色呈现出一种不正常的灰白。

龚叔苍老混浊的眼里瞬间泛起了泪意，背过身说："你这孩子，怎么这么折腾自己……"

宣兆鼻头一酸，龚叔这么大年纪了，他却还让龚叔处处为他操心，他都干了些什么事啊？

"叔，我真没事，"宣兆揽过龚叔的肩膀，"放心。"

"司机在外面等着了，直接去医院，"龚叔说，"不许说不去。"

"好，听你的，去医院。"宣兆接着垂眸，片刻后低声说，"叔，你能先送我去个地方吗？"

海港市墓园。

一轮斜阳低悬远丘之后，浅金色的余晖笼罩在一排排林立的石碑上。

宣兆跪在一块大理石墓碑前，沉默许久，他双手撑着地面，俯下身重重磕了一个头。

"外公，是我。"宣兆注视着石碑上那张黑白照片。

墓园中一片沉寂，只有掠过耳边的风应和着宣兆的低语。

"我一直在想如果你没有走会怎么样，你那么厉害，你一定有办法惩治他们，你不会让妈妈浑浑噩噩地过这么多年，不会让我在学校里被欺负。"宣兆忽然哽咽了一下，他深吸了一口气，接着说，"我小时候经常梦到你，但很奇怪，你在世的时候总是要我坚强，不要轻易掉眼泪，宣家的人无论男女，就没有娇弱的。但是在梦里，你却说小兆，受了委屈不要忍着，眼泪掉出来就好了。你不要笑话我，每次醒来，我的枕巾都是湿的。"

自从宣博远的葬礼后，宣兆再也没有哭过。复健再疼，他咬着牙扛下来；同学们说他是没爹没妈的瘸子，他板着脸一声不吭；体育课上，打篮球的男生故意用球扔他，他第二天带了一把刀去学校，把他们的篮球狠狠割破。

他一直都记着外公和他说过，宣家的人是不轻易掉眼泪的，然而在无数个梦境中，他的外公却告诉他哭出来，小兆，受了委屈哭出来就好了。

"可能是眼泪都在梦里流干了吧，"宣兆垂眸笑了笑，"我也忘了从什么时候开始，你也不来看我了。小时候你给我讲《聊斋志异》，每讲完一个故事，都要补一句鬼神之说全是假的，踏踏实实做好眼前的事，比什么都重要。我受了你的影响，一直不信神明鬼怪。这件事说出来你一定又要责骂我了，你一直不来我梦里看我，我很想你，于是我上网搜，搜人死后为什么突然不给亲人托梦了，网上说那是因为你转世了，你要去你的下一世了。"

宣兆顿了下，再开口时声音已然颤抖。

"外公，你为什么不来了呢？你不要小兆了吗？其实我很害怕，每天都很害怕……"

没有父母陪伴、身体残疾、样貌过分清秀、身材瘦弱、有钱、成绩突出、备受老师关照，这几个特质同时出现在宣兆身上，他成了校园霸凌者最为"青睐"的对象。宣兆从小到大上的都是最好的私立学校，他的同学们倒不至于对他明目张胆地大打出手，那些羞辱、欺凌并不明显，却无处不在。

号召年级里的人孤立他，往他的文具盒里撒粉笔灰，在他上厕所的时候围着他吹口哨，推举他去参加主题为《我的父亲》的朗诵比赛、将他的拐棍套上扫帚头，大声朗读女生写给他的情书……

宣兆始终对这些小动作冷眼相待，仿佛他真的拥有超乎年龄的成熟和心性，仿佛丝毫不把这群人幼稚愚蠢的行为放在眼里。

然而事实是，每个夜晚，小宣兆都要反复检查房间的门窗是否锁紧，甚至神经质地要查看衣柜里、床底下、洗手间的门后是不是藏着什么人；他的枕头下始终放着一把折叠刀，即使是再热的天气，他也要把自己从头到脚裹得严严实实，哪怕只是脚丫露出了被子外，他都会觉得不安全。

察觉到他的异常后，龚叔让医生给他特配了副作用极低的安神药，他要靠着药物才能入睡。

然而谁也不知道，宣兆并不是单纯睡眠不好，而是他太害怕了。白天他遭遇的每一个白眼、每一句辱骂，在夜晚统统张开了血盆大口，叫嚣着要将小宣兆吞噬。以前在梦里有外公陪伴，可是不知从什么时候开始，就连外公也不来了。

"外公，对不起，我很笨，我很没有出息，我总是想要依赖你，我总是想要如果是你你会怎么做，我甚至会想为什么我要姓宣，为什么偏偏是我？"宣兆胸膛起伏，他佝偻着背，仿佛连挺直身躯的力气都从身体里被抽走了。

为什么偏偏是他？

从七岁的那个雨夜开始，他就不再是他了，他是宣家的继承人，是宣博远的外孙，是宣谕的儿子，他肩上背着整个家族。

整整十七年，宣兆经历了无数次的彻夜难寐、无数次的辗转反侧，他像个局外人，冷漠却也小心翼翼地观察着同龄人的生活。

他知道小学生喜欢打卡片、弹弹珠，女孩子们会跳一种叫"小皮球，上山游"的皮筋；他知道初中的男同学们乐此不疲于一种叫"阿鲁巴"的恶趣味，女生们则趴在走廊上讨论高中部的学长；他知道高中的男孩们精力过剩，熬夜看修真玄幻小说，而女孩子们学习就努力多了，偶尔会在抽屉里藏一本青春爱情小说互相传阅……

这些他都知道，但他一件都没有做过。

他要学的东西太多太多，他要学着管账，学着记住外公的老部下中哪些人还可以用，学着怎么管理外公留下来的资产……同样的时间轴上，别人在成长里留下的印记是五颜六色的，宣兆的印记是血淋淋的两个字——报仇。

偶尔宣兆也会有撑不下去的时候，他会想为什么是我，为什么我就不能过正常的、普通的生活？

"我想为你报仇，但我用错了方法，我现在……我、我……"宣兆眼前忽然一片模糊，"外公，你能不能帮帮我，你告诉我我还能做什么，我到底要怎么样才能开心起来，我到底还要怎么做？"

风拂过山林，吹动叶片，发出细微的簌簌声。

宣兆看着石碑上的黑白照片，老人神情刚正严肃，但眼神却无比温柔慈爱。

那个在梦里消失了许久的声音终于再次响起——

"小兆,受了委屈别怕掉眼泪,哭出来就好了,来外公这里。"

宣兆再也按捺不住,缓缓抬手捂住双眼,而后喉咙中发出一声低沉的呜咽,旋即猛然号啕大哭起来。

宣兆蹒跚着走下山的时候,天色已经黑了。

山下石阶边等候的龚叔远远看见他下来了,忽然一愣。

宣兆是空着手走下山的,他没有拿拐棍?!

龚叔年纪大了跑不快,立即让司机跑上去搀扶宣兆,宣兆摆摆手说不用,艰难地一步步走下了长长的石阶。

"少爷,你的拐棍呢?"龚叔焦急地问,"是不是落下了,我找人上去拿。"

"不用了,叔,"宣兆双眼红肿、嗓音沙哑,"那根拐棍是外公留下来的,我留给外公了,我想再买一根新的。"

拐棍就是宣兆的一条腿,宣兆告诉自己,有了新的拐棍,就要从新的地方开始往前走了。

"你这孩子……"龚叔叹了一口气,"依你。"

三月上旬,宣兆用上了新的拐棍,新拐棍是深棕色的,梨木制成,用起来很顺手。与此同时,他也从大学城的小屋搬回了花园公寓。

小屋的租期还有半年,宣兆没有退租,也没有再回去过。

没过多久,拆迁的消息传来,大学城那片区域全部要拆除,用来建一个商业广场。

房东问宣兆屋里那些东西还要不要,宣兆平静地回答都不要了,您看着处置吧。

很快,烂尾楼被夷为平地,成了一片废墟,就好像有些东西从来都没有存在过。

三月中旬，龚巧的十八岁生日到了，宣兆不太会送礼物，也不知道小姑娘缺什么，于是干脆给龚巧包了个丰厚的红包，被妹妹嗔怪是大直男。

宣兆实在是太忙了，忙毕业的事、忙公司的事，抽出时间参加龚巧的生日聚餐，没待够二十分钟就被一通电话会议匆匆叫走了。

他忙碌到忽略了很多事情，比如卓非凡送给巧巧的生日礼物，并不是那件被妹妹挂在嘴边的公主裙；比如忽略了那天卓非凡的心不在焉，也忽略了妹妹眼底的黯然和失落。

转眼到了五月，岑柏言的研究项目进入了最重要的收尾阶段，如果顺利的话，他可以争取到这边学校接收转学申请的许可。

这天，他在的街区里发生了一起枪击事件，公寓楼封锁了出不去，他在房间里远程参与项目组讨论。

岑情的电话就在这时候打了进来："哥！救救我！宣兆他不放过我，他要弄死我，他要报警抓我去坐牢！"

岑情的大学生活很不如意。

她一直过的是众星捧月的日子，恨不能全世界都围着她转。从小到大，就没有她岑情得不到的东西，有什么想要的，她就砸钱买；如果买不到，她去偷去抢也得弄到手。

然而什么都变了，爸爸被宣兆弄得焦头烂额，加上有了新儿子，对她更是不闻不问；妈妈成了神经质，成天盘算着怎么瓜分财产，她的诅咒名单上除了宣家母子，又多了两个人——万千山的情人和那个刚出生不久的儿子；哥哥更不用说，远走异国，似乎下定了决心要和他们划清关系；卓非凡也是个孬货，岑情早就腻他了，要不是看宣兆的妹妹喜欢他，她恨不能立刻把他踹得远远的。

现在她每个月的零花钱根本不够用，一个名牌包就要上万块，裙子穿过三次就要扔掉买新的，护肤品要用最贵的；她不住学校，租了校外的高级公寓，同宿舍的三个土鳖又丑又穷，同专业的同学也没一个好东西，她连和他们多说一句话都觉得降低了自己的层次，更不用说让她去学校食堂吃饭……

万千山每个月只给她三万块钱，这点钱怎么够花？

前不久她在夜店认识了一帮人，有个女的笑岑情是假名媛，同一个包都见她背五回了。

岑情红着脸反驳说宣氏大老板是她哥，她怎么可能没钱，笑话！

岑情被灌了酒，昏昏沉沉中把什么都告诉了那群人，他们给岑情出主意，让她找人去"教训"宣兆，把宣兆弄伤弄残，岑情再出面去照顾她。毕竟是有血缘关系的妹妹，等宣兆感动了，态度自然就软化了，以后要钱不有的是？

岑情觉得很有道理，宣兆这人似乎吃软不吃硬，于是岑情私下找到了王太保——当初帮她解决严明母子的那个混混，让他找机会"弄弄"宣兆，事成之后给他一笔钱。

王太保召集了一群混混，在宣谕的疗养院附近守株待兔，终于等到了宣兆出来，那群人"轰"地冲上去，宣兆挨了几下拳脚，手臂上被小刀划了一道，好在接他回城的司机及时赶到。

那伙人一个不落全被抓了，都不用怎么审，王太保立即供出了岑情。

岑情吓得要死，求宣兆私了，宣兆却连一个眼神都不给她，岑情只好找到了岑柏言。

"他伤得怎么样？"岑柏言沉声问。

哥哥的第一反应竟然是关心宣兆，岑情愤恨地喊了一声："哥！"

"岑情，我真是小瞧你了，"岑柏言冷笑着说，"买凶伤人？你还有什么不敢做的？"

"我没有！"岑情哭号，"我就是想给他点教训！他不就挨了点打嘛，连轻伤都不算！"

岑柏言仰靠在椅背上，将手机开了免提，烦躁地丢在了桌上。

岑情喊道："哥你帮帮我，你帮帮我啊！你赶紧回来，有你在他不敢把我怎么样的，哥，求你了哥！"

"别叫我哥，"岑柏言冷冷说道，"我不会回去的。"

这个学期已经进入尾声，五月份就结束了，他的研究项目正在收尾，接下来还要马不停蹄地准备学科大作业和期末考试。他忙得连吃饭的时间都没有，岑情的事情他没有心力管，也管不了。

"他要送我坐牢啊！"岑情声嘶力竭地喊道。

"那又怎么样？"岑柏言忍无可忍，怒斥道，"岑情，你多大了，你什么时候才能学会为自己做的事负责，坐牢是吧？我双手双脚支持，我早就说过，你再放肆，迟早有这么一天！"

岑静香气得发狂，一把抢过岑情的手机，大骂道："岑柏言，你说的是人话吗！你的亲妹妹被人害了，你还为那个害人精说话！你妹妹说得没错，你和姓宣的才是一家人，你们才是一家人！我们岑家人被宣兆逼到这份上了，迟早有天我们母女会被他逼死了，你是不是还要向着那个宣兆！"

岑柏言一声不吭，任凭岑静香尖厉的咒骂响彻整个房间。

"妈，他们是一伙的！"岑情哭闹着喊，"他一个大男人在外面吃香喝辣，留我们两个女的受罪，现在还要眼睁睁看着宣兆把我们弄死！"

岑静香崩溃地大哭道："岑柏言，我告诉你，我就算是死，也要拉着宣兆给我偿命，我做鬼都不会放过他和他妈两个贱人！"

相比起她们的撕心裂肺，岑柏言显得过分平静："随便你们，挂了。"

"你被宣兆蛊惑了，宣兆不得好死——"

岑静香恶毒的诅咒被"嘟"声戛然打断。

岑柏言用力闭上眼睛，深深吸了一口气，而后他站起身，打开窗户让寒风涌进屋里，接着给自己点了一根烟。

突然"砰"的一声巨响，岑柏言抬脚踹翻了椅子。

椅子歪倒在地，又碰倒了墙边的立式衣架，挂在上面的衣服哗啦掉在了地上。

冷空气和尼古丁一起吸入了肺里，岑柏言眼底眸光微动，而后把烟掐灭，拿起手机发出去一条消息。

"岑情找人把宣兆弄伤了，你帮忙去看看伤得怎么样。"

"你这鉴定是轻微伤，手臂上的刀口比较严重，不过也不深。"派出所里，执勤民警为难地说，"帅哥，你看这事儿闹得，对方想要私下调解，你看怎么样？"

"哦？"询问室内，宣兆眉梢一挑，微笑着说，"私下调解？"

年轻的民警边翻笔录边用余光打量宣兆。

听说这位是一家公司的大老板，雷厉风行地摆平了家族里的恩怨纠葛，非常有魄力；但看登记资料，他也不过二十出头，非常年轻，还拄着拐棍，看起来身体不太好的样子。

这么个身形消瘦、脸色苍白的人，往这小小的询问室里一坐，愣是有种不怒自威的强大气场。

民警清了清嗓子："她也是你亲妹妹，那么个娇滴滴的小姑娘，在外边哭得可惨了，我看她也知道错了，一家人有什么过不去的。"

"一家人有什么过不去的？"宣兆一声轻笑，他双腿交叠，食指在膝头一下一下地轻敲着，"家人会买凶杀害家人的吗？"

民警一噎，忙不迭地摇手："我呀就是随口那么一说。"

"明白了，我还是跟您说清楚吧。"宣兆保持着脸上斯文且儒雅的微笑，彬彬有礼地说，"不接受调解，寻衅滋事致人轻微伤的，依律赔偿、拘留，一样都不能少。"

"明白您的诉求了，"民警点头，"那我们就按程序给办。"

宣兆颔首："有劳。"

门外有人敲了下门，民警向宣兆示意他出去一下，两分钟后他再次回到询问室，对宣兆说："帅哥，你妹——那什么，对方说想和你聊聊，你觉得呢？"

"当然可以。"宣兆很大方地点了点头，"哥哥哪有不见妹妹的道理。"

得到了准允，满脸泪痕的岑情狼狈地冲了进来，哭着说："都是王太保干的，不关我的事，求求你别逼我了……"

宣兆不仅无动于衷，反而像是欣赏什么有趣的表演，抬手轻轻摩挲着下巴，饶有兴味地观看岑情的哭戏。

岑情哭得肩膀上下抽搐，甚至叫了宣兆"哥"，说她要是被拘留了就有了案底，往后在学校里怎么做人。

小姑娘长得确实漂亮，梨花带雨的样子让人很难不心生怜惜，宣兆却垂头"扑哧"一声，拍掌叫好道："哭得很好，还有别的吗？下跪认错在演出单里吗？求人就这点诚意，还不够啊……"

岑情一愣，眼底的悔恨瞬间褪去，怨毒地盯着宣兆："你是不是要逼死我？"

宣兆不解地"嗯"了一声，他撩起衣袖，露出左手臂上缠着的纱布："是谁要逼死谁？"

"你别得意，我哥已经知道这件事了，你这样对他的妈妈妹妹，你以为他还会原谅你？"岑情阴恻恻地一笑。

说完这句话，岑情得意扬扬地昂起头。

然而出乎她的意料，宣兆岿然不动，脸上没有丝毫波澜。

"说完了？"宣兆缓缓站起身，抖了抖大衣下摆，"说完了我就先走了。"

"等等！"岑情咬着牙看着宣兆的背影，忽然出声喊道，"我哥马上就会回来找你算账，你给我等着！"

宣兆眉间浮起一丝不耐烦，他慢慢摇了摇头，忽然低低笑了出声。

岑情咬牙切齿："你笑什么？"

"以前我以为你是个聪明人，现在看来——"宣兆顿了顿，"不过是个蠢货。"

岑情气急败坏地喊："你说什么？！"

宣兆懒得和她多费口舌，笑声里满是嘲弄："愚不可及。"

扔下这四个字，宣兆头也不回地离开了。

王太保这件事不过是点小把戏，宣兆根本不放在眼里，也不至于因为这个就非要把岑情弄进去拘留。

只不过岑情做错了两件事，触碰了宣兆的底线。

第一件错事，她不该打扰宣谕。她耍了小聪明，让王太保一伙人在疗养院蹲他。宣兆每周都会去疗养院，那是他一周里最放松、最没有防备的时候，这个时候对他下手确实是个好时机。宣谕的状态已经好了很多，医生说已经可以带她去外面陌生的环境逛逛了，却因为他受伤而再次受了刺激，用瓷碗的碎片割伤了自己。

第二件错事，她不该打扰岑柏言。她想让岑柏言来替她求情，岑情倒是打得一手好算盘，只不过岑柏言——

岑柏言会吗？

回花园公寓的车上，司机从后视镜里看了眼，东家正在后座闭着眼歇息，看起来是睡着了。

他悄悄地将车里放的轻音乐声调低。

大衣外套里的手机突然一振，宣兆眼睫一颤，猛然睁开眼，迅速拿出手机，解锁的那一刻他抿了抿嘴唇，神情有些复杂，像是暗暗紧张，又像是隐隐的期待。

"BIC 您好……+ 这个 V1625io2，三个钟头 399……"

原来只是垃圾短信。

宣兆喉结不自觉地滚动了一下，他沉思片刻，垂眸露出了一个苦笑，而后再度闭上了双眼。

司机将宣兆送到花园公寓门口，还想要将他送进小区，送到家门口。

"不用了明哥，"宣兆说，"你辛苦了，我自己回去。"

司机叫陈传明，是个忠厚的中年男人，为难地说："可是龚叔嘱咐了……"

王太保袭击事件之后，龚叔尤其担心宣兆的人身安全，恨不能一天二十四个小时都找人贴身跟着。

宣兆无奈地笑了笑，拍了拍陈传明的肩膀："小区安保很好，不会出事。"

"东家，要不我在这儿等着，您到家了给我发个消息我再走。"陈传明还是不放心。

"赶紧回吧。"宣兆说，"都这么晚了，有这时间多回家陪陪老婆孩子，嫂子上回还说呢，你经常久坐长了痔疮，想请个假带你去做手术。"

陈传明的老婆也在宣氏工作，负责公司里两层楼的行政维护。

"这婆娘……"陈传明一个皮肤黝黑的大男人都羞红了脸，挠了挠脖子说，"怎么什么都往外捅……"

宣兆低笑了声，又指了指车后座："小贝马上就要回学校了吧？我给他准备了一份出院礼物，放位置上了，你带回去给他。"

陈传明一愣："那怎么行，万万不能收的……小贝这次的手术费就要不少钱了！"

小贝是他儿子，上小学三年级，有先天性心脏病，前些时候又发作了，送医院做了手术。

这一年来，小贝的治疗费用都是宣兆负担的，他们家欠宣兆的够多了，怎么好再要他的礼物。

"哥，你就别和我见外了。"宣兆笑着说，"我自己的亲人走的走，病的病，你跟着我办事，我希望你的亲人都好好的。"

陈传明一时无言，竟然有些哽咽。

外边都传宣兆多么不近人情、冷漠又强硬，只有他身边的人才知道，东家从来都是最周到的。

"回去吧，替我祝小贝出院快乐，回学校以后要开开心心、健健康康的。"宣兆说。

宣兆缓步往小区里走，由于左臂受了伤，撑着拐棍总使不上力，因此走得比平时更慢。

到了楼底下，宣兆仰头朝上看，家家户户的窗户里都透出灯光，唯独他住的第九层，黑黢黢的。

宣兆心底忽然涌起一阵难以名状的失落感。

他是宣氏的当家人，他身上背负着很多很多个家庭，然而他自己却没有家。

每天晚上回到这里，灯是暗的，房子是空的，没有人等他回家。

宣兆勾唇笑了笑，忽然觉得这种日子索然无味。

他也不知道他现在是为了什么活着的，反正不是为了他自己。

宣兆在花坛边缓缓坐下，拐棍搭在一边，从口袋里摸出一根烟，点火后吸了一口，被呛得猛然咳嗽了起来。

他自己不抽烟，但生意场上难免应酬，见面总是先递根烟，说"小宣总，来一根"，于是他也习惯了随身带包烟。

宣兆抬高右手，让指缝里的那点火光对准九层楼的位置，接着他眯眼看了看，而后心满意足地笑了。

现在他家的窗户里也有光了。

然而一根烟很快就点完了，随着火光渐渐熄灭，映在宣兆眼里的光也一点点黯淡了下来。

宣兆怔了怔，片刻后缓缓摇了摇头，映在地上的影子随之晃动两下，像是在嘲笑他的自欺欺人。

他用力地闭了闭眼，驱散脑海中的不安和落寞。

"你坐这儿干吗啊！"忽然一道声音打破了沉寂，"我在上边等你老半天了！"

宣兆转过头，看到了一个意想不到的人。

陈威满脸不悦，小跑到宣兆面前，下巴一扬："听说岑情找人打你了，我看你也挺好的。"

宣兆淡淡一笑："他让你来的？"

陈威倒吸一口气："你怎么知道？！"

岑柏言让他看看宣兆伤得怎么样了，他也不好直接打电话去问宣兆，那不就露馅儿了嘛！于是他思来想去，想出了个好办法，宣兆之前送了他一个草药包，他借着还药包的机会来找宣兆，顺便看看宣兆情况如何。没想到宣兆这么晚还没回，他没耐性等不住，却在楼底下碰见了宣兆，这嘴一快，就把事儿都给说出来了。

"你要是脑子稍微好使一点，"宣兆好笑地说，"当时我也不能那么顺利地接近你们。"

"你还敢说！"陈威又羞又愤，"你拿我当跳板接近柏言，我还没和你算账！"

宣兆双手撑在背后，上半身后仰，抬头看着夜空。

"你算吧，"宣兆说，"打我两拳也可以，我这样的也还不了手。"

他这脸比纸还白，憔悴虚弱得都没个人形了，打他两拳说不定他真就嗝屁了。

陈威愤愤磨了磨牙，最终悻悻地说："算了，我坐公交车都给老弱病残让座呢，不能因为你坏了我这'四有青年'的名声。"

更主要的是，陈威打心底里觉得宣兆不是个坏人，他骗了柏言不假，但他帮了严明母子，也帮了柏言不少。

大概这就是书里说的，人是极其复杂的动物。陈威想到这里，不禁叹了一口气："你以后做个好人吧。"

宣兆"哧"一声笑了出来。

陈威拿脚尖踢了踢宣兆小腿："你真要送柏言他妹蹲局子啊？"

宣兆瞥了他一眼："这也是他让你问的？"

"那倒不是，"陈威撇了撇嘴，"是我自己想知道。你也怪狠心的，不至于吧？"

"我乐意。"宣兆说。

"什么？"陈威一瞬间怀疑自己听错了，"你说什么？"

宣兆对陈威挑了挑眉："我说——我乐意。"

"神经病，和你没得聊！"陈威翻了个白眼，抬脚就走。

"你转告他，"宣兆说，"拘留十天而已。"

陈威哼了一声："知道了。你还有什么话没有，我替你一块儿传达了。"

"没有了。"宣兆的声音低得几乎听不见，"谢谢。"

陈威一个寒噤："矫情兮兮的，我走了，拜拜。"

陈威离开后，宣兆依旧久久维持着那个仰望夜空的姿势，今晚没有月亮，也看不见星星，谁也不知道他在看什么。

宣兆想起了他坐摩天轮那次，天空离他那么近，几乎抬手就能抓到飘浮的云朵。

而此刻，夜空却离他很远，远到他觉得，他这一辈子，再也看不见那天那样澄静的天空。

清明节这天，宣谕主动提出要去祭拜宣博远。

宣兆担心宣谕的身体和精神状况，宣谕却安慰他说："小兆，我没事，医生也说我可以适当出去走走。这么多年了，我都没有去看看你外公，今年年份很好，你要毕业了，宣氏也有了好成绩，我想把这个好消息告诉他。"

宣兆拗不过宣谕，带了护工随行，一道去了墓园。

天空飘着小雨，宣兆一只手拄着拐棍，另一只手为宣谕打伞。

宣谕早些年卧病在床，肌肉出现了萎缩的症状，走不快，母子二人相互搀扶着，缓慢地走上长长的石阶。

到了宣博远的墓碑前，宣兆讶异地发现，碑前已经放了一束花。

白色菊花安安静静地卧在碑前，花瓣被雨水沾湿，附带的卡片上一片空白，什么也没有写。

宣兆询问了管理员，管理员表示他也不知道送花的人是谁，是个外卖员送过来的，只说放在一位叫"宣博远"的墓前。

"好，"宣兆眼睫微颤，"谢谢。"

这束没有署名的花是谁送的，宣兆心里已经隐隐有了一个答案。

"要不我给您打电话去外卖小哥那确认一下？"管理员殷勤地问，"说不准他能知道。"

"不用了，我已经知道了。"宣兆礼貌地说。

不用再确认什么了，他和那个送花人之间有一种说不清道不明的默契，他们就像那张空白卡片，什么也不用往上写，也不需要落款，像这样空白着就够了。

宣谕在墓前默默垂泪，宣兆在一边陪伴着。到了中午，他担心宣谕的身体支撑不了这么久，于是便搀扶着宣谕下了石阶。

墓园管理很严格，加上清明人多，没有事先登记过绝不能上山，因此随行的司机和护士都在山下等着。

宣兆扶着宣谕坐上了车，轿车缓缓驶离园区，平稳地上了马路。

宣谕有些疲倦，靠在宣兆肩头休息，忽然"嘶"的一声响——

司机猛一个急刹车，宣谕尖叫一声，身体由于惯性狠狠前倾，宣兆立即护住妈妈的头。

"谁啊！不要命了！"司机怒斥。

宣兆眉头紧皱，抬头一看，瞳孔骤然紧缩——

拦在车前的人不是别人，正是岑静香！

宣兆看到拦着车的人是谁，瞬间脸色陡变，沉声吩咐司机："让龚叔调人过来，然后报警。"

"是，东家。"司机点头。

"小兆，"宣谕惊魂未定，"怎么了吗？"

她对坐车至今仍有很深的恐惧感，此刻双眼紧闭，肩膀颤抖，不敢抬起头。

"没事，前面的车出了点小事故，马上就好。"宣兆温声安慰着母亲，看向岑静香的眼神却鹰隼般犀利。

"你没事吧？有没有受伤？"

宣谕焦急地问道，刚要抬起头看看儿子的情况，宣兆却用一种不容抗拒的力道，将她的头按回了自己的怀里，低声说："我没事，没有受伤，你闭上眼睛好好休息一下。"

他一只手揽着宣谕的肩膀，另一只手护着宣谕的头，通过后视镜给司机使了个眼色。司机看懂了他的意思，将车载音乐的声音调大。

岑静香显然是有备而来，身后跟着五个肌肉遒劲的男人，个个来者不善。

宣兆取出眼罩，戴在宣谕的眼睛上，在她耳边小声说："你在车里睡一会儿，我下去看看。"

宣谕脸色苍白，紧紧攥着宣兆手臂不放："真的没事？"

"妈，真的没事。"宣兆拍了拍宣谕的手背，嘱咐司机和护工在车里照看好宣谕，自己开门下了车。

岑静香在车外好整以暇地等着，见宣兆下来，颔首道："小兆，好巧啊。"

"好巧。"宣兆笑着说，"岑阿姨阵仗这么大，是有什么指教吗？"

"哪里的话。"岑静香捂着嘴一笑，"今天清明嘛不是，我想着也来看看你外公，毕竟当年我也出席了他的葬礼。做晚辈的这么多年也没来探望，实在不敬啊。"

"也是。"宣兆微微欠身，彬彬有礼地说，"我外公从没见过您，不知道您长什么样，您去他墓前见见也好，让他认认脸，让他别总纠缠我父亲一个人，时不时也去看看您。"

"你——"岑静香咬牙切齿，"宣兆，你可真是伶牙俐齿。"

"过奖。"宣兆无意再和岑静香纠缠，缓缓收敛了脸上的笑意，冷冷道，"可以请您的人让让吗？"

岑静香冷哼一声："你把小情害成这样，她到现在都不敢去学校，这笔账我还没和你算。"

"哦？"宣兆眉梢一挑，"您想怎么算？"

"这片墓园可是风水宝地啊，你外公的那个位置是最好的，我听

说你们家当年买了一排三个位置，不过只有你外公用上了。"岑静香
冷笑着说，"这样吧，你把你外公旁边的那个位置卖给阿姨，我打算
把柏言爸爸的坟迁进来，就埋在你外公旁边。"

"可以的，阿姨，"宣兆说，"我再派人去小岐镇把您岑家的祖
坟刨了，让您一家人都迁进来，怎么样？"

岑静香一噎，她在宣兆这里就从没讨过好。不过没关系，宣兆本
来就不是她此行的目的，她打探到宣谕近来情况有所好转，于是便猜
测宣谕今年会来给宣博远上坟。

"你妈妈今天也来了吧？我和她打个招呼。"岑静香笑盈盈地说道，
伸手就去拉车门把手。

宣兆猛地攥住岑静香的手腕，彻底收起了表面上的儒雅和礼节，
双眼如同淬冰的利箭，直直射向岑静香："阿姨，适可而止。"

"你害小情留下案底的时候怎么不知道适可而止？"岑静香从牙
缝中挤出这句话，继而音量陡然增大，"宣小姐，你在车里吧？你知
不知道你儿子做了什么好事，你就是这么教育他的？"

"够了！"宣兆一把推开岑静香，"我再警告你最后一次，马上
让开。"

岑静香见宣兆眼中终于流露出了一丝慌乱，得意地理了理鬓角的
头发，步步逼近宣兆，拔高声调冷笑着说："怎么，你妈还不知道？"

突然"啪"的一声响，车门开了，宣兆猛然回过头，宣谕竟然从
车里走了下来。

"妈？"宣兆眉头紧皱，立即站到宣谕面前，用自己的身体挡住
她的视线。

"妈妈没事的。"宣谕对宣兆笑了笑，"你乖，站到妈妈后面。"
宣兆低声说："你快进去。"
随后下来的司机和护士旋即万分焦急："太太，快进车里吧……"
宣谕却岿然不动。
宣兆一直把她保护得很好，实际上，这是她第一次见到岑静香。

她这个做母亲的太失职了，怎么能一直躲在儿子身后呢？

"你乖乖的。"宣谕摸了摸儿子的脸颊。

接着，她走到岑静香面前，微笑着问："是岑女士吧？"

岑静香面容阴冷："宣太太？或者，我叫你姐姐比较——"

"啪"的一声脆响！

宣谕扬手，狠狠给了岑静香一耳光。

岑静香捂着脸，一时间竟然被宣谕身上不怒自威的气场震慑住了，喘息着不知道该说什么。

"我儿子做什么、怎么做轮不到你多嘴，"宣谕神情冷肃，掷地有声地说，"你身上穿的衣服、戴的首饰哪样不是花我宣家的钱，要是再敢对我儿子不尊敬，我现在就把你扒光！"

这一巴掌，不仅是岑静香，就连宣兆也怔住了。

宣谕是真正的大家闺秀，她一直是文雅温柔的，从来没有对谁生过气、红过脸。车祸后她的精神状况出现了问题，严重的时候就连听见"岑"这个字都会产生自残倾向。

宣兆甚至暗暗埋怨过宣谕的懦弱，他也会想象如果妈妈见到那个女人会是什么表现，会像保护幼崽的老鹰那样，坚定不移地挡在宣兆身前吗？

"应该不会吧，妈妈肯定会吓得浑身颤抖、失声尖叫的。"曾经的小宣兆在心里是这样想的，还因此有了小小的失落。

那时候宣兆十岁，有天他看了一篇寓言故事，讲的是护犊的母羊为了小羊羔和饿狼搏斗，于是宣兆去问宣谕："问如果有坏人找上门来了，妈妈你会怎么办？"

宣谕紧紧抱住他："小兆，妈妈不会让你受欺负的，死也不会。"

其实宣兆真的是个容易满足的孩子，他心里的小小失落瞬间便一扫而空，他承担得再多也没关系，有妈妈这一句话就足够了。

然而宣兆没有料到，宣谕的这一句话并不只是一句空话，而是一个母亲对儿子最为郑重的承诺。

岑静香死死咬着后槽牙，满脸恨意地盯着宣谕："你敢打我？"

宣谕的脸色苍白憔悴，声音却十分镇静而有力："我敢？我为什么不敢！"

岑静香也回过神来，扭头呵斥她带来的那些壮汉："还傻站着干什么！"

那些人听见命令，凶神恶煞地就要冲上来动手，司机眼疾手快地拦在前面，却被一个寸头一脚踹开。宣兆眉心紧蹙，立即打开车门想护着宣谕回到车上，宣谕却丝毫不见慌乱，下颌微扬，厉声道："警察马上就到！我看谁敢动我一下！"

此时一边已经聚集了不少看热闹的路人，宣谕环顾一圈，微笑着说："辛苦大家用手机拍下来，等警察来了可以当作他们拦路伤人的证据，调监控效率太低。"

那伙人被宣谕的气势唬住了，彼此面面相觑——只说让他们来拦一辆车，没说要闹到惊动警察啊！

宣谕再度看向岑静香，眼中的威严不言而喻，她再一次扬起手掌，"啪"一下打在了岑静香另外半张脸上。

岑静香被扇得一个趔趄。她知道的消息一直是宣谕现在就是个废人，发起病来六亲不认，连下床走路的力气都没有，没想到宣谕竟然如此强势。

岑静香被震得双眼圆睁，安静了两秒后才高喊："都看见了吧，伤人的到底是谁！你不是要他们拍吗？好啊，那就看看谁才是打人的那个！"

"你是奸妇、小三，我打你天经地义，"宣谕背脊挺得笔直，"我想什么时候打你就什么时候打你，想在哪里打你就在哪里打你，想怎么打你就怎么打你。"

"贱人……你这个贱人……"岑静香被气得浑身发抖，议论声不断从周遭传来，她大吼道，"拍什么拍！都不准拍了！"

"拍！"宣谕呵斥道，"都给我对着她的脸拍！让所有人都看清她的嘴脸！你勾引有妇之夫，姘居多年，生下私生女，这是淫；你处心积虑陷害我父我子，心思歹毒，这是奸；我不主动教训你已经是对你莫大的恩赐了，你却不知道夹着尾巴做人，这是蠢；我不屑理会你，你却一次次上门挑衅，欺辱我儿，这是贱；你在清明这天拦车绝非偶然，嚣张至此，这是坏。奸淫贱蠢坏，五毒俱全，好一个五毒俱全的姘妇！"

她一番话行云流水、掷地有声，每个字都火辣辣地扇在岑静香脸上，就连宣兆都听得愣住了。

周遭静默两秒后，隐隐有人拍掌叫了声"好"。

岑静香气得嘴唇发抖，抬起手指着宣兆："你知不知道你儿子做了什么好事，他把我儿子害成什么样了你知道吗——"

"我儿子做什么，轮不到你来指点！"宣谕强硬地打断岑静香，"要说的刚刚都说完了！我们上车！"

附近派出所的民警匆匆赶来，一场闹剧就此落下帷幕。

宣谕的表现出乎岑静香的意料，更出乎宣兆的意料，谁也没有想到一个在疗养院待了十几年的、精神失常的病人，竟然在这种关头爆发出了如此强大的能量。

岑静香不仅没有如愿欣赏到宣谕发疯发病的样子，反而令自己丑态毕露。

回到车里，宣谕由于过于激动，咳嗽得很厉害，宣兆焦急地问随行护士："姐，药呢？"

"在这儿在这儿。"护士拿出药箱，"先喂你妈妈喝点温水，然后再……"

"费红，阿明，你们下去一下。"宣谕说，"我有话单独问小兆。"

二人对视一眼，宣兆朝他们点了点头，示意他们先离开。

等到车里只剩下母子二人，宣谕抬眼看着宣兆："她说你害了她的儿子，是什么意思？"

宣兆指尖微微蜷缩，沉默半晌后，垂眸说："妈，对不起。"

宣谕知道他有一个朋友，也知道他对这位朋友做了些错事，但宣兆不敢告诉宣谕，那个朋友就是岑静香的儿子。

他竟然结交了仇人的儿子，妈妈一定很生气吧。

"你是不是为了报复那个女人，才去认识他的？"宣谕微微喘着气。

宣兆闭了闭眼，几不可闻地"嗯"了一声。

"宣兆啊宣兆，你外公是怎么教你的，做人要敞亮，要坦荡，你怎么、怎么能——咳咳咳——"

"妈，怎么了？"宣兆焦急地扶住宣谕的后背，鼻头一阵阵地酸涩，"对不起……对不起，我对不起你和外公，我不该这么做，对不起……"

"你没有对不起我和你外公，"宣谕眼泛泪光，一只手掌颤抖着抚上宣兆的脸，"你对不起的是那个孩子，你对不起你自己。"

宣兆瞬间浑身僵直，原来妈妈怪的从来都不是他结交的那个人是什么身份，而是他没有坦坦荡荡、堂堂正正地待人。

"你说你不知道怎么去对一个人好，不知道怎么真心待人，"宣谕眨了眨眼，一滴眼泪从眼眶中扑簌簌滚落出来，砸在了宣兆手背上，"是妈妈不好，你从小到大，妈妈都在伤害你，是我不好，我没有教会你……都怪我，怪我……"

"不是的，不是，"宣兆拥抱住了母亲颤抖的肩膀，嗓音中隐隐有些哽咽，"不是这样的。"

当柔弱的母亲坚定地站在宣兆身前，对他说"你乖，站到妈妈后面"的那一刻，宣兆觉得自己这十多年来一直缺失的那种被爱的感觉，一瞬间就被完全填满了。

民警抵达后简单了解了情况，发现并不是什么大事，宣兆他们也无意纠缠，于是很快就离开。

回到疗养院这个熟悉的环境当中，宣谕浑身的力气就好像瞬间被抽空了，连站着的力气都没有，嘴唇煞白，全身上下忍不住地哆嗦，冷汗源源不断地从额头和鬓角往外沁，嘴里嘟囔着："别动我儿子，都滚，我看谁敢动我儿子……"

她的身体本就已经垮了，今天面对岑静香，全靠着一口气才撑了下去，此时回到了安全的地方，这口气也用尽了，病情再次发作。

医生哄她去上药，她紧紧抱着宣兆，嘶吼着"你们都要害我儿子"，宣兆便抱着她低声安慰。

而后她忽然仰头看着宣兆，在宣兆的眉眼间看出了几分万千山的影子，于是又狠狠抓宣兆的脸，说宣兆是恶魔，是害死她一家的恶魔。

宣兆说："妈，是我，我是小兆……"

宣谕眼神恍惚片刻，看到儿子被自己抓得脖颈上都是血痕，又"哇"的一声哭了起来，继而用拳头去砸自己的太阳穴……

医生立即趁机控制住宣谕，转头对宣兆说："小兆，你快出去！"

宣兆已经很熟悉这一幕了，默默退出了病房。

隔着一扇门，里面传出宣谕痛苦的哭泣声，宣兆额头抵着墙，重重呼出了一口气。

镇静剂推入血管，宣谕渐渐安静了下来，宣兆眼中也随之寒光毕露。

岑静香已经不仅仅是触碰了他的底线这么简单，他已经忍无可忍了。

墓园山脚下的视频很快就传到了网上，被大肆发酵。

万千山本就是知名企业家，这种豪门家族秘辛素来最为人津津乐道。万千山因此对岑静香大发雷霆，警告岑静香最好有点自知之明，安分些他还能让岑静香过富贵日子，要再敢给他找事，他也可以让岑静香回到当初在餐馆洗盘子的日子。

岑静香恨得快要炸了，却不敢彻底和万千山决裂，只能把这一切都归咎于宣谕和宣兆身上。

万千山找钱找人清理网上的视频，却怎么都清理不干净。并且现在还在流传的视频和最初版本对比，明显经过了一些操作——宣谕始终没有出现正脸，一看就知道是宣兆的手笔。

万千山若有所思，看来除了被严密保护的宣谕，宣兆还有另一个软肋。

而他的软肋——远在大洋彼岸的岑柏言，也看到了这段视频。

他是在进实验室前看见的，手机拍摄的画面经过一些特殊处理，清晰度并不算高，但他依旧可以清楚地看到岑静香是如何挑衅宣兆，又是如何激怒宣谕的。

为什么要这样呢，这副嘴脸太难看了，岑柏言想，实在是太丢人了。

听到宣谕斥责岑静香"奸淫贱蠢坏"的那段话，岑柏言作为儿子，第一反应是母亲被羞辱的愤怒，而后他一愣，发现自己竟然无从反驳，旋即一种更深的无奈和悲哀从心底涌起。

岑柏言眼眸低垂，关掉了手机，深吸一口气，进了研究室。

五月中旬，交换结束，教授询问岑柏言是否有意愿随研究队伍前往北欧做一项新型建筑材料耐寒能力的专项研究，岑柏言虽然很想前往，但还是谢绝了教授的好意。

岑柏言必须赶在七月之前回到海港大学，完成转学分的一系列手续，否则他出国交流的这一年将相当于没有学分和成绩。并且，他有转学意向，申请流程烦琐，也必须尽快回国办理。

经过了十几个小时的飞行，下飞机的那一刻，一种回归故土的踏实感扑面而来，岑柏言深吸了一口气，从来没有觉得海港的空气是如此的清新。

陈威带着篮球队十几号人乌泱泱地等在出口，见到岑柏言后一窝蜂冲上来。岑柏言大笑着挨个儿和他们拥抱，而后他的视线不自觉地飘向了更远的地方，扫遍了整个到达大厅，似乎是在找什么人。

"看什么呢？"陈威在他眼前摇了摇手，"傻了？"

岑柏言甩了甩头："有时差，累了。"

"累你大爷！"陈威往他肩上捶了一下，"哥几个给你备了接风宴，先去喝个痛快！"

岑柏言笑骂道："你是要我死啊？"

一群人勾肩搭背地往外走，岑柏言无法控制自己的眼角余光在走过的每个边边角角里搜寻。

入境到达厅的人并不多，空荡荡的大厅里始终没有那个人消瘦的身影。

陈威察觉到了岑柏言的分神，撇嘴说："找他啊？我反正是和他说了你今天回来……"

岑柏言眉心一皱："要你多嘴！"

陈威嘟囔说："那他不是没来吗？"

岑柏言用力摇了摇头，估计自己是太累了，所以才忍不住犯傻。

而那个人确实没有去机场，他只是在日记本的最新一页里写下了四个字——欢迎回来。

岑柏言回到海港的第一个周末，岑情再次出事，严明的事情被曝光到了网上，直指她是个 PUA 大师，最后将人家逼得跳楼，很有可能落下终身残疾。更多的爆料随即出现，说岑情一直是校园霸凌的领头人，不少人都受过她的凌辱打骂。

上次拘留所的事情还没过去，一波未平一波又起，岑情一意孤行地觉得是宣兆一手曝光了这件事，她简直气疯了，将屋里的东西砸了个精光，然后她想到了龚巧——宣兆疼爱的妹妹。

她用卓非凡的手机看过龚巧的朋友圈，龚巧最新一条消息是偷拍了一张宣兆闭眼假寐的照片，配文是"哥哥睡着了也很好看"，宣兆在下面回复道"敢偷拍了，胆子越来越大了"，龚巧回了他一个吐舌头的俏皮表情。

岑情咬牙切齿地想，宣兆不让她好过，她也不可能让宣兆好过。

同一天，岑柏言坐公交抵达了西郊疗养院，他手里拎着一大袋水果、一箱高钙牛奶，站在疗养院门前踟蹰片刻。

大厅问询处的工作人员问他来看谁，先登记一下。

岑柏言想了想，摇摇头说："算了，我走错了。"

他转身就要离开，一辆黑色宾利停在了疗养院门口，车门打开，岑柏言就这样猝不及防地遇见了宣兆。

拐棍顿在地上，发出"咚"的一声闷响。

时间仿佛陷入了静止，岑柏言看着地上宣兆的影子，一个单薄的剪影，忽然想，他是不是又瘦了？

岑柏言率先打破了沉寂："好久不见。"

——好久不见。

宣兆愣了愣，自打那个正式告别的清晨，确实是好久不见了，柏言。

而后，宣兆缓缓站直身体，对岑柏言微微笑了笑："回来了？什么时候回来的？"

岑柏言"嗯"了一声："大前天。"

"哦。"宣兆抿了抿唇角，"好的。"

寒暄后又是一阵短暂的沉默，他们之间已经找不到任何话题，或者说聊什么话题都显得那么不合时宜。

宣兆在心中苦笑了下，他和岑柏言不是陌生人，但好像也没有什么更准确的词能够定义他们的关系。

比起此刻猝不及防的重逢，也许一束匿名的花、一张空白的卡片更适合他们。

"你——"

"你——"

两个人同时开口，一句完整的话没有说完，又同时戛然而止。

岑柏言的目光从宣兆的拐棍上掠过——

是一根全新的拐棍，原来的那一根，他彻底不要了吗？是丢掉了吗？

宣兆低头看了看左手，淡淡一笑："原来那根旧了，换了根顺手的。"

"嗯。"岑柏言说，"很适合你。"

"怎么来这里了？"宣兆问。

岑柏言拎着水果袋子和牛奶箱的手紧了紧，欲盖弥彰地把这些东西往身后藏了藏。

"随便逛逛。"岑柏言说，"你忙，我先走了。"

宣兆的视线落在他手上，发出了很轻的一声叹息，笑着说："来都来了，上去看看吧。"

岑柏言一怔。

他是岑静香的儿子，宣兆竟然邀请他去探望宣谕？

"我外婆年轻时也是学建筑的，我妈妈从小耳濡目染，多少知道些皮毛，"宣兆看出了岑柏言的犹疑和顾虑，温声道，"你陪她聊聊，她会高兴的。"

再拒绝反倒会让场面更加尴尬，于是岑柏言点头道："好。"

电梯里只有他们两个人，分别站在对角线两端，在同一个封闭的空间里保持着极其疏远的距离，安静得仿佛两个陌生人。

宣兆抬头看着上跳的电梯楼层数字，随着"叮"的一声响，宣兆转头说："到了。"

电梯门徐徐开启，岑柏言下意识地跨上前一步，伸手挡着门——岑柏言本来是个不注重这些细节的人，曾经有次他和宣兆去商场看电影，电梯里，宣兆被人群挤到了最角落的位置，出电梯时宣兆挂着拐棍，行走比较缓慢，被正在关闭的电梯门狠狠夹了一下。自那之后，每次他们上下电梯，岑柏言一定会先宣兆一步挡住电梯门。

这个条件反射的动作令两个人都愣了一下，宣兆垂眼看着自己的脚尖："谢谢。"

岑柏言收回手："不客气。"

他们一前一后，缓步走到了宣谕的病房前，宣兆将拐棍靠在墙边，这才轻轻推开门。

阳光从敞开的窗户拥进来，宣谕膝头躺着一本翻开的书，正闭着眼在沙发上午睡。

她手背上插着针头，药水透过滴管缓缓进入她的身体，她脸色极其憔悴，呼吸轻得几乎就要听不见，宽大的睡服也掩盖不住她的枯瘦，露出的一截小臂可以说是骨瘦如柴，腕骨高高凸起，手背上的青筋像是枯叶的脉络。

岑柏言也不禁放缓了呼吸，他环视这间过分整洁的病房，可以说是空空荡荡，什么也没有。

花瓶、镜子、瓷碗、刀具等等可能成为自残工具的东西统统被收起来了，桌角、床脚全部包着软垫，墙面也贴上了柔软的海绵材料。

床边放着岑柏言见都没见过的医疗仪器，显然宣谕就是靠着这些维持生命。

岑柏言不知道为什么鼻头一酸，一种莫名的歉疚和负罪感从心底涌起，他甚至不敢去看宣谕的脸。

"天气热了，她精神不好，"宣兆走到宣谕身边，取了一件薄被为母亲盖上，低声对岑柏言说，"每天醒着的时间会短些。"

"那我不打扰了。"岑柏言将带来的礼物放在地上，匆匆转过身。

宣谕本就睡得不深，听见响动便微微睁开了双眼："小兆？"

"嗯，是我。"宣兆将宣谕鬓角的碎发拢到耳后，"怎么不盖被子，着凉了怎么办？"

"时间差不多了，我想你应该到了，"宣谕笑着说，"就看会儿书等你，没想到睡着了。"

岑柏言背身站在门边，此刻走也不是，留也不是。

"小兆，这位是你的朋友吗？"宣谕看见了岑柏言。

宣兆说："是一个认识的朋友，特地来探望你的。"

"怎么让人家干站着，太失礼了。"宣谕责怪地拍了拍宣兆的手臂，对岑柏言招了招手，"来，过来这边坐。"

岑柏言缓缓转过身，垂眸说："阿姨，打扰了。"

"不打扰，不打扰。"宣谕显而易见地开心，"小兆第一次带朋友来看我，我高兴都来不及呢！你来这边坐，热不热，要不要开空调？"

"阿姨，我不热。"

岑柏言在宣谕面前，不知道为什么总有几分局促，仿佛有块大石头沉甸甸地压在肩上，令他无法自然地面对宣谕。

宣兆站起身，让出了沙发的位置，让岑柏言坐下。

"好英俊的小朋友，"宣谕笑吟吟地看着岑柏言，"我都好多年没见过这么帅的小伙子了。"

宣兆坐在床边，不满道："我不英俊吗？"

"好好好，你也英俊。"宣谕摇了摇头，对岑柏言眨了眨眼，小声说，"你看他，多大年纪了还吃醋，我反正觉得你长得比他好看。"

岑柏言厚重的防御不知不觉间被卸下了一些，他抿着嘴唇垂下头，低笑出声。

"对了，你叫什么名字？"宣谕问。

宣兆说："他叫——"

"柏言，"岑柏言立即接过宣兆的话，"阿姨，我叫柏言，'柏'是松柏常青的多音字，语言的'言'。"

他刻意隐掉了自己姓"岑"这件事。

"柏言？"宣谕双眼一亮，"'柏'是气节，'言'是承诺，这个名字含义真好。"

"没有，"岑柏言笑了笑说，"只是随便起的。"

护士轻轻地敲了敲门，示意宣兆出去一下。

宣兆站起身："我去倒水，你们聊。"

"去吧。"宣谕摆摆手，对宣兆说，"快走，柏言陪我就够了。"

宣兆哭笑不得："到底谁才是你儿子？"

宣兆出去后，岑柏言更加拘谨，一时间不知道该说什么。

宣谕始终用一种慈爱、温柔、包容的眼神看着岑柏言，然而岑柏言却在这种注视下产生了一种无地自容的内疚感。

如果她知道我是谁……

"柏言，阿姨知道你是学建筑的，还拿过很厉害的奖项，我想请你帮一个忙。"宣谕柔声说。

"客气了，"岑柏言立刻说，"有什么我能做的，我一定办到。"

如果他真的能够为宣谕做些什么，那再好不过了。

岑柏言急于用这种方式做一些哪怕微不足道的弥补，但他却忽略了一点，自打刚才进来后，宣兆并没有告诉过宣谕任何关于岑柏言专业的事情。

"我小时候和父母在江浙一带生活过几年，我十岁左右，举家搬到了新阳。再回老家，才发现老宅已经拆了，那一片被划作了商业区，"宣谕回忆道，"唯一几张老宅的照片在搬家时候也丢失了，这一直是我的一个遗憾……"

宣兆返回病房时，岑柏言腿上放着一个本子，正用铅笔在上面勾勒轮廓。

宣谕坐在他身边，垂头看着岑柏言落笔，眼睛里有淡淡的水光，像是陷入了某个遥远但温柔的回忆。

"屋檐的四个角是翘起来的，"宣谕说，"屋檐很宽、很长，常常有燕子来搭窝；门前是三级石阶，缝隙里面总是会长出青苔，我呀小时候爱跑爱跳，常常滑倒……"

在宣谕的描述下，岑柏言一笔一笔勾画出那座宅子的模样，微笑着说："没想到您小时候那么淘气。"

"小兆小时候也是这样的，一个人在花园里跑啊跑的，怎么也跑不累，我怎么说他都没有用。"

岑柏言笔尖一顿。

"他从前是个很开朗的孩子，后来变得有些……嗯……"宣谕斟酌了一下措辞，语气里是浓浓的宠爱，"别扭，有时候感觉冷冷淡淡的，我也常常被他伤了心。柏言，如果他做了什么让你伤心的事情，你不要见怪。"

岑柏言没有回答，在屋顶上勾勒出瓦片的形状。

宣兆站在门外，透过虚掩的门缝，安静地凝视岑柏言轮廓分明的侧脸，阳光笼罩在他身上，又穿过发梢，在他挺拔的鼻梁上投下斑驳的光点。

"虽然我这么说好像不太妥当，但小兆这个孩子，有时候真的只是一个孩子。"宣谕的声音温柔沉静得像是一潭碧绿的湖水，"他的人生永远留在了七岁那年，他像个不懂事的小孩子，理所当然地做错了，等到要弥补的时候，又不知道该怎么做。"

岑柏言双唇紧抿，强迫自己将思绪集中到笔下的那幅画上。

年代久远，宣谕也无法准确描述出当年那个宅子更多的细节，岑柏言便自作主张，画上了带着圆铜环把手的木门、雕花的窗格，甚至还画了两只衔着草叶的燕子。

宣谕久久凝视着这幅画，指尖小心翼翼地拂过瓦片、屋檐、门廊、石阶……而后她珍惜地将画捧在手心，对岑柏言说谢谢。

"我也有件礼物送给你。"宣谕说。

岑柏言受宠若惊："不用了阿姨，我没做什么。"

宣谕从小茶几上拿起一本书，递给了岑柏言："之前我和小兆一起读的书，现在转赠给你。"

她翻开封皮，在扉页上写下了几个字。

宣谕说："我把你的名字写在上面，这就是你的书了。"

岑柏言接过书本，垂头一看，是《悉达多》。

"柏言，你能来看我，我很开心。"宣谕笑着说，"我原本以为我这辈子都没有机会见到你了。"

岑柏言意识到了什么，猛然抬起头——

宣谕依旧笑得慈爱且包容。

"您……"岑柏言声音微颤，"您知道我是谁？"

"你是柏言，"宣谕说，"是小兆的朋友。"

岑柏言指尖微微蜷缩，旋即缓慢地翻开手中这本书的外封，扉页上赫然写着三个字——岑柏言。

原来她一直都知道，知道我是谁，知道我姓什么。

岑柏言眼眶忽然一烫，垂眸道："对不起，对不起……"

"傻孩子，"宣谕轻轻叹了一口气，"你和小兆一样，都是傻孩子。"

第 23 章
困 局

　　"回学校吗？我送你。"从疗养院出来，宣兆对岑柏言说。

　　岑柏言说："不用，我去前面等公交车。"

　　"这边车少。"宣兆拉开车门，笑着说，"上来吧，刚好我也要去学校办点事，顺路。"

　　宣兆似乎已经找到了和岑柏言平静相处的方式，他笑得彬彬有礼，又带着恰到好处、不令人反感的距离感，甚至能够自如地和岑柏言开起无伤大雅的小小玩笑："快上车，再站一会儿，我的脚可受不了。"

　　然而他表现得越游刃有余，岑柏言就越不好受。

　　"好，谢谢了。"

　　岑柏言弯腰上了车，坐到了另一侧靠窗的位置，把身侧宣兆的位置空了出来。

　　然而宣兆却关上了车门，接着坐到了副驾驶上，边扣安全带边对司机说："先去趟海港大。"

　　"辛苦了。"岑柏言说。

汽车缓缓驶离郊区，岑柏言转头看着窗外。街道和树木从视线里疾驰而过，他在国外经历了一个漫长的冬季，本应该熟悉的南方景致，此刻却显得有些陌生了。

"你之后什么打算。"宣兆问他。

"嗯？"岑柏言回神，在后视镜里对上了宣兆温和的眼神，他愣了两秒，率先挪开视线，"在办转学申请，M国那边的教授对我不错，学校我也挺喜欢的。"

"挺好的。"宣兆点点头，"有什么我能帮上忙的，你可以联系我。"

岑柏言说："你已经帮我够多了。"

"其实也没有，"宣兆微微一笑，"不用这么客气。"

岑柏言也礼貌地笑了笑，而后车里就陷入了长久的沉默。

岑柏言烦躁地闭了闭眼，下意识地伸手到裤兜里摸烟，然后想起这是在宣兆的车里，手指又是一顿。

没想到宣兆从自己的上衣口袋里取出一根烟，用火机点燃了，转身递给岑柏言："喏，我不介意。"

岑柏言条件反射地皱起了眉："你什么时候开始抽这个的？"

话音一落下，他立即意识到了自己这副质问的语气十分不恰当，于是接过点燃的香烟，放缓了声音说："你以前不抽的。"

"你也说了，那是以前。"宣兆转回身，无奈地耸了耸肩膀，"生意人，应酬多，没办法。"

岑柏言调下车窗，抿着烟嘴深深吸了一口，吐出的白烟迅速被风吹散。

他发现自己想象不出宣兆抽烟会是什么样子，想象不出宣兆在觥筹交错的酒局上和这个总那个总互相递烟、敬酒的样子。

对岑柏言来说，宣兆就好像窗外秀丽明媚的南方街景，不知不觉中，已经变得无比陌生了。

"对身体不好，"岑柏言沉声说，"你还是尽量少碰吧。"

宣兆毫不在意地摆摆手，将椅背往后调了调，找了个舒适的姿势靠着："我这身体也就这样了，没什么好不好的，也不会因为少抽几根烟就多活几年。"

岑柏言眉心轻蹙，下意识地想要反驳，话到嘴边却又咽了下去。

回程的路途不短，宣兆靠着椅背，双眼紧闭，似乎是睡着了。

抵达目的地后，岑柏言下了车，宣兆按下车窗，和他礼貌地道别。

"下次有机会一起吃饭。"宣兆笑着说。

岑柏言不习惯这种所谓商场上公式化的话术，他不自在地点了下头："行，下次。"

明明彼此都知道，根本就不会有下次了。

车窗缓缓抬起，就在即将关闭的时候，一只手突然插了进来——

"还有事吗？"宣兆再次放下车窗。

"阿姨说你停在了七岁那年，很多时候做事情都像七岁的孩子，"岑柏言低声说，"那你现在干这些，是为了让自己像个大人吗，宣总？"

抽烟、喝酒、应酬、说那些无聊的敷衍的话、活得像个没有情绪的木头，这就是你逃离七岁那年所遭遇的不幸的方式吗？

他忽然伸长了手臂进来，宣兆下意识地侧身闪躲，他两指从宣兆的上衣口袋里夹出一盒香烟。

宣兆因为这个冒犯的举动有些恼火，蹙眉道："还给我。"

"身体不好就别抽这个，"岑柏言晃了晃烟盒，"多活几天是几天。"

"谢谢关心。"宣兆弯了弯唇角，"再见。"

黑色宾利掉了个头，逐渐消失在视野里，岑柏言站在原地，想起离开前宣谕对他说的最后一句话——

"我希望小兆的生命长长久久，又不想他就这样无趣地过一生。柏言，你有什么好办法吗？"

我哪有什么好办法，岑柏言看了看手中的高档香烟，苦笑着想算了，算了。

他和宣兆已经是"好久不见""下次有机会再见"的关系了。

车里，司机问："东家，去你学校吗？"

宣兆摇头："回公司。"

司机转动方向盘，再次掉转方向。

方才一直闭着眼的宣兆此刻却无比清醒，他怔怔地看着后视镜。

半晌，宣兆说："他现在过得很好，你觉得呢？"

司机不确定东家是不是和他说话，但车里除了他也没别人，总不能不搭理东家，于是点了点头："很好。"

"那行，很好就好。"宣兆忽然垂头笑了笑，把手插进上衣口袋。

抵达公司后，宣兆才下车，撞见了匆匆忙忙从电梯里跑出来的龚叔。

龚叔年轻起就跟着宣博远，什么大风大浪都经历过了，鲜有如此惊慌失措的时候。

"叔，"宣兆拦下他，凝眉问，"出什么事了？"

"巧巧，巧巧……"龚叔像找着了一根主心骨似的，抓住了宣兆的手臂，"巧巧出事了！"

宣兆一凛，立即扶着龚叔上了车，沉声问："巧巧在哪儿？她怎么了？"

龚叔深呼了一口气："人民医院。"

急诊室外，龚巧安静地坐在长椅上，她的父母已经赶到了，此时陪伴在她身侧。

走廊尽头，几个警察正在向医生询问情况。

"巧巧啊，巧巧……"龚叔刚才由于着急扭了脚，一瘸一拐地朝龚巧跑过去。

看见龚叔来了，龚巧才愣愣地眨了眨眼，两行泪从眼眶里失控地砸了下来："外公……"

宣兆同样心急如焚，他为了不让自己的腿疾看起来那么明显，走路一直很慢，此刻他一瘸一拐地大步走上去，看了眼角落的警察，喘着气问："到底怎么回事？"

其中一名警察合上录音笔，转身对龚巧说："小姑娘，具体情况等医院这边的检验结果出来，你先做身体检查，之后会传唤你到警局做进一步调查。"

龚巧擦了擦眼泪，挺直身体问："那个人呢？你们去抓了吗？"

"现在情况还未经核实，我们也无法确定你说的是否属实。"警察为难地说，"酒店那边也有同事去取证调监控了，你放心，如果你真的遭到了侵害，我们一定会保护你的。"

宣兆从这段简单的对话里忽然意识到了什么，瞳孔骤然紧缩——

他缓缓蹲下身，看着龚巧问："巧巧，是谁，你告诉哥。"

龚巧眼里迅速蓄起眼泪，她深深垂下头，嘴唇止不住地颤抖。

龚叔也意识到发生了什么，双腿一软，"扑通"一声跪在了地上。

"爸！"龚巧的爸爸立即冲上去搀扶他，"爸您别激动……"

"哥？你还好意思说你是哥！"龚巧的妈妈哭得双眼通红，她控制不住情绪，猛然在宣兆肩上推了一下，"要不是因为你，巧巧会遇到这个事情吗？都是你害的！你害了我们巧巧啊！"

宣兆跌坐在地，目光有些呆滞。

因为我？我害了巧巧？

大脑瞬间一片空白，心跳一下比一下剧烈——

冷静，一定要冷静。

宣兆咬住舌尖，停摆的大脑恢复思考。很快，一股火渐渐在胸腔里熊熊烧了起来，宣兆目光沉沉："岑情？是她干的？"

听见这个名字，龚巧忽然一个激灵，嘴唇止不住地哆嗦。

"巧巧，别怕，哥在呢。"宣兆喉头一阵阵地发紧，他艰难地从地上站起来，对龚巧说，"谁动了你一下，我都要让他付出代价，你知道哥很厉害的，别怕。"

龚巧忽然"哇"的一声哭了起来。

小姑娘出事后显出了超乎寻常的镇定，她带着内衣内裤第一时间到医院做鉴定，然后报警她被强暴了，接着通知家人来医院。

在等待的时间里，往来的人中总有窃窃私语，小声讨论着就是这小姑娘说自己被性侵了，好好一个小女孩，看着这么乖，好可怜啊。

龚巧紧紧攥着拳头，反复在心里告诉自己"我是受害者，我不羞耻，我要勇敢"。

到了此刻，龚巧终于崩溃了，她一头扎进宣兆的怀里，眼泪迅速打湿了宣兆的上衣。

"哥，原来公主裙是送给她的……是她，卓非凡和她……"

龚巧号啕大哭，连一句完整的话都说不出来。

宣兆抱着龚巧，看见小姑娘脖子上都是瘀青，耳根上也有伤痕。

他哽咽了一下，仰起头把眼眶里的酸意憋了回去。

龚巧生日前夕，卓非凡下单购买了一条她夸赞过的裙子，然而这条公主裙最后没有到她手中。这件事像一根刺一样扎进了龚巧的心里，于是一切都开始变得有迹可循，比如卓非凡频繁地说自己要随队去外地做研究，比如他换了锁屏密码的手机，比如他在二人相处时频频开小差。

龚巧告诉自己不能有疑心病，他们从小一起长大，她怎么能怀疑她的非凡哥呢？

可那根刺在她心里越扎越深，那条公主裙究竟去了谁的手里？

半个月前，岑情忽然加了她的微信。

她和岑情往来得很密切，她无意中告诉岑情自己酒量很不好，连那种果酒都不能喝。

昨天晚上，岑情声称是她的生日，邀请龚巧去参加她的生日宴会，龚巧不疑有他，欣然赴宴。

后面发生的事情，龚巧已经和警察复述过了，她被灌了酒，迷迷糊糊中感觉到有个男人在搂她，她想反抗又没有力气，再醒来时是在酒店的床上，浑身上下都是狼狈的痕迹。

直到那个时候，龚巧都没有怀疑过岑情。

龚巧记得大学第一天，辅导员就说过很多人对艺术生存在误解，给学艺术的女生贴上"廉价""放荡"的标签，不少同学会因此受到侵害。万一遇到不好的事情，不要慌张，一定要保存证据，第一时间去医院验伤。

龚巧浑身颤抖，连澡都不敢洗，哆嗦着捡起地上的内衣内裤，裹上衣物，踉跄着出门。

岑情从龚巧的隔壁房间出来，穿着那件华丽的公主裙，对龚巧行了一个优雅的宫廷礼，脆生生地问她要去哪里。

再接着，龚巧透过敞开的门，看到了房间里的卓非凡。

"小情，我要走了，龚巧早上叫我陪她去看画展，已经迟——"卓非凡的上衣套到一半，看见门外浑身狼藉的龚巧，顿时僵在了原地，"巧巧？"

岑情捂着鼻子："你怎么浑身都是男人的味道，真恶心。"

连龚巧自己都觉得奇怪，她当时竟然连一滴眼泪都没有掉，而是转身就走。

卓非凡和岑情纠缠一番后追了下来，龚巧坐上出租车，口袋里塞着用作证物的贴身衣裤，用颤抖的声音说："师傅，去医院。"

路上，岑情给她发消息，让她要怪就去怪宣兆——你倒霉就倒霉在有宣兆那样的哥哥。

"要不是你逼我，我都懒得弄你妹，很没劲。"

警局的等候区，宣兆看着这条短信，喝下了今天在这里的第四杯速溶咖啡。

"谈谈。"宣兆敲下这两个字，按下了发送键。

这是他第三次陪龚巧来接受讯问。

验伤报告和监控对龚巧很不利，她身上并没有撕裂伤和拉伤，由于事出突然且缺乏两性方面的经验，她离开前忘了酒店垃圾桶，没有携带用过的安全套；酒店监控也看不出她是被胁迫发生关系，目击者表示她当时并没有失去意识，和那个男人搂在一起进的房间……

龚巧百口莫辩，她的控诉和眼泪显得尤为苍白。

岑情也接受了询问，她承认了自己确实和龚巧的男朋友发展出了不道德的感情，她可以为此认错，但并没有直接证据显示是她设局陷害了龚巧。

龚巧的母亲现在视宣兆为洪水猛兽，她认为要不是宣兆，巧巧怎么会被扯到这浑水里。

宣兆无法为自己辩解，因为事实的确如此。

从询问室出来，龚巧脸色惨白，她讷讷地看着宣兆，声若蚊蚋："哥。"

"回家了。"宣兆已经预料到了结果，他拄着拐棍，上前揽住龚巧的肩膀，"车在外面。"

宣兆送龚巧回了家，卓非凡等在大门口，他满脸胡楂，神色憔悴，对龚巧说："对不起，我鬼迷心窍了，巧巧你再给我一个机会，我一定一心一意地对你好。"

龚巧抬手，重重给了他一耳光，头也不回地进了家门，将面如土灰的卓非凡关在了门外。

宣兆问："什么时候的事情？"

明明他是笑着的，语气也很温和，卓非凡却觉得不寒而栗。

"怕什么？"宣兆"嗤"了一声，"我就是个残废，夸张点说手无缚鸡之力，我没力气打你。"

"去年过年。"卓非凡垂头说。

去年过年？过年前岑情来海港找岑柏言，住在那间小屋里，遇见了上门的卓非凡和龚巧。

宣兆嘲弄地笑了笑："瞒了这么久，好手段。"

卓非凡沉默不语，半晌，他说："我会对巧巧负责的。"

"你是该负责。"宣兆赞同。

"你帮我劝劝巧巧,"卓非凡见宣兆的态度似乎不那么强硬,他像是看到了突破口一般,立即说,"我不嫌弃她被那个男人碰过,我会——"

"你有什么资格嫌弃她!"宣兆厉声打断,"你和岑情确实般配,脏到一处了。"

卓非凡神情突变。

"我说的负责,不是指这个。"宣兆垂眸笑了笑,"你爸爸前年搞融资,卖了四间铺子都不够还钱,你们家一共五间中医铺,龚叔为了保住你们家最后一家产业,出钱给你爸爸填了坑。"

卓非凡浑身僵硬:"你想做什么?!"

"你爸爸没有告诉你吧,那笔钱其实是我出的,借条都在我这里保管着。"宣兆整了整衣领,又优雅地看了看腕表,温和地说,"欠债还钱,天经地义的。哦对了,这个点要债的人应该已经到你铺子和家里了,你爸爸心脏不好,希望别受什么惊吓。"

卓非凡咬着牙:"宣兆,你是真的无耻——"

"这也是岑情告诉你的吧?"宣兆缓缓收起笑容,冷冷地说,"让她不要着急,马上就轮到她了。"

宣兆约了岑情要"谈谈",但他没有想到,岑柏言也会来。

岑柏言似乎还不知道发生了什么,皱眉问:"出什么事了?"

岑柏言最近专心忙着换学分和转学的事情,这边学校也有一些必修课程需要参加期末考试,别人是复习,他是预习加自学,忙得一个头两个大,无暇顾及其他事情。

岑情找到了他宿舍里,和他说宣兆要找她单独聊聊,宣兆那么恨她,找她能有什么好事?!她很害怕,想让岑柏言一起去。

宣兆单独找岑情?

这件事听起来确实有些奇怪,于是岑柏言没有拒绝,便跟着一起来了。

"什么事？你妹妹没有告诉你吗？"

宣兆一改平时待人的温和有礼，一副拒人于千里之外的冰冷气场。他双腿交叠，双手搭在膝头，神情冰冷且阴沉。

岑情下意识地站到了岑柏言背后。

"到底出了什么事，"岑柏言沉声说，"好好说话。"

"你妈妈干了什么事，"宣兆拿起拐棍一指，"你妹妹就干了什么事。"

岑柏言怔了两秒才反应过来这句话什么意思，他迅速转头问："你和卓非凡？"

"那又怎么样。"岑情理直气壮地说，"你能把严明的事情弄得全校皆知，让我在学校里待不下去，我就不能对付你了？"

宣兆垂头轻轻一笑。

严明的事情根本不是他曝光的，而是王太保，他找岑情要钱未果，一气之下把严明那件事捅了出去。

相反，宣兆为了保护严明母子，反而一直找人在压这件事，论坛上相关的帖子出现一个他就删一个。

"岑情，你还要不要脸？"岑柏言满脸不可置信，"我真是小瞧你的手段了。"

"别的话不说了，解决方法就一个，"宣兆反手敲了敲桌面，对岑情微微一笑，"现在跪下来给我磕三个头认错，然后——看见对面那个酒吧了吗？"

宣兆对着敞开的窗户抬了抬下巴，岑柏言循着看过去，宣兆今天挑选的是个老城区，对面是个一看就知道非法经营的老酒吧，不断有肥头大耳的中年男人搂着包臀裙的小姐从里面出来，转而去了隔壁的宾馆。

"跪在门口，"宣兆嘴唇上下开合，表情和说出口的话一样残忍，"身上挂着这个牌子。"

桌上倒扣着一个木牌，宣兆将牌子翻到了正面，上面写的字不堪入目。

岑情发出一声尖叫，岑柏言也因为这样的污言秽语而眉心紧蹙，呵斥道："够了！宣兆，你知不知道你在说什么？"

"岑柏言，"宣兆双手撑着桌面，缓缓站起身，"我知道我在说什么，我没有比现在更清醒的时候。"

"岑情是做错了，她该和巧巧道歉，巧巧要骂她要打她我绝对不拦一下，"岑柏言上身前倾，直视宣兆的眼睛，"但这不是你这么羞辱她的理由，你到底想干什么？"

他的行为在宣兆看来就是一种袒护。

岑柏言护着他自己的妹妹，那我呢？我的妹妹呢？就该任她被欺负被折辱吗？

如果说龚巧出事后，宣兆就像是一颗亟待引爆的炸弹，那么岑柏言就成了爆炸的引线。饶是宣兆再理智、再冷静，此刻也完全陷入了失控当中，他已经几天几夜没有怎么合眼了，双目赤红地盯着岑柏言，开始口不择言起来："我想干什么？我要你妈妈和你妹妹付出代价，我就算死也要拉着她们一起！她千不该万不该，不该动龚巧，她不是喜欢男人吗？我要她这辈子都被男人玩弄——"

"你疯了！"岑柏言也红着眼，他狠狠瞪着宣兆，说出口的每个字都像是从牙关里挤出来的，"宣兆，你的理智呢，让狗吃了吗？！"

岑柏言第一次见到如此暴怒的宣兆，即使在沉香厅那次，宣兆也是克制的，他骂人都骂得比一般人优雅，一个脏字没有。

在岑柏言看来，宣兆说出这种话，不仅是在作践岑静香和岑情，更是在作践他自己。

宣兆由于激动而胸膛剧烈起伏，他对岑柏言冷冷一笑："不关你的事，你让开。"

"让开？我让开，然后呢？"岑柏言寸步不让。

"你说我不是东西，"岑情在岑柏言身后叫嚣，"你又是什么好东西？！你利用我哥，骗我偷资料，你才是始作俑者！"

岑柏言头也不回地厉声喊道："你闭嘴！"

宣兆胸膛里那团火已经彻底让他烧红了眼，他太阳穴一阵闷痛，耳朵里嗡嗡作响，连自己都不知道自己在说什么："岑柏言啊岑柏言，你可真是个好哥哥……对，她说得对，我和她一路货色，我们才是亲兄妹。可惜龚巧不是你的妹妹，你看着自己妹妹每个晚上都做噩梦、甚至有自残倾向，你是什么心情？"

"巧巧她——"岑柏言呼吸一滞，他没想到龚巧的情况会这么严重。

他只以为岑情耍手段抢走了卓非凡，想必巧巧心思细腻、多愁善感，且容易被情绪左右。

"不就是被一个男的睡了嘛，"岑情哼道，"有什么大不了的，要死要活吓唬谁呢！"

脑子里有根弦"噔"的一声撕裂了，岑柏言缓缓收紧十指："什么意思？"

"什么意思？"宣兆重重闭了闭眼，"你的好妹妹找人侵犯了巧巧，这个意思够清楚了吗？够明白了吗？"

岑柏言如遭雷击，浑身肌肉瞬间绷紧了。

"是你先不放过我！"岑情说，"那个卓非凡也够蠢的，龚巧也是个蠢货。"

岑柏言像一个上了发条的机器人，僵硬且缓慢地转过头："是你干的吗？"

"不是啊，"岑情理直气壮地说，"警察都找我问过话了，关我什么事啊，要是我有罪，我现在还能在这里？"

她很欣赏宣兆此刻疯了的样子，有种报复成功的诡异快感。

岑柏言忽然一阵眩晕，想要给岑情一耳光，却连抬手的力气都没有。

震惊、失望、愤怒、悲哀这些情绪一窝蜂涌了上来，岑柏言咬了咬嘴唇，抓住岑情的手："去警察局自首，把话说清楚。"

"我不！关我什么事！"岑情挣脱开岑柏言，抄起桌上那个木板，狠狠朝宣兆砸了过去，"都是这个贱人的错！他把我们家害成什么样了！"

宣兆没来得及躲，木牌砸到他胸前，一角在他脖颈上划出一道血痕，他被砸得一个趔趄，重重跌落在椅子上。

岑柏言冲上去问："怎么样？没事吧？"

宣兆抬手打断他的动作："你走。"

岑柏言一愣。

宣兆双目通红，疼痛令他的理智稍稍回缓："带着你妹妹，马上走。"

岑柏言想说什么却欲言又止，他待在这里显然是不明智的，只会让宣兆的情绪更加激烈。

于是岑柏言给龚叔发了条信息，让龚叔来接宣兆，而后拽着岑情离开。

宣兆胸膛起伏，口中粗喘着气，忽然间有些后怕。

他应该谢谢岑柏言拉住了他，如果今天岑柏言没有来，他不知道会对岑情做出什么事。带来的两个保镖就在楼下随时待命，他是抱着和岑情鱼死网破的想法来的。

不可以，不能，宣兆告诫自己，为了个岑情把自己搭进去，太不值得。

龚叔赶来，将宣兆送到医院，医生为他做了简单包扎。

龚巧也来了，她看着宣兆狼狈的样子，低声说："哥，是因为我吗？"

宣兆笑着揉了揉妹妹的头："瞎操什么心。"

"刚才柏言哥给我打电话了。"龚巧低下头，"我知道和他没关系，他不用给我道歉。"

"是我不好。"宣兆说。

龚巧垂着头："我也很没有用。"

她现在有些畏光，或者说是害怕人多的地方，她整天整天地把自己关在家里的雕塑间里，指腹被刀子磨破了也不停，常常一双手被弄得血淋淋的。

宣兆垂头看着她缠满绷带的十指："傻巧巧。"

风波稍稍平息后，龚巧回到了学校，她比任何人想象的要来得更坚强。

岑柏言去看过龚巧，小姑娘一如既往地乖巧，她知道错不在岑柏言，和岑柏言一点干系都没有。

然而她越是懂事，岑柏言就越难受。他知道自己的妈妈是坏人，犯下了滔天大错，可那毕竟是十多年前发生的事情，他那时候还很小，什么也不懂，都是这两年从旁人口中知道的真相，他自己并没有什么实感。

然而这次，这件事却是实实在在发生在他身边，他的妹妹为了报复宣兆而伤害了一个无辜的女孩，岑静香甚至不觉得这件事做错了，她觉得岑情有心计有手段，干得很漂亮。

岑柏言有些恍惚，一口气堵在心口怎么也上不来，他第一次有了一种极其真实的感受——原来我的亲生母亲和亲妹妹是这种人，原来她们是这么不堪。

他几次拿出宣谕给他的那本《悉达多》，想要翻开又没有勇气，就连面对一本书，他都觉得抬不起头。

所谓的"血缘"到底给了我什么？是她们绑架了我，还是我自己绑架了我自己？

岑柏言不止一次地思考这个问题。

而宣兆则对万千山开始了更猛烈的扑咬，他不惜一切代价和万千山抢人抢资源，并且直截了当地告诉万千山，他本来不想做得这么绝，都是因为你女儿犯了不可原谅的错，你才要承受现在这些。

他不让万千山好过，万千山便把气撒在岑家母女身上。

终于，宣兆收集齐了万千山这么多年非法转移资产的材料，这些东西至少够万千山坐十年大牢。他向万千山下了最后通牒——不管用什么方法，只要他能让岑家那对母女公开认错，他就放万千山一马。

万千山慌不择路，甚至对岑静香大打出手，逼她们向宣兆求和。

事实上，宣兆根本没有想要放了万千山的意思，他只是想在万千山进去之前，享受他们这家人狗咬狗的样子。

次日，宣兆收到了一封邮件，发件人是个匿名邮箱。

他点击一看，瞳孔骤然收紧——

里面赫然是事发当晚龚巧和那个男人在酒店的照片！

这套照片同时也被发到了龚叔和龚巧的父母那里，岑情警告宣兆，要把这些照片打印出来贴在龚巧学校的布告栏上。

龚巧受到了刺激，在期末考试前夕，再度休了长假，龚叔干脆为她办了休学。

"都是因为你。"岑情给宣兆发的消息里是这么写的，"你害了我哥还不够，还害了你妹妹，你说你是不是该死？你外公、你妈妈、你妹妹，爱你的人没一个有好下场，你就是个害人精！"

宣兆回过神来，发现自己浑身都在打战，他觉得鼻头发热，然后鲜血哗一下从鼻腔里冒了出来。

宣兆耳朵嗡嗡作响，持续的五分钟，他什么都听不到。

——我要他们死。

宣兆抽了几张纸巾，却堵不住汩汩往外流的鼻血，他起身想要去洗手间清理一番，左腿却像没有了知觉，整个人跌倒在地。

当天晚上，龚叔亲自开车送他回家。

"少爷，你还学过车，你记得吗？"龚叔说。

"记得，怎么不记得。"宣兆笑了笑。

有一阵子他为了克服自己对车的恐惧，去考了驾照。他很聪明，学什么都快，拿一本证自然不成问题。

但龚叔从来不敢让他自己开车上路，龚叔操心得多，可以说这辈子的心都操在宣兆身上了。

"少爷，"龚叔混浊的双眼泛起一层朦胧的水光，"叔就送你到这儿了，叔老了，开不动了，往后你自己上路，千万要小心。”

龚巧的事情发生后，龚叔迅速苍老了。

他是个身强体健的老人，每天都坚持晨跑锻炼，现在却瘦小得多，身形也有了几分佝偻。

宣兆当然知道龚叔说的是什么意思，他眼眶酸涩，但还是笑着说：“叔，你又在瞎操心了。”

“我上半辈子陪着你外公，下半辈子陪着你，我啊，这辈子值了！”龚叔转过头，抬手抹了抹眼角，“你以前总要我早点回家，多陪陪家里人，多陪陪巧巧，我也没当一回事。往后叔就陪家里人去了，就是不放心你哟。我嘴上管你叫少爷，实际上你就和我的亲孙子一样，你这孩子想得多，别什么事情都藏在心里……”

“知道的，叔。”宣兆低声说，“我怎么会不知道呢。”

龚叔离开后，宣兆一个人坐在车里，他愣愣地看着车窗外，霓虹灯闪啊闪的，闪得他眼睛疼。

他像一只没有人要的小兽，孤零零地被困在这辆车里，怎么都逃不脱，也没有人领他回家。

还要怎么做……

岑柏言、宣谕、龚巧、龚叔，每一个他在乎的人都在被折磨。

宣兆把脸深深埋进手掌里，他要怎么做才能解开这个困局。

龚巧主动约了岑情见面。

岑情欣然赴约，龚巧对于她来说，就是见证她胜利的成果，她很乐意见到龚巧痛苦的样子。

龚巧问：“你还和卓非凡在一起吗？”

岑情噘着嘴：“他全家都成老赖了，我怎么可能和他在一起啊？想什么呢！”

龚巧点点头，又说：“你别再折腾我哥了，我已经这样了，我妈妈每天都在哭，因为我而被说闲话，我爸爸在单位都抬不起头来。”

"别搞错了，我可不是因为你才折腾你哥。"岑情手里把玩着自己的辫子，俏皮地说，"你现在这样都是因为你哥，其实咱们两个是一伙的，你哥就是我们共同的敌人，你说对不对？"

"不是，"龚巧语调平淡，"我和你不是一伙的。"

"喊——"岑情说，"你真死心眼，一点都不好玩。"

"那里有好玩的。"龚巧忽然看向岑情身后。

岑情下意识地转头望去："什么好玩——啊！"

尖锐的叫声打破咖啡厅的静谧，龚巧将滚烫的咖啡泼在了岑情脸上，岑情花着脸骂道："你这个贱人，我要杀了你！你就不怕我公开那些照片！"

龚巧波澜不惊的脸上这才出现了些微情绪，她咬着牙，颤抖着从口袋里取出随身携带的雕塑刀，抬手朝岑情脸上划了过去！

龚巧用刀划伤了岑情，已经第一时间被警方带走。

这个消息对于龚家来说不亚于晴天霹雳，宣兆等不及司机来接，自己开车匆匆去了拘留所。

龚巧什么话也不说，见到宣兆就默默流眼泪。

她的白衬衫从来都是干干净净的，现在却沾上了斑斑点点的咖啡渍，她低头看了看自己的衬衣下摆："哥，我的衣服脏。"

"不脏，"宣兆说，"巧巧别怕，哥不会让你出一点事的。"

龚巧的爸爸在拘留所陪着，他说龚叔和龚巧的妈妈已经赶去医院了，她妈妈差点就哭晕了。

于是宣兆又转而去了医院，外科门诊手术室外站了很多人，宣兆远远就听见了龚巧妈妈的哭声："都是巧巧的错，我们家没把巧巧教好，你让我们做什么我们都愿意，求求您放巧巧一马吧，她才不到二十岁啊……"

她哭弯了腰，岑静香居高临下地看着她，冷笑一声说："你女儿害得我女儿差点毁容，我们已经找最好的律师了，你女儿必须坐牢，有多久坐多久！"

龚巧的妈妈愣了几秒，继而更用力地哀求："我给您跪下了，你就放了她吧……"

"跪什么跪！"龚叔呵斥道，"不许跪！"

"你这老货嘴还挺硬，你给宣家做狗，他们给你什么好处？你外孙女今天这样，"岑静香说，"就是宣兆和他那个妈害的！"

"……够了！"

"够了。"

两道话音同时落下，宣兆看见走廊尽头，岑柏言从诊室里开门走了出来，他身后隐隐传来岑情的哭号。

岑柏言看见宣兆，先是怔了一下。而后，他轻轻点了下头，示意宣兆放心，旋即又幅度极小地摇了一下头，让宣兆不要出现。

宣兆一直高高悬着的心脏，竟然真的因为这个简单不过的动作而落下了地。

仿佛再混乱、再无序、再错杂的时刻，只要看见岑柏言，宣兆就能够奇异地获得一种安定下来的力量。

"龚叔，没事的，"岑柏言扶起龚叔，"你带阿姨先回去。"

龚叔拍了拍岑柏言的肩膀："我在这儿等着。"

"没事什么没事！"岑静香破口大骂，"你妹妹差点被毁容，你胳膊肘还往外拐！"

岑柏言根本没有理会岑静香，对龚叔说："有什么事我会及时通知你的，你们回去休息吧。"

"要怎么样才肯调解？"宣兆开口，拄着拐棍缓步走了上去。

岑柏言眉心一皱，大步走到宣兆面前，不赞同地看向宣兆，低声说："你来干什么？"

岑静香和岑情视宣兆为眼中钉，宣兆这时候出现，岑柏言担心会激化矛盾，更担心岑情会拿龚巧作把柄，对宣兆做什么过分的事。

"调解？"岑静香像是听见了什么天大的笑话，"凭什么调解？"

宣兆身姿挺拔，握着拐棍的左手指骨凸起："你想要什么。"

岑静香看着并肩站着的宣兆和岑柏言，一阵怒火从心头燃起，她说道："我儿子被你害得家都不要了，听说他在办什么转学手续，以后都要去 M 国。要么这样，你劝他留下来，别走了，我就同意调解。"

岑柏言嘲讽地一笑，他还没有来得及说话，就听到宣兆斩钉截铁地说："不可能。"

他永远不会允许有人拿岑柏言来威胁他。

龚巧的妈妈哭得上气不接下气，扑上来哀求岑柏言："小伙子，阿姨知道你是个好孩子，你就不出国了好不好，你救救我女儿，帮帮巧巧……"

岑柏言为难地抿了抿嘴唇："阿姨，对不起。"

"姨，"宣兆对龚巧的妈妈说，"你放心，我向你保证，巧巧不会出事。"

"你保证，你拿什么保证？！"龚巧的妈妈无从发泄的委屈、害怕和愤恨找到了一个出口，她对宣兆撕心裂肺地喊，"巧巧弄成这样还不都是你害的？！你凭什么保证！"

宣兆喉头上下一动，垂眸说："姨，对不起，您再相信我一次。"

龚巧妈妈的拳头砸在宣兆身上，宣兆岿然不动。

难道他才是十恶不赦的坏人，不然为什么所有人都不相信他呢？

"闹什么！"龚叔大喝一声，将龚巧妈妈拉到一边，"现在是胡闹的时候吗？"

"要调解是吧？"诊室的门打开了一条细缝，岑情带着哭腔却依旧趾高气扬的声音从门缝里传来，"你带龚巧过来给我道歉，我就考虑考虑。"

看着龚叔、龚巧的妈妈二人坐上了出租车离开，宣兆轻轻地舒了一口气。

他这一天几乎滴水未进，忽然膝盖一软，整个人趔趄了一下，好在岑柏言扶了他一把。

"谢谢。"宣兆拄着拐棍站稳了，问道，"她怎么样？"

岑柏言说："没什么大事，她拿手臂挡了，主要伤在手上，脸和脖子不深，好好调理不会留疤。"

"嗯。"宣兆顿了下，偏头看了看岑柏言，嘴唇微微一动，似乎想要说什么。

"对不起就不用说了，"岑柏言踢飞脚边的一颗小石子，笑了笑说，"和你没关系。"

"没有，"宣兆也低低一笑，"我是想说腿麻了。"

"哦，这样啊。"岑柏言眉梢一挑，问宣兆，"带烟了吗？"

宣兆摇了摇头："没有。"

岑柏言从自己兜里摸出一根烟，低头点上火，深深吸了一口。

"你的烟贵，好抽，本来想蹭一根。"

"下次给你带。"宣兆说。

说来也挺奇怪的，宣兆和岑柏言两个人会在这样的情境下、在医院的露天过道里，彼此好好地说几句话。

抽完一根烟，岑柏言意犹未尽地又点了一根，在袅袅升起的白烟里眯着眼，好笑地说："你说咱俩也挺惨的，明明什么都没干，到头来错都在咱们身上了。"

宣兆一只手拄拐棍、一只手插兜，淡淡问："你的转学手续办得怎么样？"

"在等学校审批，现在先紧着期末考和转学分，"岑柏言说，"你是不是担心我真就不出国了，放心，我没那么傻。"

言外之意被戳破，宣兆插在口袋里的五指动了动。

"我在 M 国半年多，最大收获就是，说话别藏着掖着，也别拐弯抹角，"岑柏言的声音很轻，"直接一些，又轻松又省事儿。"

宣兆偏头看向岑柏言，他的侧脸比从前更加坚毅，下颌线条锋利，英俊中褪去了一些少年独有的稚气，取而代之的是更成熟、更稳重的气质。

"我去办保释，然后带巧巧过来。"宣兆说。

岑柏言将烟头按在垃圾桶上碾灭："好，巧巧的那些照片……我用岑情的手机全部删掉了，你放心。"

岑情的伤势并没有岑柏言说得那么轻。

她的手臂伤得最重，雕塑刀极其锋利，留下了几乎是深可见骨的刀伤。

另一道伤痕从耳根划到了脸颊，一直蔓延到锁骨，好在这道伤并不算深，可以通过医学手段消除疤痕。

龚巧一共划了两道，第一道她是冲着岑情的脸去的，下手的那刻她犹豫了一下，因此这道伤口并不深；岑情脸上挨了一刀，血呼地往外涌，她最爱重的就是自己这张脸，边喊痛边疯了似的辱骂龚巧，还说了些要让宣兆和宣谕生不如死之类的话，龚巧被彻底激怒了，抬手又是狠狠的一刀，岑情抬手挡住。

监控也能够看出，龚巧在极短的时间里动了两次手，岑情那边请来的律师也紧咬着这点不放，说明龚巧主动攻击的意识非常强烈，是极其恶劣的故意伤人。

私下调解几乎成了唯一的方法。

保释手续办完，宣兆带着龚巧去了医院，岑柏言也来了，问宣兆带烟了没。

宣兆从口袋里拿出香烟扔给岑柏言，岑柏言接住了，靠在病房外的走廊上抽烟。

岑情脖子上、手臂上缠着绷带，脸上的伤痕由于刚上完药显得有些狰狞。

岑静香双手环胸："傻站着干吗？"

"对不起。"龚巧低垂着头，双手交缠在身前，"我错了，我不应该拿刀弄伤你，对不起。"

岑情很不满意地"哼"了一声，转眼看向宣兆："你也给我道歉。"

龚巧紧张地拉住宣兆的手："哥……"

宣兆对妹妹宽慰地笑笑，而后说："对不起，我没有看好巧巧。"

岑情仰面大笑出声，而后咬牙切齿地说："说得很好，还有别的吗？下跪认错在演出单里吗？你求人就这点诚意啊？"

这是宣兆曾经对岑情说过的话，岑情原封不动地还给了他。

宣兆忽然低低一笑，岑情也没有他想得那么蠢。

"你笑什么？"岑情最恨宣兆这副什么都能拿捏的样子，她掏出手机，打开录像模式，透过屏幕怨毒地看着宣兆，"她不是叫你哥吗？现在跪下来，给我磕三个头，我就同意私下调解，放你妹一马。"

"哥！"龚巧急了，颤抖着说，"哥你别求她，我不想调解了，我自己做的事我自己负责，不调解了……"

"你乖，别说话。"宣兆摸了摸龚巧的脸。

然后，他不疾不徐地将拐棍靠在墙边，左手撑着大腿，缓缓屈膝——

一只手突然架住了宣兆的臂弯，令人安心的烟草味瞬间包裹住了宣兆。

"她也叫我哥，我是不是也要跪下来给你磕头？"岑柏言沉声说。

岑情狠狠将手机甩在一边："岑柏言，你到底是不是我亲哥！"

"你要龚巧给你道歉，"岑柏言站在宣兆和龚巧身前，冷笑道，"你先给她跪下，磕个头。"

岑静香气得发抖："岑、柏、言！"

"你别叫我！"岑柏言厉声喝道，抬手指着岑静香，"你扪心自问，她为什么会变成今天这样，你都教给了她什么！"

"我哪样了，我哪样！"岑情完好的左手用力捶着病床。

"不知廉耻、心肠歹毒，"岑柏言字字句句说得无比清晰，"岑情，我都替你觉得丢脸。"

"你不是我哥！你不是！"岑情撕心裂肺地哭喊起来。

岑柏言厌烦地皱眉，转头对宣兆说："道完歉了，可以了，同意调解。"

"我不同意！"岑静香呵斥。

"贱人，都是贱人，你们都要去死！"岑情嚷道。

她们根本就没有调解的意思，只不过是要羞辱宣兆罢了。

宣兆看出了这一点，也不再和她们多费口舌。他牵住龚巧的手，重重闭了闭眼，在睁开眼时，眼底寒光乍现，他微微一笑，冷声道："可以，我们就看看谁先死。"

龚巧再次进到了拘留所。

宣兆为龚巧找了最好的律师，紧锣密鼓地准备官司，他收集到了很多岑情曾经校园霸凌的相关证据，严明主动联系上了宣兆，表示他愿意实名做证，他要让大家都知道岑情到底是什么人。

关于万千山的非法资产相关材料，宣兆如数递交，万千山已经被拘禁，正在接受督查组的调查。

如果说岑静香曾经最大的诉求是要万千山的财产、要万家女主人的地位，那么现在，她要的是宣谕和宣兆去死。

要是这对母子死在当年那场车祸里就好了，那么她现在就是名正言顺的万太太，她的儿子不会背叛她离开她，她也不至于走到今天这一步。

——岑静香将一切过错统统归咎于宣兆。

就在龚巧故意伤人案即将开庭审理的前一天，一位不速之客找到了宣兆。

王太保是来问宣兆要钱的，宣兆无暇顾及一个混混，让王太保滚，王太保则信誓旦旦地说："我这里有你想要的东西，你肯定需要。"

万家已经倒台了，他去找岑静香要钱，岑静香却找人揍了他一顿，王太保手里握着的这个东西谁也不知道，他已经牢牢握了将近二十年。

这么多年，岑静香唆使他去干的脏事不少，现在要把他一脚踢开，想得美！

王太保给宣兆的是一个上个世纪末老旧的手持相机，宣兆半信半疑地找人修复了里面的影像，在看到了一段拍摄于十九年前的黑白录像之后，他脸色骤变，指尖止不住地颤抖。

宣兆"啪"地合上电脑，第一反应是不能，不能公开，更不能让岑柏言知道。

一旦岑柏言知道了真相……

宣兆狠狠咬住舌尖，口腔中泛起的血腥味让他得以冷静。

然而马上就是开庭的日子，巧巧的事情迫在眉睫……

宣兆撑着拐棍，在办公室里反复踱步，烦躁得如同困兽。

最后，宣兆拨通了岑静香的电话，直截了当地要求她撤诉，私下调解。

"不可能，"岑静香的语气不容商量，"让你那个妹妹等着坐牢吧！"

"岑静香。"宣兆心跳如擂鼓，他沉声喊了岑静香的名字。

"岑柏言的爸爸，真的是失足坠河的吗？"

"啪"的一声响，那头传来了什么东西坠地的声音。

宣兆仰面靠着椅背，轻轻闭上了眼。

他要在保住巧巧的同时，保住这个秘密，一定不能让岑柏言知道。

电话那头的岑静香脸色煞白，她双手止不住地哆嗦，甚至连手机都拿不住。

——要宣家人死，他们必须死，如果他们不死，那死的人就是我。

同一时刻，龚巧的妈妈找到了疗养院中的宣谕。

护士对龚家的人很熟悉，没有任何防备就让她进去了，宣谕很开心："阿华，你怎么有空过来——你怎么了？"

龚巧的妈妈"扑通"一声跪在了地上："太太，我求求你救救巧巧，你劝劝少爷吧，你让他救救巧巧，巧巧才十八岁，她不能坐牢啊，她的人生才刚刚开始啊！"

自从龚巧被凌辱后，这个可怜的母亲就没有睡过一天好觉，她瘦得像一把骨头，眼眶深深凹陷，眼睛通红，眼泪已经流干了，仿佛再哭就要流下来血泪一般。

"巧巧怎么了？小兆又怎么了？"宣谕问。

龚巧的妈妈将这一切一五一十地告诉给了宣谕，宣谕如遭雷劈，清瘦的身体像一叶在风里飘零的小船那样摇摇欲坠。

原来小兆一直遭遇着这些？

她们已经把我害成这样了，为什么不能放过我的小兆？

宣谕手腕止不住地发抖，下意识地要拿头去撞墙，然后她用尽最大的努力克制住了自己，在小小的病房里转起了圈，神经质地喃喃道："不能疯，不能疯，疯了就要被关起来了……"

"明天就要开庭了，来不及了太太，您救救我女儿吧！"龚巧的妈妈跪在地上苦苦哀求。

"没事的，有我呢。"宣谕双手颤抖如筛糠，也不知道是在安慰龚巧的妈妈，还是在安慰她自己，"我不会让她们欺负你们的，不会……不能欺负我的小兆……"

龚巧的妈妈被她诡异的表现吓到了："太太？我去叫医生……"

"别去！"宣谕立即拉住她，"你有手机，你给那个女人打电话，给她打电话……"

入夜之后忽然下起了大雨。

"轰——"一声雷鸣，岑柏言不知道为什么，眼皮随之狠狠一跳。

"这雷打得怪吓人的。"陈威一个哆嗦，拿遥控器关掉了空调，"降降温也好。"

桌上的手机忽然开始疯狂振动。

岑柏言垂眼一看，是龚叔。

他接起电话："喂？"

"柏言！太太从疗养院开车出去了，她约了你妈妈晚上要见面，肯定要出事！少爷已经赶过去了！我有他的定位，我把实时位置发给你！"

"轰隆隆——"

雨下得更大了。

郊区的车道上，一辆黑色奔驰正在疾驰，然而开车的人似乎技术不佳，这辆车跑的路线歪歪扭扭的，甚至几次剐蹭到了路边的防护栏。

好在地方偏僻，此时风大雨大，路上车辆稀少。

自从出事后，宣谕已经将近二十年没有开过车，这辆车是宣兆放在疗养院的，给她的护工使用。

她今晚趁着护工不备悄悄开车溜了出来，她是抱着和岑静香同归于尽的决心来的。

"轰"的一声响，宣谕浑身一颤，嘴唇在车灯的映照下苍白得不似活人。

到了，马上就要到她和岑静香约见的地方了。

宣谕整个人像一根紧绷的弓弦，她的背不正常地僵硬着，双眼紧盯前方路面，嘴里喃喃念着："踩油门，冲上去，撞死她……"

前面停着一辆红色奥迪，是她，就是那辆车。

宣谕咬着嘴唇，喉咙里发出低沉的悲鸣，狠狠踩下了油门，黑色奔驰如同利剑，"咻"地冲了上去。

然而那辆红色奥迪却也同时开动了，奥迪车的驾驶员显然技术十分娴熟，在车道上始终和歪歪扭扭的奔驰车保持着百米左右的距离。

"怎么样？"耳机里传出岑静香的声音，"她来了吗？"

"姐你放心，"开车的是个一头黄发的男人，"保证让她自己把车开到河里去，死得不知不觉，谁也查不到你。"

两辆车在公路上前后追逐，开红色奥迪的男人甚至摇下车窗，伸出一只手，对后面那辆车挑衅地竖起了中指。

"这娘们，车开成这样还来撞人，嘁——"

他"嗤"了一声，想着这单做完就能拿到三十万，不禁快乐地吹起了口哨。

就在这时，后视镜映出身后的景象，除了宣谕的车外，又有一道极亮的车灯追了上来——似乎是辆摩托车。

"哪个傻子这天儿还出来飙车！"黄发男人骂了一句。

岑柏言找隔壁宿舍的借了摩托，顺着龚叔的实时定位赶了过来，无论他怎么按喇叭，黑色奔驰始终以极快的速度向前疾驰。岑柏言摘了头盔高喊"阿姨停车"，然而他的呼叫很快就被雷声淹没。

前面那辆红色奥迪是岑静香的车，岑柏言咬了咬牙，双手一拧发动油门，以最快的速度去追赶那辆红色车，前面马上就上大桥，紧接着是一个大拐弯，桥下是湍急的流水，红色奥迪突然在弯道靠外的地方稳稳停下，黄发男人从车上跳了下来——

只要宣谕以这个速度撞上来，两辆车一定会同时坠河，车毁人亡，那个婆娘一定活不成！

见到红车停了，百米外的黑车直挺挺地冲了上来，岑柏言瞳孔瞬间紧缩，他骂了一声，千钧一发之际，他从摩托上跳了下来，在地上顺势打了两个滚，迅速钻进红色奥迪，"嗡"一声再次启动了奥迪车，驶过弯道继续向前开。

两辆车还有着一定距离，宣谕看前面那辆车继续往前，双手迅速转动方向盘追了上去，车尾在大桥护栏上剐蹭出火星，发出"滋"的一声巨响。

宣谕根本停不下来，岑柏言也不敢停车，只能驾驶着红色奥迪继续顺着车道往前开。

刚才跳摩托时他的手臂整个被划破，此刻手背鲜血淋漓，但他丝毫不敢松劲，他咬牙看着后视镜里追逐着他的红色奔驰，同时大脑飞速运转，想着要怎么办。

顺着车道一路开上了山道，岑柏言不住地粗喘，然而仪表盘却亮起了红灯，油量告罄！

岑柏言心头猛地一跳，再看向后视镜时，他瞳孔剧烈一缩。

宣兆那辆黑色宾利也追来了！

他把油门踩到底，但油量已经岌岌可危，车速渐渐下降。

宣谕和他的距离越来越近、越来越近——

大桥上一侧是湖一侧是山壁，此刻贸然跳车已经来不及了，岑柏言满脑子想的都是怎么才能保住宣谕、在什么位置停下可以保住宣谕……

然而，那辆黑色宾利却越追越近，透过后视镜，岑柏言连呼吸都凝滞了。

"不要追上来，不要上来！"

"求求你，求求你不要追上来！"

"求求你了，宣兆，不要来！"

岑柏言心跳得越来越剧烈，终于"嘶"的一声响，他的红色奥迪精疲力竭地停在了公路中间，而宣谕驾驶的奔驰正以想象不到的速度朝他疾驰而来——

"砰！"

轰隆隆——

伴随着雷声，黑色宾利在最后一刻一个摆尾，横插进了两辆车中间，岑柏言被巨大的冲力撞得向前倾倒。

夹在两辆车之间的黑色宾利几乎完全变形！

"宣兆……"岑柏言动了动手指，然后失控地咆哮，"宣兆！"

第 24 章
带我回家

"你要是敢死，我这辈子都不会放过你妈。还有你那个妹妹，你不是最疼她吗？我就让她这辈子在牢里出不来……你要是敢死……宣兆，你要是……"

吴慧芬是随车护士，她双眼一眨不眨地盯着心率检测仪，心里却不免犯起了嘀咕。

岑柏言浑身都在哆嗦，他整条手臂都被血浸透了，身上混杂着雨水和血水，满脸都是玻璃碴子，嘴唇因为失血和失温而泛着不正常的灰白，他却好像不知道痛也不知道冷似的。

"宣兆，你要是敢死……你敢！"

狠话说了，威胁也放了，宣兆依旧安静地闭着眼，双手垂在身侧，呼吸微弱得几不可闻，仿佛已经没有了生气。

病床上的宣兆像一个破败的布偶，暗红色的血缓慢地浸透他身下的床单，岑柏言暗想人的身上怎么会有这么多血呢？宣兆已经这么瘦了，他的身体里哪来这么多的血呢？

"就让我这辈子，生不得好生，死不得好死。"

宣兆说过的这句话猛然在耳边响起，岑柏言仿佛遭遇了一记重锤，恍惚中身体晃动了一下。

而后，他忽然重重喘了两口气，如同全身的力气瞬间被抽空般，跪在了移动病床边。岑柏言看着宣兆，眼底一片赤红，两只手极其缓慢地抬起，想要碰一碰宣兆的脸，染血的手掌却又在半空中停住。

岑柏言生怕碰了宣兆一下，把宣兆碰坏了怎么办，宣兆再也醒不过来了怎么办。

啪——

一滴血顺着岑柏言的指尖砸在宣兆脸上，岑柏言就和被什么炙热的东西烫着了似的，立即颤抖着缩回手。

"不流血了，宣兆，我们不流血了，好不好……"

除了仪器运作时的"嘀"声和随车医护人员的交谈声，没有人给岑柏言丝毫回应。

细微的、压抑的、绝望的抽噎被救护车的鸣笛声搅得粉碎。

深夜，万籁俱寂，医院里却灯火通明。

宣谕和宣兆同时被推进了急救室，岑柏言全身湿透，坐在走廊的长椅上，两只手臂血肉模糊，手掌无力地垂在身侧。

龚叔匆忙赶来，看见岑柏言这副样子，重重叹了一口气。

"先生，我们帮您包扎。"护士小心地问，"您还能走路吗？需要轮椅吗？"

岑柏言用嘶哑的声音问："能在这里包扎吗？"

护士一脸为难："先生，我们还是去诊室吧……"

"那我等等，"岑柏言看着急救室亮起的红灯，"等他出来了我再去。"

"去吧，他出来看到你这样，不是更难受吗？"龚叔说，"我在这里候着，放心。"

岑柏言眨了眨眼，转过头看着龚叔，双眼全是血丝。

龚叔心有不忍，对岑柏言说："他不会有事的，别人不信他，你要信他。"

——可他总在骗我。

岑柏言垂下眼睫，他在心里告诉自己，再相信宣兆一次，最后一次。

急救室的灯亮了整整一夜。

宣谕比宣兆更早被推出来，宣兆留在疗养院的那辆车有最好的安全性能，关键时刻弹出的安全气囊最大限度地保护了她。相比起冲撞带来的身体伤害，受惊过度对她来说才是问题。

宣谕清醒后极度后怕，没有人告诉她出事的是宣兆，只和她说当天晚上没有发生任何事，也没人受伤。

宣谕问龚叔小兆呢，小兆在哪里，龚叔告诉她宣兆陪柏言去 M 国办转学手续了；宣谕又慌张地问那巧巧呢，巧巧怎么样了。龚巧紧紧握着她的手，眼底泛着水光，轻声说："小谕阿姨，我在这里，我好好的，一点事情都没有。"

没有人知道那天宣兆和岑静香说了什么，和宣兆的那通电话后，岑静香几乎是立刻便提出了撤诉，仿佛生怕迟疑一秒，就会被戳破什么见不得光的秘密。

盛夏即将来临，阳光越来越炽热，可宣兆却没有醒。

他安安静静地躺在无菌病房里，仿佛天气变换、斗转星移都和他没有一点关系。

岑柏言每天只能穿着防护服进去陪他三十分钟，他很少和宣兆说话，只是坐在床边看着宣兆，调侃说都二十好几的人了，怎么还赖床。

更多时间，岑柏言只能隔着窗户看宣兆，看着维持他生命体征的营养液缓慢地进入他的血管里。透明的输液管中，液体一滴一滴地往下坠，这种时候岑柏言总是会感到无比庆幸，即使宣兆暂时还没有醒来，但他还活着，还在呼吸，还需要营养。

一周后，龚叔给了岑柏言一个 U 盘，告诉他这是宣兆留给他的。

出事的那天下午，宣兆通过同城速递将 U 盘送到了龚叔手里，他告诉龚叔，巧巧马上就会没事的。同时，宣兆还嘱咐了龚叔，万一他或是宣谕出了什么事，那么就把这个小东西交给岑柏言，后面要怎么做，由岑柏言自己决定。

岑柏言将 U 盘插入了笔记本电脑中，里面空空荡荡的，只有一段视频文件。

视频似乎有些年代了，画质极差，一阵细细簌簌后，"啪"的一声，画面里出现了一片深夜的芦苇荡。

"新鲜东西啊这可是，大刚弄来个相机，你会玩不？就这个盖儿一开，哎！就被录进去了！"一个男人酒意浓重的声音响起。

紧接着，是另一个声音："这玩意儿不会拍到鬼吧！"

"没见过世面！"男人骂道，旋即他"嘘"了一声，"别说话，好像有人过来，蹲下蹲下，安静点儿甭出声！"

岑柏言抿了抿嘴唇，感觉自己的双手正在微微发抖。

他已经预感到了什么……

透过芦苇丛，相机如实地记录下了发生的一切，一个高大的男人踉踉跄跄地走进镜头，手里抛耍着一个酒瓶，而后一声尖叫划破夜空，一个纤细的女人突然扑了出来，将毫无防备的男人重重推下了河堤。

一团浓厚的黑雾瞬间将岑柏言包裹了起来，他猛地闭上双眼，胸膛剧烈起伏，不敢触碰黑雾后的真相。

手持相机的人似乎也受到了不小的惊吓，镜头开始猛烈晃动——

"臭婆娘，老子弄死你！"

被推下堤坝的男人牢牢抓住了石壁，挣扎着往上爬，女人嘴里发狠地喊着"去死"，抄起一块石头，狠狠朝他砸了下去！

画面戛然而止，房间里恢复了沉寂。

有那么一段时间，岑柏言四肢麻木，仿佛已经丧失了知觉。他愣愣地坐在椅子上，明明双手死死抠着椅子扶手，手背上青筋暴起，他却觉得疲惫到连张嘴呼吸的力气都没有。

岑柏言独自坐了一整天，夜幕降临的时候，他颤抖着拿起手机，拨通了一个电话。

第二天，岑柏言回了新阳，曾经热热闹闹的别墅，现在却显得空空荡荡，一片死寂。

岑静香似乎预料到了岑柏言会来，从宣兆问她"岑柏言的爸爸，真的是失足坠河吗"的那一刻起，她就知道她这一辈子完了。

要说还有什么遗憾，那就是不能拖着宣谕和宣兆一起死。

她穿着贴身的旗袍，化了精致的妆，给岑柏言泡了一杯茶，坐在岑柏言对面问："宣兆怎么样，断气了吗？"

岑柏言没有回答，他看着岑静香，都说母子连心，此时此刻，他感受到了血淋淋的锥心之痛。

"你背叛了我。"岑静香说。

"……我没有，"岑柏言沙哑着声音，沉声说，"是你抛弃了我。"

"我抛弃你？"岑静香忽然疯狂地大笑起来，"我杀人是为了谁？我抢男人是为了谁？都是为了你啊岑柏言！全都是为了你！你竟然说我抛弃你，你说我抛弃你？！"

在她声嘶力竭的吼叫中，警笛声响起，而后越来越近。

岑柏言一个人坐在偌大的房子里，直到天色变暗，他才缓缓站起身，将茶壶和茶杯仔细地清洁干净，而后轻轻关上门。

离开之前，他将钥匙放到了门垫下。

回海港的高铁已经停了，他打了一辆车，司机问他怎么不明天再走，他说等不及了，他要回家。

如同那个除夕夜，岑柏言义无反顾地奔赴的方向永远只有一个。

回到医院已经很晚了，早已过了探视时间。

岑柏言站在窗户外的老位置，看着里面躺着的宣兆。

他从衣领里取出一条细细的红线，上面挂着一把钥匙——那是大学城小屋的钥匙。

岑柏言也撒谎了，他骗宣兆他已经把关于那间屋子的一切都扔掉了，其实并没有。

他额头抵着玻璃，凝视着宣兆沉静的侧颜，小声说："快醒吧，快点醒来，醒过来，带我回家。"

中医药大学研究生院的毕业典礼在六月下旬举行，宣兆依旧没有醒来。

"你啊，这么重要的时刻，你还贪睡。"岑柏言用棉签蘸了温水，轻轻擦拭宣兆的嘴唇，"亏你还是优秀毕业生，要是让别人知道年级第一名还没起床，羞不羞？我都替你丢人。"

阳光透过窗帘洒在宣兆的脸上，窗外是郁郁葱葱的梧桐树，蝉鸣声连绵不断，天空蔚蓝。

他现在虽然还是重点关照对象，但好歹是脱离生命危险了，转移到了特殊护理的单间病房。

房间里散发着好闻的清香，龚巧上午来探望的时候捎来了一束紫色的花，插在窗台的玻璃瓶里，花瓣上的露水在阳光照射下散发着淡淡的光晕。

"巧巧说这花叫什么名字来着……算了，我给忘了，"岑柏言低低一笑，"反正挺香的，我觉得不好看，紫色多艳俗啊，巧巧非说你会喜欢。我和她打赌了，你要是喜欢呢，那我就输了，我要对巧巧学三声狗叫；你要是不喜欢，那我就赢了，巧巧得给我雕一个人像。"

"快说快说，你喜不喜欢，"岑柏言催他回答，又嫌弃地抬头瞥了眼那束花，狐疑地嘀咕，"哎这玩意儿真好看吗？巧巧也是学艺术的，我怎么觉得她审美这么差呢……"

他从果篮里拿出一个橘子，剥了皮分成两瓣，把其中半个一口气塞进嘴里，剩下半个放在床头柜上的白瓷碟子里。碟子里还有半个红通通的大苹果——岑柏言最近吃东西总是只吃半边，他留给宣兆另一半，这样就好像宣兆真的只是睡着了，等他醒来，他就会吃的。

"我可警告你啊，等你醒了，你得说你不喜欢，不然我对着一小姑娘学狗叫，丢不丢人。"岑柏言眨眨眼，安静地看了宣兆几秒，而后又认命地叹了一口气，"好吧，你肯定想看我丢人，你说你喜欢也行。"

紫色的花，碧绿的香樟树，蔚蓝的天空，聒噪的蝉鸣，切成两半的苹果，分出半个的橘子。

你喜欢也好，你不喜欢也好，只要你醒过来就好。

"龚叔说你以前睡得太少了，现在要一次性补个够。"岑柏言给宣兆湿润了嘴唇，继而趴在床头，"那也行吧，准了，不过你自个儿心里得有点数，要想着醒来知不知道？"

"你说说你，年纪不大，怎么心思就那么重呢，"岑柏言一口气不带喘地数落宣兆，"成天想报复这个报复那个、保护这个、保护那个，怎么就不知道想着点儿你自己？你对别人都好，独独对我最坏，你自己想想，这两年你是不是光折腾我了？你趁着现在还有时间，好好想想醒来要怎么补偿我，做两个菜是不够的，要天天做、顿顿做，知不知道……快，点个头！"

岑柏言捏着宣兆的下巴上下动了动，看着就像他点了一下头。

"很好，很识相，"岑柏言很满意。

宣兆睡颜沉静，眼睫在白皙的脸颊上投下浅影。

岑柏言偏头看了眼时间，说："时间差不多了，我得走了，晚点回来陪你。"

岑柏言替宣兆去参加毕业典礼。

观礼区域坐着的都是家人长辈，岑柏言抱着宣兆的毕业证书和学位证书，坐在背后贴着"宣兆"名条的椅子上，认真地听校长发言。

宣兆没能够参加典礼，一定也很遗憾，他要好好地记住校长说了什么，回去才好转述给宣兆。

隔壁人轻轻拍了拍他的肩膀："哎，帅哥，你是宣兆家人啊？他怎么没来？"

"他睡着了。"岑柏言回头笑了笑。

大屏幕上开始滚动播放优秀毕业生的名字，"宣兆"两个字赫然排在第一位。

岑柏言还挺稀奇，连忙掏出手机抓拍了几张照片。

宣兆这家伙心眼儿多得和渔网似的，平时折腾这个折腾那个、算计这个算计那个的，也没看他花什么功夫在学习上，没想到成绩这么好。

这就是智商高，也不用怎么努力，干什么都牛，搁修真小说里那就叫天赋压制。

岑柏言想起自己成天熬夜背书画图赶作业才能拿到奖学金，冷不防还有点儿酸溜溜的。宣兆这种人在学校里怪不得没朋友呢，随随便便就能考第一，多打击其他人的自信心啊！

他正想着，身后那人拍了拍他的肩膀，笑着递过来一个东西："你能帮我把这个给宣兆吗？我明天就去外地工作了，估计没机会见了，还想着怎么把东西还他呢。"

岑柏言接过一看，竟然是宣兆的校园卡。

那人看出了岑柏言的疑惑，笑了笑说："我和宣兆一间宿舍，不过他也没来住过就是了。我家农村的，供我上学不容易，研究生的补贴我都寄回家了，研一那会儿饭都不舍得吃。有回大家一起进配药室，我就带了两个馒头干啃，别人问我咋不去食堂打菜，我没好意思说我不舍得，就说我饭卡丢了。"

校长在台上继续慷慨激昂地演讲："我希望我们的同学，都是正直、善良、光明的人……"

正直、善良、光明——这三个词似乎很难和宣兆挂上钩。

不了解宣兆的人，会觉得宣兆孤僻、冷漠、高高在上——宣兆不住宿，不参与集体活动，似乎对任何人任何事都漠不关心。就连宣兆自己形容他自己，用到的词汇往往都是"虚伪""自私""卑鄙"。

"宣兆当时也没说话，自己做自己的事，那天晚上他突然回了宿舍一趟，"身后那个人接着说，"把他的饭卡给我用，他说他反正也不在学校吃饭，每个月的补贴都是打到卡里的，那么点钱他根本懒得取，放着也是放着，补张卡挺麻烦的，让我直接用他的。当时搞得我挺生气的，他肯定知道我饭卡没丢，我就是不舍得花钱吃饭，我感觉吧……他就是瞧不起我，施舍我。"

岑柏言垂眸看着校园卡上的照片，宣兆穿着深黑色衬衣，眼神沉静，不知道是不是拍照时摄影师让他笑一笑，他有些不自然地抿紧了唇角，整个人秀气又端正。

"他这人是这样的，"岑柏言低低一笑，"不知道怎么关心人。"

"谁说不是呢，"那人赞同道，"他看我红眼了也没说什么，校园卡扔桌上就走人了。有回我真是饿得不行了，没忍住，就拿宣兆的卡去食堂刷了一次，就刷了那一次，花了十三块八毛二，后来我把钱微信转给他了，他没收。那会儿自尊心挺强的，现在想明白了，他其实没坏心眼，就是想帮帮我。这卡你帮我还他吧，再帮我说声谢谢，我微信给他发了一大段话，他没回复，估计是忙公司的事情呢。"

岑柏言心尖一软，那张坚硬冰凉的校园卡沾染了他掌心的温度，变得无比温热。

正直、善良、光明，其实宣兆一直都是这样的人。

"他看到信息了，他看着人模人样的，其实比较害羞，不知道怎么回你。"岑柏言笑得很爽朗，"放心吧哥们儿，肯定帮你把话带到，明儿一路顺风，工作顺利，以后发大财。"

台上，校长手中的讲稿翻到了最后一页，他振臂高呼："各位同学，祝你们都拥有美好的前景！"

底下数千号学生纷纷鼓掌。

岑柏言点了点校园卡上宣兆的脸，小声说："听到了没？我们都有美好的前景。"

卡片上的宣兆眼带笑意地回望他，无声地表达了赞同。

典礼结束后，岑柏言本来想在宣兆的学校里随便走走，看看他待了七年的地方。还没走出礼堂，一位头发花白的老教授从教师观礼席上匆匆赶来，叫住了岑柏言。

"小同学，我刚才看你坐在宣兆的座位上，你是替他来办手续的吧？"教授和蔼地问。

"对，"岑柏言点头，"您是？"

"我是他的导师。"老教授拍了拍岑柏言的肩膀，"你和我来一趟，他有东西落在我那里了。"

岑柏言随着教授去了科研楼，到了一间满是中草药标本的教室。

"这是做药理实验的地方，平时也都开放给同学们，小宣从大一就喜欢来这里自习，都知道那是他的座位。"教授指了指最角落靠窗的一个位置，"喏，他就坐那里，不少女孩子都在窗户外面偷拍他。"

岑柏言顺着教授手指的方位看过去，落地窗外是一排葱郁的梧桐树，薄纱窗帘在空调冷气的吹拂下微微飘动。

书桌上堆放着满满的书，一盏台灯、一个马克杯、一支签字笔。

"都是他的东西，你去收拾收拾吧。"教授笑着说。

岑柏言走到书桌边，那些书大都是厚厚的大部头，岑柏言光看书名就觉得艰涩。

他随便拿起一本砖头似的《医用药理学》翻了翻，被入眼的满满笔记惊呆了，瞬间诧异不已。

五百多页的书本，几乎每一页都有宣兆留下的笔记，有的是他提出的疑问，有的是一些简单的批注，有的是记录对照的英文名词。

岑柏言又翻了几本书，无一例外，都是宣兆用功的痕迹。

"怎么，很惊讶啊？"教授看到岑柏言的表情，觉得很是有趣，调侃道，"小宣在你眼里就那么不学无术？"

"不是，"岑柏言连忙解释，"我只是——"

"只是没想到他这么勤奋？"教授摇摇手，"确实，他干什么都让人觉得游刃有余、手到擒来，其实他是我这么多学生里头最刻苦的一个。看来你还不够了解他啊……"

书本里，一个叫"氯化铜箭毒碱"的名字被宣兆画了一个圈，旁边标注上一串岑柏言看不懂的英文字母。

岑柏言心头泛起一阵酸涩，抿了抿嘴唇说："嗯，我还不够了解他。"

"他经常一坐就到深夜，要么是看书，要么是做标本处理。"教授说，"他大二那年，我就看出这孩子是可造之材，刚好那时候我带队去版纳做调研，我问他想不想一起去，小宣当时就坐在那儿，仰着脑袋，我能感觉到他是很想要去的。"

岑柏言心一下就揪紧了："那他去了吗？"

教授遗憾地摇摇头："没有。当时我忙着别的事情，给他一张表，让他填好了给我。他第三天拒绝了，说他不喜欢集体行动，不适应。但我老头子眼尖，明明看到他表都填好了。"

岑柏言不免有些失落："他一定是想去的。"

"后来我才知道原因，我带去的都是研究生博士生，那群家伙嘀咕了几句说小宣腿脚不便，雨林潮湿泥泞，地况复杂，恐怕要分出不少精力照顾他。这些话估计被小宣听到了，"教授叹了口气，摆摆手说，"算了算了，这都过去多少年了。"

岑柏言喉头一哽，忽然想到了宣兆的日记本里曾经写过——

"下午实验室里谈论去西南参加学术论坛的事，有位老师不希望我同行，要去的地方在山区，他担心他的学生要分出精力照顾我。"

原来他的日记并不全是假的，原来这样的事情早在他身上一遍又一遍地发生了。

大二那年，宣兆二十岁，他是怀着怎样兴奋和期待的心情接过教授递给他的这张申请表呢？在听到师兄们的窃窃私语后，他又是怎样地失落和气馁呢？

也许类似的情景更早就上演过，初中时代的宣兆会不会偶尔也期待站上操场的塑胶跑道、偶尔也期待有人邀请他试一试投篮是什么感觉、偶尔也期待参加班级的集体出行活动。

没有人在意他的期待究竟经历过多少次落空，而是给他扣上"独来独往""不合群""孤僻"的帽子。

"他保研那年，我问他喜不喜欢中医学，他说他喜欢。"老教授最后看向角落里那张书桌，语气中充满惋惜，"我又问他那你是想做学术还是做实践，他说他都不做。他有更重要的事情要做，那件事情虽然他不喜欢，但不得不做。估计他指的是开公司吧，我也不知道那些八卦，但听说他现在自己经营了一家企业，有声有色的，就是不知道他喜不喜欢干那个。"

岑柏言鼻头一阵阵地发酸。

原来宣兆根本不是什么所谓的天赋异禀，他比别人刻苦、用功。他喜欢他的专业，他在有限的时间里拼了命地去喜欢，因为宣兆知道总有一天，他不得不去做别的事情。

命运像一双无形的手，在背后推着宣兆往既定的道路上走，他从来没有自由地做出过一次选择。

回到了医院，岑柏言给宣兆说了今天发生的事情。

"你说说你，明明不喜欢打理公司，还逼着自己非要干。反正你现在不缺钱了，醒来后开一家医馆怎么样？"岑柏言嬉皮笑脸地说，"以后我看病，你不许收我的钱啊。"

岑柏言趴在床边，双手枕着下巴，猛然发觉原来他真的不了解宣兆。

比如他不知道宣兆在校内的流浪动物救助组织里认养了八只流浪猫，不知道宣兆每年都会在公益义卖上买来很多没有用的东西，不知道宣兆参加过敬老院的慰问活动。

宣兆明明是最有资格走在阳光底下的人，却把自己藏进了阴影里。

宣兆是个什么样的人呢？

岑柏言到现在也没有办法给出一个答案，好像说什么都不对，说什么都不准确。

思索片刻，岑柏言给出了独属于他的定义——

"是我的家人。"

傍晚时分，陈威来了一趟，这家伙极度聒噪，嗓门大得连岑柏言这种清醒的人都受不了，更遑论宣兆这种昏迷的人。

"小宣老师，啥时候睁眼啊！久病床前无孝子，儿子对爹妈都这么无情，更别说岑柏言了。"陈威在宣兆的耳朵边上喊。

"滚滚滚，赶紧给老子滚。"岑柏言踹了他一脚，一个劲儿把他往外推，"这儿是医院，安静，懂吗？"

陈威笑得没皮没脸："我这是给小宣老师使用刺激疗法。"

"把水壶带上，顺便接壶开水回来。"岑柏言使唤他。

陈威翻了个白眼："你当我是免费劳动力呢？"

接完热水回来，陈威一手拎着水壶，一手提溜着苹果，在电梯口遇见个小姑娘，穿着条绿色裙子，文文静静的，手里抱着一束紫色的花。

人挺美的，花儿挺丑。

陈威觉着这花挺眼熟，小宣老师病房里那束花不也是紫色的吗？丑到一块儿去了！

于是他多看了小姑娘手里的花两眼，小姑娘很警惕，瞪了他一眼，撒腿就跑。

"我长得有那么像流氓吗？"

陈威不仅在心里发出灵魂一问。

"绝了啊岑柏言，我刚在外边遇见一女孩儿，抱着一束丑不啦叽的花，现在这姑娘都什么审美啊！"陈威边啃苹果边晃悠着进了病房，"就这花儿也有人买，我看多半是人傻钱多——"

正在窗边插花的小姑娘转过身，秀气的眉毛紧紧拧着，满脸不悦地看着陈威。

苹果从手里骨碌碌地掉下了地，陈威抓了抓脖子："巧了吗这不是，是不是巧？"

岑柏言"扑哧"笑出了声:"巧了,她就叫巧巧。"

陈威乐了,咧着嘴"嘿嘿"一笑。

病床上的宣兆仿佛是察觉到了此刻的吵闹,忽然轻轻皱了一下眉,平放在身侧的手指几不可察地蜷了蜷。

宣兆其实不知道自己睡了多久。

大多数时候他是没有意识的——这么说似乎也不太准确,他觉得自己身在一个极其空旷的地方,那里没有人、没有天空、没有泥土、没有树、也没有花朵,只有一片浓雾,但是宣兆很喜欢那里。

在这个空寂的荒原里,不存在时间和空间,他的腿没有受伤,他可以不依靠拐棍自如地行走,身体变得很轻很轻,跑得快了还可以飘浮起来;那里也没有伤病,没有病发时的痛苦,不需要和人打交道,更没有铐住了他十八年的仇恨。

他变得无比平静,他不用做任何思考,他可以想睡多久就睡多久。

他甚至想永远留在这个地方,如果这就是死亡,那么死亡也很美好,他坦然接受。

然而,偶尔他会听到恼人的声音。

那个声音不知道是从哪里闯进来的,好像很远很远,又好像贴在他耳边那么近。

那个人一遍一遍地喊他"你睁开眼好不好,别睡了,听话"。

是谁在喊他?

那个吵闹的人总是蛮横地闯进这个宣兆独属的世界,肆无忌惮地打扰他。

有时候那个人会给他讲故事,什么公主啊王子的,好像还有毒苹果;有时候那个人会给他唱歌,但唱得总是很难听,也没有什么调子;更多时候那个人在说一些无聊的话,比如今天下雨了,中午吃了红烧肉,晚上犯懒了不想冲澡。

渐渐地,随着宣兆听见这个声音的频率越来越高,雾气也渐渐变得稀薄。

天空出现了，是很浅的蓝色；树木出现了，叶子是绿色；花朵也出现了，有红色也有黄色。

前面隐约出现了一条小路，那个声音从路的另一边响起——"宣兆，再睡懒觉，夏天就要过完了。"

宣兆在这个声音的指引下缓缓抬脚朝前走，然后钻心的疼痛从左膝传来——

不能向前了！

宣兆惊恐地停下脚步，原来这条路上荆棘丛生、满是陷阱，他诧异地低头看向自己的左脚，小腿肌肉正在止不住地颤抖，汩汩的鲜血从他的膝盖里冒出来，源源不断地往下流淌。

他的腿怎么了？怎么会这么疼？

于是他下意识地向后退了一步，雾气再度层层叠叠地将他包裹起来，那团雾仿佛是最好的治愈剂，宣兆的左腿立即完好如初，那种万蚁噬心的痛楚也随之消失。

我不能走出去了，我要留在这里，我怕疼，太疼了。

不知道过了多久，那个声音强势地撕裂浓雾，再度在宣兆耳边响起。

"医生担心你肌肉萎缩，今天给你做了理疗，是不是有点疼？我看你连眉头都不皱一下，你怎么这么有能耐呢你？你说说你啊，你什么时候才能学会疼了就要说，住在 ICU 里也不耽误你逞强。"

刺痛又来了，宣兆深深弯下了腰。

"你什么时候才愿意醒来呢？我等了好久啊……医生说你的求生欲很弱，是你自己不想醒来了吗？"

那个声音忽地哽咽了一下，难以忍耐的痛楚从身体里翻涌而起，宣兆开始剧烈地喘息。

宣兆疼得直不起腰，他条件反射性地摇了摇头。

你是谁？你在说什么？

你不要等我了，我不能去找你，那条路很难走的，我的腿会受伤，我会疼得受不了。

你不要再找我了，我不会去的，我在这里就很好。

"如果你休息好了，就睁开眼睛看看我，我是岑柏言啊！你不是很喜欢大海吗，夏天的海最漂亮了，今年夏天你还没有看到，太可惜了对不对？"

岑、柏、言。

这三个字像一颗小小的石头，被轻轻扔进了水中，水面还是一片寂静，连一丝涟漪都没有泛起。

宣兆愣怔片刻，小心翼翼地念了一遍这个名字。

岑、柏、言……是岑柏言！

那颗石子忽然在水底"轰"地炸开，巨大的水花迸溅，水面上掀起滔天巨浪。

宣兆清楚地感受到，在他的胸膛里，有一颗一直沉寂的种子忽然冒出了嫩芽，而后无比茁壮旺盛地生长了起来。

他听到了自己的心跳声。

浓雾被一道炽热的光破开，眼前的景色忽然变得无比清晰，像一幅画卷在宣兆眼前缓缓展开。

"校长在毕业典礼上说的最后一句话是，祝我们拥有美好的前景。"岑柏言说，"我们会有美好的前景。"

宣兆想，疼有什么好怕的，为了这句话，我什么都不怕。

那条路依旧荆棘丛生，遍布泥沼沟壑，宣兆咬着牙迈出了脚步。

陈威和龚巧离开后，病房里总算清静了。

岑柏言松了一口气，给宣兆披了披被子："是不是吵死了，以后不让陈威来了。"

他顿了下，又笑着说："偶尔吵一吵你也好，指不定就把你个没良心的吵醒了呢。"

岑柏言伸了个懒腰，坐在床边剥了个橘子吃，橘子酸得他牙都要掉了，他又贱嗖嗖地用手指沾了点儿橘子汁沾在宣兆的嘴唇上。

"甜不甜？不甜你就眨眨眼，甜的话你就不动。"

宣兆安安静静地闭着眼。

岑柏言心头浮起一丝失落："看来是甜橘子，那你多尝点儿。"

他又恶作剧地往宣兆嘴唇上涂了些橘子汁。

"我去打水，马上回来。"

他拎着水壶站起身，掉头的那一瞬间，他心头忽然猛地一跳，眼角余光瞥见宣兆的手指轻轻动了动！

岑柏言猛地转过头，死死盯着宣兆平放在身侧的双手。

风拂动薄纱窗帘，吹动紫色花束娇嫩的花瓣。

岑柏言的心脏剧烈跳动，时间不知道过去了多久，病床上的宣兆依旧纹丝不动。

看错了吧……一定是我看错了。

岑柏言无措地眨了眨眼，一颗心被高高提起，又重重落下。

他轻轻呼出一口浊气，都怪今天的晚风，没事瞎吹什么。

岑柏言提溜着水壶，走到窗边把窗户合上，再次转过身时，他看见宣兆的睫毛正在轻微颤动。

是风，一定又是风……

岑柏言十指收紧，才平静下来的心跳又开始乱了节奏。

他再一次确认了窗户是否关紧，然后，一道沙哑艰涩的声音从身后传来："……酸的。"

砰！

水壶重重砸在了地上，岑柏言浑身僵硬，难以置信地转过身，对上了一双含笑的眼睛。

岑柏言的第一反应是愣怔，他唯恐此刻又是他的一个梦境。

宣兆艰难地舔了舔嘴唇，嗓音哑得听不出原来的音色："……酸。"

岑柏言嘴唇张了张，抑制不住的狂喜浪潮般铺天盖地地涌向他。

还好这个夏天还没有过去，他们还可以一起去看海。

第 25 章
夏天终于如期而至

　　宣兆大部分时候都是睡着的，偶尔醒着的时候精神也十分不济，常常岑柏言还在和他说着话，他眼皮渐渐合上，又不知不觉地睡过去了。

　　他的身体在前十八年遭到了太多的消耗，就好像要趁着这段时间一股脑把没睡够的觉全都补回来。一旦精神上卸掉了压力，身体自然变得趋向安逸，这种深度睡眠的体验让宣兆觉得新鲜且畅快，他都不知道自己上一次像这样毫无负担，酣畅淋漓地想什么时候睡就什么时候睡、想睡多久就睡多久是什么时候了。

　　岑柏言却很着急，担心他这么昏昏沉沉地把脑子睡坏了，医生不厌其烦地告诉他这是恢复期的正常现象，慢慢地，宣兆精力就回来了。

　　岑柏言忧心忡忡："一天二十四个小时，他能睡二十个小时，这也是正常的吗？"

　　医生捏了捏眉心，企图用通俗易懂的语言给他解释："睡眠其实就是一种自愈，宣兆这个身体情况多差你也知道，又出了一场车祸，鬼门关走一遭，吃什么药都没有睡觉管用，你说一天睡二十个小时正不正常？"

岑柏言了然地点点头，然后又问："可他要睡二十个小时，这真的正常？"

医生彻底放弃了这种鸡同鸭讲、对牛弹琴的对话模式："他正不正常我不知道，我昨晚只睡了四个小时，你再缠着我不让我下班，我就要不正常了。"

其实岑柏言也不是不明白这个道理，但他一颗心就是七上八下地悬着落不下去。

救护车上宣兆浑身是血的样子着实给岑柏言留下了极深的心理阴影。即使现在宣兆已经醒了，没有生命危险了，但岑柏言仍然会做噩梦，他偶尔会梦到宣兆来和他告别，身形在他面前渐渐变得透明，他喊宣兆回来，宣兆却笑着摇摇头，什么话也不说。

岑柏言每每惊醒，总要扑到床边反复确认宣兆是实体、是热的、是有呼吸的，他小心翼翼地用手指去试探宣兆的鼻息，而后确认宣兆的体温，然后侧耳聆听宣兆的心跳。确认了这一切，岑柏言才能松一口气。陈威至今仍然坚定地认为那天是他把小宣老师叫醒的，并且对此十分自豪。

"你别臭美了，我哥才不是你叫醒的。"龚巧不赞同地说。

"那你说说怎么那么巧，那天我刚好来探病，刚好大声召唤了小宣老师，又刚好我才走没多久小宣老师就醒了。"陈威双手背在身后，在病房里自信地踱步，"小宣老师不是我叫醒的是谁叫醒的，是你插得丑得要命的花儿叫醒的？"

他冲龚巧贱嗖嗖地挤眉弄眼，龚巧火冒三丈："你真不要脸！"

"不信你问问你哥啊。"陈威凑到宣兆身边，"小宣老师，你是不是听到了我热情的呼唤所以才醒来的？别害羞，大声说出来，是不是、是不是？"

他这嗓门大得堪比十个鼓号队同时演奏，宣兆哭笑不得，无奈地点了点头，同时抬手掏了掏耳朵。

"我就说是吧。"陈威一耸肩膀。

"你就是欺负我哥现在说不了话,"龚巧皱了皱鼻子,"你不要脸!"

"我看你才是欺负你哥现在说不了话,"陈威吹了声口哨,"所以才带这么丑的花过来污染大家的眼睛。"

"……我的花不丑!"龚巧急得跺脚。

陈威逗她逗上瘾了,做了个鬼脸说:"哎,就是丑!"

龚巧从来不和人急眼,骂人的词汇十分匮乏,被陈威惹恼了也不知道怎么回击,圆着眼睛瞪了陈威小半晌,赌气地跑出了病房。

这下轮到陈威愣住了,挠挠头嘀咕:"这就生气了?"

宣兆轻叹了一口气,用眼神示意陈威追上去看看,陈威嘴上咕哝说"我才不管她",但身体却很诚实地迈开了腿。

夏天到了最热的时候,发生了很多事情。

岑柏言在海港大学需要补考的科目都取得了不错的成绩,该转的学分也转得很顺利,只是那份转学申请被搁置了;万千山和岑静香的判决陆续下来了,万千山涉嫌投机倒把、行贿、洗钱,被判处十五年有期徒刑;岑静香于二十年前实施故意杀人罪,最终被判处无期徒刑。

岑静香在落网前似乎预感到了什么,替岑情铺好了后路——为岑情在澳大利亚购置了房产,同时为岑情买了一个那边私立大学的入学名额,并且把国内在她名下的房产全部变现,为岑情留下了一大笔钱。岑情独自远走,谁也说不清这个结局是好是坏,也许只有岑情自己才能够衡量她的得失。

岑柏言去探视过岑静香,但看守说岑静香不愿意见他,让他以后别再来了。

岑情走的那天给岑柏言发了一条短信,三个字"我恨你",岑柏言独自坐在病房楼下的长椅上发呆。他偶尔会想起岑情小时候——很小的时候,像个布娃娃一样漂亮,又白又软,他总是趴在婴儿床边看妹妹,他想哥哥天生就是要保护妹妹的,等你长大了,谁都不能欺负你。

可他其实不能算是个足够关心妹妹的好哥哥，岑情变成后来这样，他并非毫无责任，如果他可以多关注岑情一些……然而这个世界上本来就不存在"如果"。

他的这个"家"搭建在欺骗、虚假的地基之上，坍塌是必然的，岑柏言和他的母亲、妹妹各自踏上了截然不同的道路。要是真有缘分这回事，也许岑柏言这辈子和岑静香、岑情做亲人的缘分很浅，就真的到此为止了。

岑柏言既心痛又无奈，他仰头看着天，阳光照得他眼眶一阵阵发热。

在岑柏言凝望天空的时候，也有一个人一直在凝望着他。

"柏言！"忽然，一声清朗的呼唤传来。

岑柏言转头一看，三楼的窗户里，宣兆探出一个毛茸茸的脑袋。

"怎么了？"岑柏言问。

宣兆一脸无辜："玻璃瓶摔了。"

岑柏言的那些复杂情绪瞬间一扫而空，猛地站起身，冲楼上喊道："那你受伤没有？"

宣兆伸出一根血淋淋的手指。

岑柏言心头一惊，大热天的吓得手脚发冷，三步并作两步狂奔上楼，冲上去抓住宣兆的手："怎么这么不小心，你——"

话说到一半察觉到不对劲了，这血的颜色、气味怎么都这么奇怪？

宣兆笑得眉眼弯弯："刚才想吃吐司，番茄酱被打翻了，手指头也沾上了。"

岑柏言这头才松了一口气，那头又一股火"噌"地冒了上来："那你还存心吓我！"

"冤枉啊，"宣兆皱了皱鼻子，"玻璃瓶是摔了呀。"

岑柏言一肚子火气没处发，憋了半天憋出来一句："混账玩意儿！"

"住院好闷，"宣兆说，"什么时候能回家。"

岑柏言一愣，旋即说："快了。"

"快了是多快？"宣兆叹气，"我现在已经能自己站着了。"

岑柏言在他后脑勺上拍了一下："能耐得你，等你能自己跑完两圈四百米再说。"

这个夏天最好的消息是，宣兆总算能站起来了，精神好的时候还可以下楼溜达一圈。

他的左腿原本就出现了神经性病变，这回在病床上躺了这么久，多多少少有一定程度的肌肉萎缩，康复训练是在所难免的。

宣兆觉得这根本不算什么大事，他从七岁就开始漫长的复健，什么痛什么疼也早都习惯了。

但岑柏言却如临大敌，现在的宣兆在他眼里相当于一个琉璃瓶子，风轻轻吹一吹就能把他吹碎。

每次宣兆从康复室出来，都是一身冷汗，脸色比纸还白，憔悴得仿佛刚刚经受了一场惨无人道的折磨。

"疼吗？"岑柏言从护士手里接过轮椅，蹲在宣兆面前问，"是不是很疼？"

宣兆鬓角湿透了，乌黑的头发汗湿后一缕缕搭在光洁的额头上，衬得他更加面无血色。

"不疼，"宣兆摇了摇头，"没事的。"

岑柏言眉头紧锁，言语里压着藏不住的担忧和心疼："怎么可能不疼！你看看你自己都成什么样儿了，还嘴硬，还逞强，这种时候了还死性不改，嘴里没一句实话！"

宣兆淡定地眨了眨眼，判断出岑柏言是生气了。

于是第二天，宣兆坐在轮椅上被护士推出来，岑柏言等得着急上火，立即大步走上去问："疼不疼，是不是疼坏了？"

宣兆充分吸取了前一天的经验教训，点了点头，诚实地说："疼的，特别疼。"

"……"岑柏言又是眉头紧锁。

宣兆这人挺奇怪的，明明是个金贵的大少爷，身体差得要命，风不能吹雨不能淋的，但偏偏就是耐得住疼，连他都说"特别疼"，那这得有多疼啊！

岑柏言用帕子给宣兆擦汗，没好气地说："疼，现在知道疼了！昨天问你的时候你怎么不知道疼？当时开着车挤到中间来的时候怎么不知道疼？你有几条腿够你这么折腾的，你不疼谁疼，活该你疼！"

宣兆又眨了眨眼，判断出岑柏言这是又生气了。

说不疼不是，说疼也不是，宣兆挺发愁。

陈威是一个人回来的，手里拎着两袋包子，头发被风吹得七零八落，样子有点儿失魂落魄。

岑柏言往他身后看了看，皱眉说："巧巧呢？"

陈威没好气地说："别提她了，烦得要死。"

"到底怎么回事？"宣兆沉声问。

"本来去买包子的时候好好的，买完包子她自己没留心崴脚了，要不是我扶了她一把，她铁定摔个狗吃屎，"陈威撇了撇嘴，哼了一声说，"不就是抱了她一下嘛，我又不是要吃她豆腐，那不是为了扶她吗？结果她倒好，反应那么大，整条街的人都拿看小流氓的眼神看着我……"

当时他眼疾手快地搂了龚巧一把，没想到龚巧却仿佛受到了什么刺激一样，忽然高声尖叫，浑身颤抖地推开他，抬手拦了一辆出租车，钻进去就跑。

岑柏言和宣兆不约而同地对视一眼，岑柏言板着脸说："你就这么让一个小姑娘走了？"

"那不然呢！"陈威咕哝两句，见这两人都一脸着急，又心烦意乱地薅了一把头发，"哎，我扫了一辆共享电动车跟在她后边，眼见着她下车进小区了才回来，不然我能耽搁这么久吗？"

宣兆闭了闭眼，这才松了一口气。

"不是，"陈威没头没脑地问，"你俩至于紧张成这样吗？"

岑柏言往他后脑勺上猛地呼了一下："傻瓜，给我滚出来！"

"嘶——疼疼疼！"陈威被岑柏言提溜着耳朵拎走了，宣兆抬手若有所思地摩挲着下巴，眼底眸光微沉。

消息说岑情在国外已经顺利入学了，那他也差不多该收网了。

在宣兆昏睡直至转醒的这段时间，龚叔始终没有放弃收集岑情那伙人的犯罪证据。

当天凌辱了巧巧的人叫薛昌明，职高毕业后就去了一家夜店打工，龚叔不过花了点小钱，就把他挖到了惊雷酒吧。酒吧里的人在龚叔授意之下对他十分热情，吹捧他同样都是打工的，怎么你就一身名牌赚了这么多钱，是不是有什么发财的门路，和兄弟们分享分享？

薛昌明被吹捧几句就飘飘然了，一次醉酒后，被捧上了天的薛昌明更是放出了他和岑情的聊天记录，岑情是如何拉拢他在龚巧身上用药，又是如何让他把这个药推广出去卖钱，一切都记录得清清楚楚。为了钱维持虚荣生活而参与进来的岑情，就是薛昌明在这条利益链中的上游。

非法售卖违禁药物、诱奸、教唆他人强奸、故意伤害等罪名证据确凿，恰逢宣兆身体情况好转，龚叔立即和宣兆商量下一步该怎么做，恨不能立刻报警揭露这伙人的丑陋嘴脸，一定要赶在岑情出国前将她绳之以法。

宣兆却让龚叔不急，等到岑情出国以后再做行动。

两天后，龚叔呈递了相关证据，薛昌明及其同伙被捕，法院同时发起了对岑情进行刑事诉讼而引渡的要求。岑情被国外学校勒令退学，名下的房产、账户全部被冻结。

在国外进行抓捕成本太高，岑情当然可以选择逃窜在外，只不过这样一来，她就成了彻彻底底的黑户，她在外面没有身份、没有钱、没有学历，任何需要登记证件的场合她都没法出入，要想生活下去只能在见不得光的地下场所打黑工，对她这样心高气傲、虚荣至极的公主病，显然是莫大的折磨；而一旦她回国，面临的将是至少十年的有期徒刑。

先给她希望，让她以为自己什么责任也不用承担，带着下半辈子都花不完的钱逍遥法外，然后再给她迎头一击。

她千不该万不该，不该把手伸到龚巧的身上，宣兆要让她知道究竟什么才叫举步维艰、走投无路。

狼狈不堪的岑情最终选择了投案，岑柏言去拘留所见她，她的头发剪短了，目光中满是仇恨："你来干吗？假惺惺的，你现在不是过得很好吗？"

"我是你哥哥。"岑柏言平静地说。

"你不是！"岑情吼道，"别以为我不知道，就是你亲手把妈妈送进去的，你现在要把我也送进去了，你有什么脸说你是我哥，有什么脸说你是妈的儿子！"

岑柏言在心里轻叹一口气，旋即重重闭了闭眼："因为我是，所以我才要这么做。"

"别说那些冠冕堂皇的话了，是你害了我，你害了我们一家。"岑情十指紧攥。

岑柏言喉头滚动，他靠坐在冰冷的椅子上，久久凝视岑情，而后轻声说："你说是就是吧。"

就在岑柏言转身要离开时，岑情紧紧抓着铁栏杆，发出了一声撕心裂肺的嘶吼："岑柏言！"

岑柏言脚步一顿，垂眸遮住眼底泛滥的情绪，头也不回地说："不管你承不承认，我都是你哥，要对你负责。你做错了事情，就要付出代价。小情，哥走了，你要听话。"

伴随着岑柏言远走的背影，岑情忽地痛哭出声。

薛昌明的案子开庭审理那天，龚巧作为被害人之一出庭。

她认真地化了淡妆，穿了一条浅蓝色的裙子，庭审过程中始终将腰背挺得笔直。在她陈词时，薛昌明神情阴鸷地看着她，她心跳得很快，手心一阵阵地发汗，明明害怕到了极点，但仍然紧咬牙关，用坚定的、毫不畏惧的眼神给予回击。

庭审并不对过多人开放，结束之后，龚巧在龚叔和父母的陪伴下走出法庭，岑柏言和宣兆已经在高高的石阶下等她了，就连宣谕也来接她了。

龚巧笑着对他们比了个胜利的手势，示意自己今天表现很好。

岑柏言两只手拢在嘴边，扬声道："巧巧，牛啊！"

宣兆也对她竖起了一根大拇指。

龚巧转头看了眼父母，她妈妈眼含泪花，拍了拍她的肩膀说去吧，她立即抬脚往石阶下跑，才跑出去没两步，脚步又是一顿。

宣兆和岑柏言身后蹿出来一个瘦高的人影，抬手和她打了声招呼，旋即又有点不好意思似的，轻轻摸了摸鼻尖。

龚巧顿了两秒，脚步轻快地蹦下了台阶，笑着说："哥，柏言哥！姨，您怎么也来了，天气多热呀！"

"不热。"宣谕笑得很温柔，"我最近在学十字绣，一会儿去你家里，和你妈妈学习学习。"

龚巧挽住宣谕的手："好呀，我妈妈绣这个可厉害了，我再给您雕一个人像送你好不好？"

"真的吗？"宣谕一副受宠若惊的样子，"巧巧可是未来的艺术家，你送我的东西，我可要好好珍藏，过几年就有市无价了。"

龚巧羞得满面通红："那倒不至于……"

陈威见没人搭理他，探出脑袋，说："我也在呢，你怎么不问问我啊！"

龚巧这才撇嘴看向陈威，没好气地说："你怎么来了？"

"他们说来给你庆功，"陈威笑得没个正形，"这种能蹭吃蹭喝的好事儿，怎么能落下我啊！"

"没皮没脸的，"龚巧从鼻子里哼了一声，"烦不烦。"

"想吃点什么，你柏言哥买单。"宣兆坐在轮椅里说。

陈威一脸惊讶地看着岑柏言："你买单？有钱？"

"滚你大爷！"岑柏言抬腿就是一脚，"老子五月参加的建模比赛发奖金了，现在身价五位数，你懂个屁！"

"赚个一万块钱把你嘚瑟的，"陈威嗤笑，"我今儿一顿就给你吃穷喽！"

"随你吃，"岑柏言微微弯下腰，一只手搭在宣兆的肩膀上，"我现在有人管饭。"

长辈们没有参与小朋友们的聚会，让他们四个自己闹去了。

预订的餐厅离这里不远，只有不到五百米，于是宣兆没有让司机来接。

岑柏言推着宣兆，顺着林荫道慢悠悠地走在前面，陈威和龚巧并排走在后面。

龚巧踢开脚边的一块小石头，声音低得几不可闻："你都知道了？"

"我……我上网查的。"陈威想一个女孩子身上发生了那么糟糕的事情，一定是不希望别人提起的，于是囫囵带过，"网上一查信息就出来了，我不是故意想窥探你的隐私的，就是很多新闻——"他越说越觉得不对劲，于是懊恼地一拍额头，"算了，我这人嘴笨你是知道的。"

"没事，我不介意。我哥跟我说的，我没有做错任何事，什么时候都不用觉得抬不起头。"龚巧落落大方地说，"我最开始也很怕，连学校也不敢去，后来慢慢就好了。但我有时候还是有些……算了，我怎么也嘴笨了。"

"那天对不起啊，"陈威舔了舔嘴唇，"我不知道这些事，才说你不识好歹。"

原来龚巧这么抗拒异性的触碰是这个原因，难怪宣兆和岑柏言连让她自己一个人从医院回家都不放心。

"没关系，我也应该道歉。"龚巧垂下头，看着自己被风吹动的浅蓝色裙摆，"你后来一直骑车跟在后面送我回家，我都看到了。"

　　陈威难得羞赧，摸了摸脑袋说："应该的，像我这么有绅士风度的人对不对？"

　　龚巧"扑哧"一下笑出了声："你还闯了两个红灯呢，我全都看到了。"

　　陈威笑着说："不愧是搞艺术的，真有眼力见！"

　　龚巧的平跟凉鞋走起路来会发出清脆的踢踏声，陈威扭头看着龚巧，小姑娘走在树下，斑驳的光点掉落在她身上，随着她迈步的动作一跳一跳的。

　　他还是第一次这么认真地看一个女孩子。

　　龚巧注意到了陈威的视线，转头问："看什么呢？"

　　"看你呗。"陈威眉梢一扬。

　　"看我干吗？"龚巧歪了歪头问。

　　"觉得你很勇敢，"陈威笑得非常真挚，"今天也很漂亮。"

　　龚巧愣了愣，而后在茂密的树荫里缓缓勾起了唇角："谢谢。"

　　恰好一阵风吹过，树叶窸窣作响，透过叶片缝隙洒落的阳光也随之跳跃起来，像在跳舞。

　　一片梧桐叶被风吹落，飘在了宣兆的腿上。

　　宣兆捡起来仔细看了看，而后将叶子仔细地放进口袋，说回去以后要给岑柏言做一张书签。

　　经历了漫长的冬季之后，蓬勃的、旺盛的夏天终于如期而至。

　　　　　　　　　　—全文完—

独家番外

理想主义

　　岑柏言研究生毕业后，婉拒了导师全额奖学金读博的邀请，几乎是马不停蹄地飞回了国。

　　回国那天，宣兆亲自开车去机场接岑柏言，并且向岑柏言送上了一束特别鲜艳的向日葵。

　　"哟，还有花儿呢？"岑柏言抱过向日葵。

　　宣兆说："巧巧送的，她去外地写生了，人来不了，让我给你带束花。"

　　"咱妹妹就是贴心。"岑柏言抱着花来了张自拍，发给了龚巧，然后忽然想到了什么，恍然大悟道，"我说陈威那小子忽然也跑出去了呢，原来是追着巧巧去的。这都半个多月了，他还没把巧巧哄好啊？忒没用了！"

　　宣兆"哼"了一声，斜睨着岑柏言，意思是"你还有脸提这件事"。

　　岑柏言低咳了两声，讪讪道："怪我怪我，我瞎指挥，行了吧？"

　　半个月前，陈威给岑柏言打了个跨洋电话，哀号说："巧巧怎么都不在意我，成天就泡在画室里，约会都没时间，巧巧是不是不爱我啊？"

岑柏言经过缜密的分析、认真的思考，给陈威提了个建议："对女孩子，不能总是你一头热，你得时不时来点欲擒故纵，这样巧巧才会重视你。"

于是陈威就开始"故纵"了，就是"故纵"得过了头，把巧巧惹哭了。巧巧一气之下买了张机票去外地写生，陈威急得跳脚，连夜追了过去。

"本来就怪你。"宣兆用拐棍在岑柏言脚背上重重杵了一下。

上了车，宣兆问："工作找了吗？"

岑柏言在挨个儿给兄弟们回消息报平安："没呢，明儿就开始投简历。"

"嗯，"宣兆沉吟片刻，"我有一个朋友，是甘维尔的投资人。"

"甘维尔"是世界排名前二十的建筑事务所，在艺术设计领域很有名望。

岑柏言按手机："你这朋友挺厉害。"

宣兆见他对甘维尔兴趣不大，于是又说："我有一个朋友，是鎏金的创始人之一。"

"鎏金"是国内顶尖事务所，知名设计师云集，风格前卫大胆，不少知名剧院都出自鎏金之手。

岑柏言头也不抬："你这朋友挺能耐。"

宣兆眉梢一挑，或许岑柏言不是很想进事务所，更倾向传统的设计院？

于是宣兆说："我有一个朋友，是南建的高级设计师。"

南建是老牌设计院了，成立了将近七十年，技术实力雄厚，承包了许多国家级的体育场馆和电视台设计。

岑柏言打开了消消乐小游戏："你这朋友挺能干。"

宣兆看他兴致缺缺，接着说："我有一个朋友……"

岑柏言放下手机，哭笑不得地说："小宣老师，你就是想发动你的人脉网，帮我保送个工作呗？"

"可以这么理解。"宣兆点点头，然后又摇摇头，补充道，"不能算保送，你的学历和履历都很漂亮，不需要我保什么送，我最多算帮你引荐引荐。"

岑柏言用玩笑的口吻说："不了不了，你现在是全新阳最如日中天的企业家，你这引荐太贵了，我可交不起推荐费。"

宣兆皱眉道："我怎么会要你的钱？"

岑柏言笑着说："你别故意曲解我意思啊，我是和你盘算钱的事儿吗？我这二十多的人了，有手有脚的，总不能一直让你管饭吧？"

日理万机的宣总很不爽，为了接岑柏言，他推掉了两场电话会议，昨晚上熬夜加急审批了十三个合同，大半夜还在操心岑柏言找工作的事儿，想着搭把手，结果惨遭岑柏言无情拒绝。

从来只有别人拿热脸贴宣总冷屁股的份儿，也就岑柏言能让宣总碰一脸的钉子。

宣兆踩下油门，板着脸说："随你。"

车速堪比火箭，岑柏言后背紧贴座椅，双手抓紧安全带，用眼角瞄了瞄宣兆，啧啧啧，脸色比锅底还黑！

"你看你，又生气，医生都说了你这身体不能生气。"岑柏言戏谑道，"要不说男人一有地位就变坏，你当上那什么总之后，这脾气是一天比一天差啊。"

宣兆冷冷瞥他一眼，从鼻腔里发出了一声"哼"。

"知道你是为我好，你就别瞎操心了，有这工夫，多操心操心你这小身板，"岑柏言扶额笑道，"你先送我去疗养院，我看看宣姨。"

他在国外读书这些年，学费是宣兆以资助人的名义出的；读研期间他跟着导师跑项目，根本没有勤工俭学的时间，房租等大笔开销也是走的宣兆的账。

虽说他现在和宣兆比亲兄弟还亲，宣谕也把他当亲儿子疼，但岑柏言心里明白，宣兆帮他是情分，不是本分，他不能理所当然地接受宣兆给他的资源。

宣兆说："就业形势差，工作不好找。"

岑柏言说："嗯，我知道。"

宣兆又说："现在研究生满大街都是，不值钱。"

岑柏言说："嗯，这个我也知道。"

宣兆接着说："你可能要从给领导取快递、打开水、打印文件、买咖啡做起。"

岑柏言从口袋里拿出一颗薄荷糖："嗯，有这个心理准备。"

宣兆手指在方向盘上轻点："你还会面对——唔……岑柏言！"

岑柏言把薄荷糖塞到宣兆嘴里："宣总，你这是铁了心地想让我抱你大腿啊？你就把心放回肚子里吧，我对自个儿的能力心里有数，不就是找个工作嘛，你信不信就算你不引荐，你刚才说的那几家都抢着要我？"

"我信。"宣兆把薄荷糖压到舌头底下，"我只是想让你尽量少碰壁。"

"碰壁就碰壁呗，我还没碰呢，你怎么知道我不行？"岑柏言耸耸肩，掰着手指挨个儿数，"起薪低、干杂活、压力大、项目竞争激烈，无非就是这些，我都做好准备了。"

宣兆皱眉道："你太理想主义了。"

宣兆并非不相信岑柏言，但这个社会是很现实的，即使岑柏言再出色、再优秀，但在一些绝对的人脉网络面前，能力是最不值一提的。

你不走关系，别人会走，资源是很有限的，如果到不了你手里，纵使你十八般武艺样样精通，也没有用武之地。

岑柏言伸了个懒腰，转头看着宣兆："这点咱俩倒是挺像。"

嘴里的薄荷糖散发出清苦的味道，宣兆低声说："我是个商人。"

商人是最现实的，做任何事情都要看收益、看回报、看利润率，哪里来的什么理想。

"在我心里，你不是。"岑柏言说。

薄荷糖嚼久了,最初的苦味淡去,口腔里开始充斥着清甜的香气,宣兆"咔"一口咬碎糖果。

岑柏言还没找好房子,暂时住在宣兆的公寓里。

晚上,宣兆和岑柏言在书房一人占了一张书桌,岑柏言改简历,宣兆处理工作。

结束一个关于预算申报的电话会议,宣兆靠着椅背,深深叹了一口气,实在是太累了。

他一点都不喜欢开各种会,甚至得上是讨厌。大大小小的项目、眼花缭乱的条款、五花八门的报表……宣兆不喜欢,他可以窝在家里看一整天药典,却因开一小时的会就精疲力竭。

岑柏言起身给宣兆倒了一杯热牛奶,宣兆接过抿了一口,皱眉说:"要咖啡。"

"咖啡什么咖啡,都几点了还咖啡,"岑柏言抄起桌上的钢笔,敲了下宣兆的脑门,"喝牛奶助眠,把你这邮箱关了,看点儿轻松的东西,酝酿睡意。"

宣兆跷起腿:"岑柏言小朋友,你这是在对我指手画脚吗?"

"就对你指手画脚怎么了,还和我端架子了是吧?"岑柏言双手抱胸,"脚放下,腿脚不方便还学人家跷二郎腿,反了你了。"

宣兆哼了一声,还没人敢对他这么大呼小叫。

岑柏言瞪他,严厉地说:"脚,放下。"

宣兆摸了摸鼻尖,放下跷着的脚。

他关了办公电脑,换坐到了舒适的沙发上,打开手机刷了刷动态。

巧巧发了她拍摄的风景照,九宫格,碧海蓝天、阳光明媚,正中间那张照片是她最新的雕塑作品;陈威发了一张和巧巧的合照,巧巧噘着嘴一脸不情愿,陈威乖巧地靠在巧巧肩膀上,配文"我要是再惹小公主生气,我就是猪";龚叔老两口报了个旅游团出去度假了,每天都发一些老年人标准游客照;萧一诺去西南一个贫困山区支教,晒得和煤炭一般黑，就一口牙还是白的……

宣兆忍不住勾唇微笑，心情畅快了不少。

书桌边，岑柏言将电脑键盘敲得飞快，时不时还腾出手回语音消息，宣兆听着像是有同学在请教他建筑力学方面的问题。

宣兆双手捧着牛奶杯，禁不住出神。

岑柏言身边亲近的人，好像都是他这样的人。他们简单直接、率真爽朗，有为之奋斗的事业、有令自己愉悦的爱好，他们喜欢做什么就可以做什么。

宣兆指腹缓缓摩挲着温热的杯壁，在袅袅升起的热气中，感受到了一种叫作"羡慕"的情绪。

别人羡慕他年轻有为、事业有成、富有多金，他却只羡慕岑柏言这些人的简单纯粹。

他说岑柏言是个理想主义者，还没有被现实蹉跎过，对自己执着的事怀抱着不切实际的热忱和所谓"初心"，但其实在宣兆心里，他最最羡慕的就是岑柏言。

宣兆垂眸，在心里问自己——那我呢？我有真正喜欢做的事情吗？

他在心里叹了口气，以前是有过，现在不敢有，也没时间了。

书桌那边，岑柏言投好一波简历，伸了个懒腰，余光瞥见书桌一角放着三本书，《黄帝内经》《伤寒杂病论》和《千金药方》，书页卷了边，显然是被人时常翻阅；整整占了一面墙的书架上，一般是中医学相关的典籍，另一半是大大小小的玻璃瓶，里面放着岑柏言叫不上名字的各种药材。

"对了，"岑柏言不动声色地收回目光，说道，"你不是经常给我弄草药包吗？刚好有时间，这几种药材教我认认呗。"

宣兆有些惊讶："你感兴趣？"

"当然感兴趣。"岑柏言说，"这方面你是行家，你给我说说。"

宣兆心里泛起一丝欣喜和满足，才说了一声"好"，工作电话就疯狂地响了起来，秘书说临海二期的开发项目遇到一个紧急情况，请宣总尽快做个决策。

宣兆苦笑，无奈地看了一眼岑柏言，对电话那头说："说。"

岑柏言叹了一口气，默默离开了书房，轻轻地带上门。

岑柏言的工作找得很顺利。

他毕业于一流院校的一流专业，本科和研究生期间参与过不少重要项目的设计，出众的履历、过硬的专业能力，加上出色的面试表现，很快他就收到了多所大型设计院和知名事务所的入职邀请，其中就包括宣兆此前和他提过的那几家。

岑柏言最后并没有选择那几所颇负盛名的巨头公司，而是选择了一家新锐事务所——戴翎。

戴翎成立时间不过短短十年，旗下设计师平均年龄不超过三十岁。戴翎的建筑设计理念以结构新奇、风格别致著称，口碑在业内颇为分化。传统学者认为戴翎这种追求奇特和艺术性的风格是反建筑设计体系的，另一些先锋派则拥护戴翎为反体系化、充分发掘建筑思想和建筑语言的先行者。

岑柏言向宣兆展示了戴翎的一些建筑设计作品，宣兆赞许："很有冲击力，很特别。"

"是吧？你也觉得好对不对？"岑柏言兴致勃勃，"可以说是颠覆式的设计，可惜在国内接受度太低。"

宣兆抿了抿嘴唇："抱歉，如果是我，我可能也不会选择这样的设计作为公司大楼。"

"压着脑袋干什么？怕我伤心啊？"岑柏言低笑一声，"你能觉得好，我已经很开心了。创新本来就不是一朝一夕的事情，更何况是这样大胆的风格。我要是想做中规中矩的商业楼，去这儿干吗？"

宣兆也笑了，问他："那你想要做什么？"

"建筑本来就不应该被定义为什么样，建筑本身是自由的、流动的，"岑柏言认真地说，"我要做，就要做有岑柏言个人表达的建筑。"

　　宣兆比岑柏言年长几岁，总是把岑柏言当成个孩子，他看着此刻的岑柏言，忽然有种"他真的长大了、成熟了"的感慨。

　　岑柏言手掌在宣兆眼前挥了挥："发什么呆？被你岑哥我帅傻了？"

　　宣兆回神，才觉得他长大了，一转眼又做出这么孩子气的举动。

　　"你啊……"

　　岑柏言勾唇一笑："又想说我是理想主义者了？"

　　"你不是吗？"宣兆反问。

　　"我承认，"岑柏言大大方方地说，"这个世界需要理想主义。"

　　宣兆笑着点点头："嗯，我也承认。"

　　这下愣住的成了岑柏言："你说什么？"

　　宣兆平静地说："这个世界需要理性主义者，柏言，我欣赏并且支持你。"

　　也许这种想法很不切实际、很幼稚、很天真，但因为宣兆自己做不到，所以他无比珍视岑柏言的这份不切实际、幼稚和天真。

　　事务所工作强度大，岑柏言才入职就加班，凌晨回到家也是常事。压力大、起薪低、琐事多，这些都在岑柏言的心理预期之内，他明白这是新人入行的必经之路，因而没有半句埋怨。

　　但几个月后，真正令岑柏言困扰的问题才刚出现。

　　岑柏言所在组的组长是商业派，相比建筑本身的美感，更看重商业化程度。组长对于甲方需求几乎是来者不拒，产业园方案一调再调，从最初的充满灵气和人文关怀，变得毫无亮点、平平无奇。

　　岑柏言认为这种行为对于设计师而言几乎是毁灭性的创伤，因此和组长沟通过数次，差点儿闹翻了脸，但都没办法改变结果。

　　当岑柏言沮丧地将这件事告诉宣兆，宣兆不疾不徐地批复完一份文件，平静地说："你只是个新人，最好避免和你的组长起正面冲突，对你不会有好处。他要改就改吧，甲方才是需求方，从本质上说满足甲方需求，对于你们双方而言都是利益最大化。"

岑柏言又说起他的组长用了他的设计草图，不过增添了寥寥几笔，就拿图纸向总监汇报。

宣兆用一种近乎冷酷的语气分析："那你打算怎么办？越级告状吗？你只是一个才入职三个月的助理建筑师，你的组长已经是主任级别的资深从业者，事情闹大了，你猜高层会选择你，还是选择他？"

岑柏言皱眉，不可思议道："你是要我忍气吞声？"

宣兆说："从理智上说，这是最优选。"

岑柏言长呼一口气，表情难掩失望。宣兆说的这些道理他并非不懂，只是在这种时刻，他不想听宣兆为他权衡利弊、不想听宣兆讲这些"利益最大化""最优选"的大道理。

宣兆从座椅上缓缓站起身，继续说："不过，从情感上，我支持你。"

岑柏言睁大双眼："你说什么？"

"你有你的理念，如果你觉得是对的，就要坚持。还有，为什么要忍气吞声？这本来就是剽窃，事情闹大就闹大了，越大越好。"宣兆认真地说。

岑柏言笑了："你不担心我被炒鱿鱼？不担心我被现实毒打？不担心我碰壁了？"

"担心什么，不是还有我吗？我给你撑腰。"宣兆看了他一眼，"实在不行，你还可以回来找我，我很有钱，吃不垮。"

岑柏言大笑出声："行，有你这话，我就放心了。"

最后，岑柏言的困扰得到了圆满解决。

产业园的设计方案做了在原有两版的基础上做了中和，既有人文表达，又兼具实用性和系统性；岑柏言在事务所内部的一次设计大赛中一举夺魁，几位创始人看过了他的参赛作品后，发现与那张被组长擅用的草图风格十分一致，调查后发现了冒用设计图一事，对岑柏言的那位组长作了严厉处罚。

又是一年后，岑柏言深度参与了一个音乐剧院的建筑设计工作，设计成果十分惊艳，得到了一笔不菲的奖金。

他终于真正进入了这个领域，建筑设计师"岑柏言"这个名字，在行业内有了属于自己的位置。

宣谕开心坏了，为岑柏言操办了一场庆功宴，她亲自下厨，做了一大桌子好菜。

宴席之后，陈威喝得醉醺醺，被龚巧扶到了客房休息。岑柏言挨个儿把其他人送上出租车，返回公寓时，宣兆在大门口等他。

"怎么站在外面？"岑柏言问。

宣兆也喝了些酒，半眯着眼说："恭喜。"

岑柏言笑："恭喜我什么？"

"你说想要做有岑柏言个人表达的建筑，"宣兆靠着墙，"恭喜你，又往前走了一步。"

"宣兆，"岑柏言忽然喊他的名字，"我和没和你说过，你才是真正的理想主义。"

"我？"宣兆自嘲地一笑，摇摇头，"我就是一个商人，你和商人谈理想？柏言，你醉了。"

"我没醉。"岑柏言笃定地说，"你是。"

如果没有宣兆，他走不到今天。

巧巧能够心无旁骛地追求艺术，是宣兆为她默默处理了许多大小琐事；巧巧的妈妈下岗后在家缝制十字绣，宣兆为她盘下一间店面，盈利了算巧巧一家的，亏了算他的；严明复健到今天，仍然是宣兆在承担他的治疗费用；萧一诺想要去山区支教，萧教授坚决不同意，是宣兆出面说动了萧教授……

宣兆每年都会资助学校里的贫困师弟妹完成学业，公司里有谁遇到什么困难，他也竭尽全力地帮忙。

围绕在宣兆身边的人，都能够没有顾忌地去做自己想要做的事。

而宣兆，就如同一个支撑起所有人的支点，他并不强壮、并不高大，却无比坚定且有力量。

　　这么说可能有点矫情了，但在岑柏言眼里，为他撑腰、为所有人撑腰的宣兆，才是真正的理想主义者。

　　"对了，借我两千块，下个月没生活费了。"岑柏言说。

　　宣兆眉梢一挑："你那么大一笔奖金呢？"

　　"盘了间店面，"岑柏言打了个哈欠，"给你开间中药铺子。"

　　宣兆愣怔片刻，眼里流淌出和缓的笑意："开铺子哪有那么简单，要营业执照、要有药剂师、要装修、要进货、要雇人……"

　　"那就是你这个商人要考虑的事情了，"岑柏言耸耸肩，"困了，去睡了。"

　　"柏言，"宣兆叫住他，低声说，"谢谢。"

　　"不用谢，"岑柏言笑，"还有，谢谢。"

Hi 宣兆，

　　我这边是凌晨一点十八分，刚躺下就被一场突如其来的雨声吵醒。

　　上次你来时送了我一盒日光菊，花语是"纯真无忧、温暖明亮"，你说很像我。

　　我把花从阳台搬到窗边，恰巧有只蝴蝶依偎在花枝下避雨。那是一只蓝色蝴蝶，很漂亮，但看上去实在很柔弱。我担心雨水将它单薄的翅膀压垮，甚至想为它撑一把伞。

　　不过我多虑了，雨停之后，蝴蝶轻轻抖动翅膀，飞了起来。它的翅膀展开时，看上去依旧很柔弱，但充满力量。

　　我觉得这只蝴蝶很像你，想把这一幕分享给你。

　　原想拍下蝴蝶振翅的样子，又怕惊扰了它，所以将蝴蝶写在纸上。

　　对了，上个月去南半球参加峰会，为你挑选了一些礼物，明早随蝴蝶一并寄给你。

　　你那里接下来一周都在降温，记得添衣，记得早睡，记得饮食要规律。

柏言

Special Gravity